威震雄狮

新四军八路军名将抗战纪实

胡兆才◎著

台海出版社

图书在版编目(CIP)数据

敌后雄狮:新四军八路军名将抗战纪实 / 胡兆才著.
--北京:台海出版社,2015.6

ISBN 978-7-5168-0627-2

Ⅰ.①敌… Ⅱ.①胡… Ⅲ.①纪实文学-中国-当代
Ⅳ.①I25

中国版本图书馆 CIP 数据核字(2015)第 126023号

敌后雄狮:新四军八路军名将抗战纪实

著　　者:胡兆才

责任编辑:阴　鹏
装帧设计:张红伟　　　　　　版式设计:通联图文
责任校对:罗　金　　　　　　责任印制:蔡　旭

出版发行:台海出版社
地　　址:北京市朝阳区劲松南路 1 号　　邮政编码:100021
电　　话:010-64041652(发行,邮购)
传　　真:010-84045799(总编室)
网　　址:www.taimeng.org.cn/thcbs/default.htm
E-mail:thcbs@126.com

经　　销:全国各地新华书店
印　　刷:北京高岭印刷有限公司
本书如有破损、缺页、装订错误,请与本社联系调换

开　　本:730mm×1020 mm　　　　1/16
字　　数:535 千字　　　　　　　印　张:30
版　　次:2015 年 8 月第 1 版　　　印　次:2015 年 8 月第 1 次印刷
书　　号:ISBN 978-7-5168-0627-2

定　　价:59.00元

目
录

· 1 ·

下部：江淮铁军　新四军将领征战纪实

上部：太行神勇

八路军将领征战纪实

第一章

挺进敌后，创建抗日根据地

朱德在南京强调我党战略方针

1937 年，中国大地乌云翻滚，烽烟四起，日本帝国主义悍然发动侵华战争，中国人民被拖入了长期战乱的深渊。

7 月 7 日这一天，是灾难深重的中国人民最特殊的日子。这一天，早已图谋称霸东方的日本帝国主义，以演习为名，借口一名士兵失踪，突然进攻驻守北平西南宛平县城（今卢沟桥镇）的中国军队。在全国人民抗日热潮的影响下，中国驻军奋起抵抗。这就是历史上有名的"七·七"卢

"七·七"卢沟桥事变，图为卢沟桥

沟桥事变。从此，中国人民开始了伟大的抗日民族解放战争。中日开战后，国民党将士虽勇，但统帅不力且双方实力差距巨大，日军铁蹄长驱直入，太阳旗到处飘扬。

"西安事变"，蒋介石被扣，敏锐的政治家毛泽东从中华民族的前途和中国共产党的生存出发，抓住千载难逢的际遇，和平解决西安事变，蒋介石承诺国共合作抗日。

大敌当前，民族危亡压倒一切，周恩来、叶剑英、博古、林伯渠代表中国共产党，同国民党谈判代表，分别在西安、杭州、庐山，就红军改编问题，进行了数次谈判交锋，而蒋介石却一拖再拖。"七·七"事变，卢沟桥炮声惊动天下，蒋介石感到平津危急、华北告急，中日战争愈演愈烈，中国将面临亡国灭种的危险。

8月2日,蒋介石电邀毛泽东、朱德等去南京共商抗日大计,急欲调动红军对日作战。此举受到全国人民的密切关注。毛泽东没能参加谈判,谈判的代表有周恩来、朱德、叶剑英等。

8月9日,周恩来一行坐飞机抵达南京。在飞机上,他们对此次谈判充满了信心,事先也做好了各种准备。"七·七"事变爆发后的第2天,中共中央就发出通电,号召全国同胞、政府和军队团结起来,筑成民族统一战线的坚固长城,抵抗日本帝国主义的侵略。随后,中共中央还郑重拟制了为公布国共合作宣言,并于15日交给了蒋介石。这个宣言实质上是国共合作的政治基础,这既充分表明了中共对合作抗日的诚意,又使蒋介石增强了"联共"的信心,从而为南京谈判奠定了坚实的基础。国共合作谈判,就是政治谈判。谈判中,朱德、周恩来等人始终如一地站在党和民族利益的战略高度,旗帜鲜明、认真严肃地和蒋介石讨论并决策问题。首先,代表团强调我党提出的《中共中央为公布国共合作宣言》,为国共谈判的政治基础,重申《宣言》中提出的发动全民族抗战、实现民主政治、改善民生等三项抗日基本主张。其次,强烈要求国民党立即承认我党的合法政治地位及其对红军抗日的继续领导等。再次,对红军接受国民党政府的改编以及组织红军参战、兵员补充、后勤保障等,亦着重地阐述了我党的正确主张。

8月11日,朱德还在国民党政府军事委员会军政部谈话会上发表了重要讲话。他指出,抗日战争在战略上是持久的防御战,但在战术上则应采取攻势。在敌强我弱的情况下,我们不可在正面集中太多兵力,以避免造成损失。我们必须到敌人的侧翼去活动。朱德还预言,敌人为分散中国当局对华北的注意力,还会声东击西,可能在上海发动战争。

不日,日军发动的"八·一三"事变,使朱德的预言变成了现实,也让国民党放弃了"日本的侵略会适可而止"的幻想,并且这还直接威胁了国民党的中心统治区。在这种情势下,朱德、周恩来相继严肃而深刻地指出,日本帝国主义的本性是不可改变的,只有我们两党加紧合作抗日,才能挽救国家和民族的命运。

8月13日,日寇进攻上海,国民党统治中心宁沪杭地区处于危险的境地。蒋介石集团为了其自身的利益,被迫宣布国共合作抗日,于8月22日国民政府军事委员会宣布中国工农红军主力改编为国民革命军第八路军;9月22日国民党中央通讯社发表了中国共产党于7月15日提出的国共合作宣言;23日蒋介石发表谈话,指出团结御侮的必要,事实上承认了共产党在全国的合法地位。国共合作宣言和蒋介石谈话的发表,标志着国共两党第二次合作的正式形成。

8月25日,中共中央军委根据我党同国民党达成的协议,将红军前敌总指挥部改编为国民革命军第八路军总指挥部（按战斗序列，9月11日又改称第十八集团军，其指挥机关简称"集总"），下辖第一一五、第一二〇、第一二九师等三个师，全军兵力共4.6万人。

第十八集团军总司令朱德和副总司令彭德怀（右）

8月25日，中共中央军委发布命令：红军改编为八路军，总指挥朱德，副总指挥彭德怀（改为第十八集团军后，改称总司令、副总司令），参谋长叶剑英，副参谋长左权，政治部主任任弼时，副主任邓小平。

中共中央采取什么策略重振士气，稳定军心，已迫在眉睫。1937年8月22日至25日，中共中央政治局在陕北洛川举行扩大会议。前来参加会议的有毛泽东、张闻天、周恩来、朱德、博古、任弼时、彭德怀、刘伯承、林彪、贺龙、聂荣臻等中共党政军首脑22人。

毛泽东的目光总是比别人看得更远，深谋源自远虑。他在会上作了关于军事问题和国共两党关系问题的报告，会议通过了《中央关于目前形势与党的任务的决定》和《中国共产党抗日救国十大纲领》。

决定指出：中国的政治形势从此开始了实行抗战的阶段，这一阶段最中心的任务，是动员一切力量争取抗战的胜利；争取抗战胜利的中心关键，在于使已发动的抗战，发展为全面的全民族的抗战。

会议同时决定，红军实行战略转变。日寇是一个帝国主义军事强国，我们的同盟者国民党蒋介石阴险狡猾，并处心积虑地企图在抗战中借日寇之手消灭我军，而我军数量有限，为了坚持持久作战，逐步发展革命力量。在新的形势下，必须把过去的正规军和运动战，转变为游击军（主要指分散使用，不是说的组织性和纪律性）和游击战。

会议规定红军的基本任务是：创建根据地；牵制消灭敌人，配合友军作战（主要是战略配合），保存和扩大红军；争取民族革命战争的领导权。

会议还规定红军的战略方针是：独立自主的山地游击战争，包括在有利条件下集中兵力消灭敌人兵团以及向平原发展游击战争，但着重山地。

会议决定组成中共中央革命军事委员会（简称中央军委），新的中央军委由11人组成，毛泽东为主席，朱德、周恩来为副主席。

会议最后一天，会场气氛到达高潮，毛泽东带头高呼口号："拥护中共争取抗战胜利的十大纲领！""坚决实行中共争取抗战胜利的十大纲领！"

洛川会议结束后，红军总部和三个师分别在云阳镇、庄里镇、石桥镇召开抗日誓师大会，朱德总指挥高声复诵《八路军出师抗日誓词》后，坚决与敌决战的激昂歌声响彻云霄。

打这一天起，红军取下了红军帽，戴上了国民革命军帽。

在一二九师抗日誓师大会上，刘伯承带头换帽子，他说："同志们，帽子算不了什么，那不过是形式主义而已，换了帽子，我们人民军队的本质不会变，红军的优良传统不会变，我们解放全中国的意志不会动摇。"

八路军一二九师师长刘伯承

他指着青天白日帽徽说："这顶帽徽是白的，但我们的心永远是红色的，同志们，为了救中国，暂时和红军帽告别吧！"

说着，他把有着青天白日帽徽的帽子戴在头上，发出了撼天动地的命令："同志们，现在换帽！"

全体将士与红军帽恋恋不舍地告别，戴上了准备好的黄帽子。

八路军一一五师挺进晋东北

· 5 ·

闻名全国的红军改编为八路军后,这支铁血雄师在中国革命中,留下了辉煌的篇章。

国共第二次合作,红军主力改编为国民革命军第八路军(简称八路军),不仅使中国抗战出现了新局面,也使中国共产党的武装在敌后抗战中得到了空前大发展。本来,蒋介石企图通过改编红军,逼朱德、毛泽东"出洋",以便控制和吞并这支革命军队,但蒋介石万万没有想到,中国共产党和八路军在敌后抗战中,逐步发展壮大了起来。

八路军三个师奉命开入山西,加入国民党第二战区战斗序列,正是敌人气焰最为嚣张的时候。

1937年9月,东渡黄河的八路军总部领导人左权(左一)、任弼时(左二)、朱德(左三)、邓小平(左四)在渡船上

那时平津要镇已经失陷,平绥线敌人攻破了南口、张家口等要隘,占领我归绥、大同等重要城市,正挟其锐利之现代武器,向晋北屏障——雁门关及东西长城各口汹涌进攻,企图乘势冲破长城各险口,一鼓而下太原;同时津浦线、平汉线上之敌人,亦正向保定、德州进击,期与平绥敌相互呼应,齐头南进。

这时,国民党抗战部队则因种种原因,节节退守,以致全国战局甚为混乱;企图苟安一时,避免作战者甚不乏人,而基本民众抗日运动则根本没有发动起来。

八路军即于此时,怀着满腔热血,抱着无限信心,加速前进,于9月下旬,先头兵团开始开抵前线。

为适应当时紧急战况的需要，及根据我"基本的是游击战，但不放松有利条件下的运动战"之作战指导原则，未待部队集结，我即展开一一五师主力于恒山山脉平型关，一二〇师主力于雁门关以西地域，配合友军，保卫雁门关及东西长城要隘。

当队伍还没有完全布置就绪，后续部队仍在源源开进时，骄狂的日军已经蜂拥而至了。

林彪平型关大战名扬天下

红军主力改编八路军时，一一五师排名最前，彭德怀曾经说，八路军三个师，一一五师是大哥，一二〇师是二哥，一二九师是三哥。一一五师在人数和装备上可称得上"大哥大"，这个师是原来的中央红军三个军团改编而成，中央红军是毛泽东、朱德领导的，在中央苏区历次反围剿作战中，屡建奇功，战功赫赫，这是人人皆知的。

实力雄厚的一一五师首战平型关，一战红遍天下，鼓舞、振奋了全国军民的抗日士气，成了一支充满传奇色彩之师。

1937年8月26日早晨，从洛川通往西安的公路上，马蹄声声，一支马队飞奔而过。他们是什么人，为何行色匆匆？

原来，马背上坐的是八路军一一五师最高领导——林彪、聂荣臻，以及他们的随行人员。就在二人参加洛川会议时，一一五师已奉命从韩城、芝川镇出发，渡过黄河，往山西前线开去了。因此，洛川会议刚刚落下帷幕，二人便快马加鞭，追赶队伍。

一出洛川城，他们一口气追出了60多里，这才放慢了速度。一马当先的林彪坐在他心爱的大白马上，不时地看看落在他后面的聂荣臻，见拉下的距离大了，便放松了缰绳，等候聂荣臻。此时，聂荣臻便一抖缰绳，他的枣红马心领神会，快步赶上了大白马，俩人并肩而行。在红军时期，林聂二人是一对老搭档，俩人相知很深，战场上配合默契。

八路军一一五师师长林彪

林彪轻轻地嘘了口气，眼望远方，轻声叹道："战局瞬间万变，当了一年多抗大校长，现在命令我来当师长，连回校办移交的时间都没有，就马不停蹄出征打仗了。"

"是啊,眼下日寇大举进犯,国民党军一溃千里,军情危急,国人将希望寄托在我们八路军身上。"聂荣臻说罢,话题一转,感慨地说,"此次洛川会议开得很成功,大家的思想很快就统一到毛泽东的游击战方针上,真不容易啊。"

林彪低下头,半晌答道:"你也知道,开始我是不同意游击战方针的。"他抬起头,有点激动地说,"我认为,内战时期我们就能整师整师地歼灭国民党军了,日本人有什么了不起?为什么不能打大兵团运动战,而搞什么小打小敲的游击战术?"

话说到此,他放慢了速度,让自己冷静下来,继续说,"会上,毛泽东反复说明,我军有战斗力,但力量薄弱,经不起硬拼,一定要保留骨干,必须发动群众开展游击战,想想也有道理,我开始的想法过于理想主义了,脑子才转过弯来。"

聂荣臻说:"师长,会上不是决定由我们师首战,打个较大规模的歼灭战吗?要求我们一战打出八路军的雄威。这仗到底打多大,怎么打?我心中还没有谱呢!"

"这个嘛——"林彪沉默片刻,微皱起他那又浓又黑又粗的眉毛,闪动着明亮的眸子说,"周恩来及总部领导已先行到太原,我们赶到太原后再商量吧!"说罢,一勒缰绳,右手一扬马鞭,大白马四蹄腾空,飞奔向前。

聂荣臻的腿一夹马肚,一扬马鞭,枣红马飞也似的追赶而去。林彪一行经西安坐火车抵达侯马,赶上了一一五师司令部。

周恩来先行到太原,在八路军办事处主任彭雪枫的陪同下,到岭口拜会了国民党第二战区司令长官阎锡山。

阎锡山介绍了山西抗战的形势后,要求八路军火速开赴灵丘前线作战。同时,恳切请求周恩来帮他制订一份详细的作战计划。周恩来欣然答应,返回办事处时,正遇上朱德率领八路军总部到达太原。

朱德、周恩来立即分析形势,研究部署八路军展开行动的作战计划。

朱德指着地图说:"局势越来越严峻,日军正以两路人马迂回态势,企图夺取太原,尔后直取黄河以北。"根据这一情况,毛泽东在9月17日对八路军作战部署进行了适当调整。原定八路军全部到恒山山脉打游击,现改为一一五师进入恒山山脉后南移太行、太岳两山之间;一二〇师转至以管涔山脉为依托的晋西北;一二九师进至吕梁山脉晋西南。20日,毛泽东又指示,三个师不宜集中,要分布在晋东北、晋西北、晋东南、晋西南四区内,互相策应,对占领中心城市和交通要道之敌,取四面包围态势。现在三个师过黄河后,正向指定地点开进。

朱德回到桌边坐下,喝了口茶润润嗓子又说:"一一五师马上跃过太原,请你向阎锡山通报一下。"

周恩来一边点头一边说:"嗯,毛主席的部署改得好。它可使我方各师之间保持密切联系,扩展回旋余地,保持战略上的主动。"

此时,他想起了阎锡山的险恶处境,转脸对朱德说:"阎锡山已被逼到了悬崖上,不抵抗无异于把山西拱手让给日本人,现在他急需兵力,他要求我们马上开赴前线作战,你的意见——"

八路军一二○师挺进晋西北

"这好办!"朱德满口应允,说,"他的要求与我们的方针计划并不矛盾,在洛川政治局会议上,毛主席要求大家要打一个较大规模的歼灭战。林彪、聂荣臻也立下了军令状嘛!他们就要到达太原。待他们一到,我们立即面见阎锡山,了解战情,打一个漂亮的歼灭战。"

朱德的话音刚落,传来两声响亮的"报告"声。

周恩来转头一看,惊喜地说:"啊,说曹操,曹操就到。"

来人正是——五师师长林彪、副师长聂荣臻。周恩来招呼俩人落座后,便将山西战况和阎锡山的要求,向林、聂俩人作了介绍。

八路军一二九师挺进晋东南

第二天清晨,八路军众将领策马赶至阎锡山的前线指挥所——太和岭。

此时的太和岭战区司令部门前,100多人的仪仗队威武雄壮,文武官员身着笔挺的官服,整齐地排立在两旁,领头的正是司令长官阎锡山。他们用这隆重的礼仪,是为了欢迎八路军总司令朱德。

周恩来微笑着向阎锡山介绍："这就是朱总司令。"

众人"刷"地向朱德投来敬佩的目光。

阎锡山快步上前。握住朱德的双手，说："久仰玉阶将军大名，今日得以相会，特别是可与将军共谋战事，实在是三生有幸！"

"阎长官言重了。"朱德微微一笑，恭谦地说，"我玉阶乃普通一兵，何德何能？有劳阎长官如此厚礼相待！"

"玉阶将军过谦，你是八路军总司令嘛，哪有不迎之礼。"阎锡山双眼放光，充满希望地说，"民间传说，玉阶如姜太公能神机妙算，我想有玉阶将军到此，太原有救了。"

"任何人纵有天大本事，不过是沧海一粟，唯有民众才有回天之力啊！"

"正是，正是。为发动民众，我们已研究成立战动会，此事你可问周公。"

周恩来点点头。

他们边走边聊，到了会议室。大家刚落座，阎锡山便迫不及待地问："周公，不知前几天所托之事办好没有？"

周恩来一边点头，一边从皮包内取出一叠纸，递给阎锡山，笑笑说："这是第二战区作战计划，请阎长官过目，不妥之处，还望指正。"

"哎呀呀，真了不起！"阎锡山一边翻阅，一边连声赞叹，"周公乃奇才也，短短几天，就拟出如此周密完善的作战计划，实在是天助我也！"

他竖着大拇指，环顾四周众将领，对周恩来说："能否请周公向大家具体谈谈？如无异议，立即下发执行。"

"那好吧。"周恩来站起身，拿着木棒指着地图说，"现在，日军从北面和东面以迂回态势夹攻山西。北面大同、广灵、涞源一线有日军的4个师团和3个混成旅团，东面平山、井陉、娘子关一线有4个师团形成一个进攻箭头。我们的原则是坚持持久战，不搞速决战，决不能计较一城一地的得失，不分兵把口搞单纯阵地防御。孙子兵法说，善用兵者，避其锐气，击其惰归，以静待哗，以近待远，以逸待劳。我们要采取积极的攻势防御战略方针，运动战与游击战结合、内线与外线结合。具体做法嘛，可用少数兵力牵制和迷惑敌人，多数兵力利用有利地形伏击、侧击、尾击、追击敌人。"

话说到此，他放下木棒充满信心地说："目前虽然敌强我弱，但只要我们全民族团结起来，不怕牺牲，上下团结，铸成钢铁长城，就一定能将日本鬼子赶出中国。"

周恩来话音一落，掌声四起，阎锡山高兴地拍着手说："说得好，继续说下去。"

"为打击日军的进攻气焰,提高军民抗日信心,必须组织好五大战役,即娘子关战役、平型关战役、雁门关战役、忻口战役、太原战役。这五大战役,要充分利用原有国防工事当诱饵,采取避实就虚,多打中小规模的运动游击战。千万不能分兵把口,那样会防不胜防,处处被动。"

周恩来说完,朱德强调说:"抗日战争是弱国反抗强国入侵的民族解放战争,只有充分动员群众,组织和武装群众,实行全民族的抗战,才能战胜敌人。因此,当前一要反对亡国论,二要反对速胜论,三要反对单纯政府和军队的片面抗战。"

阎锡山提出先研究平型关战役和雁门关战役。彭德怀说:"八路军为配合贵军打好这两个战役,目前正向前线开进。就各师开进位置讲,一一五师出五台、灵丘、蔚县地区,隐蔽集结在敌前进道路两侧,待敌进入平型关时,配合贵军在雁门关夹击敌人;一二九师准备与一一五师靠近,向晋东南正太路运动。"

彭德怀一席话,犹如一颗定心丸,使焦虑不安的阎锡山暂时定了心。

周恩来、朱德一行告别阎锡山返回太原,立即向林彪、聂荣臻下达作战任务,要求他们一定打好八路军成立后的第一仗。

林、聂二人受命,策马追赶部队。一路上,国民党溃兵及难民处处可见。难民们颠沛流离,人心惶惶,其状惨不忍睹;败兵丢盔弃甲,狼狈不堪。有诗为证:

阎军溃败退如潮,哭爹喊娘似狼嚎。

战马无主满山跑,枪炮子弹随地抛。

长城内外唱悲歌,翘首企盼救星到。

一队队溃不成军的败兵夺路而逃的情景,聂荣臻看在眼里,急在心里。养兵千日,用兵一时,这大队人马为什么不拼死沙场,而只顾逃命呢?

他翻身下马,问一位连长:"你们是从哪个战场下来的?为何后撤?"

那人瞥了一眼聂荣臻,漫不经心地说:"为什么后撤?鬼子那么厉害,上前方还不是白白送死。脚底抹油,三十六计走为上计嘛!"

另一个军官上下打量着聂荣臻,傲慢地说:"你们是土八路吧?凭你们那些土枪土炮,也能打鬼子?趁早回家抱娃娃去吧!"

"呸,贪生怕死的懦夫!"聂荣臻心里骂了一句,一扬鞭,追赶上前头的林彪。他气愤而又激动地说:"师长,国民党军中多是些贪生怕死之徒,抗日救国的重任落在八路军身上了。我们一定要打好这一仗,治治他们的软骨病、恐日病。"

夜幕降临,上灯时候,他们仆仆风尘赶到一一五师师部所在地——上寨村。在这里,隐约传来灵丘方向的枪炮声、飞机的轰鸣声。

晚饭后,团以上干部一丢下饭碗,便纷纷集中到师部会议室内,他们三五成群,在议论如何打击日寇。

林彪走到地图前，神情严肃地说："据第二战区司令部电报说，日军兵团于9月13日攻占大同后，正向怀仁、山阴进犯；日军第五师团9月11日占领蔚县、广灵，21日占领灵丘，正由灵丘经平型关向大营镇进攻。敌人如此猖狂，我们必须狠狠杀杀他们的傲气，给他们迎头痛击，让国民党看看，鬼子不是钢铁，中国人不是豆腐，可以增强民众抗日的信心和力量，树立我八路军的威望。"

林彪一番话，正说到大家的心坎上，纷纷交头接耳，摩拳擦掌。

林彪打了一个手势，大家安静下来后，他继续说："毛主席在洛川会议上，将八路军成立后的第一仗任务交给我们师。我和聂副师长已立下军令状，只能打胜，不能打败。师部研究决定，战场选在平型关，任务是伏击日军坂垣征四郎的第五师团。"

"太好了！"

"我们保证打好这一仗，为八路军扬名。"

聂荣臻扫了大家一眼，说："林师长已说出这一仗的重要性，大家谈谈部队情绪如何，有何想法？"

第三四三旅六八五团团长杨得志说："部队虽昼夜兼程，但情绪饱满，斗志高昂。特别是今天到了上寨村，群众听说我们要打鬼子，纷纷到我们驻地慰问，送的鸡蛋、苹果、梨子多得吃不完，群众的希望，给部队很大鼓舞。"

第三四三旅六八六团团长李天佑说："战士们听说要打鬼子，已纷纷递交了决心书，不少战士已留下最后一封家信，有的党员还交了最后一次党费。"

"你们五连的连长曾贤生就是好榜样。"师政训处副主任肖华赞扬说，"他给父母留下遗书说，不打败鬼子，决不生还，还叮嘱弟妹在他牺牲后，接过他的枪，坚决将鬼子赶回老家去。他这种精神值得大力宣扬。"

"是的。"李天佑点点头说，"在他的带领下，五连战斗作风顽强，接受任务坚决，个个都是好样的。"

同志们纷纷发言之时，林彪站在挂图前，一会儿低头沉思，一会儿眼睛一眨不眨地盯着地图，不时地拿着把小尺，这儿量量，那儿比比。许久，他转过身说："敌众我寡，如何打赢这一仗，请你们献计献策。"

第三四三旅旅长陈光说："历代兵家利用地形出奇制胜的例子很多，诸葛亮受刘备之请，出山打的第一仗，就是利用博望坡地形伏击曹军，凯旋而归。"

"陈光旅长说得对。"聂荣臻点点头说，"选择地形至关重要，孙膑胜庞涓，就是选择了马陵道打伏击。我红四军第一次反'围剿'选择龙冈，一举歼灭国民党第十师,活捉张辉瓒。"

第三四四旅旅长徐海东提议说:"根据以往的经验,要选择好地形,不能闭门造车。而要做到这一点,必须进行细致的实地考察。"

"说得对!"徐海东的话正中林彪的心思,他点点头,若有所思。片刻,他挥挥手说:"散会。"

第二天清早,天色朦胧,林彪和副师长兼政委聂荣臻组织旅、团、营指挥员,进行了现场勘察,确定在平型关东北的关沟至东河南镇,长约 13 公里的公路两侧高地设伏,歼灭由灵丘向平型关进犯之敌。

林彪把战局和敌情做了详细的分析。平型关一带是一派苍山如海的气势,他手指一会儿指向东,一会又指向西,介绍说:"平型关是山西内长城的重要关口,关内关外,重山叠嶂,地形险要。关前有一条公路一直通向灵丘、涞源,此路是坂垣师团侵占平型关的必经之道。关沟的前面有一条深谷约十里路长,我们暂且就称它十里沟吧。公路必经十里沟,我们就在那里埋伏下来,等鬼子一到,打他个措手不及。"

林彪对旅长陈光说:"三四三旅两个团打主攻,杨得志的六八五团埋伏在关沟,重点在公路拐弯处高坡的缺口上,向西阻击东跑池的日军回援,向东堵住公路内日军的去路,配合六八六团关门打狗;李天佑的六八六团隐蔽在六八五团东面的小寨村至老爷庙以东高地,战斗打响后,立即歼灭沟内敌人。"

三四三旅各干部默默记下了自己的任务,心里盘算着如何圆满完成任务。

林彪又对徐海东说:"你们三四四旅的张绍东的六八七团占领西沟村、蔡家峪、东河南以南高地,断敌退路,并阻击灵丘、涞源方向援敌。陈锦秀的六八八团作为预备队。"

说罢,林彪的目光在寻找,口中低声叫道:"杨成武!"

"到!"杨成武一边低声应到,一边从后面挤到林彪面前,立正站着。

林彪招招手,叫他一同蹲在地上,然后指着地图说:"你们独立团插到腰站地区,切断敌人从涞源至灵丘公路运输线,阻击涞源、广灵两个方向的援敌,决不能放过一兵一卒,如有闪失,我拿你是问。"

"首长放心!"杨成武目光炯炯,坚毅地回答。

"你们路远,午饭后出发。"

"是!"

一切布置完毕,林彪问众干部:"听明白了吗?"

"听明白了!"每个干部都信心百倍。

他们急速返回师部,在镇小学的土坪上,召开连以上干部会,通过层层发动,全师将士的信心鼓得足足的,请战书、保证书如雪片样飞到连部、营部、团部。

晚上,第二战区司令部的《九月二十五日出击平型关计划》送到林彪手中。计划中说,坂垣第五师团的第九旅团已过平型关,正向西南迂回进攻;9月25日,三浦敏事率领第二十一旅团三个联队和一个炮兵大队,从灵丘出发,经平型关向纵深出击。要求一一五师配合驻守平型关的第六集团军作战。

林彪阅毕,命令将计划迅速转发到各团。

当日午夜,一一五师各部按命令迅速向各指定地点开进。晋北高原西风飒飒。战士们刚刚出发,便下起了瓢泼大雨,他们没有雨具,全身被淋得透湿。

雨过天晴,太阳钻出了片片浮云,光芒四射。各团各就各位,迅速隐蔽在十里沟的两侧,严阵以待。师部指挥所设在关帝庙对面的高山白崖台,接线员以最快的速度接好了电话线。

手表已指到7时。林彪举起望远镜,远处出现一个小红点,这红点渐渐向前移动,红点的后面是黄乎乎的一片,隐约听到了汽车的马达声,林彪目不转睛,紧紧地盯住前方。

红点渐渐清晰,那是鬼子举着的太阳旗。一百多辆卡车在前面开道,有的车上坐满了日军,有的则拖着大炮,有的装着物资。长长的汽车队后面,则是更长的骑兵队伍。

林彪一面密切注视鬼子,一面拨通电话,他告诉几个团长:"鬼子来了,作好战斗准备。"同时他又安慰大家,"鬼子没有什么了不起,也是一个鼻子一张嘴,两只眼睛两条腿,没有三头六臂。"

林彪的话在战士中间传开后,紧张的心情顿时放松了。勇士们将手榴弹盖拧开,

八路军一一五师在平型关伏击敌人

拉出了弦,子弹上了膛,静静地等待着攻击命令。

十分钟后,第一辆汽车爬到了公路拐弯的缺口处,抬起了汽车头,加大了油门。

林彪一只手持望远镜,一只手臂有力地一举,命令道:"打信号弹!"

随着林彪的话音,"叭叭"两颗绿色的信号弹冲向天空。顿时,隐蔽在十里沟两侧的六八五团同时开火,手榴弹的爆炸声,机枪的吼叫声和战士们的喊杀声混成一

片,震撼着山谷。硝烟弥漫,尘土飞扬,十里沟成了一条火沟。第一辆汽车的前轮飞上了天,后轮挂在枣树上。后面的汽车一辆一辆,前进不了,后退不能,窄窄的十里沟被堵得严严实实;骑兵队更是乱成一锅粥,受惊的战马扬起四蹄,乱蹦乱跳。鬼子死的死,伤的伤。

残敌钻到汽车底下顽抗,他们的指挥系统也恢复了功能。在沟底被动挨打吃够了苦头,他们企图抢占山上制高点。

突然,林彪在望远镜里,看见了一百多个鬼子冲过公路缺口,正向关帝庙冲去。林彪一急,大声吼道:"司号员,快吹号,调六八六团三营火速增援口子。"

其实,六八六团副团长杨勇已在10分钟前发现了日军动向,早率八连、九连抢占了关帝庙高地,控制了制高点,架起机枪,向冲上来的日军一阵猛烈扫射。鬼子倒下一批,后面的鬼子像疯了似的往上冲。就在这紧要关头,机枪不响了。

杨勇焦急地吼道:"怎么回事?"

机枪手陈小虎急得哭了。杨勇一检查,原来这些子弹生锈了。他气得骂道:"奶奶的,阎锡山拨来的子弹生锈了,害死人了!"然后,他睁着红红的眼睛,命令战士们和鬼子拼刺刀。

战士们跳出阵地,大个子李二根端着刺刀朝一个鬼子军官猛刺过去,不料那鬼子臂力过人,指挥刀一挥,李二根的步枪被打落在地。李二根面无惧色,猛地一扑,抱住对方,两人在山坡上扭打,一起滚下了山崖。班长张云山奋力刺倒一个鬼子,自己同时被一个鬼子刺倒身亡。连长周志辉赶来,一刀结果了两个鬼子。八路军指战员们和鬼子展开了激烈的生死搏斗。

下午1时,枪声渐稀,战斗基本结束。打扫战场时,蔡家峪至关沟内,一千多个残暴凶恶的鬼子被歼,一百多辆汽车被毁。沟滩上,石缝里,以及被炸毁的卡车下,鬼子的尸体到处可见。战场上还到处是车辆、器械及骡马。缴获的呢大衣全师每人发一件后,还多出几十件。杨成武独立团在腰站毙伤敌人400有余。

晚上,林彪来到冉庄师部卫生所看望伤员,卫生部长欧阳奕向他报告说:"共伤亡一千五百多人,牺牲的有300多……"

林彪一听这话,顿时惊诧地问道:"有这么多?"接着,他自言自语地说,"古人云,敌死3000,我亡800,为胜仗,"他对着欧阳奕说,"为胜仗,伤亡数字要保密。"

平型关之战并不是一个很大的战役,但此战胜利的巨大反响却远远超越了战役本身。它打破了日军不可战胜的神话,极大地振奋了全国人民的士气,增强了抗战胜利的信心,提高了中国共产党的声望,并赢得了国际舆论的称赞与好评。平型关的捷报传出后,各界贺信、贺电达百余件之多。

就连蒋介石也发来贺电。

朱总司令、彭副总司令勋鉴：

25日电悉，25日一战，歼寇如麻。足徵官兵用命，深堪嘉慰。尚希益励所部，继续努力，是所至盼。

蒋中正

26日

平型关大捷传遍了全国，林彪的知名度也水涨船高，毛泽东在多次党的会议上，只要提到平型关大战，必说此战是林彪的一大杰作。

贺龙奇袭雁门关

平型关战斗后，日军继续增援，几天后，终于突破了国民党军把守的防线，向山西省首府太原进犯。1937年10月，两国军队在太原北面的忻口展开了激战。中国军队由国民党第二战区前敌总司令卫立煌指挥，八路军一一五师和一二〇师也配合这次作战，从侧后打击敌人。一二〇师在雁门关（在忻口北）的一次伏击战，成功地打击了日军。

9月3日，贺龙、关向应及萧克率领一二〇师从陕西富平县庄里镇出发，经韩城芝川镇渡黄河，进入山西。9月17日从侯马坐火车到原平，9月28日抵达晋北代县义井镇。他们刚刚安排好部队宿营，机要员就匆匆递给贺龙一份总部急电，内容是说占领大同的日军经雁门关，欲向忻口、太原进攻。总部命一二〇师在雁门关配合友军，阻止日军南下。

八路军一二〇师师长贺龙（左）与政治委员关向应在前线

贺龙、关向应俩人研究后，一方面派出杨、丁二位参谋，火速去雁门关和友军取得联系，同时，师部几位领导立即研究作战方案。

就在师领导研究之时，杨、丁二人已气喘吁吁站到贺龙面前。原来，雁门关与义井镇相隔七八里,他们受命后,一路奔跑,两袋烟工夫就转了回来。

小杨上气不接下气地报告说:"雁门关全是鬼子,阎部无一人影。老百姓说,前几天有几百鬼子攻打雁门关,阎部一个军人马只放了几枪就脚底抹油,溜之大吉了。"

"你们再去侦察,了解那里驻扎日军人数、动向,随时报告。"贺龙说。

"是!"俩人又匆匆离去。

贺龙、关向应、萧克很快拟出作战方案,立即吩咐召开团以上干部会议。一二○师原是红二方面军改编的,而红二方面军的根底就是贺龙"两把菜刀"起的家。

贺龙师长在一二○师干部会议上讲话

此时,干部们已陆续聚集在师部临时会议室,会议还未开始,不知谁说了句:"师长,给我们讲讲两把菜刀闹革命的故事吧!"

"对,对!师长给我们讲讲!"众干部齐声附和。

贺龙摆摆手,说:"算了吧,都老掉牙了,还提他干什么?"

一个干部说:"师长,光荣传统不能丢嘛。现在打鬼子,敌强我弱,还要发扬两把菜刀闹革命的精神才是啊!"

"大家说的是,革命传统不能丢。"关向应笑着说,"事情虽然是远了点,可是不少干部是新提起来的,听起来新鲜,老同志也要重新温习历史。"

"好,那我就老调重弹,再说它一遍。"贺龙将旱烟杆往鞋底上磕磕,插到腰上,一手摸着小胡子,便陷入了对往事的回忆。

那天晚上,贺龙首当其冲,手持菜刀,带领弟兄们向盐局杀去。他指挥一组抬着大木头撞开盐局大门,冲进院内,几十名税警从睡梦中被惊醒,惊恐万状,乱成一团。税警队长突然举着木棍,猛地朝贺龙打来,贺龙机灵,向左边一闪,躲过了木棍,那队长用力过猛,却重重地摔倒在地上,贺龙眼疾手快,还没等他从地上爬起来,随手一挥,那队长一声没吭,就见了阎王。贺龙这一手,杀鸡给猴看,吓得几十名税警逃的逃,降的降。接着,他们把所有的表册、账本翻了出来,堆在院内,一把大火,烧得片纸不留。然后,贺龙指挥弟兄们将没收的盐巴和财产分给贫苦百姓,缴获的枪支武装自己,组织了起义军,从此转战南北。贺龙两把菜刀闹革命的故事,在当地百姓中传为佳话。

贺龙说罢,憨厚的脸上露出微笑,他又从腰间拔出旱烟杆,取出烟丝,点着后深深地吸了一口,说:"其实也没什么好说的,官逼民反嘛!"

"师长,听说你带着这支起义队伍,参加了'八一'南昌起义。再讲讲南昌起义吧!"一个干部说。

大家听得入了神,意犹未尽,也希望贺龙继续说。

"好了,好了!"贺龙敲敲桌面,说,"欲知南昌起义详情,等打了鬼子再说。"

贺龙言归正传,将这次八路军总部下达的任务和师部研究的意见,如此这般向大家作了传达。

会议进行到一半时,杨、丁二位参谋又赶回来了。他们报告说,一个联队的日军守在雁门关,在雁门关通往忻口、太原的公路上,时常有运兵、运弹药的车辆来往。

贺龙听罢汇报,打开地图,用手势招呼大家,众干部纷纷围拢过来,贺龙指着地图说:"雁门关为长城之要口,北临大同,南抵忻口、太原,西接宁武偏关,东接紫荆关、倒马关。雁门关乃兵家必争之关口,它危及忻口、太原。现日军已占领雁门关,因此,也是我必争之关。"

说到这里,贺龙抬起头说:"我们的任务是发动群众,组织游击战争,袭击日军车队,切断日军运输线,给已南下忻口、太原之日军的后方运输造成困难,达到配合友军保卫忻口、太原之目的。"

接着,副师长萧克下达三五八旅和三五九旅各团战斗任务。

散会后,各路人马立即出动,几天之后,便有捷报传来。

三五八旅七一五团团长王尚荣、副团长顿星云,率领部队抵达原平以西南北大常、永兴村。见公路旁驻扎的日军辎重部队,一无工事二无岗哨,都已酣然入睡。

王团长对顿副团长说:"鬼子如此大意,他们目中无人,我们要好好教训教训他们,给他们一个下马威。"

"对,让鬼子尝尝中国军队的厉害。"顿星云捏着拳头说。

深夜时分,天空一片漆黑,鬼子们都在梦乡之中,王尚荣一声令下,全团向日军发起猛烈的攻击。

黎明时分,清扫战场,消灭鬼子一百余人,炸毁坦克、装甲车各一辆,缴获各种枪支一百余支;接着他们又在卫村袭击日军,打死鬼子五十余人,缴获各种枪支六十多支。

七一六团有两个负责人,一个是宋时轮,一个是贺炳炎。有人要问,这个团怎么有两个负责人呢？开始只有一个团长宋时轮，后来部队到前线分散作战，宋时轮先带着七一六团的二营组成支队，开赴雁北单独开展游击战争。宋时轮走了后，这时贺炳炎正巧从延安红军大学学习回到部队，贺龙、关向应就命令他担任七一六团团长。

贺炳炎一到，就和副团长廖汉生率领一营、三营紧跟在向导纪四娃后面，风风火火地来到雁门关以南的黑头沟石拱桥上。他们环顾四周，见这儿是雁门关通向忻口的必经之道，而且地形又好，桥西是绝壁悬崖，桥北是山坡陡峭，贺炳炎一挥手说："这里是埋葬鬼子最理想的坟墓！我们就在这里打。"

"报告！"侦察员王二虎气喘吁吁站到贺、廖跟前，"南面20里外发现鬼子一百多辆卡车，正向这里开来！"

"好！来得正是时候！"贺团长立即下达作战命令，"一营在北，三营在西，听我的号令发起战斗！"

一营、三营迅速到达指定地点，埋伏起来，专等猎物到来。此时，汽车马达的轰鸣声越来越响，一分钟左右，汽车进入他们的视野。当第一辆卡车刚上了桥，说时迟，那时快，贺团长"叭"的一枪，发出了战斗信号。顿时，公路两边枪声大作，打得鬼子晕头转向，一小时解决了战斗。

第二天，鬼子来收尸，在路旁钉了一木牌，用日文在木牌上写道："这一带有八路，当心，已阵亡72人！"

宋时轮支队挺进雁北

明知山有虎，偏向虎山行。在山西各地，到处都能见到八路军纷纷向前线开进的情景。

宋时轮带领他的400名官兵，越过长城，向雁北挺进。途中，他们在利民镇和前寨村，碰到了后撤的阎部三十四军，其军长见到黄埔军校老同学宋时轮，几句寒暄之后便问："你带这点人马，要开到何处？"

"上前线打鬼子啊！"宋时轮坦诚相告。

"哎呀，我的老同学呀，你胆子也太大了，这是开玩笑吧！"三十四军军长面露惊讶之色，心有余悸地说，"鬼子厉害得很，我这一个军人马对付不了一个联队，你这点兵力岂不成了鬼子的下饭小菜？明知肉包子打狗，有去无回，我看你还是掉转马头，向后转吧！"

"鬼子竟把你吓成这般。"宋时轮心下想，便无可奈何地摇摇头说："老同学，气可鼓不可泄，鬼子不过是铁多，比我们多几架飞机，多几门大炮罢了，但他们气少。而我八路军却气多铁少。鬼子并不可怕，怕就怕缺少志气和勇气。"

面对阎部一个军后撤，八路军一个支队前进，两种截然不同的态度，利民镇的百姓们纷纷议论。

绅士冯明宝感叹道："抗日战争，两个军队，两种态度。哎！我们愁的是八路军人太少。"

宋时轮，在红军改编前为红二十八军军长，后任红军学校校长，是个文武全才。他首战井坪，歼敌300人；收复平鲁城，袭击岱岳，全歼守敌200余人；伏击驻怀仁以南辛庄日军运输队，毙敌120人，毁敌汽车20辆；攻进大同以南口泉村，歼敌300人……

宋时轮支队八战八捷，战果累累，打开了雁北地区抗战局面，他的支队也逐步由400人发展为3000人。

陈锡联火烧阳明堡机场

由于八路军在平型关取得了大捷，日军受到侵华以来第一次毁灭性打击，只好改变进攻路线，5万人分两路大举向山西进犯。一路由平型关和雁门关之间的茹越口突破晋绥军防线，攻取大同、代县和原平；另一路经由保定南下，攻陷石家庄，正向娘子关进犯。太原已处于晋北和晋东南两路日军的钳击之中，情况十分危急。在这紧要关头，第二战区正副司令长官阎锡山和卫立煌请求我军赴敌后活动，打击日军，给他们在忻口作战以有力支援。

一天，朱德翻阅电报，得知友军要举行忻口、太原战役，为了配合友军行动，他电令一二九师派部队北上原平地区伺机作战。

一二九师师长刘伯承根据八路军总部指示，与副师长徐向前研究决定，派陈锡联的七六九团北上原平地区，执行侧击南犯敌人后方的任务。

陈锡联接令，带领部队来到山西代县以南的苏郎口。苏郎口距忻口百里，不时传来忻口方面的隆隆炮声，老百姓差不多跑光了，敌机还时不时飞来，丢下几枚炸弹后又昂头飞走。

面对日军的猖狂气焰，正在行进的战士们气得咬牙切齿，昂着头指着远去的日机骂道："奶奶的，别在天上逞凶狂，有种的下来和老子较量较量。"

战士们的骂声,启发了陈锡联:咳,何不设法揍它几架飞机,出出怨气,杀杀鬼子的威风,既可减少忻口、太原的压力,又可减少我方伤亡。

想到此处,陈锡联心中一阵高兴,可是转眼间,兴奋的脸上又布满了阴云。打飞机谈何容易?八路军手中只有步枪,用步枪打飞机可是天方夜谭,闻所未闻的事。陈锡联的眉心结成一个大疙瘩,他正在苦思冥想,刚好与一队从前线退下来的阎锡山部队擦肩而过。

陈锡联打听到这个部队的王团长来了,便上前几步打探道:"王团长,你们和鬼子干了几仗?"

"哎呀!"王团长一脸沮丧地说,"鬼子太厉害,上有飞机,下有大炮。他们的炸弹像长了眼睛似的,我们的电台刚刚架好,就被他们炸得飞上了天。"

"我问你到底打了几仗?交了几次锋?"

"唉!"王团长叹了口气,吞吞吐吐地说,"这个嘛!还没……没交过锋!"

"那你们是怎么打败的?"陈锡联惊异地问。

"听说鬼子那么厉害,队伍就乱了,开溜的开溜,向后转的向后转,一个团只剩下一个连了,怎么交锋?"

陈锡联一听,气得七窍生烟,随口骂道:"脓包,简直丢中国人的脸!"

"哎呀,你别骂人。"王团长上下打量陈锡联后,振振有词地说,"小兄弟,你充其量是个小排长吧?我看你是初生牛犊不怕虎。我劝你还是放聪明点,你们装备那么差,也想和日本人较量?我建议你们不要用鸡蛋在石头上碰了,否则,还不是肉包子打狗——有去无回。"王团长说罢,又大踏步地后退了。

被王团长称作小排长的陈锡联,当时只有22岁,可是红军改编前,他已是红四方面军第十师师长了。此时他真是又好气又好笑,面对这个长敌人威风、灭中国人志气的团长,他无可奈何地摇摇头,带领部队继续沿河前进。

就在他们登上一个小山头时,一个战士指着前方,突然叫道:"飞机,那么多飞机!"

陈锡联举起望远镜,只见河对岸阳明堡镇的东南方,有三排灰白色的飞机,整齐地排列着。

"对!"陈锡联心想,"这一定是敌人的机场。"

突然,在他的望远镜里,出现了一个移动的人影,渐渐地人影越来越清晰,只见来人蓬头垢面,衣衫褴褛,赤着两只脚。

陈锡联断定是个农民,没等他走近,便热情招呼道:"老乡,你从哪里来?"

"啊!"那人只顾赶路,猛听有人问他,吓了一跳,一抬头,见一群军人站在他面前,禁不住惊慌地两手直摇,一边后退,一边连声说:"老总,我是穷人。上有老,下有小,你们不能……"话没说完,扭头便要跑。

"老乡,别怕。"副团长汪乃贵和颜悦色地上前挡住他说,"我们是八路军,是打鬼子的。"

那人这才仔细打量眼前的这群军人,个个脸上挂着微笑,亲切地注视着自己。

他恍然大悟,转惊为喜地说:"啊,原来是八路军,你们真了不起,平型关一仗,消灭了那么多鬼子。我们老百姓可高兴啦!天天盼着你们来。"

此人姓王,名树根,家住敌人飞机场附近的王家边。不久前,日军到了王家边,将两百多村民集中在打麦场上,逼着他们按男女分两边跪下,几个男青年不从,当场被鬼子枪杀,一个年龄稍大的壮汉子刚骂了一句,鬼子上前就是一刺刀。这壮汉临死不屈,瞪着眼,挺立着,鬼子又是几刺刀,鲜血如泉水般地从他的伤口里涌出来,壮汉终于带着满腔仇恨倒下了。

老百姓激怒了,他们举起拳头,高声骂道:"禽兽,魔鬼!"

鬼子军官疯狂地一挥手,四周的鬼子端起机枪,一阵扫射,愤怒的群众纷纷应声而倒。

面对血流成河的打麦场,鬼子军官手持军刀,仰面大笑,他在翻译耳边嘀咕几句,翻译喊道:"没有死的,只要站起来,皇军放你们回家。否则,要放汽油烧了。"

少顷,一个姑娘满脸血泪,推开压在身上的两具尸体,踉踉跄跄地站了起来。

那鬼子军官见状,暴发出一阵狞笑。他一挥手,只见两个鬼子上前按住了那个满身血污的姑娘,十几个鬼子残暴地轮奸了那姑娘,之后对着奄奄一息的姑娘又是几刀。

那天,王树根正巧从邻村回来,走到村边,见两百多乡亲被鬼子推推搡搡,押向打麦场。他慌忙躲到麦草堆里,亲眼目睹了鬼子的残暴行径。他忍着巨大的悲痛和愤怒,紧握拳头,咬紧牙关,不敢发出一丝声响,才幸免于难。

此时,他流着泪,对八路军说:"作恶啊!这几天,只要一闭上眼睛,乡亲们一个个愤怒、痛苦的面容就会在我脑中浮现,那姑娘的惨叫声仍回响在耳边。"

他擦干泪水,对陈锡联说:"八路军兄弟,要报仇啊!我拼上一条命,为你们带路打鬼子。"

听完王树根的哭诉,战士们气得咬牙切齿,三营营长赵崇德撸着衣袖,急切地说:"团长,快下命令吧,为乡亲们报仇!"

陈锡联说:"为了打有把握之仗,我们一定要把敌人机场的情况摸清。"说罢,招招手,汪副团长及三个营长围拢过来,陈锡联如此这般吩咐完毕,便自己带上两名侦察员,化装成农民,由王树根带路,摸到阳明堡,把敌人兵力及地形摸了个一清二楚,傍晚返回后,又立即召开干部会。

干部们听说要打敌机场,个个摩拳擦掌,纷纷小声议论。陈团长干咳一声,大家静下来。

陈团长说:"同志们,阳明堡有一个日军联队驻守,机场有24架飞机,只有一个排的守卫部队。白天,24架飞机轮番轰炸忻口、太原,晚上全部停在机场。"

话说到此,陈团长扫了一眼众干部们,愤怒地说:"鬼子飞机炸毁了我们无数城市和村庄,炸死了无数中国军人和老百姓,今天我们终于有机会教训他们了,我们要出其不意地狠狠揍它一顿,为老百姓报仇!"

"团长,你就下命令吧!"干部们跃跃欲试,求战心切。

"好!"陈团长一击桌面,高声喊道:"三营长!"

"到!"

"你营担任主攻机场的任务!"

"是!"

"一营长! 二营长!"

"到!"

"你们负责破坏崞县至阳明堡之间的公路、桥梁,阻击崞县、阳明堡可能来援之敌。"

"是!"

"团迫击炮连及机枪连在滹沱河东岸占领阵地,随时支援三营。"

陈团长布置完毕,宣布当晚10时行动。各部领命后,纷纷进行战斗准备。

时间紧迫,陈锡联不放心,他和副团长来到三营,只见一个战士腰间挂满了手榴弹,饶有兴趣地问:"你挂这么多手榴弹干什么?"

"团长,打飞机光用子弹不行,那飞机全是铁皮包着,得用这玩艺对付,我一拉导火索,还怕它不上西天!"

"嗯,考虑周到!"陈锡联拍拍那战士的肩,赞赏地说。

赵营长说:"团长,有人说我们武器差,打鬼子是肉包子打狗——有去无回。这次,我们一定要创造个奇迹,端掉鬼子的飞机场,让那些患恐日病的人瞧瞧。"

"说得好!"陈锡联精神振奋,挥动着胳臂说,"你们三营是具有光荣传统的部队。红军时,你们就以能攻善守、夜战近战见长,这次要发扬光大,才不辜负你们那面'以一胜百'的锦旗啊!"

"团首长放心,保证完成任务!"赵营长握着拳头说。

夜色茫茫,四周一片寂静,偶尔传来几声"汪汪汪"的狗叫声。陈锡联带领部队神不知,鬼不觉,穿行在神秘莫测的夜海中。三营很快通过了敌人的铁丝网,黑暗中,一排排敌机犹如一只只待飞的老鹰映入战士们的眼帘。

战士们望着白天在空中逞强的敌机,瞪着眼珠子,端起枪,挥动着手臂,刹那间,机枪、手榴弹雨点般地向敌机倾泻,枪声、手榴弹的爆炸声惊呆了巡逻的日军,他们惊慌地端起枪,盲目扫射。

顿时,机场一片混战,赵营长大声喊道:"同志们,快将手榴弹向飞机肚里扔啊!"

一声命令,战士们纷纷从腰边取出手榴弹,争先恐后扑向飞机。随着手榴弹开花,敌机淹没在一片火海之中,冲天的火光照映着战士们兴奋的脸庞。

几十分钟解决战斗,机场鬼子全部被歼,飞机全部上了西天,阳明堡镇的日军闻声赶来时,见到的只是烧焦的飞机残骸,八路军已全部撤退。

夜袭阳明堡机场的消息,通过无线电波,迅速传遍了长城内外、大江南北,也传到了阎锡山的耳中。他晃动着身躯似乎不相信这是真的。

这天,他拿起电话对朱德说:"玉阶将军吗?八路军了不起啊!你们把鬼子的飞机场给炸了,这几天忻口、太原上空听不到飞机响,使我们减少了不少损失!"

"哈哈哈!"电话里传来朱德爽朗的笑声,"阎长官,鬼子也不是那么可怕嘛!只要中国人一致抗日,同心协力,小鬼子就逞不了强。"

在夜袭阳明堡机场战斗中牺牲
的三营营长赵宗德

"那是,那是。"阎锡山心里明白朱德话中之话。

阳明堡战斗结束后,七六九团团长陈锡联、副团长汪乃贵,于10月19日上午9时,向八路军总部和一二九师首长报告了战斗经过和经验。报告中除了陈述战绩外,还指出存在的主要问题:"一是我军装备缺乏刺刀和大刀,近战只能靠手榴弹和拳脚,影响成果;二是因敌援兵赶到,我军牺牲者的遗体没有抢运回来。总部将战斗捷报予以公布后,在全国又一次引起强烈反响,受到了战区指挥官卫立煌的高度赞扬,蒋介石以军事委员会的名义奖励大洋两万元,以示表彰;上海、太原、陕北等地的群众团体纷纷募集款项慰劳前方将士。为此,八路军总部由总司令朱德、副总司令彭德怀、政治部主任任弼时和副主任邓小平署名,于 1937 年 11 月 2 日发出《袭击阳明堡所得奖金分配》的电报。电报说:"我军参加抗战以来,由于全军指战员之英勇取得的大小胜利,在支持华北战局上起了重大作用,南京军事委员会对我军袭击阳明堡机场奖励两万元,陕北、太原、上海群众团体亦募集 2.75 万元。现决定,上项奖金分配办法如下:1. 全军指战员各发奖慰金 1 元;2. 参加阳明堡战斗指战员各发 2 元;3. 袭击阳明堡受伤干部发养伤金 10 元,受伤战士发养伤金 6 元。各部即按此规定照发,并借此鼓励战士更加提高我军作战勇气。"

八路军抗战初期,唯一受到蒋介石以军事委员会名义奖励的就是阳明堡战斗。

陈士榘抓到俘虏挨批评

一一五师自平型关大捷后,转战五台、繁峙、灵丘、大营之间,发动群众袭击日军。

10 月 23 日,林彪接到八路军总部命令,要他率领三四三旅火速驰援娘子关。他和聂荣臻作了短暂的研究,十分钟后,便率领三四三旅由五台山南下。

五台山距娘子关二三百里路,连续行军,都是冒着大雨,走的泥泞小路。虽然天气寒冷,暴雨不停,道路难走,但由于平型关大捷,部队士气高昂,战士们边走边高呼口号:"保卫山西!""保卫太原!""发扬平型关战斗精神!"

部队在开进途中,突然收到八路军总部电报,10 月 26 日国民党军守卫的娘子关失守,三四三旅由原来开到平定改为进军正太路南沾尚地区。

10 月 30 日,三四三旅到达沾尚。林彪在派出侦察员后,立即带着陈光旅长、陈士榘参谋长翻山越岭看地形。他们来到沾尚至松塔之间的广阳,发现这一带山岭重叠,沟壑纵横,有的山沟长达几十里。从沾尚经松塔至榆次,虽有条碎石泥结公路,但由于年久失修,加上山洪暴发,沙石冲击,已经破坏得不成样子,似路非路,似河非河,不便于日军机械化运动,路两旁又有一排排树木便于部队隐蔽。

一向沉默寡言的林彪独自一人走在前面不吭声,边走边思考。陈光和陈士榘俩人在后面,边走边议论。

当走到广阳至龙门口时,林彪观察了一阵子,便回头问道:"你们觉得这里怎么样?"

红军时期,陈光和陈士榘都在林彪第一军团工作,陈光是四师师长,陈士榘是军团司令部作战科长,他俩深知林彪性格,静如处子、动如脱兔、反应机敏、深思熟虑、敢下决心。而且还知道,林彪如果问怎么样,说明林彪对这个问题已经反复斟酌,有九成的把握,才用这种商量的口气征求意见。

因此,陈光和陈士榘听到林彪问怎么样,彼此心里有数,知道林彪的决心已定,便点头说行,同时取出笔和本子,准备记录林彪的口述命令。

林彪说:"命令开头先介绍敌情,进占平定日军位于东南白家掌,其左翼平定以南迂回之纵队,必将经沾尚、松塔趋榆次,沿白马岭、广阳前进,以配合正面敌军进攻。师部决定在广阳以东设下埋伏,配合友军,打击西进之日军。六八六团占领大道以南遥村、前小寨以北高地,向广阳以东突击,六八五团占领窝沟北山,向广阳突击,聚歼日军于广阳东狭沟之中。另外,命令杨得志团长带一部电台,率一个连由左侧后方对敌实施化装侦察,有情况及时用电台报告。11月3日,各团进入阵地,打一场和平型关一样的大胜仗。"

林彪说到这里,抬头向南远望,低声说:"陈赓怎么到现在没来?"

这时广阳以南有个黑点朝这里移动,陈光惊喜地叫道:"师长,那个黑点可能是陈赓。"

不久,陈赓果然来了,边擦汗边说:"师长,我先到师指挥所没找到你们,绕了一大圈,才找到这里。"

林彪没问什么,直接向陈赓介绍敌情地形后,右手向东一指,说:"三四三旅明天在这里打伏击,你们暂不参战,可作预备队。这里是日军由平定向昔阳的必经之路,我们就在广阳以东的户封村、中山村、大寨口设伏。"

林彪说罢,准备返回师部指挥所,走出两步远,回头对陈赓说:"你把在阳明堡打飞机的那个团配给陈光、陈士榘,让他们参加明天的战斗。"

"师长,在阳明堡打飞机的是陈锡联的七六九团。我回旅部,一定叫他们马上来参战。"陈赓说罢,就返回旅部。

林彪返回师部,突然想起一件事刚才没交待,急忙打电话把陈光、陈士榘找来。

林彪找陈光、陈士榘有何急事?原来,自平型关战斗、雁门关战斗、阳明堡战斗后,八路军歼敌万余人,缴获大量军需物资。八路军总部在太原召开祝捷大会,请中外新闻记者参观战利品,当周恩来、朱德、左权向记者们介绍战绩时,大家也看到缴获的武器弹药和太阳旗、地图、文件等,个个伸出大拇指赞扬八路军。但是也有个别外国记者不相信这些战果,说歼灭那么多敌人,怎么没有一个俘虏呢?

八路军不是不想抓俘虏,而是抓不到俘虏。因为,日本士兵受军国主义"武士道"精神的影响,多数人负了伤后,还拼命顽抗。战士们用刚学会的几句日语喊:"缴枪不杀,优待俘虏。"而日本兵毫无反应。为了抓俘虏,指战员付出了巨大的代价。

平型关战斗时,营长曾国华见一个鬼子身负六处伤,满身是血,便带着五个战士上去抓,还没走到这个鬼子面前,五个战士都被这个鬼子开枪打死了。曾国华不得不一枪将这个鬼子送上西天。

杨成武的独立团在冯家沟战斗中,歼灭两百多个鬼子,其中有三个鬼子躲在汽车底下顽抗。连长宋玉琳以为这些鬼子同国民党军差不多,只要带着战士们冲到面前,大喝一声:"缴枪不杀!"他们便会把枪扔出来,跪着求饶投降。但是他们估计错了,这三个负了伤的鬼子不但不投降,有一个鬼子还抱着八路军战士像疯狗似的到处咬,把他的鼻子咬掉,耳朵咬掉,喉咙咬破。宋玉琳见这个战士浑身是伤,心痛得流了泪,不得不拔出手枪将其消灭。

为了多抓俘虏,八路军总部10月6日发出了《关于开展敌军工作的指示》,10月28日,中共中央致电八路军总部,恢复政治委员、政治机关制度,强调要加强对日军的政治宣传与日军俘虏政策。林彪自信心很强,一定要抓几个俘虏。

一会儿工夫,陈光、陈士榘来到师部,他俩推门进来,林彪向陈光、陈士榘说着自己的想法:"我就不信,我们能歼灭四五千敌人,却不能俘虏一个。我们一一五师能首胜日寇,也能首次抓到日寇俘虏。"

说到这里,林彪对身边的萧华说:"你向各政治委员通报这个情况,要他们在广阳伏击战中,发动群众,人人开展瓦解敌军工作,个个想方设法捉俘虏。"

陈光、陈士榘被林彪说得几乎坐不住了,激动地说:"师长,我们一定做好对敌宣传工作,保证人人学会几句日语,在这次广阳战斗中,保证抓几个俘虏。"

当天晚上,三四三旅悄悄埋伏在广阳以东的伏击阵地。11月的山西已进入冬季,寒风将山头的树摇得呼呼作响,半夜,陈士榘突然接到林彪的电话,林彪说:"陈士榘吗?抓俘虏的工作部署了吗?"

"部署过了,各团各营各连成立了瓦解敌军工作小组,人人学会了日语的缴枪不杀,优待俘虏等常用语。"

林彪放下电话,就坐在电台旁边等杨得志的侦察报告。一直到天蒙蒙亮,杨得志来了电报,说日军四千多人从沾尚出发。但是行动缓慢。这些鬼子是在平型关、雁门关等战斗中吃了苦头后,变得更狡猾了。

下午3时,日军进入了伏击阵地。突然,"叭!"的一声,红色信号弹腾空升起,伏击部队如林中猛虎杀了出来,日军遭突然袭击,惊慌失措,顿时七零八落,人仰马翻。但是日军经短暂的整顿后,马上使出对抗的招数,作垂死挣扎。战士们也愈战愈勇,歼灭了一千多鬼子。

枪声稀落时,陈士榘通过电话,向各团了解有没有抓到一个俘虏。这时天黑下来了,部队向广阳镇方向打扫战场,陈士榘来到镇边,见几个战士向一间屋里打枪,当了解到屋里只有一个鬼子抵抗时,便制止战士们说:"不要打死他,要抓活的。"

一个战士气愤地说:"不行,这个鬼子打死了我们3个同志,我们班长也牺牲了,这仇一定要报。"说罢,就准备扔手榴弹。

陈士榘上前一把夺过手榴弹,这时团长李天佑也来了,严肃地对战士们说:"现在抓俘虏是我们的头等任务,尽量抓活的。"

李天佑说话的时间,陈士榘和师侦察科长苏静已接近这个屋子,悄悄移到窗口下。陈士榘用日语向屋里喊话,这个日本兵不但不出来,还向外打枪。不一会,枪声停了,屋子里安静下来。

陈士榘估计这个鬼子没有子弹了,但又怕他自杀,便带几个战士冲进屋里。只见一支带刺刀的三八式步枪正对着门口,陈士榘急忙去抓住那杆枪,接着抱住蹲在粮食篓里的鬼子。那个鬼子穿着黄呢军装,全身被吓出来的汗湿透了,陈士榘因为抱住他,自己的衣服也被他的汗湿透。

陈士榘知道,这是他不了解我军俘虏政策的缘故,想给他解释解释,可除了缴枪不杀,优待俘虏几句话外,别的日语不会说了,陈士榘突然想起,汉文和日文有许多字形字意相通,便点亮了马灯,掏出笔记本,在上面写道:"你不要害怕,我们是共产党领导的八路军,优待俘虏,我们不伤害你。"

这个鬼子连忙写了两个字:"理解。"

陈士榘又写字问他叫什么名字。他又写道:"七九联队辎重兵曹加藤幸夫。"

战斗结束,陈士榘兴冲冲地跑到师部,向林彪一五一十地详细报告了抓俘虏的经过,林彪听了,毫无笑容,反而沉着脸说:"情况我都知道了,你陈士榘抓了一个俘虏,立了一功,但还要挨批评,你是一个高级干部,万一有个不测怎么办?为抓一个俘虏搭上一个高级干部,那不是因小失大吗?"

陈士榘笑着辩解说:"师长,你不是常说,不入虎穴,焉得虎子吗?总部和师部一再要求要多抓俘虏……"

这时林彪转过身,屋子里安静得让人窒息。陈士榘见林彪不理他,没敢和林彪打声招呼,悄悄离开了师部。

聂荣臻首创晋察冀根据地

11月8日,太原失守,八路军总部领导忙得热火朝天,又是发电报,又是打电话,他们忙什么呢? 原来,毛泽东发来电报,说太原失陷后,在华北以国民党为主体的正规战已经结束,以共产党为主体的游击战进入主要地位,要八路军总部赶快把部队分到华北敌后,占领乡村,发动民众,收容溃军,扩大自己,建立根据地。

一一五师师部离总部比较近,朱德派人叫聂荣臻来接受任务。

聂荣臻来到总部,见总部领导正在等他开会,便笑着说:"我来迟了吧?"

"不迟。"朱德指着旁边一张凳子说,"你坐吧。"接着将毛泽东的电报递给他看,说:"太原失守,山西局势大变,国民党一溃千里,地方政府也垮了,那些被老百姓血汗养肥的县太爷,将政府资财囊括一空,携带家室和金银财宝,纷纷逃往郑州、西安、汉口,有的甚至直下香港。地方上找不到原有的行政官吏,处处陷入无政府状态,社会秩序一片混乱。现在是我们八路军唱主角了。毛主席采取山雀满天飞的办法,把主力开到华北敌后,占领广大乡村,分兵发动群众。"

朱德说到这里,念了一首顺口溜:

> 日寇猖獗犯山西,蒋阎军队全崩溃。
>
> 西北大地遭威胁,靠我八路战魔鬼。

聂荣臻静静地听着,不停地在小本子上记录。

朱德接着说:"老百姓把希望寄托在我们共产党领导的军队身上了。根据党中央的整个布局,总部研究决定,一一五师一分为四,三四四旅随总部行动,林彪率三四三旅创建晋西南根据地;罗荣桓已经率师政治部、教导大队和一个步兵连,到阜平、曲阳、耿寿一带发动群众;你的任务,率领独立团、骑兵营、师教导队两个队,还有几个工作团,加在一起共3000人,开到晋察冀地区,发动群众,迅速建立根据地。"

任弼时接着说:"中共中央决定成立晋察冀军区,聂荣臻任司令员兼政委,唐延杰为参谋长,舒同为政治部主任。晋察冀边区范围比较大,包括20多个县,在这样一个广阔地区内开展工作,力量很单薄,特别是缺干部。现在各个根据地都缺干部,他们干部数量虽然不多,但都是红军时期的骨干,可以当作种子,到一处就开花结果,可以慢慢地扩大嘛!"

"受任于败军之际,奉命于危难之间。"邓小平说,"这是诸葛亮《前出师表》中的两句话,我现在用它来勉励你和晋察冀军区的同志。你们刚到新区,困难肯定不少，而有利条件也不少，晋察冀边区大山连绵，地形险峻，这是创建根据地的一个条件。目前日军集中力量长驱直入，后方相当空虚，阎锡山部队忙于逃命，这也是有利条件。但是，这并不是决定性因素，决定性因素是人民群众。罗荣桓已到那里，打下了基础，总部民运部傅钟、王逸群、洪水、胡开明带了几十个人也到了那里，各县到乡都成立了战动会，你们到那里要集中精力宣传群众，发动群众。"

左权插话说："对，宣传群众非常重要。朱老总、彭老总每到一地，背包没放，先叫警卫员向老乡借桌子，站在桌子上向群众宣传党的抗日方针政策，宣传八路军的胜利。两位老总的讲演，气壮山河，振奋人心。有一次，卫立煌见朱老总讲演，激动地对我说，今天才知道共产党打胜仗的奥妙。因此，开辟根据地千万千万不能忽视宣传。"

邓小平接着说："还有一件事，就是要多打小胜仗，积小胜为大胜，扩大了影响，群众就会有信心，就会支持我们。"

朱德说："聂荣臻同志，你还有什么困难和意见？"

聂荣臻满怀信心地说："我上靠党中央和总部首长，下靠广大群众和经过战火磨炼的三千多红军骨干，一定能完成开辟晋察冀抗日根据地的任务。"

聂荣臻返回师部，稍作准备，就带着三千人马，晓行夜宿，来到五台山寺庙。

五台山是我国著名的佛教圣地。山上分布着三百多座寺庙，共有和尚喇嘛八千多。

这天，聂荣臻快到五台山寺庙时，只见庙外广场上人山人海，旗幡招展，鼓乐喧天，众多和尚、喇嘛，身披袈裟，手持笙箫锣鼓，排着一列列整齐的队伍。

他们如此隆重，莫非是在办什么大事吗？聂荣臻正疑惑不解时，打前站的供给部长查国桢来报告，说和尚、喇嘛听说八路军要在这里住宿，正列队欢迎呢。

聂荣臻把队伍安排在山坡休息，便和唐延杰、舒同带着十几个人来到广场，顷刻鼓乐齐鸣，钟声再起。主持和尚双手合十，快步前来迎接，陪同聂荣臻走过乐队行列，来到一排椅子边就座。

老主持兴奋地说："久闻聂将军大名，平型关大捷声振华夏，贫僧早有所闻，而今目睹尊颜，不胜荣幸之至，欢迎欢迎。"说罢，小僧送上清茶，请聂荣臻一行品尝。

"打扰了，给你添麻烦了。"聂荣臻也按佛家礼节，双手合十，说，"八路军进入五台山，是为了抗日，救国救民，希望得到宗教界人士支持和帮助，共同抗敌。"

主持说："我佛教理，讲的是普渡众生。而今倭寇灭我中华，逆天行道。我们是出家人，但没有出国，支持八路军抗战，责无旁贷。聂将军有何困难，一呼百应，要人有人，要钱有钱，愿尽微薄之力。"

"好,欢迎大师抗日。"聂荣臻兴奋地说,"我们团结合作,一致抗日对敌。"

两个人谈得十分融洽,中午,老主持请聂荣臻一行吃了一顿斋饭。饭后,老主持邀请聂荣臻对和尚、喇嘛进行讲演。

讲演后,有数百名和尚、喇嘛要求参加八路军,聂荣臻和老主持协商,除了部分参加八路军外,其余的人组织成自卫团、练习刀枪棍棒,随时准备加入八路军。

应老主持之邀,聂荣臻带着司令部在普济寺小住几天。在这几天中,聂荣臻派出几十个工作组,到几十个县宣传联络,收编民间武装。

几天之后,独立团团长杨成武来报告,说独立团自平型关战斗后,收复7个县城,成立联合县政府,收编了平西"国民抗日军",察南的"黑马队",保定西北的"七路军",易县的"十路军",高宏飞的"三路军",以及深水、涿州的游击武装,独立团由1600人扩大到7000人。

三四三旅副旅长周建屏来报告,说他和刘道生率领的工作团,到石家庄以西寿阳、井陉、平定、正定地区,收编散兵,发动青壮年建立了平山自卫团和十几支游击队。

总部组织部王平科长来报告,说他和骑兵营长刘云彪收复曲阳、唐县、定县,在战斗间隙,以班排为单位,分兵发动群众,委任了新县长,成立了战动会和抗日义勇军,还建立了农会、青救会、妇救会,还打下了日军一个兵站。由于阜平军民抗战热情高,物资丰富,王平一再建议,晋察冀军区迁到阜平。

聂荣臻听了一系列振奋人心的喜讯,便同唐延杰、舒同、查国桢研究决定,成立四个军分区,第一军分区由杨成武任司令员,邓华任政委;第二军分区由赵尔陆任司令员兼政委;第三军分区由陈漫远任司令员、王平任政委;第四军分区由周建屏任司令员、刘道生任政委。

各军分区下辖三个相当于团的大队,再加上各游击队配合,晋察冀抗日根据地工作出现了新气象,大片国土回到人民手中,各县成立了新政府,各种群众性抗日组织如雨后春笋,在西起山西的五台,东止北京的郊区,北起阳高,南止井陉,纵横几千里的广阔地区,到处可见操练武艺的军民,处处皆有嘹亮的抗日歌声。

陈赓神头岭毙伤日军一千五

1938年3月11日下午,旅长陈赓带着两个警卫员,策马扬鞭,疾驰在襄垣县城东的一条大路上。战马如脱弦之箭,树木、村庄一闪而过,他们的耳边只是呼呼的风声。他们的目标是仙堂寺一二九师师部。一个小时前,陈赓接到倪志亮参谋长电话,令他速速赶到仙堂寺,接受重要战斗任务。

仙堂寺,地处襄垣县城东北50里的仙堂山腰,四面环山,一边是古树参天,一边是松柏苍翠,汩汩泉水蜿蜒寺侧,寺门前一湾池水,波光闪烁,清澈见底,环境清静优美。

陈赓一行快马加鞭,约半个多小时,仙堂寺已在眼前。到了仙堂寺门口,陈赓猛勒缰绳,一个翻身下马,气喘吁吁地站在早已迎候在此的师首长面前,汗水顺着面颊往下淌,军装湿透了一大片。

陈赓一甩手,将缰绳扔给警卫员,然后立正敬礼,一一向刘伯承、邓小平、徐向前、倪志亮敬礼,喘着大气说:"首长好!我来晚了吧?"

刘伯承一边上下打量着他,一边笑嘻嘻地拍着他的肩说:"不晚,不晚,我们有名的快马将军,你一路辛苦了。"

刘伯承、邓小平等将陈赓迎进寺内。陈赓边走边看,见寺内佛像林立,色泽鲜艳,便赞叹道:"这寺院金碧辉煌,雕梁画栋,处处耀眼夺目,不知建于何年代?"

徐向前说:"我问过几位老和尚,他们都说不清。传说在唐朝的一天晚上,突然刮起一阵拔树倒屋的大风,狂风之后飞砂走石,滂沱大雨。直至天色放亮,风停雨止,十分宁静。突然一道蓝光划过长空,几千只仙鹤飞来飞去,仙堂山腰陡然出现一座飞檐点金的古寺。高大的山门横额上有金光灿烂的'仙堂'二字,这座古寺就得名为仙堂寺了。"

陈赓听得入神,他被美丽的传说深深地打动了。

他们边说边走,穿过东西配殿、三佛殿、禅院,眼前出现了一间干净、简陋的屋子,这便是司令部办公室。

进了屋,众人一一落座,邓小平倒了一碗开水,递给陈赓。陈赓端起碗,一仰脖子,喝了个底朝天。

警卫员端来一盆水,陈赓一边洗脸,一边扭头问:"首长,有什么战斗任务?快下命令吧。"说罢,放下毛巾,急呼呼从口袋掏出笔记本和钢笔,准备记录。

"你先别忙着记,把任务弄清楚了再记。"刘伯承转脸对倪志亮说:"参谋长,你先给陈赓介绍一下敌情。"

倪志亮用木棒指着墙上的地图,说:"由邯郸西犯之敌第一〇八师团,于2月20日进占长治,打通了邯郸至长治大道的联系,企图继续西犯,与已占领临汾、汾阳、离石、风陵渡等重要城镇之敌会合,进而向黄河其他渡口进犯,直接威胁潼关和陕甘宁边区。一〇八师团有一个旅团,最近几天分别驻在武安、涉县、潞城、黎城一带。总部首长来电,命令我们在潞城、黎城歼敌一部,牵制一〇八师团西犯。"

邓小平点燃一支烟,猛吸一口后,胸有成竹地说:"我们这一拳打出去,要打在敌人的腰背上,痛在敌人的心窝里。"

刘伯承接过倪志亮手中的木棒,指着地图上的黎城,说:"黎城是一〇八师团的兵站基地,有一个联队一千余人。潞城是一〇八师团的司令部,这里最敏感。根据敌人一处受袭,他处必援的规律,我们决定对黎城之敌进行强袭,吸引潞城之敌出援,尔后在黎城与潞城之间公路上选择战场,伏击潞城出援之敌。"

邓小平补充说:"我们这次的作战方针是攻其所必救,歼其救者。"

陈赓凝视着地图,在深深地思索,徐向前拍拍陈赓的肩膀说:"这次任务很艰巨,有什么困难和想法,说说看。"

"我们一个旅,要准备两桌饭,又同时让黎城、潞城的敌人吃。恐怕要……"

刘伯承明白陈赓的担心,没等陈赓说完,就接过话茬说:"袭击黎城和阻击涉县敌军的任务,是陈锡联三八五旅七六九团的。你们旅的任务,是在黎城与潞城之间打伏击。"

陈赓弄清楚他们的任务,轻轻吁了一口气,充满信心地说:"请首长放心,这一仗我笃定能打胜。"

邓小平收敛起笑容,严肃地说:"我的陈赓同志,你凭什么说笃定能打胜这一仗?你一没看现场地形,二没组织大家充分研究,就肯定有那么大的把握吗?古人言:'天下之事,不可尽知,而以臆断言,不可任也。'我们说话办事,一定要慎重,决不能在没调查研究前,就乱下结论哦!"

陈赓的脸"唰"地红到耳根,他知道自己的毛病。听了邓小平的批评,他一边搓着双手,一边点头说道:"邓政委批评得对!"

刘伯承在一旁看着陈赓那一脸尴尬相,拍着手说:"哈哈,万事万物,一物降一物。财压奴婢,艺压当行。你看陈赓这匹烈马,当年,他在上海做地下党,连蒋委员长都怕他三分,小平却一下将他套住了。"

"这是总部首长朱、彭、左批复作战方案的回电,你看看。"倪志亮将总部的复电递给陈赓。

陈赓接过电报,见电文如下。

刘伯承、邓小平、徐向前:

同意相机袭击黎城、潞城,占领东阳关,打击增援之敌。我们准备于14日到沁县以南阎家沟、白家沟附近,请小平、向前来本部开会,伯承留部指挥。

朱、彭、左

3月11日

陈赓看罢总部复电,交给倪志亮,对刘伯承、邓小平说:"我立即回去,选择地形,迅速制订作战方案,报师部审批。"

刘伯承、邓小平满意地点点头。

陈赓返回磨坊边旅部,已是黄昏。吃罢晚饭,他对照地图琢磨起来。他看看想想,想想看看,一会儿伏在地图前,涂涂画画,一会儿手敲着太阳穴,入神地思考着。

三个小时过去了,地图上划了一道又一道的红杠。终于两个预案在陈赓的脑海中成立了,但他不放心,又与王新亭政委交换了意见,方才上床休息。

次日凌晨,陈赓主持召开第一次战前讨论会,旅政委王新亭、七七一团团长徐深吉、政委吴富善,七七二团团长叶成焕、政委萧永智,刚成立的补充团团长韩东山、政委丁先国,作战股长周希汉到会。

陈赓首先介绍了刘、邓首长的战略意图和任务,然后说:"这一仗,请诸位认真讨论,关键要选好战场。因为'馒头'大,我们的兵力不足,如果地形再选得不好,那我们就要被撑死了。"

陈赓想充分发扬民主,广泛征求意见,因此,只字不提自己的预案。

他挥挥手,招呼大家说,"三个臭皮匠,赛过诸葛亮,现在请你们献计献策。"

陈赓的话音一落,团长、政委们十几双眼睛都"刷"地扫向地图,他们仔细地寻找适合打伏击的地形。

"旅长,神头岭怎么样?"叶成焕歪着头问。

"说说理由。"陈赓饶有兴味地问。

叶成焕不假思索地说:"大家请看,神头岭是两山之间的一条深沟,潞城至黎城的公路正好从沟底经过。我们在沟关沟后埋伏重兵,中间穿插,不管有多少敌人,我们都可能歼灭。这地方既有利于隐蔽,又有利于出击,我看整个邯长大道,再也找不到这么理想的地方了。"

"是啊,叶团长说得对。"其他几个团长、政委都击掌赞成。

"哈哈哈,神头岭是个好地方,我们就叫日本鬼子在神头岭见阎王。"周希汉手舞足蹈,信心百倍地说,"这真是天助我也!"

韩东山性急,一步跨到陈赓面前,首先请战。他急呼呼地说:"旅长,快下命令吧,我们补充团的新兵等着打胜仗补充新装备呢!"

大家的眼睛都盯着陈赓,并不约而同地拿着笔和本子,准备记录陈赓下达的作战任务。

"你们先别忙着记录。"陈赓想起自己在师部时,徐向前也这么说自己,不禁哑然失笑,这真是什么将带什么兵!但他立即收敛起笑容,满脸严肃地问:"神头岭你们去过吗?"

陈赓这一问,倒把大家问住了,一个个面面相觑,无法回答陈赓的问话,因为他们都没去过。

叶成焕打破了沉默,满不在乎地说:"地图上不是标着吗?我看地图和实地也是八九不离十吧,差距不会太大的。"

陈赓见他那大大咧咧满不在乎的样子,沉下脸来,严肃地说:"你们啊,一人传虚,万人传实。地图毕竟是地图,打仗是真刀真枪地干,我们不能拿战士们的性命当儿戏,一定要实地考察,要打有把握之仗。"

说罢,陈赓又缓缓口气,告诫说:"我们可不能做蒙上眼睛的拳击队员,当纸上谈兵的指挥员啊!那样是要犯错误的。"

陈赓一席话,使干部们开了窍,这个摸摸头,那个伸伸舌头,陈赓与王新亭交换了眼色,然后一挥手,果断地说:"走,我们去神头岭看地形去!"

团长、政委们拥着陈赓出门上马,直奔神头岭。

陈赓一行快马加鞭,转眼间不见踪影,在他们身后扬起滚滚尘土,随着北风渐渐散去。半小时后,他们在潞河村边下了马,把马绳交给警卫员,然后一个个隐蔽着身子,沿公路北面光秃秃的山梁疾行,一会儿穿过深谷,一会儿爬上山腰。此时,公路上不时有几辆挂着膏药旗的汽车东来西往,扬起团团灰尘。他们又翻过两道山梁,在神头村边停住了脚步。

"咦!神头岭呢?怎么不见了?"不知谁惊异地叫了一声。

众团干部们顿时也愣住了。纳入他们眼帘的不是地图上那两山之间的深沟,而是光秃秃的山梁上,有一条公路,暴露无遗。山梁的北侧有一条大沟,沟对面是申家山,山梁西面紧靠着的只是一个只有十几户人家的神头村,再向西就是微子镇、潞城了。

徐深吉停住脚,拍拍帽子上的灰尘,嘟嘟囔囔地说:"国民党的什么破地图!差点上当了。"

大家七嘴八舌地骂开了,这个说:"那张国民党旧地图下次不能用了,要不是陈旅长英明,不是要吃大亏了吗?"那个说:"纸上谈兵看来不行,今后,我们要引以为戒,一定要实地考察才行。"

王新亭见火候到了,朝大家递了眼神,等众人不讲话了,他才开口说道:"同志们,我们这一趟没有白跑吧?通过这件事,你们就会明白一个道理,'纸上得来终觉浅,绝知此事要躬行'啊!"

就在大家议论不止时，陈赓却一手托肘，一手摸着自己满脸的络腮胡子，四处张望。最后，他的目光落在了路边阎锡山部废弃的简易工事上。

良久，陈赓才挥挥手说："走，回去研究一下，事在人为嘛，地形是死的，人是活的，想吃鱼就要想办法叫鱼上钩。"

回到旅部，天已黑了，吃过晚饭，第二次作战会议开始了。讨论时众说纷纭，有的主张在这儿打，有的主张在那儿打，可是提起在神头岭伏击，个个摇头，人人反对。理由有三：一是部队无法隐蔽，二是冲锋时部队难以展开，三是预备队无法运动。

陈赓默默听完每个人的发言，用目光扫了众人一眼，问道："你们都不同意在神头岭打？"

"旅长，神头岭无法隐蔽，根本没法打。"有人大声说。

陈赓与王新亭交换了一下眼色，笑着说："我可要反其道而行之，我建议在神头岭打！"

王新亭见大家呆愣着，知道大家一时转不过弯来，便开导大家说："看问题要全面，不要一叶障目，只见树木，不见树林，应该有辩证观点嘛。"

陈赓则进一步说出自己的理由，他分析说："不要一说伏击，就想到深沟陡崖，天下哪有那么多深沟陡崖？没有它，仗还是要打的。"

说罢，陈赓指着地图说："一般讲，神头岭地形不险要，不是打伏击的理想地形。但是，不险要的地形，也有有利的一面，也是出其不意伏击敌人的好地形。因为地形不险要，敌人往往会麻痹。人在思维过程中，常常会受到某种习惯性的思维套路的影响，这就是视觉里的'盲点'。我们利用这个'盲点'，隐蔽在敌人鼻子底下，切实伪装好，敌人很难发觉的。同时，神头岭也不是没有一点可以利用的地形，阎锡山部队修的简易工事，虽然废旧了，不引人注目，也可以废物利用啊。有的同志讲，这里是山梁，地方狭窄，兵力不易展开。这个困难对我们不利，同时对敌人也不利。"

说到这里，陈赓把自己常用的手杖，架在两张桌子之间，指着徐深吉问："你看两人在独木桥上打架，对谁有利？"

徐深吉"嘿嘿"地笑着说："那还用说，谁先下手，谁占便宜呗！"

陈赓拍拍徐深吉说："你算开窍啦！只要做到勇猛迅速，突然出现在鬼子面前，鬼子毫无防备，等他们回过神，咱们的刺刀就捅到他们的心窝了，大家想想这地形如何？"

陈赓一席有声有色的分析之后，转头问叶成焕："如果把你们二营放在申家山，能不能在 40 分钟内冲上公路！"

叶成焕点点头。

真是眼界无穷世界宽。大家听了陈赓的分析，视野一下子从狭窄的山沟里走到了平原。

但是，还有人担心地问："这样做是不是太冒险了。"

"你说得对！"王新亭说，"是有一点冒险，但有时候最危险的地方，也是最安全的地方。这叫出其不意，攻其不备。再说，狭路相逢勇者胜嘛！"

"打仗时，该冒险的时候必须冒险。"陈赓的近视眼镜后面那一双眼睛显得炯炯有神，用充满信心的声音诙谐地说，"有的险冒不得，有的险却非冒不可。你们应该知道，诸葛亮的空城计不是冒极大风险，最后却取胜的吗？如果他不敢冒险，他也只好当司马懿的俘虏了。"

"旅长的比喻太妙了。"周希汉佩服不已，并若有所思地说，"诸葛亮巧设空城计，就是在马谡丢失街亭之后。当时诸葛亮手中一点兵力都没有，司马懿这个笨蛋上当活该！"

"说起诸葛亮众所周知，他是个最谨慎、最讲究地形和条件的军事家。他冒险唱空城计，是在以下情况下决定的：一是当时司马懿重兵压境，如果诸葛亮不以空城计迷惑对方，必将失守。因此，他是在不得已的情况下冒这个风险，以冒最大的风险来争取最大的成功。二是改变以往的指挥习惯来迷惑敌人，但是，此法不能连续用，一个将军老使用空城计，肯定要失败的。三是此法是利用对手的心理缺陷，诸葛亮知道司马懿生性多疑，假如对方是鲁莽汉子，那就要另作安排了。"话说到此，陈赓停顿片刻，掉转话头说，"以古论今，通过这个故事说明，我们在神头岭打伏击战是可行的，况且，我们在神头岭也不是设的空城计，是重兵埋伏。"

"啊呀！旅长一席话，胜读十年书啊！"叶成焕听得入神，此时口中称赞不已。

"马屁精！"陈赓笑着骂了一句，继而神情严肃地说，"闲话少说，我们立即行动。"

陈赓拿起指挥棒，指向地图，果断地下达作战任务：七七二团二营和七七一团一营在申家山高地待机，要求战斗打响后半小时冲到公路，加入战斗；七七二团一营埋伏在公路以东十几米处；补充团在鞋底村一带设伏；七六二团三营负责潞城方向警戒和断敌退路；七七一团特务连负责潞河村方向警戒，相机炸毁浊漳河上的大桥，切断两岸敌人的联系；七七一团二营、三营在郭老湾西北高地设伏。"

陈赓说到这里，放下指挥棒，将脸转向周希汉："潞城方向敌情如何？"

周希汉回答说："派出去的侦察员刚回来，潞城敌人增加到了 1500 人左右。"

"如果来 1500 人,我们的兵力就不足了。"陈赓用木棒敲着地图,沉思片刻,抬头对叶成焕说:"从你们团抽一个连,布置在潞城背后打游击!"

叶成焕开始不明白旅长意图,张着嘴,眼盯着陈赓发愣。少顷,他突然领悟过来,知道了旅长的意图,笑着说:"旅长,你是要把这块肥肉切成一块一块吃,好消化是吗?"

陈赓满意地点点头。

晚饭后,部队整装出发。明月高悬中天,天宇清澄,月光如水银一般泻向大地,山凹里一层蒙蒙薄雾,万物的轮廓像蒙了水汽似的模模糊糊。

陈赓没有骑马,他置身于战士中间,笑容可掬地和他们打招呼,激励战士们的斗志和勇气。战士们挺起胸膛,并发出一串串轻轻的笑声。他们信任他们的旅长,对取得神头岭战斗的胜利充满了信心。

陈赓走到戴着深度近视眼镜的王新亭身边,嘻嘻笑着说:"王瞎子,想老婆了吧?"

王新亭正要回击,陈赓突然叫一声:"当心,前面是下坡。"

王新亭连忙蹲下,伸手在地上乱摸,警卫员掩着鼻子,吃吃地笑,王新亭方知上当。

他岂肯善罢甘休,不一会,到了小木桥,王新亭见报复的机会到了,便说:"陈瘸子,过桥了,快来,你离开我要掉下河,我离开你也要掉下河。"

原来,陈赓在 1933 年 8 月的胡山寨战斗中,腿部负伤,落下残疾,王新亭就称他瘸子。

陈赓哈哈大笑,说:"政委啊,我们是半斤配八两,是上级给搭配好的哦!"

部队到了申家山,陈赓将旅部安顿完毕,就到各部队检查。他走到七七二团三营阵地时,一个连长说:"旅长,这地方怎么打埋伏?离公路太近,如果让鬼子踩到头就糟了。"

"这个问题我们已认真研究过了。只要伪装得好,敌人踩到了也不会发现。要是发现了,下次军事民主会上,你批评我吧!"随后,他又逐个检查每个战士的隐蔽情况。

一切布置停当后,陈赓信步走在鬼子必经的道路上,走了几个来回,仔细地观察了周围的地形和大家的隐蔽情况,他感到满意后,才回到申家山旅部指挥所,电话架通后,他每隔几分钟就和各团联络一次。

陈锡联的七六九团按照刘、邓的安排,16 日凌晨 3 时半,一举突入黎城。意外的是,在头一天,有敌步、骑、炮、装甲车部队一千六百余人开进城里。两股敌人合在一起，一共有 1900 人。

七六九团突进城内，猛烈地向鬼子驻地攻击，到处是号声、枪声、喊杀声。同时为了造声势，故意敲锣，打照明弹，由于天没亮，鬼子弄不清情况，以为八路军主力部队攻城，吓得缩进营房内不敢出来。鬼子指挥官吓得手忙脚乱，一会儿叫士兵放信鸽给友邻部队，一会儿要电台打电报通知潞城、涉县鬼子来增援。

陈锡联抬头见头顶上不时有鸽子飞来飞去，便知道鬼子求援信号了。

上午 8 时，侦察员报告说，潞城鬼子出城了。

陈锡联立即命令部队边打边退，上午 9 时，退到城外乔家庄。黎城鬼子见状，怀疑八路军城外有埋伏，不敢贸然出城追击，只好苦苦坐等潞城鬼子增援。

潞城第十六师团村清部队和第一〇八师团籧尾部队，总共 1500 人，接到黎城鬼子求救信号，倾巢出动，向黎城火速增援。

黎城至神头岭只有二十多里路，陈赓在申家山，见黎城方向火光冲天，立即与徐深吉接通了电话："徐深吉吗？黎城方向的火光看到了吗？"

徐深吉大声回答说："何止看到，我们连枪炮声都听到了。"

"好，你通知每个营，只许留一个干部值班观察，其余谁也不许露面！"

"是，旅长放心！"徐深吉拍着胸脯的声音，通过电话，也传到了陈赓的耳朵里。

战士们伏在工事里，等到东方发白，黎城方向枪炮声仍不断，但潞城鬼子还未来增援。

9 点了，陈赓才接到师部参谋处长李达电话："陈旅长吗？据陈锡联报告，潞城出动 1500 个鬼子，向黎城方向运动，已过微子镇，不出半个小时就到神头岭。"李达加重语气，强调说，"刘、邓首长指示，1500 个鬼子要全部吃掉。"

"请师首长坐等捷报吧！"陈赓的口气是那样自信，充满了必胜的信心。

"邓政委在总部开会，他打电话来说，等你打了胜仗，要杀猪宰羊，亲自为你烧菜接风！"

"感谢首长！"陈赓放下电话，立即通知部队："准备战斗！"

9 点半，陈赓通过望远镜，看到公路北面方向露出一排排铮亮的钢盔，前面是骑兵，中间是辎重队，后面又是骑兵。

就在陈赓聚精会神观察之时，突然，陈赓的望远镜中有道亮光一闪。他"啊"的一声，便迅速放下望远镜，他知道这是鬼子军官望远镜和他的望远镜对上了，出现的反光，鬼子也在观察。

依然很平静，看情形，鬼子什么也没发现。只见那鬼子军官挥挥手，命令先行骑兵搜索队，避开大路，向七七二团一营阵地走来，500 米，300 米，100 米，马蹄声越来越响,敌人也一步步接近我方工事。

战士们大气不敢出,静候鬼子上钩。果然,手戴白手套的鬼子军官见无动静,又挥挥手,命令所有部队继续前进。

当鬼子全部进了伏击圈,七七二团指挥所发出了攻击信号。霎时,枪声大作,成百上千的手榴弹穿梭似的飞向鬼子,在鬼子头上、脚底下爆炸,横飞的弹片,闪闪的火光,连同滚滚硝烟黄土,一下就把长长的日军队伍吞没了。

"冲啊!杀啊!"战士们跃出工事,飞出草丛,用刺刀、大刀、长矛奋力砍杀。

补充团成员多数是刚入伍的新兵,大多用的红缨枪。战斗之前,韩团长一番动员,每个新战士都写下了"红缨枪换鬼子的三八枪"的小布条,挂在红缨枪上。红缨枪在太阳光下银光闪闪,红缨翻舞,这可吓坏了日本鬼子。这支日军入侵中国半年来,从未见过这种武器,也不知是啥玩艺,只见长长的刀刃刺到哪个鬼子身上,那个鬼子便惨叫一声,倒在地上。由于红缨枪的长度超过鬼子的三八大盖,三八大盖发挥不了作用。

鬼子被红缨枪舞得昏头昏脑,一时间受创不小。但是,鬼子毕竟有武士道精神,有的死到临头还疯狂挣扎,他们选择地形,有的滚进沟内射击,有的躲在马后射击,八路军战士有不少中弹牺牲的。

正杀得难分难解时,突然一支神兵从天而降,这就是埋伏在申家山的七七二团二营和七七一团一营,他们如及时雨,关键时刻冲上来了。一个个横眉怒目,如猛虎下山,吼着震天动地的杀声,冲到公路上。

刹那间,僵持的局面起了变化,中段的敌人完全失去了战斗力。残余的敌人都集中到东西两头,东段的敌人插翅难逃,陈赓早已防备这一着,战斗一开始,他就叫徐深吉把东头的木桥炸毁。东段的敌人无处可逃,惊恐万状,一个个成了八路军的刀下鬼;西头的敌人有300人,失魂落魄地逃进神头村。

神头村是个只有十多户人家的小村庄,如果让敌人占领,敌人就会依托村庄进行顽抗。陈赓从申家山下来,指挥附近的六七二团七连一排,不惜一切代价,把村子夺回来。

一排排长蒲达义是红军老战士,一贯勇猛顽强,善打硬战。他听到旅长命令,率领二十几人,一个猛冲,将刚进村的鬼子像赶鸭子似的赶出了村子。

鬼子一出村,正在东张西望,准备夺路而逃,又被叶成焕团长带领的一个连拦住。

陈赓拄着手杖来到这里,举着手枪喊道:"快上,把敌人赶到山梁上!"

话音一落,不知哪里飞来一颗炮弹,落在附近爆炸,一间小草房顿时熊熊地燃烧起来,陈赓也被爆炸的气浪掀倒,手杖飞到很远的地方。

警卫员吓出一身冷汗,猛扑过来叫道:"旅长,这里危险!"

谁知陈赓却若无其事地爬起来,抖抖身上的泥土,不急不忙地取下眼镜,用手绢擦着,打趣地说:"你不要害怕,阎王爷不会收我的。"

这时,其他地方的战士也冲过来了。八路军几面夹攻,好似风卷残云,雷霆万钧,残存的鬼子很快被消灭。

公路上躺满了横七竖八的鬼子尸体,厚厚的尘土,成了血的泥浆。鬼子大队长身中 5 弹,前胸像马蜂窝,整个身体倒在沟里,右脚却在马路上。

"报告旅长,缴获到一架照相机。"周希汉乐哈哈地跑过来,将照相机递给陈赓。

陈赓最喜欢拍照,接过照相机左看右看,喜滋滋地说:"还是德国货呢,这可是当今最高级的照相机!"

说罢,陈赓眼珠一转,面对公路,把照相机架好,招呼大家说,"来,大家都来留个影,背后是鬼子尸体、军旗、汽车、战马,还有正燃烧的汽车。把照片寄给报社,向全国军民宣传八路军的抗战成果。"

与此同时,地处几十里外的仙堂寺一二九师师部里,刘伯承、倪志亮、李达却紧张地守候在电话机旁。

刘伯承在屋内不停地踱步。从他那紧锁的眉头,便可知道他很关注这一仗的胜负。这是一二九师出师晋东南的第五仗,前四仗地形都有利于八路军,而且敌人数目均在 200 人左右,所以,获得四战四捷的好成绩。这次与以往不同,敌人人数是 1500 人,是前所未有的规模,而陈赓的部队三个团三千多人,敌我兵力对比是一比二,这次又无胜利的把握,刘伯承十分担心。

倪志亮深知刘伯承此时的心事,他几次都想去安慰几句,但转念想到,此时说什么话都是多余的,只有静静地耐心地等待陈赓的电话。

屋内寂静无声,摆在桌上的小闹钟在不知疲倦地走着,"滴答滴答"敲打着大家的心。

突然,门外传来一句:"战情如何?"倪志亮抬头一望,只见邓小平、徐向前从总部开会回来,俩人异口同声地问。

倪志亮刚欲开口,电话铃"叮铃铃"地响了起来,刘伯承迅速拿起电话,传来了陈赓兴奋的声音:"报告师长,下午 1 时神头岭战斗结束,毙伤敌人 1500 人,缴获军马 600 匹,各种枪支一千多。详细情况,马上送来书面报告,请师长指示!"

刘伯承高兴地对着话筒说:"快马将军,你立了大功啦!"

邓小平忙拿过话筒,说:"陈赓,你的任务完成得很好,我和徐副师长当你的后勤部长，为了犒劳你们，马上送来猪 10 头，羊 5 只，鸡 100 只。"

"谢谢首长！"陈赓代表全旅指战员，大声地说。

刘伯承巧设观摩战

一二九师在神头岭战斗中，获悉日军兵分九路围攻晋东南的作战计划。当夜，将这一情报送到总部。

1938 年 1 月，蒋介石在洛阳召开第一、第二战区将领会议，确定在山西的军队分成东、南、北三路军，并由朱德、彭德怀指挥东路军。朱德、彭德怀为粉碎敌人九路围攻，决定于 3 月 24 日至 28 日在沁县小东岭召开由国共双方军队高级将领参加的作战会议。

八路军方面参加会议的有朱德、彭德怀、任弼时、左权、刘伯承、徐向前、徐海东、薄一波、朱瑞、李达等；中央军和晋绥军参加会议的有第三军军长曾万钟、第十六军军长高桂滋、第十四军军长李默庵、第三十八军军长赵寿山、第四十七军军长李家钰、第一六九师师长武士敏、第九十四师师长朱怀冰、骑兵第四师师长王奇峰，还有山西新军决死纵队一、三纵队领导等三十多人。

东路军总司令朱德、副总司令彭德怀主持会议，朱德说："诸位将军，民族危难之际，国共两党高级将领聚在一起，商讨抗日大计，这是一件难得的大事，可庆可贺。鸦片战争以来近 100 年，中华民族有着同外来侵略者作斗争的优良传统。今天，国共两党依靠这一优良传统进行的平型关战斗、忻口防御战、正太线防御战、太原会战等，都是国共两党军队并肩战斗，密切配合进行的。尤其是忻口战役，两军在战斗中互相配合默契，是一次两党军事合作的典范。周恩来副主席组织八路军和民众抢救友军伤病员，许多八路军的血液，流进了友军官兵的血管里，这种用鲜血铸成的战斗友谊，是战胜日寇的最强大的武器。中国军队在民族公敌面前忘记了旧怨。有人说，读诸葛亮《出师表》而不流泪者，其人必不忠；读李密《陈情表》而不流泪者，其人必不孝。我今天说，凡看见或听见中国国共两党军队不记旧怨，互相亲密团结情景而不感动者，其人必不爱国。在山西战场，由于两党军队的团结合作，搅乱了敌人的进攻计划，迫使敌人陷入处处挨打、欲退不可、欲进不能的泥潭中。"

台下许多人鼓掌。

朱德继续说："从一二九师在神头岭战斗缴获的敌人信件和文件地图得知，华北日军第一军为配合夺取徐州、台儿庄的作战,决定对晋东南地区进行一次大规模的围攻。他们以第一〇八师团为主力,纠集第十六、第二十、第一〇九师团及酒井旅团各一部,再加骑兵、炮兵、工兵、辎重兵,一共10个联队3万兵力,由榆次、太谷、洪洞、邢台、平定、涉县、长治、屯留等地,分九路向中央军、晋绥军、八路军扑来,实行所谓'广大广大地开展,压缩压缩地歼灭'的作战原则,妄图把我们的主力合击消灭在辽县、榆次、武乡地区。我们如何对付敌人的九路围攻呢?诸位将军可以畅所欲言。如今两党合作,爱国是一家,是一家人就不说两家话,请大家不必拘谨,大胆直言。"

朱德介绍了形势和敌情后,大家对任务和方针进行了讨论,彭德怀发言说:"国共两党军事上分工,国民党担负正面战场作战,共产党担负敌后游击任务,这是两个相互依存、相对独立的战场。山西八个月的抗战事实证明,这种分工是恰当的,是相互需要的。正面战场需要敌后战场的配合,敌后战场也需要正面战场的配合。如果没有正面战场,敌后战场无从顺利开展游击战,敌后游击战起到了钳制正面战场敌人的作用。要粉碎敌人九路围攻,必须纠正单纯阵地防御战的观点,坚持运动战与游击战相结合,用游击战出其不意地歼灭行进中的敌人。还有四件事,必须立即要做的:一、必须改造旧的政权,成立以工农为主体的抗日政府,实行民主政治;二、军队要实行战时政治工作;三、要武装民众,发动游击战;四、对战俘和汉奸的政策要具体详细。"

左权在发言中说:"八个月的对日作战经验告诉我们,敌人最擅长也最喜欢打声势浩大的进攻战,而我们就不能打单纯防御性的阵地战。如果打单纯防御战,会使敌人的兵器技术得到发挥,使我遭受最大的消耗和损失。因此,反九路围攻,要尽可能实行运动战和游击战相结合。要想方设法避实就虚,在敌人的翼侧或侧后机动,如果在正面袭击和突击,正符合敌人的企图,不仅劳而无功,反会遭受很大损失。"

左权话音一落,一位年约四十多岁的中将高声说:"报告朱将军,我要发言。"

朱德抬头一瞥,微笑着说:"啊,是赵寿山军长,如今打鬼子都是一家人了,有话请直说,不必拘谨。"

"刚才听了朱将军、彭将军、左将军的报告和发言,顿开茅塞,受益匪浅。"赵寿山一字一句地说,"我非常同意朱、彭、左三位将军的见解,对付敌人的九路围攻,必须采用运动战和游击战相结合,而且必须灵活运用,尽量避免单纯呆板的阵地防御战。我们军在娘子关战斗中失利的原因之一,就是战术不灵活,部队调不开,拥挤在一起,正好给敌人的大炮、飞机发挥了优势。我感到八路军的战术比较灵活,虽然打的小仗多，但是积小胜为大胜，以空间换时间，今天歼灭敌人300，明天歼灭敌人500，几个小胜仗加起来，就是大胜仗了。我们很想学习八路军的游击战术，可惜思想不统一，又没有教材。今天，八路军的游击战专家刘伯承将军来了，我提议，请刘伯承将军介绍游击战经验，诸位将军意下如何？"众人点头称好。

刘伯承摆摆手，说："赵军长过奖了。由于上级领导的正确，由于指战员的英勇，由于人民的拥护，由于友军的帮助，我们一二九师在晋东南才打了一些胜仗，仅仅是开了一个头。但战争实践是面镜子，我们还存在不少问题，如有的部队在战斗结束后，不准备打增援部队，有时只知突击而不顾巩固阵地，还有步炮协同不好等，这些问题我们将在以后的战斗中克服。"

"刘将军不仅运筹帷幄，料敌如神，而且品德高尚，打了那么多胜仗，只字不讲战果，讲问题讲个没完没了。"武士敏讲到这里，解开衣扣，说，"刘将军指挥的战斗，打得干脆漂亮，在我们这些游击战的外行看来，简直是'押宝'的战斗，命中率达到百发百中。就连日本人也称神头岭战斗是超一流的游击战术。伏击部队伪装得极其巧妙，在发起战斗前，一千多日军中，竟没有一人发现路两旁有几千人马埋伏。战斗一打响，日军步兵没展开，炮还没架起，整个部队就像一个大雪球掉进油锅，顿时不见了。"说到这里，他伸出大拇指说，"刘将军打仗真神，快介绍介绍经验。"

接着，李家钰、王奇峰也提出要刘伯承介绍经验。这时，朱德对刘伯承说："伯承，友军对游击战那么感兴趣，你就说说吧。"

刘伯承见推辞不了，说："承蒙诸位将军错爱，那我就说几句，我把游击战划分为游与击两个概念。游是用来掩护自己的弱点，寻找敌人的弱点，为拖垮敌人和消灭敌人创造条件；击是用来发挥我之特长，避开敌人的长处，以便打垮敌人。但是光游不击不行，光击不游也不行，应当是游中有击，击中有游，拖、打兼施。至于游击战的战术动作，我基本概括为袭击、伏击和急袭三种。还有一种叫吸敌打援，这是袭击与伏击的混合运用，所以基本上称三种，又统称为袭击。如何理解这四种游击战术？袭击，就是敌人宿营后，我们乘其不备，主动攻击；伏击，就是预先埋伏好，等敌人进入伏击圈，当然伏击并不是守株待兔，有时要主动钓鱼；急袭，就是碰着敌人不回避，马上打，不能打就游；吸敌打援，就是牵住一部分敌人，吸引另一部分敌人增援，在增援部队必经道路上伏击。"

"刘将军，请介绍一下如何使用这四种游击战战术？"武士敏提问说。

"要正确使用和掌握这四种游击战战术，关键要做到八个字。"刘伯承扬起浓密的眉毛，抬头稍稍环顾四周，见不少人在低头记录，喝了一口茶，说，"有的人一听到游击战，就觉得游来游去挺容易的，其实做起来也挺难的。关键要做到八个字：秘密、迅速、坚决、干脆。何谓秘密？就是兵力、部署、企图和行动，要十分隐蔽，要使敌人毫无察觉。何为迅速？就是一举一动相当快，甚至能在几分钟内消灭敌人，使敌人的飞机、大炮、坦克来不及发挥作用。即便敌人援兵赶到，我已解决战斗转移他处。何谓坚决？就是一到战场，就站稳脚跟，用炸弹、刺刀，果敢、勇猛地冲，该杀就杀，把敌人压下去，直至战斗胜利。如果不坚决，钝刀杀鸡，敌将硬起来，反击溃于我。何谓干脆？就是打起来一刀两断，快刀斩乱麻，不拖泥带水。我的话完了，供大家参考！"

刘伯承话音一落，顿时响起一片掌声。

这时，赵寿山苦恼地说："刘将军，我们有时碰到被敌人包饺子的情况，一不小心就被敌人吃掉了。如果被敌人包围，如何组织部队突围，请再介绍这方面的经验。"

"被敌人包围是常见的事。"刘伯承用微笑的目光看着赵寿山，"指挥员必须冷静观察，寻找机会，一旦有时机，果敢组织突围。去年12月，我师在平汉路、正太路、同蒲路沿线破坏铁路、袭击据点，搅得日军日夜不得安宁。驻太原日军第二十师团师长恼羞成怒，亲自挂帅，指挥步兵2000人，飞机3架，一个骑兵连，附中射炮、曲射炮10门。于12月22日起，从平定、昔阳、榆次、和顺、太谷等地，分成六路，以马蹄形阵势，包围正在正太路破路的我七七二团。在头一天，日军就派特务着中国服装，混入我军活动区域，还出动飞机侦察。特务在寿阳的羊头崖，大摇大摆地出来活动，企图诱我出去，然后包抄我们的侧背。我们没有上当。22日拂晓，六路敌人进入预定地点后，开始对七七二团包围袭击。敌人的尖兵分队，也着中国军服，抓了本地人给他们带路，用刺刀逼他们沿途杀人放火。我们发现敌人企图，命令七七二团在内线沉着应战，寻机突围，又命令外线的七六九团、汪支队、秦赖支队配合作战。22日，七七二团在松塔同敌人激战一天，打退敌人数次进攻。天黑了，我们利用敌人不熟悉地形的弱点，留一小部分兵力在原地继续同敌人周旋，大部兵力从敌人之间的结合部突出包围圈。但是，拂晓时刻，敌人发现我们突围，又调整部署，在南北军城又将七七二团包围了。七七二团白天利用有利地形同敌人磨时间，天一黑，我们组织数十支小股部队到处袭击，敌人在山区三转两转，便分不清东南西北，七七二团又从敌人之间的结合部突出了包围圈。可笑的是，天亮后敌人发现包围的不是八路军，而是他们自己人。敌人被拖得精疲力竭，不得不草草收场。我们在自己的土地上作战，就像在家门口打仗，有群众支持，再加熟悉地形，再强大的敌人都可以征服，秘诀很简单，就是要有决心，要有智慧。"刘伯承说罢，顿时又是一片掌声。

这时，坐在武士敏旁边的九十四师师长朱怀冰，一副城府很深的样子，他掐灭手里的香烟，对刘伯承眨了两下眼睛，皮笑肉不笑地说："刘将军讲得好，兄弟一直洗耳恭听。刘将军真是名副其实的游击专家，可惜的是，我们没有亲眼目睹，如果能亲眼目睹一次，那兄弟就口服心服了。"

朱怀冰说到这里，抬头看看其他人的表情，察觉到自己说得有点不礼貌，便改口说，"刘将军对我刚才的话不必介意，我是想说，亲眼目睹你指挥打仗的风采，也给诸位一饱眼福，该多好啊。"

刘伯承感到朱怀冰不怀好意，嘴唇翕动了一下，气得想说没说出来。

心直口快的彭德怀也察觉了朱怀冰的心迹，抢先开了腔："朱师长想亲眼目睹刘伯承指挥打仗，这事不难，因为到处是鬼子，到处可以摆战场，不过今天已是28日了，敌人马上要九路围攻，你看能不能推迟几天？"

"不必推迟。鬼子围攻还有七八天时间，能不能就在这三天之内，或者3月31日这一天，怎么样？"朱怀冰望着彭德怀，"具体地点在涉县、东阳关一带，你们看怎么样？"

彭德怀觉得有点为难，因为马上敌人要九路围攻，还要研究反围攻作战计划，于是用征求意见的口气，对刘伯承说："你看朱师长的要求能否答应？"

刘伯承和徐向前、李达交换眼色后，坚定地说："朱师长的要求我们答应了，而且日期不变，具体地点一是要侦察，二是要保密，暂不确定，30日晚上正式通知。"

"这是友军对我们的督促。"朱德对其他几位国民党将领说，"其他几位将领如有兴趣，也可同朱师长一道观战如何？我们总部人员自始至终陪同。"

"好!"其他几位很感兴趣地齐声叫好。

"诸位将军，"刘伯承考虑后很有把握地说，"具体时间确定在31日早上，请诸位在6时半吃过早饭进入观摩阵地，9时开始战斗，11时战斗结束，11时半就可以吃到由日本人送来的午餐。"

一向沉默不语的曾万钟惊叫道："刘将军成了诸葛孔明了，越说越玄了，由日本人送午餐？日本人从什么地方送来？"

"是的，叫日本人送午餐。"刘伯承用肯定的口吻说，"这天的午餐由日本人从东京送来。"

话分两头，会议在继续进行，刘伯承、徐向前、李达为了准备友军观战，连夜赶回师部，和邓小平、倪志亮研究商量。

邓小平说："我们打好这一仗要一箭双雕，一方面给友军做一个打游击战的榜样，一方面扰乱日军进攻潼关、西安、陕甘宁边区的计划。当下日军正向黄河各渡口攻击,我们打一个放大的伏击战,就能迟滞敌人的行动。"

说毕,邓小平来到地图前,指着涉县、东阳关地区公路,说:"据侦察员到这一带侦察,敌人来往汽车不断,几乎每天都有几十辆,甚至上百辆。我们可以在响堂铺设伏。这是比较理想的伏击地方,这里公路沿小河床而过,路南是高山,悬崖峭壁多,不易攀登,路北是起伏高地,谷口多,便于隐蔽和出击,在这儿打仗把握比较大。"

细心的刘伯承用手指在东阳关、响堂铺、涉县三者之间比划了一下,略思片刻,说:"就这么定了,为了迅速干净歼灭敌人,打援力量减少,伏击力量增加。"他转脸对李达说:"命令七七一团、七六九团为第一梯队,七七一团为右翼队,七六九团为左翼队,七七二团为第二梯队,集结于冯家沟,负责东阳关方向游击警戒,阻击可能由黎城、东阳关来援之敌,掩护伏击部队后方安全。七六九团抽出四个连到椿树岭、河南店之间,阻击可能由涉县来援之敌。"

说到这里,刘伯承转脸对邓小平说:"你和向前在师指挥所,我和李达到现场指挥如何?"

"你要陪友军将领观摩,责任也不小,他们可能提出不少问题要你回答。现场指挥我去!"徐向前说。

刘伯承推推眼镜,还想说什么,邓小平摆摆手说:"不用争了,向前担任前线总指挥,我也去敲敲边鼓,就这么定了!"顿了顿,又对徐向前说:"向前,这次友军来观摩的将领,不少是你在黄埔军校的同学,这一仗要打得干净利索,以我们坚定抗战的决心,推动他们为抗战作贡献。你对作战计划如有修改,还可以调整。"

"我领会你的意思。"徐向前说,"计划很好,补充一点,就是伏击部队要尽量向路边靠,既能隐蔽,又要在步枪的射程之内。"

一切安排就绪后,邓小平、徐向前来到伏击部队,进行战前动员。一二九师的前身是红四方面军等红军部队,徐向前是红四方面军总指挥,这个部队的干部战士都熟悉徐向前。徐向前在队前一站,全体指战员顿时鸦雀无声,个个肃然起敬,静心地听他的讲话。

徐向前说:"同志们,我们四方面军的光荣传统是什么?"

"英勇杀敌,所向披靡!"战士们的呼声,震撼着山谷,震撼着大地。

"同志们,英勇杀敌,所向披靡的传统,要在抗战中发扬光大。现在的局势起了巨大变化,敌人已经'饮马黄河畔',我们八路军和一部分友军留在敌后坚持抗战。几十万友军留在敌后,抗战信心不足,又不会打游击仗。邓政委号召我们,要坚持抗日统一战线,以积极的模范行动推动友军,给友军做一个榜样,影响和帮助他们打游击。明天的响堂铺战斗,我们要打出第一流的水平!"

3月31日上午7时半,朱德、彭德怀、左权、刘伯承带着友军观摩将领30多人,来到杨家山顶端,隐蔽在观摩阵地。

友军将领落座后,一个个拿着望远镜观望,观摩阵地距公路只有两里路远,不用望远镜也能看清楚公路两边的情况,他们看了好一会,不见动静,也看不到一个战士。

朱怀冰焦急地对朱德说:"请问总司令,还有半小时就打仗了,你们部队怎么还没到呢?"

"朱将军别心急,"朱德胸有成竹地微笑着说,"我们不会唱空城计的。"

大约过了10分钟,东阳关方向隐隐约约传来了汽车马达声,又过了十分钟,一辆辆汽车开过来了,朱怀冰略带担惊叫道:"哎呀,不好,我们离鬼子太近,如果鬼子打过来怎么办?"

"朱将军别紧张,我们在此观战,是有惊无险,保证你们的绝对安全。这里距公路两里路,步枪子弹打不到这里。"刘伯承又反问道,"你们指挥打仗难道看不见鬼子,听不到枪声?"

"是啊,是啊,"朱怀冰边点头边颤抖着说,"你看,鬼子车队前两辆小汽车停了。"

刘伯承顺着他的手指向前看,果然见两名鬼子军官从小汽车上下来,举着望远镜四下观察了一会儿,什么也没发现,便向后面车队挥挥手,示意他们继续前进。

朱怀冰又说道:"怎么不开枪呢? 鬼子要溜了,再不打就没机会了。"说完,他见没人理睬他,也就不吭声了。

不久,大量日军汽车驶过。就在这一刹那,突然升起三颗红色信号弹,接着路两边冒出无数火光,迫击炮、机关枪、步枪一齐发射。同时响起一阵嘹亮的冲锋号,只见从路两旁的山沟、田边,突然跃出无数伏兵,如猛虎下山般冲向公路。

汽车上的鬼子有的应声倒下,有的跳下车子,钻进车底下仓促应战。鬼子开始抵挡一阵子,后来渐渐不支。不到两小时,大部分鬼子连枪、炮还没来得及用就丧了命,多辆汽车冒起了弥天黑烟,这段蜿蜒公路顿时成了火龙,变成侵华日军的火葬场。

战斗结束,徐向前来到观摩阵地,向朱德报告战果:歼敌四百多人,烧毁汽车多辆,缴获各种枪支四百多支。俘虏3个日本兵,还有堆积如山的各种罐头。

友军将领听完战果,个个赞叹不已。

曾万钟惊奇地说道:"八路军的游击战真是名不虚传啊!"

朱怀冰局促不安,用那种事后诸葛亮的口气对朱德说:"我早就说过八路军能打仗嘛,我对八路军的游击战服了。前几天我讲的话,有的不太好听,请朱将军多包涵。"

这时,突然有人喊道:"开饭了!"

人们的眼光向山下看去,只见十多个战士抬着几筐刚缴获的罐头食品上山来了。

徐向前说:"诸位将军们,这就是东京送来的午餐,大家别客气,不够再到我这里拿。"

第二章

贺龙、刘伯承、陈赓华北抗战

朱总司令的一着好棋

晋察冀反围攻战斗和中共中央六届六中全会是同时结束的。参加六届六中全会的朱德、彭德怀,从延安返回屯留县八路军总部,略作一番准备,就召开了八路军高级干部会议,传达六届六中全会精神,部署新的战斗任务。

主持会议的朱德刚讲了几句话,侦察参谋跑来报告,说日军几十架飞机来撒传单了。

开会的人跑出门外,果然看见天空一大群飞机,整个天空飘着雪片似的传单,总部门口也飘落了不少传单,大家拾起来一看,见传单上写着"皇军占领武汉,中国军队投降吧"13 个大字。

左权气愤地说:"小鬼子太狂了,占领武汉就能吓倒中国军队吗?"说罢,把手中的传单撕个粉碎。

彭德怀上前阻拦说:"不要撕,撕了就浪费了,要感谢小鬼子,他们给我们送武器、送香烟、送罐头、送饼干,现在又送来纸,吃喝拉的东西不全送齐了吗?"

大家听了笑个不停。

会议继续开始,朱德举起传单说:"这传单就是形势。今天我们开会,就是讲武汉、广州失守后的形势与任务。10 月 21 日至 27 日,日军相继占领武汉、广州。蒋介石把首都从南京迁到武汉,现在又迁到重庆。目前,中国的战局形势起了急剧变化。可以说是一个转折,敌我友三方面的方针政策也起了新变化。日军占领武汉、广州,虽然部分地实现了他们的战略意图,但战线过长,兵力不足,人力物力消耗巨大,经济陷入困境。仅武汉大会战,日本人死伤二十余万,元气大伤,锐气减弱。同时,日本政府因三个月解决中国的野心破产,内部争吵不休,日本国内人民的反战厌战情绪犹如火山爆发。八路军、新四军在敌后,消耗牵制大量兵力,对日军后方造成严重威胁。因此,日本人恨八路军、新四军,蒋介石也恨我们。日本人恨我们的原因谁都知道,而蒋介石恨我们,许多人搞不清。抗战初期,他想借日本之手,把共产党军队杀绝,结果抗战一年多,八路军、新四军越打越多,发展了那么多根据地,他能不恨吗?面临八路军、新四军的发展壮大,日本人和蒋介石出于共同的反共目标,急忙改变策略。日本政府在政治上,对国民政府采取政治诱降为主,军事打击为辅的策略,提出了所谓善邻友好、共同防共、经济合作的三项原则。在军事上,他们停止了对正面战场国民党军的战略进攻,将兵力逐渐转移到华北和华中,全力以赴进攻八路军、新四军。国民党内部面临日本政府的诱骗,也开始改变对敌对共产党的方针。说句公道话,武汉失守前,出于种种复杂原因,他们抗战比较努力。在上海'八·一三'抗战、台儿庄大战、长城抗战、太原保卫战、南京保卫战、武汉保卫战中,广大官兵前仆后继,浴血奋战,给日军严重杀伤。这段时间,蒋介石抗战的态度是强硬的,广大官兵是爱国的,作战是勇敢的,战果是辉煌的,国民党军师以上将级军官阵亡了一百多。武汉失陷后,国民党内部发生了大分化、大改组,以汪精卫为代表的亲日派,正积极准备投靠日本人,另立与蒋介石对抗的国民政府。以蒋介石为代表的亲英、亲美派,由于受英美对日政策的变化而变化,失败主义情绪和仇恨共产党的情绪同步增长,逐渐转为消极抗日,积极反共,调整战区,增兵敌后,与八路军、新四军争地盘,制造摩擦。毛泽东在六届六中全会后,分析了当前形势,确定了我军巩固华北,发展华中的战略方针。我们总部为贯彻巩固华北的战略方针,决定将三个师的主力分别开进河北、山东,协同当地军民开展游击战,巩固和扩大抗日根据地。"

"华北战略地位十分重要,有中华之本之称,历来为兵家必争之地,是连接东北与华中的要冲,也是我们日后北上东北,南下华中华南的据点。"彭德怀指着地图说,"所以党中央和我们总部在延安研究决定,八路军三个师的中心任务是巩固华北,这是一着极为高明的棋,在围棋上叫棋精。这着棋下得好全盘皆赢,处理不好全盘皆输。我们的对手日本政府也看中了这块风水宝地,在占领武汉以后,制订了华北治安肃正的方针,企图在控制点和线的基础上,实现点与面结合,把八路军赶出华北,保证经济资源的开发利用。因此,日本政府为了解决华北兵力不足的弱点,决定从华南抽调三个师团,从国内抽调九个师团,共计十二个师团增援华北。国民党对华北的控制也不示弱,武汉失守后,在山东组织了苏鲁战区,任命于学忠为总司令,沈鸿烈、韩德勤为副总司令,已调第五十一军、第五十七军,约两万人进入山东。"

"据山东省委黎玉、郭洪涛报告,于学忠的动作很快,最近抢占了沂山、蒙山、莒县、日照、临沂、费县等地。沈鸿烈也由鲁北进入鲁中山区,抢占了沂蒙山区的要点东里店、鲁村一带,进一步扩大实力,对我抗日游击队实行政治控制,制造军事摩擦。上个月,蒋介石已派鹿钟麟、张荫梧到河北,重新组织河北省政府,下令取消我们建立的冀中主任公署。"左权插话说。

彭德怀继续说:"三个师到河北、山东干什么?贺龙、关向应的一二○师东进冀中,巩固冀中抗日根据地。冀中抗日根据地对日军华北方面军及日军的运输干线构成了直接威胁,战略地位十分重要,日军实施治安肃正方针,矛头首先指向冀中吕正操部队。这几天日军正在围攻冀中,战况激烈。吕正操部队是一年前起义的东北军,有战斗力,但缺乏政治工作,部队还不大巩固。毛主席和总部决定采取三项措施:第一,派程子华带领卓雄、旷伏兆、李天焕、张仁槐、帅荣等一百多名红军时期的军师团干部,到吕正操部队加强政治工作;第二,派贺龙、关向应率一二○师到冀中,从军事上加强冀中部队的正规化建设;第三,一二○师本身要在冀中发展扩大。"

彭德怀转脸对刘伯承、邓小平说:"你们一二九师到冀南任务也非常繁重,日军乘鹿钟麟制造摩擦之际,从东南西三面围攻冀南的陈再道部队,你们到冀南主要任务是反围攻,同时也做好同鹿钟麟的团结工作,他如敬酒不吃吃罚酒,你们就狠狠地教训他一顿。"

"一一五师到山东,"彭德怀对陈光、罗荣桓说,"山东已有不少部队了,1937年冬起,山东省委的黎玉、张经武、郭洪涛在杨国夫、廖容标、姚仲明、霍士廉、鲍辉、钱钧等延安派去的一百多名红军干部协助下,成功地领导了冀鲁边、鲁西北、徂徕山、天福山、泰西、滨海、鲁南、黑铁山、牛头镇、湖西等十大起义,起义队伍发展到4万人,建立了八路军山东纵队,攻克15座县城,在十个地区创立了游击根据地。游击队还占领济南城一天一夜。整个山东大地群雄四起,民情沸腾,一派抗日景象。但是,山东部队多,骨干少,缺乏统一领导,尽管后来我们总部又增派了萧华、杨得志、彭明治等,率领几批部队到山东,而山东省委仍感到骨干少,几乎天天向延安和总部要人。因此,这次我们横下一条心,你们一一五师除留下陈士榘支队在晋西坚持斗争,其余所有部队都到山东去,过些日子,陈士榘也到山东去。如果还缺骨干,徐向前也去,一定要把山东建成八路军的兵站、兵库基地,以后大反攻大决战,控制东北、直取广东,就靠山东出干部、出部队、出粮食、出担架。"

"我还补充一句。"朱德打着手势一字一句地说,"马上各路人马要各奔前程,各自为战,总部与你们联系只能靠电台,希望你们培养自己独立作战能力,加强对毛泽东的游击战思想的学习。在学好毛泽东的《论持久战》《抗日游击战争的战略问题》的基础上，抽空看看《三国演义》，如今的中国形势，敌我友斗争错综复杂，天时地利人和，我们充其量只占一个人和，我们要充分运用统一战线这个法宝，依靠民众，团结各阶层人士，壮大自己的力量。我建议大家看看《三国演义》，提高我们的指挥智能和谋略水平，在抗日战争这个大舞台上，导演出一幕又一幕类似孔明借箭、蒋干中计、火烧赤壁等等威武雄壮的活剧，引导抗日战争取得伟大胜利。"

八路军总部会议结束后，三个师主力于 1938 年 12 月，分别进入河北、山东地区。

贺龙跃马冀中

贺龙、关向应在八路军总部会议结束的当天晚上，策马赶回岚县师部，立即召开团以上干部会议，传达党中央和八路军总部的决定，留下张宗逊、张平化的三五八旅直属队、独立一团、独立二团和警备六团、第六支队，继续在晋西北坚持游击战，师部率领师直属队和七一五团、七一六团，星夜东进冀中。

从晋西北的岚县到冀中河间县，虽然仅一省之隔，但两地却被众多大山和河流隔断，近千里的山路水路，又是冰天雪地，一二〇师翻山越岭，走了一个多月，来到了冀中大平原。吕正操部队风闻贺龙到冀中，一个个兴高采烈，奔走相告。

吕正操部队是东北军六九一团起义后，加入八路军的，总部授予他们的番号为八路军第三纵队。

起义后，吕正操提出了"按照八路军的样子建设三纵队"的响亮口号，但是，由于没有见过八路军，不知道八路军是什么样子，人人心里没数，不知从何处学起。而且部队经过一年多发展，由一个团壮大到 14 个主力团、两个游击支队、5 个游击总队，猛增了二十多倍。

为了巩固和发展部队，吕正操向党中央和八路军总部写了无数报告，虽然也派了不少八路军干部到冀中，但还是不够，满足不了部队需要。这次听说一二〇师到冀中，他们能不高兴吗？又听说一二〇师师长不是别人，而是指挥"八·一"南昌起义的贺龙。

贺龙的威名许多人早已听说过，就是没见过面，有的人猜测说，贺龙长得可能像关公那样身高九尺，髯长两尺，丹凤眼，卧蚕眉，相貌堂堂，威风凛凛；有人说，贺龙长得像摇鹅毛扇的诸葛亮,也有人说像岳飞。那几天,一个个成了贺龙迷,无人不晓贺龙,无人不说贺龙。

1939年1月24日,吕正操听说贺龙部队还有100多里路就到了,第二天天没亮,就带着部队走到几十里远的河间县惠伯口村,终于迎来了一二〇师。

吕正操和贺龙一见如故,就像久别重逢的亲兄弟,有说不完的知心话。

吕正操紧握着贺龙的手说:"贺师长,你们是及时雨啊,及时雨!这几天我们想你都想疯了。你给我们好好讲讲,你是怎么指挥南昌起义的?怎样领导洪湖人民进行斗争的?又是怎样指挥部队收复雁门关,围攻岢岚城,建立晋西北抗日根据地的?"

"你把我吹神了,我贺龙一个人没这么大本事,南昌起义是周恩来为首指挥的,我不过是打打电话,跑跑腿,做些具体事。建立晋西北根据地,也不是我一个人的功劳。"说到这里,贺龙指指关向应、周士第、甘泗淇说,"我来介绍一下,这是关向应政委,这是周士第参谋长和甘泗淇主任,晋西北根据地也有他们的血汗。还有两个好旅长,一个是张宗逊,还有一个是王震,还有山西决死纵队的广大指战员的努力。没有他们的共同努力,我贺龙就是火龙,就是有三头六臂,也没有办法创建一个根据地啊。"

"贺师长,我是个旧军人,没有经过长征锻炼,没有经过土地革命,也没进过抗大,对咱八路军的一套,是擀面杖吹火——一窍不通啊。"吕正操诚恳地说,"希望贺师长能手把手地教我们,我们一定像小学生那样恭恭敬敬地学,不懂就问。学得不好,你打我的手心。"

贺龙哈哈大笑,说:"你是东北军的一个小团长,至多算个小军阀吧,这算个啥?我呢,在旧军队当过镇守使、旅长、师长、军长,是个大军阀。但一找到共产党,跟上毛主席,有了觉悟,组织观念加强了,脑子就发生了变化,就能做到党指向哪里就打到哪里,胜利到哪里。现在毛主席、朱老总要我到冀中,我二话没说,马上启程。服从命令听指挥,就是八路军的起码要求,八路军的一套并不神秘,具体体现在各个方面。毛主席的《论持久战》《抗日游击战争的战略问题》文章,规定了八路军当前的任务、要求,你抽空好好看看,有什么不理解的地方,我们一块研究。"

一二〇师和吕正操的三纵队会合后,双方领导立即研究了整训三纵队的方案,采取一带一、一帮一的方法,由一二〇师一个团带上三纵队一个团,一起行军、训练、宿营、打仗。一二〇师还抽调大批党员干部到三纵队去做政治工作,帮助各连建立党支部和各项政治工作制度,并在各团建立政治机关,加强对官兵的政治教育,提高部队的政治素质。

一天，贺龙、关向应、吕正操正在开会，一位农民打扮的人，快步如飞地奔来报告。这农民打扮的人，是一二〇师六一六团的侦察参谋胡超林。

他是一个非常精明的小伙子，二十多岁，中等身材，虎背熊腰，走路如飞，步履生风。他做侦察工作虽只有一年多，但他来无影，去无踪，神出鬼没，出奇制胜的侦察故事七天七夜也说不完。如果要编成书，足足能装满几大箱子，七一六团的同志叫他胡大胆。

胡超林最大的特点是会讲日本话，装什么像什么，还常常以假乱真，弄得鬼子辨不出真假。

有一次，定襄的鬼子与高城的鬼子换防，贺龙想了解换防后的定襄鬼子的番号、兵力，就派胡超林进城侦察。胡超林接受任务后，便打扮成商人向定襄走去，走着走着突然走进麦地里，脱下商人服装，换上日军二等兵的服装，大摇大摆走上了公路。

这时，从忻州方向开来一辆摩托车，快到胡超林身边时，胡超林突然拔出手枪，朝摩托车右边轮胎连打两枪，摩托车顿时泄了气，倒向路边。胡超林说时迟那时快，拔出匕首，一个箭步上前，朝鬼子背心一捅。这个鬼子便上了西天。

胡超林把鬼子尸体拖进麦田，全身搜了一遍，发现这鬼子是个传令兵，带的皮包内有今晚的口令。他不由得心头一阵惊喜，暗暗高兴起来。因为口令是最好的护身符，有了它就可以公开地，大模大样地进城摸敌情。他迅速脱下二等兵的服装，换上了传令兵服装，斜背着皮包，换好轮胎，就开着摩托车向城里奔驰。

到了城门口，矮个子哨兵问他干什么的，他头都不回，傲慢地拍拍皮包，恶狠狠地回了一句："混蛋！我常来送口令，还不知道吗？"说罢，头一抬，脚一蹬，车子像离弦的箭，飞进了城。

到了日军司令部，除了一个值班的胖军官看电话，其他鬼子都吃晚饭去了。

他来到值班室，向胖军官敬了个礼，双手递过一封信，用流利的日语说："我是旅团部传令兵中山一郎，特来送口令！"

胖军官头都没抬，接过信刺啦一下撕开信封，就趴在灯下看起信来。

胡超林乘其不备，将胖军官双手一个反扭，然后将他捆了个结结实实，用毛巾塞住了他的嘴，装进麻袋里，绑在摩托车后座上。胡超林环顾四周没一个鬼子，开足马力出了城。

出城门时天已黑下来了，矮个子哨兵远看还是这个传令兵，没产生怀疑，就开城门让他出了城。

事后，贺龙从胖军官口供中，得知定襄日军只有一个大队的兵力，而且孤立无援,几天后就派部队全歼了这个大队。

由于贺龙每到一个新地方,都要摸清敌情才放心。这次,他带部队到冀中后,第一件事,就是派胡超林摸敌情。

贺龙见胡超林气喘吁吁地跑来,猜测到一定有重要敌情报告,上前递上一杯水给胡超林,说:"小胡,先喝了这杯水再慢慢说。"

胡超林接过杯子,一仰脖子,把杯子里的水喝个精光,用袖子抹抹嘴,说:"师长,有情况。鬼子从平汉、津浦两条铁路沿线的据点,调集 7000 兵力,兵分五路,向高阳、河间一带进攻。"

"情报可靠吗?"贺龙摸着胡子问道,"你是怎么得到这个情报的?"

"老办法,化装成鬼子到保定侦察得知的,在返回的途中,还捉到一个通信兵。这个通信兵是从保定到高阳送作战命令的。"胡超林说罢,从口袋掏出一份作战命令,递给贺龙。

贺龙看罢敌人的作战命令,向参加会议的同志通报了敌情。

吕正操说:"贺师长,你们刚到冀中,还没有好好休息,这次作战任务由我们三纵队包了,你就下命令吧,我们服从!"

"是啊,贺师长,你就下命令吧。我们冀中部队能对付!"政委程子华恳求道。

贺龙向烟斗上放了一团烟丝,划了一根火柴,边吸烟边说:"我们暂时避敌锋芒,与敌人周旋一阵,把敌人拖得疲劳了,瞅准时机揍他一下,你们看如何?"

大家点头说好。

贺龙接着指着地图说:"敌人是企图在潴龙河两岸与我交锋。我们怎么能听敌人的调遣呢?我们师主力和冀中部队领导机关,从惠伯口向南转移到肃宁县东北的边寨、大小龙关、刘家务地区集结。但是,我们也要迷惑敌人和牵制敌人,不能让他们发现我们,跟踪我们。"

贺龙说到这里,转脸对周士第说,"参谋长,你赶快用电话通知我师独立一支队,开赴青县、沧县、交河县、饶阳县地区,破坏沧县至泊镇的铁路和公路;命令独立二支队,到河间、任丘、高阳、大城、文安等地区,破坏独流镇、流河镇方向的铁路和公路;命令独立三支队,开赴大清河以北雄县、霸县地区,破坏北京至天津铁路;七一六团随师部机关行动。我们师部和三纵队转移到肃宁以北的湾里村继续开会,大家看如何?"

吕正操深深为贺龙这种主动承担作战任务的精神所感动,但他想,一二〇师长途行军刚到冀中,十分疲劳,情况又生疏,却要挑大梁,而冀中部队,以逸待劳,情况又熟悉,在旁边观战,这多不好意思啊。但是,吕正操觉得这话又不大好说出口,因为两个部队刚刚见面，双方不十分熟悉和融洽，就提这提那，叫人觉得不愉快，好像我吕正操喜欢吹毛求疵，故意不尊重贺龙的领导。

吕正操有个特点，有话不说心里很难受。怎么办呢？他略思片刻，眼睛一亮，想出了一个主意，说："贺师长所言极是，我们坚决执行。你们一二〇师部队一到冀中，就单独承担作战任务，这当然好。不过——"

"不过什么？"贺龙听他话中有话，追问道。

吕正操看着一脸茫然的贺龙，接着说："不过，就是我们之间刚刚建立的一带一帮学活动要丢一旁了，是不是怕我们拖老大哥部队的后腿啊？"

"谁说你们拖后腿啦？"贺龙面露疑色。

"谁也没直接说我们拖后腿，"吕正操不紧不慢地笑着说，"不过，会师的时候，说得好好的嘛，两个部队一道行军，一道作战。但是任务一来，就把我们搁一边，这不是怕我们拖后腿吗？"

贺龙终于听出了吕正操的话外音，不由仰面哈哈大笑说："吕正操啊，听你的话就像品茶似的，第二杯才能喝出味道来。真有你的，你的点子不少啊。好，那我们还是合起来共同战斗吧，你给三纵队下达命令吧！"

吕正操心中早有了谱，贺龙一说，他立即托出自己的计划："我设想冀中一分区配合你们独立一支队作战，冀中三分区配合你们独立二支队作战，冀中五分区配合你们独立三支队作战。贺师长觉得如何？"

贺龙略加思索，便点头赞同。

会议结束后，各部队立即按命令分头行动。

贺龙和吕正操率领一二〇师机关及三纵队机关，连夜转移到湾里村，召开会议。这次会议，一二〇师和三纵队团以上干部，除有作战任务的，其余全都一个不漏，参加了会议。

为了统一加强两支部队的军政建设，会议确定成立了冀中区军政委员会，贺龙为书记，程子华、关向应、周士第、甘泗淇、黄敬、吕正操、王平、孙志远为委员，会议全面布置了各项工作。

会议开到天亮方才结束，贺龙正准备伏在桌子上打个盹，这时，侦察参谋胡超林推门进来报告："师长，河间之敌宫崎联队两百多人，携带一门山炮，出城抓夫、抢粮，现在正在曹家庄附近，这股敌人孤立无援，我们可以向他们攻击。"

贺龙听罢报告，又仔细看了一会儿地图，一拍桌子说："好，我们到冀中的第一仗，就是拿宫崎联队开刀！力求全歼宫崎联队！"他抬头问还没离开的各位领导，"你们看怎么样？"

大家一致说好，贺龙便对周士第说："命令七一六团黄新廷团长、廖汉生政委，立即率部队赶到曹家庄，歼灭宫崎联队！"

"是！"周士第应了一声，正要传达作战命令，吕正操连忙提醒贺龙说："贺师长，别忘了给我们下达任务。"

贺龙笑笑说："不会忘，你们的任务早留着呢，你赶快派第三十大队，立即赶到黑马庄，利用地形伏击从河间出来增援的敌人。"

"是！"吕正操心满意足地去下达作战命令。

第二天上午，团长黄新廷来报告，说他们和第三十大队在曹家庄、黑马庄，歼灭宫崎联队两百多人，缴获20辆大车的粮食和物资。

贺龙听罢报告，兴奋之余，追问一句："我们伤亡多少？"

黄新廷的脸色由晴转阴，低下头，沉痛地回答说："我们初到平原，缺乏平原作战经验，战士们不会利用地形地物，伤亡了一百多人。"

"敌我伤亡比例二比一，是个大胜仗。"贺龙安慰黄新廷说，"别难过，我们还是应该好好庆祝一番。但是，下次战斗要接受教训，将伤亡降到最低限度。"

"师长，有新情况！"周士第跑进门，一脸焦急地说。

"来，大家到地图这边来，听周参谋长介绍新情况。"贺龙站起来招呼大家。

等大家围拢过来，周士第介绍说："上午，胡超林带着侦察分队去献县、安国侦察，说曹家庄战斗后，敌人不甘心失败，又从滹沱河北岸各据点调集3000人，加上50辆坦克、20辆装甲车、30辆汽车，分三路向我们这里进攻，一路由河间、经献县向武强进攻；一路由蠡县向饶阳进攻；一路由安国向安平进攻。这三路敌人，确定明天早上开始行动。"

周士第介绍完敌情，贺龙说："参谋长，你接触敌情较早，你就先谈谈我们如何行动。"说罢又将脸转向吕正操，介绍说，"周士第是广东人，1924年从黄埔军校毕业后，干了十多年参谋长，最早是叶挺独立团的参谋长，后来当红军十五军团参谋长、红二方面军参谋长、晋西北军区参谋长，是个老参谋长、好参谋长。"

吕正操惊异地说："难怪贺师长打仗，能谋善断，出奇制胜，原来有一位高级智囊。这不能叫我妒忌，以后一二〇师返回晋西北，贺师长就将这位高级智囊留给我吧。"

贺龙眯着眼，只是笑笑不回答。

周士第满面通红地说："二位首长过奖了，我只不过是跑跑腿，当当主帅们的助手而已。"说罢，他岔开话题，说，"我先来个抛砖引玉，说个设想。然后你们再作决断。"

周士第拿起小木棒,木棒随着他的手在地图上移动:"敌人三路来,我们仍然集中兵力歼灭一部。中间的宫崎联队已被我伏击过一次,是只落水狗。我想,派七一六团和第三十大队埋伏在大曹村一带,痛打一次落水狗。再派其他部队牵制敌其余两路。"

贺龙听罢,没有急于表态,而是用询问的目光看着吕正操问:"吕司令,你看这个计划行吗?"

"行,周参谋长真是大笔如椽,这点小文章一挥而就,无懈可击。"吕正操说罢,眼睛移向地图,一副大彻大悟的神色,自言自语地说,"哦,原来贺师长部队的'拿手好戏',就是杀鸡用牛刀的战术,这样把握大,这种打法仗仗能赢。"

贺龙一手叉腰,一手拿着烟斗,不时地猛吸一口,眼睛盯在地图上,仔细推敲后,对黄新廷说:"这次战斗任务还是交给你们,但是要警惕落水狗。落水狗特点是报复性很强。我们如果麻痹轻敌,就会被它狠狠地咬一口。"

"请首长放心,我记住了。"黄新廷点点头走了。

贺龙成功围歼吉田大队

1939年4月22日晚上,月圆星稀,春风习习,一二〇师新编成的各部队,聚集在大朱村的广场上,举行联欢会。会场上空挂着4盏汽油灯,把周围照得通亮。官兵们席地而坐,会场一边坐着部队,一边坐着地方干部和群众。

开会前,一二〇师和三纵队进行拉歌赛,只见一个白脸青年战士,指挥三纵队唱着《三纵队进行曲》:

<blockquote>
我们年轻的三纵队,

活泼而健壮,

像奔腾的骏马,

活跃在冀中的平原上。

我们年轻的三纵队,

灿烂而辉煌,

像五月的太阳,

照射着胜利的光芒。

……

同志们,
</blockquote>

挺起胸膛握紧枪，

英勇奋斗朝前方，

打出山海关，

赶到鸭绿江，

把日本强盗一扫光！

歌声一浪接着一浪，震撼着夜空。拉了一阵歌，关向应站在主席台上，向会场上挥挥手，示意大家会议就要开始，会场顿时安静下来，他说："同志们，我们一二〇师到冀中后，和八路军三纵队并肩作战，粉碎了敌人3次围攻。今天，一二〇师和三纵队召开庆祝合编大会和反围攻祝捷大会，下面请贺师长讲话！"他带头鼓掌，台上台下一片掌声。

贺龙整整军装，摸摸浓密的胡子，走到主席台上，向大家敬了个礼，说："同志们，一二〇师到冀中三个月，和三纵队一起打了一连串的胜仗。我们——"

贺龙正要往下讲，突然听见叽叽喳喳的叫声，抬头见一群群麻雀，凄惨地叫着从会场上空飞过，便打住话头，转身小声地对身旁的周士第说："参谋长，你看到麻雀飞过会场啦？这是敌人夜间袭击的征兆，赶快派侦察参谋向河间方向观察。"

周士第答应着，急忙走出会场，派人侦察。

贺龙接着讲话，只讲了不到十分钟，侦察员带着一名地下党员喘着粗气跑进了会场，他俩来到主席台上，向正在讲话的贺龙报告说："报告师长，刚才我向河间方向侦察的路上，碰到河间地下党张同志，他有紧急情况要报告。"

"张同志，请快讲，现在正在开庆祝大会，如有敌情，我们的庆祝大会就是战斗动员大会。"贺龙说罢，将自己手中的茶杯递给张同志，说，"喝口水，润润嗓子再讲。"

张同志接过茶杯，喝了一口水，说："贺师长，我叫张涤非，是河间地下党交通员。据我们侦察，日军二十六师团吉田大队800人，还有伪军五十多人，分乘50辆汽车，携带山炮两门，满载弹药、给养大车80多辆，昨天由沧州开到河间县城，今天下午又从河间城开到三十里铺。离这里只有二十多里路。"

贺龙问："吉田大队到三十里铺有什么任务？"

张涤非回答说："据内线情报，此次吉田大队任务，是与一二〇师决战。"

关向应插话说："吉田大队装备精良，训练有素，异常凶恶，是进攻血洗南京的急先锋，被日本天皇称为常胜大队。从官佐到士兵，人人佩戴富士勋章，骄横一世，这次倾巢出动，可谓来者不善。"

他们的议论声传到台下，台下一阵骚动，大家将目光投向贺龙。

贺龙大声地说:"同志们,鬼子来了,敌人不让我们继续开会,本来,我们的'战斗剧社'要给同志们演几个小戏,现在吉田大队来了,怎么办呢?"

贺龙继续幽默地说:"敌人来了,我们拍手欢迎,日本鬼子是我们的运输大队,也是送礼大队。既然他们把礼物送上门来,我们也不必摆什么架子嘛,要以打胜仗,光明正大地收下他们的礼物。"

台下热烈的鼓掌声和群众惊恐不安的议论声交汇。

贺龙命令说:"现在各部队立即带回,连夜做好战斗准备,隐蔽待机,听命令行动!"

说到这里,贺龙目光转向台下惊恐的群众,继续说:"乡亲们,鬼子来了不可怕,吉田大队相当于我们一个团,而我们一二〇师有七个团兵力,足足可以对付得了一个团。不过,吉田大队是豺狼,他们十分凶残。乡亲们散会后,赶快坚壁清野,隐蔽起来。"

这时台下几十个青年小伙子站起来说:"我们要帮助八路军打仗,我们没有枪,我们可以运粮食、送伤员!"

"乡亲们,感谢你们的支持! 等战斗胜利后,我们再来开一个军民祝捷大会。"

散会后,贺龙就在主席台上召开了团以上干部作战会,作战参谋把地图钉在木板上,贺龙指着地图正要讲话,秦参谋提出了他忍了好久的问题,他好奇地问:"贺师长,真是神仙啊,地下党来报告前,你怎么就知道麻雀飞过会场,敌人就要来袭击的呢?"

"是啊,贺师长料事如神。"又有几个同志说。

贺龙笑笑,然后又摇摇头,对大家说:"同志们,世界上没有神仙,没有未卜先知的圣人。只有能够掌握规律的人。古人说,月晕而风,础润而雨。有经验的人,可以从一点苗头推知它的结果。我们家乡,每逢山洪暴发,老农巡视堤防,只要发现巨堤有一丝裂痕,微微渗过几滴水,就紧张得鸣锣召集乡亲们抢救。能够发现微小的裂缝,就能消弭大灾。"

关向应深有感触地说:"三百六十行,行行出状元。各行各业的内行与外行、老手与生手的区别,往往在于能否识别这微小的裂缝,识别了,就能防患于未然。等真相大白才恍然大悟,那不就迟了吗? 你们年轻人要跟贺师长好好学。"

贺龙挥挥手,拉回话题,贺龙指着地图说:"我们书归正传吧。今晚敌人在三十里铺,明天可能由西向东,也可能由北向南,向东距我领导机关驻地路线最短,所以,我估计敌人向东的可能性最大。不管敌人向哪里进攻,我们兵力部署必须既分散又集中。分散就是以团为单位驻在河间至吕公堡、任丘至沙河桥范围的各个村庄;集中就是团与团之间只能保持5里路距离,上下左右通信畅通,哪里有敌人,大家要一呼百应,聚歼那里的敌人。"

关向应说:"我们来冀中平原作战已经三个月,大家已经总结了平原作战经验,平原一望无际,无险可守,村庄是唯一依托。白天战斗一打响,要千方百计地顶,敌人打炮也好,放毒、放火也好,都要顶住,决不能走,一走就失去依托,谁走谁吃亏。要充分利用房屋、工事坚守。因此,各营要连夜修筑工事,各团政治处要分头下连,进行政治动员,组织群众转移。"

作战会议一结束,贺龙就向司令部驻地走去,走着走着,他总觉得后面有人跟着。

他回头一瞥,发现原来是远渡重洋来华帮助抗战的加拿大医生白求恩,问道:"白大夫,这么晚,你还未休息?"

"休息?"白求恩反问道,"你怎么没休息呢?"

"我要布置战斗任务。"

"你布置战斗任务,怎么没布置我们医疗队的任务呢?我们医疗队放在哪里?跟哪个团走?"

"敌人进攻目标还不清楚,你们暂时跟师部行动,战斗发起后,再确定具体地点。"

"平原地区容易暴露,等打起来再确定、再行动不就晚了吗?最好现在就确定个具体村庄。"

贺龙略思片刻,说:"估计战斗发生在齐会村,你的医疗队安置在紧靠齐会的屯庄,你看如何?"

贺龙听到白求恩说了个"行"字,但回头一看,却看不见白求恩的影子。白求恩已赶回驻地准备战斗了。

齐会村,是河间县比较大的一个村庄,有500多户人家,村内有一条南北街,街两旁有许多小巷和房屋,是个易守难攻的好战场。

第二天拂晓,吉田骑着高头大马,率领部队从三十里铺出动,一小时后,走到离齐会村一里多路的地方,停止了前进。吉田一勒缰绳,翻身下马,整整服装,推推眼镜,瞅瞅四周,拔出大刀,指挥炮兵向齐会村打了五发炮弹。

这时,贺龙站在滚滚麦浪中,拿着望远镜观望。鬼子的炮弹过后,贺龙拿起电话筒,与驻守齐会村的七一六团三营王祥法通话:"喂,你是王营长吗?我是贺龙,刚才鬼子打了五发炮弹,那是火力侦察,你们不要开枪,等敌人靠近了再打。打起来后,你们一定要坚守阵地,其他部队一定会把鬼子包围起来,这样里应外合,一举全歼吉田大队！"

王祥法在电话中响亮地回答说："请师长放心，我们一定坚守阵地，我们三营没一个人当孬种。"

果然，吉田指挥炮兵打了五发炮弹后，两眼紧盯着齐会村，看看村里有没有动静。大约过了十分钟，吉田把部队分成左中右三路纵队，挥了挥指挥刀，三路纵队弯着腰，小心谨慎地向村里搜索前进。当敌人进到步枪射程之内时，王营长大吼一声："打！"

八路军中的国际友人白求恩医生为八路军战士开刀疗伤

霎时间，机枪、步枪、手榴弹一齐开火，走在前面的第一排敌人哀嚎着倒下一大片。枪声一响，吉田估计村里不仅有八路军，而且还是主力。当即命令炮兵猛烈射击，两门山炮一齐发射，村子里顿时升起阵阵烟雾。随着烟火延伸，日军再次发起冲锋，战士们沉着应战，等鬼子靠近再打，又是一排子弹、手榴弹，八路军接连击退日军三次冲锋。

三次猛攻失败，吉田气急败坏，命令施放毒气，战士对毒气早有准备，连忙用湿毛巾把口鼻捂严。但是由于毒气很浓，加上风也停了，毒气一直在阵地上久久不散，一部分战士晕倒了，中路的敌人乘机突进村子，攻占了几座房子，有20多个鬼子爬上了房顶。

王营长见状，指挥战士向房顶上扔了几十颗手榴弹，房顶上的鬼子顿时被炸倒。

吉田见放毒气这一招不灵，命令士兵运来五桶汽油，放火烧房子。

王营长站在房顶上，眼看滚滚黑烟冲天而起，振臂高喊："同志们，一、二营和兄弟部队就在村边，敌人快完蛋了，我们要沉住气。东南角隔着一条街，火烧不过去，我们往那里撤！"

在王营长指挥下，战士们边打边撤，掩护撤退的十二连只存七个战士。他们在火苗乱窜的屋顶上瞄准敌人射击，子弹打光了，就甩手榴弹，手榴弹甩光了，就和鬼子拼刺刀。有一个班只剩下四名战士，被敌人围困在一间屋子里撤不出来，子弹打光了，敌人端着刺刀正向他们一步一步逼近，情势十分危急。

班长王炳乙告诉战士说："子弹打光了，准备拼刺刀，拼一个够本，拼两个赚一个。同志们！关键时刻不能当孬种，要死得光荣。"

话音刚落，门外冲进三个鬼子，王炳乙怒吼一声："杀！"

三个鬼子被吓得目瞪口呆，说时迟那时快，四把雪亮的刺刀捅进了鬼子胸膛。王炳乙见三个鬼子倒在地下，手一挥，喊道："跟我向外冲。"

四个人在滚滚浓烟中冲出门外，向东南角撤退。

这时，大朱村的一二〇师司令部内，正忙得不可开交。枪炮声、爆炸声从远处传来，电话铃声不断，参谋人员进进出出。"咣！"地一声，突然一颗炸弹在司令部门口爆炸，大地在剧烈摇晃，两名战士倒在血泊之中，门窗被震得发出颤音。

贺龙、关向应、周士第正在听七一六团参谋长王绍南的汇报。原来，战斗打响不久。师部与齐会村内三营的电话线断了，无法了解三营的情况，他们便派王绍南摸进村去，与三营取得联系。王绍南在两个战士保护下，乘天黑冲进齐会村，与王营长取得了联系。了解情况后，又迅速返回师部向贺龙报告。

王绍南说："敌人以为八路军主力在村内，拼命向村内猛攻。齐会村一大半房子被烧毁，村内烟气呛人，三营个个是好样的，他们顽强抗击，与敌人逐屋争夺，400多人只剩150人了，其中还有80多人受伤，有的战士被烧死，双手还握着枪。没有负伤的战士，头发都被烧光了，衣服也全破了，干粮也吃光了。"

贺龙问道："他们还有多少子弹和手榴弹？"

"基本上没有了，他们准备和敌人同归于尽。"王绍南说。

"喂，王尚荣吗？"贺龙拿起电话筒，说："我是贺龙，现在齐会村内的三营难以坚持，你马上派一个连带足弹药和干粮，冲进齐会村，与三营会合后，向村外反击！"

"是！我马上派七一五团七连冲进去！"王尚荣回答说。

贺龙放下听筒后，周士第报告说："师长，三纵队吕司令员来电话，任丘、高阳、大城、雄县的鬼子向齐会增援，敌人的速度很快。"

"你赶快通知，"贺龙指着地图对周士第说，"命令独立一旅一团在坞家村、侯安、小王庄阻击任丘、吕公堡敌人，独立二旅四团、五团在河心庄、马庄、张庄、麻家务、南齐曹阻击高阳敌人，还要防止吉田西逃，独立一旅七一五团和二团在刘古寺设伏，防止吉田逃跑。另外，通知吕司令的三分区部队，要他们从桃园赶到河间至张家坟之间阻援。"

这时，保定方向飞来五架飞机，在大朱村上空盘旋丢炸弹。

大朱村顿时陷入一片火海。贺龙和司令部的同志冲出火海，来到大朱村外的麦地里指挥战斗。

但是，不到十分钟，几颗毒气炮弹在师部上空爆炸，毒气四处弥漫，贺龙、关向应、周士第等十多个人中毒昏倒。

这时白求恩得知贺龙中毒，冒着弹雨，带着医疗队火速地赶来抢救。

一会儿，贺龙、关向应苏醒过来，贺龙笑着对关向应说："要感谢小鬼子，鬼子用毒气逼迫我们躺着休息了一会儿，现在要赶快解决战斗。"说罢伸手看手表，已是晚上7点，贺龙转身对周士第说："赶快通知七一六团一营、二营，8点向齐会村攻击，与村内的三营协同配合好。另外通知打阻击的独一旅、独二旅和冀中三分区赶快到位。"

8时正，两发信号弹凌空，七一六团一营由北向南，二营由西向东，同时发起攻击，村内的三营和刚突进村的七一五团七连，看到信号弹，高兴得拍手鼓掌，立即反守为攻，霎时，枪声大作，杀声震天。

吉田大队受到两面夹击，伤亡不断增加，房屋前后尸体的头颅像七月的西瓜地一样，满地皆是。此时，烟雾加夜幕，使得大地更加混沌黑暗，吉田欲乘此机会率残部突围，于是，他把部队分成两股，一股继续抵抗，一股收容伤员，把尸体和遗物装上大车，装不了的，掘坑掩埋。

24日拂晓，天空灰白，村庄和庄稼模模糊糊，吉田集中火力打开一个缺口，向南逃窜。

贺龙忙了一夜正打着盹，周士第摇摇他的胳臂说："师长，吉田正向马村方向突围。"

"赶快组织兵力追击，"贺龙站起来，拿起望远镜边望边说，"一夜激战，三营伤亡如何？"

"三营剩下不到100人，有的排全光荣牺牲了，王营长身负重伤，大腿被炸断，三个连长牺牲了两个。"周士第噙着泪水说，"我已叫三营暂时休整，待命行动。命令七一五团二营营长蔡久向马村追击，死死咬住敌人。"

这时天已大亮，贺龙看着看着，突然叫道："你看，马村有我们部队阻击，这是哪个团哪个营的？"

"这是七一五团四连，他们昨天晚上在西保东埋伏了一夜，没碰到敌人，刚刚到马村待命，正碰上吉田向马村突围，他们不等命令，主动抢占马村有利地形，和吉田交上火了。"周士第回答说。

此时，吉田大队在马村又碰了硬钉子，没到村边就倒下一大片。吉田又慌慌张张改为向东逃窜。敌军士兵们一天一夜未进食，饿得难以坚持，他们以为进了村子就能找到吃的东西，一个个就像注射了兴奋剂般兴奋不已。但是，挨家挨户找了几遍，不要说吃的，连一个人影也没有。这里的群众早已坚壁清野，所有能吃的东西全转移走了。最后，好不容易找到一口井，鬼子如获至宝，一齐涌到井边，渴望着能喝上两口水。谁知打上来的不是凉爽的井水,而是臭烘烘的粪便,一个个垂头丧气。有几个鬼子渴得忍不住了,就用舌头舔石头。

这时,村外枪声大作,杀声震天,吉田见此情景,倒吸了一口冷气,双手抱头,一脸绝望。这次出发前,吉田拍着胸膛,再三向本间师团长打了保票,一定要全歼一二〇师,活捉贺龙。可是,事与愿违,不仅贺龙的影子没见到,自己的部队倒损失一半,这样回去怎么向本间师团长交代呢?

吉田觉得这里不是久留之地,便举起指挥刀,腾地跳起来,怒吼着指挥部队杀出去,向南留路村方向撤逃。吉田做梦也没有想到,自己在村子逗留期间,让贺龙赢得了时间,在南留路布下了天罗地网。独立旅副旅长王尚荣、政委朱辉照、副政委幸世修率领三团,早半小时就赶到这里等候了。

吉田大队快到南留路时,遭到猛烈堵击。如雨的子弹兜头泼来,后面又有尾击,就像老鼠进了风箱进退两难。

吉田四处观望后,便命令部队在找子营与南留路之间的张家坟进行土工作业,准备坚持到一人一枪。原先满载弹药给养的大车,已满载伤员和死尸,在窄窄的小路上排成一路纵队,足有一里路长,进不得退不得。鬼子精疲力竭,稍一停住,就有人倒地睡着了。伤兵在呻吟,马匹在悲吼,一片悲惨景象。

吉田被包围以后,贺龙指挥部队逐渐缩小包围圈。

激战到中午,王尚荣跑到师部,向贺龙报告说:"幸世修副政委负重伤,三团朱吉昆政委身中两弹牺牲,战士们要求进攻,早日歼灭吉田,为朱政委报仇!"

"师长,我看是彻底解决战斗的时候了,快下总攻命令吧!"周士第在一旁催促着。

"让我再看看,"贺龙举着望远镜,边看边说,"你们知道有句成语叫困兽犹斗吗?现在,吉田就像一只要被杀的鸡,只是挨了一刀,没有断气,还有力量挣扎。这周围地形平坦,哪一方主动进攻,哪一方伤亡大,我看还是暂时围住,让他们消耗弹药和粮食,等他们突围再追击,这样,我们可以减少一些伤亡。"

于是,他们又围困了一天一夜,25 日黄昏,一二〇师三个团的兵力正要发起总攻,天气骤变,狂风突起,尘土飞扬,遮天蔽日,对面看不清人,眼也睁不开,无法进行战场观察,各种通信联络也中断。三个团费了好大劲攻进去后,发现对面都是自己人,这是怎么一回事?原来,狡诈的吉田乘尘土飞扬之际,率领残部逃走了。

贺龙接到报告,分析吉田残部已经三天三夜没休息,战斗力很弱,不会跑得太远。于是命令部队拼命追,果然追出不多远,就发现许多鬼子累倒在路上,有的睡在麦地里,怎么叫也叫不醒,连吉田自己也饿昏在一堆死尸旁,打扫战场的战士也不认识哪个是吉田,就没仔细搜查。

这天晚上,一场暴雨把吉田冲醒过来,他四处张望,四周没一个人影,吓得一身冷汗,战战兢兢地逃回河间。

吉田大队全军覆没,五天以后,吉田被解职回国。

这一仗打出了八路军威风,一二〇师威名远扬,人民群众纷纷赶来慰问。他们知道一二〇师南方人多,爱吃鱼,就在白洋淀上捕捞鱼虾,一担一担送到部队。有的群众把伤员接回家中养伤,像对待自己的亲人一样照料和护理他们。

刘、邓导演不战而胜之仗

1938年12月21日,刘伯承、李达率师直属部和陈赓的三八六旅、张贤约的先遣支队开赴冀南。邓小平参加中共六届六中全会,会议一结束,他便赶到冀南。

12月30日,一二九师在威县张庄召开高级干部会议,邓小平传达六届六中全会精神后,由徐向前汇报了他先期抵达冀南后的工作情况。他说:"11月15日至30日,3500名日伪军,兵分四路围攻冀南。我们采取了牵制三路打击一路的战法,连续作战28次,打死打伤日伪军六百余人。同时,我们采取坚壁清野,断粮断水措施,迫使鬼子缩回了据点。"

冀南军区司令员宋任穷说:"现在民众抗日情绪高涨,八路军要人给人,要粮供粮,他们包下了伤员的救护和安置,待伤员如亲人。百姓中有信奉天主教的,做礼拜时,口中念的词都是保佑八路军多打胜仗,长命百岁。有的老太太用面粉捏成鬼子模样,放在锅里煮,或用破布、高粱杆做个鬼子,天天用针扎,诅咒鬼子不得好死。"

徐向前感慨地说:"群众是我们的老师。在这次反'扫荡'中,我们从群众利用天然沟坑隐蔽自己消灭敌人中受到启发,我便和杨秀峰、宋任穷、陈再道、刘志坚研究,决定挖沟破路。经广泛发动群众,部队和群众便开始了大规模的破路工作,经十多个昼夜的苦干奋战,这个县原先的一条条大路全都面目全非,成了宽三尺、深五尺的深沟深壕,两边是用翻上来的土垒成一尺多高,两尺宽的边墙,作为人行小道。这些密如蛛网的深沟,既可便于我们隐蔽接近敌人,又可隐蔽分散转移,而敌人的装甲队,汽车队却寸步难行。这个方法是坚持平原游击战的一大发明创造。"

"嗯,干得不错嘛!"邓小平高兴地说,"一路上我们已看到了,这是一道地下长城,是冀南平原的马其诺防线。你们使一览无余、无山可依的平原,变成了互相连接的地道,这个经验太好了!"

第二天,会议继续进行。

刘伯承问徐向前:"鹿钟麟、张荫梧、石友三对我态度如何?"

"他们一到冀南,就打着国民党合法政府的招牌,提出撤换八路军县长,驱逐八路军的口号。每到一地,他们打散我们的县政权,建立他们的政权。因此,很多地方一个县就出现了3个县长。"

徐向前说到此处,刘伯承问:"你是说一个县有伪县长、国民政府县长和民主政府县长?"

"是的。所以,如果八路军来了,伪县长和国民政府县长就溜了。鬼子来了,其余两个又撤走了。如果一时无部队在那里,就出现3个县长同时收税收粮,摩擦不断,百姓更是叫苦连天。"

徐向前接着又说起鹿钟麟挑起摩擦的事。他气愤地说:"鹿钟麟指使游杂武装胡和道,勾结枣强县反动道会门六离会、黄沙会,袭击我东进纵队独立团一个连,杀害我战士13人,抢走步枪16支。事件发生后,我们派出代表与鹿钟麟谈判,指出如不悬崖勒马,我将以牙还牙,把他们打回重庆去。在我高压下,他才解散了道会门组织,交还我人和枪,偿恤我伤亡。可是鹿钟麟本性不改,前不久,又与国民党山东省主席沈鸿烈密谋策划,结成所谓冀鲁联防,企图逼我离开河北、山东……"

"报告!"侦察科王科长跑来报告说,"华北方面军司令官杉山元,调集平汉路、津浦路沿线第十师团、第十四师团、第一一〇师团共3万日伪军,兵分11路,向冀南进攻。先头部队已占领赵县、隆平、平乡、广平。"

王科长刚转身出门,与进门的侦察员擦肩而过,侦察员又报告说:"西线日军由石家庄、邢台、邯郸、大名等据点出动,向枣强进攻。"

侦察员接踵而来,又有人报告,东线日军占领泊头、德州、聊城后成扇形向我根据地推进。聊城保安司令范筑先率部抵抗,战死在城墙上。鬼子贴出安民告示,不打蒋介石的鹿、沈部队,专打八路军。

一个接一个军情报告,会议室的空气顿时紧张起来。

刘伯承说:"前面有狼,后面有虎,我们兵力单薄。既要对付鬼子,又要对付鹿、张、石,恐怕难以办到。请大家献计献策!"

八路军东进纵队司令员陈再道皱着眉说:"对付鬼子还是用游击战破他们的正规战。可是,对付这三个顽军,恐怕困难些。"

邓小平提议说:"突围往往从敌间隙入手,对付这三个人,也可以找找他们之间的间隙嘛! 他们总不会铁板一块,也会有利害冲突的。"

"对啊!"东进纵队政委刘志坚双眼一亮,一挥拳头说,"邓政委说得对。这三人虽都受蒋介石指挥,可也不是铁板一块,他们也常常各自心怀鬼胎。鹿钟麟虽是河北省主席,手中却只有几个战斗力较差的民团,他心有余力不足,只得依靠张、石二人,可这二人不买他的账。张荫梧野心勃勃,对鹿钟麟的省主席宝座虎视眈眈。石友三嘛,他刚到冀南一个月,虽是冀察战区副总司令兼察哈尔省主席,但对冀南情况不熟,深知立足未稳,不敢四面树敌。特别是对我八路军,只是在鹿、张面前喊几句空口号,至今没和我们发生直接冲突。"

刘志坚的一番分析,启发了大家。

邓小平问他:"石友三有多少兵力?"

"他管辖六十九军、暂一师和特务旅。最近,蒋介石又将高树勋的新八军、河北民军孙良诚、胡和道、张栋臣、夏维礼、邵鸿基等几个师拨给他指挥。"

"这么说来,石友三有四五万人马,是实力派嘛。我分析,鹿、张二人就要拉拢他。他们离开石友三的支持,就无所作为,捅不破天。"邓小平说到此处,沉思片刻,果断地说,"根据志坚的分析,石友三对我方态度较鹿、张好,我们就来个团结石友三,孤立鹿钟麟、张荫梧。只要石友三按兵不动,这后门的虎嘛,就成了猫,对我们构不成威胁。这样,我们就可以全力以赴,与鬼子较量一番了。"

"不过,"刘志坚担心地说,"石友三这人可是个有奶便是娘的家伙,在国民党中有倒戈将军之称。"

"此话怎讲?"刘伯承问。

"据山东省委秘密派往石友三部工作的张友渔、张光威、黄松龄了解,石友三曾是冯玉祥的护兵,惯使逢迎拍马的把戏,三年里,他从一个小连长升到师长。他本应对冯玉祥感恩戴德,可是,他羽翼一丰,便私自拉起队伍,与冯玉祥对着干。他曾三次背叛冯玉祥。后来,竟然倒向蒋介石,当上了安徽省主席。在安徽,他又三次背叛蒋介石,还差一点要了蒋介石的命。接着,他又投奔张学良。日本人到东北,他又勾结日本特务土肥原,组织伪军,树起反张大旗。西安事变后,他又投靠了蒋介石。"

"看来石友三是个动摇不定分子,对这种墙头草、随风倒的角色,我们一定要提高警惕。"刘伯承提醒说。

"不过,石友三才到冀南一个月,孤军远处敌后,困难不少,极需帮助。我们可以利用这一点,团结他,孤立鹿、张。"刘志坚说。

"好吧,我们就演一出联吴抗曹的戏吧!"刘伯承赞同地说。

"军情紧急,刻不容缓。"邓小平站起身说,"这事得马上办,我和志坚立即去见石友三。这里的工作由刘师长主持。"说罢,转身要走。

"不行,不行!"刘伯承、徐向前异口同声地说。

徐向前挡住邓小平说:"还是我去为好,石友三是个翻手为云覆手为雨之辈,邓政委一去,万一有个不测怎么办?"

"哎,还是我去。"刘伯承拍拍胸脯说,"凭我这三寸不烂之舌,不信说服不了他。"

"好了,你们都不要争了!我是政治委员,做统战工作是我的本分嘛!"邓小平安慰大家说,"你们不要怕,石友三还没有这个胆量取我的脑袋。况且,他那里还有我们不少同志嘛,他们会暗中注意我的安全的。"

邓小平见众人仍有顾虑,笑哈哈地问,"怎么,不相信我会成功?"

"不是,不是!"徐向前摇摇手,"我们是……"

话没说完,邓小平已和刘志坚带上五名警卫员,扬鞭策马而去。他们跨阡陌,跃沟渠,越土丘,疾如飞箭,转眼就消失在天地之间。

邓小平、刘志坚走后,刘伯承安慰大家说:"大家放心,邓政委一张铁嘴,可是外交家的人才,他亲自出马,我们大家尽管放心了!现在,我们就集中精力,研究如何对付鬼子这次大规模'扫荡'。"

"古今中外,万千战事都是靠谋略获胜。我们是孙子、吴子的子孙,要发挥我们兵法上的优势。我建议摆个八卦阵怎么样?"

徐向前的提议,立即得到刘伯承的响应。他说:"咳,我们俩想到一块去了。"

宋任穷说:"这就叫英雄所见略同嘛!"

"诸位,我来说个田忌赛马的故事如何?"刘伯承说,"田忌赛马获胜之诀窍就在于,他用下等马对上等马,用上等马对中等马,然后再用中等马对下等马,结果以二胜一负大胜。我们也学学田忌,用较弱部队去消耗鬼子的强部队,用我们分散的部队去消耗鬼子集结的部队,而以我较强的部队去消灭鬼子较弱的部队。我把这一战术概括为16字诀:以弱耗强,以强灭弱,以散耗集,以集灭散。诸位以为如何?"

"好!"众将领齐声赞同,个个异口同声地说,"刘师长真是名副其实的军事家。"

接着,刘伯承向三五八旅、三八六旅、青年纵队、东进纵队、先遣纵队、挺进纵队下达了作战命令,要求各部派出小部队与敌周旋,将主力摆在机动位置,伺机歼敌。

散会后,刘伯承放不下心,站在门口仰首垫足,倾耳静听。不一会儿,"得得得"的马蹄声由远而近。转眼,邓小平一行七人已到眼前。

他们翻身下马,站在刘伯承面前。

见邓小平、刘志坚满面春风,刘伯承一块石头落地,他高兴地说:"不用问就知道你们凯旋而归!"

邓小平将缰绳交给警卫员,一边拍打着身上的尘土,一边说:"石友三一身邋遢,满脸烟容。听了我们的来意,立即天南海北漫天吹,自吹自己是当今中国独一无二的大好人,还将胸脯拍得咚咚响,保证不反共,不和鹿、张穿一条裤子,坚决支持我们打鬼子。"

刘志坚笑着说:"邓政委从石友三的话中听出,他似乎有求于我们,就与他打开窗子说亮话,问他有什么困难,我方尽量解决。"

"那石友三的话是阎王的告示——鬼话连篇,绝不能全信。但作为我暂时团结的对象,我们一定要牢牢抓住他不放。"邓小平说,"他的条件是要一批枪支和粮食。"

"这好办!"刘伯承说,"为了团结抗日,我们就给他一批粮食和枪支,枪支我们还可以从鬼子那里夺来! 粮食嘛,我们就勒紧腰带,从牙缝里省省,支援他一部分。"

随后,邓小平、刘伯承、徐向前、宋任穷、陈再道等,商量了筹集枪支和粮食的具体措施。

第二天,联络科长蕙轩带着战士和老乡,送去了第一批枪支和粮食。石友三眉开眼笑,实现了他自己的许诺。鹿、张二人见石友三按兵不动,也无计可施,不敢妄自向八路军进攻。

由于刘邓二人的出色统战工作,加上精深于战役战斗实施,得心应手地指挥了一系列漂亮的胜仗。

陈赓的得意之作

鬼子对抗日根据地实行了惨绝人寰的大"扫荡"。他们对妇女、儿童的兽行,更为残忍。被他们轮奸过的妇女,又被刺死;孕妇就更惨了,他们轮奸过后,又剖腹取胎,胎儿在他们的刺刀尖上挣扎几下,就被他们摔死在母亲身边。日军攻进巨鹿城,见人就杀,大街小巷,死尸狼藉,血流成河,百姓几乎无一生还。然后,他们又点燃火把,烧毁民房,全城一片火海。至2月9日,鬼子占领了冀南地区所有县城。

面对灭绝人性的鬼子,军民奋起反抗,从1月至3月,各部队连续作战百余次,歼灭日伪军三千余人。在诸多战斗中,香城固战斗被刘伯承誉为模范诱伏战。

香城固战斗发生在刘、邓召开的作战会议后,陈赓率领三八六旅奉命到曲周、广平、肥乡、鸡泽、威县地区,阻击、伏击、袭击鬼子,他们连续打了不少胜仗后,陈赓觉得打小仗不过瘾,便伺机打一次大仗。

陈赓对各团领导说:"刘师长说的田忌赛马故事,把我们比作上等马,指示我们要找个中等马比试比试,你们要快快侦察敌情,有情况速来报告我。"

2月4日,他们到威县香城固宿营。

下午,即将就任东进纵队副司令员的副旅长韩东山和参谋长周希汉兴冲冲地来到陈赓、王新亭处。

韩东山说:"陈旅长、王政委,我们发现了一个较为理想的伏击地……"

"走,带我去看看。"没等韩东山说完,陈赓就拉着王新亭说,"王瞎子,我们去看看,选好地形,我们就可以打个漂亮仗了。"

王新亭被陈赓拉着,推推玻璃瓶底般的深度眼镜,说:"你看你看,陈瘸子一听有好地形就像三岁小孩,一蹦三尺高,你不能慢一点嘛,想把我拉摔倒啊!"

陈赓一行到了香城固,他手持望远镜,顺着韩东山手指的方向望去,只见前方一片黄乎乎的沙滩。

韩东山说:"这是沙河故道,四周长满红柳树、野枣树,地形倾斜,洼地西侧靠张家庄是一道数十米高,一千多米长的大沙岗。香城固东北的庄头树,与西侧的张家庄遥遥相对,构成天然钳形防御阵地,将地势倾斜的洼地紧紧夹在中央。"

"敌人方面的情况怎样?"陈赓急迫地问。

"据我分析,威县城内日军,近期'扫荡'连连扑空,上司责令他们寻找八路军主力决战。鬼子求战心切,我们可利用这一点,寻小股部队引狼就范。"

王新亭赞成周希汉分析,他说:"反'扫荡'以来,我们发现鬼子的一个规律,就是失败后急切寻机报复。我们利用这一点,设置圈套,打一个诱伏战。"

陈赓边听边举着望远镜,仔细观察地形。突然,一个人影出现在他的视野内。他喊起来:"你们快看,前面来了个什么人,好面熟呢!"

周希汉眼尖,拍着手说:"那不是许和尚许世友吗?"

"对对对。"韩东山、陈赓也认出来了。

许世友是红四方面军一员战将,曾任连长、营长、团长、师长、军长、骑兵司令员。一二九师主要由红四方面军改编,人人都熟悉他。因他八岁入少林寺习武,所以,大家又喊他许和尚。

转眼间,许世友已带着警卫员到了大家面前。陈赓快步迎上,高兴地问:"老许,你上哪儿去啊?"

"这还用问吗?"许世友个头不高,身体结实,面色黝黑,他挥着手,粗着嗓门说,"到你们旅来打鬼子啊"边说边递上一份介绍信。

"老许,总部说你去山东了,怎么到了这里?"王新亭好奇地向。

"是呵!原来是叫我去山东。我想了一下,到山东路途遥远,要绕过几十个敌军据点,大约要半个月才能到。我这个人见鬼子就眼红,忍半个月不是要我的命?我跟朱老总说,让我在就近老部队先干一阵再去山东,他就答应了。"许世友兴致勃勃地说。

此时,天空飘起了雪花,陈赓感到一阵寒意,忙招呼大家说:"赶快回旅部去吧。"转身与许世友并肩而行,他说,"你从延安刚到,一路劳累,休息几天再说吧!"

"不行,不行!"许世友直摇头说,"你们轰轰烈烈抗战一年半,我却呆在抗大学了一年半。天天听别人打仗,真憋死人。好不容易有仗打,却叫我休息,不干不干。"

王新亭好奇地问:"别人抗大只上几个月至多一年,你怎么上了一年半?"

"这个这个……"许世友一下子给问住了,摸了一阵光脑袋,才大大咧咧地说,"嘿嘿嘿,其实也没有什么保密的,说就说。"然后,便竹筒倒豆子,一五一十地说出了原委。

原来,许世友刚到抗大,正值中央决定开展批判张国焘的右倾分裂主义斗争。毛泽东特别强调:批判张国焘同志,要把他的错误与红四方面军指战员英勇奋斗区别开来,红四方面军广大干部战士的功劳和贡献不能抹杀。但是,少数人利用这一斗争,企图搞掉红四方面军干部,因此,谣传许世友是托派,要求处理他。当时红四方面军干部人心惶惶,许世友更是忿忿不服,觉得自己一心一意干革命,现在却被冤枉成托派,于情不符。可是,张国焘平时和自己关系较密切,自己虽不知张国焘分裂党的阴谋,可是一时也无法说清,怎么办?这时,他想起了四川的老部下刘子才,他手下还有一万多人,不如联络一部分人去四川打游击,让那些人看看,我老许是托派还是革命派。于是,他秘密联络红四方面军的30个干部,作好去四川的准备。一切准备就绪后,他粗中有细,又想想不对劲,还是要和毛泽东打个招呼为好,我许世友明人不做暗事,不能拍屁股就走。于是给毛泽东留了个字条。谁知,中央及时制止了他的行动,还给了他一个关禁闭的处分。为弄清问题,中央叫他在抗大多待了半年。

许世友说完,习惯性地又摸摸光秃秃的脑袋,尴尬地笑笑。

陈赓笑着说:"老许,亏你还粗中有细,要不然,你拍屁股一走,那就不是一个处分的性质喽!"

王新亭说:"我们的老许向来光明磊落,凭他的性格,也不会不清不白就走。"

他们边走边说,转眼到了旅部。

陈赓连忙抓起电话,向刘伯承报告了香城固战斗方案。刘伯承立即和邓小平、李达研究,半小时后,刘伯承回电,同意陈赓的作战方案。

战斗动员大会与欢迎副旅长许世友大会同时举行。

会一散,各部到香城固西北老沙河一带筑工事,附近的民兵听说要打大仗,纷纷前来帮忙助战。

第二天,东方刚出现淡淡的鱼肚色,大地笼罩在一层薄薄的晨雾之中,一个3000多米长的菱形战壕筑成了。为迷惑敌人,壕边移栽了一丛丛红柳,把阵地隐蔽得严严实实。

陈赓、周希汉走了一个来回,仔细检查了一遍,又叫人把香城固至张庄之间的大树砍了,堵住村口,将所有道路封死。

此时,香城固区长郝立顺跑来汇报说:"报告陈旅长,100名参战民兵,5名向导,7个掩护伤员的堡垒户,30副担架,全部准备完毕!"

陈赓高兴地点点头。

万事俱备,陈赓对六八八团韦杰团长如此这般交代一番。

第三天,太阳从地平线上冉冉升起,朝霞满天,韦杰带着两个营,神不知鬼不觉地包围了威县城。

几名神枪手一人一枪,将城墙上的哨兵一一击毙,接着云梯腾空而起,在嘹亮的冲锋号的鼓舞下,几十路排着长队的战士们开始攻城。

威县的日军联队长小林广一听到枪声,跳下床,匆匆爬上城楼,四下一看,不由得大叫一声"妈呀",脸色"刷"地成了蜡黄色,望着黑压压的八路军,他脑子里在飞快地转动,如果威县失守,不是被打死,就是被撤职。

小林广一咬牙,声嘶力竭地组织阻击,果然,八路军的进攻被击退了。他轻轻吁了一口气,拿起望远镜,发现攻城的八路军不过300人。不由得笑出了声,心想,300人也想攻城?突然一个念头闯入脑中:"对,我何不乘胜追击,彻底消灭。"

想到此处,小林广一叫来大队长川上正光大佐,只见他向川上正光叽咕几句,川上立正敬了礼便迅速转身下了城楼。

小林广一又突然想起什么,又将他叫了上来,警告他说,"你的当心八路的围师——"他不知最后那个字怎么读,川上说:"是围师必阙。"

"对对对,"小林广一兴奋地用两只手一合,作了个合围的手势,说,"当心围师必阙。"

川上下城楼半小时,城门大开,开出一辆吉普车和九辆大卡车,拖着一门山炮,载着两门九二步兵炮,追击八路军去了。

坐在吉普车上的正是川上大队长。他不时伸出手招呼后面的九辆卡车,卡车上的太阳旗下站满了头戴钢盔的士兵。

出城不久,他们追上了八路军骑兵。川上跳下车,指挥卡车上的士兵下车阻击。

说时迟那时快,一颗子弹不偏不倚正好击中川上的脸。他"啊呀"一声倒下了。接着,一颗手榴弹在他身边开了花,川上的肚子顿时炸开一个大窟窿,士兵一见,嗷嗷叫着举枪还击。一阵扫射之后,却未见一个八路军。他们又纷纷上车,向前追击。

到了康洼庄,隐约见有几个八路军,便又跳下车,扑向康洼庄,可是八路军又不见了。鬼子见到嘴的肥肉不翼而飞,又气又恼,朝河滩方向紧追不舍。

早已埋伏在此的韦杰,见鬼子全部进入了伏击圈,振臂高喊一声:"打!"

一阵枪林弹雨过后,鬼子倒下一片。懵懵懂懂的鬼子,这才如梦初醒,方知中计,急忙向公路上撤退。可是晚了,公路已被补充团堵住,他们又慌慌张张向马落堡撤退。

看到鬼子潮水般涌来,副旅长许世友高兴地直搓双手。他大叫一声:"警卫员,拿酒来!"

早已守候在身后的小江迅速递上水壶,许世友一仰颈子,喝了半壶。他一抹嘴,从背后抽出大刀,"腾"地立起身,吼道:"同志们,有种的跟我冲啊!"话音未落,人已旋风般冲向敌群。

一旁的新一团团长丁思林被他惊呆了,猛然想起战前陈旅长的再三叮嘱:"千万注意许副旅长的安全。"他一个箭步上前,牢牢抓住许世友的左臂说:"许副旅长,你的任务是在指挥所指挥……"

"他妈的,什么指挥所?"许世友没等他说完,左臂一甩,把丁团长甩了个趔趄,举着大刀杀了出去。

许世友挥刀如飞,只见刀光闪闪,刀起头落,鬼子倒下一片。那带血的大刀,犹如鲜红的呼啦圈在空中飞舞,又如那彩虹满天飞舞。鬼子吓呆了,一会儿涌向东,一会儿又涌向西,可就是冲不出包围圈。

此时,陈赓正在观战,突然两只鸽子飞入空中,陈赓拔出手枪,"叭叭"两枪,鬼子的求援信鸽"啪"地掉下来。

夜幕徐徐降临,鬼子像热锅上的蚂蚁,到处乱窜。

陈赓见时机到了,命令各团号兵集合,吹起了冲锋号。刹那间,战士们、民兵们和手持锄头、铁锹的老百姓,从四面八方冲向敌人,杀声震天。直至后半夜,战斗基本结束。

拂晓时分,鹅毛大雪从天而降。一个漏了网的日本兵,慌慌张张逃到葛村,碰上两个拾粪的老大爷,他俩一人一叉,就结束了鬼子的性命。"两把粪叉战东洋"的故事,就这样在威县流传开了。

第三章

罗荣桓率部挺进齐鲁

杨勇打出了威风

1938年3月的一天，一一五师转移到吕梁山和太岳山脉一带，行军途经山西隰县，那天迷雾如帐，山山岭岭，村村寨寨，尽笼雾中。

林彪穿着日军的军大衣，骑上名唤"千里雪"的大白马，飞蹄腾空，颇有古代战将之风，不料被阎锡山的晋绥军哨兵误伤，林彪从马背上滚下来，昏了过去。晋军士兵认出是大名鼎鼎林师长，吓得面如土色。林彪被送回延安治疗，同年冬，又赴苏联就医。一一五师师长一职，由陈光代理。

在一二九师主力在冀南作战之际，政委罗荣桓和代师长陈光率一一五师第三批入鲁，经两个多月急行军，于这年3月2日晚，抵达山东郓城西北的张集。

罗荣桓、陈光骑在马上，正在交谈，六八六团杨勇团长骑马，赶来报告说："陈师长，前面已到樊坝镇，镇上驻扎郓城日军一个保安团。樊坝是我必经之地，你看怎么办？"

罗、陈二人翻身下马，立即召开作战会议。

罗荣桓在会上说："今日早上，总部来电说，国民党最近召开了五届五中全会，会上决定采取溶共、防共、限共方针，加紧了对八路军和新四军的排斥和压迫。前两天，蒋介石命令五十一军军长于学忠为鲁苏战区总司令，带领三个军，抢占了山东。总部命令我加快行军速度，同国民党抢时间、争速度，迅速发展地方武装，控制山东农村局势。"

"报告！我师第一批入鲁部队萧华来电。"来光祖参谋报告说。

"快念！"陈光挥手吩咐。来参谋打开公文夹，念道：第二批入鲁部队已到达冀鲁边的乐陵城，与曾国华、孙继先率领的入鲁部队会合，攻占了宁津城，活捉了伪县长。现国民党山东省主席沈鸿烈,正调集吴化文手枪旅和骑兵团,向我进攻,请指示。"

陈光听罢,沉思片刻,说:"给萧华复电:第一,先礼后兵,争取与沈谈判,晓以大义;第二,如谈不成,则对沈的挑衅,予以坚决还击,做到有理有利有节;第三,警惕沈勾结日军对我夹击,千万不可大意。"

陈光说罢,反剪双手,来回踱步,若有所思地说:"山东的局势越来越严峻,我们的担子越来越重啊……"

急性子杨勇说:"首长,我的意见是打,樊坝只有敌兵力一个团,而且敌人还不知道我们已潜入他们的鼻子底下,只要采取袭击方式,一定能拿下樊坝。"

罗荣桓仔细考虑后,对陈光说:"我同意杨勇的意见,而且,这个任务就交给杨勇完成。"

陈光点点头,扭过头对杨勇说:"山东自古以来是兵家必争之地,战略地位十分重要。抗战爆发后,我们党已派了不少部队进入山东。这一仗是我们六八六团入鲁的第一仗,只能胜不能输,而且还要胜得漂亮,要打出我们的威风。给山东的父老乡亲一个惊喜,给日伪军一个严重警告,怎么样?"

"是!"杨勇挺挺身子,坚定地回答。

参谋处长王秉璋说:"打好这一仗,要做三件事:第一,在全部队进行入鲁第一仗的政治动员,强调其政治意义超过军事意义;第二,要加强严密侦察,选好突破口;第三,伪军是中国人,打伪军不同打日军,要加强政治攻势。"

杨勇一一记在心上,返回部队后,按上级指示,作了充分的思想准备。

当晚,下起了瓢泼大雨,杨勇走在雨地上,心里一阵高兴:"哈哈,真是天助我也。"他们冒雨前进,向樊坝奔去,不出杨勇所料,敌人做梦也没有想到,这样恶劣的天气,八路军会来偷袭。

战斗打响时,伪军们正在村子里喝酒,听戏,赌钱,没有一个拿枪准备打仗的。四周一片枪响时,他们以为谁家结婚放鞭炮。等伪团长刘玉胜发现情况,八路军已如天兵天将,冲进了团部,活捉了他,其他伪军也乖乖地举起了双手。

第二天一早,杨勇押着刘玉胜来到张集。老远,就冲着罗荣桓、陈光咧嘴笑。走近时,他立正敬礼,喜滋滋地说:"报告……"。

罗荣桓没等他说完,就拍拍他的肩,朗声说:"别报告了,看到你满面春风,后背又带着个战利品,你不开口我们也知道了,你打了个漂亮的胜仗。"

"是啊!"陈光伸出手,一边和杨勇握手,一边说,"祝贺我们的杨团长旗开得胜,马到成功!"

二位师首长的夸奖，弄得杨勇不好意思了，他笑眯眯地摸着后脑勺。此刻，他指着刘玉胜说："首长，这家伙如何处置？"

"等审后再作处理。"陈光说完问道，"还有什么问题吗？"

"哦！还有一件事。"杨勇指着刘玉胜说，"他父亲也被我们抓来了，这老家伙想逃跑，给他一枪打伤了肺部，躺在地上直哼哼呢！"

"没抢救吗！"罗荣桓焦急地向。

"救他干嘛，让他活受罪，谁叫他生了个汉奸儿子？"杨勇不知对错发表自己的阔论。

"扯淡！"罗荣桓发怒地瞪了杨勇一眼，厉声地说，"谁叫你这样对待俘虏？"

罗荣桓见杨勇愣愣地站着，便挥挥手，说："还不快组织抢救，救不活，我拿你是问！"

杨勇委屈地转身走了，他想不通，那么多伤员还救不过来呢，干嘛要救一个伪军团长的父亲。

"扑通！"一声，把罗荣桓、陈光吓了一跳。低头一看，原来是刘玉胜跪在地上直作揖。

刘玉胜泣不成声地说："八路军长官，我有罪，是个大罪人，你们还对我那么仁慈，抢救我父亲。你们的大恩大德，我刘玉胜永世难忘，就是死了，来世一定相报……"

"起来，起来！"罗荣桓扶起刘玉胜，问道，"你是一个中国人，为什么卖国求荣，做鬼子的走狗和帮凶呢？"

刘玉胜满脸羞愧，悔恨地说："唉，想当年，我在宋哲元的二十九军三十六师担任排长，1933 年日军占领东三省后，攻占山海关。我们奉命从山西开赴长城喜峰口抗战，我曾用一捆手榴弹炸死 8 个鬼子，那时干得多痛快！"

刘玉胜的眼里闪出一丝骄傲的目光，但很快就消失殆尽了，他陷入了深深的痛苦与自责之中。

刘玉胜说："后来老蒋命令我们不战自退，一气之下，我脱离了二十九军，谁知又走错了一步，经受不住刘本功的威逼利诱，当了伪军，成了民族的罪人。唉，一失足成千古恨啊！"

刘玉胜仰面长叹，泪流满面说，"我该死，站在你们八路军面前，我是无地自容呵！我只有一死以谢国人。长官，你毙了我吧！"

"报告罗政委，刘玉胜的父亲经抢救，已脱离了危险！"杨勇奔跑着，一边擦汗一边说。

"好!"罗荣桓满意地点点头,转脸与陈光交换了意见,然后,笑着对刘玉胜说,"你对自己的罪行已有初步认识,这很好!我们八路军奉行的是给出路政策,只要你今后改过自新,和人民站在一起,我们是欢迎的。"

陈光接过话茬,说:"你的命运和前途就掌握在你自己手中,只要你戴罪立功,我们便放了你。"

"谢谢长官,谢谢八路军!"刘玉胜又"扑通"一声跪在地上,不停地作揖、磕头,喃喃地说,"你们是我的大恩人,我的再生父母。"

说罢,刘玉胜举起双手,"啪啪啪"左右开弓,扇自己的耳光,直到口角被扇出鲜血,才止住。

刘玉胜坚定地说:"这是与以前的刘玉胜决裂,从今后,新的刘玉胜诞生了,请相信我,一定痛改前非,你们要我做什么,我就做什么。"

罗荣桓点点头说:"希望你做个言而有信的人。"然后吩咐警卫员将他带出去了。

罗荣桓对陈光说:"刘玉胜在郓城是个振臂一呼,万人响应的人物,争取他,对我扎根山东大有益处。我的意见是把他交给杨团长,由他帮教怎么样?"

"行行行!"陈光举双手赞成。

杨勇从师长、政委的信任的目光中,领略到任务的重要性,从他们的行动中领会到抢救一个人的重要性,他挺挺腰板,响亮地回答:"师首长放心,保证完成任务!"

杨勇接过任务,对刘玉胜进行了一番晓以大义的说服教育工作,刘玉胜果真是痛改前非,释放的当天,就写了份《告郓城同胞书》,内容是:

玉胜不才,身为中华民国之军人,乃受敌寇之迷诱,沦为卖国求荣的汉奸,樊坝一仗,幸被八路生俘,得蒙不死,倍享优待,并晓救国救民之大义,教诲良深,玉胜扪心自问,愧悔交集,令获开释,思同再生。誓当重整旗鼓,投效抗战,将功折罪,以雪吾耻,报效国人。

刘玉胜的《告郓城同胞书》,在郓城四乡广为张贴后,震动很大。

为表自己戴罪立功决心之大,刘玉胜一不做,二不休,又在家门口摆起了桌子,设立招兵处,桌旁有一小诗:

波涛一小舟,水尽到滩头。

八路战樊坝,玉胜重开头。

果然,应征者纷至沓来,几天之内,竟有千余人报名。刘玉胜对这千余人训练数日,然后投入战斗,不久就拿下了一个鬼子据点。

这天,刘玉胜率部找到陈光要求收编。看着重获新生的刘玉胜,罗、陈二人自然十分喜欢,欣然点头应允,将他部改编为八路军一一五师独立团,刘玉胜任团长。

几日后,罗、陈二人决意率部继续东进。消息传开,百姓互相转告。这天,师部门前一下子围起了数不清的民众,一见罗、陈二人,他们"刷"地跪下了。

罗、陈二人一惊非小,不知出了何等大事。急忙招呼众人起身,可是谁也不肯起身。

跪在最前面的一位白须长者高声说道:"首长,请答应我们一个要求!"

"快快请讲!"

"请你们将及时雨留下,我们方可起身?"

"什么?"罗、陈诧异,"谁是及时雨?"

"就是指挥打樊坝的八路军英雄杨勇啊!"民众异口同声。

"啊!"二位师首长一愣,脱口而出,"他什么时候成了及时雨啦?"

"他就是我们的及时雨!"长者肯定地点点头,"宋朝时,及时雨宋江率梁山好汉108将,在郓城劫富济贫,为百姓伸张正义。八路军英雄杨勇,率八路英雄除奸灭寇,解救郓城百姓,他不就是当今的及时雨吗?"

"哦!"罗、陈二人恍然大悟,他们俩一边招呼大家起身,一边耳语,研究后决定:一为尊重民众意思,二为创建鲁西北根据地,开辟太行山与山东的交通联系,欣然同意了郓城百姓的请求。

罗荣桓对众人说:"乡亲们,我们决定将你们的及时雨留给你们!"

"哗!"众百姓高兴地拍手鼓掌欢呼。

就这样,杨勇和何德全、张国华、欧阳文等,率六八六团三营、教导队及师直的两个警卫连留下,以东进支队第一团番号,在郓城、济宁一带活动。杨勇任团长兼政委。另以张仁初、刘西元为六八六团的团长、政委。

陈光智过草桥

陈光、罗荣桓率部东进,经一夜急行军,天亮时分,赶到了汶上城西北。

距草桥只有3里路了,陈光见天已放亮,就一面命令部队就地宿营,一面朝草桥方向张望,终于看见派出的侦察员回来了,便急切地问:"草桥方面的情况如何?"

"报告师长,只有一个伪军据点!"

"嗯……"陈光手托下颔,眉心的川字明显地显现出来,一边踱步,一边思考。

他考虑,此时此刻,部队是进退两难,怎么办?他取出地图,与罗荣桓仔细地研究起来。草桥过去20里,就是泰西地委和山东纵队六支队驻地——东平县夏谢镇。

半晌,陈光一敲地图,自语道:"闯过这鬼门关,前面就是阳光道。"他对罗荣桓说,"日伪军深知我们爱在夜间行动,因此,他们往往白天麻痹大意,丧失警惕。我们何不利用这一点,白天闯草桥。"

"我同意你的大胆设想。"罗荣桓点头。

不一会儿,骑兵连王连长应招而来,陈光如此这般交待一番,王连长直说:"妙!"

吃过早饭,一队"日军"骑着大马,后面跟着一辆驴车,大摇大摆地到了伪军草桥碉堡门口。

高个子伪军哨兵,一见"日军"就顿觉矮了三分,正准备放行,突然小眼睛骨碌碌一转,心下想,不对劲,队长没交代有皇军要来啊。嗯,我得多个心眼,小心上了八路的当。

想到此处,哨兵立即上前,弓着腰,满脸堆笑地说:"请问太君从何处而来,又要到何处去?"

站在前面的胖"鬼子"不耐烦地叽哩咕噜几句,身旁的翻译二话没说,上前就对哨兵打了几耳光,说:"瞎了眼,皇军本田大佐发脾气啦,我们是汶上日军第九联队,昨天到码头'扫荡',今天回汶上!"

说罢,翻译指指后面的驴车说,"你没见那车上就是我们抓到的八路。"

哨兵顺势一望,果然车上几个五花大绑的八路。便点头哈腰地说:"对不起,对不起,兄弟为防八路偷袭,迫不得已。"

那胖"鬼子"又叽哩咕噜一阵,翻译说:"皇军要你们队长赶快出来!"

话音一落,从碉堡内跑出一个圆脸伪军军官,他便是伪军队长李华五。

其实,李华五一直躲在窗口窥视对面发生的一切,听见叫他,诚惶诚恐地站在"皇军"面前,说:"卑人李华五,皇军有何吩咐?"

胖"鬼子"一阵叽哩咕噜后,翻译瞪着李华五说:"还不赶快集合队伍,皇军要训话。"

"是,是,是。"李华五一叠声答完后,从口袋里摸出一支小警笛,"嘟嘟嘟"吹了三声,碉堡内的伪军全都跑了出来,他们不知发生什么事,眼光盯着李华五。

李华五集合好队伍,向胖"鬼子"报告后,自己也站到队列前头。

那胖"鬼子"骑在马上,在队列前挥舞大刀,凶神恶煞地叽里呱啦骂了一通,翻译说:"'皇军'说了,他要训话,叫你们全部把枪放在地上。"

伪军遵命后,翻译大声命令:"向后转,向前5步走,一、二……"

就在伪军转身向前走时,站在旁边的几十个"鬼子"一哄而上,将他们的枪全部拿上了驴车。

当翻译喊完"立定,向后转"时,伪军们一个个惊慌地睁大双眼,半张着嘴,好似孙悟空使了定身法,一动不动。怎么转眼之间,老母鸡变成了鸭?"皇军"全成了八路,黑洞洞的枪口对着他们,只好乖乖地举起了双手。

不久,陈光、罗荣桓赶到了草桥,装扮成胖"鬼子"军官的王连长乐哈哈地说:"师长,你这一着真管用,不费吹灰之力,就拿下了草桥。"

装扮成翻译官的是侦察员魏明安也竖起大拇指说:"师长是孔明再世嘛,真是四两拨千斤,再难的关口脑子一转就过来了。"

彭明治扬名湖西

罗荣桓解决草桥敌人后,他们又继续东进,走出不远,侦察员来报告,说前面3里路处有十几个可疑人员,正朝这边走来。

罗荣桓当即决定,将此事交给骑兵连。他对王连长说:"如果是敌人,就消灭他。不过一定要看清楚,可千万别误伤自己人和老百姓。"

王连长点头应允,转身走了。

一支烟的工夫,王连长骑着马,笑眯眯地转回来:"报告首长,那十几个人是来迎接我们的八路军山东纵队六支队的同志。"

王连长话音刚落,一行人已到跟前。走在最前面的,是一位中等个头的年轻人,他自报家门说:"我是六支队司令员刘海涛。两天前,我们接到纵队黎玉电报,说罗政委来山东指导工作,便赶来欢迎你们。"说罢,将身边人一一介绍给罗荣桓。

罗荣桓高兴地和他们一一握手,说:"谢谢你们,谢谢山东纵队领导。"

他们边走边聊,转眼,到了泰西地委和六支队驻地——夏谢镇。镇街道两旁站满了欢迎的人群。

到了六支队司令部,刘海涛向罗荣桓一一介绍在场的地委和六支队领导。

众人坐定后,刘海涛征询地问:"罗政委,是不是请地委书记段君毅汇报情况?"

"行啊!"罗荣桓点点头。他认真地听取了段君毅关于泰西地区抗日斗争情况的汇报。接着,六支队张北华政委又介绍了六支队的成长发展史。

"你们六支队是10个人起家,一年就发展到3000人。发展如此迅速,一定有很多经验介绍吧?"罗荣桓饶有兴趣地问。

提起他们的发展壮大史,张北华可来劲了,他滔滔不绝地说:"最主要的一点,就是依靠群众战斗,用战斗发动群众,壮大自己。当初鬼子进攻济南,我和张静沅、崔子明3位党员,从监狱逃出来,省委书记黎玉安排我们到泰西组织游击队,并派共产党员程重远协助我们。于是,我们4个人就到了泰安西边的夏张镇。此镇有千户人家,有杂货店、药铺和几家大酒店。虽然地主、商人家里都有枪,但他们仍然担心鬼子来烧他们的房子,抢他们的东西。我们利用他们的惧怕心理,发动群众,向他们借枪。起初,他们不肯,我们经研究决定,4个人成立抗敌后援会,以组织的名义,召集了地主、商人开会。会上,崔子明分析当时局势说,济南失陷,泰安被炸,韩复榘逃跑,鬼子很快就要进攻夏张镇。到时,将烧杀抢掠无恶不作。地主、商人们听了,诚惶诚恐。崔子明说,我们虽然国弱民穷,但一定要有骨气,决不能做亡国奴。地主、商人们直点头。崔子明见时机成熟,话锋一转,说,我们很想将镇上的青年组织起来,给大伙站岗放哨,密切注视鬼子的行踪,可是,我们没有武器。他看看地主、商人们,又说,现在我建议你们把家里闲放着的枪借出来,让它发挥作用,你们看怎么样?地主、商人们你看我,我看你,谁也不愿挑头反对。崔子明就说,你们没有意见,就这么办。就这样,晚上,我们组织了10个人,分头到地主、商人家将枪一一收来。第二天一早,我们10个人扛了11支枪上了山,成立了游击队。大伙选我当队长。不久,我们移住响水寺,向群众宣传,队伍扩大到三十多人。半个月后,我们与肥城的葛阳斋、陈惠民领导的30多人游击队联合起来,一举袭入肥城,歼灭了汉奸武装,把汉奸头子、维持会长范维新公审枪决。这一仗,是我们的第一仗,使我们游击队名声大振,远近村镇一下子来了两百多年轻人投奔我们,队伍迅速扩大到三百多人。在游击队的基础上,我们成立了山东西区人民抗敌自卫团,下辖三个大队。打肥城后,我们总结了一条经验,就是要发展,必须靠群众。只有战斗,才有威信,才能吸引更多的群众参加游击队。接着我们夜袭界首城,消灭了三十多个鬼子,时逢旧历年关,群众见自卫团打了胜仗,纷纷将自家过年的肉、面、酒、菜送来慰问我们。省委派来了不少军事干部,指导我们开展游击战。我们在东平、肥城、泰安等县,建立了抗日民主政府,现在已发展到四千多人了。"

张北华一口气说完,罗荣桓频频点头,高兴地说:"你们从无到有,从小到大,为泰西人民抗战,树起了一面光辉的旗帜。她是团结人民,吸引人民,坚持抗战的核心力量。群众是巩固抗日根据地的基础和关键。要让这面红旗永远飘扬,只有继续深入发动群众……"

"报告!"罗荣桓刚说完,外面就闯进两个人,他抬头一看,惊喜地说:"哈哈,这不是彭明治、吴法宪吗？嗳，你们部队在什么地方？"

彭明治、吴法宪是一一五师三四三旅六八五团的团长和政委。1938年9月，八路军总部决定将六八五团改编为苏鲁豫支队，由他俩率部开赴山东微山湖以西，开展苏鲁豫边敌后游击战。他们告别了太行山，顶着寒风，经过山西、河北、河南的12个县，行程千里，于这年12月，出现在山东微山湖的丰县、单县、沛县、巨野、曹县地区，完成了战略进军任务。

他们与罗荣桓一年未见，今日相逢，分外高兴，彭明治说："罗政委，我们从刚缴获的敌人文件中得知你们在樊坝打了胜仗，便派侦察员到郓城联系。杨勇说你们已到了六支队，我和吴政委就骑马赶来了。"

接着，他俩向罗荣桓汇报了他们的工作。

罗荣桓听完汇报，打开了军用地图，目光久久停在微山湖地区，半响才说："这可是个好地方啊，进可攻城，退可守湖，衣、食、住、行不用愁，是个得天独厚的藏龙卧虎之地。"

接着，他说起了当年楚汉相争，刘邦起兵沛县；三国刘关张大战吕布，逐鹿湖畔；唐末黄巢曹州起义、宋末梁山聚义，清末捻军大败僧格林沁，均发生在这一地区。

说罢这些故事，他扭头问道："这里民风强悍，崇尚习武，一定有不少草莽英雄吧？"

"罗政委说的是，豪杰的确不少。不过——"吴法宪说到此处，叹了口气，又说，"这里的土匪武装也很多，自封的司令多如牛毛。三五人拉个队伍，自封团长司令，四处欺压百姓，奸淫妇女。其中最穷凶极恶的，就当数王献臣这个大恶棍了。"

吴法宪剑眉倒竖，怒气冲天地说，"这是个十恶不赦的坏蛋，他祸害乡里，坏事做绝。"

彭明治接口说："在这一带，他是人数最多的土匪司令，在丰县，他有4个团两千多人，是日寇最忠实的走狗，群众又恨他、又怕他，称他活阎王，小孩子听到他的名字都会哇哇哭。"

稍息片刻，彭明治又接着说："我们苏鲁豫支队到达丰县时，王献臣正向西争地盘，他们所到之处，火光冲天，浓烟滚滚，拖儿带女的逃难民众，比比皆是。指战员们见到此情此景，无不义愤填膺。民众还送来不少状子，都是控诉王献臣的。一个开明绅士拉着吴政委的手说，'这匹害群之马，不知作了多少祸国殃民的坏事，请你们做做好事，为民除害吧！'因此，支队领导决定，狠狠打击王献臣。"

吴法宪接过话茬说："12月29日拂晓，我们兵分三路，向盘踞在雀庄、大小王庄、李双庙一带的王献臣部展开猛烈攻势。战斗进行到下午4时，除王献臣一人逃跑外,其余全部被歼。这一仗,打懵了鬼子,老百姓欢欣鼓舞,直夸八路军是天兵天将。抗战情绪猛烈高涨,周围十几个县的群众纷纷报名参军,我们支队迅速发展壮大,由原来的800人,一下子扩大到9000人。支队下辖六个大队。"

彭明治等吴法宪说完,迫不及待地问:"罗政委,我们下一步工作如何开展?请你指示。"

"别急嘛。"罗荣桓边说边站起身,一边活动着四肢,一边说,"前天,我们收到中央和总部急电,说新四军陈毅、粟裕部要从苏南过江到苏北。为配合新四军开辟苏北根据地,八路军今后要向华中发展,向南京、上海近郊挺进。你们支队是首批开进华中的部队,从现在起,就向南发展,在萧县、永城、宿县建立根据地,与彭雪枫部打通联系,待时机成熟,八路军将由黄克诚或杨得志率3万余人去苏北,与新四军陈毅、粟裕共同经营苏北。那时的苏北,就要成为全国较大的一块根据地。"

展望前景,罗荣桓心中无限舒坦,他两手各扶在彭、吴的肩上,轻轻地拍着说:"你们马上回部队,召开党委会,研究南下部署。"

彭、吴二人听了罗荣桓的一席话,心里自然十分高兴,他俩一阵低语后,彭明治说:"罗政委,我们马上回去研究。但是,我们有个建议,湖西这块根据地不能丢。在兵力部署上,是否将梁兴初的四大队留湖西,并成立后方办事处,继续巩固湖西。我和吴政委、田维扬参谋长带领第一、第二、第三、第七大队和郭影秋的独立大队南下。"

"很好,你们考虑得很周到。"罗荣桓说,"郭影秋长期在湖西从事地方工作,情况熟悉,我看还是将他留下,开展统战工作。"

"罗政委考虑全面,就照你说的办!"彭明治说罢,便挥手向罗荣桓告别。

菩萨司令廖容标

罗荣桓送走了彭、吴二人,转身回到住处,参谋处长王秉璋递上一份电报。罗荣桓在入鲁前,参加了党的六届六中全会。这份电报是中央委托他,向山东省委和山东纵队领导传达会议精神的。罗荣桓稍作准备,告别了段君毅、刘海涛,就上路了。

从六支队到山东纵队司令部,要经过山东纵队的第四支队。几天后,他们到了四支队驻地徂徕山。刚一坐定,罗荣桓就问起了支队领导情况。

支队领导各自准备自我介绍,司令员廖容标正要先说,罗荣桓挥挥手说:"你这个菩萨司令,就免介绍吧!"

在座的不禁一愣,都惊奇地睁大眼睛。

副司令员赵杰好奇地问:"罗政委,你怎么知道廖司令员有这个绰号?"

罗荣桓神秘地说:"这可是毛主席说的。"

"毛主席!"大家更加惊奇,异口同声地叫起来,"连毛主席也知道?"

"说来话长。"罗荣桓说,"这次,我参加六中全会时,一天,毛主席将我叫去,通知我到山东工作。最后,他对我说,到了山东,一定会见到菩萨司令员。当时,我丈二和尚摸不着头脑,便问主席,这菩萨司令员到底是何许人也? 谁知主席哈哈一笑,对我说暂时保密。说我到了山东就会知道。我离开延安,一路打听,才知道就是廖容标!"

廖容标笑嘻嘻地摸着后脑勺,开心地说:"哈哈,我可出了名哪,连毛主席也知道我了。"

"那就说说你这个菩萨司令员的来历吧!"罗荣桓有心要探个水落石出。

"这个嘛,起先是老百姓叫的,后来鬼子帮助宣传,就传开了。"政委林浩笑着说。

廖容标,江西赣县人,15 岁参加水口村农民暴动。参加红军后,英勇善战,立下了赫赫战功。广昌恶战中,在头部负伤、左手无名指被打断后,他还挥舞大刀连砍了 18 个敌人。

抗日战争爆发,廖容标与洪涛被分配到山东敌后工作,到济南后,省委要他以体育教师身份作掩护,和姚仲明、赵明新一起,到长山县中学组织武装起义。经一个多月的努力,他们团结了进步校长马耀南,12 月 26 日,把 60 多个师生拉到黑铁山下的太平庄,举行了武装起义,正式成立山东人民抗日救国军第五军,廖容标任司令员,姚仲明任政委,马耀南任副司令员。红旗一举,四方响应。三四个月时间,队伍就发展到 6000 人。

第五军在小清河安家庄打了一次伏击,将一艘日军汽艇给打了个大洞,艇上 12 个鬼子全部毙命。

战斗结束后,他们划着小船到艇上打扫战场时,发现 12 个鬼子中,有 3 个穿呢子军服的军官,尸体旁还有三把一米多长的指挥刀呢。

马耀南兴奋地对廖容标说:"我们这次逮了三条大鱼啊!"

果然不错,几天后的敌伪报纸上有一则报道,原来那 3 个人是水田中将旅团长及两个大佐联队长。报道说,他们是去济南参加作战会议,返回羊角沟途中被"土八路"伏击丧命的。

小清河伏击战的胜利,鼓舞了八路军的士气,也鼓舞了百姓。他们从家里送来了雪白的馒头,一个老大爷握着廖司令的手说:"这些都是我们用来敬神的供品,是敬菩萨的。可是,我们敬了几十年,又怎么样呢?是八路军救苦救难,你们才是菩萨军,你就是菩萨司令。"

"对对对,他们是菩萨,廖司令是菩萨司令!"众百姓异口同声地附和着。

从此后,菩萨司令的美称就在山东百姓中广为流传。

清河伏击战,对敌人的震惊可想而知。就在战斗结束后的第二天上午,鬼子便从济南、齐东等地,调集了1000名骑兵,出动了10架飞机,50艘汽艇,发疯似的沿着清河寻找失踪的汽艇。

当汽艇和尸体被打捞上来后,鬼子气得嗷嗷叫。他们发疯般抓来当地百姓,追问是什么人干的。

老百姓昂首挺胸,个个都是一句话:"菩萨军干的,带队的是菩萨司令。"

还是那位老大爷,他神秘地对日本鬼子说:"菩萨军来无影,去无踪,一阵旋风,一阵飞沙,那就是菩萨军路过时的痕迹。有时,一阵白雾过后,我们百姓家的水缸满了,地上干干净净,这也是菩萨军干的。"

说罢,老大爷神秘地抬头看天,指着东方说,"不一会,菩萨军可能又要来了!"

鬼子将信将疑,慌忙收兵,回去后将听到的传说添油加醋,逐级上报,以减轻各自的责任。

国民党《中央日报》也抢了这条新闻,有声有色地报道:国军某部菩萨军,在菩萨司令带领下,深入敌后,神出鬼没,敌寇丧胆,小清河一役,全歼敌酋旅团长、联队长等高级军官以下12名,战果辉煌。

消息也传到了延安,毛主席知道了这菩萨司令就是廖容标。

罗荣桓听到此处,若有所思地说:"哦,原来是这样。小鬼子这个运输大队长又要加个宣传大队长的头衔了!"

"哈哈哈!"众人开怀大笑。

求团结,不战而屈人之兵

罗荣桓听了关于菩萨司令故事后,对四支队领导说道:"请你们再谈谈团结争取地方武装的情况吧!"

副司令员赵杰说:"小清河伏击战后,五军又打了官庙、邹平、张店,歼灭鬼子四五百人。五军的名声越打越响,部队一住下来,就有许多自发组织的游击队,纷纷前来,这个说:'廖司令,给个番号吧!我们和你们一起抗日。'那个说:'我们有枪有人,收下我们吧!'甚至在行军路中,也有人央求要番号,不到两个月,接受五军番号的就有八十几个。五军的名字,使日伪军闻风丧胆。"

话说到此,赵副司令员笑着说了一个小故事。

这年3月,廖容标率五军,越过胶济路,到了佛村,淄川特委书记张天民热情接待五军吃、住,向他们介绍情况,说:"这一带向南,草莽英雄特别多。以前,被鬼子吓昏了头,拼命逃跑的国民党看到咱们在敌后蓬勃发展,急红了眼,派特务四处活动,拉拢一些草莽英雄。可是,这些草莽英雄看不惯国民党那一套,对五军却很佩服。你们来了,可以做争取工作。"

"韩信带兵,多多益善!"廖容标笑着问,"你看哪个'诸侯'影响最大,又好争取?"

张天民说:"东南不远的长秋,有个李思亮,他有500人。我地下党员冯毅之,正在做他的工作,但目前效果不明显。你这个菩萨司令名气大,只要你走一趟,笃定马到成功。"

第二天一早,廖容标就率部向长秋出发。经一天一夜行军,就到了长秋村外。他们在一座破烂不堪的庙宇前停了下来。

此庙年久失修,早已断了香火,屋里爬满了蜘蛛网,地下的尘灰足有半尺厚,脚一踩,尘土飞扬,呛得人直咳嗽。兔子般大的老鼠在人前窜来窜去,一点也不怕人。

廖容标和姚仲明商量决定,部队暂住破庙,并立即派出王参谋与李思亮联系,然后自己和战士们动手打扫起来。不到一小时,庙里的卫生已打扫完毕,但腾起的灰尘仍在空中。宣传队员有的在写标语,有的在收集门板,准备搭台演戏。

廖容标正和大家忙得热火朝天,只见王参谋带了几个人来。

走在最前面的,是个高个、黑脸膛的青年汉子。只见他身穿一件对襟短棉袄,屁股上左右各露出一把短枪的缨辫。他的身后是四个护兵,每人一支盒子枪,一支手提冲锋枪,一把红绸裹柄的大刀。这身打扮,在当地俗称"三大件",显得时髦、神气、威风。

王参谋指着高个子,向廖容标介绍:"这是李司令——李思亮。"

转过身,又向李思亮介绍说,"这就是我们的廖司令。"

"啊,久仰、久仰!"李思亮双手抱拳,行了个江湖大礼,粗声粗气地说,"久仰廖司令、姚政委大名,今日一见,果然名不虚传,请受小弟一拜。"

廖、姚二人连忙还礼。

李思亮见庙内庙外，人来人去，有的替老百姓挑水扫地，有的在练武，有的女兵在背台词、吊嗓子，一派热闹、和谐而繁忙的景象，却不见一个长官骂人，也不见一个士兵偷懒。

李思亮好奇地问："廖司令，你们的长官呢？"

廖容标笑笑，解释说："我们不叫长官、士兵，统称干部和战士，我们政治上平等，待遇等同。"他指着一个满头大汗，正在挑水的军人说，"他就是二营营长。"

"啊，当干部还要挑水？"

姚仲明说："怎么不，干部要处处事事带头争先，做榜样，打仗更要冲在前面，这样才有号召力和说服力嘛！"

"那当干部不是反而吃亏了？"李思亮似乎第一次听说，睁大眼睛。

转念一想，李思亮又不住地点头说："对对对，行动是无声的命令，带头干才有号召力，说服力。咳！怪不得八路军无往不胜，我懂了，我懂了。"

廖容标点点头说："你理解得很对！"

李思亮的目光，落在女兵身上，又问道："据说贵部是无产阶级，有钱的地主、资本家一个不要。这些女兵能说会写，决不会是穷人的女儿吧？"

"你说的不全对，她们有的是有钱人的女儿，有的是穷人的女儿，到了部队才学文化。她们大多数是来自北京、天津的大学生和知识分子，家境比较富裕。"姚仲明解释说，"我们八路军是共产党领导的人民军队，主要成分是工人、农民，可是，我们也欢迎有钱人的子女参加革命。军队需要文化，愚蠢的军队是不会打胜仗的。"

姚仲明指指门外一个剪着齐耳短发，正和其他女兵一起唱歌的女同志说："就说她吧，她是我们的政治处主任，干什么都比男子汉强，叫她扩兵，几天工夫能拉一个团，叫她带兵打仗。两小时就能端掉鬼子的炮楼……"

"啧啧啧！"李思亮听后，直咂嘴，佩服得直竖大拇指。

李思亮这次亲眼所见，使他对八路军有了更为深切的印象和好感。

当日下午，廖容标、姚仲明回访李思亮，向他宣传团结抗日主张。

李思亮拍着胸脯说："二位放心，今后，我李某一定听你们的，如有什么困难，派人来打个招呼就行了。"

说罢，他低头沉思片刻，说："如果二位不放心，不嫌弃，我这支队伍就交给五军，怎么样？"

廖、姚二人交换了眼色，他们研究过，为不使这些草莽英雄误会和不安，暂时不收编他们。

因此，廖容标说："李司令如此信得过我们，我们深感荣幸，我们认为，只要共同团结抗日,就是达到了目的,收编的事,以后再说。"

"报告,"一个士兵推门而入,递给李思亮一封信。

李思亮阅罢,不易察觉地皱了皱眉头。半响,对廖、姚说:"二位首长,我有个好友叫吴丁章,手中有 1200 人,如果把他争取过来,抗日的力量就更大了。"

廖容标说:"不知你这位朋友的意思如何?"

李思亮说:"我可以做做工作。不过——"李思亮欲言又止。

廖容标说:"你有什么问题尽管说。"

"他现在被人围在太和庄,如果你们派兵解他的围,对说服他共同抗日,可是个好机会。"

廖容标、姚仲明相视一笑。原来,他们早已知道太和庄枪战,是吴丁章与太和庄武装为争地盘发生的械斗。

为说服李思亮,廖容标佯作不知,问道:"吴丁章是被日本人包围还是被伪军包围啊?"

"唉!"李思亮叹口气说,"哪是日伪军啊,是他娘的楚霸王和刘沛公不和呗。"

"哦,原来是自己人打自己人。"廖容标严肃地说,"我们坚决反对这样的争斗。你应该出面调解,叫他们省下子弹打日本人才对。"

"老吴的工作我可以试试,可是对方……我恐怕不行啊!"

姚仲明说:"这样吧,我们出面调解试试看。"

"那太好了。"李思亮频频点头。姚仲明当即草拟两封信,派人送到双方头头的手中。

第二天,双方均来了回信,表示停止战斗,言归于好。吴丁章表示,将部队撤至太和庄南面的源泉和口头一带;太和庄的人则热情邀请五军进驻太和庄。

当日下午,五军在太和庄人民的鞭炮声中,开进了太和庄。他们组织了工作队,深入到每家每户,宣传群众,廖、姚二人则拜访了头面人物,召开绅士名流座谈会。

几天来,太和庄处处贴满了抗日的标语,抗日的歌声此起彼伏,新成立的儿童团、妇救会、自卫队,站岗放哨训练,太和庄一片生机勃勃的景象。

这天清晨,侦察员向廖容标报告说,吴丁章带着部队,进攻太和庄。

廖容标大惑不解,他走出庄外,站在高坡上用望远镜张望,果然,远处影影绰绰全是人,正向太和庄涌来。不到一分钟,正前方就响起了激烈的枪声。吴丁章的前哨部队正在过河。

面对吴丁章的挑衅,廖、姚二人商量,先礼后兵,请吴丁章谈判。

不一会儿,送信的通信员来了,报告说:"吴丁章扬言无话可谈,执意杀进太和庄。"

此时,太和庄的自卫队均已站到了寨墙上。

双方剑拔弩张之时,廖容标冷静地思考着,他对姚仲明说:"如果双方一战,必有伤亡。我认为冤家宜解不宜结,尽量要做说服工作。"

"我同意你的意见。"姚仲明说罢,就去找太和庄头面人物。

姚仲明耐心地开导说:"俗话说,忍一言风平浪静,退一步海阔天空。你们面对的是自己人,我们希望你们暂时退出太和庄,我们再作吴丁章的工作。"

太和庄头面人物听姚仲明言之有理,接受了意见,当天下午,五军和太和庄自卫队,全部从北门撤到后庄。

当晚,廖容标写了一封责问信,信中强调,撤出太和庄并不是软弱无能,而是顾全大局,严厉指出吴丁章出尔反尔,自食其言的错误。希望他悬崖勒马,否则,后果自负。

吴丁章当即复信,表示检讨,并要求廖司令前去,共商抗日大计。

拿着吴丁章的复信,廖、姚二人和大家经过周密思考,最后研究决定,前往赴约。但为防不测,采取两条措施:一、请李思亮陪同前往;二、姚仲明留下指挥部队,做好一切战斗准备。

于是,廖容标和姚仲明从通讯连、侦察连挑选了四个会使双枪,武艺高强的战士,仿效土匪司令的护兵,每人一支盒子枪,一支手提冲锋枪,一把红绸裹柄大刀。

临行前,姚仲明千叮咛万嘱咐,要战士们保证廖司令的安全,他严肃地说:"要提高警惕,如果廖司令少了一根毫毛,我拿你们是问。"

李思亮在一旁说:"姚政委放心,有我李思亮在,吴丁章决不会碰廖司令一根毫毛。"

廖容标笑着说:"你就放心吧,出不了问题。"

为预防不测,他们又约定了暗号,太和庄枪一响,姚仲明便带队冲进去。

廖容标一行来到太和庄,只见路旁岗哨林立,几十名飞虎队员,一个个头扎黑纱布,袒胸露臂,怒目横眉,一律举着鬼头刀,裸露的胸前刺着一只插翅的飞虎。再后是一批马弁,一色紧衣束带,兜裆滚裤,薄底快靴,腰插匕首,手提盒子枪,全部翘着大机头。一眼望去,刀光剑影,虎视眈眈,令人触目惊心。屋顶上架着迫击炮和机关枪,一副大战临头的紧张气氛。

走到吴丁章住处门口,廖容标正欲跨步走进内门,突然,冷不防一个黑脸大汉,满脸杀气地窜到他面前,一把抱住廖容标的腰,欲将廖容标摔倒。随同的李思亮和四个战士倒吸一口冷气,猛地拉开枪栓。

廖容标一行赴吴丁章的"鸿门宴",一走进大门,就被黑脸大汉拦腰抱住。双方正兵刃相见,突然一声"住手!"从红漆大门里走出一个人来。那黑脸大汉立即放下廖容标,呆呆地立在原地。

来人约四十开外,一身中式绢纺裤褂,黑呢便鞋,两边的衣袖高高地挽起,两只手上正滚动着四只象牙球,迈着不紧不慢的四方步。他那架式,既不像绅士,又不像武士。他正是草头王吴丁章。他手上玩弄的两副象牙球,一可舒筋活血,练其手指,利于拳击;二来,它也是一副随手而发,突然袭击的暗器。

只见吴丁章乜斜着双眼,看了廖容标一眼,然后,瞪起双眼,对手下喝道:"谁叫你如此放肆,还不快快滚出去!"

"是,是!"那黑大汉唯唯诺诺退了出去。

随后,吴丁章满脸堆笑说:"对不起,对不起,都怪我平日管教不严,多有得罪,请你们海涵。"

吴丁章演的这出双簧戏,可气坏了一旁的李思亮。

李思亮狠狠瞪了吴丁章一眼,鼻子里"哼"了一声,对廖容标说:"廖司令,既然吴司令不把我当朋友,叫我里外不能做人,我看他对抗日无诚意,我们还是走吧!"说罢,拉着廖容标就要迈步。

"思亮兄留步!"吴丁章跨步上前,挡住李思亮,双手一摊,作无可奈何状说,"思亮兄,如此说来可是冤枉小弟了,我虽是个司令,可是手下人也有不听招呼的时候。廖司令息怒,我们今天可有大事可谈!"边说边请二位客厅就座。

李思亮虽知吴丁章是推脱责任,但为大局,只得耐下性子坐下来。

李思亮想杀杀对方的威风,便义正词严地说:"吴司令,你的花花肠子有多长,为兄难道还不清楚吗?你是心虚给自己壮胆罢了。人家廖司令难道怕你几支破枪不成?无胆无识能只身来闯你这土匪窝吗?你竖着耳朵听着,廖司令是什么人?他可是共产党的大官,清河镇一仗,他一枪打死了两个鬼子,3刀劈死3个鬼子军官,难道你都没有听说吗?凭你这雕虫小技,这点家底,也敢在廖司令面前穷显摆?"

李思亮这么一说,弄得吴丁章脸上红一阵、白一阵,张口结舌说不出话来,只差没有地洞钻。

吴丁章半晌才回过神来,将受的气一股脑儿泻向打手,他吆喝着:"还不赶快给我滚出去!"

打手们"哄"的全跑光了。

廖容标用眼光暗示李思亮，示意他点到为止。然后笑着说："这年头山东有个怪现象，富人怕露富，穷人怕人说自己穷。吴司令是想让我们见识见识，亮亮家底吧！"

"啊呀呀，还是廖司令善解人意。"吴丁章顺势下了台阶，摸摸自己光秃秃的脑门，用劲拍了几下说，"我这人没见过大世面，沉不住气，总想摆摆阔气，亮亮家底。谁知多有得罪。嘿嘿嘿，廖司令宰相肚里能撑船，不会计较吧？"

廖容标微微一笑，挥挥手说："过去的就让它过去吧，不打不相识嘛。"

"对对对！"吴丁章连连点头。

廖容标话转正题，说道："今天，我们应邀来商议抗日大计。是否现在就开始研究，请吴司令说说。"

"啊——呵！"吴丁章一个接一个呵欠不断，眼泪鼻涕一把流，一伸懒腰，又碰翻了桌上的茶杯，茶水顺桌面流了一地。

李思亮无可奈何地摇摇头，对廖容标说："你看这德性，真难为情，我这老弟烟瘾发了，让他先到后屋吸几口再说吧！"

吴丁章像是罪犯被特赦似的，急忙跑到后屋过烟瘾去了。

李思亮对廖容标说："我这草头王朋友是绣花枕头，一肚子草包。叫他谈什么大计？那是太抬举他了。还是请廖司令先谈，然后，我们议一议。"

"好吧！"廖容标当然看出吴丁章毫无准备，便点点头说，"在来之前，我和姚政委、赵副司令料到了，先议了几条，待会儿，我就先谈谈。"

几分钟后，吴丁章神气活现地从后屋出来，面带歉意地说："廖司令，实在对不起，我这破毛病改不了喽！到时不吸上几口，比死还难受。"

李思亮扭转话题说："吴司令，我们闲话少说，言归正传。刚刚我跟廖司令说了，关于抗日大计，请他先谈谈，我们再议议。"

"啊呀，这太好了，思亮兄提得好，我们洗耳恭听廖司令高见！"

"好吧，我抛砖引玉。"说罢，廖容标掏出笔记本，说，"我们设想了3条联防抗日的意见：第一，枪口一致对外，团结抗日。如日军攻打一方，另一方必须设法增援，一方要攻打日军，另一方要协助钳制日军。第二，双方本着求大同存小异的原则，互不争地盘，互不挖墙脚，有意见、有矛盾协商解决。第三，互相帮助，互相支援。一方粮弹缺乏，另一方要设法帮助解决。"

"好好好！"吴丁章、李思亮一致同意。

廖容标刚要继续说话，李思亮插上说："廖司令，我们两家只有口头协议，没有书面的，你刚说的3条，能不能算我们三方面的书面协议呢？"

"行啊!"廖容标高兴地说,"为表三方诚意,我建议:近日三方联合打一次鬼子,二位意下如何?"

"当然好喽!"李思亮举手赞成,吴丁章说,"不知这三方面协同作战是怎么打法,请廖司令再谈具体一点。"

李思亮性急,抢着说:"我建议廖司令打淄川,我在张店钳制。吴司令,你的弟兄都是博山人,熟悉那一带地形,你就负责钳制博山之敌,胜利了,占了地盘,就不要回太和庄了。"

廖、吴二人点头同意。

3天后,三方协同作战,果然打了个漂亮仗。按照协议,吴丁章留在博山,廖容标又重返了太和庄。三方力量出现了团结抗日的新局面。

后来,五军改编为八路军山东纵队三支队,马耀南任司令,杨国夫任副司令,姚仲明任政委,鲍辉任政治部主任。因四支队司令洪涛病故,廖容标调任四支队司令。

罗荣桓出神地听完介绍,赞叹道:"廖容标在敌后一年多,做了那么多好事,开辟了清河根据地,充分发挥了他的军事、政治才能,积累了许多好经验,以后有机会可以向其他支队介绍嘛!"

听到罗政委的赞扬,廖容标认真地说:"罗政委,工作是大家做的嘛!你别听赵杰编故事说三国似的,我只是按上级要求去做,没什么大功劳。再说,'七·七'事变后,洪涛、赵杰、景晓村领导了徂徕山起义,在莱芜、新泰、蒙阴、泗水一带打了不少漂亮仗,创建了以莱芜为中心的抗日根据地。"

"是喽!"罗荣桓高兴地说,"我被你们的一串串动人故事深深感动了,你们这些'诸侯'都是白手起家,硬是凭着自己的聪明才智,依靠群众,创建了一块又一块根据地。"

罗荣桓在反顽中杀一儆百

罗荣桓告别了四支队同志,第二天就到了中共山东分局和山东纵队驻地沂水县的王庄。他见到了山东分局书记郭洪涛,以及山东纵队领导张经武、黎玉、江华、李林、刘居英、吴仲廉等。

随之,罗荣桓利用几天时间,在王庄天主教堂里,向他们传达了中共六届六中全会精神,结合自己体会,着重阐述了统一战线中的独立自主问题。

山东八路军一些单位,过去对国民党顽固派沈鸿烈的政治迫害和军事进攻,退让过多,反击不狠。听了罗政委的报告,启发很大,明确了坚持反顽斗争对保卫、巩固根据地的重要性。

六中全会的精神,犹如一场及时雨,滋润着齐鲁大地。

这天,快吃午饭时,山东纵队指挥张经武神色黯然地站在罗荣桓面前,悲痛地说:"罗政委,秦启荣在太河,残杀了我三支队政治部主任鲍辉和特务团团长潘建军等四百多人。"

"啊!"罗荣桓的头"嗡"地一声,心痛地问,"这是怎么回事?怎么会发生这样的事?"

张经武沉痛地叙述了太河惨案的经过。

山东国民党军统特务蓝衣社主任秦启荣,公开职务是国民党山东省党部常委。1938年12月,山东纵队三支队把博山、淄河、太河一带鬼子赶跑后,建立了抗日民主政府,秦启荣指挥军统特务王尚志带着1000多人,乘三支队远途奔袭鬼子之际,不劳而获,抢占了太河镇。

鲍辉率领部队执行任务路经太河镇,派人与王尚志联系,要求借道,王满口答应。

3月30日上午,鲍辉带着部队走到太河镇附近的同古,突遭王尚志的伏击。

团长潘建军见势不妙,命令部队还击。

鲍辉却说,这样不好,我们是友军,不能互相残杀。

鲍辉一面命令部队不要开枪,一面要大家高呼:"中国人不打中国人!""枪口不要对内!"等口号,可是他们喊得越高,对方的枪声越密,400多人就这样白白地倒在"友军"的枪口下。

"啪"地一声,罗荣桓一拳砸在桌子上,"这个狗娘养的王尚志,真是欺人太甚,我饶不了他!"

半响,罗荣桓痛苦地说,"鲍辉啊鲍辉,你太天真了,太书呆子气了,你真糊涂啊!由于你的大意轻敌,白白丢了400人的性命,太不值得了。"

"罗政委!"张经武一声呼唤,将罗荣桓从气愤和痛苦中呼唤出来。他说:"罗政委,我们要很好地学习党的六届六中全会精神,以太河惨案为教材,认清国民党顽固派的真面目。"

"对!"罗荣桓点点头说,"这是个惨痛的教训,对国民党顽固派的反共罪行,我们绝不能抱有幻想,不能心慈手软,否则将要葬送革命。"

罗荣桓不停地来回踱步,一字一句地说:"老张,下午开个会,讨论太河惨案的教训,立即调集兵力反击,要狠狠地打击,三天之内夺取太河,活捉王尚志,为牺牲的烈士们报仇。"

下午 2 时,山东分局和山东纵队召开了反击秦启荣的作战会议。

会上作出四条决定:一、从政治上彻底揭露国民党顽固派的罪行,山东纵队指挥张经武、政委黎玉,向全国通电,揭露太河事件真相,并致电蒋介石以及国民党中央政府,要求严惩祸首秦启荣;二、在王庄召开追悼大会;三、集中山东纵队第三、第四支队六个团兵力,夺取太河镇,活捉王尚志;四、如果沈鸿烈掌握的吴化文手枪旅及刚进驻山东的于学忠部出兵干预,一一五师驻冀鲁边的萧华部、鲁西的杨勇部、湖西的彭明治部立即增援。

经过紧张的筹备,第三、第四支队等部队,近万人调集在太河镇周围,王尚志站在屋顶,发现四周方圆几十里,全是埋伏的八路军,吓得两腿打抖,差点栽下屋顶。

王尚志吩咐副官打电话向秦启荣报告情况,副官去了不久,便转回来告诉他,电话线已被八路军切断。

王尚志骂道:"饭桶,混蛋,电话不通,就不能发电报?"

副官慌慌张张发了电报,10 分钟后,他拿着秦启荣的回电递给王尚志,电报说已派出增援部队,可是被八路军挡住,进不了太河镇。

王尚志抓过电报撕得粉碎,垂头丧气地望着滚滚而流的淄河发呆。

在沂水悦庄的山东纵队指挥部里,张经武、黎玉分别与三支队司令员杨国夫、四支队司令员廖容标通话,询问部队准备情况。罗荣桓在听政治部主任江华汇报战斗动员情况。

江华说:"战士们信心很足,他们都说,我们一个人尿一泡尿也能将王尚志淹死。"

"不行!"罗荣桓打断江华的话说,"不能麻痹轻敌!你马上转告杨国夫、廖容标,要参战人员明白,这一仗是山东八路军反击的第一仗,只能胜不能败。"

"是!"

大约过了 10 分钟,罗荣桓抬手看表,问:"参战部队都准备好了吗?"

"准备好了!"张经武、黎玉回答。罗荣桓果断地一挥手,说:"开始出击!"

霎时,嘹亮的冲锋号划破长空,紧接着,第一梯队 2000 名战士,高喊着"冲啊"、"缴枪不杀!"从四面八方涌向太河镇。

镇上的守军见到这阵势,吓得失魂落魄,犹如一群惊弓之鸟,慌忙夺路而逃。几天前的威风一扫而光,不到两小时,八路军就收复了太河镇。他们乘胜向驻峨庄的王尚志司令部攻击,全歼了他的警卫大队,王尚志右臂中弹后,躺在尸体堆里,乘夜幕逃到秦启荣的指挥部。

太河一战,秦启荣、王尚志损兵折将,大灭了顽固派的威风。此后,罗荣桓歼灭王尚志起到了杀一儆百的作用,多路顽固派不敢对八路军挑衅,同时,山东各地的八路军展开了有理有节的反抗斗争。

艰难的抉择

太河战斗后,罗荣桓返回泰西一一五师师部,与陈光一起,指挥六八六团、津浦支队和山东纵队六支队,连打十几仗,拔掉了日军驻汶河两岸的几十个据点。

接着,他们又向东平、汶上、宁阳地区发展,建立了各县抗日县政府、独立团,并对地方武装进行了整顿,在营团建立政治委员制度,在连队建立党支部,普遍进行纪律教育。在政权建设上,开放民主,改造区乡政权,实行减租减息,优待抗日军属,改善人民生活。

一一五师入鲁以来,所到之处,每战必胜,犹如一把尖刀直插敌人腹部,目标直指泰安、济南、兖州的日伪军。

山东日军最高指挥官第十二军司令官尾高龟藏,亲自指挥日伪军8000人,配有汽车、坦克200辆,兵分九路,在飞机掩护下,向泰西根据地扑来。

5月9日,日伪军到达肥城、宁阳,从四面向一一五师驻地——肥城以南陆房包围。

此时,罗荣桓正在汶上一带活动,刘海涛司令员得到情报后,迅速率六支队从敌人包围圈的结合部突出重围。被围的一一五师师部及六八六团、津浦支队,在代师长陈光指挥下,血战一昼夜,也从东南方向突出重围,于5月12日拂晓到达东平以东的无盐村,与罗荣桓会合。

第二天,日军飞机在无盐村丢下几十颗炸弹,散了很多传单。

有个参谋拣了一张传单,交给罗荣桓,愤愤地说:"罗政委,敌人说陆房战斗消灭我方1万多人,这事得讲清楚,究竟是我方损失大,还是它小日本损失大?"

陆房战斗,一一五师伤亡360人,毙敌1200人,其中含一个大佐联队长及许多少佐以下军官。

罗荣桓想了一下,对那个参谋说:"显然,日本鬼子夸大了他们的战绩,可是,在这场战斗中,我们也有不少血的教训。例如,战斗一开始,我方就处于被动、危险的境地,伤亡了不少骨干,丢掉了一批子弹和被服,这里面有不少教训要总结,我们的损失也不小啊!"

站在一旁的陈光沉痛地说:"这事责任在我,5月9日那天,王处长说敌分九路向肥城进攻。我立即与段君毅、刘海涛、万里商量,决定以熟悉地形的六支队为前导,向西南方转移。但是,走到半路,我发现西南方是平原水网地带,心里不放心,总觉得在山区保险,情急之下,没与前面的六支队联系,就决定——五师向大峰山转移。结果,六支队安全突围,我们却遭敌重兵阻挡,不得不退守陆房,受到不应有的损失。"

罗荣桓见陈光胸脯一起一伏,眼睛里含着泪水,心里很是难过,便安慰说:"你也不要过于自责,教训不止这一条,我建议发动大家,总结教训,这样才能有利再战!"

于是,一一五师连续开了几天会,大家畅所欲言,你一言我一语,对陆房战斗的教训,一下子找出七八条。

会议结束时,罗荣桓作了总结报告,他说:"同志们,我们在敌人的重重包围下,英勇顽强作战,粉碎了敌人的企图,保存了自己,消灭了敌人,这是个伟大的胜利。教训嘛,大家也找了,我认为主要有四点:第一,我们从山西的崇山峻岭转战到山东大平原,缺乏平原作战的经验,对泰西地形不熟。第二,我们从晋东南出发时,将大批物资和伤员留在留守处,但未彻底留下,仍然带了800匹骡马,驮着物资浩浩荡荡行走。陆房战斗,骡马一大串,无法隐蔽和疏散,影响了突围速度。因此,我们要下决心,把骡马精简到最低数。第三,由于连打胜仗,产生了麻痹轻敌思想,尤其侦察不及时,判断不准,造成转移速度缓慢。第四,机关过于庞大,兵力过于集中,目标大,敌人易发现,我军不便行动。"

接着,罗荣桓又提出了学习平原游击战、精简后勤、加强侦察、疏散部队机关的四条措施。

面对日渐严重的敌情,为防止敌人再次包围,罗荣桓决定首先疏散机关及直属部队。

这天一早,全师直属部队、机关,集中在大操场上,静听罗荣桓宣布疏散命令。

他说:"孙继先的津浦支队,白天公开过津浦路向东走,将敌引向东;胡大荣、黄玉昆率军政干校,王贵生、刘放、邱国光率师医院,晚上向东南方向曹县疏散;从冀鲁边调到师部整训的七团,由彭雄、周贯五率领向南面蒙阴一带打游击,王秉璋、黄励率司政机关及直属队向鲁南山区转移……"

"哇,哇,哇!"一个婴孩的啼哭声回荡在寂静的操场上空,显得格外清脆、响亮。

多么熟悉的声音,罗荣桓心里一惊,目光随之落到站在后面的妻子——林月琴身上。原来,是她怀中的儿子在哭。

林月琴焦急地哄着他,试图让他停止啼哭,可是,只有3个月的孩子却偏偏不听,闭着眼,蹬着小腿,哭得更凶。

孩子的哭声提醒了罗荣桓:师部分散转移,是一次重大行动,途中要经过十几道封锁线,很可能与鬼子遭遇,万一孩子的哭声暴露了师部,引来了鬼子,就要发生不可收拾的局面……

想到此处,他的心直往下沉。怎么办? 唯一的办法就是将孩子寄养在老百姓家中。但是,他这个念头一出现,心里却一阵颤抖,自己的第一个儿子北屯,出生在陕北,就是因战争需要,寄养在老百姓家中,不久就病死了。这是他们的第二个孩子,出生在东进山东的途中,取名东进,现在又面临这个棘手的问题,月琴会同意自己的决定吗?

经过一番激烈的思想斗争,最后,他鼓足了勇气,一散会,就将自己的打算告诉妻子。

林月琴还没听完,眼泪就像断了线的珍珠,"叭嗒叭嗒"直往下落。

站在一旁的陈光不放心地说:"这里是新区,斗争复杂,孩子放在这里可能不保险。我看抽一部分同志,提前掩护孩子转移。"

罗荣桓沉下脸说:"亏你想得出,这孩子又不是什么大首长,也不是伤病员,凭什么兴师动众。"

罗荣桓转脸耐心地说,"月琴,孩子丢下,我心里也不好受,可是,为了大家的安全……"

"你不要说了。"林月琴哽咽说,"我不是不顾全大局,这道理我懂,我只是……"

"我知道你一时承受不了,可是,我是师领导,教育别人要首先自己做表率啊!"接着,他说起了几对革命夫妇,为了党的事业,忍痛割爱的动人事迹:有一对中共地下党员,男的叫周锐,女的叫杨兰,夫妻俩长期战斗在白区,当党的经费缺乏时,他们忍痛卖了自己的孩子;在江西第二次反围剿时,红军师长徐慎的儿子因奶水不足,昼夜啼哭,对部队的转移带来很大危险,夫妇俩商量,为了同志们的安全,不得不用被子闷死自己的亲骨肉……"

罗荣桓还没说完,林月琴哭着说:"你别说了,我同意你的决定。"

说罢,在东进的小脸蛋上亲了又亲,泪眼模糊地凝视着儿子可爱的小脸,哽咽地说:"孩子啊,不是妈妈狠心,这是为了少牺牲同志,为了大家的安全,妈妈只有这一个选择啊……"

说罢,她把孩子交给了罗荣桓。

罗荣桓的心一阵绞痛,抱着儿子又是一阵亲吻,然后狠狠心,将孩子交给了事务股长樊文烈,说:"请将孩子安置在一个可靠的老百姓家中。"

徐向前舌战群顽

各单位接到疏散命令后,陆续转移。

这天,罗荣桓、陈光正要离开无盐村,突然收到八路军总部电报。电文说,为统一指挥山东与江苏北部及冀鲁边八路军各部,决定在山东成立八路军一纵队,徐向前任司令员,朱瑞任政委。

几天后,徐向前、朱瑞抵达无盐村,与罗荣桓会合。

罗荣桓与徐向前在陕北就已相识,抗战后的 1937 年年底,罗荣桓率部到山西五台山作战时,曾派人到徐向前的老家五台建安村,看望徐向前亲属,俩人交情颇深。罗荣桓与朱瑞在红一军团时,曾是并肩战斗的战友,朱瑞是政治部主任,罗则是副主任。此次无盐村战地重逢,分外喜悦。

徐向前、朱瑞仔细听取了罗荣桓和陈光关于一一五师入鲁的情况汇报。他们又到沂南西边的马牧池,与山东分局、山东纵队的郭洪涛、张经武、黎玉、王彬、江华会面,听取了各支队领导的汇报。

徐向前、朱瑞就职后,详细了解了山东各阶级、各阶层、各派的政治、军事力量,根据八路军在山东的力量和所处位置,很快就拟定了发展山东抗日根据地方针。

这个方针就是,放手发动群众,建立政权,广泛开展游击战争。

为统一高级干部的思想,6 月初,召开了驻鲁八路军干部会议。

在会上,徐向前对当前山东的敌我友三方力量作了精辟的分析,他说:"同志们,知己知彼,百战不殆。今日之山东,日军势力最强,它拥有一个军团四个师团和三个独立混成旅团,共 12 万兵力,占据了主要城市和交通要道。国民党军于学忠势力次强,拥有 3 个正规军 9 个师兵力,占据了沂山、蒙山、宫县、日照、临沂、费县等地区。国民党山东省主席兼山东保安总司令沈鸿烈又次之,拥有 8 八个旅兵力,占据鲁中沂蒙山区要点东里店、鲁村一带。而最弱者要数我们八路军了。"

徐向前抬头看看正在静听的众高级干部们,继续说:"一一五师虽是井冈山老红军部队,但经平型关、广阳、午城、井沟、町店等战斗后,老骨干损失很大,新成分不断补充。而且,一一五师是一分为四,到山东来的只有一个旅兵力。山东纵队是抗战初成立的,主要成分是各地发动的武装起义部队,数量大、规模大,战斗力却不均衡,只有少数支队战斗力强,多数较弱;另外,普遍存在一个武器装备差、军事素质差的问题,作战计划常常达不到预定目的。因此,说到底,八路军在山东的势力,只能勉强应付于学忠、沈鸿烈的摩擦,而想要战胜日军的'扫荡',就很难很难了。"

徐向前这一番客观公正的分析,使众领导干部认清了问题的严重性,台下出现了一阵骚动,不时发出低低的叹息声。

徐向前话锋一转,充满信心地挥着手说:"同志们,困难算什么? 怕的是大家看不见困难,怕的是有人在困难面前打肿脸充胖子,更怕的是在困难面前萎缩不前。只要我们放手发动群众,坚持灵活的游击战术,正视困难,经过我们不懈的努力,不久的将来,力量的对比就会发生质的变化,今后之山东,就是八路军的山东,最后的局面,就是日军及顽固派滚出山东。"

徐向前一番鼓舞人心的发言,赢来一阵阵的掌声。

徐向前摘下眼镜,用擦镜布擦擦灰尘,重新戴上,待掌声停息后,继续说道:"要实现上述的美好前景,我们必须立即做好三件事:第一,提高部队质量,质量高了,就能一个顶仨、一个顶十,甚至更多,那就是不发展的发展,不扩大的扩大嘛。怎样才能提高质量呢? 这就是狠抓干部的教育和培养。俗话说,强将手下无弱兵。有时打败仗,就是因干部的瞎指挥、乱指挥造成的。基层干部要学会连进攻连防御,团以上干部则要用计谋。第二,建立政权巩固政权。目前,我们在山东还没一块比较巩固的根据地,工作做得最好的只能算游击区。没有政权,如何筹粮筹款? 几万部队无饭吃、无衣穿,不要说打仗,就是跑也跑不动。因此,八路军所到之处,首先要建立政权。鲁南山区,战略位置重要,是华北与华中的结合部,是华中平原、鲁西平原、冀鲁平原的战略依托,只有建立鲁南山区根据地,我们才能在山东站稳脚跟。一一五师的兵力要转到鲁南,把沂蒙山、鲁山、抱犊崮山建成钢铁堡垒;山东纵队继续发展巩固清河、胶东、鲁北、鲁中根据地。"

徐向前喝了口水,继续说:"邻居好,赛金宝。第三,要坚持统一战线中独立自主的原则。两年的抗战经验证明,统一战线是法宝。在山东的国民党头面人物,有于学忠、沈鸿烈、秦启荣、王洪久、张里元等。于学忠是正规军,是张学良的东北军,是山东的实力派;沈鸿烈、秦启荣、王洪久、张里元是地方军,但却是蒋介石的嫡系。于学忠对我方态度时硬时软,但较沈鸿烈好得多,与我摩擦较少,是我们的团结对象。沈鸿烈是蒋介石的代理人,典型的顽固派,他一面制造摩擦,一面向蒋介石告黑状,一会儿说我方不抗日,一会儿说我们进攻他。对于他的谣言,白崇禧、何应钦却如获至宝,大做文章,在重庆发表演讲时,说我们游而不击,不打鬼子,专打国军,以此造谣惑众,混淆视听。对于沈鸿烈的挑衅,今后我们必须狠狠打击,决不手软。"

"对对对。"台下有人站起来说,"什么统一战线不统一战线,对付挑衅者,只有刺刀解决问题。"

"这位同志说得不太全面。"徐向前扫了台下一眼，笑着说，"我给大家讲一个故事：苏秦说齐。说的是古时候，齐国占领燕国十座城池，燕王吃不好、睡不香，做梦也想收复失地，但苦于兵力不足，无法实现。后来，燕王请苏秦到齐国，向齐王游说，致使齐王将十座城池交还于燕国。这个故事说明，世界上的事情千头万绪，有的要靠刺刀，有的则只能用嘴巴才能解决。战争不只是单靠武力，有的则需用计谋，用计谋就可避免流血，我们何乐而不为呢？要发展山东抗日根据地，我们要学学燕王的办法，这就是统一战线吧！"

徐向前的报告，由浅入深，使与会者茅塞顿开。

转眼已是 8 月，一一五师在梁山歼灭日军长田敏江大队 300 多人，缴获两门大炮。

徐向前借梁山战斗胜利之势，决定去盆兰镇鲁苏战区总司令部，与于学忠会谈。1932 年至 1933 年，于学忠曾指挥东北军与徐向前领导的红四方面军交过锋，双方是知其人未见其面而已。

听说徐向前要来，于学忠着实忙了一阵，一大早就迎候在会客厅里，门外一声"徐将军到！"

于学忠赶紧立起，迎到门口，握住徐向前的手说："久闻徐将军大名，今日大驾光临，幸会幸会！"

徐向前面带微笑，握着于学忠的手说："于将军，你可是个传奇人物哦！10 岁随父从军，13 岁就任连长，15 岁就当团长，18 岁成了旅长，25 岁你就是响当当的军长了。据了解，你 1930 年就任平津卫戍司令官，是张学良将军的东北军元老之一，西安事变中扣了蒋介石，为促进国共合作立了大功，向前对将军的为人和功绩深表钦佩啊！"

"承蒙徐将军夸奖，于某只是平庸之辈，过奖过奖！"

徐向前转身，从警卫员手中接过三把日军指挥刀和五支德国造小手枪，递给于学忠说："这是我部在梁山战斗中缴获的战利品，请于将军笑纳。"

于学忠一边接下刀枪，一边转递给警卫，笑着说："贵军梁山之战打得好啊，据说打死的那个少佐大队长田敏江，是日本天皇的亲侄子。蒋委员长还给你们发来了嘉奖电，并奖励 3 万元，表示慰劳吧！"说罢，连声说道，"请坐，请坐！"

客主双方落座，早有人端上沏好的茶水，徐向前打开杯盖，轻轻吹了几下浮起的茶叶，然后笑着说："于将军在西安事变中的功劳，我党始终牢记。毛泽东、朱德、彭德怀得知我今日拜访于将军，特发来急电，请我转告于将军，国共合作抗日，于将军开了个好头,还望于将军善始善终,与我团结一致,共同抗日。"

徐向前说罢,于学忠四下张望后,挥挥手,对侍立在两旁的手下说:"你们出去吧,有事我会叫你们。"

待侍卫们走后,只见于学忠面露难色,放低声音说:"西安事变后,老蒋为监视我,在我身边安插了不少特务、亲信。最近又调来副司令姜文田,参谋长唐公水,都不是我的人,我已经被架空了。唉,很多事我现在爱莫能助,请八路军方面给予谅解。"

话音刚落,门外进来两个身穿将军服的人,于学忠抬眼一望,向来人介绍说,"这位是八路军徐向前将军!"

然后,于学忠又将两人一一介绍给徐向前,"这位是副司令姜文田,这位是参谋长唐公水。"

徐向前正眼扫了二位,一个身材肥胖,一个尖嘴猴腮很瘦。

胖胖的姜文田首先打招呼说:"我与唐参谋长公务在身,迟到一步,有劳徐将军久候,实在抱歉!"

"没关系,如果二位是为抗日大事,耽误了时间,我决不会在意。"徐向前笑着说。

"正是,正是!"两人交换了眼色,点头答道。

"这些是徐将军送来的礼物。"于学忠指指桌上的指挥刀和手枪,告诉他俩。

"谢谢,谢谢!"姜、唐两人同时欠欠身子,点了点头。

徐向前见人已到齐,便言归正传,说道:"诸位将军,向前从冀南刚到山东就职,人地生疏,为了抗日,请诸位要鼎力相助哦!"

"徐将军不必客气。"于学忠摆摆手说。

姜文田翻翻眼皮,对徐向前说:"徐将军,姜某有一问题,不知当讲不当讲?"

"请讲!"徐向前客气地抬起右手说。

"记得抗战初期,"姜文田晃着脑袋,歪着头说,"蒋委员长划定贵军在山西抗战,可是贵军却不听招呼,跑到山东来。山东地穷人穷,鬼子多、国军多,土匪司令更是多如牛毛,犹如鸡鸭猫狗争吃一盘食,够乱的了,你们还来凑什么热闹。我建议八路军还是退到山西去,徐将军认为如何?"姜文田睁着绿豆小眼问。

"姜副司令此言差矣!"徐向前不动声色地回答,"不错,抗战初期,我军确在山西抗战。后来,我八路军总部经蒋委员长批准,到河北、河南、山东敌后,开辟根据地,姜副司令不会不知道吧？如若不信,你可立即打个电报,去问问蒋委员长啊!"

"这……"姜文田一时语塞,于学忠点点头说:"徐将军说的不错,我听说有此事。"

徐向前又继续说:"我军最近在梁山,歼敌300,于将军刚刚还说,蒋委员长嘉奖我军。请问,如果蒋委员长不同意我军到山东抗战,他会传令嘉奖吗?"

徐向前瞥了姜文田一眼,又说:"在民族危机之际,中华民族的儿女,应该团结对敌,结成广泛的统一战线,共同抵御外敌。"

"统一?"唐公水冷笑一声,狡黠地说,"好一个统一战线!贵军一一五师萧华部东进冀鲁边,已经'统一'了我们不少地方武装,张经武、黎玉的山东纵队,也挖了我们不少墙脚,这种损人利己的行为,难道就是你们的统一? 还有,山东纵队在蓬莱、黄县、掖县成立所谓抗日政府,同我国民政府相对抗,这难道也是你们所谓的统一?"

"哈哈!"徐向前笑过之后,仍不紧不慢地说,"萧华部队东进冀鲁边乐陵时,那里各色各样的杂牌武装数不清,群众中流行这样一句话:'兔子乌龟满地跑,土鳖司令多如毛。'这些民团、土匪,有的挂着抗日的旗号,暗中却勾结日寇;有的借抗日之名,行趁火打劫之实。对于这些土匪、恶霸,群众民愤极大,我八路军顺乎民情,狠狠打击有何不对? 其中有确实抗日的民团,敬慕我八路军纪律严明,作战勇敢,要求我收编的,如傅炳翰、邢仁甫、崔季章、周观波、李子英、杨铮侯、易墨汉等。我八路军顺其心愿,收编他们又有什么错? 收编后,我们对其将领量才录用,有职有权,甚至来去自由。就说孙世荣吧,收编后,他觉得八路军太苦,又无大烟抽,欲离开八路军另立门户,为此我们成全他,萧华还为他开了欢送会。山东纵队收编的地方部队,同样奉行一样的政策,留者愉快,走者高兴。"

徐向前一口气说到这里,呷了一口茶,正色道:"唐参谋长刚才说什么我方成立抗日政府,与国民政府对抗,这纯是无中生有。蓬莱、黄县、掖县的国民政府和公安局,在天福山、威海起义的影响下,也举行了大起义,成立了山东人民抗日救国军第三军,这支队伍一直战斗在蓬莱、黄县、掖县,因此,在没有国民政府的基础上,我们成立了民主政府,没有对立面,何从谈得上对抗?"

徐向前一席话,把唐公水驳得哑口无言,张口结舌,脸上红一阵白一阵。

于学忠看看手表,打破这尴尬的局面说:"时间不早了,今日略备水酒招待徐将军。"

说罢,于学忠站起身,请徐向前入席。他们到了饭厅,分宾主入席后,徐向前见同桌上坐着两个陌生人。

于学忠见徐向前面露诧异之色,站起来介绍说:"这位是中央国民政府粮食委员会孟凡主任。"随后又指另一位说，"这位是山东省政府粮食局的姚楠局长，他们二位是来了解敌后军队的粮食供给情况的。"

徐向前朝他俩点点头，打趣地说："到底是搞粮食工作的，长得就比我们胖嘛！"

孟、姚二人一听，不禁脸一红，又不便发作，只好尴尬地笑笑。

这时，另一桌坐的是女宾，正在说笑。其中有个高挑个子，打扮得特别妖艳的女子，声音又尖又高，一举一动特别引人注目。

于学忠附在徐向前耳边，介绍说："她是我们孟主任的新婚太太！"

"哦！"徐向前转身朝着孟凡说，"孟主任新婚大喜，恭喜恭喜！"

孟凡欠欠身说："谢谢，谢谢！"

"什么？她是你太太？"一旁的唐公水惊异地瞪起了双眼，"啊呀呀，孟太太怎么越活越年轻，上个月我在重庆见到她时，可能比现在大 30 岁嘛！"说罢，追着孟凡说，"你有什么回春药，快介绍介绍！"

"这……这……"孟凡满脸尴尬，不知如何回答。

坐在一旁的姚楠一边向唐公水使眼色，一边回答："哎呀，唐参谋长，你就不要凑热闹了，这位孟太太，是孟主任昨天才娶的新娘，她是临沂香妃馆的尹女士，你说的那个孟太太嘛，那是孟主任重庆的太太……"

"什么，什么？"

姚楠越说越说不清，反而把大家弄糊涂了。

孟凡见姚楠是书呆子帮忙越帮越忙，索性红着脸，自己说了个来龙去脉。

原来，一周前重庆来电，报告了一个不幸的消息，孟太太被日本飞机炸死，孟凡悲痛万分，终日以泪洗面。姚楠等人见状，一番劝说之后，又给他介绍了一位临沂香妃馆的尹女士。谁知，两人一见如故，大有相见恨晚之意。姚楠见状，索性好人做到底，帮他们来个速战速决，昨天举行了婚礼。

话说到此，本该结束。谁知孟凡苦着脸，继续说下去，就在今日早上，重庆又来了一份电报，说孟太太大难不死，被救活了，叫孟凡快去看她。孟凡接到电报，真是又惊又喜，心里的酸甜苦辣不知如何说，也不知怎么办。这份电报的内容还对新太太保密没敢说呢！

孟凡如此这般一说，桌上可热闹了，纷纷帮他出主意。

孟凡却不想谈下去了，新太太正在那里兴致勃勃，让她听到可不是闹着玩的。

因此，孟凡眉头一皱，转了个话题，转脸对徐向前说："徐将军，俗语说，天无二日，国无二主。你们八路军不经国民党政府批准，擅自在冀鲁边、胶东、泰安等地建立政权机构，与国民政府分庭抗礼，你作何解释？"

"是啊,徐将军作何解释呢?"唐公水好像抓住了把柄,紧追不舍,咄咄逼人。

"这个问题上午我已作了一些解释,孟先生又提起,那我就不厌其烦,再说几句吧!"徐向前放下筷子,说道,"孟先生所说问题,可以说你是只知其一,不知其二,如是看文章就叫断章取义吧!我八路军的确在一些地区建立了人民政府机构,但是,我们是在鬼子被我八路军赶走,国民政府官员吓得不辞而别的情况下,建立人民政权的,我们发动群众抗日,组织生产自救,救群众于水深火热之中,为此群众称我们为菩萨军,为仁义之师。这些地区只有人民政府,没有国民政府,所以就不能叫什么分庭抗礼。孟先生所说的分庭抗礼也是有的,那就是,我们打鬼子时,国民政府的官员溜之大吉,胜利后,我们成立人民政府,可那些溜走的国民政府官员又溜了回来,想不劳而获,无端挑起摩擦事件,口口声声要将刚建立的抗日政府赶走,这就是分庭抗礼。"

"你……"孟凡被驳得张口结舌,可是仍不甘心,眼珠一转,又提了个问题,"再请问一个问题,你们八路军花样百出,所到之处,发动穷小子们搞什么减租减息,弄得农民怨声载道,叫苦连天,状都告到省政府了。我建议徐将军赶快下命令纠正,否则……"

孟凡的话还没说完,他那位新太太却跳了过来,唾沫星乱飞,尖叫道:"八路军打鬼子我们欢迎,可是搞什么减租减息,简直太残忍,太不人道了。"

徐向前问:"你说的残忍、不人道能否说得明白一点?"

孟太太一愣,随之一跺脚、一甩头说:"说就说,我那老爹不肯减租减息,你们就发动一班穷小子们,天天开他的斗争会,给他挂牌子,甚至毒打他。可怜我的爹……"

孟太太挤出几滴眼泪,干嚎了几句后,偷眼看看徐向前说:"这不是残忍是什么?徐将军,你就下个命令吧,不然,我老爹就要被整死了。"

"关于减租减息问题,我不妨多说几句。早在1937年2月,中共中央致国民政府,为团结抗日,决定改变土地革命时期的没收地主土地的政策。同年8月,中共洛川会议通过的《抗日救国十大纲领》中第七条,在农村实行减租减息政策。一般讲,实行二五减租,利息也只是减到不超过社会经济借贷的范围。山东本来就是苦地方,地主对农民剥削又太重,人民食不果腹,衣不遮体。不减租减息,群众生活就无法改善,抗战情绪就不会高涨,一般地主也是欢迎减租减息的。因此,我分析孟先生所说的叫苦连天,只是极少数大中地主在叫吧?孟先生所说的怨声载道更是无中生有。"

徐向前面色严峻,继续说道:"至于孟太太老爹被打一事,详情不了解,不能妄加评说。但是,极少数大地主,拥有几百亩,甚至几千亩良田,大小老婆几十个,整日花天酒地,吃的山珍海味,穿的绫罗绸缎。农民协会动员他减租减息,他们非但不肯,还勾结鬼子、伪军疯狂残杀农民协会兄弟。在生死危急面前,农民起来反抗,赶跑鬼子与伪军,将地主老财绑起来拷打,这种事是会有的,是减租减息中出现的小小支流而已。对这种问题,我们要具体问题作具体分析。"

话说到此,徐向前问孟太太:"不知你爹是不是大地主?有没有抗租抗息?有没有勾结日伪残害农民?如果是我前面所说的情况,那么农民拷打你爹嘛……"

徐向前打住话头,盯着孟太太,见她脸上红一阵白一阵,半张着嘴不知如何回答的窘状。

徐向前心中明白了,他微微一笑,然后沉下脸说:"那就情有可原了!"

孟太太本想出个风头,却在众人面前丢了脸,此时她如芒刺在背,无地自容地跑回了坐位,孟凡也低着头,一言不发。

徐向前微微一笑,向众人说:"恕我直言,刚才,我认为孟先生、孟太太对我八路军方针政策有所曲解,徐某说清楚了,在座的如果还有什么问题,尽管提出。"

"徐将军说得有理,说得好。"有几个人不住地点头称赞。

"徐将军是人才啊!"唐公水强堆起笑容,阴阳怪气地说,"徐将军能言善辩,才思敏捷。照你这么说,都是国军的不是喽!"

"唐参谋长此言差矣,我今天只是反映真实情况,绝无虚言,你如有什么不同意见,可畅所欲言,一吐为快,我也可以以事实为依据,解除误解嘛!"

"哎呀呀,我说不过你,再说下去连我都要被赤化了。"

"哈哈哈,照唐参谋长之言,你是同意我的看法喽!"

"这……"唐公水一时语塞。半晌,他摇摇手,说,"吃饭吃饭,我们暂时不谈这个。"

酒席后,众人返回客厅,徐向前对于学忠说:"于将军,我们就旁话少说,书归正传吧。今天,我是特意来与你共商抗日大计的喽!"

"那就请徐将军谈谈你方有何建议和设想!"

"好吧!"徐向前呷了口茶,说道,"第一,团结一致,共同对敌,互通情报,相互支持;第二,我军在胶东蓬莱、黄县、掖县和冀鲁边部分县建立的抗日民主政府以及将要在清河、鲁南、鲁西北、滨海、渤海等地建立的抗日县政府,贵军不得干扰。"

"不行,不行!"姜文田的头摇得像拨浪鼓似的,不等徐向前说完,就粗鲁地说,"第二条太苛刻,太无道理!"

"姜副司令,请你听徐将军说完嘛!"于学忠对姜文田的态度,实在看不下去,沉下脸制止他。

徐向前似乎毫不在意的一笑,继续说道:"第三,为避免摩擦事件,一方要经另一方防区,彼此要事先通报。一旦发生摩擦,双方组成调查组,进行妥善处理,不得扩大矛盾。"

徐向前说罢,顿一顿,扫了众人一眼,然后将目光停在于学忠身上,说:"这三点如贵方同意,双方将立即执行。"

姜文田冷笑一声:"徐将军好大的胃口,从第二条不难看出,八路军野心不小,几乎要吞掉整个山东。你们不把我们放在眼里,可是沈鸿烈主席不会让你们如愿吧?"

唐公水插上来说:"姜副司令说得对,我认为第一、第三条马马虎虎,可以同意。第二条却明明冲着于司令、沈主席的,目的是想将我们挤出山东。"

徐向前昂首答道:"诸位大可放心,八路军一向光明磊落,诚心奉行国共合作方针,第二条中所说的各县,有的至今还在日本人手中,有的则是沈主席遗弃之地,诸位不会不清楚吧? 我们打算在这二三年内从日本人手中收复和占领,决无他谋,天日可鉴。"

"我看这样吧!"于学忠低头沉思片刻,对徐向前说,"暂且先搁下第二条,讨论讨论再说,或者,我有个建议,如果你们计划在某县建立政权,事先打个报告,我们商量一下再说。第一、第三就立即执行。徐将军,你看如何?"

为了维护团结,共同抗日,徐向前点点头说:"那就一言为定!"

徐向前返回司令部,几天后,济南日军集中日伪军5万人,由北向南进行大"扫荡"。敌人所到之处,于学忠、沈鸿烈的县区乡政府统统垮台。为此八路军利用这机会,从南到北,建立了90多个抗日县政府,一个行政公署,还成立了山东省参议会和山东省战时工作推行委员会,实际行使山东省政府的职权。

罗荣桓听万春圃开"药方"

1939年梁山战斗后,罗荣桓、陈光率领部队继续东进,在泰安以南过津浦路,折而南下,进入鲁南山区。

鲁南山区在沂蒙山的东南,群山绵延,地形险要。许多山山势奇特,在顶部往往又长出一个四面陡峭、上面平缓的石柱,宛如在山上戴了顶高帽子,这就叫崮。而在沂蒙,更有"七十二崮"之称,陈毅曾在一首诗中这样写道:

临沂蒙阴新泰,路转峰回石怪。

一片好风光,七十二崮堪爱。

在鲁南最高的崮是抱犊崮,和其他崮一样,抱犊崮顶部很平,可以种庄稼,然而上去却很困难,人只能顺着不知何年凿出来的石窝攀登而上,而耕牛根本就赶不上去。

相传古时候,有个王老汉抱了一个小牛犊上去,在上面喂大了用以耕地。因此,这个崮就名为抱犊崮。

这个抱犊崮一直叫了几千年都未出名,直到1923年,发生一起土匪劫车案,这才世人皆知。

那年,土匪孙振瑶在临城火车站劫火车,绑架了近百名欧美各国驻华使馆人士,送上了抱犊崮。这起案子轰动世界,前前后后闹了一个多月,差一点引起又一次八国联军的侵华战争。

据黄县的县志记载,从宋朝起,这里就"土匪蜂起",绿林响马成群。由于地势险要,每个朝代都兴兵清剿土匪,但是越捉越多,从未根除过。抗日战争爆发,这里的土匪都改名为某某保安司令,据说这种司令有一百多。这些司令绝大多数都接受了国民党政府的委任,有的则暗中勾结日军。

罗荣桓、陈光率领部队来到抱犊崮山脚下的大炉村,部队分别驻在大炉村周围,司令部设在开明地主万春圃家中。

万春圃拥有一百多亩地,三十多间房。民国以来,军阀混战,土匪四起,民不聊生,为保证安全,万春圃组建自卫团。他性格豪爽,讲究义气,村上人叫他万三爷。

万春圃的长子万国华,管家杨春茂、管武器的刘清如都是共产党员。万春圃由于受长子的影响,对共产党的抗日救国主张有了深切了解。所以,八路军一到大炉村,他像迎接亲人似的,动员全家把罗荣桓请到自己家住。

罗荣桓一进门,便十分客气地对万春圃说:"万司令,我们来打扰你了,我们部队在这儿有不到之处,请及时批评,以便我们改正。"

万春圃摆摆手说:"如今抗日是一家,一家人不说两家话,如果不是抗日,像你罗政委这么大的官,我们请还请不来呢!"

罗荣桓落座后,万春圃递给他一杯茶,说:"我万某是个地主,是你们共产党的革命对象,罗政委你可要多多帮助我啊。"

罗荣桓哈哈大笑:"万司令真是爽快人,其实,我家在湖南衡山也是个不小的地主。一个人的出身是不能选择的,但革命道路是可选择的。万司令在家乡拉队伍抗日,这条路走得不是很好嘛!"

罗荣桓边喝茶边观望，发现中堂一副对联：

淡泊以明志

宁静以致远

罗荣桓赞道："这副对联好极了。一个人持身不能淡泊，就会陷入名缰利锁，而不能自拔，稍一得势，就会贪恋禄位，执迷特权，持心不能宁静。如果是一方首领，必将陷入事务主义，目光短浅，不能通观全局，深谋远虑，更不能运筹帷幄，决胜千里。"

"这是诸葛亮未出茅庐，在卧龙岗老家中堂挂的一副对联，我是用它来鞭策自己。"

"好，万司令说得好！"罗荣桓称赞不已。

此时，罗荣桓想起了林则徐衙署公堂悬挂的对联：

海纳百川，有容乃大；

壁立千仞，无欲则刚。

后来林则徐因禁烟遭受诽谤，他改换了一副对联：

苟利国家生死以；

岂因祸福避趋之。

他们越谈越投机，罗荣桓感叹道："对联是主人心境的描写，万司令为人豁达，既懂文墨，又会武艺，是我们的老师啊。我们八路军到鲁南，如何打开新局面，还仰仗万司令多多指点。"

说罢，罗荣桓取出钢笔在一张白纸上写下了：

抱犊崮，五百里，土匪窝，司令多，八路军从何下手？

万春圃一看是副上联，便说了句："万某献丑了。"接过钢笔写了下联：

大鲁南，小三国，占人和，顺民心，王者师何愁不兴。

罗荣桓兴奋地上前握着万春圃的手说："万司令高见，能不能讲详细一点。"

万春圃说："鲁南的政治力量可分为敌我顽三方势力，国民党顽固派用合法政府的名义，从上到下掌握了各县区乡的地方武装，如滕县的恶霸地主申宪武，郯城的反动县长阎丽天，费县有比较进步的力量孔鹤龄。国民党占了天时，日本人以优良的武器装备，控制着鲁南城镇，占了地利。八路军以王者之师的威信，得人心占人和。古人言，政之所兴在顺民心，政之所废在逆民心。八路军在政治上可以团结鲁南广大民众，军事上以抱犊崮为中心，南取郯城、北取泗水、平邑、西取滕县，中取费县，拔掉剿匪司令孔鹤龄，这样你们不仅可以在鲁南立足生根，而且如鱼得水，海阔天空，大有作为。"

"今闻万司令之言,顿开茅塞。我们就按万司令指点的试试。"罗荣桓又问道,"以万司令之见,南西北三个方向,我们先向哪个方向发展。"

"先易后难。"万春圃指着地图说,"南面和西面势力弱,比较容易突破,北面费县孔鹤龄势力最大,比较难突破。最好先向南和西发展,尔后再集中兵力向北。你们正是用兵之际,兵力不够,我将自卫团700人交给你们指挥,请罗政委不要推辞。"

罗荣桓点头同意。

当晚,罗荣桓和陈光召开作战会议,研究行动部署。

在会上,罗荣桓介绍了万春圃的主张,鲁南人民抗日义勇军支队长张光中介绍了鲁南的政治军事情况,大家你一言我一语,最后罗荣桓集中大家的意见,拟订了具体方案,决定兵分三路:由参谋处长王秉璋和师政治部副主任黄励,率师直属队一部,以东进纵队名义南下郯城地区;任命师教导大队大队长胡大荣为一一五师后方司令部司令员,攻克离大炉村不远的孔庄;罗荣桓亲自争取团结国民党军驻滕县的暂编六师师长孔昭同。

第二天,各路人马分头准备,第三天就向三个方向进军。

胡大荣火攻孔庄

孔庄,距大炉村9公里,庄里有200多户人家。长年盘踞在孔庄的,是一个60多岁的土匪头目杜若唐。

提起杜若唐,孔庄人谈杜色变。他长着一副瘦骨嶙峋的骨架子,瘦长的麻脸上,镶着一双骨碌碌转的斗鸡眼。那眼神中透出他的精明和凶残。

据说杜若唐年轻时是个钻墙挖壁、打家劫舍的盗贼。方圆数十里百姓深受其害,无不切齿痛恨,可是,就是这只害群之马,一夜之间竟在赌桌上发了一笔横财,成了方圆几百里的富翁,置起了几百亩土地,雇佣了十几个长工,当了地主。但他还不满足,又自任司令,拉起了二百多人的队伍。为巩固地盘,他在庄外修筑了纵横交错的地堡群,并年年加固。从此,他依仗钱势,专横跋扈,有恃无恐,拒交一切官税,同时欺压四邻百姓,霸占民女。

孔庄还有一个怪现象:每天早上,只见杜若唐手托水烟袋,举在胸前,时不时吸上一口;另一只手反剪在后,手上捻着一串长长的佛珠,往杜宅门前的大石狮旁这么一站,门前空场下早有几十人站在那里,见杜若唐一到,便深深鞠三躬,并齐声请安,高呼一声:"杜老爷早!"单等杜若唐微微点一下头,众人才敢离去。

请安的都是些什么人？这是哪门子规矩？这正是杜若唐私定的村规，孔庄200多户人家，分成几组，每天早上，每组均要派出一人，起早到杜宅前请安，风雨无阻。只是下雨下雪，天气寒冷时，杜若唐站在门里，请安人仍站在风雪里。为显示他的淫威，谁要不服，轻则打得皮开肉绽，重则送了小命。因此，众人敢怒而不敢言。

对于杜若唐的所作所为，百姓怕，官府恨，历任县长奈何不得他。

1930年5月，国民党山东省政府决心铲除这个山大王。于是，派了一个名叫杨百万的团长，率一个团兵力围剿孔庄。

杜若唐闻讯，立即加强防卫人马的训练，并且想好一套对付办法。当杨百万率一个团将孔庄围住，准备攻入时，突然，从庄内跑出几百个披头散发，青面獠牙，人不人，鬼不鬼的妖怪，张着血盆大口，口念"金刚立，银刚立"等咒语，发疯似的往外冲。

国民党兵哪见过这阵势，口里喊着："鬼来了，鬼来了！"四处逃散。

杨百万见状，命令炮手开炮。狡猾的杜若唐早料到这一手，炮一响，那些"鬼"纷纷卧地，炮弹炸后，又一个个爬起来，冲向杨百万的部队。

霎时间，一个团的士兵死的死，逃的逃，溃不成军。从此后，官府再也无人问津孔庄之事。

杜若唐洋洋自得，称孔庄为世外桃源，说孔庄坚不可摧。抗战爆发，杜若唐又收容了不少国民党散兵，花钱添置了不少德国造枪弹，队伍更加壮大。

一一五师进驻大炉后，罗荣桓曾多次派人，对杜若唐做团结工作。可是，可恶的杜若唐，不仅拒绝，甚至不断袭击一一五师零星过往人员。孔庄成了一一五师开辟抱犊崮根据地的硬钉子。

无奈之下，罗荣桓决定拔除这个钉子，将这个任务交给了胡大荣。

胡大荣领命攻打孔庄，可是硬攻三天三夜，孔庄纹丝不动，八路军却伤亡不少。胡大荣急得直跺脚，望着孔庄一筹莫展。

这天，胡大荣围着孔庄转了几圈，紧锁着眉头苦思冥想。突然一个人轻轻拍了几下他的肩膀。胡大荣一回头，原来是万春圃。

万春圃笑着问："胡司令，为攻孔庄犯愁啊？"

"唉！"胡大荣点点头，说，"杜若唐这老狐狸真可恨！"

万春圃听罢，也围着孔庄转了两圈，突然，他眼睛一亮，兴奋地说："胡司令，卑人倒想起一计……"

胡大荣眼前一亮，便急忙说："万老先生，请快讲！"

"胡司令是否看过《三国演义》？"

胡大荣点点头。

"那胡司令可见过这书中有一诗?"他吟道:

> 博望相持用火攻,
>
> 指挥如意笑谈中。
>
> 在须惊破曹公胆,
>
> 初出茅庐第一功。

万春圃说:"诸葛亮受刘备三顾茅庐之邀,出山担任刘备军师,第一仗就是博望坡火攻曹军,把曹军大将夏侯惇、于禁打得落花流水。诸葛亮出山的第二仗,在新野也是用火攻获胜的。"

万春圃话还没说完,胡大荣就明白了他的意思,他叹了口气说:"这我知道,诸葛亮打仗打到没办法的时候,就是用火攻,他七擒孟获,最后一仗也用的是火攻藤甲军。火攻孔庄这个点子,我也想过。就是没有汽油,有汽油就可以打开局面了,你能不能搞点汽油来?"

万春圃说:"汽油我没有,点灯用的煤油倒是有的。"

胡大荣一听,高兴地说:"万先生,煤油也行,你有多少?"

"有20多桶。"

"那太好了,万先生,就这么定了,今晚刮西北风,我们用火攻,把杜若唐这狗东西烧死在乌龟壳里。"

这天晚上,没有星月,田野山村一片漆黑,西北风呼啸着。

胡大荣指挥部队,悄悄地运来几车干草,堆放在地堡附近,浇上煤油,点燃一根火柴,顿时烈火四起,烟雾漫天。

杜若唐半夜被烟雾呛醒,出门一看,孔庄四周火光冲天,大叫一声:"啊呀,不好!"慌忙带着老婆逃跑。可是,他哪里跑得了,处处是震耳欲聋的喊杀声,最后被活活烧死。

八路军攻克孔庄,给鲁南的大小土匪很大震动,许多闭门锁寨的土匪和敌视八路军的地主,吓得纷纷派人与一一五师联系,要求加入八路军。

张仁初血战白彦

转眼到了阴历12月底,大炉村大雪飘飘,老百姓正忙碌着迎接传统的春节。

罗荣桓和陈光正紧张地召开攻打白彦的作战会议,陈光分析形势说:"同志们,我们到鲁南5个月,南取郯城,西取滕县,中占孔庄,现在还有最后一个钉子阻碍我们建设鲁南根据地。"

　　说到这里，陈光用木棒指着地图上滕县、费县、临沂之间的一个地方说："下一步我们要集中兵力，拔掉白彦镇的日伪据点。白彦镇有孔鹤龄近一个师的兵力，这个据点不拔除，影响我们向北往天宝山发展，也影响我们与山东纵队联系。但是，孔鹤龄得知八路军到鲁南，与周围的日军频繁联系，枣庄日军派一名大佐到白彦镇当顾问，在日军顾问策划下，孔鹤龄强迫周围十几个村子，组织了反动民团，断我交通，袭击我零星小分队，破坏我根据地的建设。"

　　罗荣桓看着各团领导说："白彦镇是我必争之地，而且工事坚固，这是一场硬仗，你们看由哪个团担任主攻？"

　　"我们！""我们！""我们！"罗荣桓话音未落，几个团长都争着举手要求担任主攻……

　　罗荣桓环视众团干，最后却将目光落在六八六团团长张仁初身上。

　　张仁初高兴得跳起来说："是我们团担任主攻吧？"

　　"好吧！这个任务就交给你们团。但是，"罗荣桓指着地图说，"攻占白彦困难很大，而要在白彦站稳脚跟，困难就更大，因为敌人一失去白彦据点，等于在鲁南丢了个前哨阵地，必然疯狂地与我军展开激烈争夺。你们占了白彦，要以白彦为诱饵，狠狠地打击敌人，把敌人打痛，直到他们认输为止。"

　　说罢，罗荣桓转脸对师特务团团长吴世安、苏鲁豫支队胡炳云、苏鲁支队张光中说："你们三个单位，分别担任钳制任务，具体任务等我们师部到白彦西南的柴胡，看过地形后再布置。"

　　2月12日大年初六，拂晓，朔风凛凛，瑞雪霏霏。村庄、山峦、道路、河流、草丛，银装素裹，到处白茫茫的一片。

　　罗荣桓、陈光率领部队，踏着白雪，离开大炉村，向白彦进发。

　　第一天，他们经高桥、杨泉，走了50里路，到达白龙湾。

　　第二天，雪下得更大，大团大团雪花如白棉絮般，落在战士们的身上、脸上，白皑皑的大雪埋没了山川河流，分不清哪是路，哪是河，大家很快就迷失了方向，有的掉进了河里，有的跌入山谷。他们艰难地摸索前进。12个小时后，才到达预定目标——白彦西南的柴胡村。

　　部队一到柴胡，张仁初还未落脚，就急呼呼跑到师部，向罗荣桓报告说："政委，我们乘大风雪行军到此，孔鹤龄一定还蒙在鼓里，我们就利用大雪天，出其不意地攻占白彦。你看怎么样？"

　　"好啊！"罗荣桓和张仁初想到一块儿了，他问张仁初，"你们作战准备得如何？"

"一切就绪,你就下命令吧!"

罗荣桓斟酌片刻,对张仁初说:"我们还是发扬夜战的传统,明天晚上发起进攻。攻占白彦后,发动群众,建立白彦人民抗日政府。"

张仁初点点头,转身回团,布置任务去了。

不出张仁初所料,孔鹤龄部队麻痹大意,没料到八路军已到了他们的鼻子下面。这天晚上,哨兵都躲进房里打瞌睡去了。

张仁初和政委刘西元指挥部队,一个小时就攻占了白彦,抓到五百多个俘虏,逃跑了六百多个。

第二天天亮,张仁初派人在原来的镇公所门前,挂起了"白彦区抗日民主政府"的牌子,把部队分散到大街小巷去宣传群众。但是,快到中午了,白彦镇家家户户关门闭户,寂静无声。街上连个人影都没有。

张仁初在街上走了三个来回,仍然找不到一个百姓,他百思不得其解。愣了良久,突然转念一想,决定敲开百姓的大门,上门问个明白。

于是,张仁初便挨家挨户敲了好几家门,可是,任凭他一个劲地叩门,却没有一家开门。

张仁初自言自语地说:"这里的老百姓怎么一点不开化,八路军又不会吃掉他们的。"

这时,刘西元站在一家门口,耳朵贴着门板仔细听,看里面是否有动静。

听了一会儿,惊喜地叫道:"老张,这家有声音,有人咳嗽,我们不妨重点敲敲这家。"

罗荣桓来了,听了张仁初的简要报告后说:"我们开辟根据地就像拓荒者,处女地有时土质松软,有时坚硬……"

张仁初是文盲,哪里懂什么处女地,他忙说:"政委,这家人家不全是女的,好像也有男人。"

这时,"吱呀"一声门开了,出来一位老汉,一张饱经风霜、皱纹满布的脸看着门外的几个军人,他弯腰驼背,怯生生地说:"老总,老总啊,我家没女的呀,去年我大闺女,给拉到炮楼后,就没再回来。上半年,孔鹤龄又把我小闺女拉去了,至今也没有回来。"

话没说完,老汉气得昏倒在地上。

张仁初急忙把老汉扶起来,用水壶给老汉喝了几口水,老汉醒过来后,张仁初解释说:"大爷,我们是共产党,是八路军啊!"

老汉气愤地说:"有人说你们共产党专门杀人放火,共产共妻,你们敲门不是要女人吗?"

罗荣桓对张仁初、刘西元说:"这里人民衣食无着,被孔鹤龄坑苦了,加上孔鹤龄的反动宣传,他们不了解我们八路军,见到兵都认为不是好东西。你们两人都是红军干部,熟悉我们人民军队的传统,要宣传好群众,要为人民做好事,让白彦人民亲眼看看我们是什么军队,才能赢得人民的信赖。"

罗荣桓顿了顿,又说:"你们团在三天之内不许住老百姓家,三天过后看情况行事。"

当晚,张仁初、刘西元召开了连以上干部大会。

张仁初把白天遇到的情况向大家说了一遍,动员大家说:"同志们,今天早上,我张仁初讨了个没趣,你们要接受教训。你们要拿出十八般武艺来,能唱能编的,有能耐的都动起来,宣传毛主席抗日救国方针。按照师部指示,要将这山沟里的群众发动起来。"

刘西元接着说:"不会编不会唱的,帮助老百姓做事,打扫猪圈,打扫屋前屋后。"

张仁初补充一句说:"还有一件事,你们要注意,你们在老百姓面前,千万别提女字,避免误会,这里老百姓苦大仇深。"

第二天一早,张仁初提着石灰桶,对刘西元说:"老刘,战士们都忙去了,我们俩刷标语吧,我识字不多,你帮着顾问顾问。"

俩人在白彦镇刷了不少"团结起来,打倒日本帝国主义!"的标语。

战士们白天帮老乡打扫卫生、种地、放牛。晚上,太阳落山百鸟归巢时,他们便在城东火神庙前的石碓子上唱歌,宣传抗日救国道理。

一连三排长韩振是陕西人,喜欢打竹板,自编一些抗日歌词,用陕西小调形式演唱。每天围了一大堆男男女女,聚精会神地听他演唱。张仁初和刘西元换成便衣,挤在老乡中听反映。

一位老汉拿着烟杆,边吸边对另一个老汉说:"你别听八路军唱得好,小鬼子来了,还不是跟我们一样吓得到处跑。八路军要不了几天就要远走高飞,受苦受难还不是我们老百姓。"

另一个说:"我看这些八路军与以前的伪军不一样,看面相,一个个都是忠厚老实样。"

"本来就不一样嘛!"一个小伙子插嘴说,"伪军啥时候帮老百姓挑水扫地?啥时候帮我们耕田种地?啥时候耐心给我们讲过道理……"

小伙子一连串的问号,把两个老汉问得直点头。

工夫不负有心人,经过八路军的耐心宣传和身体力行,青年人很快行动起来了,纷纷组织了民兵、农救会、妇救会、儿童团等抗日组织。

张仁初对刘西元说:"年老的似乎还不太相信我们,你看怎么办?"

"要想动员全体民众,特别是那些受日伪迫害最深的老年人,让他们相信我们,让他们看看八路军怕鬼子,还是鬼子怕八路军。我的意见是打它一仗,让他们看看。"刘西元说出了自己的看法。

"咳!"张仁初双手一拍,高兴地说,"你这主意不错,就这么办!我们多派几个侦察员,观察鬼子动向,伺机狠狠揍小鬼子一下。既宣传了群众,又刹了鬼子的威风,一举两得。"

3月7日,机会来了,城后据点出动三百多鬼子,向白彦扑来。

罗荣桓、陈光命令师特务团打伏击。鬼子离开城后不远,就被顶回去了。

3月12日,平邑、城后、梁邱3个据点又出动了600人,在孔鹤龄配合下,向白彦发动第二次进攻。

张仁初根据师部命令,把部队撤到白彦以西的团山隐蔽起来,留下一连三排在白彦袭扰敌人。

张仁初对韩振排长说:"记住,这次不许你逞凶,要装孬种样子,敌人一进镇,你就边打边跑。"

韩振困惑地摸着后脑勺,但他从张团长的眼神中很快明白过来了,这是用的"钓鱼"战术,笑着点点头。

张仁初忽然又想起什么,交代说:"小韩,我们供给处缺马驮东西,能不能从鬼子那儿弄一匹大洋马?"

"嘿,中呀!团长,你就等着好消息吧!"

当夜,部队就掩护老百姓撤出城外。

第二天上午,七百多日伪军进占白彦,沿途遭到师特务团、六八六团和苏鲁支队的阻击。

下午4点,日伪军占领了一座空城。

第二天拂晓,一匹高头大马向团山疾驰而来,那马跑到张仁初面前,一个年轻人腰挂东洋大刀从马上跳下来。这人就是韩振。

韩振向张仁初敬了个礼说:"报告团长,你要的马搞来了。"

"鬼子进城后情况怎么样?"

"鬼子占了一座空城,没吃没喝,抓不到老百姓修工事,急得团团转。"

张仁初拍拍大洋马说:"那这马你是怎么从鬼子手中夺过来的?"

"这是鬼子拖炮的马,夜里我到马厩里偷来的。"

张仁初懊悔地说:"你啊,傻瓜一个,叫你弄马,你就弄马,忘了交代你顺便弄一门炮来,如果有炮不是更好吗? 我们有一门炮的话,鬼子据点、炮楼我们还怕吗? 通通给他几家伙,鬼子不就统统上西天了吗!"

"团长,我下次一定弄门大炮回来见你!"

张仁初说:"师部命令我们团今夜攻打白彦,你们排当突击队,要想办法弄几门炮,有把握吗?"

"有!"韩振握紧拳头说。

这天晚上,下起了小雨,天地之际黑得像个无底的深渊,天空没一点星光,田野山村一片沉寂。

张仁初、刘西元指挥部队,神不知鬼不觉地来到了白彦北门。

这时突击队韩振跑来报告说,所有鬼子的哨兵都被干掉了,鬼子在呼呼大睡。鬼子炮队就在前面不远的大院里,炮架在天井里。

张仁初说:"韩振,你今晚任务就是弄炮,快去。"

接着,张仁初又向其他连队布置了任务,并规定敌人未发觉之前不许开枪。

各连接受任务后,不到半小时就分院逐屋把敌人包围起来。单等韩振把炮运出来,才能开枪歼灭敌人。

此时韩振带着20多人,进了敌人炮队住的院子,悄悄地运出两门大炮,还搬了两大车炮弹,之后,又去牵马。

战士摸到后院牵马,刚进马厩,只听一个鬼子嚎叫"八格牙路"! 原来马厩的地上睡了七八个鬼子,一个战士踩到了一个鬼子的头,这个鬼子痛得乱叫,吓醒了其他鬼子。

刹那间,鬼子吹起了哨子,这一下像被揭了窝的马蜂顿时乱起来了。韩振见鬼子怪叫暴喊,不得不开枪射击,其他院的鬼子听到枪声,也乱哄哄地仓促应战。

这时,张仁初接到师部命令,说离白彦不远的鬼子官庄据点,出动一大批鬼子向白彦增援,要张仁初留一部分兵力在白彦,主力转移到北山阻击官庄之敌。

张仁初刚看罢这个命令,师部又来新的命令,说梁邱据点出动500个鬼子,会合官庄的鬼子,向白彦进攻。

张仁初和刘西元研究后,决定留下韩振一个排继续在白彦战斗,其他连队转移到北山打阻击。

张仁初派人把韩振叫来,对他说:"现在官庄、梁邱之敌来增援,数量胜过白彦敌人,我们主力到北山打阻击,把敌人打跑后,我们再回头歼灭白彦之敌,你们排的任务,就是把鬼子拖在白彦。明白了吗?"

少言寡语的韩振,说了个"中"字,转身跑走了。

张仁初、刘西元带着主力火速赶向北山,不到两小时,他们就抢占了官庄至白彦的必经之路北山的小山口,迎头痛击了敌人。

战斗一小时,敌人损兵200,退回了官庄、梁邱。

张仁初、刘西元见敌人一退,拔腿就向白彦跑。

此时白彦上空,火光冲天,流弹飞驰,枪声、炮击声呜呜作响。

张仁初提着心对刘西元说:"不知道韩振打得怎么样?"

刘西元叹气说:"我们在白彦留韩振一个排的兵力太少太少,敌人700,我们只有二十几个,恐怕韩振顶不住。"

"是啊,想想后悔了,白彦有700个敌人,一个排兵力怎么行呢?"张仁初越想越急,疾走如飞。

他俩心急火燎地跑了一阵,仍觉得速度慢,便站在队列外,大声喊道:"同志们,丢掉背包,快速前进!"

走了10分钟,张仁初见白彦上空大火熊熊,枪炮声一声比一声激烈,又喊道:"同志们,跑步前进,半小时内一定要赶到白彦。"

20分钟后,部队来到白彦的北郊,以迂回包围的态势正欲向白彦敌人展开攻势,可就在这一瞬间,白彦镇枪炮声戛然而止,火光之中竟一个人影也没有。

张仁初急得两眼直冒金星,一叠声地说:"完了,完了,一连三排一定牺牲了,都是我安排失误……"

就在他捶胸蹬脚之时,刘西元借着火光,正仔细观察。

突然,刘西元低声叫道:"老张,你听!"

张仁初侧耳一听,果然在燃烧的屋前屋后,人影绰绰,并听到鬼子的喊叫声,他立即指挥部队分别进入冲击位置,命令司号员吹冲锋号。

号声响起后,战士们发出震天的喊杀声,端着刺刀向敌群冲去,刺刀和刺刀的撞击声、喊杀声、嚎叫声、呻吟声交织成一片,战斗到拂晓,除日军松川大佐和孔鹤龄趁夜漏网外,700名日伪军全部被歼。

张仁初此时最担心的就是一连三排,他们在哪里呢?他要求部队仔细打扫战场。

此时火神庙余火未熄,空气炽热,硝烟刺鼻。在庙内的残火中,战士们发现200多个烧焦了的鬼子尸体,接着又发现韩振排长和二十多个战士的尸体,许多战士尸体是和鬼子尸体抱在一起的。不难想象,三排与700多敌人进行了生死相拼的血战。

刘西元吩咐大家把三排的尸体找出来,一个个整理好,排成一排。

中午,白彦上千名群众都涌到火神庙,围着三排勇士长久默立,一位名叫安开山的老汉"扑通"一声跪在勇士跟前,上千人立即都跟着跪下了,安开山流着泪说:"早知道八路军这么好,前几天,说什么也不能让他们睡在露天挨冻挨饿,我们对不起他们啊!"

另一个老汉说:"韩排长和二十多个同志,是为了保卫白彦才壮烈献身的,我们白彦人要树纪念碑永远纪念他们。"

几天后,在火神庙前,群众竖起了高高的石碑,碑上刻着:韩振及三排烈士千古。

第四章

杨成武智胜"名将之花"

1939年11月8日,这天,是八路军辉煌的一天。杨成武率部击毙了日军中将阿部规秀,此消息轰动全中国,敌人震惊万状。

阿部规秀是日军战争之骄子,是所谓游击战术之专家,有很高的知名度。这位游击战专家,尽管被吹得神乎其神,但黄土岭战斗却成了他的滑铁卢。

杨成武张网以待

河北涞源以南,群山莽莽,奇峰重叠。雄伟的长城,从八达岭蜿蜒曲折到此。这里的古战场遗址有祭刀岭、插箭岭、将军岭、斗军湾、点将台,还有60座烽火台,42座古炮台,150座瞭望楼。

古书记载,战国燕昭王曾在此修筑黄金台,以高价招揽人才而扬名天下;杨六郎与韩昌曾在此大战九天九夜,至今六郎庙仍雄风未减。可以说,这里的每一块石头,每一把泥土,都浸透了古代士兵的鲜血。慕名而来的游客们,甚至可见古代士兵的遗骸。

这年的11月3日下午5时,从拂晓开始的雁宿崖战斗已经结束,夕阳西坠,山色血红,枪声稀落,部队打扫完战场,押着俘虏,沿着崎岖的山路向晋察冀军区一分区驻地——管头镇走来。

此时,一分区司令部会议室里,正在召开总结经验教训的会议。

年轻的杨成武司令员主持会议,平均年龄不足22岁的指挥员们,正聚精会神地听参谋长黄寿发讲话。

黄寿发说:"今日一仗,歼敌六百多,这是我分区抗战以来歼敌人数最多的一仗。我认为,经验有三:一、情报准确;二、从三路敌人中选择打东路,决策正确;三、地形选得好,雁宿崖两侧高山,我们两侧伏兵,一头一尾扎口袋,关门打狗,打得痛快……"

黄参谋长的话代表着大家的体会,与会的指挥员们,虽然一个个刚下战场,浑身沾着硝烟和血污,军装的布眼都看不清了,可是那满脸红光和那炯炯有神的眼睛,却透出万分的喜悦和兴奋。

清秀潇洒、文质彬彬的杨司令员在昏暗的油灯下,认真地记着每个人的发言,并不时地提问。

"报告!"

"请进!"杨成武一抬头,见是一团宋玉琳营长手拿一件大衣,走了进来。

"宋营长,有什么事吗?"杨成武问。

"杨司令员,这大衣有名堂! 你看。"宋营长像发现了新大陆,他边说边递过大衣。

杨成武在油灯下一看,大衣的布料相当好,胸前披佩着一条金黄色的绸带,带子两边是大红色穗子,两肩分别佩有两颗闪光的金星。

"啊!"杨成武吃惊地叫了一声。

宋营长说:"司令员,还有一把金柄指挥刀呢!"

"哦?"杨成武看了一眼军刀,目光又回到手中的军大衣上。

杨成武急速翻开大衣,只见那绿色的里子上有一黄框,写着姓名:辻村,血型A型。

杨成武急忙问,"这件大衣是在什么地方缴获的?"

"这是七连连长钟茂华,迂回到敌人炮兵阵地侧后,用步枪打死的一个军官,然后他扒下大衣,穿在身上,拿着这个鬼子的指挥刀。你没见他那副怪模样,我和教导员郑三生可给他逗得把肚子都笑疼了!"顿了一下,又说,"我们不认识衣服上的这个字,"他指指"辻"字,说:"我们分析一定是个大官,就急忙送来了。"

"这是日军辻村大佐的军大衣,他的尸体在什么地方?"杨成武急呼呼地问。

"一起埋了!"

"不好!"杨成武站起身,反剪双手,在屋内快速地来回踱着步。

副司令员高鹏、政治部主任罗元发及黄参谋长也凑在灯下,轮流仔细翻看着大衣,小声议论着。

大约3分钟时间,杨成武突然止步,大声说,"诸位,请立即回部队,作好打大仗、打恶仗的准备,随时听候作战命令。"

陈子端参谋瞪着惊奇的眼睛问:"司令员,你不是神仙,这大仗、恶仗从何而谈?"

"日军报复心强,鬼子死了个大佐,他们决不会善罢甘休的。"杨成武用肯定的口气说,"鬼子的特点是失败越惨,报复得越凶,而且是败兵刚回,报复的人马就浩浩荡荡地出发了,他们是想乘我们庆祝胜利之时,打我们一个猝不及防。"

各位指挥员都赞同杨司令的分析,纷纷起身,火速返回部队去了。

散会后,杨成武立即抓起电话,向晋察冀军区司令兼政治委员的聂荣臻报告了战斗情况及所缴获的辻村的大衣。

聂荣臻听到此处,立即对杨成武说:"我同意你的判断,部队要立即转移到银坊、司各庄一带隐蔽待命,有情况立即报告。"

"知道了,我立即作出安排!"

"好!"聂荣臻赞赏地说,接着又交代他,"我就守在电话机旁,你们要密切注视日军动向,有情况立即汇报。"

不出所料,当天夜里,地下党侦察参谋崔喜峰从涞源城送来情报:张家口日军独立混成第二旅团四个大队,共1500人,分乘90辆卡车,向涞源急驰。涞源城内彻夜不宁,日军到处抓夫,弄得鸡飞狗叫。

接着,侦察参谋崔明贵又从易县发来情报,内容与崔喜峰的情报吻合,说敌人要沿辻村的进攻路线,经银坊到雁宿崖,寻找八路军主力,准备决一死战。

杨成武阅罢情报,思索片刻后,拿起电话向聂荣臻汇报,要求再打一仗。

聂荣臻问:"部队情绪怎样?"

"很好!"杨成武信心十足地说,"刚打了胜仗,伤亡很小,士气鼓得足足的,正在银坊、司各庄一带休整。"

话说到此,杨成武怕聂荣臻不放心,追加一句说:"这一带地形我很熟悉,极似平型关,有利打伏击。"

部队刚到那里,杨成武怎么就那么清楚那里的地形?

俗话说,曲不离口,拳不离手。杨成武多年养成个职业习惯,每到一地,总是首先摊开那五万分之一的军用挂图,仔细地看,认真地记,决不放过一条小沟,一座山峰,然后,便是马不停蹄,立即着手实地考察,让二者合而为一。举凡山川河流,村镇桥梁,树木森林,他均一一牢记心中。

记得有一次,侦察员向他报告倒马关地形后,他问:"倒马关南面有一条水沟,你怎么没讲?"

那参谋一拍脑袋,记起来了。

参谋惊异地问:"首长,你是怎么知道的?"

杨成武严肃地说："这种事马虎不得,一沟一坎,均不能忽略,这关系到战争的胜败。"

杨成武就是这样,所到之处,首先掌握准确地形,然后,考虑战斗部署时,脑子一转,作战方案就应运而生。

杨成武在电话中向聂荣臻说出了自己的打算后,聂荣臻略思索片刻,回答说:"很好。彭真、贺龙、关向应正在这里开会,我们马上研究一下,再答复你。"

杨成武大约等了 5 分钟后,聂荣臻就来电话:"成武啊,我们一致同意你的意见,赞成再打一仗。11 月 7 日,是军区成立两周年,同时,又是十月革命 22 周年纪念日,我们准备召开纪念大会。你们打个大胜仗,是向大会最好的献礼。贺龙同志怕你兵力不够,已通知杨嘉瑞特务团,连夜开到你那里,还通知三五九旅六一五团开到涞源牵制敌人;孙参谋长已通知二分区、三分区、四分区部队,大约十个团兵力,赶到管头,归你统一指挥。我们吃住在电话机旁,你有什么情况,随时可以打电话来。"

杨成武放下电话,立即召开作战会议,研究战斗方案后,用电话向各团传达了战斗任务,动员大家打一个更大的歼灭仗。

各团领导听说要打大仗,个个摩拳擦掌,跃跃欲试。

一切安排妥当,杨成武走出草房,让凉风轻轻地吹着自己,脸上透出自信。

阿部进退两难

这次率领独立混成第二旅团出征作战的旅团长阿部规秀中将,时年 52 岁,早年毕业于陆军教导团,是由下级军官逐渐晋升的中将。他的巨大声誉来自他潜心研究战术,他曾撰写过《战争论》《战争学》《现代战术探讨》等,被日本军界称之为人间少有,天上不多的战术名将。前任旅团长常冈宽治少将,一年前被王震的三五九旅击毙在邵家庄后,阿部则以蒙疆驻屯军总司令身份,顶替了他。日军旅团长一般由少将担任,师团长由中将担任。当时,关东军司令东条英机也只是中将军衔。

11 月 3 日晚,阿部得知部下辻村大佐在雁宿崖命归黄泉,心里又气又急,这次失败,对他的自尊心是一次强烈的打击,他是个视荣誉比生命还贵重的军人,他想象着在下次会议上,该死的顶头上司桑木师团长一定会嘲笑自己。

因为一周前,阿部曾越级发电报给华北派遣军畑俊六大将,提出山地作战的八点经验体会,发誓要在一个月内踏平五台山,彻底摧毁晋察冀根据地。可是,一开始就失去了一员大将。

阿部想到此处,又痛又气,他痛的是自己在西南战争中,同中国国民党作战时,战果累累,此次却栽在八路军手中;气的是八路军在他赫赫有名的声誉上蒙上了不可磨灭的耻辱和难以洗刷的污点。

阿部咬牙切齿,决心与杨成武决一雌雄。

为出这口气,第二天一早,阿部就率领部队向雁宿崖扑来。

由于报仇心切,一路上,阿部头脑里乱哄哄的。

此时《朝日新闻》女记者川崎秀子找到阿部,请他谈谈关于如何运用迂回战术,破除八路军游击战。可是雁宿崖战斗的惨败,他的心情极坏,找了个借口搪塞过去了。

11月5日下午,他们到了龙虎村,阿部令部队就地休息,川崎又站在阿部面前,要求阿部回答她昨日提出的问题,阿部见推脱不了,只好点点头说:"可以,可以!"

川崎迅速取出笔记本。

"智慧是命运的征服者,同八路作战要用脑子。"阿部倒背双手,一边踱步一边说,"抓住战机,迅速采取迂回包围,再穿插分割敌人,是我皇军与八路军作战的基本战术,最大的特点是突然性和速决性大。"

"将军阁下,你能否举例说明?"

"这个……"阿部语塞,他知道吃了败仗,谈这个问题是不适宜的,发表出去将会遭到同僚们的讥讽。

突然,阿部想了个脱身之计,便笑着对川崎说:"小姐,今晚我们要赶到银坊,明晚将在雁宿崖决战。现在,我有很多事要处理,能否等决战后再谈。"

"那好吧!"川崎悻悻地望着阿部跳上了吉普车,向白石山方向驰去。

白石山,是个美丽的地方,有一个向阳背风的山坳——野花坡,这里一年四季鲜花盛开。

阿部每次出征来到涞源附近,不论战事有多繁忙,他都要抽空来此一游。

吉普车一进山坳,阿部就叫驾驶员停车,他走下车,一面欣赏芳香的奇花异草,一边扭过头,对应他召唤而匆匆赶来的川崎说:"川崎小姐,你看,这风景与我们的富士山相比如何?"没等川崎回答,阿部指着山坳又说,"这里从初春到晚秋,甚至在冬季,都是一个五彩缤纷的奇妙世界。冬天的兰花;春天的樱花、山桃花、杜鹃花;夏天,开满了桔梗、旱金莲、大黄花;秋天,则是满山遍野的野菊花。"

此时,正值深秋,漫山的金黄色野菊花,远远望去,犹如一层金黄的地毯,微风一吹,清香四溢。站在这美丽的鲜花丛中,有如身置仙境之感。

川崎拍着手,高兴地说:"真是太美了!"她指山上的粉墙青瓦,飞檐立柱的亭阁问:"这是古代的皇宫吗? 听说春秋战国时期,曾有三个皇帝在这里修筑过行宫呢!"

"是啊,这方圆几十里,有62亭,36庙,姜太公、秦始皇、唐太宗,还有乾隆,听说他们每年冬天都要到此一游。"阿部兴致勃勃地说,"据我爷爷说,秦始皇派往日本的友好使者徐福,就在此祭天出征的。"

川崎说:"我爷爷也说,中国和日本是一对好朋友,我们怎么同老朋友打仗呢? 还听人说我们的祖宗来自中原来自黄河两岸。"

阿部听到她这一问,一下子回到了现实中,立即拉下脸说:"这个问题我们不能讨论。"

然后,阿部抬手看了看表,说:"时候不早了,我们快赶路吧!"说罢,邀川崎坐了他的车。

当晚,他们到达雁宿崖。

阿部立即召集作战会议,他对大家说:"几天前,辻村大佐在此遇难,八路军正在疯狂地庆祝他们的胜利。我们这一路的行踪,他们也一定侦察到了,只不过,他们一定以为我们是来收尸的,因此——"

阿部打住话头,扫了一眼众人,得意地说:"我们来个将计就计,在此伏击。我决定:将兵力分散,驻在银坊、西流水、雁宿崖、司各庄一带。一处发现八路军,大家便集中火力攻之。"说罢,他一一分配了4个大队的任务。

"报告!"绿川大佐说,"寻找辻村大队官兵遗体的工作何时开始?"

"从现在开始!"阿部狡诈地说,"你们每人举一枚火把,将黑夜照得通亮,让八路军看清楚一点。"说罢,"嘿嘿嘿"地干笑几声,眼中露出杀气,咬着牙说:"我就不相信八路不上钩!"

阿部一声令下,日军纷纷出动,他们在银坊、西流水、雁宿崖、司各庄一带烧杀抢掠。

此时,译电员递来一份电报,是桑木师团长从保定发来的。电报说,此次行动本来是桑木亲自组织独立混成第二旅团、第三旅团、第四旅团、第八旅团,统一于11月8日,兵分7路,向晋察冀根据地的一次'大扫荡'。而阿部擅自提前行动,打乱了计划,命令阿部接电后,返回张家口整顿。

阿部看罢电报,不知所措地愣住了。

半晌,阿部慌慌张张从皮包内找出前几天桑木的一份电报,仔细一看,果然是8日,可是由于译电员马虎,这个8字写得十分潦草,模糊不清,阿部竟看成了3日。

这怎么办？阿部一阵慌乱,心里如十五个吊桶打水——七上八下。

阿部重重地叹了口气,自语道:"完了,桑木本来与我不和,这下把柄抓在他手里了,他一定会整我的……"

就在阿部胡思乱想之时,绿川大佐喘着粗气站到他面前,报告说,发现八路主力,先头部队已在梁村、司各庄与八路交上火,战斗激烈。

阿部听完报告,又是一阵焦虑不安。这一下,他是进退两难,打又违抗命令,不打又接上火了。怎么办? 他焦急地在屋里踱来踱去。

半响,阿部下定了决心,便对丰田参谋长说:"我们现在只有硬着头皮上阵,打赢了,也许能将功补过。命令银坊、西流水、雁宿崖、张家坟部队,成扇形队伍向梁村、司各庄迂回前进!"

小炮手将大将军送上黄泉路

从雁宿崖到司各庄是一条弯弯曲曲的峡谷,汽车无法行驶,阿部他们只能弃车而行,日军的大皮鞋走在满地尽是大大小小的鹅卵石上,不是被滑倒,就是鞋子掉在石头缝里,此时天公不作美,蒙蒙细雨增加了他们行军的艰难。因此,一段7里路程,本来用不了一小时就可到达,现在,他们却用了两个多小时。

他们到了司各庄,阿部却没见到八路军一个人影,不由得怒气冲天地问绿川:"人呢? 八路军呢? 这到底是怎么回事?"

绿川神气活现地说:"八路军害怕皇军,打了几枪便向黄土岭方向去了。"

阿部立即拿起望远镜,果然,黄土岭上空浓烟滚滚,碎石飞溅。

阿部立即挥挥手,说:"快,命令部队向黄土岭进攻。"

待到他们赶到黄土岭,已是黄昏,淡淡的紫霞映红了山峰,山谷光线渐渐暗淡,夜色越来越浓。

阿部赶路出了一身汗,现在是又冷又饿,心里十分不愉快,他左顾右盼,仍不见八路军一个人影,这一下把他气得吹胡子瞪眼,骂道:"八路的,太狡猾!"

这时,参谋长听阿部说还追,便走上前,小心翼翼地说:"将军阁下,现在天黑路滑,小心上八路的当,我们还是就地宿营,等天亮再说吧!"

此时的杨成武身在何处呢? 杨成武此时正守在电话机旁,对于敌人的一举一动,他均了如指掌。可是,他只知道独立混成第二旅团主力1000多人向黄土岭进攻,却不知道为首的是阿部这么一个日军大人物。

半小时前,杨成武接到担任诱敌深入的一团报告,鬼子已全部在黄土岭、司各庄宿营。他立即与高鹏、黄寿发分别通过电话下达命令:一团、二团、十五团在寨坨、煤斗店集结,卡住敌人东进道路;一二〇师特务团、三团占领黄土岭及上庄子以南高地;二分区的二团绕到黄土岭西北,尾随敌后前进。

就这样,五个团1万兵力瞬间将黄土岭、司各庄围了个水泄不通,此时鬼子却正在呼呼大睡呢!

第二天早饭后,鬼子如爬行的蜗牛,向东移动,直至下午3点,才全部脱离黄土岭。此时的杨成武就像熟练的魔术师,随着他的指挥棒,战场渐渐起了质的变化,说时迟那时快,突然,一支人马不知从何处冒出来,迎头杀向敌人,就在敌人惊慌之时,早已守候在敌两侧与后尾的部队也同时合击,把敌人团团围住。敌人如进了一张大网,进退不得,只得就地抵抗。

打了一会儿,阿部带着指挥所到了路边校场村,召开紧急会议,会议决定:一、立即发电报给桑木师团长,陈述被围实情,请求派兵解围;二、集中兵力向来路方向突围。

电报发出半小时后,保定、石家庄方向传来了飞机的轰鸣声,敌人派出20架飞机增援。可是,整个黄土岭、司各庄上空硝烟弥漫,加之细雨蒙蒙,整个天空犹如一团团吹不散,赶不走的黑棉团,飞机的能见度极低,只好盘旋了十几圈后,摇晃着翅膀飞走了。

一团长陈正湘,手持望远镜,正在向校场村方向瞭望,他发现一群敌军官正在观望前方山头,其中一个满脸胡须的军官,手持军刀,坐在湿漉漉的大石头上,在他的左右有两个军官正在跟他报告什么,气派不小。像这样子,一定是个不小的官。

陈团长分析对面一定是敌人的指挥所,却不知道那个气派不小的人究竟是谁,他立即命令炮兵连长杨九秤,向敌军官开炮。

杨连长命令李二喜以迫击炮对其射击,李二喜手起弹出,连发两弹,炮弹不偏不倚击中小院,

当时,陈正湘没有想到,这群人正是阿部和他的下属。

阿部正欲说话,“轰隆隆”几发炮弹从天而降,在敌军官群中开了花,敌人顿时倒下一片,阿部也倒在血泊之中,绿川大佐断了一条胳膊,川崎的左眼被炸瞎。

这时,一群士兵围上来,阿部用力睁开双眼,无力地说了句:“快发电报给桑木,派兵来……”话没说完,就断了气。

这个在日军中战功赫赫的52岁将军,做梦也不会想到,最后竟败在一个25岁的中国年轻指挥官杨成武的手中。一个52,一个25,同是两个数字,只是排的位置

颠倒了一下,25 打败了52,纯系巧合。

敌人失去了指挥官,极度恐慌,几次突围未成。

第二天清晨,桑木派来 10 架飞机,投下几十个降落伞,送来了粮食弹药,桑木的副参谋长——少将片山伍郎带着 5 名军官,也降落下

八路军的炮兵

来。他们是奉命来指挥突围的。

战斗一直进行到第二天上午。战斗结束时,除少数日军突围外,共歼灭日军一千五百余名。

11 月 12 日,《朝日新闻》用第一版整版报道了阿部阵亡的消息,在粗粗的黑框中,刊登了阿部的戎照、生平,以及日本国降半旗致哀,政府官员和军界 20 多位将军亲赴东京车站,迎接阿部中将的骨灰和吊丧的消息。消息内容是:

本报华北前线记者川崎秀子报道:11 月 7 日,富有山地作战经验的阿部规秀中将,亲率精旅,冒雨酣战,官兵争先冲杀,战至中午,皇军完全置于必胜位置。下午 4 时,不料敌军炮弹从天而降,将军右腹和双腿负伤,但他未被重伤屈服,大声疾呼,要坚持打下去。中将负伤后,晚 7 时 50 分,壮烈阵亡。

击毙阿部规秀的李二喜当时只有 18 岁,高高的个子,长长的脸上的一双大眼睛水汪汪的,就像个大姑娘,平时不善言谈,但要说他的军事训练成绩,在全连是数一数二的,射击的命中率很高,连长给他起了个外号叫李百中。他击毙了阿部规秀将军之后,上级领导怕日本特工暗杀他,要求全连封守住这个消息,决不能透露出去。1952 年,李二喜转业后,上级仍要求他始终保守住这个秘密。那时,广东敌特活动十分频繁,上级曾向有关领导发出口头指示,要保护好李二喜。为了安全起见,李二喜也将自己的名字改为李二玺。改革开放以后,李二喜的子女知道了这件事。他对子女说:"我做的那件小事(指击毙阿部规秀)不值得张扬,比起牺牲的战友,我能活着亲历时代变迁已很幸福,没有什么值得显摆。"李二喜多次告诉亲友,不要轻易告诉别人自己当年的"神炮故事"。

他的故事,直至 2005 年才为世人知晓。2010 年 3 月 26 日晚,英雄病逝于广东

省韶关粤北医院,享年89岁。

当年7岁的陈汉民,是阿部规秀毙命时的目击者。他回忆说:"一发炮弹在屋门口爆炸,弹片飞进屋内,将阿部规秀和其他几个鬼子炸死、炸伤。"几十年后,阿部规秀的葬身之地——离黄土岭不远的寨头村这座由三面房屋组成的独立小院已被作为历史见证保留下来。

1939年11月,八路军晋察冀第1军分区杨成武部在黄土岭击毙敌"名将之花"阿部规秀中将,司令员聂荣臻(左一)在杨成武(左二)陪同下,检阅参战部队。

在八路军晋察冀军区司令部,聂荣臻拿着电话,对杨成武说:"成武,毛主席、朱总司令打电报祝贺你啦!"

"是毛主席、朱总司令来电祝贺?我们没做什么大事,怎么惊动了

八路军一二〇师主力缴获的部分战利品

延安毛主席呢?"杨成武不相信自己的耳朵,重复地问了一句。

"是的,这次黄土岭战斗,你立了一大功啦!"

"什么大功?"

"延安听到东京电台广播说,黄土岭战斗,你们打死了阿部规秀中将,了不起啊!"

"中将啊,我的乖乖!"杨成武惊喜地大叫起来。他说,"聂司令员,这是军区首长亲自指挥的战果啊。"

"小鬼,我们可不和你抢功哦!"聂荣臻开玩笑地说。

黄土岭战斗后,全国各地贺电如雪片般飞向杨成武司令部。

第五章

彭德怀百团荡寇,切断日军交通线

百团大战,是八路军和华北人民群众,于 1940 年 8 月至 12 月在敌后战场,向侵华日军发起的一次重大战役行动。

百团大战开始起因于一份普通电报。1939 年 12 月,冀中军区政委程子华,政治部主任孙志远给总部一份电报。程、孙二人在电报中说:敌最近修路的目的同过去不同,其修法是以深沟高垒连接碉堡,而且高出地面五尺,两旁沟深一丈左右,沟底宽六尺,沟面一丈六,其目的是把根据地划成不能相互联系的孤立的小块。

朱德看了电报,对彭德怀说:"鬼子搞什么名堂?"

左权说:"我前两天听到刘伯承说,鬼子要以铁路为柱,公路为网,据点为锁,对华北军民实行'囚笼'政策。"

"这样下去我们部队还怎么活动?"彭德怀气得拍着桌子说,"你通知各部队,要他们密切关注敌人动向!"

从这时起,八路军总部领导常常在一起研究如何阻止敌人疯狂筑路挖沟行动。春节一过,朱德、彭德怀便下令各部对敌人筑路的起止地点、修筑方法和敌人守备兵力进行侦察。4 月 1 日,朱德、彭德怀就发布命令:要求各部从 4 月 10 日起,对敌人的交通线发动一次总破袭。

命令下达的第二天,毛泽东给彭德怀一封急电,说蒋介石已下决心,挂抗日招牌,做剿共的事实。要八路军总部率兵南下华中,打通与新四军陈毅的联系。

当务之急,要对付蒋介石的反共磨擦,朱德赶到洛阳,同卫立煌谈判。接着,朱德又回到延安,准备开七大会议。发动交通破击战一事便暂搁了下来。

罗瑞卿纵论天下事

转眼到了夏天,中共中央在"七·七"事变三周年大会上,号召全党全军克服投降危险,争取时局好转,争取友军继续抗战。此时,中共中央重庆办事处来电建议,八路军在敌后打一个大胜仗。加上国际大环境的氛围,彭德怀旧事重提,开始酝酿如何打胜交通破袭仗。这天午后,彭德怀边扇扇子,边听作战科长王政柱汇报这几天的敌情。当王政柱汇报到自今春以来,日军频繁"扫荡",华北根据地大部分城镇被日军占领,只剩下太行山的平顺、晋西北的偏关这两个县城时,彭德怀咬紧嘴唇,胸膛不停地起伏,脸色铁青,他显然是为局势的严峻恶化而忧虑。

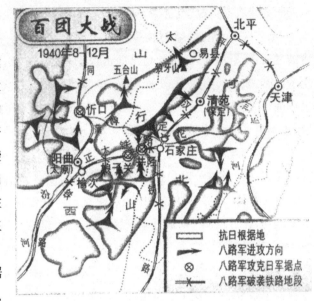

百团大战形势图

彭德怀打断王科长的话说:"停停。"然后丢开扇子,拿起红笔在地图上做上记号。

王政柱汇报,彭德怀不时地做记号,足足过了两个小时,王政柱汇报完毕,彭德怀盯着地图研究了一阵,然后说:"王科长,你把罗主任叫来。"

罗主任就是新上任的政治部主任罗瑞卿。罗瑞卿,四川南充人,红军时期担任过闽西红军团参谋长、红四军的师政委和红一军团的保卫局长。来总部之前,他是抗日军政大学副校长。这年5月,朱德离开总部赴延安,朱德向毛泽东、张闻天建议,为加强八路军政治工作,派罗瑞卿、陆定一担任八路军政治部正、副主任之职。

当彭德怀听到罗瑞卿的报告声后,连忙招呼他说:"快请进来!"

身材颀长俊逸、潇洒脱俗的罗瑞卿迈进门槛,闪着一双机灵的眸子问道:"彭老总,你找我有事?"

"真是贵人好忘事啊,你忘啦?"彭德怀面孔一板说,"你一上任,我们不是订过君子协议嘛,每隔5天,你向我介绍一次国内外重要新闻,今天不是第五天了吗?"

罗瑞卿笑笑说:"彭总,不是我忘了,而是你抢着过日子,提前了,上个月30日才介绍过,今天是7月2日,只隔了两天嘛!"

"哦!对对。"彭德怀一拍脑门,"你看,我这几天忙糊涂了。但是,你既然来了,这两天如果有新情况,也可以聊聊。"

"有!"罗瑞卿打开笔记本,翻了几页说,"这几天欧洲大战有新进展,希特勒侵占波兰后,推行他的'黄色计划',向西欧各国猖狂进攻,德国调集350万兵力,以空军为前奏,装甲兵为先导,全面出击,击败比利时、荷兰、卢森堡,直取法国;意大利又参战,法国政府顶不住,宣布投降了,戴高乐将军飞到伦敦,成立了自由法国委员会,正筹集军队积极抵抗。"

"英国情况如何?"

左权插话说:"英国的张伯伦对希特勒的侵略,采取绥靖主义政策,同希特勒、墨索里尼签订《慕尼黑协定》,以牺牲捷克来换取希特勒进攻苏联。张伯伦的绥靖政策遭到人民强烈反对,最近被迫辞职下台,由财政大臣丘吉尔继任首相。丘吉尔一上台,就组织皇家空军大战德国空军。"

彭德怀说:"据说丘吉尔不讲究衣着,整天叼着烟斗,想不到他一上台,就和希特勒大干起来,英国还是有希望的。"

"丘吉尔早年既当过陆军将军,又当过海军将军,干得很出色。"罗瑞卿笑着说,"所以说,人不可貌相,海水不可斗量嘛!"

"是的,是的!"彭德怀很同意这个观点,继续又问,"南京、重庆方面还有什么消息?"

罗瑞卿默想了片刻说:"南京日军总部为了促使蒋介石投降,最近采取了三个大动作:第一,中路向重庆进攻,湖北荆门、江陵、沙市失陷,日军飞机几乎天天轰炸重庆;第二,北路准备8月从华北调两个师团兵力进攻潼关、洛阳、西安,截断西北国际交通线;第三,南路派兵由越南进攻昆明。"

"今天介绍的消息非常重要。"彭德怀概括地说,"给我的印象是希特勒在欧洲春风得意,日军企图乘德军闪电战的暂时胜利,加紧对国民党的攻势,国民党在日军政治诱降和军事压力下,莫衷一是,投降活动加剧。"

左权以询问的口气说:"罗主任,依你估计,蒋介石在日军高压政策下,会不会步汪精卫后尘,成为汪精卫第二?"

罗瑞卿沉思片刻,说:"刚刚结束的国民党五届六中全会上,就和战问题进行过激烈的争论,主和派认为,'七·七'事变以来,国民党军队伤亡200万,相当于战前军队的全部。随着一些大城市的失陷,中国工业丧失百分之九十,加上日军封锁滇缅、滇越公路,外援的道路被卡死,中国再没有能力打下去了,主张投降日本。但蒋介石属亲美派,会上没表态。蒋介石举棋不定,在和战道路上徘徊。这个人善于观察,他是在等美国、苏联的态度。"

彭德怀点点头,转身问旁边的左权:"你也谈点看法,蒋介石处于什么状态?"

"我同意罗主任的分析。"左权说,"蒋介石处于观望之中,他寄希望于苏联的支持,也盼望日美战争爆发,美国插手解决亚洲问题,让日本投降。如果那样,国共就会由合作变成大规模内战,我们还要再打几年内战,才能彻底解决问题。"

"美国插手亚洲,战局会根本扭转,我们不怕内战,只是——"彭德怀顿了顿,不无忧虑地说,"现在我们担心蒋介石倒向日本,日蒋合作全力反共,我们的处境就危险了。因此,我们就是要千方百计,促使老蒋坚持抗日,这样,我们才能挤出时间扩大根据地,发展武装。"

罗瑞卿用肯定的语气说:"我估计老蒋受着各种因素的牵制,在一两年内不可能投降。蒋介石老谋深算,关键时刻,他会三思而行的。据说,日本人请北洋军阀吴佩孚出来担任华北自治政府主席。吴佩孚虽一口答应了日本要求,但他在电台上对北平市民发表就职的演说,却出乎日本人意料之外。演说中,他愤怒揭露日本政府的侵华野心,提出日本军队全部退回日本,中国土地上没有日本的一兵一卒时,才就任华北政府主席。这真是把日本人气得七窍生烟,他们的希望成了泡影后,恼羞成怒之下毒死了吴佩孚。蒋介石如想投靠日本人,他要想一想后果,连吴佩孚这个老军阀都有民族气节,他投降日本,不怕被全国人民和世界人民耻笑吗?不怕引起公愤吗?"

"上次那个文件上提到,最近国共双方举行谈判,这事进展怎样?"彭德怀问道。

"国共会谈人选,延安方面是周恩来、叶剑英,重庆方面是何应钦、白崇禧。会谈内容是讨论中共提出的八个问题:一、保证各抗日党派的合法存在权;二、释放在狱中的共产党员,解除对中共刊物的出版限制;三、承认中共游击区的地方政权;四、组成陕甘宁边区23个县的边区政府,以现任边区主席林祖涵为边区政府主席;五、八路军扩编为三个军九个师,新四军扩编为三个师,所属游击队同各战区游击队享受同等待遇;六、八路军、新四军与中央军划分地区范围,使之合法化;七、八路军、新四军的待遇要同中央军一样;八、共产党应有冀、察两省的行政领导权和其他游击区的行政权。"

"谈判结果如何?"

罗瑞卿微微叹了口气说:"不仅没有结果,蒋介石反而变本加厉反共,他要八路军、新四军全部开到旧黄河北岸。"

"开到旧黄河北岸?"一旁的王参谋大惑不解地说,"老蒋打的是什么算盘,他要我们到旧黄河北岸干什么?"

陆定一不知什么时候站在彭德怀身旁,插话说:"干什么?'司马昭之心,路人皆知。'老蒋要我们开到旧黄河狭小地带,借刀杀人,让日本人一举全歼,向日本人讨好呗。"

罗瑞卿一边点点头,一边继续说:"国民党军委会政治部长陈诚,最近在重庆、恩施、昭关到处造谣,说八路军、新四军在敌后游而不击,抗战三年无一伤兵,团长以上领导没指挥打过鬼子……"

"放他的狗屁!""嘭"一声,彭德怀一拳砸在桌上,茶水洒了一地。他腾地站起来,怒目圆睁,双手叉着腰,气呼呼地在屋内来回走动,骂道,"蒋介石、陈诚亡我之心不死。他俩是谣言公司的经理。八路军经历大小战斗九千余次,牺牲将士三万六千多人,三个师长中林彪、贺龙负伤,仅团以上领导牺牲三十多个,他们竟还说我们无一伤兵!他们简直是睁着眼睛说瞎话,无耻之极。"

说到这里,彭德怀停顿少顷,转身对左权说:"我提议,发动一场大规模战斗,这一仗要震动全国,震动世界,要牵制日军进攻重庆、西安,要让蒋介石看看,中国抗战胜利有希望,要迫使他继续抗战,要让那些投降派,谣言公司的经理、副经理们看到,八路军在敌后浴血奋战,忠于国家民族,忠于人民解放事业,抗日的进步势力正在增长,大家要团结一致,争取时局好转。"

"好!"在场的几人都一致同意。

左权迫不及待地问:"彭老总,你看在什么地方打?什么时间打?"

"大家开动脑筋,思考一下,明天上午我们讨论战役的具体地点和时间。左权负责作战,要准备重点发言。"彭德怀交代说。

彭德怀瞄准交通线

第二天吃过早饭,作战会议开始。

左权分析了华北地区敌我态势后,说:"华北日军由于兵力不够和供给困难,正在推行以战养战的政策,而要推行以战养战,必须依靠交通。铁路、公路对于日军来说,犹如人体之大小血管,据点则如淋巴腺。倘使我们发动一次交通战,切断敌人大小血管,可以阻止敌人运输中国人民的膏血去营养他们,使其日趋消瘦枯朽。这对改变当前局面和我军的长远军事、政治、经济建设,都有着重大意义。我切断敌人的交通,还可以阻止他们调兵进攻西安。"

罗瑞卿插话说:"古今中外许多战例说明,交通往往是战役胜败的枢纽。在现今的欧战中,苏、美、英、法、德等国家,都是先用飞机炸毁对方的铁路、公路和港口设施,断绝对方交通。日军侵华战争一爆发,就提出保障交通的口号。他们一方面在中国到处修铁路筑公路,另一方面又设法破坏我们的国际交通线滇缅公路,造成我国经济危机,逼我投降。"

彭德怀说:"对,瞄准交通线。华北地区的津浦路、平汉路、正大路、同蒲路、北宁路、白晋路、平绥路、德石路等重要干线,均在敌人控制下。敌人大修公路、铁路,构成网状,是要把铁路当作柱子,把公路当作链条,据点就是连结柱子、链条的锁,这就构成了囚笼,敌人想把我们装进囚笼里,尔后慢慢地拉紧链条,把我们困死在笼子里面。日军的囚笼政策好狠毒啊!"

彭德怀说到这里,指着地图又说:"我们发动一二○师、一二九师、晋察冀军区、山东纵队,对华北的 7 条铁路线和 15 条公路,进行大破击,在同一时间内统一号令破路,对铁路公路沿线的据点进行袭击,能拔除的据点尽量拔除,把'柱子''链条''锁'统统砸碎,这样就可彻底粉碎敌人的囚笼政策。"

大家点头赞同,王政柱迅速一一记下了大家的讲话要点,并将各部队任务整理成作战命令,递给彭德怀过目。

彭德怀看罢,又对着地图深思起来,大约过了 5 分钟左右,他才抬起头,严肃地说:"此战在整个华北五省同时进行,范围之广,战线之长,投入兵力之多,都是前所未有的,而且我们将由小打小敲的游击战变为大兵团的进攻战,昔日的'扫荡'者成了被'扫荡'者,这一仗是我们八路军扬眉吐气的一仗。"

说到这里,他放慢速度,一字一句地说:"但是,这一仗牵涉到作战方针的改变,朱总司令员不在,我们要冷静地再三考虑,这一仗是否值得打? 这一仗的得失如何? 大战之前,我们要尽量考虑周密。为慎重起见,作战命令暂时不下发,先请左权同志到一二九师去一趟,当面征求刘伯承、邓小平意见。我同刘、邓长期共事,相知甚深。刘邓二人做事大胆又谨慎,且站得高看得远,称得上战略家。他俩如同意,我心中的一块石头就可以落地了。如果刘、邓没意见,还要召开一次会议,进一步统一认识,那时再发战役命令?你们觉得如何?"

大家一致赞同。

会后,左权骑上大白马,向涉县赤岸村一二九师司令部奔驰。

三个多小时后,左权来到一二九师司令部,顾不上喝一口水,用衣袖抹抹头上的汗水,向刘伯承、邓小平一口气转达了总部的设想和计划。

　　邓小平听后,弹掉手中的烟灰,低头琢磨了半晌才说:"我双手赞成总部的设想。重庆政府面临日军飞机轰炸,吓破了胆,悲观情绪严重,出现了空前的投降危险;我们根据地几乎被敌人占领的铁路公路包围起来了,出门是敌人公路,抬头是敌人岗楼,出现了空前的困难时期,现在很需要打几个空前的大胜仗,鼓舞斗志,扫除愁云,改观当前的局面才是。"

　　"我认为早在今春就该打这一仗了。"刘伯承接着说,"华北地区 7 条铁路大动脉,这么长的铁路,除平汉路、津浦路外,不少是日本人逼迫中国老百姓造的,日本人利用中国人修铁路,来消灭八路军,这就叫'木匠做枷,自作自受'。现在铁路、公路纵横交错,据点密布,我们再不破坏敌人交通,就将四面受敌,无路可退了。前几年开辟的根据地,现在都被敌人破坏得差不多了。况且,举行大规模交通战,我们有利条件多,许多部队本来就活动在铁路、公路两侧,举行破击战,就像牛在沟里吃草那么容易。敌人修一条铁路要三五年时间,我们一个晚上或几个晚上就可以破坏掉,这种费力小、收效大的事早该做了。"

　　几天以后,八路军近百名高级干部,受命冒着酷暑,策马赶到河北省涉县温村天主教堂,进一步讨论举行大规模交通战方案。

　　会议只开了一天,就统一了思想,大家一致认为,为了挽救蒋介石军队的投降危机,时值青纱帐季节,举行大规模交通战完全必要、非常适时。

　　为了出其不意地打击敌人,彭德怀反复强调各部队要办好 5 件事:一是侦察工作;二是战前兵力、物资和收治伤员的准备;三是要求做好保密工作;四是组织民众参战;五是教育各级军政指挥员,严肃战场纪律,坚决执行命令。

　　7 月 22 日上午,左权将作战科起草的《战役预备命令》送到彭德怀手中。

　　彭德怀连看两遍,对左权说:"你坐下,我们谈谈。"

　　左权见彭德怀脸色严峻,凭经验,知道有重要事情,便拉过一张凳子,在彭德怀身边坐下,低声问道:"彭总,有什么事吗?"

　　"你说有什么事谈?"彭德怀反问一句。

　　左权心里"咯噔"一下:这是什么意思?是你先说有话要谈谈,怎么反而问我有什么事谈?

　　左权望着彭德怀,见他刚才还严肃冷峻的脸上,突然出现了奇怪的微笑,不禁愣住了。

　　左权深知彭总的性格,他刚毅果断,荣辱不惊。而这几天显得犹豫不决,判若

号弹!"

8时正,几乎是同时,整个华北大地,西起太行山,东止东海,北起长城,南止黄河,一颗颗数不清的信号弹腾空而起,把夜空点缀得美丽灿烂,犹如大年三十升起的五光十色的烟花。

信号弹升起的瞬间,万炮齐鸣。一门门大炮向着敌据点、车站发出愤怒的吼声。铁路、公路、桥梁旁边早已埋好的炸药也一声接一声地爆炸,排山倒海的喊杀声,更是震耳欲聋,整个华北地动山摇,烈火熊熊,映红了天空。随着一声接一声的爆炸声,一个个据点塌了顶,一个个车站在燃烧,一段段铁路被炸毁。

战斗打响后不到半小时,八路军总部电话铃声,便清脆悦耳地响个不停,胜利的喜讯一个接一个传来。

第二天午饭后,王政柱兴奋地向彭德怀汇报:"报告彭老总,已攻克五十多个据点,破坏五千多公里铁路,二百五十多公里公路。"

抗日军民破坏铁道展开破袭战

"好!"彭德怀有力地挥动着右臂说,"你立即统计一下参战兵力!"

"是!"王政柱立即拿起算盘,口中念道:"正太路35个团,平汉路卢沟桥至邯郸段15个团,德石路12个团,同蒲路大同至洪洞段12个团,津浦路天津至德州段4个团,邯郸至济南公路3个团,代县至平定公路7个团,忻县至静乐公路8个团,再加上其他部队,共计105个团,参战部队二十余万,参战民众两百多万。"

左权双眼放光,兴奋地说:"好,我军百团参战,你们作战科要仔细统计准确,好好核对数字。"

"对!"彭德怀一拍桌子,面露喜色,激动地说:"百团参战,嗯,这次战斗就叫百团大战吧!这名称叫得响,有声势,有威力,从现在起对内、对外就称百团大战怎么样?"

就在这天,彭德怀和左权拟电文发各兵团,并报中央军委,将此次破袭战役定名为百团大战。

猛虎袭狼群

骄狂的日军怎么也没预料到,八路军会发动这么大规模的战役,他们在突如其来的打击下,惊恐万状,束手无策,想调动部队路不通,上级不了解下级情况,下级得不到上级的增援,就像热锅上的蚂蚁,乱成一团,拼命拍打电话机,一架架电话,却像个聋子的耳朵——摆设。

21日上午,驻太原的第一军司令部筱冢义男中将司令官,见电话铃响了,抓起电话只听对方说:"正太路遭到不明番号的中国军队攻击……"话没说完,电话断了,他以为是小规模的战斗,造成线路不畅,没有介意。

整个上午就接到一个讲了一半的电话,司令部里一片宁静。午饭后,筱冢义男问通信部长小岛信夫,电话线接通没有,小岛信夫摇摇头。

筱冢义男心想,自担任军司令官以来,司令部不分白天黑夜,都是忙忙碌碌,非常紧张,从未出现这样的平静。这到底是出了什么事?一阵困惑之后,突然在这死一般的宁静中,一种不祥之感袭满全身,他急忙大声呼喊:"参谋长,参谋长!"

"到!"参谋长田中隆吉突然听到这刺耳的叫声,吓了一跳,慌慌张张地跑来问,"报告司令官,有何吩咐?"

"你赶快坐飞机检查一下正太路情况。"

"是!"田中隆吉奉命上了飞机,出了太原城便向东飞去。

他从舷窗向下一看,只见下面烟雾弥漫,再向前飞,俯视正太路,映入眼帘的是,从太原至石家庄的铁路成了一条巨大的火龙,日军在正太路每隔两里一个炮楼,沿路所有炮楼都起火冒烟,再飞到寿阳、阳泉上空,也是一片火海,枪炮声响个不停。

田中隆吉一惊非小,立即用无线电向筱冢义男司令官报告。筱冢义男大吃一惊,心中明白了,原来是八路军发动了大规模的破击战。

筱冢义男急得满头冒汗,挥舞着指挥刀调兵遣将,妄图增援正太路,但为时已晚。铁路、公路全被破坏,援兵行走缓慢,而且走到哪,就被八路军阻击在哪。筱冢义男犹如水牛掉井里,有劲没处使,只能嗷嗷叫。

战斗打响后,最早被攻克的日军大据点便是娘子关。

娘子关地处山西平定县城东北40公里,是长城著名的关隘,出入山西的咽喉。据说唐太宗妹妹平阳公主率兵驻此,创建城关,故名娘子关。石家庄至太原铁路顺山峡蜿蜒到此，每当旅客坐火车到娘子关，临窗远眺，关隘耸峙，飞瀑奔泻，散缕似珠，蔚为壮观，又称水帘洞，明代文学家王世贞有"喷玉高从西极下，擘崖雄自巨灵来"的诗句赞誉此景。

由于娘子关地势险要，是历代兵家必争之地。经历代修筑，工事坚固完备，大有一夫当关，万夫莫开之势。驻守在这里的日军，是独立混成第四旅团娘子关警备队。

说来也巧，8月20日正是警备队长池田少佐生日，旅团的慰安妇也奉命前来慰劳，士兵们在浪荡的笑声中乐了一天。晚上，除个别士兵怕热在外面乘凉外，大部分都聚在池田屋内，庆祝他的40岁生日。一伙士兵，乐颠颠地在天井内放鞭炮，屋内人声鼎沸，笑声不断。池田显得格外高兴，一双眼睛深深地陷在眼窝里，两片胡子像两条黑蜈蚣似的分贴在人中左右。他红光满面，始终笑吟吟地和士兵们一起拍着手，和着慰安妇演奏的乐曲声尽情地唱着。

时过8点，不远处突然传来清脆的枪声。

士兵们顿时面面相觑，池田却不以为然地手一挥说："娘子关是天下第一关，四座碉堡居高临下，八路军做梦都别想沾一点边。"

话音刚落，"叭"又传来一声枪声。池田骂骂咧咧地说："八格牙路，是谁在乱放枪？"说罢，站起身对众人说，"你们继续唱，我出去看看。"

谁知他话音未落，一个尖鼻子士兵慌慌张张跑了进来："报告……报告队长，队长……打了哨兵，大批八路的冲上来了……"

池田板起脸孔说："你的，不必惊慌，什么队长打了哨兵，你的慢慢讲。"

"不不，不是队长打了哨兵，"尖鼻子士兵定定神又说，"是大批的八路打来，哨兵被八路的打死了……"

"别说了，越说越糊涂，"池田没等他说完，便一个箭步冲到墙边，取下指挥刀，挥舞着说，"大家赶快拿枪战斗。"

池田一伙正在混乱之际，八路军已冲进了营房，与日军展开了拼杀。

担任主攻娘子关的是晋察冀军区的五团。他们神不知鬼不觉潜入娘子关村，一枪未放就顺顺当当地俘虏了驻在这里的伪军五十多人，然后依托村庄，向据险顽抗的日军进行强攻，激战到拂晓，攻占了4个碉堡。

二营马营长统计敌人尸体时，发觉打死的鬼子与警备队人数不符，不觉皱起眉头，心中想道，一定有不少的日军躲在暗处。他立即命令大家四处搜索。可是该找的地方都找了，就是不见一个鬼子。

马营长心里纳闷，嘀咕道，难道鬼子成了土行孙，钻到地下去了不成，一边想，他一边四下环顾,不放过一个可疑之点。

突然,他看到一块石头上画着一幅旧式军人的半身像,头上戴着一顶石拱桥式的帽子,胸前写着"仁丹"二字,大大的嘴唇上面是两撇八字胡。

马营长盯着这幅"仁丹",看了半天,突然,他一甩手,嘴里骂道:"狡猾的小鬼子,看你们往哪里逃!"然后有力地挥动着左臂,兴奋地说:"同志们,向左面小山上进攻!"

张连长好奇地问道:"营长,这真是奇了,难道这'仁丹'广告,告诉你鬼子在左面小山上"。

"你说的不错,这不是一般的普通广告,它是日军内部秘密的指路标。"马营长见张连长瞪着大眼,便笑着指着仁丹广告解释说,"你看,胡子两角向上翘,说明此路可通。胡子右角上翘,还是波浪形的,说明左面有弯曲小路通向另一处。"

"哦!"张连长摸摸后脑勺,恍然大悟地啧啧嘴说,"想不到营长还有这一手!"

"哈哈哈,你不知道我当过两年侦察兵呢!"说笑之后,马营长立即率领队伍,向左面走,沿着小山路搜索前进。

走不多远,突然射来一排子弹,大家隐蔽起来观察,发现子弹是从前面山坡上龙王庙射出来的。

原来池田见八路军攻势凌厉,前沿4个碉堡失守后,便带一部分士兵和慰安妇隐蔽在龙王庙。他以为从山下通向龙王庙小路弯弯曲曲,八路军不熟悉仁丹指路标,不会搜寻到这里,谁知刚赶到这里,八路军就追来了。

龙王庙大门紧闭,四个窗户不断射出子弹,门前有30米的平地,如果直接冲进去,在庙门口的平地上,会造成很多伤亡。

马营长被战士称为智多星,没有能难倒他的事。他细心观察后,发现庙门口有两个大香炉,而且香炉上几缕香烟在空中飞扬缭绕。脑子一转,顿时计上心来,他在张连长耳边如此这般吩咐一番。

张连长点点头,立即组织4名投弹能手,准确无误地向两个香炉内投了两颗手榴弹。霎时,手榴弹在香炉内爆炸,香灰飞扬起来,弥漫在庙前上空,面对面看不见人。

说时迟那时快,乘烟雾弥漫之际,张连长带着战士冲进庙内,与日军展开拼杀,不到半小时结束战斗,全歼了娘子关警备队,池田也当场被击毙。

五团占领娘子关后,乘胜破坏了娘子关以东的铁路,割断了电话线。

22日以后,五团连克苇泽关、巨城镇、磨河滩等十几个据点。

吃炸药的人

杨成武指挥的井陉战斗的进展情况怎样呢?

井陉,地处河北省井陉县东北井陉山上,因四周隆起,中央低凹,而得名为井陉。它是山西高原进入河北平原的必经之地。由此原因,井陉也是历代帝王重兵驻守之地。秦王政十八年,秦国大将王翦征服赵国,首战就是从这里打出去的。汉高祖刘邦派韩信、张耳率兵在井陉与赵国作战,击毙赵国大将陈余,活捉赵王歇。元朝农民起义军刘福通,也是在这里被元将蔡孚击败。

日军占领井陉后,派第八旅团中村大队驻守井陉,重点保护井陉煤矿。煤矿四周修筑了几十个大碉堡,架设高压电网,每隔200米的电杆上悬挂着一盏电灯。

8月20日,太阳一落山,杨成武指挥三团钻出沟谷,匍匐前进到矿区边上,等候攻击命令。

天色渐渐暗下来,突然矿区内外灯火通明。这些山区出身的战士,吓得大吃一惊。他们在家从未见过这发光的玩意儿,不知道这是什么东西。

有个叫铁蛋的战士说:"这东西真好玩,又大又亮,不知能不能拿下来玩。"

有个名叫大牛的战士说:"唉,你们都是外行,这不是玩的东西,是灯,可以用来点烟的。"

"哼,我才不信呢!"另一个战士摇摇头。

大牛急了,为了要证实自己的正确,竟然掏出烟杆,装上烟丝,双手抱住电线杆,双脚反剪电线杆,"慢腾腾"地爬了上去。可是,他对着灯光左吸右吸,烟就是点不着,他左看右瞧,发现火在玻璃里面,就用手拼命一捏灯泡,灯泡碎了,灯灭了,他的手也划破了,他只好垂头丧气地滑了下来。

围观的战士们哈哈大笑,大牛不服气,又想往另一个电线杆上爬,这时,连长闻声而来,他担心暴露目标,便低声说:"大牛别闹了,这灯是鬼子毒害中国人的毒灯,男的手一摸就断子绝孙,不会生孩子了。"

大牛喊了一声:"我的娘!"吓得直伸舌头。

就在这时,几颗红色信号弹升上天空,到处响起了震耳欲聋的爆炸声,为首的战士用铁钳剪开铁丝网,第二个战士立即架上大门板,一个个战士踏着木板冲进矿区,向碉堡冲击。

此时,敌人被意外的袭击吓呆了,以为是煤矿发生瓦斯爆炸,一个个探头观望,见四面八方枪声大作,硝烟腾空,数不清的人以排山倒海之势,呼啸着向矿区涌来。敌人有的以为是在做梦,有的则呆头呆脑地干愣着,当八路军冲到面前,喊着"缴枪不杀"时,他们才回过神来。还有的鬼子以为矿工闹罢工,叱喝着不许靠近碉堡。

激战到拂晓,八路军攻占了两个碉堡,歼灭数百名鬼子,炸毁14部机器,10个锅炉,3座鼓风机,两个储水池,一个绞车房,一个机电房,一个火车站,5座铁桥。

被俘的日本工程师石野,流着泪对三团政委王建中说:"一夜工夫,你们八路军造成的损失使这个矿一年都不能修复开工。"

王建中愤怒地说:"你们杀害多少中国人,烧毁多少房屋,我们损失多少钱?你算过这笔账吗?还有,去年夏天,这个矿发生瓦斯爆炸,一下子炸死数百名中国矿工,这个损失你算过账吗?你们恣意掠夺中国的一切资源,把中国的煤日日夜夜运回日本,你们付给中国人多少钱?"

石野被驳得哑口无言,耷拉着脑袋。

中午时刻,打扫战场,部队忙碌着搬运战利品,这时参谋长黄寿发远远看见三连几个战士在吃东西,连忙跑过去问道:"你们在吃什么?"

还是那个叫大牛的战士,高兴地说:"首长,我们找到一大堆炒面,吃起来很香,你快来尝尝吧。"

黄寿发认识不少日文,走上前拿起一包一看,着急地说:"你们别吃了,这不是炒面,是新式的梯恩梯炸药!"

"啊,是炸药!"几个战士同时惊叫起来。

大牛吓得魂飞魄散地坐在地上,哭丧着脸说:"首长,我吃得最多,怎么办啊?我见不到爹娘了。"

"快起来吧,"黄寿发笑着说,"炸药没有雷管引爆不会炸的。这种炸药没有毒,吃一点没关系,只是太浪费了,用来炸鬼子多好呢!"

黄寿发虽然解释说吃点没关系,可是这几个战士哪里相信?他们几个人站在一旁,用手抠着自己的咽喉,"哇哇哇"地吐了一阵,眼泪鼻涕流了一把后,才苦着脸走了。

司令员和两个日本小姑娘

这时,杨成武在指挥所正忙得不可开交,请示的电话一个接一个。他刚放下电话,铃声又响了起来,这是团长邱蔚打来的。

邱蔚说："一营打扫战场，发现井陉火车站日本副站长加藤清夫妇被炸死，遗留下一对女儿，大的五六岁，小的还不会走路，杨司令员，你看怎么办？"

杨成武手持听筒，一时没有回答，一阵怜悯之情袭上心头，又有两个孩子没有了父母，成了孤儿。是谁之过？都是日本战争狂们犯下的罪孽，孩子是无辜的，是受害者。想到此处，他对邱团长说："立即将两个小姑娘送到指挥所来。"

一会儿，门外传来一声报告，两个战士抱着两个小姑娘走了进来。杨成武对着两个孩子仔细端详起来，大的理着短短的男孩头，穿一件又脏又破的小连衣裙，漂亮的脸蛋上挂着泪珠，一双大大的眼睛闪着惊惧不定的目光。那个小的，躺在战士的怀里，已经睡着了，白白胖胖的脸蛋，大概是受了惊吓，四肢还时不时抽搐着。

杨成武怜惜地摸着小姑娘的脸蛋，眉毛渐渐地拧在一起，在他威武英俊的脸庞上，出现了一种慈父般的关切之情，从这对孤儿的遭遇，激起了他对日本军国主义的强烈愤慨，他们不仅给中国人民造成了巨大的灾难，就连他们本国的人民、孩子也不能逃过这场劫难。

这时指挥所的同志都纷纷围拢过来，有人叹息地说："可怜啊，这么小的孩子就在战争中过日子了。"

突然，小姑娘惊醒了，放声"哇哇哇"地大哭起来，怎么哄也不行。杨成武想，大概是饿了吧。于是四下环顾，寻找警卫员陈顺章。发现陈顺章站在不远处，便对他说："小陈，赶快给她俩弄点吃的来，她们饿坏了。"

谁知小陈一扭身，噘着嘴说："我不，杨司令员，这两个日本狗崽子早该打死了，还要弄东西给他俩吃？饿死才好！"

杨成武一愣，不由得怒上心来，他压住怒火，压低嗓门说："小陈，你这种态度很成问题，她们的父亲对中国人民犯下了罪，可是她们没有罪啊！"

"她们没有罪，难道我的妹妹就有罪吗？"陈顺章"哇"地哭了起来，他哽咽地向杨成武哭诉了自己家的悲惨遭遇和自己耳闻目睹鬼子的残暴罪行。那是在小陈参军前，一次鬼子"扫荡"到陈顺章家的村子里，疯狂地杀害了村上 90 多个老人、妇女、孩子，他母亲抱着刚出世的妹妹吓得躲在草堆中，被日军一个中佐搜查到。那个中佐一刀把他母亲刺死，拎起小妹妹剁成碎块，扔进磨盘里，令士兵推磨洒水，将小妹磨成了肉酱。还有一群日本兵，追逐一个孕妇，抓到孕妇拖到屋里，轮奸了这个妇女后，一刀把孕妇肚子剖开，用刺刀挑出婴儿打转转，日本兵乐得拍手哈哈大笑。

杨成武听罢陈顺章的哭诉，半晌没有话说，牙齿紧紧地咬着下唇，拳头紧紧地捏在一起。

大家都沉痛地低着头,一言不发。

后来还是杨成武打破了沉寂,他一边给小陈抹泪水,一边拍着他的肩膀:"小陈,你的不幸,不是日本人民造成的,更不是这个孩子造成的,日本人民和孩子同中国人民一样,都在遭受着战争苦难。这笔账要算在日本政府头上。我们对待俘虏都优待,况且这无知的孩子呢!"

陈顺章止住了哭,默默地点点头。

这时另一个战士不知什么时候,弄来了一盆稀饭,一口一口地喂两个小孩。孩子吃了稀饭后,露出了笑脸。战士们又逗他们玩,她俩见周围的人个个和善,恐惧心情自然慢慢消除了。

杨成武用电话向聂荣臻报告了这件事。聂荣臻要杨成武立即派人把两个小姑娘送到军区指挥所。

一天后,3个战士把两个小姑娘送到了晋察冀军区,聂荣臻一只手抱过小的女孩,另一只手抚摸大孩子的头发,把糖果送到她们嘴里。孩子吃着糖,望着这位慈父般的伯伯,展出了天真的笑靥。她们很快就熟悉了这伙伯伯叔叔们,哇哩哇啦说个不停。

经敌工干部与孩子们对话,了解到大孩子叫美穗子,小一点的叫留美子。井陉车站爆炸时,一房屋倒塌,战士们听到屋内有呼救声和小孩子的哭叫声,奋不顾身地冲进火海,救出了孩子和她们的父亲。她父亲因抢救无效,死在三团包扎所,懂事的美穗子断断续续地说了事情的经过,最后还说了一声"谢谢",深深地向聂荣臻和敌工干部鞠了一个躬。

聂荣臻见此情景,不由得一阵心酸,流下了一串热泪。他派警卫员到附近村庄请来一位大嫂,千叮咛万嘱咐,要她好好照料孩子,又让炊事员给孩子做香味可口的饭菜,还找来饼干和梨子。

几天后,聂荣臻给日本官兵写了封信,诉说了抢救这两个孩子的经过,并要求他们设法把她们送回给日本国内的亲戚抚养。这封信连同两个孩子,很快被送到石家庄日军师团司令部,使孩子回到日本亲人的身边。

事隔40年后的1980年,《人民日报》发表了题为《日本小姑娘,你在哪里?》的通讯,在日本激起了强烈反响。当年的美穗子更是激动不已,她已是三个孩子的母亲。为了感激救命恩人,她专程来到北京,看望聂荣臻和救她的八路军战士。相见后的情景,催人泪下。

中共中央高度评价百团大战

驻阳泉的日军独立混成第四旅团长片山太郎,身体肥胖。8月的天气骄阳似火,热浪逼人,片山头顶湿毛巾,张着大嘴,喘着粗气,嘴里不停地骂着老天爷。好不容易捱到太阳下山,他早早地吃过晚饭,在大水缸里美美地泡了半个小时后,便躺在太师椅上闭目养神,专等翻译官查小勇。

片山有个嗜好,就是他每天晚上乘凉,都要听查小勇讲故事。只要查小勇一开口,他便张着大嘴,瞪着双眼,听得津津有味。在他听得最入神的时候,你千万别打扰他,如果有人此时来报告什么军情,他一定会大发雷霆,轻者被骂个狗血喷头,重者被扇几个耳光赶走了事。

片山正等得不耐烦时,查小勇才汗淋淋地跑来,他匆匆向片山鞠了一个躬,便坐在凳子上,望着片山那肥得要冒油的肚子愣了一阵神,便眯起眼说:"太君,今天故事的题目是:尼姑庵里桃花开……"

"报告!"司令部土田中佐参谋满头大汗急冲冲地跑来报告,"阳泉南面的铁路火光冲天,还有阵阵枪炮声……"

"不可能,不可能!"片山不高兴地摇摇头说,"那火光大概是南面哪个村庄失火了吧?枪炮声一定是哪家老百姓娶媳妇放的鞭炮,别大惊小怪。"说罢,挥挥手赶走了土田,迫不及待地对查小勇说,"你的继续讲。"

"一个朦胧的寂静的夜晚,尼姑庵不远的山坡上,一口大红棺材,没有人抬,没有车子推,自己随风缓缓飘来……"

"报告!"土田参谋又惊慌失措地跑了回来报告说,"通向阳泉警备队的电话不通了,估计被八路军破坏了。"

此时片山脑子里,还是一口大红棺材随风飘来,气得一跺脚从椅子上蹦了起来,指着土田,张口便骂:"电话不通不是常有的事嘛,有什么大惊小怪的呢?明天上午派人去修一修就行了。你走吧,你快走吧!"转脸对查小勇说,"你的大大的好,继续讲,讲到棺材的随风飘来了。"

"棺材随风飘到尼姑庵门口,奇怪,奇怪,真奇怪,棺材盖自己飞上天,从棺材里冒出个骷髅似的幽灵……"

正当片山瞪着牛眼睛毛骨悚然地听到这里,不远处响起了清脆的枪声。

"报告!"阳泉警备队长德江中佐气喘吁吁地跑来报告,"在离阳泉半里路的高

· 151 ·

地发现一千多八路军。"

就像是为了证实德江所说之真实性可靠性,他话音一落,就传来几声巨大的爆炸声,震得大地摇晃起来,接着阳泉街上电灯全熄了,天空一片漆黑。

土田参谋跑来报告,说阳泉火车站和发电厂被八路军炸毁。

"叭叭"片山气得上前打了土田几记耳光,狠狠地骂道:"混蛋,混蛋,发生这样的大事,怎么不早来报告?"

土田双手捂着发烫的脸,嘴里叽叽咕咕,他受这份冤枉,实在不服气。

"报告!"一个马脸军官跑来报告,"街上发现不明番号的假皇军,可能是八路。"

报告的人像走马灯似的川流不息。枪声越来越近,片山百思不得其解,心想,八路军这么大的行动,怎么白天一点迹象都没发现呢?这么多八路军是从哪里来的呢?难道是从地底下冒出来的?想到此处,脸上肌肉阵阵抽搐,他在屋内快速地转圈,思量着对付办法。

突然,他像野兽般地吼哮起来:"赶快通知所有部队抓假皇军,抓八路军,统统抓活的!"

德江警备队长刚跨出门槛,又被叫回来,片山再三关照:"为了区别真假皇军,我们的在右臂上扎白毛巾,凡是没有白毛巾的统统是八路,不要抓活的,统统死啦死啦的。"他用手在颈部一抹,作了个杀头的手势。

德江奉命,心急火燎地去执行命令,谁知他在返回部队时,在混战中被击毙。

这一夜整个阳泉枪炮声没停过一分钟。

天亮时刻,片山才知道不仅没抓到一个八路军,反而误伤了400多人,气得逢人便骂,想反击又怕兵力不够,急得抖动着全身的肥肉,在屋里打转转。

突然,他想起第一一〇师团有800名老兵在阳泉集中,准备复员回国,现在何不把他们利用起来?于是下令立即将这些老兵组织起来,加上阳泉警备队,在20架飞机掩护下,沿铁路向太原方向反击。但是沿途均遭到陈锡联三八五旅的顽强阻击。

21日下午,片山指挥部队攻到狮垴山,连续发起五次冲锋,都没拿下狮垴山。战斗持续到26日,片山的兵力增加到3000人,又调整兵力,派来10架飞机轮番轰炸。最后,又施放毒气,三八五旅防范不及,陈锡联等4位领导和一部分战士中毒负伤。

彭德怀听完左权叙述陈锡联中毒经过,默默地走到地图前,用红蓝铅笔在地图上画了几笔,标定战况,然后眼睛看着门外,大声喊道:"王政柱!王政柱!"

"首长,我在这里。"王政柱从彭德怀身后跑到他面前。

彭德怀用铅笔指着地图说:"你马上与三八六旅陈赓取得联系,了解他们的战况如何,榆次、寿阳敌人有何新动向?"

"是!"王政柱响亮地回答后,转身走到电话机旁,立即与三八六旅参谋长周希汉通了话。然后,向彭德怀报告说:"三八六旅已攻克上湖、燕子沟、坡头、狼峪等车站和据点。榆次、寿阳日军出动两千多人,向正太路东段攻击,前锋部队已达段廷附近。"

彭德怀边听边在地图上做记号,随之,又用手在图上比划来比划去,突然叫道:"罗主任,罗瑞卿!"

罗瑞卿一边高声回应,一边大步跨到彭德怀面前。

"各部队打得顽强,战果辉煌,娘子关、井陉、蔡庄、地都、北峪、南峪、康家会这些硬骨头都啃下来了。为鼓舞士气,你马上给我起草一份给各部队的嘉奖电!"

"报告彭总,这个问题,我和陆定一昨晚已商量过,文件已拟好,请过目。"罗瑞卿说罢,从口袋里摸出一叠电文草稿,递给彭德怀。

"嗯,你把工作做到前头了。干得好!"彭德怀满意地点点头,接过罗瑞卿递给的文稿便看。八路军总部嘉奖电内容如下。

聂司令员、贺师长、关政委、刘师长、邓政委:

　　百团大战,由于我全体指战员,忠贞于中华民族与中国人民,英勇无双,果敢进击,在各交通线,尤其正太路线上,已取得序战之伟大胜利,捷报传来,无比欣慰!特电嘉奖,仰即周知。

　　此次百团大战,乃抗战以来华北战场上空前未有的主动向敌进攻之大会战,于全国抗战与华北整个战局,均有重大意义。望我全体将士,以无比之决心和毅力,发挥最高度之顽强性和机动性,再接再厉,勇往直前,在现有序战胜利之基础上,猛烈扩大战果,完成战役任务。

彭德怀看罢说:"写得好,马上以朱、彭、左、罗、陆五人名义下发各部队。"顿了顿,他又手指地图,对左权说:"根据各单位报告的敌情,正太路敌人有东西对进,合击一二九师的趋势,你立即电话通知刘、邓,要三八五旅撤出狮垴山,离开铁路线向西运动。陈锡联、谢富治负伤后,左右翼纵队由陈赓一人指挥,左右部队主力避敌锋芒,跳出敌人合围圈,向敌人后方榆次方向扩大战果,途中遇到小股敌人迅速果断歼灭。"

"好!我立即通知。"左权点头答应转身去摇电话。

彭德怀招招手说:"等等,你再通知晋察冀军区和一二〇师,占领娘子关、磨河滩、井陉煤矿、康家会、阳方口、丰润等地的部队迅速撤出。晋察冀派四个团向孟县、寿阳以北地区出击,配合一二九师作战。一二〇师向忻县、静乐出击。用血汗攻占的据点,撤出来有的同志很可能想不通,各级领导要讲清道理,实话实说,我们暂时没有力量长期占领这些城镇据点。目前我们的战役目标是破坏敌人交通,多歼灭敌人有生力量,粉碎敌人的囚笼政策。"

各部队接到总部下达的以上命令后,陆续撤出敌人据点,继续扩大战果。果然,正当陈赓指挥部队向寿阳、榆次方向运动时,榆次、寿阳、阳泉、和顺、辽县的敌人,以安丰、马坊为中心,实施东西对进战术,企图合击一二九师。

1万多日伪军,在飞机坦克掩护下,走一路、烧一路、杀一路。顿时,他们所经之处的村庄、山林一片火海。陈赓以部分部队佯攻高坪,掩护主力向外转移。当占领高坪、道坪后,敌人以为这是一二九师主力,集中两千多兵力猛攻。牵制部队且战且退,转移到柳树坪、松凹与主力团会合,向石拐方向转移。

就在这时,敌人包围圈越来越小,驻在红凹、卷峪沟的一二九师师部和总部的后勤部队,随时都有被包围的危险。

8月29日后半夜,师部与鬼子队伍已仅隔一块田,鬼子讲话的声音都听得清清楚楚,由于天黑,鬼子以为对方是自己人,毫无戒备,更未盘问。为了安全,刘伯承、邓小平命令陈赓设法把这股敌人引开。

陈赓急中生智,命令十六团和三十八团猛攻窑儿镇,激战一小时,歼灭300多敌人,占领了窑儿镇。鬼子组织1000人反攻,半小时又重占窑儿镇,就这样,拉锯战折腾了一夜。可是,天亮时,陈赓在望远镜中发现,师部仍没有完全突出敌人包围圈。只得又命令部队猛攻,十六团、三十八团两位团长带着部队连续冲锋10次,以伤亡400人代价重占了窑儿镇。敌人立即命令所有部队回师猛攻窑儿镇。陈赓在这里坚持15个小时,一直到9月3日早上,得知师部安全突出包围圈的消息后,才长长地吁了一口气,指挥部队撤出窑儿镇,经彭温庄进至双锋镇。

由于部队连战三天三夜没合眼,疲惫不堪,陈赓命令部队休息。命令一下,许多战士一停步,往墙边一靠就呼呼大睡。

这时,陈赓到镇外山坡上用望远镜瞭望周围敌情,谁知这一看,陈康不禁倒吸一口冷气,吓得大叫一声:"哎唷,不好!"原来双锋镇两里路的河沟边上,约有600多名鬼子正在端碗吃早饭。

陈赓当机立断,立即命令七七二团、十六团、二十五团、三十八团,采取两翼迂回战术,向河沟进攻。这股鬼子是由太谷县出动的第三十六师团永野大队,也连续三天三夜没合眼,个个困极了,有些鬼子端着饭碗,只吃了几口饭,就倒在地下睡着了。就在他们刚进入梦乡之际,八路军已逼近他们,激战到7日拂晓,彻底歼灭永野大队。

9月10日，各部队接到总部命令后，百团大战第一阶段作战结束，休整10天再进行第二阶段作战。

百团大战第一阶段期间，八路军总部向蒋介石和中共中央发了76份战斗要报，重庆的《新华日报》《新民报》《大公报》纷纷刊登了百团大战消息。全国城乡风闻八路军举行百团大战胜利的喜讯，一片欢腾。重庆各界人士也纷纷庆祝百团大战胜利。周恩来在重庆连续举行五场报告会，向社会广大群众介绍百团大战战果，蒋介石也致电嘉奖。

与此同时，延安召开了空前规模的祝捷大会，毛泽东给彭德怀电："百团大战真是令人兴奋，像这样的战斗是否还可以组织一两次？"

9月10日，中共中央在《关于时局趋向》的电报中，高度评价百团大战，说我党50万大军积极行动于敌后，给予日寇以沉重的打击。同一天，中央军委在《关于军事行动的指示》中，要求我军要集中力量打击敌人，应仿照华北百团战役先例，在山东及华中组织一次至几次大规模的对敌进攻行动，在华北应扩大百团大战战役行动。

东团堡日军唱起《长恨歌》

面对巨大的战果和来自全国各地的一份份贺电贺信，总部领导和工作人员，无论是吃饭还是行军走路，脸上总是荡漾着发自内心的笑意。

9月12日，总部领导召开作战会议，总结第一阶段经验，布置第二阶段作战任务。会前大家聚到一起，都抑制不住地回忆起第一阶段战斗的情景。

陆定一兴奋地说："那几天，我随一二九师行动，亲眼看见几万民工和战士炸毁铁路后，把枕木堆成井字，将铁轨搁在上面，一把火烧起来，枕木烧完了，铁轨也烧弯了。几条大铁路同一行动，铁路成了火龙，哈，打得真过瘾！段廷据点被炸后，日军中队长小林逃到太原向上司报告，就像唱小调般说了一首顺口溜：'少见，少见，真少见，八路行动如闪电；千军万马从天降，正太路一夜寻不见。'"

左权笑着说："这小林倒蛮有文才的嘛！登上报纸还是段好诗呢！"

大家听罢，仰面哈哈大笑。

一向不苟言笑的彭德怀，也忍不住透出一丝微笑，但很快就拉下脸，严肃地说："同志们，这次战役，部队确实打得顽强，打出了水平。可是，我们也付出了代价，许多部队十几天来没吃一顿饱饭，没睡过一宿好觉，不少战士眼睛熬得血红，累得倒头便睡。我们要通知各部队抓紧时间休整,改善伙食,吃饱了、睡足了,不要被胜利冲昏头脑,要作好充分的准备,准备第二阶段打得更漂亮。"

然后,彭德怀站起身,走近地图说:"第一阶段正太路破坏得比较彻底,平汉、北宁、津浦、同蒲、白晋及其他公路,都已截断,第二阶段的目标是缩小敌占区,扩大根据地,在继续破路的同时,继续消灭敌人有生力量。"

说罢,便向各部队下达作战任务:晋察冀军区发起涞源灵丘战役,力争夺取涞源和灵丘两城,破坏涞灵公路,派少量部队破击同蒲铁路;一二○师破击同蒲路,将宁武至轩岗段彻底摧毁;一二九师发起榆辽战役,力争夺取榆庄、辽县城,并派一部兵力破击白晋路;冀中吕正操部、冀南陈再道部重点破坏沧石、德石、道济路,攻克沿路据点。"

彭德怀一口气下达完命令后,宣布说:"下面是大家讨论时间,请大家各抒己见。"

"我同意彭总提出的第二阶段的作战任务。"左权首先发言,他说,"我提醒大家注意一个问题,第一阶段我们之所以能获得如此伟大战果,除了各部队领导指挥灵活外,注意做到了保密,出其不意,是第一阶段的经验。第二阶段是在敌人非常警觉的情况下作战。此时,敌人穷凶极恶,复仇心理极强,因此,第二阶段要采取游击运动战的战术,以歼灭敌人有生力量为目标而大踏步地进退,必须放弃的地方,要毫无顾虑地放弃。只有这样,才能争取主动,摆脱敌人,对敌人实施反包围。"

接着,大家也对第二阶段的任务进行了讨论,对战术上如何更好、更有效地打击敌人提了不少建议。

作战会议结束后,9月16日总部下达了百团大战第二阶段作战命令,命令规定9月20日起,开始第二阶段作战。

9月20日晚上,王政柱摇通了一二○师的电话,向周士第了解战况。通完话,王政柱立即向彭德怀汇报说:"彭总,周士第说他们在第一阶段,破击同蒲路100公里,攻克康家会据点,歼敌300人。现在第二阶段作战也快结束了。"

"什么什么?"彭德怀莫名其妙地瞪大眼睛问道,"你说说清楚,到底是怎么一回事,作战命令刚下达,他们怎么就要结束了?"

"周参谋长说,他们第一阶段和第二阶段没有明显的分界线,敌人天天寻找他们决战。他们也不客气,敌人来多少,他们就吃多少。"

彭德怀问:"他们战果如何?"

王政柱拿起记录本边看边说:"一二○师在康家会战斗结束后,9月14日便向同蒲路北段转移。静乐、忻县及其以北地区敌人,出动1500人在后面追击,前面也有八百多敌人阻击，贺师长、关政委命令部队分成前后两路同敌人作战，16日早上，在杜家村歼灭三百多人，敌向宁化堡逃窜时，他们就拼命追击，在后河堡又追击一千多鬼子。残敌逃向轩岗镇以南的羊圈岭，20日早上他们又在羊圈岭全歼日军一千多人。"

"好，一二〇师打得好。"彭德怀竖起大拇指赞扬地说，"王政柱，你马上打电话给周士第，就说总部赞扬他积极主动的作战精神，对取得的战果很满意，但是第二阶段继续破击同蒲路的任务要保证完成。"

几天以后，彭德怀收到了晋察冀军区的战报。战报说，晋察冀军区第二段举行了涞灵战役。涞灵战役分两个阶段进行，第一阶段由一分区杨成武指挥攻打涞源，第二阶段由五分区邓华指挥攻打灵丘。

杨成武在涞源地区战斗三年多，对这一带地形非常熟悉，阿部规秀中将就是他指挥部队击毙的。那天，他接到作战命令，略作准备，仰头望着屋梁思考了一阵，涞源战斗方案便已形成。

这天天一黑，他就带着精干的指挥班子，悄悄地来到离涞源七八里路的长城上的一座烽火台。通向各团的电话线刚架好，事先派往涞源侦察的侦察科长姜洪照跑来，人未站稳，便敬了个礼，说："杨司令员，驻涞源的鬼子还是独立混成第二旅团第四步兵大队。黄土岭战斗阿部规秀被击毙，新任旅团长对涞源方向非常警觉，一有机会就想出兵报复，恨不得一口吞掉你杨司令员……"

"好啊，"杨成武笑着说，"想一口吞掉我，我这不是送上门来了吗，就怕他还没长出铁嘴钢牙，吞下去要得严重的消化不良症。"

"百团大战开始后，其旅团长常从保定来检查涞源警备情况，"姜洪照继续汇报说，"他前几天还来过一次，对涞源的警备工作采取三条措施，一是增设白石口、东团堡、三甲村据点，二是从防备傅作义部队的五原、包头、安北、固阳地区抽调700人增加涞源的警备力量；三是高价收买我地方干部中一些不坚定分子，为他们提供情报。这几天，他们已得到我们来袭击的情报，日夜加强巡逻，制订了反击措施。"

杨成武听罢报告，沉思了片刻，便拿起望远镜向涞源方向观望，望远镜中天地漆黑一片，什么也看不见，偶尔传来几声猫头鹰叫声，天气变得越来越凉，不时刮过一阵狂风，吹来一片像雨丝似的水雾。杨成武放下望远镜，在烽火台内低头踱步。

政治部主任高鹏说："杨司令员，既然敌人有准备，我们是不是建议军区将战役时间向后推迟？"

杨成武没有立即回答，仍然低着头思索着，半晌，他抬起头来，坚定地说："决心不变，方案不变。我们不是常说，军令如山倒，刮风下雨都要到吗，打涞源是总部首长和军区聂司令员下的命令,我们局部任何时候都要服从全局。立即电话通知,一团打涞源,临时归一分区指挥的三分区二团打三甲村,三团打东团堡,各团来个打胜仗比赛。"

杨成武的指挥所设在地势较高的三甲村附近,居高临下,他只要拿起望远镜,三甲村、东团堡、涞源三处战场便可尽收眼底。

各团接令后,迅速向攻击位置开进,约两小时后便各就各位,稍作准备便发起了攻击。

三团战士摸到东团堡附近的馒头山,伪装狗叫,匍匐前进。前面的战士熟练地砍断了铁丝网,扑向两个流动哨,一人一刀,便结束了两个哨兵的性命。部队神不知、鬼不觉全部摸到了碉堡周围,迅速在各碉堡窗口投进了炸药包。当碉堡里的鬼子听见哨兵的惨叫声,在黑暗中摸枪时,炸药包已纷纷开了花,随着一声声的爆炸声,馒头山的敌人全上了西天。

三团攻占了馒头山后,乘胜向东团堡攻击。部队刚奔到东团堡,战士们的眼前突然一片雪亮,黑夜瞬间变成了白昼,三团全部暴露在刺眼的探照灯下。原来,当三团在攻占馒头山时,强烈的爆炸声惊醒了东团堡的鬼子,他们感觉不妙,一个个溜到碉堡外,三团一到,早有准备的鬼子便"刷"地打开了探照灯,与三团展开了白刃格斗。一时间厮杀声、刺刀撞击声响彻天空。

杨成武站在指挥所,密切注意着三个团的阵地,他突然见东团堡方向一片亮光,正欲打电话询问,电话铃却"叮铃铃"地响了起来。

他一把抓起话筒,传来了二团团长肖思明焦急的声音:"报告杨司令员,打到现在,我团只攻下一个碉堡,其余三个碉堡攻不下,我们伤亡很大,伤亡很大!"

"你立即命令部队,停止攻击,原地休整,密切注视敌人动向,我立即调部队支援你们。"

杨成武刚放下电话,另一台电话又响了。一团团长宋玉琳报告说,一团攻占了涞源的东关、西关、南关,大部分敌人龟缩城内,一营一个排攻进城内后,没能撤出,全排战士壮烈牺牲,只有排长王大毛只身跑了出来。

"什么?"杨成武瞪起双眼,气得大声吼道,"他怎么有脸一人跑出来?"

"是的! 现在王大毛已被我关押。杨司令员,要不要对他执行战场纪律?"

杨成武在电话中气愤地咬起牙,果断而坚决地说:"对于王大毛这样的临阵脱逃者,决不能手软,你立即执行战场纪律,就地处决。"

"是!"宋团长回答后,又为难地说,"杨司令员,守城的敌人超过我们预计的数字,我们一时难以攻进去。"

"你立即暂停进攻涞源,留一营、二营在原地监视敌人,三营火速赶到三甲村,支援三分区二团。"

当晚,一团三营在李副营长带领下赶到三甲村后,与三分区二团一起包围了三甲村,激战一天一夜,抵抗的敌人被全歼。

杨成武火速处理完一团、二团的请示后,立即拨电话询问三团情况。

团长邱蔚向他汇报了他们到东团堡后遇到的情况,心急火燎地说:"杨司令,我们已牺牲了五十多个战士。他妈的,这伙鬼子真不好对付。"

原来,驻守东团堡的是鬼子的军官教导大队,这些学员都是各部队有战斗经验的小队长、军曹,战斗力特别强。他们凭着8个相互紧靠在一起的碉堡,负隅顽抗,不肯束手就擒。三团是一支红军老部队,能攻善守,有"金刚钻"的美称。因此,杨成武权衡再三,才决定用这支"金刚钻"来攻这"花岗岩"的。

邱团长在电话中抱怨这伙鬼子既狡猾又顽固,进攻受阻时,杨成武问道:"老邱啊,进攻有困难,要不要调整部署,请兄弟部队来帮帮忙?"

邱团长平日好胜自负,在困难面前从来不低头。杨成武对部下的性格了如指掌,他这是用的激将法。

邱蔚一听,急得跳了起来,对着电话筒大声说:"杨司令员,你放心吧! 我这是理发师碰到了大胡子,难剃一点罢了。这些小鬼子有什么了不起? 明天此时此刻,我若拿不下东团堡,就叫战士们抬着我的尸体去见你!"

"好!"杨成武大声说,"有你这句话,我就放心了。不过,对付这些花岗岩不能硬拼,否则硬碰硬,伤亡就会很大。要多想想点子,要以最小的代价取得最大的胜利。"

"我知道了!"邱团长放下电话,立即紧急集合全团人员,人员不够的连队,把文书、理发员、炊事员也组织起来参战。然后,又将各营、连、排干部统统召集在一起,面授机宜。

晚上8时正,清冷的月亮在薄云中浮动、飘游,大地一片明洁。邱团长借着月光组织部队轮番进攻,二营在一小时内攻克了西南、西北两个大碉堡。轮到三营冲锋时,40名战士在火力掩护下,抬着大梯子奋勇冲向东南方向碉堡,梯子一靠碉堡,班长王国庆旋风般背着一捆25个手榴弹,"蹬蹬蹬"地踏着梯子往上窜,爬到一半,就在他向窗口塞手榴弹之时,不幸被敌人一颗子弹打中,人挂在梯子上牺牲了。十二连党支部书记黄禄气红了眼,不顾一切,一个箭步跑到碉堡跟前,爬上梯子,把王国庆的一捆手榴弹取下,用尽全身力气把手榴弹塞进了碉堡,"轰隆"一声巨响,碉堡顶飞上了天,四周被炸塌了,鬼子全见了阎王。

经一夜血战,三团攻克了7个碉堡,日军只存东北角一个大碉堡了。三团战果虽大,但损失也很惨重,此时只剩下不到一个营的兵力了。

吃过早饭,从张家口方向飞来4架飞机,投下了几箱东西就呜呜地飞走了。降落伞飘来飘去,恰好全落在三团阵地。

战士们打开箱子,高兴得一蹦多高,箱子里不是黄头绿底的子弹,就是香喷喷的罐头食品。

战士们乐得直拍手,咧着嘴说:"鬼子运输大队长,大大的好,对八路军爷爷真孝顺啊。"

碉堡内的鬼子气得哇哇叫:"笨蛋,蠢猪,方向弄错了,飞行员全是笨蛋。"有的士兵举枪朝远去的飞机猛扣扳机,以泄心头之恨。

下午,双方呈对峙状态,侦察参谋刘贵对邱团长说:"团长,我想起来了,东北角碉堡里有个金翻译,此人好像还有一点良心。"

"你怎么知道?"

"上个月我来侦察时,挤在看电影的人群中,被他发现。当时,我很紧张,正在想对策,谁知他拉拉我的衣角说,电影场日本密探很多,叫我赶快离开。你说,他是不是良心还没完全变坏?"

"你的意思是,策反金翻译,劝他投降。"邱团长双眼一亮,兴奋地问,转而又摇摇头,"不行,不行,鬼子不会听他的。"

"团长,鬼子虽不听他的,可是,我们可以暗地和他联系,请他来,把里面的情况告诉我们。"

"对,了解了解大碉堡里面的情况,我们就好制订有效的攻击方案,一举歼灭它。"邱团长说罢,取出笔记本,写了几行字,派地方上一位叫赵进的同志送进去了。

八路军攻克涞源东团堡后,在长城烽火台上欢呼胜利

一支烟工夫,只见金翻译在赵进的带领下,趁日军混乱之际溜出了碉堡。待日军发现后,疯狂地对他一阵扫射,可是他已安全地站在邱蔚面前,"啪"地敬了个日军式的军礼,面色惨白,战战兢兢地说:"报告八路团长,里面还有三百多个太君。"

话音一落,他心里一愣,抖得更利害,他狠狠地抽了自己一个嘴巴,"报告团长,

160

我中毒太深,有罪有罪,碉堡里的三百多个鬼子,现在只剩27个了,他们在甲田大佐的指挥下,把机枪、掷弹筒和弹药集中堆在一起,准备倒上汽油,点起火与弹药武器同归于尽。"

刘贵突然叫道:"大家听,碉堡内什么声音。"

这时碉堡内传来阵阵凄惨的歌声和疯狂的吼叫声。

邱团长歪头问金翻译:"他们这是干什么?"

"他们唱的是《君之代》,还有疯狂饮酒发出的绝望哭叫声,从声音听得出来,他们正一个个地向火里跳,以示效忠天皇。"金翻译小心翼翼地回答。

邱蔚想,烧死几个鬼子活该,可惜那些枪支弹药烧了就要白白浪费了。怎么办呢?

就在他思索之时,碉堡内突然变得寂静无声,抬头一看,只见从窗口里冒出阵阵浓烟,一股死尸焦臭味顺风飘来,令人一阵恶心。

邱蔚大喊一声:"不好!"立即带着部队冲进去。但已迟了一步,27名日军都已烧成黑油条,十几里外都能闻到尸臭味。

日军士官教导大队在东团堡作恶多端,臭名昭著,老百姓听说他们被烧死了,个个拍手称快,方圆几十里的老百姓纷纷跑来慰问部队。

10天后,独立混成第四旅团旅团长,不甘心失败,派小柴俊男到东团堡重建碉堡,为了重振雄风,第一件事就是立了一块大石碑,两面分别用中文和日文锲下一首《长恨歌》:

东团堡士官队长恨歌

行军西征涞源县,路越一岭叫摩天。

围绕长城数万里,西方遥连五台山。

南到白石山更大,东与易州道开连。

千山万水别天地,有座雄岩紫荆关。

察南边境一沃野,小柴部队此处观。

窥谋八路军贼寇,中秋明月照山川。

丰穰高粮秋风战,敌军踏破长城南。

精锐倾尽杨成武,势如破竹敌军完。

盘袭怒沟如恶鬼,我含笑中反攻然。

惨复天地炮声震,团堡一战太凄惨。

此处谁守井出队,彼外难攻老三团。

敌赖众攻新手替,我三百余敌三千。

突击不分昼和夜,决战五日星斗寒。

穷交实弹似空弹,遥望援兵云貌端。

万万休唯一自决,烧尽武器化灰烟。

烧书烧粮烧自己,遥向东天拜宫城。

高齐唱君代国歌,决然投死盘火里。

英雄远飞靖国庭,壁书句句今犹明。

一死遗憾不能歼灭八路军,

呜呼团堡士壮烈肃然千古传

昭和十五年秋

部队长中佐小柴俊男作

东团堡战斗拉下帷幕之时,邓华指挥的灵丘战斗也拉开了序幕。灵丘战斗8昼夜,攻克5个碉堡,歼灭二百多敌人,10月10日,整个涞灵战役歼敌一千两百余人,宣告胜利结束。

陈赓挖坑道灭滕本

榆辽战役打得极其艰苦,伤亡不少干部战士。李达在电话里向彭德怀报告这一战役情况时,忍不住泪水横流。

榆辽战役是陈锡联指挥的左集团首先打响的。9月23日夜里11点,一举占领小岭底、管头、铺上等五个据点后,辽县日军倾巢西援,被我部预伏在狼牙山击退,歼敌三百余。三八五旅向辽县迅猛追击时,和顺、武乡鬼子向管头方向增援,总部发现辽县成了一座空城,无攻击目标,而增援鬼子数量倍增,一下子猛增到8000兵力,便果断命令左集团向红崖头转移。

陈赓指挥的右集团向榆社城进攻。榆社是日军转运粮弹的重要枢纽,也是通向武乡、辽县、榆次的必经之地。日军独立混成第四旅团片山旅团长看中了这块风水宝地,派板津大队滕本中队死守榆社。

陈赓带着右集团六七二团、十六团和决死一纵队的二十五团、二十八团,到离榆社城10里外的一个村庄隐蔽着。他把部队安置好后,带着司令部几个参谋来到离榆次3里路的小高地上观察。

此时,蓝天如海似镜,纤尘不染。陈赓拿着望远镜看了足足10分钟后,久久无语,心情异常沉重,据事先侦察报告,榆社敌人工事相当坚固。滕本毕业于日本工兵学校,有修筑工事的才能。他以榆社中学及文庙为核心,构筑大小碉堡8座。8座碉堡成口字形,相互连结,并配山炮两门、掷弹筒4个、重机枪两挺、轻机枪6挺,准备了足够使用一年的弹药、枪械和粮秣。

陈赓举着望远镜远远望去,8座碉堡离地面高达20米,那圆滑的钢筋水泥碉堡,一是攀登困难,二是炸药包没法挂。更棘手的是,滕本在北面和西面的两个碉堡上设了监视台。站在监视台上,不要说来个人,就是跑来一只猫、一只兔子,都看得一清二楚。四个城门外面是一片开阔地,给部队攻击带来很大困难。

陈赓考虑着,城内驻守二百五十余名日军,60余名伪军,总计敌人约三百余人,凭我的4个主力团,如果打伏击战对付这股敌人,简直是易如反掌。但这不是一场伏击战,而是一场艰苦的攻坚战。再加滕本精心设计修筑的碉堡工事,给攻坚增添了巨大的难度,要想夺取这场战斗的胜利,谈何容易?此时此刻,陈赓的心里犹如压了一块沉甸甸的石头,压得他喘不过气来,面对一片灰蒙蒙的榆社城,不知从哪里下手。

陈赓的脸上愁云密布。他想,榆社难道就是无缝的天衣?年轻气盛的陈赓实在不甘心,他想起了宋江三打祝家庄。宋江能靠着长矛大刀,攻下了地势险要的祝家庄,我就不信啃不动这个硬核桃。想着想着,他不服气地昂起头,脸上的愁云如风吹般散去。

陈赓又带着参谋们转到城东方向,经一番仔细观察,发现离城墙20米处,有一片长方形的小树林。他认真一琢磨,犹如发现了新大陆,高兴地一拍脑门,差一点跳起来。对,就利用这小树林,作为攻击部队的出发地点。这真是"山穷水尽疑无路,柳暗花明又一村"。陈赓心里的一块石头放下了。

返回的路上,他边走边想,半小时后回到住地,作战预案也有了腹稿。

吃过晚饭,他把各团领导召集到指挥所里,将作战方案讨论后,就给大家布置任务:二十八团、二十五团担任攻占王景、沿华据点任务;七七二团和十六团担任主攻榆社。具体分工是,七七二团一个营配山炮一门,攻击榆社东门城楼碉堡;一个营攻击城南一个岗楼;一个营为预备队,配置在河南街、高家沟、廉家庄一线,并抽出一个连在敌退路上设伏。十六团一个营配机关炮一门,攻击城西北角,另两个营为预备队,位于茅崖底以西地区,并以一个连东出,防止敌人东逃。

作战会结束,已是深夜,大家都进入梦乡了,陈赓和参谋长周希汉却还端着小油灯边看地图边研究每一个细节。

突然,一声清脆响亮的"报告"声,打断了他俩的交谈。随之,一个齐耳短发姑娘轻盈地推门进来。他们好生奇怪,夜半三更,怎么跑来个姑娘。

因光线暗，陈赓看不清来人，就问："你是谁啊？"

"陈旅长，我是王久香呵，你不认识啦？"

王久香，榆社地方武装独立营营长。一年前，陈赓带着部队转战到这里，在王久香协助下，出击祁县、太谷、榆次，打了不少胜仗。离开这里时，陈赓还给王久香留下两个排长当助手。

陈赓一听是王久香来了，急忙迎上前，握着她的手说："我们是老战友了，怎么会不认识。"

"听说你们这次来打榆社，我们可高兴啦。前些日子我们打了几次榆社，一点啃不动，反而遭他们讥笑。现在你们来了，可以替我们出口气了。"

王久香的话，突然提醒了陈赓，他顿生一计，便对王久香说："王营长，这次我们打榆社，还要请你帮忙啊。"

"陈旅长，别客气，有什么指示，我尽力办。"王久香听说能为打滕本出力，高兴得直点头，明亮秀丽的眼睛望着陈赓。

陈赓说："请你们今晚再打一次榆社怎么样？"

王久香以为陈赓说笑话，噘着嘴说："陈旅长，你别拿我们小游击队开玩笑了，我刚才告诉你，我们打了几次都动不了滕本一根毫毛，哪里还敢有这个奢望？我们一是打不下，二是不能干扰你们的计划……"

"不是开玩笑，"陈赓打住他的话头，神情严肃地说，"我知道滕本工事坚固，是一块很硬的硬骨头，我叫你们打，但不是叫你们认真打，你们只要虚张声势，闹得他们睡不着觉就行了。如果怕浪费子弹，在铁桶里放几串鞭炮，喊几句冲啊、杀啊，闹它几个小时，叫他们鸡犬不宁。"

机灵的王久香顿时领悟了陈赓的意思，说："你是要我给滕本注射麻醉剂，骚扰他一下，掩护你们明天的行动？"

陈赓点头笑笑，并抬起手腕看看手表，已经是 12 点多了。就对王久香说："你立即回去组织一下，尽早发起'攻势'。"

"是！"王久香端端正正地敬了个礼，转眼消失在门外。

这天晚上，王久香带着独立营，在榆社四周闹了一夜，鬼子被折腾得一夜没合眼。

9 月 23 日夜深人静之时，天地间一片漆黑，七七二团、十六团迈着轻盈的步子，悄悄地向榆社挺进。当接近县城时，惊起了阵阵犬吠。

城楼上几个值班的伪军，打着哈欠笑个不停，一个说："又是小丫头王久香的独立营吧，几根破枪也想攻城？真是白日做梦！别在这儿瞎折腾啦，快回家上炕睡觉去吧!"

另一个怪声怪气地说:"王久香小丫头你听着,联队长要我转告你。他说,你们打枪是最好的催眠曲,你们打得越凶,他睡得越香。"

战士们悄悄地前进,都捂着嘴,暗自发笑,有的忍不住还笑出了声。

陈赓带着司令部来到河南街开设指挥所,不到一小时,部队进入了攻击阵地。鸡唱三遍后,明星坠落,晨曦东升。突然几颗红色信号弹腾空而起,犹如红色的灯笼高高挂在天空,显得那么鲜丽夺目。刹那间,山炮、机关炮雷鸣般朝碉堡轰击,日伪军这才如梦初醒,大吃一惊。

一个伪军惊叫道:"啊呀,不好了! 王久香游击队没这玩艺,肯定是八路的正规军攻城了。"

炮击过后,部队神速地向城内攻击,一举占领了 4 个城门,24 日激战一天,炸毁了 4 个碉堡,危害最大的西边和西北角两个碉堡也被炸毁。

这天夜里 11 点,他们又兵分三路,一路攻击文庙,两路攻击榆社中学。打了两小时,因敌人施放毒气,陈赓和许多战士中毒负伤。

当他从昏迷中醒过来时,听说十六团有三个连队几乎拼光了,命令暂停攻击。

此时,陈赓急心如焚,脑袋如炸裂般阵阵作痛,怎么办? 怎么办? 他抱着头,苦苦地思索着。他绞尽了脑汁,可是,仍找不出一个良策。难道烈士的鲜血就白流了吗? 不,决不能! 一定要向滕本讨还血债,一定要为当地百姓除去这一祸害!

天一亮,他来到阵地前沿察看,发现问题还是出在敌人碉堡前的 20 米开阔地上。这里经两天的激战,已血流成河,不少战士都牺牲在这里,黄黄的尘土染成暗红色。他一边琢磨,一边下意识地用脚尖踢着地下的泥块,渐渐地踢了个凹坑。突然,他两眼紧紧地盯着地上的凹坑,受到了启发,他双眼一亮,高兴地一拍双手说:"啊哎,为什么早没想到用这个办法!"

当他兴冲冲地把自己的想法告诉周希汉时,周希汉说:"我们俩想到一块了,刚才我用刺刀试过了,这里土质松软,估计 4 个小时能把坑道挖到碉堡底下。然后,我们就埋下几百斤炸药,让鬼子免费到东京去吧!"

说干就干! 战士们立即利用各种工具,开始了挖坑道作业。25 日下午 2 时,坑道全部挖好,并埋好了炸药。3 点正,几声巨响,几个碉堡都被炸出了大缺口,战士们乘漫天的烟雾,一拥而上,抓到 39 个俘虏。

陈赓在俘虏中左寻右找,就是找不到滕本。陈赓审问俘虏时,一个俘虏朝地下一个口袋歪歪嘴,陈赓的警卫员捡起口袋,打开一看,吓得手一松,口袋丢在地上,一个人头滚了出来。原来,滕本见末日已到,剖腹自杀了,残敌为效忠他,割下他的头颅,企图带着突围出去。

榆社终于被攻下来了,陈赓的脸上这才露出了一丝笑容。与此同时,决死队一纵的二十八团、二十五团也攻下了王景、沿华小据点。

这天吃晚饭时,陈赓刚端起碗,机要员送来总部急电,电文说:"左集团三八五旅进攻辽县战斗正在进行,和顺、武乡之敌分别向辽县管头增援,总部命令陈赓部队转向红崖头设伏,阻击由武乡支援之敌。"

陈赓看罢电文,草草扒了几口饭,便集合部队向目标奔去。俗话说,无巧不成书。三八六旅刚到关地垴,就与武乡开来的800个援敌遭遇上了。双方顿时各自抢占有利地形,就在双方火力相交之时,8架敌机轰鸣着,超低空飞来,一阵下蛋似的向三八六旅阵地丢下数十枚炸弹,这些重磅炸弹顿时将战士们震昏,有的耳鼻出血,许多战士倒在血泊之中。

陈赓见状,急得不顾一切地喊道:"同志们,快冲向敌群,向敌人靠近!"

战士们立即明白了陈赓的用意,连续向敌人冲击。敌机见八路军和自己人距离近,怕丢炸弹伤了自己人,只好在空中盘旋一阵后,悻悻地飞走了。

陈赓指挥部队连续冲锋十余次,都未打退敌人。他掐指算了算,十几天的战斗,伤亡极大,仅七七二团、十六团就伤亡一千六百余人。面对巨大的损失,陈赓潸然泪下,他觉得这种拼消耗的打法,如继续打下去,不要几天将会全部拼光。想到这里,他毅然拿起电话,向刘师长反映自己的意见。

半小时后,刘师长回电话说:"已请示总部,彭总说军人必须执行命令,否则不论职务高低,都以军法制裁!"

陈赓无法,只好服从。就这样,三八六旅又坚持了两天,结果是我方兵力越来越少,援敌越来越多,一下子增加到两千余人。三八六旅的伤亡不断增加,陈赓无奈,频频向刘伯承告急,经刘伯承再三请求,总部才同意撤出战斗。榆辽战役结束,百团大战第二阶段结束。

血染关家垴

10月4日,八路军总部召开作战会议,对第二阶段情况总结。左权作总结报告后,请彭德怀讲话。

彭德怀神情严肃地朝大家点点头,两道长长的剑眉下,一双炯炯有神的大眼睛扫了大家一眼,显示出一种威严和力量,他声音洪亮地说:"人有一时不慎,马有一时失蹄。我这个人喜欢横挑鼻子竖挑眼。因为,只有清醒地找出问题,才能在以后的战斗中减少伤亡和失败。闲话少说,对第二阶段战斗,我说几句。第二阶段仗打得很漂亮,但也暴露了不少问题。有的人对时局认识不足,有的人怕打硬仗,还说总部发动百团大战,是违背了中央的游击战方针,还有的人批评我蛮干,我的态度是虚心接受。中央制订的战略方针基本是游击战,但是你们不要忘了还有一句话,就是不放松有利条件下的运动战。什么叫运动战?既然是运动战,就可以打阵地防御战、运动防御战和阵地攻坚战。因此我不承认我违背中央的战略方针。我也不是蛮干。几十万人参加的大兵团的攻坚作战,能不死人吗?为了赢得歼敌几百几千人,而牺牲几个人,甚至牺牲几百个人,这叫蛮干吗?我不同意这种说法。"

彭德怀越说越激动。大家都屏声静息,大气不出,静静地听彭老总的训话,会场上鸦雀无声,静得连一根针落在地下也能听到。

彭德怀铁青着脸,继续说:"有的单位保密观念太差!一分区地委发生了严重泄密事件,这件事要认真追查,该杀头的杀头,该撤职的撤职,决不姑息迁就,决不给情面。"

彭德怀所说一分区地委的泄密事件,说的是晋察冀一分区地委机关报《抗战报》,在9月22日第35期的社论上,泄露了第二阶段的兵力部署。有的部队在行军途中丢失了这份报纸,使日军了解了八路军的动向。

彭德怀知道后,气得倒背双手,在屋里直转圈。半晌,他强压住胸中的怒火,对大家说:"同志们,事以密成,语以泄败。这个道理古人都懂得。南昌起义前,就是由于二十军一位副营长泄密,不得不提前起义。平江起义前,我在国民革命军独立五师从事地下党工作,南华安特委交通员将地下党名单泄密给敌人,独立五师师长周磐从邮局打电报给驻平江的副师长李仲任,要他立即逮捕五师地下党员。幸好这份电报被平江电报局长截获后转告了我,我和滕代远召开紧急会议,决定立即发动平江起义,把部队拉出来,成立了中国工农红军第五军。那位交通员泄密,给我们带来多大麻烦!要不是事先截获到电报,我们五师的共产党员早已在黄泉路上了。"

"报告!"王政柱进来说,"报告彭总,据综合各方面侦察情况,日军华北方面军司令部最近集中10万兵力,对太岳、太行、冀南、冀中和晋察冀抗日根据地进行报复性'扫荡'。在太行、太岳地区集中2万日军,在飞机掩护下,兵分五路,用捕捉奔袭、辗转快剿、铁壁合围、梳篦战术,向榆社、订县、武乡的浊漳河两岸地区进攻。日军在平西地区集中5000兵力,向萧克的挺进军进攻。日军集中张家口、石家庄地区8000兵力,向晋察冀军区进攻,重点在一分区的管头、煤斗店等地。邢台、邯郸、新河、德州、临西日军分别出动1万兵力,向冀中、冀南'扫荡'。平鲁、朔县、原平、神池、五寨等地12000日军,进攻晋西北根据地。"

"报告!"侦察参谋刘文居又气喘吁吁进来,心急火燎地说,"敌人兵分三路,围攻总部,中路敌人离这里只有5里路了,情况紧急,请首长赶快撤离。"

彭德怀临危不乱,他问道:"刘参谋,这情况你怎么侦察到的?"

"今天一早,我向武乡方向侦察,抓来了一个舌头,给彭总当当'参谋'……"

这天吃过早饭,刘文居带着侦察班长黄玉章,化装成农民,向武乡方向奔去。快到武乡时,突然对面来了一队日军,刘文居环顾四周,发现路边有个小树林,急忙拉着黄玉章隐蔽在小树林里。鬼子从小树林经过时,一个胖军官从队伍中走出来,来到小树林大便。刘文居脑子一转,心想,这送到嘴的肥肉不能丢。于是向黄玉章递了个眼色,两人一个箭步上前。刘文居双掌一伸一合,一个"双风贯耳",那胖军官顿觉眼前金星飞舞,双耳嗡嗡作响,身子如抽了脊梁骨似的瘫倒在地。他心里却明白发生了什么事,欲挣扎站起,正当他如醉鬼样歪歪倒倒欲站之时,黄玉章眼疾手快,"刷"地抽出双手,对着胖军官的前后胸,双掌猛击,胖军官"哇"地一声,肚里的饭菜统统倒了个精光。人也一下子昏死了过去。刘、黄二人眼疾手快,三下五除二,如拖死猪般将胖军官拖回了总部。

刘文居绘声绘色汇报到此,彭德怀追问:"那胖子是干什么的? 有没有供出什么重要情况?"

"他是独立混成第四旅团的情报科长,叫大泽武三郎。据他说独立混成第四旅团从昨晚起,已兵分四路,由辽县、襄垣、沁源、南关向武乡合围,企图把我总部机关一网打尽。"刘文居一边答,一边焦虑说,"鬼子如饿虎似的扑来了,情况十万火急,彭总还是快转移吧!"。

彭德怀低头思索片刻后,抬头对大家说:"总部机关和分队向辽县方向转移,大家立即分头行动!"

"对大泽武三郎如何处置?"刘文居问。

彭德怀没有立即答复,而是小声地和左权嘀咕了一阵,然后在刘文居耳边如此这般作了一番交待,刘文居边听边点头,咧着嘴说:"彭总,你放心,我不会让这小子看出破绽的。"

"好!"彭德怀拍拍刘文居的肩头,"那我们立即分头行动!"

说罢,彭德怀吩咐大家打点行装,准备出发。很快,彭德怀就带着总部机关,迅速向辽县转移,在刘文居的掩护下,如金蝉脱壳,跳出了鬼子的合围圈。

刘文居根据彭总的安排,带着三十多人,由两个战士押着大泽武三郎,走在队伍中间,在大泽武三郎的身后紧跟着一部电台,向沁县方向转移。一路上,报务员不停地以总部名义向延安呼叫。呼叫声吸引了大批鬼子,他们不知是计,紧追不舍。刘文居见鬼子上钩了,便和他们玩起了捉迷藏的游戏来,始终与追踪的鬼子若即若离。呼叫声也引起了大泽武三郎的注意,刘文居知道时候已到,便示意两个看押的战士。两个战士心领神会,假装解小便,带着大泽武三郎离开部队。然后,又假装只顾讲话,将眼光离开了大泽武三郎,放跑了他。等他跑出约一里路,才朝天鸣了两枪。大泽武三郎哪知是计,没命地跑到了第四旅团,向上级报告说,八路军总部就在附近,鬼子更加紧追。刘文居任务完成了,便带着队伍,转了几个山头,直到夕阳西下,甩掉了跟踪的鬼子。鬼子追了半天,失去了目标,只好垂头丧气地返回了原地。

第三天晚上,彭德怀带着总部机关返回了武乡砖壁村,继续召开作战会议,制订了反"扫荡"作战计划。

各部队接到命令,立即转入反"扫荡"作战。反"扫荡"战斗一打响,各部战报纷纷飞向总部,彭德怀批阅一份份战报,常常一坐就是一天。

这天,他又埋头看了半天,直到中午时分,他揉揉又红又胀的眼睛,站起身,捶捶腰部,自言自语说:"真没意思,都是些小打小敲,不痛不痒的战斗。唉,真不过瘾。"然后,摇摇头又说,"不行,不行,一定要打几个大仗,狠狠地搂搂小鬼子。"

一旁的左权听了,笑笑说:"彭总,你是不是觉得都是歼敌一二百人的小战斗,声势不大,缺乏第一阶段那种气势?"

"你可说到我的心里了。"彭德怀把铅笔往桌上一丢,对左权说,"这些战报看得不过瘾,老想打瞌睡,你看要不要组织一次比较大的歼灭仗?"

"积小胜为大胜,一个团一次能歼灭一二百人就不错了。我们参战的一百多个团,坚持打两个月,把无数个小仗歼敌数加起来,不就等于一个大规模的歼灭战了吗?"左权回答道。

"这道理我懂,"彭德怀不耐烦地挥挥手,顺手解开衣扣,倒背双手,在屋子里转圈子,边走边说,"我的意思是这小规模歼灭战,平时就可以打,那是我们的家常便饭。要是这样,何必要发动百团大战?百团大战就是要轰轰烈烈,声势浩大,要有巨大的威慑力量,就要以排山倒海之势,压得鬼子喘不过气来,叫小日本尝尝中国人民的铁拳头。"

左权轻轻地摇摇头,没有答话。

彭德怀见左权不表态,便停住脚步和左权打了个招呼说:"你在总部掌握全面情况,我到一二九师去看看。"没等左权点头,他已出了大门,带着警卫员策马赶到一二九师阵地。

此时,一二九师主力正在武乡东田、韩壁一带作战。彭德怀来到一二九师指挥所,邓小平去了前线,刘伯承正和三十二团团长宗书阁、政委李震、副团长周明国谈话。彭德怀没见到邓小平,便大声问道,"邓小平呢,他上哪去啦?"

刘伯承一抬头,见是彭德怀来了,便站起身,敬了个礼,回答说:"报告彭总,邓政委去前线了!"

其他人也纷纷起立,敬礼问好。

彭德怀微笑着双手向下按按说:"坐下坐下,你们谈你们的,别管我。"

彭老总平时严肃有余,总是板着面孔,极少露出笑容,但对刘伯承他是例外。彭德怀虽是刘伯承的上级,可是却非常敬重刘伯承,从不在他面前发脾气,这其中的原因还得从宁都会议说起。

彭德怀在红军时期,就是能征善战的传奇式人物,在中国人民解放军十大元帅中排名第二。

1930 年 11 月至 1931 年 9 月,红军在毛泽东指挥下,取得了三次反"围剿"的胜利。

9 月 26 日,毛泽东根据蒋介石准备发动第四次"围剿"的动向,以朱德、毛泽东名义发布了《在敌人尚未大举进攻前部队向北工作一时期的训令》,谁知,当时中共苏区中央局负责人认为,毛泽东制订的《训令》,不尊重党的领导机关,加上以往中央局同毛泽东有其他矛盾,中央局于 1932 年 10 月在宁都召开会议,集中火力批评毛泽东的错误,并撤掉毛泽东的红一方面军总政委职务。

会后,任弼时、项英、顾作霖接受了毛泽东建议,任命刘伯承担任红军总参谋长,刘伯承当时从苏联留学回来,担任红军学校校长。

毛泽东的提议,使当时出席会议的彭德怀异常纳闷和不解。他不由得瞥了一眼坐在旁边的刘伯承。在彭德怀心中,他不过是一介书生,有什么惊人之处,让毛泽东如此信任和器重呢? 当时,他对毛泽东的选择很不理解,但是,以后他观察到的三件事,使他终于明白了其中的道理。

第一,是刘伯承走马上任总参谋长后,蒋介石举行第四次"围剿",企图集中 40 万兵力,在黎川与红军决战。7 万红军面对 40 万的敌人,力量悬殊,刘伯承足智多谋,建议红军主力佯攻南丰,吸引敌人增援,伺机歼敌一路。朱德、周恩来采纳他的意见,西渡抚河佯攻南丰,蒋介石得知红军围攻南丰,急令黎川部队增援南丰。红军在南丰只待了两天,就向黄坡方向转移,途中伏击全歼了三个师,并活捉了三个师长,迫使其他各路敌人回撤。第四次反"围剿"的胜利,给彭德怀留下了深刻印象,不由得对刘伯承刮目相看起来。

第二,是 1933 年 9 月,共产国际顾问李德掌握红军大权,李德指挥打仗有个毛病,就是情况不明决心大,另外对各部队管得很死,每个连队的每门迫击炮的位置,都在地图的等高线上标得清清楚楚,而且不问工事是否坚固,兵力是否充足,蒋介石部队来了,一律死守。

刘伯承多次要求李德纠正错误的指挥。李德恼羞成怒,盛怒之下一脚踢翻了司令部机关工作人员的饭锅。

刘伯承火冒三丈,毫不相让,与李德发生了严重的冲突。李德勃然大怒,到中央局书记博古那里告了一状,撤了刘伯承红军总参谋长职务。当时党内对李德崇拜之极,谁也不敢说个不字。刘伯承竟然与洋圣人对吵,彭德怀吃惊地睁大了眼睛,刘伯承的正气,令彭德怀佩服,暗中叫好,好一副肝胆侠肠!

第三,是中央红军长征过湘江,由于李德的指挥失误,红军损失很大,一下子减到 3 万人,毛泽东在黎平政治局会议上,不顾李德的反对,强烈要求中央恢复刘伯承的总参谋长职务。刘伯承再任总参谋长后,协助毛泽东指挥四渡赤水战役,夺取了红军长征一个大胜仗。

刘伯承这一件件惊人之举和毛泽东对刘伯承的高度信任,彭德怀当然很敬重刘伯承了。

这时,彭德怀在一旁正认真地听刘伯承和三十二团团长宗书阁、政委李震、副团长周明国谈话。他一边听,一边却仔细打量着宗书阁,觉得很面熟,不由得问道:"宗团长,我好像在哪里见过你。

"彭总,我们见过面。"宗书阁站起来回答说,"一年前,我是皇协军八团三营营长,当时我带一个营起义时,你彭总接见了我,还招待我吃了一顿饭,照过相。"宗书阁想起往事,心情激动。

"对对对,"彭德怀拍拍脑袋说,"哎呀,你看我这记性,脑子不行了,一年前的事都给忘了。"

"彭总,我当八路一年多,进步不大,"宗书阁面色羞愧地低下头说,"我对不起首长的栽培。第二阶段刘师长、邓政委要我们团守狼牙山,阻击辽县日军西援。我们没有抗得住,让日军突破狼牙山阵地,沿辽榆公路增援红崖头、关地垴,加重了兄弟部队的担子。这一仗没打好,我请求处分。"他抬头看看刘伯承,又说,"刘师长、邓政委不肯给我处分,要我好好总结教训。"

"这事我知道。"彭德怀拍拍宗书阁肩膀,示意他坐下,"你们的狼牙山阻击战开始打得不错,抗住了敌人 13 次冲锋。最后没有守住,我看有几个原因:一是敌众我寡,敌我兵力对比是三比一,悬殊太大了。二是你们不懂战术,打阻击不能死守,要派部队迂回到敌人屁股后面打。"

彭德怀安慰他说:"不要泄气,失败是成功之母,要在战争中学习战争,要记取教训,今后就会打胜仗。"

宗书阁频频点头,彭德怀继续说:"谁没有错误?我的缺点错误能装几火车,但是我改了不少。人非神仙,哪个人屁股后面没有一点屎,有屎自己揩干净了,就行了嘛。"

"谢谢彭总指点。"宗书阁激动地说。

等宗书阁一行走后,彭德怀问刘伯承:"刘师长,这几天战况如何?"

"三旅、三八六旅和决死一纵,这几天打了不少胜仗。"刘伯承指着地图说,"敌第一混成旅团800人由武安进犯阳邑、黄泽关,三八六旅打埋伏,歼灭100多人;新编十旅在和顺至辽县公路弓家沟设伏,击毁敌运输汽车40辆;决死一纵在段村歼灭第三混成旅团200多人;三八六旅在黄崖洞以西设伏,歼灭第四混成旅团200多人……"

彭德怀一听又是些小打小敲,便打断了刘伯承的话:"刘师长——"话一出口,彭德怀立即意识到自己不该打断刘伯承的话,便戛然止住话头,举着望远镜四处观看。

刘伯承见状,立即意识到彭德怀对他的汇报不太满意,便说:"彭总,你对我们师最近一段时间的作战有什么意见和指示,请尽管说。"

"你们打得很好,没什么意见指示。"彭德怀顿了顿,询问道,"部队情绪如何?"

"情绪很高,打了一仗还想打第二仗。"刘伯承说,"就以宗书阁那个团来说,他们团在狼牙山打阻击伤亡四百多人,经过十多天时间休整,求战情绪又上来了,这几天,天天打电话要任务。"

"既然部队求战情绪高,那就组织一次规模比较大的战斗嘛。"彭德怀试探地说。

"不能!"刘伯承坚定地摇摇头说,"根据以往的经验,要取得比较大的战斗胜利,要靠侦察和袭击。现在敌人像头清醒的猛兽,警觉性特别高。而且从总体上讲,我们的素质与敌人相比较还有一定差距,尤其是打遭遇战和攻坚战,我们一个团只能歼灭他们一个中队,歼一个大队就困难了。因此我们只能趋利避害,在战略上打强敌,在战役战术上打弱敌。还是那句口头禅,打得赢就打,打不赢就走。"

说罢,刘伯承问道:"你还记得吗?过去我们在江西,同王明、博古、李德争来争去,争什么呢?他们并不是坏人,也是想多歼灭敌人,争论的焦点是用什么方法打,在什么地方打和使用多少兵力打。说实话,上个月关地垴战斗是赔本的生意。为了打六百多鬼子,我们伤亡两千多,那一仗打得太不合算……"

"彭总,你什么时候来的?"李达走进指挥所,打断了刘伯承的话。

"你到哪个部队去的,那儿情况如何?"彭德怀急切地问道。

"我从三八五旅来,部队情绪很好。"李达说到这里,指着地图说,"彭总,据三八五旅侦察,日军三十六师团的岗崎大队800人,由潞安向左会、刘家嘴、洪水方向进攻。"

彭德怀听说有八百多敌人,双眼一亮,眉毛一扬,顿时来了劲。他撸撸袖子,指着地图说:"李达,你们部队在什么位置?"

"我们两个旅和决死一纵都在蟠龙、洪水一带。"李达的手指在地图上移动。

彭德怀从一个参谋手中取过尺子,在地图上量来量去,思索一阵子,兴奋地对刘伯承、李达说:"我看,这800个敌人既然送上门,我们就不要客气了,三八五旅、三八六旅和决死一纵队只要半天路程就能包围住这股敌人,然后一口吃掉它,你们看怎么样?"

彭德怀眼睛盯着刘伯承。他见刘伯承没有答话,只是探头看地图,担心他会提出反对意见,不等他回答,就接着说:"大敌当前,千头万绪,还是先打仗吧,个人之间意见,今生来得及就讲,来不及就让它和我们一块到马克思那里去评理。"

刘伯承深知彭德怀的脾气,只要是他决定了的,要想轻易改变,难上难。因此,刘伯承低头思考,觉得可以打这一仗,因为刘伯承对武乡、黎城、辽县、榆社、沁县这一带地形非常熟悉。当李达讲了岗崎大队的动向,他脑子立即像马达似的飞转。在彭德怀说话之间,他已判断了岗崎的动向,考虑了如何歼灭的方案。

他听彭德怀说完后,指着地图一字一句说:"岗崎大队在三十六师团中,是战斗力较强的一支部队,比我们两个团的战斗力还强。20日岗崎大队从潞安出发,途经桥上、人家岩,遭到三八五旅十四团阻击,23日在洪水、西林遭三八六旅伏击,但未遭到沉重打击,气焰嚣张,企图经左会、关家垴取道向蟠龙进攻。我们可以在关家垴这一带山地,集中六个团吃掉它。具体战法嘛——"

说到这里,他顿了顿,眼睛看着彭德怀说:"我不同意彭总采用四面包围的战法,因为根据过去的经验,鬼子一旦被四面包围,决不肯投降,必然困兽犹斗,垂死挣扎,那样我们要付出很大代价。我想用'围师必阙'的战法,先故意留下一个缺口,使敌人抱侥幸逃脱、不战而求生的幻想,我们就在缺口处设下口袋——"说到这里,刘伯承伸开双手作了一个合拢的手势。

彭德怀急不可耐地打断刘伯承的话:"800个鬼子不多,用不着围师必阙了,如果你们兵力不够，把我们总部特务团调上来。"不等刘伯承开口，就对李达说："你马上以我的名义通知左权，要他命令团长李东潮、政委曹光林，把特务团调到这里，归刘师长指挥。"

一天以后，一二九师将冈崎大队包围在关家垴，第二天发起攻击，枪一响，彭德怀来到石门村三八五旅七六九团阵地视察，旅长陈锡联在一旁向他介绍情况。他在望远镜中看到敌我双方都在打炮，轰隆隆的炮声响过后，双方阵地上空，腾起几十条黑烟柱子，一片片沙砾、一团团土块，山崩一般冲向天空，又重重落在地上，将敌我双方人员埋没在浓烟迷雾之中。炮击了一上午。下午，一二九师发起攻击，冈崎大队凭20门迫击炮和三十多挺机关枪，占领关家垴有利地形，居高临下，对一二九师疯狂扫射。一二九师连续冲锋7次，伤亡五六百人，也没能接近敌人前沿阵地。

第三天拂晓，彭德怀在一二九师指挥所观察到，敌人一个中队占领关家垴以南的高地风垴顶。便命令陈赓带一个团与敌人争夺风垴顶。

就在这时，东南方向飞来二十多架飞机。飞机越飞越近，越飞越低，飞到一二九师阵地上空，像饿鹰般轮番俯冲扫射，还不时从机舱里吐出一串一串乌黑的炸弹。炸弹落地，顿时一片火海，大地天空淹没在烟雾之中，震耳欲聋的爆炸声摇撼群山。爆炸后，地上掀起冲天的红色土浪，小树、房梁、杂物、人体，在浪尖上颠簸，大有铲平关家垴，将八路军碎尸万段之势。许多战士在爆炸的一瞬间丧生。敌机狂轰滥炸后，敌人发起反冲击，一二九师也不示弱，面对敌人的冲击，战士们端着枪，一波一波地向前冲，与敌人展开肉搏战。恶战两小时。残存的敌人溃不成军，吓得逃回阵地。

彭德怀在望远镜中看到这一情况，吩咐李达命令部队乘胜追击。但是，敌人退回阵地后，立即构筑工事，加固战壕，为困兽犹斗作准备，企图置死地而后生。于是，当一二九师再次冲锋到敌人阵地前，如狂风暴雨似的子弹迎头泼来，伤亡不小。

一二九师擅长伏击战和袭击战，这种战斗速战速决，战果大、伤亡小。有一次，他们在定县塔宣村伏击一列火车，车上800鬼子全部被炸死打死，而自己却无一伤亡。

此时，当部队攻击受挫，许多战士提意见，反对这种"牛抵角"的打法。

陈赓对这种打法早有意见，面对大量伤亡，一直暗暗流泪，听了大家的意见，他实在忍不住了，急冲冲地来到师指挥所，向彭德怀、刘伯承报告："敌机轮番轰炸，敌人困兽犹斗，部队伤亡一千多，请求撤出战斗。"

"报告！"这时陈锡联也来了，他向彭德怀、刘伯承报告了部队伤亡情况，也要求撤出战斗。

彭德怀举着望远镜看了一会儿,说:"看样子,本来可以避免的伤亡没能避免。现在还有一百多鬼子,大家再坚持一下,打到太阳落山,如果还没解决战斗,我老彭带着警卫员冲上去。"话说到此,他取下帽子,解开衣扣,面孔一板,一挥手说,"你们二位旅长听着,太阳落山一定要拿下关家垴、风垴顶,不然我要挥泪斩马稷,杀头不论大小。"

陈锡联、陈赓只得相视一望,转身便向阵地奔去。

他俩回到部队,向战士们传达了彭德怀的指示,不到 10 分钟,陈锡联、陈赓组织了三百多人,向敌人冲锋。喊杀声代替了枪炮声,整个阵地上刀光闪闪,吼声震天,血花飞舞,分不清敌我身影。双方拼杀得天昏地暗。

彭德怀在前线观察

彭德怀举着望远镜正看得出神的时候,李达在他后面喊了几声报告,彭德怀回头望望:"有事吗?"

"彭总,你看,武乡方向来了两千多鬼子,在飞机掩护下向这里增援。"

彭德怀听罢报告,回头向东南方向观察,果然,20 架敌机正发出阵阵轰鸣,如黑云压天般向这里飞来。

这时左权喘着气,跑来报告:"和顺、黎城、西林、襄垣四面敌人,正向总部驻地砖壁、麻田合击。先头部队逼近总部只有 10 里路。"他喘了口气,又说,"我们兵工厂黄崖洞附近也有敌人!"

彭德怀大吃一惊,面色大变,立即指着地图,果断地对刘伯承说:"关家垴战斗暂停,三八五旅转移到段村方向,向增援敌人的后尾出击,三八六旅到西营和蟠龙以东大陌村一线阻击敌人,掩护总部机关突围。"说罢,又对左权吩咐道:"兵工厂是我们重点保护目标,你马上到兵工厂,组织护厂部队和机关,设法打退敌人!"

部队撤离关家垴后,三八五旅在段村方向尾击敌人,三八六旅在大陌村、烟里连续阻击 3 天,掩护总部机关脱离了危险,才撤出战斗。日军找不到总部机关,恼羞成怒,便对无辜百姓进行报复,所到之处,杀人放火,奸淫掳掠,尽情发泄法西斯兽性,无数村庄化为灰烬,无数群众人头落地,仅沁源一县就有6000人被杀害。

彭德怀返回总部,接连收到晋察冀军区、一二○师、一一五师、山东纵队的战斗捷报。尤其晋察冀军区采取机动灵活的作战方法,不轻易同敌人决战,不轻易打无把握之仗,专门在夜间袭击敌人。在半个月内,把敌骚扰得白天黑夜都不敢睡觉,吃不好饭,士兵情绪极为低落,在敌人极度疲劳后,再袭击敌人。在一个多月内,不仅歼灭两千多敌人,还收复阜平、王快、管头、银坊等地。

12月5日,历时三个半月的百团大战胜利结束,此战共进行大小战斗1800多次,共歼灭日伪2.5万余人。同时,八路军也付出1.7万余人的代价。

百团大战结束后不久,毛泽东收到总部关于百团大战的总结,致电彭德怀,内容如下。

德怀同志:

百团大战对外不要宣告结束,蒋介石正发动反共新高潮,我们当利用百团大战的声势去反对他。

毛泽东、朱德、王稼祥

第六章

反扫荡,左权、狼牙山五壮士血染太行山

毛泽东牵挂聂荣臻的安危

这天一大早,周恩来急匆匆来到毛泽东住的窑洞。

毛泽东习惯夜间办公,昨晚一夜未睡,此时,刚刚上床,听到周恩来的脚步声,披衣坐起来,下床穿好鞋子,微笑着对进来的周恩来说:"恩来,有事吗?"

"主席,作战部李涛刚才送给我一份电讯稿,是我们电讯组同志,收听日本广播电台每日新闻记录下来的,你看看再说。"周恩来将电讯稿递给毛泽东。

毛泽东低头细看,只见电讯中说:

《朝日新闻》今日特稿:华北方面军司令官冈村宁次大将奉天皇之命,最近率部"扫荡"共匪聂荣臻司令部,昨日经无线电测向机侦测,发现该部司令部在阜平附近,当即合围"扫荡",彻底歼灭了聂匪司令部……

毛泽东看罢,心中焦急,皱着眉说:"李涛前天来报告,说延安同晋察冀联络已中断3天。今天看了这条消息,看来冈村这家伙新官上任三把火,第一把火就烧晋察冀,聂荣臻可能遇到意外。"

"也许他们的电台出故障了。"周恩来安慰说,"李涛跟我讲,八路军总部、一二〇师同聂荣臻的联络也中断了。"

毛泽东点燃了一支香烟,边踱步边思考,香烟烧到了手指,他才扔到地上,轻轻踏上一只脚,碾灭了烟头,然后对周恩来说:"晋察冀军区成立至今差不多四度春秋,四年中不断遭受狂风暴雨的冲击,每一次冲击不仅没垮,反而像生机勃勃的树木更加茁壮,这次难关不知能不能顺利渡过?"

周恩来动情地说:"主席,聂荣臻的部队有不少红军骨干,我们要设法了解他们的情况,尽一切力量营救才是。"

毛泽东凝视窗外，若有所思地点点头，在屋里来回踱步。

半响，他停住脚步，站在周恩来身边，说："恩来，我们一定要想办法救他。"

周恩来接着说："我看问题没那么严重，这条消息可能有假！"

"对！"毛泽东赞同地点点头说，"这个消息空洞得很，没有具体内容，更没有具体战绩，一定是敌人伪造的。"继而他脸色严肃认真地说，"但是，这几天一直没有聂荣臻的消息，说明他一定遇到了麻烦，得想办法和他取得联系。"

说罢，毛泽东低吟片刻，用商量的口吻说道："这样吧，我立即分别给刘伯承、贺龙发报，要他们迅速派出部队，到晋察冀边区寻找聂荣臻。"

毛泽东说到这里，弹弹长长的香烟灰，又补充说："另外，为防止他们电台发生问题，要留守兵团的萧劲光派报务员、机要员，携带电台和密码，到晋察冀腹地查清聂荣臻下落，以便采取相应措施。"

周恩来点点头，正欲迈出门槛，"报告！"军委作战部长李涛进来说，"主席、周副主席，彭德怀急电。"

毛泽东急忙抬抬右手说："快念！"

"电文说，他们总部与聂荣臻失去联络7天，派出多批小分队带着电台联络查找，至今仍无下落。请示怎么办？"

一时间，屋内陷入沉默，毛泽东、周恩来的心都系在聂荣臻身上了。

还是毛泽东打破了沉寂，他摇摇头，又点点头，目光中透出无限的信赖和自信。他说："我不相信聂荣臻会出大事。你们想想，聂荣臻最擅长打游击，而且晋察冀边区有太行山、恒山、燕山、狼牙山、灵山几座大山掩护，又有广大民众支持，他一定会与敌人巧妙周旋的。"说罢，摆摆手，笑着说，"你们不要担心，我看不会出什么大问题，我估计不到3天，就有好消息传来。我要睡觉了。"

周恩来、李涛听罢，心中宽慰了许多，他们见毛泽东要上床了，便向门口走去。谁知，随着一声清脆的"报告"声，机要秘书进来了，满脸笑容说："主席，周副主席，聂荣臻有电报来了。"

"什么？聂荣臻有消息了！"三个人异口同声地问。

"是的！"机要秘书一边点头，一边将电报递给了毛泽东。

毛泽东接过电报，一目三行看完了电报，随后笑呵呵地递给了周恩来。

聂荣臻这几天到底出了什么事？为何迟迟才有消息？

原来，冈村一到石家庄，打入石家庄伪军内部的侦察员丁小英，就连夜将冈村的活动情况，向聂荣臻作了详细报告。聂荣臻和聂鹤亭、唐延杰、朱良才、舒同研究，决定主力部队转移到外线，军区机关留在内线指挥全局，并吸引敌人，好让主力跳到外线作战。

8月下旬,主力部队陆续转移到外线,聂荣臻带着机关由娘子庙向西南方向转移。

8月25日拂晓,他们到达阜平西北马驹石,突然西南方向飞来12架飞机,在马驹石上空狂轰滥炸,伤亡不少干部和战士。

抢救包扎伤员后,部队继续行进,刚过沙河,就与中共晋察冀分局和北岳区党委机关的队伍相遇。本来聂荣臻想向沙河以南行走,听分局负责人说,沙河以南全是鬼子,聂荣臻决定由原来向南走,改为向北。不一会儿,在雷堡又碰到晋察冀边区政府机关,聂荣臻感到军队有保护地方党政机关的责任,将三个地方机关的人员编在军区机关队伍中。行进中,他们又与分局党校和抗大二分校的干部学员相遇,就这样,这支队伍人员猛增到1万多。

聂荣臻带领着这支队伍继续向北,突然又出现飞机的轰鸣声。聂荣臻抬头远看,又是那12架飞机,聂荣臻立即命令大家,就地卧倒。边区机关干部都经历过这种紧急情况,有一套应付的经验,聂荣臻一声令下,大家已迅速在沟边、塘边、树底下隐蔽起来。奇怪的是飞机却似长了眼睛,目标准确地来回俯冲,向隐蔽的人群扫射,临走时还丢了十几颗炸弹,炸弹爆炸的烟雾,淹没了村庄、树木、田野。

飞机飞走后,聂荣臻的脑子里却划了个大问号,他觉得飞机的两次轰炸都非常蹊跷。于是,他立即召开作战会议,发动大家分析原因。

大家刚坐好,侦察员王国强跑来报告,说南面四千多敌人到了马棚、温塘,离这里只有12里。

聂荣臻推开地图,目光刚落在马棚的地名处。侦察员高月南又来报告,说北面3000敌人已到段家庄,离这里只有15里。

高月南话音刚落,侦察员孙庆章接踵而来,说东面柏崖方向五千多敌人,朝雷堡方向走来。

军情危急!聂荣臻的眉心结起了高高的大疙瘩。

参谋长聂鹤亭着急地说:"聂司令员,敌人三面夹攻,看来西面没有敌人,是不是赶快向西面转移?"

聂荣臻还未得及答话,侦察员范大宇气喘吁吁跑来说:"报告首长,西面安子岭方向发现五千多敌人,黑压压的像潮水似的向这里涌来。"

政治部主任舒同推推眼镜,皱着眉,迷惑不解,自语道:"今天好像有鬼了,天一亮敌机就来轰炸,我们走到哪,飞机就跟到哪,我们的一举一动,敌人怎么会知道得这么清楚呢?"

副参谋长唐延杰说:"现在来不及分析了,聂司令,我们已被敌人四面包围,当务之急是火速从敌人的包围间隙突出去,迟了怕突不出去了。"

"不行!"聂荣臻摇头说,"为什么敌人对我们一举一动了如指掌,这个原因找不到,我们永远冲不出敌人的包围圈。"聂荣臻说罢,向副主任朱良才伸出左手。

朱良才知道他的意思,立即递给他一支香烟。

聂荣臻夹起香烟,却没有点着,两眼凝视着苍茫暮色的群山,思索着如何应付这复杂的情况。

"聂司令员,我看我们机关或者地方机关人员中,有特务在活动,不然敌人怎么会知道这么清楚呢?"聂鹤亭小声说。

"不会,不会。"聂荣臻摇摇头,分析说,"如果我们队伍中有特务,等到他把情况送到冈村宁次手中,冈村宁次再派队伍来对付我们,不会那么快。现在的情况是,我们天一亮到马驹石,敌机就来了,中午到雷堡,敌人又跟来了。特务送情报哪有这么快?"

"是啊!"大家都觉得聂荣臻的分析合情合理,可是,到底是什么原因呢?大家都想不出来,只好默默地注视着聂荣臻。

不知谁说了一句:"特务可以用电台向敌人发报啊!"。

"不会,不会!"舒同摇摇头说,"用电台要架天线的,那一定会暴露的,不可能。"

"报告!"侦察员王耕跑过来了,手里拿着一张纸,说,"报告首长,这是敌人的文件。"说罢,将文件递给聂荣臻。

聂荣臻接过一看,原来是敌人的撤退命令。抬头问道:"小王,这文件哪来的?"

王耕说:"我在沙河一带侦察,发现来轰炸的其中一架飞机,在沙河上空划了一大圈,没有丢炸弹,却扔下来一张纸。这张纸飘落到一片草丛里,我就跑过去拣来了。"

聂荣臻紧皱起浓浓的双眉,没有说话,这时,几个侦察员接踵而来,报告的内容都是一样,说敌人开始向后撤退。大家听了,顿时松了口气,此时天色已黑,敌人又撤退了,军情暂时缓和下来。于是,聂荣臻叫大家烧晚饭吃。饭烧好了,战士们刚端起饭碗,几个侦察员又跑回来报告,说敌人撤退5里路后,又从原路包抄过来。

听到这个报告,聂荣臻面部无丝毫惊诧的表情,显出异常冷静和沉着。原来,当侦察员交给他那张纸,又报告说敌人开始撤退,他就觉得其中有诈。他思索着,既然敌人飞机两次目标明确出来轰炸,说明敌人已经发现要寻找的目标,怎么会轻易下令撤退呢?冈村宁次没这么傻,因此,他一听到敌人又原路包抄过来的消息,不由得笑了一声,说:"果然是假的,冈村宁次这只狐狸真狡猾。"

聂鹤亭说："冈村宁次搞假撤退，是为了迷惑我们，稳住我们，让他们调整部署，紧缩包围圈。"

"对，你赶快把朱良才、舒同、唐延杰召来，我们开个小会。"聂荣臻快速地挥挥手。

不到3分钟，朱良才、舒同、唐延杰来了。

聂荣臻说："我经过反复考虑，我们的情况为什么敌人知道得这么快，你们知道是什么原因吗？"

几个人都张大嘴，回答不出。

聂荣臻双眼发光，拍拍桌面肯定地说："问题就出在我们的电台上。敌人有测向机，能测出我们的方位。红军长征到贵州，我们缴获过川军一台测向机，后来丢掉了。敌人有测向机，不仅能测到方向，还能收到我们同延安联络的呼号，只要我们一开机同延安和总部联络，敌人马上就知道我们的位置，马上派飞机轰炸，派地面部队包围。"

聂荣臻一提测向机，提醒了大家，顿时恍然大悟，都点着头，表示同意聂荣臻的分析判断。

朱良才说："那简单，我们马上关闭电台，敌人失去目标，就找不到我们，我们就可以突围出去了。"

"关闭电台还不能解决问题。"聂荣臻摇摇头说，"要来个将计就计。"聂荣臻如此这般向大家一说，大家点头称好。

散会后，聂荣臻派人将侦察科长罗文坊叫来，对他说："小罗，从现在起，你要当演员，演军区首长。"

"首长，我们都被敌人包围了，还演什么戏？"

"是这样的，"聂荣臻神秘而又认真地说，"敌人很可能通过无线电测向机，找到了我们的位置，我们迎合他们的需要，来个将计就计，帮助敌人坚定合围的信心。军区电台很快要停止对外一切联络，由你带一个小分队和一部电台，到雷堡东边的台峪把电台天线架起来，用军区的呼号，不断和各方面联络。发报的具体内容，也就是你唱什么台词，就要你自己编喽，只要能迷惑敌人就行。"

小罗摸摸头笑了，聂司令员原来叫他唱的是调虎离山计。罗文坊高兴地说："我们和冈村宁次来个捉迷藏，用我们小分队的电台给敌人留个空中目标，造成错觉，要他向我们合围，然后与他们保持若即若离，把他们拖得越远越好。"

聂荣臻说："非常正确。这个任务很艰巨，既要叫敌人跟你们走，又不能叫敌人抓住，你脑子要灵，腿要勤，稍一打盹，就会被冈村抓住了。"

"首长放心!"小罗拍拍胸脯,立了军令状。

罗文坊带着小分队走后,聂荣臻指挥军区和地方机关1万多人,借着微弱的月光,凭着熟悉地形的优势,神不知鬼不觉,擦着段家庄的南山脚,在离敌人不足一里的空隙中,迅速地向西转移。大约走了八十多里路,来到阜平西北的常家渠。

常家渠,是一个只有几户人家的小山村,南侧虽紧靠阜平至五台的大道,但村庄隐蔽在离大道七八里的山沟里,四周山山相连,村庄就在两座大山之间,中间仅露一线天空,敌人的飞机看不到村庄,轰炸也很困难。

朱良才放下背包,环顾四周,见地形比较隐蔽,对聂荣臻说:"这个地方我怎么没来过,你怎么知道这里能隐蔽?"

"平型关战斗的时候,我带着部队从原平开往平型关的路上,经过这里一次。还有一次跟部队行军到五台遇到鬼子'扫荡',到这里来隐蔽过。两次到这地方,给我印象特别深。"聂荣臻边说边举望远镜观察。

他担心常家渠虽然比较隐蔽,但离五台和阜平很近,敌人的搜索部队来去很频繁,1万多人在这个小村,有一点疏忽大意,就会暴露目标,那后果就不堪设想。

聂荣臻作出3条决定:一、不准使用电台,二、不准烧火做饭,一律吃干粮,三、不经批准任何人不得出村庄。

罗文坊带着小分队和电台,一到台峪,就架起天线,大张旗鼓地公开用电台与各单位联络,但都没有发过一份完整的电报,敌人却如疯狗似的向台峪方向攻击,但一到台峪就扑空,不是找不到电台,就是碰到自己人发生误会。

罗文坊为了既迷惑敌人,又保存自己,叫小分队一会儿全部装扮成日军,一会儿全装成伪军,一会儿全部穿便衣,装成特工,而且常常跟在敌人后面。因为日伪军是大兵团协同作战,途中碰到不认识的自己人是司空见惯的现象。一旦发现离日伪军比较远,就选块平地,迅速架起天线,调好频率,用军区的呼声频频呼叫发报。如果敌人追来了,便收起天线,转移到另一个山头,甩掉敌人后又架天线呼叫发报,把敌人一会调到东,一会儿调到西,疲于奔命。

聂荣臻隐蔽在常家渠,每天都要在四周走走,用望远镜观察敌情。

这天下午,他在南山口观察,突然,他的眼睛盯住了东面,屏气静息地观察着。原来东面来了一辆装有测向机的汽车,接着有3辆卡车突然停下来,从卡车上跳下两百多个士兵,迅速成弧形向北面的山头搜索。士兵们手里端着明晃晃的刺刀,把一草一木当成可疑的目标,战战兢兢、小心翼翼地向前走着,好似既怕踩响了地雷,又怕山上射来的子弹。

聂荣臻发现一个奇怪的现象,这些搜索的士兵,一旦发现树丛中有鸟"扑扑扑"

地鸣叫着飞出来,便停止前进改变搜索方向。聂荣臻看了一会儿,突然明白了原由,不由得笑出声来,骂道:"一群机器,教条主义!"

原来,这群敌人是根据有人则有树,有树则有鸟,有鸟则无人的常规办事。突然,聂荣臻轻叫一声:"不好!"原来,他发现搜山的敌人朝常家崄方向走来了,虽然只有两百多个敌人,完全可以吃掉他们,但是枪声一响,必然要引来无数敌人。他估计这股敌人半小时后就会来到常家崄。怎么办?就在他焦急之时,有一只小鸟的啼叫声,提醒了他。他立即放下望远镜,命令警卫员直奔猎户张小泉的家。去他家做什么?原来,张小泉家养了不少鸟。

警卫员到了张小泉的家,把聂司令的意思告诉了张小泉。张小泉二话没说,取下几个鸟笼,交给警卫员。警卫员取来鸟笼,两百多个鬼子已经向这里涌来,连眼睛鼻子都看得很清楚。

聂荣臻心想,如果离鬼子远把鸟放出去,鬼子可能还看不到鸟飞,离鬼子近放鸟,担心鬼子发现隐蔽的机关人员。

这时,大家神情紧张地注视着一切动静,各自设想着怎样应付眼前出现的敌情。但是,他们都牢记着规定的一条纪律,不管周围发生什么危险情况,甚至敌人向你走来,没有得到聂司令员的命令,绝对不准任何人单独行动。因此,尽管大家看见鬼子围了上来,都把剧烈跳动的心提到嗓子眼,却仍然纹丝不动地隐蔽在自己的位置上。

聂荣臻隐蔽在树丛中,紧紧盯着两百多个鬼子,估计离鬼子200米左右,才吩咐侦察参谋刘明大声模仿鸟叫。鬼子听到鸟叫一个个抬头找鸟,警卫员就把鸟放出去,一大群鸟一出笼展翅飞翔,发出各种动听的叫声。这群鸟好像善解人意,生怕鬼子不知道,专门在鬼子头顶上,飞来飞去飞了一阵子,才离开这里,不一会儿飞到了常家崄。原来这群鸟是张小泉多年饲养的,舍不得离开主人。

张小泉一见鸟飞回来,又见鬼子没走开,又把鸟放出去,这群鸟飞来飞去,鬼子一见,都叽哩呱啦地掉转头走了。不一会儿,汽车载着200多敌人返回去了,大家一颗悬着的心总算落了下来。

下午,朱良才带着警卫员查哨,来到东面的一个山头,听见有争吵声,便疾步循声而去,只见哨兵与三个陌生的战士争吵。

哨兵见朱良才来了,便敬礼报告说,这三个战士自称是总部派来寻找我们的。

朱良才一阵激动,但是,在这个非常时期,没证没据,决不能轻信这三个陌生人。于是,他笑着说:"我是聂司令员,你们找我有什么事?"

其中一个矮个子战士,激动得上前向朱良才敬了个礼说:"啊!终于找到你们啦！总部与你们失去联络后，很担心，是总部首长派我们来寻找你们的。我们出来好几天了，好不容易才找到这里。"

朱良才心想，是真是假，一定要弄个明白。于是笑着对他们说："谢谢你们带来了总部首长的关怀，到里面去休息吧。'

矮个子说，"不行啊，我们还有不少弟兄在那个山头寻找，我去那个山头把弟兄们带过来，一起进去休息吧。"

朱良才见他们满头大汗，累得疲惫不堪，就说："暂不进去也行，走这么多路，一路上辛苦了，你们口渴了吧，我叫警卫员取点水给你们解解渴。"说罢，就叫警卫员去取水。

警卫员回到常家椡取水，实际上是报告聂荣臻。

聂荣臻听了自然非常高兴，就跟警卫员来山头，上前一一握过三个战士的手并问好。

聂荣臻机警的问了一句："总部首长近日身体好吗?"

"好好好，"矮个子回答说，"朱德、彭德怀、叶剑英、任弼时、左权他们身体都很好。"

矮个子的话还没说完，聂荣臻的脸色已由喜转忧，一个大大的问号浮在他的脑中。

对聂荣臻面部表情的微妙变化，矮个子心里"咯噔"一下，感到称呼不当，慌忙堆起笑脸说："刚才说错了，是朱总司令、彭副总司令、叶参谋长、任主任、左副参谋长，他们身体挺好的，聂司令员放心吧！"

聂荣臻不觉一阵哈哈大笑，吓得那三个人惊恐万状，不知所措地站也不是，走也不是。聂荣臻笑什么？原来，他从这个矮个子的讲话中发现了他们三人并不是自己人。因为朱总司令春天就到延安去了，叶剑英是参谋长，但他一直在重庆八路军办事处工作，任弼时早在1938年就到苏联担任中共驻共产国际代表。而且前几天总部下达的秋季反"扫荡"作战命令上，署名仍然是彭德怀、左权、罗瑞卿、陆定一。所以矮个子一番话，使聂荣臻断定，这三个人不是自己人，而是敌人。

此时，朱良才也察觉了，他不动声色地问："罗瑞卿现在怎样?"

矮个子没听清，愣了一下，以为是对口令，随口答道："是的是的，骡子不轻。"

聂荣臻和朱良才听了，更加断定这三人是敌人。

但为了稳住他们，聂荣臻故意转移话题，装作惊讶地说："哎呀，你们出来好几天，饿极了吧，光喝水不顶用。"说罢，向朱良才递了个眼色，"赶快搞点饭来给他们充充饥吧。"

朱良才心领神会地走了。一会儿朱良才领着几个战士带着食品来了。

正当这三人津津有味地吃东西时，带食品的几个战士，突然猛扑上去，三下五除二，将那三个人五花大绑地押进常家窳。经审问，果真是冈村宁次派出来的特工。那个矮个子说的八路军领导干部的名字，是根据抗战初期的八路军序列表说的。

审完特工，朱良才对聂荣臻伸伸舌头笑着说："好危险啊，差点上当。"

他们在常家窳隐蔽了七天七夜。第八天，聂荣臻根据侦察员报告说，敌人因搜索疲倦，转入白天搜索晚上休息，就和聂鹤亭、朱良才商量，决定和地方机关干部乘夜间敌人休息之际，分多路从敌人间隙跳出包围圈。

9月7日晚上，月光隐显，万籁无声，1万多人神不知鬼不觉地从几个口子，跳出了敌人在阜平至五台一线设的大包围圈。聂荣臻带着机关干部转移到漫山二分区。司令员郭天民安排他们美美地睡了一觉，吃了一顿饱饭。正在附近活动的一支队，听说军区首长来了，那高兴劲就别提了。

支队司令员陈正湘握着聂荣臻的手，激动地说："聂司令员，你们七天七夜没好好睡一觉，我们的心也提了七天七夜啊！敌人到处散传单，说我们军区全军覆灭，电台被炸毁，我们就是不相信，四处打听你们的下落。"

聂荣臻说："总部首长和毛主席、周恩来副主席不知道我的情况，一定也很着急。为了让总部首长和党中央首长尽快了解我们的情况，请你们用军区番号向外联络，掩护我们电台向延安和总部联络。"

陈正湘点头走了。

这天，关闭了七天七夜的晋察冀军区司令部的电台，又开始发报，随着清脆的嘀嘀嗒嗒的电键声，一份份电报从这里飞向延安，飞向各部，同时又收到来自各方面的一份份电报。

毛泽东、周恩来收到的那份电报，就是从这里发出的第一份电报。

燕赵英雄有后代

冈村宁次为了寻找晋察冀军区机关，天天派飞机在阜平、五台、涞水、易山等地上空盘旋侦察。有天，冈村宁次接到飞机侦察报告，说狼牙山隐蔽了至少5万八路军。冈村宁次断定晋察冀军区和主力一定藏在狼牙山，便命令第一三三旅团中村旅团长率领8000日伪军围攻狼牙山。

狼牙山,奇拔峻秀,高耸万仞,白云出没,气势雄伟壮观。中村率部来到狼牙山下,他在望远镜中,看到狼牙山是一片灰蒙蒙,他把那汹涌起伏的林海波涛,误以为是八路军主力要向山下突围,便一个劲地狂叫,要炮兵开炮,还要冈村宁次派飞机来助战。在飞机、大炮掩护下,敌8000官兵向山上乱窜乱叫。

其实,飞机的侦察报告是对的,隐蔽在狼牙山的是一分区一团七连和狼牙山四周的易县、定县、徐水和满城的党政机关干部及4个县的游击队,以及周围村庄的老百姓,合计5万余人。但并非是晋察冀军区机关和主力。而且,一分区领导已察觉到那么多人挤在狼牙山凶多吉少,在中村光临狼牙山前一天晚上,便命令部分军队5万余人由狼牙山转移到其它地方去了。山上只留下一团七连机动待命。七连连长刘福山和指导员蔡展鹏见日军来了,便利用狼牙山天险,分兵把口,灵活御敌,在敌人必经之道埋下了地雷,从各个方向朝敌人射击,造成漫山都是八路军的假象。

这一着,果然灵验,敌人冲到半山腰,踩响了连环地雷阵,一下子炸死炸伤几百个。中村在望远镜中观望到山上山下烈火熊熊,枪声密集,真以为网住了一条"大鱼",高兴得一下子喝了半斤酒。兴奋之余,他怕功劳被别人抢去,立即命令报务员发报。他用兴奋而嘶哑的声音向冈村宁次报告,说在狼牙山歼灭聂荣臻主力,战斗即将结束,黄昏时刻一定活捉聂荣臻。言下之意,胜利在即,冈材宁次收到电报,就不要派别的部队来了。中村发完电报,又调整部署,紧缩包围圈,要各大队务必在黄昏之前攻上山顶。

在激烈的战斗中,连长刘福山负了重伤,指导员蔡展鹏把刘福山藏在一人多高的草丛里,让一个战士守着,然后对六班班长马保玉说:"我们已伤亡不少,为了保存连队主力突出去,你们班留在山上坚持到晚上。然后灵活机动地撤出狼牙山,明天早上到东山会合。"

马保玉立正敬礼,神色严峻地说:"指导员,请你放心,我们班保证完成任务。"

告别之时,蔡展鹏默默地注视着六班五位仰首挺胸,威武不屈的勇士,流下了两行热泪。他心里深知五位勇士要顶住几千敌人,任务是相当艰巨的,困难是难以想象的,他给六班留下了足够的弹药,并帮助六班在阵地前埋下了几十颗地雷,然后擦干了告别的泪水,一咬牙,转身带着连队向龙王庙方向突围。

马保玉为了吸引敌人,让连队顺利突围,命令大家站起来举枪射击,嗷嗷叫的敌人,立即扑向六班。"轰轰轰!"地雷连着爆炸,日伪军鬼哭狼嚎,尸体横飞,未死的敌人战战兢兢地挪动脚步,在长官的逼迫下,仍是穷追不舍。六班战士见敌人上来了,连续扔出手榴弹,炸得敌人东逃西散,退下去了。敌人刚退下去,一阵猛烈的炮火随之而来。山上的石头被炸得"乒乒乓乓"满天飞,硝烟笼罩着整个阵地,他们五个人啥也看不见,彼此都担心战友遭到不幸。好不容易挨到敌人喘气休息,敌人停止炮击,马保玉仔细一看,嗬!五个人都在,谁也没伤一根毫毛。

六班同志一边用稀疏的枪声吸引敌人,一边往棋盘地山峰上爬。谁知那里早被敌人占领了,两挺机枪一个劲地朝他们射击,他们只好转身攀上牛角壶山峰。

牛角壶,地势异常险要,山峰凌空而起,因那远远伸出的悬崖酷似牛角而得名,使人望而生畏。而且牛角壶三面悬崖绝壁,只有一面有条崎岖险峻的小路,当地人都知道,爬上牛角壶,等于走上了绝路。他们登上牛角壶之巅,太阳已西斜,五勇士见三面是万丈悬崖,后面紧跟着几千敌人,意识到一场恶战即将到来!

马保玉对身旁的胡德林说:"看这形势,我们得作好牺牲的准备了。德林,你有什么想法?"

"从参加八路军那天起,就没准备活着回家,参军两年了,对死一点不后悔。"胡德林说罢,眼睛里流露出一丝眷恋之情,他低声说,"只是我心里有一位王兰兰姑娘,她一向对我很好。我参军时,送了我两双新鞋子,嘱咐我狠狠打鬼子。我死了她一定会难过的。"说罢,眼角滚下了一串清澈的泪水。他抹去泪水,反问马保玉,"马班长,你怎么想?"

马保玉望着天空缓缓流动的白云和胭脂似的夕阳,轻声说:"我想起了我爷爷说过的一句话。小时候,爷爷常带我到附近关帝庙去玩。我见庙中那些各种神态的罗汉,喜欢问这问那。爷爷讲,每个人来到这世界上,就像五百罗汉似的各有各的位置。我就问爷爷,我是属哪个罗汉,站在什么位置。爷爷说,你啊,调皮捣蛋,要等长到18岁才能定。18岁我参军离开家时,爷爷说,保玉啊,你是庙中那个拿刀的罗汉,命里注定你要当英雄啊!昨天,指导员向我交代任务时,我就想,爷爷的话说中了!"

"飞机,班长,飞机来了!"宋学义话音一落,三架飞机在五勇士头顶上盘旋一阵,俯冲下来,射出一串串子弹。飞机呼啸而过,擦在树梢上,小树像醉汉似的直摇摆。紧接着山下的一位胖军官,把战刀一挥,几百名敌人嗷嗷叫着冲上来了。

五勇士拼命扔手榴弹,敌人应声倒下,还有不少敌人慌乱中不小心踩了空,惨叫着滚了下去,坠入茫茫深谷。

"八路的,跑不了的!"不知从哪里传来了敌人的狂叫声。

"副班长!还有手榴弹吗?"胡德林叫了一声。

葛振林一摸腰间,没有了,忙问班长,班长摇摇手。这时,宋学义、胡福才的手榴弹也扔完了,很快子弹也打完了,马保玉就叫大家拣石头往下砸。

五勇士举起石头往下砸,有的石头大,一个人搬不动,他们就两个人抬。石头滚下去,砸得敌人乱叫。敌人暂时被压下去了。不一会儿,敌人又扑上来了,可是他们身边一块石头也没有了。

"撤!"马保玉情急之下大叫一声。

可是,往哪儿撤呢?他们心里明白,三面绝壁,敌人将他们逼到崖边。

马保玉铁青着脸,与大家一一握手,说:"同志们,死不足惜,我们的死是光荣的。我先跳了。"

副班长葛振林坚定地说:"班长,我决不当俘虏,我跟着你跳。"他看看手中的枪,说,"这枪是烈士们用鲜血换来的,不能丢给敌人。"说罢,随手把枪扔下了悬崖。

大家都默默地效仿他,纷纷把枪扔下去了。

胡福才动情地说:"我们在狼牙山学习训练,吃过乡亲们慰问的柿子、核桃,听团首长讲过,古代发生在这里易水河边荆轲刺秦王的故事,也在易水河边阻击过凶残的敌人。今天我们在这座山上掩护乡亲们突出重围,消灭了无数的敌人。任务完成了,我们可以无愧地与首长和乡亲们永别了。"

敌人逼上来了,五勇士正正军帽,大声喊道:"共产党万岁!""中华民族万岁!""同志们,乡亲们!永别啦!"

这气壮山河的呼声,久久地在这狼牙山群峰峡谷中回荡。

在惊得目瞪口呆的敌人面前,五勇士纵身跳下悬崖绝壁。

爬上高高崖头的敌人,目睹着这悲壮的场面,呆呆地愣了十几分钟。敌人面部的表情发生了微妙的变化,敌对的目光里露出惊讶、钦佩的神色。鬼子的指挥官中村更是吁声赞叹。一阵沉默之后,他突然沉痛地命令所有日伪军,排成一排排整齐的行列,正正军装,随着他的口令,恭恭敬敬地向五勇士跳崖的方向,连鞠三个躬。这群皇军武士,这时才发现与他们激战一天之久的敌人,不是聂荣臻的千军万马,而只是五位勇士,不得不折服五位勇士捐躯殉国的牺牲精神。

聂荣臻含泪听罢五勇士的事迹,赞叹道:"五勇士是我们晋察冀军区英勇抗日的一面旗帜,是我们学习的榜样。东晋末年诗人陶渊明在《咏荆轲》诗中,说的是壮士荆轲刺秦王的故事,就发生在狼牙山的易水河。诗中写的:'心知去不归,且有后世名。其人虽已没,千载有余情。'这可谓是五勇士的英勇气概的生动写照。"

黄寿发说:"一分区领导和地方党政机关,准备为五勇士树立纪念碑。建议请聂司令员为碑题词。"

"好!"聂荣臻点头应允,立即吩咐警卫员呈上笔、砚、纸,低吟片刻,挥毫题词如下:

视死如归本革命军人应有精神

宁死不屈乃燕赵英雄光荣传统

聂荣臻放下笔,突然想起了什么,便问:"黄寿发,勇士的战斗经过及牺牲场面,你怎么知道得这样清楚,难道有见证人在场吗?"

黄寿发说:"聂司令员说得很对,确有人目睹了这一切。"

"谁?"聂荣臻迫不及待地问。

"龙王庙村农民冉元同当时就躲在牛角壶山洞里。他就在五勇士身边,打仗时还帮五勇士搬石头砸鬼子呢。"

"那鬼子上了牛角壶,冉元同是怎么脱身的呢?"

"鬼子见五勇士跳了崖,就认为山上只有五个人,也没四处寻找。"

"聂司令员请接电话!"一个参谋过来叫聂荣臻去接电话。

在狼牙山激战中脱险的葛振林(右)和宋学义

建立于狼牙山巅的马保玉、胡德林、胡福才三烈士纪念碑

聂荣臻去了,一支烟工夫,笑吟吟地回来了,对黄寿发说:"你们分区高主任来电话,说五勇士中还有两位活着,现在被送到医院去抢救去了。"

"还有两位活着?"黄寿发又惊又喜。

"对,牛角壶对面山峰狼牙庙里的李老道,目睹五勇士跳崖,不禁大叫一声,跌坐在地,泪眼滂沱。葛振林、宋学义二位跳崖后,在半山腰被树枝攀住,负伤昏过去了,敌人也没看到,那个冉元同就更不知道了。李老道见鬼子走了,立即寻找,发现有两个活着,便急忙和几个农民爬上山,把葛、宋二人救下来,送医院去了。"

"这真是太好了!"黄寿发高兴得直抹眼泪。

几天后,一分区召开了隆重的追悼大会,授予马保玉、胡德林、胡福才三烈士为一团模范荣誉战士,对光荣负伤的葛振林、宋学义传令嘉奖,各赠"模范青年"奖章一枚。

狼牙山五壮士的英雄事迹很快传遍晋察冀,传遍了华北抗日根据地。

左权保卫黄崖洞

抗日战争时期,黄崖洞地区发多次战争,其中有名的敌我战斗力 12 比 1 的模范战例,就是 1941 年 11 月的著名的黄崖洞保卫战。

黄崖洞是黎城、辽县、武乡三县之间黄崖山的一个小洞。黄崖洞被称为洞,其实概括不了它整个地貌。这里沟壑纵横,曲折迂回,山里有洞,洞外有沟,沟里还有场,绵延十多里。站在大山顶往下看着不大,但你要沿着山梁走,一天也走不到头。八路军在这里举行过一次保卫战,战果辉煌,黄崖洞这个无人知晓的地方顿时扬名天下。如果没有那场保卫战,也许这个平庸无奇的小地方,至今也无人知晓。

1939 年 10 月,毛泽东鉴于当时的国共形势,要求八路军建立自己的兵工厂。因此,朱德、彭德怀根据毛泽东的指示,把兵工厂的厂址选在黄崖洞。经过半年的筹备,这个兵工厂每年能生产 4000 支步枪,3500 个掷弹筒,100 万发步枪子弹,20 万发炮弹,70 万枚手榴弹。

每年能生产这么多武器弹药,这对当时一无所有的八路军是何等重要啊!难怪彭德怀在各种会议上常说,这个兵工厂是他的半条命。一有风吹草动,他脑子里想的第一个问题,就是如何保住兵工厂。

这次,彭德怀在布置反"扫荡"作战任务时,把保卫兵工厂当作主要任务,要求各部队在黄崖洞 100 里范围内活动,以防不测,便于调兵支援。最后又派左权到兵工厂指挥作战。他率领总部机关撤出西林村,本想向南靠近一二九师部,但走着走着,两腿不由自主地向黄崖洞方向走去,来到黄崖洞以东的桃花寨停住了。

拂晓,他举着望远镜观察黄崖洞方向的地形。看了一会儿,他问身旁的罗瑞卿:"老罗,黄崖洞地形对我有利,1000 敌人进攻,特务团能守得住,假如 2000 敌人呢? 能不能守得住?"

罗瑞卿肯定地说:"能!"

"如果敌人来 3000、4000 呢?"彭德怀望着罗瑞卿,等他的回答。

罗瑞卿思索迟疑之际,李参谋插话说:"来 5000 也不怕,彭总用兵如神,就是来1 万也叫小鬼子鬼哭狼嚎。"

彭德怀沉着脸说:"红军四渡赤水后,我们三军团有个文化人歌颂毛泽东用兵如神。给我狠狠批了顿。人就是人，神就是神，人能变神吗？把人神化，对党对军队有好处吗？实事求是作风到哪里去了？"

李参谋不服气地说："我说彭总用兵如神是有根据的，红军到陕北，毛主席赞扬你的伟大功绩，为你写了一首诗。"接着脱口吟诗：

> 山高路远坑深，大军纵横驰奔。

> 谁敢横刀立马？唯我彭大将军。

"翻那些陈芝麻烂谷子的事干啥？"彭德怀瞪着眼说，"你啊，是只知其一，不知其二。毛泽东为我写了这诗，我不同意，当场我就叫毛泽东把最后一句改成：惟我英勇红军。你下次念这首诗，一定要把最后一句改过来。"

"报告彭总！"侦察参谋苏云章跳下马来，喘着气向彭德怀报告：进攻黄崖洞的敌人是三十六师团的高木、葛目、小野三个联队，加上三个炮兵中队、配备12门重炮、20门山炮、30门迫击炮，还有一个工兵中队一共5000人，而且敌人主攻方向在南口不在左会。

彭德怀听罢报告，反剪着手，一边沉思，一边踱来踱去，走了几个来回，立住脚步说："南口是我们兵工厂的主阵地，敌人很可能改变战术，要驻剿，不是过去抓一把就走的飞行'扫荡'。现在，敌兵力超过我们5倍。"

"要不要立即打电话给兵工厂，叫他们把机器和设备撤走？"罗瑞卿建议道。

"我俩想到一起了，"彭德怀边说边抓起电话筒，"左权吗？据侦察员的报告，敌人来了5000，我和罗瑞卿研究过，马上组织工人和特务团把机器和设备连夜撤上山……机器设备撤走也要打？……对，你和我想的一样，主要是利用地形把敌人吸引到那里狠狠打，你知道诸葛亮陈仓受挫的故事吗？诸葛亮在失街亭后出兵北伐曹魏，率领5万人马进攻宝鸡以东的陈仓。守陈仓的魏将郝昭只有1000人马，凭借居高临下地形，把诸葛亮5万人马杀得溃不成军。地形好，诸葛亮都奈何不得，小鬼子能比诸葛亮聪明多少？……对对，乘敌人准备进攻之际，在南口多埋些地雷，把黄崖洞变成敌人的坟墓。"

可是，11月7日，5000敌人到达南口后，竟然连续两天没有动静，敌人耍什么花招？小鬼子葫芦里到底卖的什么药？

说起来与陈永春有关。提起陈永春，兵工厂的所有人员无不咬牙切齿，他原是八路军守卫黄崖洞的特务团军务参谋。半年前叛变投敌。此次敌人"扫荡"黄崖洞，带路的正是他。

这天，他们一到南口，几个敌头目就瞪着眼睛听他介绍黄崖洞地势情况。

他急急巴巴介绍说："兵工厂在黄崖山下的黄崖洞，这里称地下长城，洞里还有洞,里面有好几个洞口,我们正前方的是南口,南口在半山腰,洞口前有个洞,是大沟,形成断崖小道,像半个瓮罐,军事上又叫瓮圪廊。沟上有吊桥,吊桥是木制的,可以随时吊起。沟里的水是前方一个瀑布冲来的,沟前有道山口叫大南口。大南口是一千多米长的槐树坪,是一片尽是石头的坡地。洞口至槐树坪有五十多个明堡、暗堡火力点,5道交通壕,纵横交错,形成交叉、直射、侧射、斜射、俯射等强大火力网……"

陈永春本来就有点结巴,加上黄崖洞地形也确实非常复杂,颠来倒去,老是重复。因此,他说得口干舌燥,王翻译听得昏头昏脑,译得颠三倒四,敌众头目听得稀里糊涂,如坠云雾之中。就这样折腾了一天,还没弄明白黄崖洞的地形。

第二天,性急的小野联队长气呼呼地对陈永春说:"你的,说来说去说不清的!你的,画一张图。"他见陈永春愣头愣脑地瞪着他,叹了口气,耐着性子打着比划说:"你的,画一张黄崖洞地形和兵力部署图。"

"明白,明白!"陈永春点头哈腰,接过纸笔,却不知从何画起,画画涂涂,涂涂画画,又折腾了一上午,一张图也没画出来。

这一下,惹火了高木,他露出一双怀疑的眼睛,嘴里叽哩咕噜了几句后,一步上前,挥起右手,"啪啪啪"对着陈永春的双颊就是重重的几耳光:"你的良心大大的坏,你的,有意拖时间,你的假投降的,你的死拉死拉的……"他"刷"地抽出指挥刀,一挥手,刀架在陈永春的脖子上。

那陈永春被高木打了几个耳光,双耳嗡嗡作响,天昏地转。突然,冰冷的指挥刀又架在颈子上,他只觉得双腿发软,眼看就要栽倒在地。

这时,另一位联队长葛目上前拦住高木,说:"别急,你杀掉他,还是弄不清,不如叫他慢慢讲。"转脸对陈永春说:"你的,在地上用石头瓦片摆个地形,简要说说黄崖洞有多少火力点?"

陈永春经这么一吓,头脑突然清醒了许多,说话也顺畅多了。他用最大的嗓音说:"太君,不用摆石头瓦片,我能说得清。"

"好吧,你再说一遍。如果你要什么花招,就死拉死拉的。"葛目警告他。

"黄崖洞周围有五六个口子直通向洞里,每一个口子有两层防线、三道火力网、四道雷区、五道暗堡,还有水沟、吊桥……"

高木又发火了,拔出刀,骂道:"算了,你讲一年都讲不清,死拉死拉!"说罢走上前要杀陈永春。

陈永春吓得躲在小野背后求饶。葛目讲了几句,高木只好把刀插入刀鞘。

他们决定先由一个联队打头阵,三个联队轮番进攻,可是,到底由哪个联队先上？一时没了主意。因为，这三个联队是平行单位，三个联队长也都是大佐军衔，谁也指挥不了谁，而且都想保存实力，不愿第一个挨地雷。因此，三个人像踢皮球似的推来推去。

到第三天即11月10日上午，高木联队长突然想了一个点子，用抓阄的办法，谁抓到有"一"字的纸条，谁的部队就打头阵。对于这个建议，葛目虽然不十分赞成，但也一时想不出更好的办法，只得抓"阄"。结果，葛目抓到了有"一"字的纸条，只好苦着脸认倒霉。

当葛目正准备命令工兵探雷时，陈永春又上前结结巴巴地说，南口埋的地雷外面包了一层东西，探雷器探不出来。葛目在无可奈何的情况下，想了个羊代人的办法，叫士兵到附近几个村子，抓了一百多只小山羊。下午，三百多步兵惴惴不安地紧跟在羊屁股后面，时刻提防突如其来的袭击。步兵后面是两百多名骑兵。接近雷区前，一路变两路，两路变多路，哇啦哇啦地喊着壮胆向南口涌来。

这里的地形悬崖多，死角大，容易迷失方向。后面紧跟的士兵见一百多只羊安全走过地雷区，也不知道是羊身轻，踩不响地雷。他们就大胆往前走，突然"轰"地一声，地雷开花，紧接着"轰轰轰……"几百个地雷同时爆炸，这时又从山上滚下无数滚雷，有的没踩响地下雷，躲不过头顶滚雷，有的躲过了头顶雷，但踩响了地雷，爆炸声隆隆，战马被惊得仰头长嘶，挣脱缰绳，四处逃散，幸存的鬼子东躲西藏，转来转去，被烟雾迷失了方向，不知向哪里逃。等烟雾散净，后退时，又遭到不知从哪个方向射来的子弹。炽烈的交叉火力朝着鬼子兜头泼来，鬼子防不及防，当即被撂倒一大片，没死的嚎叫着卧倒，一步一步向后缩。

葛目在望远镜中得知500多人损失100多，稍作准备，命令两门山炮向洞口打炮。因为洞口至敌人打炮的地方都是坡地，敌人看不清洞口的具体方位，只得盲目乱轰。轰了一阵子，葛目以为洞口没有活的八路军了，便挥舞指挥刀，命令400名士兵向洞口冲锋，特务团有两门炮，准备地雷爆炸后使用，当400名鬼子涌到洞前沟时，左权下令开炮，霎时，炮弹准确地在敌群中爆炸。一下子炸倒几十个。连续炮击半小时，400名鬼子被炸倒两百多，幸存的后退时，也被后面无数子弹击倒，葛目联队一千多人，两次冲锋损失三百多。

葛目自尊心很强，见自己部队在同僚面前败下来，很不是滋味，想乘黄昏时刻，再发动一次进攻，挽回自己的面子，又组织了300人朝南口猛扑。坚守南口的是特务团的三营六、七、八连，占领左右翼几十个地堡，构成密集的交叉火力网。当300名鬼子冲过来时，一声号令，所有火力点同时射击。隐蔽在拐弯处的暗火力点，用手榴弹炸鬼子的屁股，使日军进退无路，洞口前断桥下面清澈的泓山泉，霎时染成红色。日军遭到如此打击,发疯似的把死了的同伙像堆沙包那样架起来,想以尸体为梯,爬上断桥平台,哪知上去一个死一个,持续一个多小时,尸体越垫越高,一个都没爬上最顶层,天色完全黑下来了,葛目只得收兵休战。

半夜,日军突然开炮,特务团以为敌人夜间发起进攻,个个严阵以待。但是,炮击一阵后,不见鬼子出来,却见几十个老百姓嘴里不停地喊着:"八路兄弟,行行好,不要开枪,日本人逼我们来收尸,我们上有老下有小,没法子,万万不要开枪!"他们边喊边用绳索像捆猪牵羊一样套住尸体向后拉,拉了三个多小时才拉完。

第二天,严冬寂静的早晨,峡谷的洼地和山岗的斜坡上,积着一层薄雪。太阳刚从山巅后面露出,敌人又上来了,他们排着两路纵队往上冲。今天轮到高木联队进攻了,高木精明狡猾,他接受葛目的教训,采取兵分两路,一路继续进攻南口,另一路向左会山口进攻,企图南北夹击特务团。

站在武军寺南口高峰的彭德怀,在望远镜中看到了敌人动向,拿起电话与左权通话说:"左权,昨天打得很漂亮,今天不能麻痹。"

左权一手持电话筒,一手持望远镜回答说:"彭总,我看到敌人正分两股,有南北夹击的可能。"

彭德怀说:"我就为这事找你的,你马上命令特务团,调一个营兵力埋伏在道闯沟、驴驮岩,把向左会山口进攻的鬼子打回去!"

左权答了个"是"字,放下话筒,停顿片刻,又拿起电话筒,向特务团欧致富团长下达命令。

高木联队一队人马,进攻左会,半路上在道闯沟、驴驮岩被顶了回去;另一路来到南口,开始又是一番炮击。炮击过后,轮番向山口冲锋,快到断桥时,遭到一阵火力阻击,三营七八个投弹手,拧开弹盖往敌人头顶上扔。号称大钢板的机枪手朱南进,憋也憋不住,见敌人一个劲地爬上来,便勾住扳机不放,一梭子48发子弹"嘟嘟嘟"叫着,火龙般地一连穿过几十个敌人的胸膛。不到10分钟,敌人被压下去了。

半小时后,高木又组织了一百多人的敢死队。敢死队员光着身子,端着刺刀哇啦哇啦叫着一口气冲到断桥。这时断桥上的木板吊桥早已撤走,桥下是万丈深渊。鬼子们一个个愣在桥边上,进退两难。进吧,要爬崖过沟,又无处下脚,退吧,上司没下命令。这伙人真不亏是敢死队员,一部分人竟想贴着右边悬崖进洞,另一部分人想从浅水跳过水沟进洞。

坚守在此的八连连长彭志海,坐在断崖顶上,对敌人的一举一动看得非常清楚。他想等这一部分敌人下了沟,或贴着悬崖走一段路再叫大家射击。彭志海等到最后一个鬼子下沟时,突然,左手一挥"打!"刹那间手榴弹、滚雷、步枪、机枪响成一团,一百多敌人就像螃蟹掉在热锅里,被炸得横七竖八地乱爬乱滚。那面作前导的太阳旗,顿时成了血花旗。

有个满脸刀伤疤痕的戴眼镜指挥官,左眼被炸瞎。他左手捂着流血的眼睛,右手不停地挥舞大刀,怒吼着强令那些没伤和轻伤的士兵,拖着尸体搭起尸梯。死的人垫得不够高,还差一大截,就硬拖重伤员垫背,拖得重伤员像被杀猪似的嚎叫。有几个重伤员被推上,又坐起来骂着滚下来。重伤员不够,又叫轻伤员爬上去躺在重伤员上面,那轻伤员怎么也不肯。

鬼子搭尸梯时,三营战士没有开枪,他们像看猴子、山羊演戏似的边看边笑。

彭志海用生硬的日本话奚落下面的鬼子说:"太君的,你们听着! 刚才我们照顾你搭梯子,没有开枪,你们忙了好半天,尸梯搭好了没有? 时间到了,我们要叫你们改善伙食吃花生米了!"说罢,命令战士们射击。

大家早已瞄准了自己的目标,听到射击的命令,拼命开枪。一会儿,这一百多鬼子全死在沟里。

这天晚上,鬼子又逼着老百姓来收尸,十多头毛驴驮了三个来回,才把尸体拖完。

第三天一大早,彭德怀举着望远镜,向黄崖洞方向观察,一直到9点半,黄崖洞方向死一般寂静。

彭德怀嘀咕道:"敌人没有撤退,他们又要玩什么花样?"

他拿起电话问左权,左权说派出去的侦察员一个也没回来。

直到中午,才有侦察员来向彭德怀报告,说敌人正在调整部署,驻地到处贴着"皇军是钢,八路军是铁"等不伦不类的标语。下午,又有侦察员来报告,说敌人七八个指挥官正在观察南口左侧的跑马站。

彭德怀听罢报告,立即明白了敌人的意图。"好厉害的计划。"彭德怀吸了一口冷气。

"叮铃铃。"电话响了,彭德怀拿起电话筒,说:"啊,左权,有新情况吗? ……你讲的情况,我已经知道了,看样子敌人要改变战术,估计他们要分两路,一路从跑马站、桃花寨,从上往下打。另一路从正面进攻南口,两路互相配合,来个上下夹击……什么? 欧致富请示要求派部队出击?"

彭德怀略思片刻,继续说:"不能出击,部队离开阵地出击,很容易被敌人分割包围,也容易被敌人左右包围,防线也会逐渐被突破。这样吧,晚上组织部队在跑马站、桃花寨埋设地雷,并调一个排兵力守在跑马站,坚决堵住敌人。另外,守南口的三营要提高警惕,不能麻痹松懈。"

左权放下电话,向欧致富、郭林祥传达了彭德怀指示。

欧、郭立即召开各营领导会议,采取相应措施。

第四天吃过早饭,彭德怀站在南山高峰,举着望远镜瞭望,黄崖洞方向弹若飞蝗,炮似连珠,漫山遍野,云连雾接,翻搅得日月无光,只看到一团团冲天的烟雾,双方进攻情况无法看清,电话也不通,怎么办呢?彭德怀反剪双手,来回踱步,这时看见罗瑞卿从远处走来,就说:"老罗,今天战况激烈,黄崖洞方向一片烟雾,电话也不通,真急死人了。"

"彭总,左权在那里指挥,要相信他的能力,记得山城堡战斗,当时我们红军三大主力会师甘肃,蒋介石调集五个军,兵分四路向红军进攻,企图将红军主力消灭在靖远、海原地区。你当时是前敌总指挥,召开作战会议时,任一军团军团长的左权提出以红一军团、红三十一军重点打击胡宗南的第一军,以红二方面军、红四方面军钳制第三、第三十七军,对东北军第六十七军、骑兵军进行统战工作。你采取了他的方案,并由他统一指挥整个战役,战斗 3 天,打垮了第一军,吓退了其他 4 个军,第一军七十八师被全歼。那一仗,开始敌众我寡,敌人还有几十架飞机助战,也是很悬的。"

"此一时,彼一时。那是同国民党打,现在是同日本人打,这次日军 5000,而特务团只有 1000。"彭德怀的心仍然悬着,他忧虑说,"现在最头痛的是情况不明,无法下决心增兵还是撤退。"

罗瑞卿说:"彭总,我马上到黄崖洞去一下,了解了情况马上回来向你报告。"

彭德怀沉思片刻说:"好,那你就辛苦一趟,你去有两个任务:一是了解情况,二是代表总部慰问特务团,快去快回!"罗瑞卿走出五六米远,彭德怀又追上前,特别叮嘱一句,"路上注意安全!"

罗瑞卿带着警卫员一路小跑,半小时来到了黄崖洞指挥所,向左权了解情况。

左权举着望远镜说:"今天敌人集中所有兵力,兵分四路,从不同角度进攻南口,战斗出现了几天以来最激烈最险恶的场面,敌人炮击猛烈,所有电话线被炸断了,上下无法联络,失去统一指挥,而且许多干部的耳朵被震聋,听不到枪声,听不到别人说话。进攻的敌人以毒气、燃烧弹开路,特务团有了很大的伤亡,而且团指挥所有被敌人包围的危险。"

罗瑞卿举着望远镜边听边看,说:"彭总的指导思想是大量歼灭敌人,既然机器已转移,敌人也消灭了不少,目的已达到了,为避免伤亡,我建议特务团撤出战斗。"

"这样吧,"左权说,"我陪你到特务团阵地视察后再决定。"

罗瑞卿点头,和左权来到特务团指挥所。郭林祥正组织医务人员抢救伤员,副团长陈波、参谋长郭倡江各拿一面小红旗指挥战斗。

郭林祥见总部首长来到阵地,立即汇报说:"今天敌人分四路,以钳形攻势向南口逼近,有两路很凶猛,和我们几乎处在同一高度对打,我们伤亡不小,欧团长已负伤,正在抢救。"

"部队情绪如何?"罗瑞卿问道。

"虽然有伤亡,但情绪很高,大家决心与阵地共存亡。六连司号员崔振芳,一身兼三职,既吹号,又担负运送弹药,紧张时还参加战斗。昨天,他见敌人进攻人多,速度快,动作猛,蹲在工事里,两手开弓,像扔石头一样,把一个个手榴弹甩到敌群中,炸得敌人狼嚎鬼哭。"

"这个司号员是哪里人?"

"是山西洪洞县人。1937 年冬参军时才 14 岁,今年 18 岁了。"

"崔振芳是你们团的战斗英雄。你们赶快把他的材料整理一下,报总部授予战斗英雄称号。"

郭林祥沉痛说:"首长,他昨天牺牲了。牺牲前 10 分钟,他发现敌人放毒气,没等连长下命令,主动拿起号'嘟嘟嘟……'连续吹起来,战士们听到防毒气号音,立即用毛巾、洗脸布、口罩浸水后捂在鼻子上防护,战士没一个伤亡。但他被敌人子弹打中前胸。"

郭林祥说罢,用手抹去流下的泪水。

"他真了不起,危险时只想到战友,不顾自己的安危,牺牲了,更要授予战斗英雄称号。"罗瑞卿说完,对身边的许德厚参谋说,"崔振芳材料很生动,你赶快写一份事迹报告,再写一篇新闻报道,把崔振芳的事迹报道出去,让全军学习他。"

这时,左权派人把副团长陈波叫来,问他:"能不能再坚持一天?"

"能!请首长放心,不要说一天,就是三天五天也能坚持。"陈波握着拳头回答道。

郭林祥召来部分干部,听罗瑞卿传达了彭德怀的问候。之后,罗瑞卿和左权迅速返回总部,向彭德怀作了详细汇报。彭德怀正在低头思索,这时,王政柱向彭德怀报告,说黎城出动 1000 名日军向黄崖洞方向增援。

彭德怀自语道:"看来鬼子要拼老命抢占兵工厂了。"他抬起头问王政柱:"这1000 名日军目前已到什么位置了?"

王政柱上前指着地图回答:"已经过了洪林、南委泉,快到西林了。"

彭德怀点点头,紧皱眉头思索,不一会儿,他眼睛一转,一个较大规模的伏击战预案在脑子里形成了。他向罗瑞卿、左权招招手,三个人围在地图旁,彭德怀讲了伏击战的设想。罗、左二人点头同意。接着彭德怀口述电报,王政柱记录,一份作战命令通过无线电波飞速传到刘伯承、邓小平手中。

左权根据彭德怀的预案,策马赶到黄崖洞兵工厂。这时,暮色降临,左权向特务团传达了总部的作战方案,要求各连在明天即17日拂晓,撤出南口、左会、水腰各阵地,退入纵深阵地,并在撤出的阵地和兵工厂内埋设地雷。这天晚上,各连不顾一天的战斗疲劳,埋了近百箱地雷。

第二天上午,敌人见八路军阵地没有人,觉得蹊跷,但又不敢贸然占领,就用炮火试探,打了一阵炮,仍不见人影。鬼子放下心来,他们急于占领工厂,300个鬼子端着刺刀向南口攻击前进,攻到八路军阵地,不知哪个先踩响了地雷,接着几千颗地雷连续起爆,300名先头部队炸得只剩五十多人。倒下一批,敌人又上来一批。当敌人冲到接近南口又长又窄的栈道,不料两头地雷起爆,中间几个柴油桶起火爆炸,整个长长的栈道成了一条火龙,前后栈道都被地雷炸塌堵塞。第一批进入栈道的80名鬼子,全部被炸死、烧死。连续折腾了两天,敌人终于进了工厂区。但是,工厂内不要说找不到机器,连一个零件都没有,迎接他们的是遍地地雷和空中吊雷。就在这时,三个联队长都接到师团长从太原发来的命令,要他们火速增援黎城。

黎城发生了什么事?电报上没讲明,三个联队只好仓促集合队伍,向黎城方向前进。

原来,刘伯承、邓小平接到彭德怀的命令,派三八五旅十三团夜袭黎城。一千多人半小时突进城内,攻占了6个碉堡,火烧了一个炸药库和一个粮食库,把整个黎城闹了个天翻地覆。黎城是敌人三十六师团的后勤基地,驻守在这里的第九旅团大木联队,遭到突然袭击,频频告急。师团长只好命令攻打黄崖洞的三个联队,火速增援黎城。

这三个联队在黄崖洞九天九夜,被歼灭一千多人,离开时一千多具尸体被烧掉,还有一千多伤员,有的用毛驴驮着,有的用牛车拉着,有的用独轮车推着,就像一群逃难的叫化子,而且又逢下大雪,狂风卷着雪花,呼啸着,翻滚着,遮天盖地而来。地上的积雪齐膝盖,天地之间一片白皑皑。先头部队辨不清方向,也分不清哪里是河,哪里是沟,哪里是路,只好用竹棒探路,走走停停,停停走走,3个小时,才走出10里路。

当三个联队走到三十庙、曹庄、长畛背一线低洼地时,远处高坡上突然升起五颗红色信号弹,接着枪声大作,手榴弹和地雷的爆炸声响彻山谷。响声未停,路两侧又冲出无数支队伍,像一把把利剑,把日军队伍截成几截,然后一段一段逐个围歼。埋伏在这里的部队,正是一二九师的三八五旅、三八六旅和新编一旅的五个主力团,在刘伯承、邓小平指挥下,在这里等候一天了。他们身上厚厚的积雪与天地颜色一样,敌人别想辨别得清。

战斗两个多小时,敌人大部被歼,只有少数侥幸逃走。刘伯承又命令痛打落水狗,乘胜追击。一天一夜追到黎城,配合袭击黎城的十三团,彻底全歼了黎城日军,11月21日收复了黎城。

黄崖洞战斗结束,彭德怀、左权、罗瑞卿来到黄崖洞以西的弯则村,参加特务团的总结表彰大会。会场人山人海,特务团的宣传队敲起锣,打起鼓,扭起秧歌舞,连队与连队之间拉歌比赛,热闹非凡。

会议开始,左权兴奋地说:"黄崖洞保卫战,特务团以不足1000人,毙敌一千余人,打伤一千余人,其中大队长以上军官5名,我方亡40人,伤126人。敌我伤亡人数对比为12:1,创造了以少胜多的模范战例。这一胜利,粉碎了敌人对晋冀豫区的'扫荡',击破了敌人分割根据地的计划。"

彭德怀在热烈的掌声中,将"黄崖洞保卫战英雄团"一面大锦旗授予特务团。

下午,地方政府在黄崖洞镇召开庆功游行,彭德怀、左权、罗瑞卿应地方政府邀请来观看。

彭德怀看见人群中抬着毛泽东、朱德、彭德怀的画像,顿时沉下脸,对左权说:"岳飞打了那么多胜仗,还说'三十功名尘与土,八千里路云和月'。我彭德怀指挥一个黄崖洞保卫战算什么!功劳是特务团和兵工厂工人的,是黄崖洞民兵的。这样突出我个人不好……"话没说完,一排巨幅画像被众人抬着向彭德怀一行走过来。他大踏步迎了上去,笑着对众人说:"我这模样长得不好,也没什么功劳,有毛泽东、朱德的像做代表就行了。"话刚落,他已亲手将画架上自己的像扯下来。

霎时,众人的目光"刷"地对着他,那目光中有惊奇,有疑惑,有个年轻人"腾"地蹦上前,指着彭德怀说:"你是什么人?怎敢撕彭总的画像?"

左权扫视着愤怒的人群,他知道这些人还不知道扯画像的就是彭德怀,便急忙指着彭德怀大声解释说:"乡亲们,他就是我们的彭老总!"

"彭总,我们的彭总司令员!"人群沸腾,涌向彭德怀。

彭德怀微笑着站起身,大声说:"乡亲们,同志们!"

喧闹的人群顿时安静下来,都静静地听彭总的讲话。

他说,"同志们,乡亲们,请不要抬着我的画像,我只是个穿军装的老百姓,同你们一样,也是个乡下人,仗是大家打的,功劳是大家的。"

"哗!"掌声雷动,群情激昂,"彭老总也是我们乡下人!"

群众感到无比自豪。

罗荣桓留田脱险

彭德怀开完庆祝会回到总部，陈参谋不无担忧地告诉他，近日来与山东分局、一一五师的联系中断，他们可能遇到了麻烦。

在留田的山东分局和一一五师到底发生了什么事？原来，就在冈村宁次指挥太岳、太行"扫荡"作战的后期，中国派遣军总司令官畑俊六到济南视察，发现山东的八路军没有参加百团大战，队伍发展迅猛，便怒责驻济南的第十二军司令官土桥一次中将"扫荡"不力。

土桥一次却不服气地申辩说，从年初就开始了长达 10 个月的大"扫荡"，战果不大的主要原因不是自己无能，而是山东八路军在数量上已超过十二军。说完还将一叠情报递给畑俊六。

畑俊六一翻资料，不由得愣住了，他无法想象，八路军怎么会发展得这般神速。一一五师已拥有 6 个教导旅和 1 个鲁南军区，共 9 万人，山东纵队也发展到 5 个旅和鲁中、胶东、清河、滨海四个军区共 8 万人。17 万人啊！难怪土桥敌不过他们。

畑俊六看到这里，脸色缓和下来。可是再往下看，他又坐不住了，怒火"腾"地冲上脑门，刚刚缓和下来的脸色，一下子红得像猪肝。

一则资料说，这年 5 月，一一五师组织几个根据地的八大剧团，在宫县渊子崖组织了为时 10 天的联合演出。演出不但吸引了成千上万的老百姓，还吸引了大量的日本士兵。附近据点的日军不仅不开枪，反而三五成群混在老百姓中观看，有的竟拍手叫好。

另一则资料说，这年 8 月 1 日，一一五师在蚊龙汪举行规模盛大的军政检阅大会，会上进行了射击、投弹、武术、骑马等比赛。土桥派去侦察的三个特工，竟然在比赛结束时，向一一五师保卫部自首，加入了反战同盟。后来接连出现多次出逃事件。

畑俊六看到这里，气得把资料一推，板着脸孔，瞪着喷火的双眼，说："山东八路军如此风光，原因是你的部队感情太脆弱，照这样下去，你的部队不到两年就要被八路军同化了。危险！太危险了！"

畑俊六倒背双手，穿着皮靴的双脚"蹬蹬蹬"地在屋里快速地踱来踱去。

突然，他立住脚，一个快速的转身，站在土桥身边，大声地说："八路那么猖獗，你的，有什么打算？"

"报告总司令,我要求增加兵力,我发誓要荡平山东八路!"

"好,我立即发报给冈村宁次,要他派2万人火速增援你,如果不打垮八路军,军法从事!"这最后一句是从牙缝里挤出来的。

这时的冈村宁次正指挥部队对太岳、太行大"扫荡",处于节节受阻,举步艰难的境地。就在他骑虎难下,强弩之末之时,却收到畑俊六要他抽兵东援的电报,不由得喜出望外,立即命令部队停止"扫荡",增援山东。

冈村宁次自身难保,为什么那么痛快地答应畑俊六东援?冈村宁次后来给东京陆军部的总结报告中,说出了其中的原因,报告说:"此次'扫荡'太岳、太行共军,犹如狮子扑鼠,效力不大,原因之一是后期抽兵增援山东。"最后还说:"肃清华北八路军,非短期所能奏效,下次进行第三次治安强化运动,结合军事、政治进攻的总力战,以新建据点为依托,展开以经济封锁为中心。"原来,冈村乐于东援,是为了给自己找个台阶。

冈村从驻山西的第一军三十六师团和独立第三、第四、第九旅团中抽调10个联队,将驻河北的第二十一师团,第三十三师团全部调往山东。

畑俊六手中一下子有了5万兵力。10月底,他采取四面包围的铁桶战术,首先对八路军沂蒙山抗日根据地进行大"扫荡"。

畑俊六具体部署是,第三十师团及独立混成第十旅团由新泰、蒙阴、平邑、费县成弧形向东;第二十一师团、独立混成第五、第六旅团由沂水、宫县成弧形向西;第十六师团、第三十三师团由临沂、枣庄、汤头成弧形向北。

10月26日开始,畑俊六和土桥分别坐飞机在上空督战。

11月5日黄昏,5万日军的包围圈逐渐缩小到沂南县留田、牛家沟一带方圆20里路范围内。

此时,八路军第一纵队番号撤消,统一领导山东八路军的徐向前奉命返回延安。中央军委决定,由一一五师首长统一领导山东八路军;山东分局统一领导山东党政军民。山东分局、一一五师机关和山东纵队机关曾在青驼寺一起联合办公,1万多机关干部挤在几个小村庄,目标很大,罗荣桓命令山东纵队机关移向马牧池,一一五师机关和山东分局移向青驼寺东北的留田村。

徐向前离开山东后,一一五师领导班子作了部分调整,原任独立支队的司令员的陈士榘担任参谋长,原鲁西军区司令员兼政委萧华担任政治部主任。代师长陈光和政委罗荣桓没变动。

这天下午,山东分局、一一五师机关刚到留田,几部电台刚架好,就收到各旅和各军区的战况报告。

陈士榘拿着一大叠电报来到小草房,对陈光、罗荣桓说:"山东纵队一旅周赤萍来电报,说他们前天下午已转移到泰山区,在外线作战,连打了三仗,歼灭五百余敌人;抗大一分校来电,说他们前天晚上转移到泰安、泗水;鲁中军区罗舜初、胡奇才来电,说他们正组织部队和民兵打击日军'扫荡'部队,已打了两仗;教导一旅和山东纵队二、三、四、五旅来电,说他们转移到滨海南部、胶济路沿线及新泰、烟台一带,设法拖住日军'扫荡'部队,配合沂蒙山部队反'扫荡'作战……"

陈光焦急地打断他的话问:"有黎玉的电报吗?山东纵队机关在马牧池不知怎么样?"

"他们电台与我们电台联系已经中断两天了,估计敌情严峻,也许他们遭到敌人合围了。"陈士榘忧虑地说。

罗荣桓说:"此次敌人'扫荡'规模空前,他们从南到北,从东到西,撒开一张大网,从四面八方过来,对每个山岗、每个村子、每座山、每个山沟,横扫竖荡,反复清剿,像梳头一样梳过来,像耙地一样耙过去,像剃头一样剃光。山东纵队指挥张经武到延安,纵队机关和我们师机关应付这次'扫荡',恐怕会受到一定损失。"

"报告!"机要科长周兴华推门进来说,"刚刚收到山东纵队黎政委、王建安副指挥电报。"

罗荣桓急切地挥挥手,说:"你快念!"

周兴华念道:"我们3日晚在马牧池,遭1万多日伪军偷袭,伤亡150人。4日拂晓,分散转移到南墙峪,又遭敌人追踪合围,伤亡两百多人。今天上午,转移到新泰西南石莱一带。"

罗荣桓急步走到地图前,看着石莱地名,舒了一口气说:"好,到石莱就跳出了合围圈。"

"报告!"

"报告!"

"报告!"侦察员接踵而来,纷纷报告,说日伪军已包围了留田。

陈士榘请示陈、罗如何突围。

罗荣桓对陈光说:"我们开个会,议一议如何突围。"

"好!"陈光点点头。

通信员飞快转身去通知了,罗荣桓和陈光小声地商讨着,就在他们说话的工夫,山东分局、一一五师领导陆续来到草房。

陈士榘指着万分之一的地图介绍敌情说:"在一小时之内,连续接到五个侦察员报告,畑俊六指挥5万人,向沂蒙进攻,敌人采取分进合击、拉网、铁壁合围战术,进展很快,我们在留田的机关部队已被重重包围,最近的一路,离留田只有5里路,最远的不过15里,北面的骑兵已进到离留田4里路,已和我们的前哨部队接触。大家看我们向哪个方向突围比较安全。"

大家一听敌情严重,都默默地思考着突围的方案。一时间,草房安静得出奇。

还是萧华打破了沉默,他说:"我主张向东突围,东面兵力比较薄弱,封锁线没有完全形成,我们过沂河、沭河,进入滨海根据地,那里条件比较好。"

陈光说:"我主张向北面突围,北面有山东纵队和国民党于学忠部队……"

"报告!"一位高个子侦察员进来报告说,东南方向发现8架敌机朝这里飞来。

罗荣桓对身边王参谋说:"你赶快出去传达我的命令,要大家隐蔽在河滩上等待出发,不要暴露目标。"

王参谋走了后,草屋里安静了,陈光继续说:"我主张向北面走,还有一重要原因……"

"报告!"敌工部长王立人推门进来,对罗、陈说:"水野清送来紧急情报,请首长过目,也许对研究突围有好处。"

水野清自称是日本共产党员。他说,是日共中央派他打入日本最高特务机关驻济南的谋略部。他时常送来不少情报。几个月前,鲁中军区根据水野清的情报,打下铜井据点,消灭日军一个小队,缴获1挺机枪,俘虏一百多日伪军。

陈光、罗荣桓头凑在一起,快速地看罢情报。

罗荣桓对大家说:"水野清的情报,与我们收集的敌情,大体相同,不过,他对东面敌情说得比较简单,特别是台潍公路、沂河之间的平原上,只有敌人的一两个据点。"

大家听后都说,既然东面敌人兵力薄弱,那就同意萧华的意见向东突围。

"不,我改变主意了,"萧华反对说,"现在我主张向西走。"

萧华看看大家疑惑的目光,说出自己的见解。他说:"水野清此人虽然托老百姓送来几次情报,而且有些情报也确实有价值。但是,事关重大,我们必须有高度的警惕,不能轻易相信一个我们连面都没见过的日本人。他到底是什么身份,日本共产党也未向我们介绍过,总部敌工部也没掌握他的情况。他是日本的高级特工,也不是没有可能啊!也可能他先给我们一点小甜头,这次是不是设陷阱让我们钻?"

罗荣桓默默地点点头,心想萧华的分析有一定道理。这次行动关系到粉碎敌人的合围,保证山东军政机关胜利转移,关系到山东抗日斗争的成败。

罗荣桓听了大家的发言感到都有道理,水野清的情报虽非常及时,但是萧华的提醒也很有道理。过去,水野清送一些情报,使我们打一些胜仗,也可能是敌人玩弄的苦肉计,想以最小的代价换取最大的战果。再说,敌人已经离这里只有3里路了,时间刻不容缓。

想到此处,他站起来说:"同志们考虑怎样突围,怎样保存自己,这是对的。但是,还不够,应该考虑得更深一层,既要保存自己,又能粉碎敌人的大'扫荡',打击敌人的'三光'政策,使群众少受损失,这就全面了。"

他指着地图继续说:"不少同志主张向东突围,转移到滨海区。不错,东面敌人看起来薄弱,包围圈没形成。萧华同志却认为,这条路不能走,我同意这种看法,因为我们前几次反'扫荡'都是走这种路的,敌人已经摸到我们的行动规律,故意在东面留个空子,其实是个陷阱。上午,我们得到的情报,东面敌人的步兵的确少,但是,敌人在台潍公路的沟边隐蔽了不少坦克、汽车、骑兵。走东路等于走陷阱。北面有山东纵队接应,但国民党顽军很多,尤其皖南事变后,这些顽固派态度极坏,同鬼子穿一条裤子,反共反八路军。西面紧靠津浦路,日伪军碉堡林立,几百辆装甲车在铁路上来回日夜巡逻。"

说到这里,他果断地说:"我主张向南突围!"

"向南突围!"大家几乎惊叫起来。

孙参谋急忙说:"南面敌人最多,封锁最严,而且畑俊六和土桥的指挥部就设在南面临沂,千万不能走南面。"

"不!向南突围!"罗荣桓坚定地说,"不错,敌人在南面兵力最多,而且形成三道封锁线,但并不是没有一点空隙。现在畑俊六和土桥坐镇临沂,他们的眼光盯着沂蒙山区沂南,莒县,尤其一一五师、山东分局、山东纵队曾经住过的青驼寺、马牧地、东辛庄一带,而对临沂附近的后方却不太注意。那儿兵力空虚,我们出其不意地插到他们的后方去。"

这时一向沉默寡言的山东分局书记朱瑞接过话茬,不紧不慢地说:"我们走到临沂附近,最好超过临沂至蒙阴公路,直插蒙山的东南,在那里利用电台指挥部队反'扫荡'作战,一有机会就返回来。"

"对对,"罗荣桓点点头说,"我们想到一起了,我们到了临沂附近,如果图安全再走一段路就到外线,但是这样做不行,我们一定要设法返回沂蒙山,把鬼子赶出沂蒙山,才对得起沂蒙人民。"

"报告!"王立人又送来一份水野清的情报,只见情报上说:

八路军一一五师首长:

　　此次日军"扫荡",目的是企图歼灭一一五师机关和山东分局。根据各方面情况,东面敌人兵力较少,建议你们向东突围。如果你们感到向东突围不保险,可向西北方向突围到新泰、莱芜。前不久,我以国际红十字会名义,在这里办了个实验区。在实验区范围内,不许中日双方军人进入,只准老百姓和伤病员、老弱妇女儿童来这里隐蔽。我是一个国际主义者,不能眼看八路军首长入虎穴,建议你们一律以伤病员名义来我实验区隐蔽。我有责任保护你们,请相信我。

日本共产党员　水野清

11 月 4 日

罗荣桓看罢纸条,问王立人:"水野清在新泰、莱芜搞实验区的事,我听鲁中军区政委罗舜初说过一些,你们对这个实验区掌握多少情况?"

王立人说:"他办实验区,替老百姓看病,帮助鲁中军区治疗伤病员,确有其事。可是……"王立人顿了顿,提出自己的看法,"可是,日军是极端仇恨共产党,怎么会发善心,让他公开帮助我们抗日呢?"

"这个问题问得好!"陈光赞许地说。

罗荣桓推推眼镜,对王立人说:"水野清本身就不清,我们暂时不理睬,但不要把关系弄僵,他的情报有多少收多少,不主动接近,看他下一步棋怎么走。"

陈光接过话茬,说:"我同意罗政委的意见,我们向南突围不变!"说罢,用蓝铅笔在地图上画出三三道弧形的蓝线,标明敌人的三道封锁线。又用红铅笔,先画一个红圈,引出一道红线,穿过三道弧形蓝线,由南转西停下。

接着,陈光转身对大家说:"这条红线是我们的行军路线,从留田穿过张庄,绕过高里,转向西南,超过临蒙公路,插向诸满以南,在这个地方——王沟停下来。王沟离敌人的心脏临沂不过50里,是日军两个师团的接合部,也是敌人空虚的后方,有山区可依托,有群众可依靠。"

会议结束后,陈士榘把特务营营长陈士法、副营长黄国忠叫到地图前面,对特务营任务作了分工,营长和教导员带领一、二连作前卫;副教导员带四连居中,副营长带三连后卫。为了避免敌人无线电测向机跟踪,陈、罗二首长关照分局和师部电台中断一切联络。

夜幕降临,留田周围的山头上,全被鬼子占领,日军烧起一堆堆篝火,烧红了寒夜的天空。四面的敌人不断放起不同颜色的信号弹,好像流星划过天幕,枪炮声,马的嘶叫声,鬼子的吆喝声,不时传到河滩上。河滩上隐蔽着三千多山东分局、一一五师机关人员以及特务营战士。他们正紧张地静静地等待出发命令。

当时静肃无声,空气非常紧张。月亮还没升起,四周一片漆黑。朱瑞、陈光、罗荣桓等领导从草房内走出,来到河滩上,走到队伍前面。他们后面紧跟着一大群参

· 205 ·

谋人员、警卫人员和侦察员。他们走到哪里，都亲切地同大家打招呼，顿时，几千人的身上犹如注射了镇静剂，吃了定心丸。大家望着分局和师首长从容不迫的神态，对突出重围充满了信心。

大家一个紧跟一个默默地向南走，爬了两个山坡，涉过一条小河，又翻过一道高岭，到了台潍公路。路中间站着两个侦察员，面对面拿着小红旗，相距 10 步远。在侦察员 200 米外的公路上，各有一个机枪班，朝两面警戒，准备应付突然撞来的敌人。

三千多人刚跨过公路，背后公路上传来一阵阵汽车喇叭声和马蹄声，还有隆隆的坦克声，正向留田方向开进。这是梦想在拂晓前全歼山东分局和一一五师机关的鬼子队伍。大家回首望望远去的大队鬼子，不禁庆幸早走了一步，避免了一场战斗。

过了第一道封锁线，走了一会儿，侦察科副科长周云从队伍前面跑到中间，向朱、陈、罗报告："前面还有 3 里路就到张庄，这是敌人设置的第二道封锁钱。"

朱、陈、罗三人走出队伍，向前面张庄方向观察一会儿，他们看见张庄附近几个山头燃着火堆，火堆连成一条弯弯曲曲的火线，宛如奔走的火龙。火龙有个地方中断，显出一片黑，大约有 1 里多路。

罗荣桓指着前面说："张庄以东有 1 里路一片漆黑地带，估计是敌人之间的接合部。"

朱瑞、陈光点点头。陈光说："周云，我们的判断如果准确，通知大家跑步穿过敌人结合部。"

"是！"周云敬了个礼，跑步赶到前面侦察。果然这 1 里多路是敌人之间的接合部，全是一片坟包。他想，一定是这些小鬼子迷信，怕鬼怕神，不愿靠近坟包，造成这一薄弱点。于是，他立即发出快速通过的信号。

可是，令人大惑不解的是罗荣桓却发出原地休息的口令。他们不理解，此时靠近敌人，却要大家休息，这不是凶多吉少吗？

罗荣桓就像没听到大家的议论，却抬头看着天空，然后他神秘地对大家说："同志们不要急，我们八路军是正义之师，老天爷会帮助我们的。"

大家听到他这番话，更加莫名其妙。这时弯弯的月亮升起来了，大地、山村一片银白，大家都担心在月光下会暴露目标。奇妙的是 10 分钟后，一团团雾气渐渐围拢过去，雾气越来越浓，月光下大地朦朦胧胧，一米以外什么也看不清。

陈士榘笑着说："天助我也。这不是老天放的烟幕弹吗？"

陈光诙谐地说："难道就只许孔明借东风，就不许我八路军借雾吗？"

这时,众人露出惊奇的目光,看着罗荣桓。

罗荣桓笑笑说:"诸葛亮借东风,是罗贯中在《三国演义》中神化诸葛亮。刮风下雨自然现象,不是谁想借就借得到的。不过不管诸葛亮借东风也罢,我们今天巧遇浓雾也罢,说明我们可以利用气象规律,巧借天时出奇兵。苏军曾经有个星期五制度,要求各部队每个星期五,利用气象统计所得出的周期性规律,预报星期六的天气。我们在沂蒙山作战,应该研究和掌握这一带的季节交替时的天时、气温、风向,这对指挥作战将大有好处。"

罗荣桓说罢,陈光立即低声对大家说:"大家作好战斗准备,向后传,一路纵队成三路纵队,跑步前进!"

口令一个传给一个,队伍很快走成三路纵队,半小时后,队伍过了一半,几千人的跑步声,传到西山上的鬼子哨兵耳朵里,哇哩哇啦叫几声,见没人理睬,便射来一阵子弹。子弹嗖嗖地从大家头顶上飞过,大家没理会,不停地向南飞奔。因浓雾弥漫,鬼子哨兵也不知道有多少八路军,不敢贸然过来,好像送行似的远远地边吆喝边打枪。

1个小时以后,部队安全通过第二道防线。

队伍顺着蜿蜒的山路,又走了1小时,周云跑来报告:"前面还有4里路到高里,高里一带敌人封锁很严,请首长决定怎么办?"

"怎么办? 好办不好办都要通过!"罗荣桓用命令口气说,"你带5个侦察兵去探路,发现能通过的口子,立即派人警戒,注意搜索,马上回来报告。"

周云带着5个侦察员出发了,走出几步路,就消失在茫茫浓雾之中。半小时后,他们来到高里,这里大大小小的山头上,全是一堆堆篝火。火光下,不时出现鬼子的游动哨,每隔几分钟,天空升起一颗颗绿色信号弹。

周云判断,敌人有规律地打信号弹,可能是定期向左右部队通报情况。他和5个侦察员在山头之间转悠着,发现一个十字路口,是骡马大道,南北是人行小路。周云准备把突破第三道封锁线的口子选择在这里。

就在这时,大道西面忽然连来3个黑影子,黑影移动一会儿,停下来打一发绿色信号弹,接着附近几个山头也升起了几颗绿色信号弹。

周云判断,这是敌人的巡逻兵,便拉着侦察员躲在树丛后面。原以为这3个巡逻兵打完信号弹,马上就离开这里,没想到3个巡逻兵走到离他们不远的地方坐在地上休息了,3个人边抽烟边聊天,嘻嘻哈哈,笑声阵阵。

周云急得满头大汗,心想,这3个拦路虎,如不马上走开,我们大队人马来了怎么通过? 他的脑子快速地转动。半晌,计上心来,向5个侦察员做了个手势,侦察员心领神会,悄悄地绕过树丛,摸到鬼子后面,一个箭步上前,两人扑向一个鬼子,只见几把锋利的匕首闪了一下,3个鬼子一声不吭倒在地上。

他们马上把尸体拖向一边,拾起地下的三八大盖。周云又叫另外3个侦察员剥下鬼子的衣服,迅速穿起来。戴上钢盔,打扮成鬼子巡逻兵。这时,一个山头升起绿色信号弹,周云也捡起信号枪,向天空发射了一颗绿色信号弹。

周云打完信号弹,派了一个侦察员向陈光、罗荣桓报告情况。

十分钟后,大队人马经过十字路口,看见这里站着三个日本兵,嘴里不停地喊着:"同志们,这里敌情严重,快跑步前进!"手一挥,低声说:"向南走!"

周云每隔几分钟打一发信号弹,两边山头的鬼子听到这里发出的跑步声,又抬头望望信号弹,感到莫名其妙,明明有八路军,却一发一发信号弹报告平安无事,不知怎么一回事。但又不敢向这里贸然开枪,更不敢走过来问个究竟。

过了高里,已是敌人后方,走了两个多小时,漫天迷雾渐渐散去,天边出现了淡淡的曙光。罗荣桓命令部队折而向西,来到一个叫埠山庄的村子里宿营。这个村庄离临沂城50里,紧靠敌人控制的临沂至蒙阴公路。在村边的小土岭上,用望远镜可以看到公路上敌人来回运送弹药的汽车,敌人做梦也想不到,他们组织5万人"扫荡",想消灭的山东分局和一一五师机关却藏在他们的鼻子底下。

陈光叫陈士榘派出警戒,督促大家抓紧时间睡觉。一夜奔跑劳累的干部战士,躺在软软的草铺上,听着远处隆隆的炮声,好像是催人入梦的催眠曲。部队在这里安安稳稳地睡了一天,晚上又继续向西走,走了五个多小时,来到费县东北的黄埠前,在这里住了五天。

彭总险遭不测

5月15日至19日,冈村宁次指挥第三十六、第六十九师团共七千多兵力,奔袭驻东崂的三八六旅。三八六旅在陈赓、王新亭指挥下,及时转移,冈村宁次扑了个空,而且在他们回头的路上多次遭伏击,被歼灭八百多。

据侦察,冈村宁次扑空后,即将对太行的八路军总部和一二九师师部进行"扫荡"。如何阻击冈村宁次的"扫荡",彭德怀想听听三八六旅的经验,于是,就叫来了李达。

一二九师师部在赤岸的会里村,与总部驻地麻田镇相隔不远。两小时后,李达策马赶到了总部。

彭德怀上前握着李达汗津津的手说:"据说冈村宁次要光临麻田镇了,我们总部机关也要反'扫荡',总部机关是个电灯泡,能照光不能碰。因此,请你来出出主意。"

李达从口袋里掏出一张纸,递给彭德怀,说:"彭总,你先看看这个。"

彭德怀接过一看,原来是鬼子的传单,上面写道:

一、北伐北进军事第一,扫除苏联赤化。

二、西伐西进政治第一,煽动重庆政权。

三、南伐南进文化第一,联络联盟投降,拥护汪精卫政权,以达协助统一中国之目的。

彭德怀阅罢,不胜惊讶地说:"这三个第一很有道理,冈村宁次果然是个中国通啊!且不说第二、第三条,就说这北伐北进军事第一,就是针对我们陕甘宁边区和华北抗日根据地而言。他们知道,共产党和八路军的抗战决心,施用煽惑手段不灵,也联络不上,就采取军事'扫荡'。"

李达说:"难怪他们一而再,再而三地向华北发起大'扫荡'。"

"嗯,冈村宁次这个对手不简单啊!"彭德怀点点头,若有所思地说。

"彭总,"李达言归正传,说道:"日军这次'扫荡'的总方针仍然是'广大广大的开展,紧缩紧缩的消灭',把经常性的边地蚕食和对腹心地区的'扫荡'紧密结合起来。他们采取铁桶战术,企图把我军堵在铁桶里面闷死。为了达到这个目的,他们采取了两个毒辣的手段:一是在他们的大队出发前,先以先遣队佯动,搞声东击西。利用电台和汉奸造谣、欺骗、麻痹和威胁我军。比如,他们的进攻目标是中条山,却放风说是浮山。同时,派出大量便衣特务混入根据地,在我军可能经过的地方,大肆搜捕民众;对不提供八路军情报的,在脸上用烙铁刺字,还杀掉全家老小,把房子烧掉,威逼他们当向导,寻找我军埋藏的资财或做其他破坏工作。日军还派出多股别动队,带着电台,在大部队前行动。有的藏在交通要道旁的麦地里和山头上,有的在交叉路口伪装八路军,采取捉人、窃听、观察等种种方法,刺探我军动向和根据地情况。"

彭德怀插话说:"你说得对!敌人这一招很毒辣,记得去年1月25日,三八六旅被袭击,政治部主任苏精诚牺牲,就是事先被敌人窃听了电话。防奸保密工作太重要了,一不小心,我们的脑袋就会被敌人挂在城门上示众的。"

"敌人第二个手段——"李达呷了口茶,接着说,"当敌人包围圈合拢以后,即在空中以飞机侦察轰炸,从四周以梳篦队形向中心压缩。为了防止我军遗漏出包围圈,他们又在合击圈处,即在我军可能转移的要道上,布置了一些小型的残置部队,专门袭击我们突围出来的部队。"

彭德怀说:"小鬼子这一招蛮精的嘛!他们这种残置部队就像撒网拉鱼,吓鱼入网的响子,想把我们突围的部队吓回他的包围圈内吃掉。"

李达点点头,又继续说:"第三个手段,敌人常常伪装八路军,秘密突然行动。为了直接捕捉我军首脑,不惊动经过的村庄,而是绕道行走,一旦发现目标,立即用飞机调动人马,蜂拥而来,搞人海战术。"

"冈村宁次把我们的人海战术学去了。"彭德怀对左权说,"为了打破敌人的铁桶战术,你根据李参谋长介绍的情况,拟几条经验性的指示,立即下发各部队。"

左权思维敏捷,边听边记,李达讲完了,左权的指导反"扫荡"的文件也拟好了。他一边拿着笔修修改改,一边说:"我将草稿念念,你们斟酌斟酌。一、日军此次'扫荡'重点是八路军高级机关和根据地的集体资财,要求各部队机关必须精简,精简后的机关按班排编成战斗队,资财要妥善隐藏好。二、部队及机关一旦被围,指挥员要沉着冷静,意志要坚定,指挥部队和机关从薄弱环节中突出包围圈。三、在日军来合围之前,要组织若干小分队在可能合围的路上埋伏好,一旦被围,立即冲出包围圈,并与圈内的部队协同好,内外结合狠狠打击敌人,这是最最理想的一着。四、在作战要线上设立秘密情报通信机关,积极搜集和传递情报,组织便衣队打击日军的便衣队,除掉日军的耳目。五、各根据地党政机关和部队,要对部队、群众进行气节教育,被包围或者被捕,不丧失立场,要坚定地灵活地与敌人斗争。"

彭德怀点头称好,说:"左权,你马上把这五条发给各部队参照执行。"转脸问李达:"邓政委到中条山有消息吗?"

"有!"李达翻开记录本说,"昨天,邓政委发来电报,自今年2月以后,阎锡山命令梁培璜的六十一军向我决死队二一二旅进攻,杀害了两个县的地方干部。邓政委根据总部指示,到中条山组织三八五旅、三八六旅、决死队一旅、二一二旅共10个团兵力,4月15日发动浮翼战役,激战两天,攻克茶房庙、杨家掌、李家堡、胡家岭、天坛里、半家垣、疙瘩山据点,歼灭阎军1100人。4月19日,梁培璜被打得招架不住,厚着脸皮到三八五旅认错,要求双方停战。邓政委答应停战。"

彭德怀恨恨地说:"阎锡山和梁培璜,亡我之心不死,给他一点厉害就老实些,过几天又会配合日本人打我们。你回去给三八五旅、三八六旅发个电报,要他们警惕阎锡山、梁培璜的报复。"李达点头。彭德怀又问道,"敌人这次围攻总部和你们师部,刘师长和你们司令部是如何安排的?"

李达说:"刘师长设了三个方案,如果敌人从各个方面向我驻地会里村来个铁桶大会战,我们则采取避实就虚战法,避开敌主力,迅速移至外线作战,打击敌人侧背,摧毁敌人补给线,袭击敌据点,迫使敌人退兵,此为上策;如上策实行不了,则与一方来的敌人略为战斗,即跳出合击圈外,打击敌人后方,此为中策;如被敌人像铁桶似的困住,我们就留一部牵制吸引敌人,大部拼命撕开一个口子突围,此为下策。"

"考虑得很周到。"彭德怀说,"但是,事情并不像想象的那样简单,战端一开,往往手快的打手慢的,有备的打无备的,这是一条规律。我们万一麻痹,或者哪一方面工作做得不到家时,即使是走下策,也要争取好结果。"

彭德怀说到这里,回忆起1937年10月24日,一二九师七七一团进行的七亘村战斗,说:"那年在昔阳七亘村,七七一团因警戒疏忽,加上汉奸帮忙,遭到鬼子袭击,这个团被打散了,受到毛泽东的严厉批评。但是,这个团战斗力很强,打散了就各自为战,几天以后,师部转移到北界都,打散的人员陆续归队时,个个都有战利品,有的戴着缴获的日军五星帽,有的穿着日军黄呢大衣,有的把自己的枪换成了三八大盖。记得当时美国记者史沫特莱正好到你们师部采访,见到此情景,写了一篇报道,题目是:一支打不垮的军队。后来,七七二团在七七一团鼓舞下,在七亘村两次设伏,都打得很漂亮。"

李达感叹说:"彭总,这次动员时,我们就拿七六一团在七亘村失利的例子教育大家,即使打散了,也要各自为战,有口气就要战斗到底。"

"噢,那我们都想到一块了!现在你们的准备工作做得怎样?"彭德怀问。

李达说:"政治部蔡主任已动员了三次,部队情绪稳定,都在积极准备着,粮食、鞋子都筹集齐了。部队的服装工作也做了。武工队深入到敌占区,在敌人屁股后头展开政治攻势。现在的问题是机关不大好办,机构庞大,坛坛罐罐又舍不得扔掉。"

李达刚要讲话,门口传来一声"报告!"便衣侦察员柳小谷跑来说:"彭总,5里路外发现敌人的特别挺进队!"

彭德怀瞪大眼睛,疑惑不解地问:"特别挺进队?什么叫特别挺进队?"

柳小谷说:"敌人有六支特别挺进队,是专门打扮成八路军,人人有一台小型发报机,执行刺杀我军高级将领的任务。他们手上人人都有朱总司令、彭副总司令、罗主任、左副参谋长、刘师长、邓政委、李参谋长、蔡主任等人的照片。"

"报告!"又一个侦察员跑来,报告说,3万多敌人已经把一二九师师部和总部分别包围了。

"报告!"王政柱跑来,对李达说,"李参谋长,刘师长来电话,催你快回去,师部已经出发20分钟了,要你向固新方向追赶师部。"

李达急忙告别彭德怀,策马向固新方向飞奔。

彭德怀、左权正在商量如何应付,机要科顾科长来报告说,电台出现一个奇怪的呼号,不时用生硬的中国话说:我是一二九师师部,请回答!不一会儿又说,我是八路军总部,请回答。

彭德怀对顾科长说:"说明我们已被敌人盯上了,电台赶快停止工作,断绝对外一切联系。"说罢,对左权说,"你赶快到侦察科,10 分钟内把敌情确实搞清,15 分钟后,在教堂内召开各部门负责人会议,研究突围问题,一小时后,总部机关、北方局、党校立即分头转移。"

不到十分钟,左权就把敌情搞清了,他匆匆赶到教堂内,彭德怀和各部门负责人都已在此等候。

左权拿着一根小树棍,走近地图,指着图说:"冈村宁次坐镇保定,第一军司令官岩松义雄坐镇潞安,指挥独立混成第三、第四旅团和协同作战的第一一〇师团的独立混成第一、第八旅团,从东面、北面,第三十六师团从西面、南面构成合围圈。他们在合击圈内正在寻找我总部。5 月 19 日,敌人以为我总部在测鱼镇,就连续袭击测鱼镇。扑空后,以为我总部在松烟、拐儿镇,又配合长治、武乡、辽县之敌袭击松烟、拐儿镇。再次扑空后于今天下午就向我总部驻地麻田镇袭击。现在我们已被包围了。下面请彭总讲话!"

敌情严重,教堂一片静谧,大家静心屏息,眼睛"刷"地看着彭德怀。

彭德怀面色严峻,他说:"同志们,局势扰人啊!我估计到敌人最近要大'扫荡',但没估计到敌人来得这么快,这么凶。天天讲要侦察敌情,还是麻痹大意,现在敌人像洪水似的涌来了,我们不少单位还没转移出去。我们总部机关和供给部、军工部、北方局、党校、新华分社,还有后勤的被服厂、鞋袜厂、制革厂、肥皂厂、纺织厂等等,加起来万把人。这么多人中不少都是手无寸铁,不要说打仗,就是跑也跑不掉了。这么多机关和工厂怎么办?"

他打住话头,挥挥手说:"现在讲这些没用了。我还是一句老话,仗打赢了开庆功会,打死了开追悼会,打败了开斗争会。"

彭德怀果断地下令:"现在我宣布机关和工厂突围编队,左权指挥警卫连保护总部司令部机关转移,罗瑞卿指挥政治部警卫排保护政治部机关、文工团、新华分社转移,杨立三指挥后勤警卫连、运输连负责供给部、卫生部、军械部、军工部和杂七杂八的工厂的转移,杨秀峰负责北方局、党校转移。现在合围敌人的薄弱环节没找到,具体突围路线等转移到南艾铺、高家坡一线再决定。"

说到这里,彭德怀顿了顿,缓缓口气,心情沉重地说:"同志们,北方局、总部、党校是八路军的心脏,是指挥千军万马的中枢神经,能不能突出重围,关系到整个八路军的胜败。我们一定要带领他们跳出敌人的合围圈。"

最后,他向大家恭恭手,高声说:"同志们,我彭德怀过去从不求人,这次就算我第一次张口,拜托你们,一定要把大家带出去,现在散会!"

彭德怀的一声"拜托",与会者的心头顿时一阵热浪涌过,热泪悄然而下,那肩头好似压下了千斤重担,沉甸甸地,此时无声胜有声,大家默默无声地走出教堂,分头进行准备工作。

彭德怀走出教堂不远,后面传来呼唤声,他回头一看,来人王近山,外号"王疯子"。

王近山,湖北黄安人,15岁参军,17岁当连长时,在一次战斗中,和敌人肉搏,抱住一个敌营长滚下万丈深渊,头上被尖石穿了个洞,他从昏迷中苏醒后,不管自己浑身是血,以惊人的毅力拔出手枪,打死了敌营长。

王近山20岁当副师长时,在长征途中率领突击队,冒着如雨的子弹,抢渡大金川,登岸后端着机枪抢占滩头阵地,他一人就歼灭100多个敌人,掩护了红军顺利渡河。接着指挥部队攻打天全城。

固守天全的是刘湘的精锐部队"模范"师。该师装备精良,工事坚固,师长张东黎曾夸口说:"纵有红军数万,也难飞过天全。"

王近山带领部队,拂晓前翻越高山,一小时就从敌人侧背攻进了天全。正在端碗吃早饭的敌人如梦初醒,扔掉饭碗,仓促逃跑。王近山端着机枪紧追,打死了敌师长,占领了"模范师"师部,攻占了整个天全城。

每次战斗,不论大小,那端着机枪冲在前面,为部队开路的便是王近山。为保护他的安全,徐向前派了七个警卫员跟着他,徐向前给这七个警卫员的权力很大,这权力就是当他端机枪冲锋时,警卫员就拉住他。他如不听劝说,七个警卫员一拥而上,把他压在地上,"逼他就范"。王近山作战勇猛,像一头发了疯的猛虎,徐向前就叫他"王疯子"。

《三国演义》中有一段关羽刮骨疗毒的美谈。1937年的一次战斗,王近山左上臂中了一颗子弹。子弹钻进了骨头,卫生部长钱信忠为他做手术取子弹,当时缺乏麻药,钱信忠急得到处找麻药。

王近山知道后,咧咧嘴笑着说:"钱部长,没有麻药没有什么关系,小鬼子的刺刀我都不怕,还怕你手上小小的手术刀? 你是不是太小瞧我'王疯子'了?"

于是,钱信忠小心翼翼地拿起手术刀帮他取出子弹。

手术进行了三个小时,王近山和警卫员下棋也下了三个小时。手术完毕,王近山的内衣湿透了,钱信忠的内衣也能挤出水来。

钱信忠轻轻吁了一口气,钦佩地说:"'王疯子',你打仗是'疯子',做手术却是'王关公'。"

从此,一二九师的医生都叫他"王关公"。

这年5月,王近山接替了陈赓的职务,担任三八六旅旅长。

彭德怀听到有人呼唤,回头一望,惊讶地问道:"'王疯子'! 现在什么时候了,你怎么跑到这里来了? 有什么事吗?"

王近山说:"彭总,我奉刘师长之命,专门来保护你突围的。"

"乱弹琴,我彭德怀是穷叫化子出身,既无资财,又无高深学问,值得你这个旅长来保护吗?"彭德怀火冒三丈,推着王近山说,"你快回去带兵打仗,你丢下一个旅跑到我这里来,我要处分你!"

王近山解释说:"彭总,刘师长说你是八路军一军之主,敌人这次'扫荡'的主要目标就是你啊!"

"不要解释了,你们刘师长大,还是我彭德怀大,战地危急时刻要听最高首长的命令,懂吗?"彭德怀圆睁双目,逼视着王近山。

王近山说:"两个首长的话都要听嘛,刘师长是我的直接首长,你是最高首长……"

彭德怀情急之下,拔出手枪,对王近山说:"快走,不走我就执行战场纪律,处决你。"

王近山看彭德怀真发火了,吓得连退两步说:"我走,我马上走。"然后扮了个鬼脸说,"彭总,有人说我是天下第一的犟脾气,我看你是第一的第一。"说毕,跳上马背飞奔而去。

彭德怀望着远去的王近山,摇摇头笑着说:"这个'王疯子',没事找事做。"

教堂会议后一小时,夕阳西下,北方局、总部等机关在总部警卫连拱卫下,向南艾铺、高家坡一线转移。1万多人,加上1000多匹骡子的资财,队伍缓缓而行。走了7个小时,才走了20多里路。彭德怀望着这行动极度迟缓的庞大队伍,忧心忡忡。

24日黎明,队伍走到虎头山下,与从桐峪、上清泉、下清泉沿着清漳河扑来的日军遭遇。左权指挥警卫连抢占虎头山下、前阳坡、军寨的险要山头。警卫连200多个战士,守着各个山头要道,抵御着2000多日军的反复冲锋。敌人攻不动,拖着一具具尸体退回东崖底。

战士们还没来得及喘口气,突然,退回的敌人放出无数个信号烟。随之调来了大批敌人,大约两小时后,虎头山、东崖底、佛崖底等周围几座山,山上山下全是日本兵。1万多日本兵来后,没有进攻,也不打枪,四周一片沉寂,不知他们葫芦里卖的什么药。

大约过了半小时,一个戴眼镜的军官,脚前挂了个大望远镜,骑着高头大马来到山下,指挥着刚刚调来的2000多骑兵,50门大炮和100多门迫击炮,架在总部机关的四周。显然,日军已对北方局、总部等机关构成了层层包围圈。

在离高家坡不远的一块凹洼地里,彭德怀正召集各部门领导人开会。

彭德怀一手叉腰,一手指着四周说:"同志们看到了吧!漫山遍野的鬼子在虎视眈眈地瞅着我们,请转告大家,为了中华民族,大家有一口气都要战斗下去!不能当孬种,不能当汉奸。左权率司令部和北方局机关为一纵队,沿清漳河以东,由南向北突围;罗瑞卿率政治部及直属队和党校、新华分社为二纵队,向东南方向突围;杨立三率领后勤部门和几个工厂为三纵队,向东北角突围。"

"司令部一科、二科有指挥经验的参谋人员,分别带着电台插入各纵队,协助部门首长指挥部队突围。"左权补充说。

彭德怀高声说:"散会。我命令突围开始!"说罢,举着枪跃身上马。

"轰隆隆!"敌人的大炮响了,迫击炮响了,机关枪也响了。炮弹、燃烧弹带着刺耳的尖叫声纷纷倾注在突围的人群中。

刹那间,喊杀声连天,遍地火苗乱窜,天地之间成了烟山火海。许多人顿时倒在血泊之中,血肉模糊,再也起不来。有一些人身上中了燃烧弹,呻吟着拼命在地下打滚,压灭身上的火。有的抱着血流如注的脑袋,眼睛被血挡住视线不知向何走。奔跑的人群感到头顶在嗡嗡作响,耳朵什么也听不见。

彭德怀随着人群来到十字岭。这时"呜——咣!"一发炮弹在彭德怀附近爆炸,巨大的气浪把他从马上掀倒在地。王政柱急忙上前扶起彭德怀。谁知彭德怀刚被扶起,又被一颗炮弹爆炸的气浪掀倒。

这时8架红头轰炸机飞临上空盘旋一会儿,便超低空飞行,追着人群投弹、扫射。

彭德怀见漫山遍野奔跑的突围人群,双掌合拢作话筒,声音沙哑地对着你呼他喊的人群高喊:"同志们,不要怕飞机,不要光看到天上的敌人,要注意地面敌人,快冲啊!"

左权远远地见彭德怀倒下又爬起来,爬起来又倒下,急忙奔过来对王政柱说:"王科长,彭总交给你了,你要设法保护他突围出去。"又对彭德怀说:"彭总,过去我一直服从你的命令,现在我负责机关突围,你要服从我的命令。你的转移不是你个人的事情,是整个八路军的大事,只要你突围出去,就代表总部突围出去了。你的转移路线由王科长负责,快走啊!"

左权一边催促着,一边大声说:"这里由我负责。"

彭德怀心头一热,但立即坚定地摇摇头说:"乱弹琴,在总部最危急的关头,我怎么能一个人走!"

左权见彭德怀坚持不走,便四下张望,见警卫员唐万成走过来,便严肃地命令道:"唐万成,你应该知道怎么保护彭总吧?还不快叫人把他扶上马。"

"是!"

忠勇的唐万成不管彭德怀愿意不愿意,向周围几个战士一招手,几个战士"呼啦"一下全扑过来,七手八脚地把彭德怀抬上马。

唐万成手一挥:"连人带马给我一起推!"

彭德怀身不由己,泪水模糊了双眼。他对左权说:"好了,不要推,我走,这里交给你了。"说罢,深情地看了左权一眼,挥起马鞭,冒着炮火从熊熊的火焰中穿梭飞奔,终于突出了重围。

太行恸哭左权

左权目送彭德怀突围之后,一颗悬着的心终于放下了。他轻轻地吐了一口气,正欲转身,一颗炸弹在他不远处爆炸,巨大的气浪把他掀倒在地。左权马上爬起来,去追赶司令部直属队。他边跑边招呼奔跑的人跟上队伍。

这时,他见郑科长倒在地上,头部血流如注,上前摸摸他的鼻孔,已经没有一点热气。为了使郑科长静静地安息,他用力把尸体推向路边一个大坑,掩埋好尸体。

左权又跑了一段路,见机要员罗健躺在地上,大口大口喘气,左权知道,女同志掉队后被鬼子抓走,即使不被打死也要被奸污。他便弯腰想拉她走,可是左权已经一天一夜没吃没喝,饿得头昏眼花,浑身没有劲,怎么拉也拉不动她。

警卫员郭树保被人群裹得走了一段路,找不到左权,心急如焚,回头转了几圈,终于在这里找到左权。急忙上前将罗健拉起来,和左权一起,一人拉一只手,拉着罗健跑,在十字岭山腰间赶上了大队人马。

左权见这里是敌人枪弹射不到的死角,招呼大家休整。

左权望着疲劳、杂乱的队伍,发现少了许多熟人,知道有人跑散,有人牺牲,心头一阵难过。但他意识到,现在还没有冲出包围圈,便忍着悲痛说:"同志们,敌情再严重,大家也不要慌。因为慌了没主意,也没力气,大家要听从指挥,跟着警卫连一齐冲。只要冲过前面一道封锁线,就冲出包围圈了。"说毕,他就到队伍中清查人数,检查机要。

在清点中发现五部电台全丢失了,一箱文件也不见了。

左权就问机要科同志:"电台重扛不动,但是文件箱太重要了,里面有密码本,这比我们生命还重要!"

大家面面相觑,都不知道文件箱的下落。

左权说:"同志们,文件箱中有近几年党中央的重要绝密文件。这箱文件落在敌人手中,后果不堪设想!"

众人一听也急了,有几个机要员都争着要去找文件箱。

左权看着一个个面色苍白的脸,轻轻地摇摇头,低声说:"你们都不行。文件箱有七八十斤重,既要力气大,还要能应付敌人。"此时,左权的眼睛盯住了正拿着水壶的郭树保。

此时郭树保说:"参谋长,你一天一夜没吃没喝,嘴唇干裂了,赶快喝点水润润嗓子吧。"

左权哪里听见郭树保的话,他自言自语道:"嗯,不错,个子大,力气大,就叫他去。"于是,急切地说:"树保,机要科的文件箱不见了,他们都是些书生,瘦小体弱,又跑了这么多路,早没劲了,只有你能完成这项任务,你辛苦一趟去把文件箱找回来。"

"参谋长,不行啊!我的任务是保护你,我不能离开你。找文件箱另派人去吧。"郭树保恳求道,他的眼睛扫向左权身边另一个警卫员张增华。他说:"叫小张去吧,小张也很机灵。"

左权脸色严峻说:"树保,小张是刚入伍的新同志,没打过仗,没有经验,还是你去吧。"

郭树保勉强应了一声,转身朝来路方向飞奔。左权又叮嘱道:"树保,你朝北艾铺方向找总部,我在那儿等你!"

左权回过身,对坐在地上直喘气的几个警卫员说:"警卫员要警卫总部机密,要保护电台,保护机密材料,保卫机要人员。"说罢,将身边的几个参谋和警卫员分配到机要人员中去。

就在这时,一个参谋飞奔而来,来到左权面前,上气不接下气说:"参谋长,那路边有个怀孕的女同志,躺在地上说要生孩子了。"

"哎呀,简直是乱弹琴。"左权心里着急,跟着那个参谋奔过去,就说:"同志,是不是快生孩子了。"

"本来还有半个月,谁知这一段路跑得紧,产期提前了,孩子……"孕妇话没说完,便痛得大叫起来。

他冷静下来,叫警卫员请来医生,叫三个战士拉着雨衣挡着,算是临时产房。

不到 10 分钟,听到"哇"一声婴儿的啼哭声,左权命令 3 个战士说:"你们 3 人的任务,就是保护这位女同志和孩子,让母子二人平安突出包围圈。"

"参谋长,快走,快跟我走!"这时,唐万成不知什么时候奔到左权身边,边拉左权边喊。

唐万成是护送彭德怀突围的,左权急切问道:"彭总呢?他在哪里,有没有突出去?"

唐万成说:"彭总已冲出包围圈,是他叫我来接你的。"说罢,拉着左权就跑。

"不行,你快去保护彭总!"左权用力甩开唐万成的手,严肃说,"我是负责司令部机关和直属队的,我的岗位在这里,我不能擅自离开岗位,你先走吧。"

唐万成望着左权,为难地说:"参谋长,你说我该怎么办,听你的彭总不会答应,听彭总的,你又不肯,我怎么办呢?"

此时左权顾不了那么多,他生气说:"你啊,你唐万成怕彭总,是因为彭总有制服你的杀手锏,他用一下杀手锏,你就乖乖地听话了。"

彭德怀制服唐万成的杀手锏是什么?提起这个杀手锏,引出一段故事。

那是 1940 年春天,日军三十六师团的三个联队,配以特种兵部队共 1 万多人,分头向辽县、沁县、襄垣、潞城出发,向桐峪镇、洪水镇两地合击八路军总部和一二九师师部。八路军总部和一二九师巧妙地和敌人兜圈子捉迷藏,敌人由甲地从大路到乙地,他们便从小路由乙地转到甲地。三十六师团几次扑空,便请一一〇师团来助战,两个师团企图在涉县的黄泽关和黎城的桐峪镇围歼总部和师部。彭德怀和左权侦察到敌人动向,指挥总部从武军寺出发,秘密穿过三十六师团与一一〇师团的结合部,跳出了敌人的包围圈。

唐万成带着警卫连两个排兵力,跟在总部司令部后面,队伍走到襄垣以南一个山坡,发现不远处一队日军,人数不多。见了鬼子就想打的唐万成,见到嘴的肥肉,岂能白白丢掉!立即命令两个排,迅速占领有利地形,给敌人一个突然袭击,不到半小时,全歼了这股敌人,还捉了 8 个俘虏。这仗打得挺顺利,自己没有一个伤亡,缴获也多。

唐万成带着战利品返回宿营地,兴冲冲地去见彭德怀。谁知,彭德怀不但不表扬,反而拉长了脸,毫不留情地批评了他,打胜仗为什么要批评?原来敌人的队伍比较密集，附近的鬼子听到枪声赶来增援，虽然迟了一步，却包围了政治部队伍，致使政治部造成了不少损失。

彭德怀知道后，怒气冲天，把唐万成叫来，两手按住他的肩膀，压他坐在板凳上，铁青着脸骂道："你这个唐万成，谁叫你打的！你愿意打狗就打狗，就不管狗来咬别人？你打了敌人，俘虏了鬼子，我不稀罕，你愿打仗马上叫你到前线，你打他个七七四十九天，我也不管你……"

此后，只要唐万成有个不是，彭德怀就说起这事，唐万成就一声不吭。

这次唐万成带着几个战士，护送彭德怀突出重围，来到一个小树林，这里已经聚集了一些总部干部。

彭德怀坐在大石头上，想到左权的安危，就命令唐万成回头去接左权。

但是，唐万成看到远处大路上，不时有日军车队和马队来往，便指着公路上的鬼子说："这里不太平，万一鬼子发现我们，我还要保护你同鬼子周旋……"

话音未落，彭德怀发火了："又不听招呼，再不听招呼，我……"说罢，拔出手枪对着唐万成。

唐万成见势不妙，转身就跑。

俗话说，人要脸，树要皮。此时彭德怀揭他的短处，唐万成心里很不是滋味，又看彭德怀用枪对着他，便无可奈何地摇摇头，叹了口气，对彭德怀身边三个警卫战士说："小张、小李、小王，彭总就交给你们了，有个好歹我找你们算账。"说完，掉头就跑。

这时，日军的包围圈逐渐缩小，十字岭周围山头全被敌人占领，这里本来是个死角，此时却在敌人的枪口下。突然，又飞来5架敌机，疯狂地向人群猛烈扫射，又有一部分人中弹倒地。

左权登上一块高地，用嘶哑的声音高喊着："这里不能隐蔽，鬼子马上就冲过来了，同志们快冲，冲出去就是胜利！"

惊恐的突围人群，见左权从容不迫地站着，情绪也渐渐稳定下来，秩序好了，突围的速度也快了。

"轰！"一发炮弹在左权身边爆炸。他回头张望了一下，向大家喊了一声："快卧倒！"

"轰！"又飞来一发炮弹。这发炮弹不偏不倚正好击中左权，他仰面倒下了。

三个战士冲过弹雨和炮火，向左权扑去，嘴里喊着："参谋长！参谋长！"他们只知道哭喊，一时却不知如何办。

哭喊声惊动了李锡周、穰明德、李克林三个党校学员。他们跑过来，一摸左权

左权

的鼻孔,已经没有气,便摇摇头,流着泪,用毛巾将左权胸部、腿部、左额的血揩干。穰明德从左权身上取下左轮枪,又从路边捡了一个草黄色背包,把背包打开,覆盖在左权身上。三个人默默地将遗体安放在一堆灌木丛中,再在灌木丛上面盖满了青枝绿叶。

突围战斗持续了3个多小时,除了部分牺牲和被俘的人外,大部分冲出包围圈,在清漳河泽城以北的南山村找到了总部。警卫连保护左权的3个战士都牺牲了,彭德怀一时不知道左权的下落,急得直跺脚。

这天晚上,穰明德、李锡周、李克林3人突围后迷失方向,找了十几个山头,一直到5月30日才回到总部。

穰明德把左权的手枪交给王政柱,并说了左权牺牲的经过,所有在场的人顿时大哭。

彭德怀望着窗外,沉默了许久,他悲痛地说:"我们一定要报仇雪恨,向敌人讨还血债!"他从牙缝中迸出几句话说,"今后我们要做三件事,第一件是报仇,第二件是报仇,第三件还是报仇!"

6月2日,新华社报道了左权不幸牺牲的消息。消息传到延安,中共中央领导无不震惊和悲痛。毛泽东、朱德、叶剑英等,手持电讯稿,默然致哀良久。

这天,朱德将左权的夫人刘志兰从中央研究院接到延安自己住的窑洞,挥泪写下《吊左权同志在太行与日寇作战战死于清漳河畔》这首诗:

名将以身殉国家,愿将热血卫吾华。

大行浩气传千古,留得清漳吐血花。

朱德将这首诗赠给刘志兰以志哀思,并嘱她节哀。

晋冀鲁豫边区政府将辽县改名为左权县,在涉县石门举行公葬左权大会。

左权牺牲的消息,在太行、晋察冀、晋西北、冀鲁、平西、鲁西南等地军民中传开后,为左权报仇的呼声,犹如火山爆发震撼着华北大地。

滕代远出山

6月20日,敌人开始撤退,为时1个多月的夏季反"扫荡"胜利结束。

夏季反"扫荡"结束后,彭德怀闷闷不乐,一向冷漠的脸上霜色更重。原来那天突围结束,他派人清查人数和物资,得知牺牲了不少同志,后勤的资财几乎全部丢失,总部的5部电台一部也没有找回。对作战经验丰富的彭德怀,"扫荡"与反"扫荡"对他来说是家常便饭。这次反"扫荡",他预料到会有一定的损失,但如此大的挫折,他是没有想到的。

左权殉难的那几天,他茶饭不思,寝坐不宁,左权的身影始终在他的眼前晃动,开饭时间,警卫员王传和总要叫他几遍。有时饭端到他面前,他总是盯着王传和,看得王传和全身不自在。

这天刚吃过早饭,彭德怀就接了几个电话。电话没放下,屋内已挤满了准备请示报告的人。他刚拿起笔签阅电报,王政柱又跑来叫他接电话。

彭德怀不高兴地说:"一会儿接电话,一会儿要批复文电,我彭德怀就是三头六臂也忙不过来。王科长,你快把秘书长叫来!"

眨眼工夫,秘书长杨献珍来了。

彭德怀没等他来到跟前,用手指指周围的人说:"你看看,自从左权牺牲后,每天都有这么多人来请示报告批复文件。我整天忙得像陀螺似的直转。我叫你发电报向中央要个参谋长,为什么到现在还没回电,你马上再发一份急电去催催,叫他们赶快派个参谋长来。"

杨献珍解释说:"彭总,中央肯定知道你工作忙,特别是司令部,事无巨细,都要你亲自处理,迫切需要一个得力的助手。但是这个人选不大容易找,可能要有一个物色过程,再加延安中央的各机关正在开展整风运动,各方面工作又忙,所以……"

彭德怀不耐烦地打断杨献珍的话,说:"算了,你别解释了。我昨天晚上睡觉失眠,就想到一个人选,就是滕代远。你看合适不合适?"

杨献珍点头说:"不错,是个合适人选,滕代远是湖南人,是你的老乡,和你一起组织平江起义,担任红五军领导。红五军上井冈山,同红四军合并,你俩又担任红军领导。以后成立红三军团时,你俩又同时担任三军团领导。一个军团长,一个军团政委,一唱一和配合得多好。记得当时的中央叫三军团打武汉,你和滕代远不同意中央决定,提出打岳州,结果两小时就打下了岳州。滕代远来当参谋长,你俩是一对老搭档,再好不过了。"

"我也投赞成票。"罗瑞卿从人群中挤到彭德怀面前说,"抗战初期,滕代远担任军委参谋长,毛泽东、周恩来很信任他,常常赞扬他是个难得的好参谋长。他每天上午和下午,从几十份敌情资料中分析敌伪动态及部署,做出综合分析,提出自己的见解和决策主张,然后在晚上 11 点至 12 点向毛泽东汇报。12 点以后回到总参,又连夜把敌人动向及毛泽东的指示向部队传达。他每天处理前方几十份电文,从不积压,随到随批。所以毛泽东对他的工作非常满意。"

"不过……"杨献珍欲言又止。

彭德怀火冒冒地盯着杨献珍说:"不过什么,有话快讲!"

杨献珍说:"我估计中央不一定会同意。"

"为什么?"彭德怀、罗瑞卿异口同声问道。

杨献珍说:"你们想想,滕代远现任抗大副校长,要他离开抗大到总部工作,中央怕一时找不到接替他的人选。"

"不同意也要同意。"彭德怀扭着头对杨献珍说,"你立即拟份电报给中共中央,说我彭德怀一定要滕代远来当参谋长,快去发电报。"

杨献珍去发电报后,彭德怀想想杨献珍的话有道理,便对罗瑞卿说,"罗主任,我们来个双管齐下,直接找滕代远,征求他的意见。他如同意就先借来用用。"

彭德怀是急性子,想到哪做到哪,说毕就拉着罗瑞卿出门上马直奔抗大。

抗大的前身是红军大学,原在陕北瓦窑堡。1937 年改名为抗大,随中央迁往延安。1939 年 7 月迁入晋察冀地区,1940 年 2 月转移到武乡蜗龙镇。百团大战后,敌人反复"扫荡",又迁到邢台以西浆水镇。抗大校长名义是林彪,实际主持工作的是副校长罗瑞卿。罗瑞卿担任八路军政治部主任后,就由滕代远接任。

长话短说。八路军总部驻地麻田镇离浆水镇近百里路,彭、罗二人快马加鞭,穿山过壑,5 个小时就到了浆水镇。

这天,滕代远正和副政委张际春、教育长何长工总结反"扫荡"经验。见彭德怀、罗瑞卿策马赶来,不知发生何事,急忙迎出

毛泽东在抗大演讲

门外。

老战友相逢，一番喜悦自不必说。

彭德怀踏进抗大，发现校舍被烧毁不少，问道："鬼子也来打扰你们啦?"

"承蒙冈村宁次看得起我们，已经光临三次了。这一次最残酷。"滕代远讲起了日军围剿抗大的经过。

5月，日军在围攻八路军总部和一二九师师部的同时，派1万多日伪军分4路进攻抗大。冈村宁次对"扫荡"部队咬牙切齿，挥拳跺脚地动员说："抗大是华北共军的西点军校，从这里毕业的学员下部队都是团以上干部，都是铁心反日分子，消灭抗大就消灭了一半共军，宁肯牺牲20个士兵换一个抗大学生，牺牲50个士兵换一个抗大干部。要把抗大挖地三尺，火烧十遍，不惜一切代价消灭抗大。"

面对疯狗般的敌人，滕代远研究了鬼子前几次合围的时间与队形的资料，提出了掌握"利害变换线"，选择最佳时间跳出敌人的包围圈，关键在选择时间和地点上。

滕代远说到这里，彭德怀急忙说："你慢慢讲，什么叫利害变换线?"

滕代远一字一句说："当敌人进至合击地点前约一日行程距离的这一线，叫利害变换线。掌握了利害变换线，就像田径比赛跳远，在利害变换线上全力以赴，勇猛起跳，从几路敌人的间隙中穿插出去。要注意跳的火候，跳早了，敌人发觉，掉头尾追;跳迟了，就遭到敌人的合击，我们把全校师生员工编成三队，我和何长工、张际春各带一路，在夕阳将落时，以急行军速度，从林密草深的羊肠小道，跳出了敌人包围圈。"说到这里，滕代远难过地说，"在大规模跳出合围圈后，我们附属的陆军中学遇到日军冈田大队，敌众我寡，伤亡30多人。"

彭德怀说："你这个经验很好，如果我们总部早掌握这个经验，就可以避免损失了。"

滕代远扭转话题："彭总，你是无事不登三宝殿，今天不是为了光听听利害变换线吧，你如有急事，请尽管吩咐。我们学校虽穷，但人才倒是极丰富，你如看中谁，请尽管说，要多少我保管给多少。"

彭德怀说："代远，你猜对了，我和罗主任是来请人才的，就不知你乐意不乐意?"

滕代远笑笑说："刚才我已表过态，你要谁我给谁，请直说吧!"

罗瑞卿笑笑说："今天彭总来，想请你出山，担任八路军前方总指挥部参谋长，不知你是否同意?"

彭德怀说："今年上半年，敌人对华北根据地进行反复多次'扫荡'，许多根据地损失较大,处于退缩局面。至5月底,吕正操的冀中根据地面积和人口减少三分之二,冀中军区主力马上要撤到太行。宋任穷的冀南根据地仅剩下枣强、武城、威县以南三小块地区。罗荣桓在山东的日子也不好过,贺龙的晋西北根据地也成了敌占区。就算聂荣臻的晋察冀稍好一点,但是他们那里很穷,部队老百姓都吃树叶了。吃树叶子能打仗吗?部队有那么多问题急需解决,恰恰就在最困难的时候,左权殉难,我失去了得力助手。整天忙得团团转,实在应付不了,因此,我和罗主任商量,决定请你来顶替左权,不知你是否同意。"

滕代远听罢,先是一愣,思索片刻说:"我滕代远才疏学浅,没多大本事。彭总、罗主任不辞辛劳远道来访,实在不敢当。既然彭总如此恳切,愿效犬马之劳。但是,这事得请中央下命令,不然……"

罗瑞卿说:"这你放心,彭总已经发电报给中央了,我们来一是征求你意见,二是请你自己主动打电报给中央,请求到总部工作。三是在中央决定之前,暂时将你借去先用着,怎么样?"罗瑞卿快人快语,竹筒倒豆子,把来意全说了。

滕代远摇摇手说:"不妥不妥,我不能打电报,也不同意暂借,别人知道了要说闲话,说我伸手要官做。"

彭德怀思索片刻说:"既然这样,也不能为难你。依你之见,总部目前应该抓哪几项工作为好?"

滕代远慢条斯理地说:"依据今年春天中共中央发出的《关于太平洋战争爆发后党的战略方针》和部队当前的实际问题,首先解决军队臃肿问题。现在军队数量不少,像个虚胖子,不精干,不能打仗。如何解决?我想一句顺口溜:'精兵简政为中心,敌后武工大发展。瓦解敌军不间断,发展经济渡难关。'不知是否妥当?"

"代远之言,顿开茅塞,德怀如拨云雾而睹青天。"彭德怀说,"但是能否说详细点?"

滕代远说:"我这四句话不是新东西,是过去红军时期的传统,关键的关键是下决心实施。现在八路军已发展到30多万,与日军在华北的力量几乎相等,为什么打起来很吃力?除了武器质量差外,就是指挥机构庞大和单兵质量差,影响了战斗力的发挥,要下决心精简机关,减少指挥层次,将部分野战部队改为地方部队,减少军队数量,提高质量,还要搞好生产、发展经济,做到自给有余才行。"

罗瑞卿插话说:"你认为减多少比较适当,减下来的人员又如何安置呢?"

滕代远说:"起码减10万,减下来的老弱病残复员,安置到地方从事生产,年轻力壮的充实到连队,干部充实到武工队,或者到抗大学校,或者以师为单位举办参谋训练班,政治工作训练班,以此保留骨干。等形势好转,这些人可以作为扩军的骨干。依我估计,再过一两年,欧洲形势明朗,希特勒走下坡路,日军衰败,那时大反攻到来了,八路军要继续扩大,才能赶走日本人。"

彭德怀闻言,惊叹说:"真是与君一席话,胜读十年书啊。代远就像当年诸葛亮未出茅庐,已知三分天下。"说罢,转脸对罗瑞卿说,"罗主任,你听了代远一席话有何感想?"

罗瑞卿说:"你既然借用刘备三顾茅庐来形容你的心情,那我也套用罗贯中的一首诗来形容我们这次来访吧。"

说罢,罗瑞卿微微一笑,吟出一首诗来:

> 彭总当日叹孤穷,庆幸浆水有卧龙。
>
> 欲识他年分鼎处,代远笑谈运筹中。

不久,中央军委下达了命令,任命滕代远为八路军前方总指挥部参谋长。那天,彭德怀得知滕代远要来上任,和罗瑞卿一起策马飞奔百里,迎接滕代远。

第七章

蓄势反弹,频频出击敌据点

李达先里后外取林县

一天,彭德怀和赵有亮对弈,有一人从彭德怀身后帮他落下一子,挽救了危局。彭德怀抬头一看,不由得大叫:"原来是你啊。"来人正是一二九师参谋长兼太行军区司令员李达。

"彭总,我是来向你请示工作的。"李达笑着说。

"有事,那我们到屋里谈。"

彭德怀把棋子一推,把李达带到司令部。

两人落座后,李达从挎包里掏出一包水果糖,递给彭德怀笑着说:"这是陈赓托我带给你的喜糖。"

"哦!"彭德怀接过糖,随手往桌上一倒,对屋里的参谋们说:"大家快来吃喜糖,是陈赓旅长的喜糖。"

众参谋一听,一哄而上,喜糖一抢而光。

彭德怀对李达说:"王根英牺牲后,陈赓悲痛欲绝,头发几乎掉光了。唉!当时,我还真怕他顶不住。"

"难怪,他们的感情太深了,他一时无法接受这残酷的现实。"

"嗳,人死如灯灭。死了,死了,想那么多也没用,活着的人总要面对现实,对了,这个傅涯怎么样?"

"傅涯是浙江上虞人,1938年入伍,是个品貌齐全的好姑娘。但是,好事多磨,一开始组织上并不同意他俩的婚事,说傅涯大哥是国民党特务,这事沸沸扬扬闹了一年,傅涯一肚子委屈。后来邓政委发脾气说,溥涯本人是共产党员,她哥哥即便是特务,对她有什么影响呢?重在个人表现嘛。这样,中央才批准了他俩的婚事。"

"说的是啊,重在个人表现嘛。"彭德怀点点头,若有所思。

片刻,彭德怀问道:"陈赓、薄一波发动的围困沁源战,现在进展如何?沁源鬼子士气如何?"

"我这就向你汇报。"

"小夏,"彭德怀对夏参谋说,"去把滕参谋长和罗主任、杨副参谋长叫来,一起听听。"

说话的工夫,滕代远、罗瑞卿、杨立三来了,李达与他们一一招呼后,介绍了沁源围困战情况。

1942年10月,日寇对太岳区进行大"扫荡",占领了太岳北部的沁源县城及其周围的一些地区。沁源县城乃岳北腹地。日寇将全县百分之八十以上村庄烧光,群众财产、粮食、牲畜被掠夺一空。并以沁源为中心,在阎寨、中路店、交口等地,构筑了密密麻麻的碉堡据点,修筑了安泽至沁源,沁源至沁县,临汾至屯留的公路,在公路沿线分区巡逻,以此分割沁源与整个太岳抗日根据地联系,妄图在沁源建立所谓山岳剿共实验区。

太岳军区司令员陈赓、政委薄一波,为粉碎敌人阴谋,发出围困沁源的命令,抽调三十八团、二十五团、五十九团各一个营和沁源县区基干队和民兵,由一旅旅长李聚奎、政委周仲英统一指挥,对沁源之敌进行围困。

担任围困的部队,在沁源县城周围山上、道路、河边,展开麻雀战、冷枪战、地雷战等手段打击敌人。早晨敌人三三两两地来到操场,排着队出操,值班员刚喊一声口令,山上、路边等候已久的枪口,突然冒起一缕一缕黑烟,如雨的子弹射向敌群,敌人像开了锅一样乱跑乱叫,争相逃命。敌人出城运粮,车队一出城门,就踩响了地雷。爆炸声此起彼伏,硝烟弥漫,大腿胳膊满天飞。单个士兵上厕所,半路上常被冷枪击倒。炊事员到井边挑水,正弯腰提水忽然中弹倒下。天一黑,日军只得躲在屋子里,哨兵每晚都要失踪几个。战士干掉哨兵,把水井上的辘轳、碾磨上的转轴全部毁坏。天亮,敌人没水烧饭,三五成群地到城外护城河挑水,一出城,游击队就用蝗虫似的子弹招待他们,搞得敌人苦不堪言。

沁源敌人用电台频频呼救,其他地方的敌人不敢来增援,胆大的小分队,在增援的半途上就被挡回去了。沁源城的日伪军惶惶不可终日,不敢轻易出城。但是给养又解决不了,无可奈何,只得把几十匹战马杀来吃了,以解燃眉之急。来换防的日伪军,半路上被歼灭一半;还有一半,在沁源城没有粮吃,几天饿死一个,人越来越少。

彭德怀说:"现在世界反法西斯形势很好,苏联红军开始反攻,太平洋战争美军已进入逐岛攻势。日军转入了防御,中国的日伪军士气开始低落,陈赓、薄一波发动围困战,对大反攻提供了经验,应该在各个部队推广运用。"

李达说:"是的,我们太行军区最近决定推广围困沁源的经验,下一步准备围困王和、漫水、阎家城、余吾、鲍店、石哲、隆化等据点。"

"报告!"参谋处长白天对彭德怀说,"彭总,冀鲁豫军区来电,说他们组织武工队袭击据点,成绩显著,尤其第三军分区的武工队成绩突出。清丰、南乐、内黄、观城、朝城的据点,一夜之间被袭击。清丰城内三百多鬼子,全部被打死,其中有正在清丰开会的独立混成第一旅团大尉以上军官8名。第三天,大名县城被袭击,歼灭日伪军两百多人。"

"武工队是打击敌人的好形式,"滕代远问李达,"你们全区武工队工作开展得如何?"

李达回答说:"我们每个分区每个团普遍组织了武工队,而且形式多样化,太行、太岳、冀南、冀鲁豫等单位,都组织了一百多支武工队,深入敌占区,发动群众打击敌人,建立小块隐蔽的游击根据地。这些武工队精干灵活,行动方便,成果也不比主力部队差。冀南军区的武工队,三天内把恩县城内的特务队全杀光,巨鹿县大队武工消灭了巨鹿警备大队长川田少佐和情报科主任木村少佐。短短三个月,抓了五百多个汉奸,汉奸、特务两个三个的根本不敢到城外四处活动,为非作歹。胆大的武工队还跑到敌人据点,给伪军上政治形势课,要求伪军认清形势,并给表现好的伪军记红点,表现不好的记黑点。"

"嗯,这很好嘛!"彭德怀点点头,对白天说,"白处长,你以我和滕参谋长、罗主任名义,发个电报给各师、各军区,要求各单位进一步开展武工队工作。"说罢,转脸对李达说,"你不是说有事要请示的吗? 我们七嘴八舌地说到现在,把你要办的事耽搁了,你快讲,到底有什么事?"

李达说:"庞炳勋、孙殿英投敌后,上个月占领林县城及其周围地区,准备以林县城为依托,向我太行根据地进攻。我们准备举行林南战役,歼灭庞、孙部队,请总部首长批准。"

庞炳勋是国民党第二十四集团军司令,孙殿英是国民党新五军军长,归庞领导。庞炳勋和孙殿英的部队一共8万人,原本驻扎在新乡、安阳。

这年3月,日军第一军司令官古木贞一中将计划4月份围歼庞炳勋、孙殿英二十四集团军,5月份围歼八路军总部和一二九师师部,而华北方面军司令官冈村宁次反对。他认为剿共第一,治安肃正应首先围歼八路军。庞、孙部对日军并无敌意,而与八路军对立,留其存在,鹬蚌相争,渔翁得利。他还主张对庞、孙二人进行诱降,不应该军事打击。

因此,冈村宁次复电古木贞一:庞、孙和八路军要区别对待,对庞、孙采取诱降,对八路军是军事打击,且打击与诱降需同步进行。

谁知,古木贞一此人自尊性很强,他认准的,不管谁的话都听不进去。对冈村宁次的复电,他当然不屑一顾。并于4月20日报告冈村宁次:打击庞、孙和八路军同时进行,在庞、孙无力再战时诱降。而且不等冈村复电,当晚就命令第三十五、第三十六、第六十九师团和独立混成第三、第四旅一共5万兵力,对庞、孙部队、八路军总部以及一二九师师部进行闪电式的四面包围。

八路军总部和一二九师师部及时判明敌人"梳篦队形"的间隙地点,5月5日这天晚上,以迅雷不及掩耳的动作,3个小时便跳出了敌人合围圈,分别向涉县赤岸西北和太岳区转移,脱离了险境。

古木贞一扑空后,向冈村宁次检讨,说八路军是彻底采取地下战术,从地道里跳出了包围圈,显然这是为开脱过失找借口。

但是不善游击战术的庞、孙,遭到日军包围后,像散了圈的羊群,漫山遍野狂奔乱跑,7天时间被日军俘虏5.8万人,打散了2万人。

孙殿英带一个营的兵力躲在临淇西北的合涧镇,古木贞一派第三十五师团的田中少尉单独到合涧镇向孙段英劝降。田中的职务就相当于排长的小队长,曾在东北对国民党军做过策反工作,有丰富的经验,善于掌握各种人的心态,并对症下药。他和孙殿英只交谈了半小时,孙殿英这个中将副司令官就像十分听话的孩子,带着一个营兵力,乖乖地跟着田中少尉到第三十五师团投降了。

第三天,田中带着孙殿英,来到临淇西北双脑村,向中将司令官庞炳勋劝降,20分钟就谈妥了投降条件。

庞、孙二人投降后,古木贞一把俘房归还庞、孙,继续使用第二十四集团军番号,庞、孙二人恢复原职,一个是总司令,一个是副总司令,下辖新五军、七军、二十七军,四十军和太行保安队。

罗瑞卿听到李达举行林南战役的设想,略思片刻,指着地图对李达说:"林县以及合涧、科泉一带原是我们的游击根据地。1939年12月,被庞炳勋、孙殿英占领,那时庞、孙奉行中立政策,与我们相安无事,不大与我们摩擦;我们打朱怀冰时,他曾在姚村给我们让路,致使朱怀冰被我全歼。现在孙、庞成了敌人,我们讨伐庞、孙二人,是师出有名,而且打胜这一仗,可解救身处水深火热之中的豫北人民。"

彭德怀说:"我也同意。不过这一带日伪军数量多,比较难打。李达,你谈谈具体作战方案吧。"

李达拿起木棍，指着地图上的林县地名说："我们军区几位领导讨论后决定，集中太行、冀南、冀中警备旅和太行五分区地方武装，共13个团，组成东西两个集团，采取四面包围战术，先扫外围据点后攻林县城，再向南迂回，向临淇、南平罗出击。"

滕代远问道："庞、孙二人的司令部设在何处？"

李达说："林县城。"

"射人先射马，擒贼先擒王。"滕代远说，"我建议对作战方案作一点调整。林县是整个战局的关键，西集团只要攻下林县就有战役主动性。要采取钳形攻势包围林县城，避开外围据点先打林县，把敌人指挥中枢搞乱，再回头打外围。解决了外围，再与东集团向南横扫，占领临淇、南平罗。"

"嗯，这个主意好！"彭德怀点头赞同，随之又问，"东西两个集团的领导人是谁？"

李达说："黄新友、何柱成指挥西集团，徐深吉、高扬、皮定均指挥东集团。"

彭德怀、滕代远、罗瑞卿一致同意。

李达策马赶回太行军区，召开参战部队领导干部会议，传达总部首长指示和作战方案。

8月17日深夜11点，没有一丝月光，稀疏的星星在灰暗的天空忽明忽暗地眨着眼睛。林县城外碉堡内一片鼾声，敌人已进梦乡。

此时碉堡与碉堡之间无数支精干的部队，正隐蔽地悄悄地向林县城墙接近。尤其是那尖刀排犹如离弦之箭，越过护城河，架起云梯，一个个如龙腾云，如猴攀枝，不到10分钟就登上城墙，直扑城楼。城楼上哨兵开始踱来踱去，东张西望，见四下没有动静，就坐在石头上打起盹来。突然，人影飞舞，寒光一闪，哨兵在梦呓中倒下，接着黑乎乎的城楼上出现3颗耀眼的红色信号弹，把天地之间照得红彤彤一片。

三团和二十团三千多指战员如猛虎扑上城墙，仅一个小时便控制了四个城门，战斗到上午9时，扫除了城内大部分据点，迫使伪军残部龟缩在城内的钟楼里死守。钟楼前是一片开阔地，易守难攻。八路军在接近钟楼时，付出了一定的代价，伤亡了一部分人。

平时，庞、孙部队在林县城内无恶不作，民众听说八路军进城，天一亮就自动带着凉开水和馒头、小菜来慰问，男女青年冒着硝烟抢救伤员。

中午12时，钟楼在熊熊烈火中被克，俘虏了二十四集团军参谋长何光弟，却不见庞炳勋和孙殿英的踪影，城内大街小巷每个角落都找遍了，也没找到庞、孙二人。原来这天晚上，庞、孙二人在一大群妓女的嬉笑声中，一个劲地抽大烟，开始听到枪响以为是哨兵的枪走火，后来听说八路军打进城内，吓得毛骨悚然，连忙组织部队仓促还击,天亮见势不妙,乘混乱之际,带着五十多人的卫队,左冲右突,冲到南门,打死守在这里的三团团长周克东和 12 个战士,向水治方向逃跑。

在西集团攻克林县城的同时,东集团正向曲山、南山陵阳、东西夏城、蒋里、姚村等地攻击。

20 日,东西两个集团的 13 个团兵力向南横扫,攻克临淇、西平罗、南平罗。

七六九团第一营攻击到西家庄,包围了伪军一个团。开始,一营向伪军喊话,庄内死一般寂静,此时战士们有点耐不住了,急着想打进去。营长李德生按住大家,叫大家继续耐心等待。

大约又过了一个时辰,突然,听到庄内有人喊道:"八路军长官,我们侯茂田团长,请你们派一个人来谈判!"

大家听说伪军要人去谈判,干部们议论纷纷。

有的说:"派人去谈判,这太危险了,不能去!"

有的说:"谁知侯茂田葫芦里卖的什么药,万一他耍诡计怎么办?"

但也有不少干部争着去,认为侯茂田可能有诚意,不妨试试。

"我去,大家不用争了!"李德生话音一落,踏上小路,单枪匹马来到关帝庙伪军团部。

李德生自报家门,然后又宣传国际国内形势,晓谕大义一番,对面黄肌瘦的侯茂田说:"侯团长,俗话说,识时务者为俊杰。你们已被包围两天两夜,而今弟兄们个个饿着肚子,不如早日放下武器。我们八路军优待俘虏,浪子回头金不换,我们欢迎你们!"

侯茂田听得直点头,他知道人心所向,大势已去,顽抗下去凶多吉少。想罢,从腰间拔出两支手枪,递给李德生说:"弟兄们都知道,干伪军丢脸,我们一出门,老百姓就骂我们断子绝孙。现在我们想通了,只要保证不杀头,就放下武器,至于我本人,要求不高,能在八路当个伙夫,或者勤务兵,替李营长端个茶,点个烟就行了。"

众伪军见李德生和蔼可亲,纷纷放下武器,缴械投降。

8 月 24 日,攻击部队解放了林县、汤阴、淇县、汲县、新乡、辉县、陵川、晋城、博爱、修武、沁阳等地区,新开辟了太行第七、第八两个军分区和专区,扩大了太行根据地。

林南战役后,彭德怀、罗瑞卿、聂荣臻、刘伯承、陈光、王树声、蔡树藩、陈赓、薄一波、陈再道、陈锡联等一大批高级干部到延安参加整风运动。整风过程中,每人在学习理论的基础上,对自己和别人工作上的错误,进行批评与自我批评。

彭德怀赴延安后,中共中央决定,中共中央太行分局与中共中央北方局合并,一二九师师部与八路军总部合并,仍保留一二九师番号,邓小平接替彭德怀代理北方局书记,滕代远主持八路军总部工作,原抗大代理政委张际春担任总部政治部副主任。

新班子组成后,滕代远宣布八路军总部的两大任务:第一,领导全军作战,坚持华北抗战;第二,领导全军生产,要自己动手,克服困难,减轻人民负担,尤其直属部队要做全军生产模范。

滕代远号召部队在农业生产中开展"麻雀战",尽可能地利用小块土地见缝插针。每天饭后,滕代远都在自己屋前屋后的菜地上忙碌,有时还和战士一起上山背柴。机关干部在他的带动下,挤时间积肥、找野菜、养鸡、纺棉纱、捻毛线、织毛衣。

张光中夜袭刘桂棠

这天出过早操,滕代远正挑水浇菜,迟参谋兴冲冲地跑来,说:"参谋长,刚收到三份战斗详报,请过目。"

滕代远边浇水边说:"战斗和生产两不误,我浇水任务没完成,就请你将三份战斗详报的大意讲给我听吧。"

"第一份是一二〇师周士第发来的,"迟参谋翻着电文说,"这个月的5号,日军的第六十九师团兵分两路,合击兴县城。一二〇师机关早已转移,日军扑空后,北进瓦塘、裴家川、黑峪口。贺龙、周士第组织六个团采用伏击手段,在康宁镇的花子村全歼日军第八十五大队,这个大队750人无一漏网。"

"这仗打得漂亮,今年下半年整建制歼灭日军一个大队的,这还是第一仗哩。第二份详报说的什么?"

"第二个是山东军区关于击毙刘桂堂的详报。"

"刘桂堂是何人?"滕代远停下手中的活问道。

刘桂堂,外号刘黑七,山东平邑人。早年就在抱犊崮、蒙山、邹县、泗水一带当土匪,蹂躏妇女,抢劫财物,残害百姓,曾被官府抓过七次,每次抓后都越狱逃跑。官府听到他的名字就头痛,老百姓听到他的名字心里就发怵。

抗战爆发后,刘桂堂投靠日军,被封为山东皇协军前进总司令。后来与日军井冈大佐为争一个名妓闹翻了,拉出队伍,打着反共抗日的旗号,开进鲁中山区,被于学忠编为鲁苏战区第三十六师,刘桂堂任师长。于学忠离开山东,刘桂堂留恋山东,又投靠日军,改编为和平建国军第三师,刘为师长,驻在鲁南东硅子村。刘桂堂依仗有日本人撑腰,时常偷袭鲁南军区。

11月15日晚,伸手不见五指,细雨蒙蒙。鲁南军区司令员张光中、政委王麓水组织第三、第五团及地方武装,乘刘桂堂喝醉酒,对东硅子村突然发起攻击,3个小时连克多处据点,刘匪师部个个争相逃命,怨恨爹妈给的腿短,八路军就像老鹰抓小鸡,伪三师全部被歼。

打扫战场时,突然有个胖军官,举动不灵,两腿如灌铅,歪歪斜斜地向村外跑。三团四连通信员郝荣贵瞄准黑影子就是一枪,黑影子应声倒下,这时一个放牛娃胆子大,点着灯笼来看。一看便惊叫起来,刘黑七被打死了,大家来看。顿时村子像炸了锅,家家开门,人人争着来看。

刘黑七被除掉,人心大快,几个村子的老百姓给鲁南军区送了"万民伞",表示感谢。

"鲁南军区为民除害,大快人心,迟参谋,请以我和张副主任名义发份电报,嘉奖参战人员。"滕代远兴致勃勃地说。

陈士榘智取赣榆城

11月19日夜晚,寒风呼呼作响,没有星星和月亮。长长的一条黑影向赣榆城东门慢慢移动。这条长黑影,是由一个伪军军官押着一群运粮的老百姓,朝城门走来。

城门上的伪军哨兵看到有黑影晃动,蓦地吆喝:"什么人? 干什么的? 站住!"

城下伪军着急地答道:"啊呀,你这个尹麻子,贵人好忘事,几天不见,连我刘副官都不认识啦?"

刘副官叫刘连城,是赣榆城伪军第七十一旅一四一团的副官。他今年三十多岁,经常深夜出城。刘连城的行踪被滨海军区敌工科掌握了,一天夜里,乘刘不备,冷不防抓住了他。对他进行了一番教育后,他表示愿意替八路军办事。曾任山东军区参谋长的滨海军区司令员陈士榘得知此事,大喜过望。因为陈士榘曾几次想攻打赣榆城,由于赣榆城是个老城,城墙很高很厚,周围又有宽宽的护城河,架桥和登城有很多困难,苦于无计可施。刘连城出城幽会给陈士榘一个启迪,决定由刘连城叫门而实行"诓"城。同时,刘连城的把兄弟黄胜春,是伪军一四一团的团长,经地下党做工作,答应关键时刻促使李亚藩旅长投降。

城楼上的伪军哨兵,听说是老熟人刘副官,伸头向城下左看右看,扯着嗓门说:

"刘副官,你怎么带这么多人进城?这些人你认识吗?"

刘连城不耐烦地说:"你这个人真罗嗦,吃饭不多,管事挺多。我前两天出城搞粮食了,现在带了几大车粮食回来了,我后面的人都是运粮的弟兄和老百姓。"

尹麻子听说是运粮的人,心里一块石头落了地,连忙说:"刘副官,对不起,你别生气,我也是公务在身,没办法呀。你等等,我马上来给你开门。"说罢,走下城楼,打开城门,说:"刘副官,快进。"接着随口问运粮的人:"你们是哪个村子的?"

运粮的都是些山西籍的八路军,被尹麻子一问,个个张着大嘴,不敢出声,一出声就要露馅了,只好干愣着。

哨兵正欲再问什么,突然,刘连城一个箭步上前,向尹麻子嘴里塞了一支烟,说:"你辛苦了,麻烦你了。"边说边摸出一根火柴,"嗤啦"一声划着了。刘连城故意将火柴在空中画了一个大弧圈,尹麻子不知是计,以为是刘连城逗他开玩笑,踮着脚尖,噘着嘴,上前对火点烟。他哪里知道,这是事先约定打开城门的信号。

说时迟,那时快,刘连城身后的侦察连胡连长,一个箭步上前,对准尹麻子伸长的脖子双手这么一卡。胡连长身高马大,力大无穷,尹麻子没来得及哼一声,就踏上了黄泉路。紧跟在身后担任主攻的老六团、二十三团像潮水似地涌进城内。

城里驻守着伪军一个旅,旅长李亚藩原是东北军五十六军的副官,一年前投靠日军,被委任为和平建国军第三十六师七十一旅旅长。李亚藩率第一四一团、一四二团及县保安部队驻守在城里。

八路军部队攻进城里,向文峰塔据点、龙王庙据点发起攻击,此时,旅长李亚藩正和副旅长丁磊、参谋长门致中、副参谋长顾大星在搓麻将。他们听到远处传来阵阵枪声,慌忙吹熄油灯,从后门钻进碉堡里,一边发电报向青口日军求援,一边组织伪军顽抗。

天色微明,陈士榘和政委符竹庭策马赶到城内,组织部队发起总攻。猛烈的机枪朝敌群连串扫射,密集的弹雨落在外壕前沿,硝烟翻滚。六团首先攻占文峰塔,二十三团攻占龙王庙和伪警察局、警备队。

李亚藩的旅部设在城北核心据点。两个团会合后,向城北发展。城北的防御工事,是若干碉堡组成的一个碉堡群,四周是砖石砌成的围墙,形成一个独立坚固的阵地,核心阵地中心位置有一个三层楼高的炮楼。由于炮楼高大,既便于观察四周,又便于发扬火力。

战斗最激烈时刻,陈士榘和符竹庭来到六团阵地。

团长贺东生跑来报告说:"陈司令,为了减少伤亡,我们研究决定,挖地道通到炮楼底下,埋炸药端掉炮楼。"

陈士榘听罢报告,沉默无言,不停地用望远镜观察。

符竹庭在一旁说:"贺团长,不能用炸药。据地下党提供情报,炮楼四周有大量武器弹药和被服,足够装备两个团,炸掉了可惜。我们还是尽力劝其投降。"说罢,掏出笔写了一封信,内容是:

李亚藩旅长钧鉴:

你们已到了山穷水尽的地步。意大利墨索里尼即将垮台,希特勒已退到柏林,日军失败指日可待,缴枪是你们的唯一生路。你们想突围吗?四面八方都是八路军,你们怎么突得出去呢?你们想等待增援吗?连云港、青口来增援的日军被我们打得鼻青脸肿滚回去了。望你深明大义,体恤你的部下和家属,爱惜他们的生命,切不可与围墙和碉堡同归于尽。请三思!限你十分钟内派人出来谈判,切勿错过良机。

八路军滨海军区

司令员　陈士榘

政治委员　符竹庭

符竹庭写好,交给陈士榘阅后,便派一名俘虏送进碉堡。

10分钟过去了,里面毫无动静。

符竹庭命令说:"开始喊话,交待政策!"

一个战士向碉堡喊了一阵后,突然,一个伪军从碉堡的机枪孔里伸出头来,阴阳怪气地说:"八路军,你们不要喊了,你们没有炮,喊破嗓子也没用,快回家抱娃娃去吧!"

原来,李亚藩认为八路军无炮,奈何不了他。所以,把八路军的忠告当成了耳边风,他做梦也没有想到,天下事无巧不成书。攻打赣榆前,罗荣桓考虑到赣榆城墙厚,碉堡多,已调了一门九二步兵炮和三发炮弹给滨海军区。

陈士榘听了那伪军的话,对炮兵连长李玉章说:"李连长,你听到了吗?他说我们没炮,就放两炮给他们看看,露两手怎么样?"

李玉章是个老炮手,命中率很高,罗荣桓称他为神炮手。此时,李玉章听到陈士榘的命令,高兴地撸起袖子,在碉堡附近的一座民房东侧,掏了个洞,把炮管伸出去,距敌人只有50米。瞄准镜用不上,他用右眼目测了距离,问陈士榘:"陈司令,第一炮打哪里。"

陈士榘用手指着说:"那个方向是李亚藩的指挥所。"话音一落,"咚——咣!"炮弹不偏不倚穿过李亚藩的瞭望孔炸开了。

炮声过后,又恢复了宁静,对方一点动静也没有,原以为敌人会要求投降,可是任凭战士们如何喊话,限他们五分钟内派人来谈判。五分钟后,敌人仍然没反应。

陈士榘气极了,他命令李玉章:"李连长,大炮楼中间有人走动,你向中间层的瞭望孔打一炮!"

李玉章装上炮弹,三秒钟后,又是一发炮弹呼啸着飞出炮膛,"咚——咣!"

这一炮响过后,敌人到底沉不住气了,从底屋瞭望孔伸出一面小白旗。过了一会儿,出来一个名叫谢继良外号谢秃子的胖军官。

联络员领着谢秃子从钢炮的东侧经过,有意叫他看看大炮,炮的两边架着 5 挺马克辛重机枪。这重机枪架子高,筒子粗,上面蒙着一层油布,看上去也像小钢炮。联络员和谢秃子来到预先布置的指挥室,四边挂满了地图,靠墙的长条桌上摆着十部电话机,陈士榘端坐在中间,两旁站着警卫员,一个个雄赳赳,气昂昂。

谢秃子望着陈士榘,嘴唇哆嗦了一阵,深深地鞠了一躬,喋喋不休地说:"长官,你好,我们都是中国人,没必要打来打去。我们李旅长说,他也是抗日的,不过迟几天罢了。他的意见是让你们八路军退出城外,双方划一个楚河汉界,订个互不侵犯条约。"

陈士榘大怒,把桌子一拍说:"李亚藩是白日做梦,他肚子里的小九九我清楚得很,他是想磨时间,等连云港、白塔埠、石门的敌人来增援。你回去告诉李亚藩,我们已将这几路敌人顶回去了,他们救不了你们的命。令他在三分钟之内必须出来签字投降,不然后果你们会知道的!"

谢秃子唯唯诺诺地走了。

三分钟过去了,还是没动静。

陈士榘命令李玉章:"目标,正前方围墙后院李亚藩公馆,放!"接着"咚——咣!"爆炸声后,后院的房子炸了个大洞,里面传出一阵鬼哭狼嚎声。

此时,与八路军有联系的一四一团团长黄胜春带着一伙人,正苦心劝说李亚藩投降。李亚藩急得六神无主,在碉堡内团团乱转,他又想投降又想拖时间等增援。

黄胜春猜透了他的心,知道他有投降之意,又担心夜长梦多,便歪歪嘴,示意手下人,几个人猛一推,将李亚藩推出了门外,正好与在碉堡外的几个八路军战士碰了个照面。原来,陈士榘为了让李亚藩好下台,派三个人到碉堡门口,很有礼貌地把李亚藩接过来。

陈士榘对李亚藩说了两句话,李亚藩沮丧地低下头,接过陈士榘手中的笔纸,写下手令:"全旅官兵一律放下武器,到大操场集合。"

手令一送进去,里面的人一个接一个走出了碉堡。

黄胜春领着八路军到仓库里,搬出来 8 挺机枪、14 门炮、2500 支步枪、500 把刺刀、400 万发子弹。

陈士榘兴奋地说:"想不到三发炮弹换来这么多武器。"

从此,陈士榘对大炮产生了浓厚的兴趣。解放战争时期他担任华东野战军参谋长,在指挥鲁南、宿北、开封,淮海、渡江等重要战役中,利用大炮获得了神奇的成功。在淮海战役第二阶段的最后几天里,陈士榘受总前委命令,指挥南集团,协助中野总攻黄维兵团。他指挥 50 门大炮在两小时内打了 3000 发炮弹,摧毁了黄维的所有工事,结束了历时 23 天的作战。

第八章

毛泽东、朱德下令全面反攻

夺取最后胜利

几天后,从西北方向传来了急促的马蹄声,快马由远而近,在总部门口猛地停住,骑兵飞身下马,一边抹着满脸的汗珠,一边气喘吁吁地对哨兵说:"我是延安来的,要见滕参谋长和邓政委!"

门口说话声音很大,里屋的滕代远和邓小平听说延安来人,急忙走到门口,抬头只见大汗淋漓、满脸通红的骑兵立在门口。

滕代远微笑着说:"小同志,我就是滕代远。"他指指邓小平又说,"他就是邓政委。"

骑兵"啪"地立正,向滕、邓二人敬礼,说:"我是中央军委派来给你们送七大文件的,请首长签收。"边说边从挎包里取出文件,递到滕代远的手中。

"七大文件!"滕、邓二人惊喜地接过文件,低头就看,有毛泽东在七大作的开幕词《两个中国之命运》和政治报告《论联合政府》,有朱德的军事报告《论解放区战场》,有刘少奇的《关于修改党章的报告》。

邓小平一边看,一边兴奋地说:"这四个重要文件,是八路军的精神食粮,我们必须好好组织学习。"

"是啊!"滕代远感叹地说,"黑暗即将过去,曙光就在眼前,在毛泽东的领导下,中国革命的胜利已指日可待了。"

"你说得太好了!"邓小平一边思索一边问,"老滕啊,我建议八路军要借七大东风,加速抗战胜利的步伐,你看是否马上发个通知,要求各部做好扩军工作,迎接全国性的大反攻。"

"我完全同意!"滕代远说,"要教育各级干部适应变化的形势,由过去小打小敲的游击战转变为大规模的运动战,要敢于整营整团整师地吃掉敌人。"

几天后,滕代远、邓小平接到延安电报,通知他俩被选为党的第七届中央委员会委员,并要求他们立即赴延安,参加七届一中全会。

他俩接到通知,妥善安排好北方局和总部工作,部署了各部队大反攻的作战计划,于6月中旬抵达延安。

在6、7月份,各部队举行了声势浩大的夏季攻势作战,拔除了日伪据点一千多个,解放了大小县城一百多座,迅速地扩大了抗日根据地。

8月,传来了众多的国际新闻:8月6日,美国在日本广岛投下原子弹,使这个数十万人口的大城市顿时化为灰烬;8月8日,苏联宣布对日作战,苏联红军出动150万兵力,在华西列夫斯基元帅指挥下,以坦克、摩托、骑兵开道,在10万蒙古骑兵的配合下,以摧枯拉朽的攻势,在8000里防线上,向日本关东军发动全面的攻击,仅用15天时间,就歼灭了关东军75万,解放了整个东北三省。

苏军由贝加尔军区、远东第一方面军、第二方面军、太平洋舰队和黑龙江舰队,编成11个合成集团军,总兵力150万人,兵分三路,攻入东北。盘踞东北的日本关东军,一向以骁勇善战而名扬天下,此时已成为强弩之末,在苏军打击下,迅速崩溃。

苏军出兵东北的第二天,毛泽东发表了《对日寇的最后一战》。

毛泽东在《对日寇的最后一战》的声明中指出:"对日战争已处在最后阶段,最后战胜日本侵略者及其一切走狗的时间已经到来了。在这种情况下,中国人民的一切抗日力量应举行全国规模的反攻,密切而有效力地配合苏联及其他同盟国作战。八路军、新四

毛泽东和朱德在一起研究对日寇的最后一战战略部署

军及其他人民军队,应在一切可能条件下,对于一切不愿投降的侵略者及其走狗实行广泛的进攻,歼灭这些敌人的力量,夺取其武器和资财,猛烈地扩大解放区,缩小沦陷区。"10日,日本政府向同盟国发出乞降照会,而日军大本营仍命令各地日军坚持继续作战。为歼灭顽抗的日本侵略者,中共中央于10日指示各中央局、分局和各区党委,立即布置动员一发力量向日伪军发动广泛的进攻,以正规部队占领大城市

和要道,以游击队民兵占领小城市。同一天,朱德总司令向解放区武装部队发布三道命令:第一,要求八路军、新四军向日伪军进攻。第二,命令八路军中的原东北军吕正操、张学思、万毅,立即率部北上,配合苏军作战。第三,命令贺龙、聂荣臻率部北上,策应外蒙军进攻。

8 月 10 日,日本政府发出乞降照会。

8 月 15 日,天皇向全国广播,接受《波茨坦宣言》,向同盟国无条件投降。

日本投降的消息如春雷震动了中华大地,举国欢腾。

奋战在敌后的解放区军民们,听到这一消息,几乎不相信自己的耳朵,半晌才如梦初醒。他们拭去流不尽的喜悦的泪水,从家中奔出来,汇集在大街小巷,他们尽情地欢呼:"鬼子投降了!""中国人胜利了!"更有甚者,他们把垫在铺下的草垫、席子、被子、衣服抱到屋外,点燃后以示庆祝。

在那喜庆的日子,白天,到处是游行的队伍,晚上,处处是胜利的火光。

那天,太行军区部队在李达的指挥下,千军万马,浩浩荡荡杀下太行山,一分区部队解放赞皇城。

赞皇的百姓听到鬼子投降了,个个振臂高呼:"八路军万岁!"

卖瓜果的小商贩,如痴

八路军解放山海关

如狂,将整筐的水果堆在街中,口中喊道:"快来啊,快来吃胜利果啊!"

饭店的老板也站在街心招呼众人:"快来吃胜利饭啊,中国人从此不当亡国奴了!"

8 月 10 日以后,八路军各部根据朱总司令大反攻的命令,向驻地日军发起猛烈进攻。

晋察冀军区主力 11 万人,民兵 63 万人,向北京、天津、张家口、承德进攻,攻克了外围据点,收复了张家口,解放察哈尔省,挺进东北,攻克山海关,解除了兴城、锦西、锦州等地日伪军武装。

晋察冀军区部队共歼灭日伪军 7 万余人,收复了七十多座城市,建立了察哈尔、热河两个省政府及 191 个县政府。

山东军区组织 10 万民兵,组成数十个"子弟兵团",开赴前线,配合主力作战。

山东军区自 8 月 16 日起,兵分五路,向敌占领城镇和交通要道展开反攻。第一路军是鲁南军区部队,先后解放临朐、莱芜、益都、博山、周村,逼近济南市;第二路军滨海军区部队,解放赣榆、青口,切断了陇海路东段,逼近海州、连云港;第三路军胶东军区,解放了牟平、威海卫、福山、石岛、龙口、莱阳、蓬莱、烟台,逼近青岛市;第四路军渤海军区,解放寿光、临邑、桓台、广饶、博兴、长山、邹平、切断胶济路中段,与第一路军会合,从东北方向逼近济南市;第五路军鲁南军区,解放泗水、曲阜及台儿庄、官庄火车站,攻占九里山,直逼徐州市。

山东军区在一个多月反攻作战中,歼灭日伪军 6 万多人。

晋绥军区七个旅、29 个团分南北两线对山西省会太原、绥远省会呼和浩特及同蒲路、平绥路进行大反攻。在大反攻中,收复了离石、中阳、文水、交城、陶林、武川、左云、平鲁等 53 个城镇,使晋绥区与晋察冀、晋冀鲁豫区连成一片。

晋冀鲁豫军区参加反攻作战的有太行、太岳、冀南、冀鲁豫四个军区共26 个军分区部队,计 72 个团、七个支队约 19 万人,另有 40 万民兵配合,划成三个作战区。太行军区七个团组成西进部队,北进沁县、武乡,另以八个团,组成道清支队,先后收复博爱、辉县;太岳军区以五个团向平遥进攻,收复据点五十余处;冀鲁豫军区组成 13

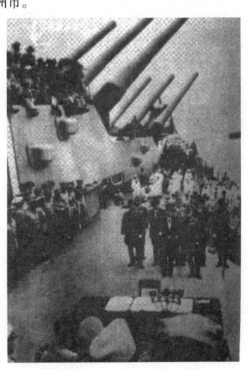

1945 年 9 月 2 日,日本代表登上"密苏里号"军舰向美英中盟国投降

个团的中路军,分三个纵队向河南郑州、开封攻击,攻占延津、封丘、原阳等县城,另三个团为南路军,攻占陇海路两侧地区;冀南军区 11 个团组成北路军,攻占平乡、鸡泽、曲周、广平等地。晋冀鲁豫军区在大反攻中歼敌 10 万人,占领了八十余座县城。

1945 年 9 月 9 日上午 9 时,中国战区在南京黄埔路国民党陆军总司令部的大礼堂里,举行受降典礼,这是中国历史上最有意义的一天。这一天,标志着中国抗日战争的胜利结束。

八路军在整个抗日战争中,总共歼灭日伪125万余人,解放了大片国土,为抗日民族解放战争和世界反法西斯战争作出了巨大贡献,部队发展到一百余万人,成为全国解放战争时期中国人民解放军的主要组成部分。八路军在中国抗战史上,留下了辉煌篇章,为后人树起了一座爱国主义、英雄主义的历史丰碑。

伟大的抗日战争胜利六十多年了,六十多年的风风雨雨把历史表面的浮尘冲扫殆尽,历史的真实将永存。有句格言:"是金子,埋藏再久也会闪闪发光。"八路军慷慨赴死、气吞山河的英勇业绩,会如金子般永远光彩夺目。

下部：江淮铁军

新四军将领征战纪实

第一章

叶挺就任军长前后

2012 年 10 月 12 日是国民革命军新编第四军（新四军）建军 75 周年的纪念日。

许多年来，人们虽然知道中国有一个新四军，但却很少知道她的光辉历史，而那些曾经在中国现代史上发挥过重大作用的人物：毛泽东、刘少奇、周恩来、叶挺、项英、陈毅等人，都与新四军的发展有着密切的关系。人民解放军许多著名将领中，在新四军出身的就有多位，他们是叶挺、陈毅、张云逸、粟裕、罗炳辉、黄克诚、彭雪枫、李先念。

新四军的番号，是从北伐战争中享誉中国的"铁军"演变而来。由南方八省红军和游击队改编而成的新四军，从 1937 年约 1 万多人，发展到 1947 年的 30 多万人。在华中地区敌、我、顽的三方斗争

中共中央军委主席毛泽东

十分激烈复杂的情形下，建立了地跨苏、浙、皖、鄂、豫五省的华中敌后抗日根据地。

她的业绩彪炳于中国抗日战争的史册，与兄弟部队八路军的光荣历史交相辉映。

蒋介石谈判出难题

新四军的组建是在全国抗日战争爆发，国共合作的抗日民族统一战线正式形成的历史背景下，由国共双方高层共同运筹操作的。出于两党的各自利益，谈判相

当艰难。1937 年,对于中国人来说,可谓是挟风携雨,极不寻常的一年。

1937 年 7 月 7 日,日寇蓄意挑起卢沟桥事变,铁蹄踏入华北大地,平津危急,中华危在旦夕!

7 月 8 日,中国共产党向全国通电,大声疾呼,指出只有实行全民族抗战,才是中国的出路。

共产党积极抗日的主张,博得全国同胞的赞许。1937 年 7 月中旬,中共中央派周恩来、秦邦宪、林伯渠再上庐山,同国民党谈判发表国共合作宣言、红军改编、苏区改制等问题,并将《中共中央为公布国共合作宣言》送交蒋介石。

8 月 13 日,日军又在上海发动了进攻,战争急剧升级,直接影响国民党政权的政治经济中心,蒋介石迫于战争危机,需要兵力抗战,因此,他一面调集兵力进行淞沪保卫战,一面于 8 月 22 日,根据国共两党协议,正式宣布陕北的红军主力改编为国民革命军第八路军。

主力红军改编为八路军,轰轰烈烈开赴抗战前线之际,红军长征留在南方各省的红军游击队仍在深山老林过着极端艰苦的战斗生活。这些红军游击队分布在 8 省(江西、福建、湖南、湖北、安徽、河南、浙江、广东)14 个游击区。他们孤悬敌后,同几十倍、上百倍的敌人进行九死一生的斗争。他们在同中共中央失去联系的情况下,从 1934 年至 1937 年,度过了最艰苦的三年日子。在这三年中,国民党军队对他们采取了各种各样的疯狂手段:碉堡封锁、放火烧山、移民并村,等等,企图扼杀南方的革命火焰。各个游击队常常遭受攻击,遍地白骨。“日搜夜剿人犹在,万死千伤鬼亦友。”在严峻的岁月里,英勇的红军游击队同敌人展开生死搏斗,无论昼夜,战斗随时都会发生。

陈毅曾在《赣南游击词》中,描述了当时指战员生活的真实情况:

> 天将晓,队员醒来早。
>
> 露侵衣被夏犹寒,
>
> 树间唧唧鸣知了。
>
> 满身沾野草。
>
> ……
>
> 夜难行,淫雨苦兼旬。
>
> 野营已自无蓬帐,
>
> 大树遮身待天明。
>
> 几番梦不成。

中共中央始终没有忘记这支部队,以周恩来为首的中共代表团在同蒋介石的代表谈判时，多次提出把留在南方的红军游击队编成一个军，开赴抗日前线。而蒋介石则采取"北和南剿"的方针，继续派重兵围剿南方游击队，只是在上海"八一三"事变后，国民党迫于自己的生存危机，将围剿红军游击队的一部分兵力抽往淞沪战场，清剿已力不从心，对红军游击队采取以剿为抚，命令南方的省政府和部队设立招抚委员会或抗日义勇军编练处，派出官员或共产党的叛徒进山招抚收编，企图把南方红军游击队收编为国民党的保安团。

周恩来在庐山、南京、杭州同蒋介石谈判时，一再强烈要求国民党政府尊重中共方面的意见，将南方红军游击队改编为一个军。蒋介石开始不改口，后来渐渐松动，允许把这些红军编一个军，但他为了控制这支部队，要求这个军的军官全由国民党政府委派。周恩来一眼识破他的"釜底抽薪"阴谋，蒋介石的用心是只要军官全是国民党军担任，这支南方游击队便不再姓共而改姓蒋。周恩来知道，军官的任命权是红军的生命权，于是他寸步不让。蒋介石见状，改口为这个军的军官由国共双方各占一半，国民党军官任正职，共产党军官任副职，军长要由双方协议，选出一个国共双方都接受的无党无派的人士担任。蒋介石还宣称，这样组建起来的新部队应该是一个国共合作的典范。他还说，以后八路军最好也这样照着做。周恩来没有正面反驳，顺着他的思路说，既然委员长认为这样做是模范，那就请委员长批准同意共产党中央选派共产党员到国民革命军其它部队去担任党代表。蒋介石深知大革命时期党代表的厉害，当然不同意。最后，蒋介石气恨恨地对周恩来说："你们去找，我们也去找，什么时候找到双方都能接受的军长人选，什么时候就成立这支部队。"

这在当时共产党内和国民党内是无法物色到这样一个特殊人物的。没有军长，何以有军？实际上，这就是宣布了南方红军游击队改编告吹。

周恩来认为谈判已成僵局，南方红军游击队改编一事只能从长计议，暂时放一放，等以后有适当条件再来解决。

周恩来巧遇叶挺

转眼到了8月，向蒋介石道别后，周恩来乘火车来到上海。

上海南京路新雅饭店是中国共产党的秘密联络点，周恩来这次来，是向中共联络员潘汉年、江苏省委负责人刘晓传达庐山会议及国共谈判情况的。

周恩来办好手续，手提行李，在楼梯拐弯处与一人擦肩而过。周恩来抬头一瞥,但见对方穿一套合身的白色西服,一双黄色皮鞋擦得锃亮,头发乌而浓密。此人中等身材,一双浓眉大眼透出英武之气。

那人见周恩来看他,也转过头来,一双炯炯有神的眼睛扫了周恩来一眼。

一刹那,双方都呆住了,不约而同地叫了起来:"原来是你啊!"

此人便是赫赫有名的北伐名将叶挺。

叶挺,字希夷,1896年生于广东惠阳周田村。早年就读于广东陆军小学堂,后进入保定军官学校。1919年参加粤军,在第一支队任副官,在一次战斗中,他在敌人撤退的路上预埋炸药,全歼了逃跑的敌人,大得孙中山的赞许,被选入大元帅府任警卫营长。此时,他加入中国国民党。1922年6月,陈炯明叛变,他坚守总统府前院,掩护宋庆龄脱险。

1924年,叶挺在莫斯科东方大学学习期间,加入中国共产党。一年后,他返回广州,经周恩来推荐,担任国民革命军第四军参谋处长兼独立团团长。在1926年的北伐战争中,他率领独立团担任先遣队,讨伐军阀吴佩孚,长驱直入,连战皆捷。在著名的汀泗桥、贺胜桥战役中,他一举击溃吴佩孚主力。在攻打武昌时,他又指挥部队爬墙入城,攻克蛇山。在此次战斗中,叶挺身先士卒,多谋善战,屡建奇功,被誉为北伐名将,所率独立团为第四军赢得"铁军"称号。北伐军占领武汉后,他升任第四军第二十五师副师长、第十一军第二十四师师长。

不久,蒋介石举起屠刀,血腥屠杀共产党时,叶挺参加领导了南昌起义和广州起义。他是南昌起义的前敌总指挥,广州起义的红军总司令。1927年12月11日,也就是广州起义成功的当晚,叶挺在指挥部会议上,根据反动军队已逼近广州的形势,着重提出暴动成果巨大,攻下十几个据点,成立了工农政府,现在要乘反动派对广州未形成包围圈之前,将起义队伍迅速撤出广州,开往海陆丰。这是一个大胆的建议,懂得军事的聂荣臻、叶剑英、陈赓都同意他的意见,但国际代表诺伊曼是个德国人,他不了解实际情况,硬将欧洲的革命模式搬到中国来,他提出坚守广州。这个意见表面看起来很鼓舞人心,所以,得到不少人的支持。结果,当敌人十万大军攻进广州时,由于敌众我寡,起义部队很快被打散了。

广州起义失败后,叶挺在莫斯科学习期间,一些人对他无理指责和批判,把广州起义的失败归罪于他一人。他不堪忍受诬陷和打击,一气之下出走欧洲,与中国共产党脱离了关系,后到澳门居住。

"八一三"淞沪战役后,他从报纸上了解战况,得知自己的老部队第四军,在浦东作战失利,顿时心急如焚,大有重跨战马,挥刀杀敌之心。当他知道了国共第二次合作的消息,再也按捺不住保卫祖国的赤诚之心,终于告别妻儿,踏上了大陆的土地。他只身来到上海。无巧不成书,却碰到了周恩来。

周恩来紧紧握住叶挺的手,有力地摇晃着,高兴地说:"此次回来,作何打算?"

叶挺精神振奋,激动地说:"我天天梦见自己带兵杀敌,醒来却是一场梦。别提心里有多闷,此番回来,一定要尽赤子之心,报效祖国,杀敌立功。"叶挺跃跃欲试,摩拳擦掌。

周恩来灵机一动,心中想到:叶挺现在既不是国民党,又不是共产党,不是最好的军长人选吗?嘿,这真是踏破铁鞋无觅处,得来全不费工夫。

周恩来一阵高兴,便如此这般地把国共两党会谈的情况简要介绍之后,对叶挺说:"这个军长你当最合适,南方游击队的许多领导骨干,还是当年北伐时'铁军'的成员,只要你振臂一呼,他们就会下山,不知你意下如何了。"

周恩来的建议正合叶挺心意,能为国杀敌正求之不得,他怎能不答应呢?于是,笑着说:"你认为我合适我就当,我马上到南方各省去把游击队组织起来。"

周恩来见他如此迫切,对他说:"别急,这要国共两党双方商定,我们决定了不算数,非老蒋点头才行。"

"这好办,我在老蒋那里还有点影响,我马上找陈诚、张治中,通过他们打通与老蒋的关系,不就定了吗?"

"好,一言为定!"

"一言为定!"两个人的手又紧紧地握在一起。

有叶挺才有新四军番号

此时,淞沪战役鏖战,正打得最为激烈,叶挺告别周恩来,急匆匆乘车赶到南翔京沪警备司令部。

京沪警备司令张治中正在召开高级军官作战会议。张治中是叶挺的老朋友,叶挺在这里碰到了不少保定军校老同学,北伐时期的老同事、老部下。如第一军军长胡宗南、第五军军长杜聿明、第四军军长吴奇伟、第二十军军长杨森、第八集团军总司令黄琪翔、第三战区司令陈诚、右翼军总司令张发奎等等。

黄琪翔和叶挺是保定军校的同学,后又同在第四军任职,两人关系十分密切。黄琪翔见到叶挺,十分兴奋,他从来不当面奉承别人,可是,在抗日救国的今天,在淞沪战役难见分晓的时候,他激动地说:"叶挺,此时此刻,我忍不住要破戒了,不是我恭维你,记得1926年5月北伐路上,第八军军长唐生智来急电,说他们被敌人包围,是你率领独立团冒雨向湖南安仁县开进。一天一夜赶到前线,唐生智设宴招待你,你没去赴宴,争分夺秒率领部队开往渌田和龙家湾,深夜11点到达前线,迅速展开进攻,激战三小时,硬是以一个团打败了敌人四个团,一举攻占攸县。这一仗救了唐生智的驾,震动了全国。"

叶挺听得出,这些出自黄琪翔之口的恭维话,是发自内心的,而不是虚维之词。大家都围上来,你一句我一句。张发奎原是北伐军第十二师师长,曾经指挥过叶挺打仗。这时,他大声地说:"黄琪翔对叶挺的赞扬一点也不夸张,北伐那时,我知道叶挺作战勇猛,出于爱护和关心,每次打仗前,我都要派骑兵送一封特急命令给他,要他追敌不得超过15里,要他警惕敌人的埋伏。但他每次打仗追敌不仅超过我的规定,有时能追出30里。之后,叶挺打下汀泗桥,带着机枪连边追边打,半个小时就解决战斗,拿下咸宁。当他走进敌人指挥部,电话铃在响,他拿起电话听筒,原来对方是吴佩孚。吴佩孚不知道在咸宁的指挥部被叶挺占领,更不知道接电话的是叶挺,还命令咸宁守军要坚守阵地,说两小时后,援军就会赶到。叶挺得知吴佩孚逃到贺胜桥,放下电话,就指挥独立团追击,直奔贺胜桥,就差10分钟时间,吴佩孚就会被活捉了。叶挺是一员虎将,善出奇兵,可惜我们国民革命军没有第二个叶挺,真是太遗憾了。"

回忆往事,叶挺感慨万千。这是叶挺自北伐以来,第一次与这么多战友、同学相聚,他们争相同叶挺握手、拥抱,亲热之情,甚是感人。

当晚,张治中举行宴会,宴请叶挺。

吴奇伟举杯对叶挺说:"叶将军,你回老部队四军来吧!四军的情况你了如指掌,指挥得心应手。回来吧!我当你的助手。"

张治中摆摆手说:"不行,不行,谁也别抢,我报告委座,希夷兄顶我的职,我相信有你指挥,一定能扭转淞沪战局,振我国威!"

一个接一个的赞誉、一个接一个的恳切邀请,叶挺接应不暇。他想到周恩来的委托,想到南方深山密林中,有数以万计的红军正等待下山改编。便以手抱拳,激动地说:"感谢诸位的盛情厚意,可是,我叶挺是徒有虚名,多年不习武,有负众望,请诸位多多原谅。"说罢,附在张治中耳边低语,张治中点头。

原来,叶挺把遇到周恩来的经过简要地讲了一遍,请张治中帮忙接通南京电话。这时,陈诚也很热心,他认为叶挺出面周旋国共合作收编南方红军游击队,是极理想的人物,也赞同叶挺的意见,主动提出帮助叶挺,打电话给蒋介石,向他推荐叶挺出任军长。

陈诚在电话中对蒋介石说:"叶挺早就脱离了共产党,去德国后,又定居澳门,非常想念故土和昔日的朋友。近来在报纸上见淞沪战役开始，他放心不下，来到上海。他听说庐山会议，国共双方决定物色一位无党派人士，去南方收编红军游击队，他愿意接受这个差事，你看他合适吗？"

在谈判时，蒋介石认为很难找到这种人，他提出这个条件，就是要把收编的事一口回绝了。现在陈诚提起，他感到叶挺当军长，确实适合，他虽先后参加过国共两党，但均已脱离关系。选用叶挺，可以一箭双雕，一是选用叶挺，就排除了共产党人选，共产党也无话可说。二是抓住叶挺，就抓住了这支军队。他自信只要多做工作，叶挺会听他调遣的。

想到此处，蒋介石便一口答应下来，同意了叶挺的要求。

陈诚在电话中还说传达了叶挺想将南京红军游击队整编成一个军后，使用国民革命军新编第四军番号，目的是继承铁军传统。

蒋介石也爽快地答应了，并要叶挺马上去南京，同何应钦商谈筹备整编事宜。

叶挺眉开眼笑，就像明天就要跨战马，带兵杀敌似的。

张治中握住他的手，说："祝贺你荣任新四军军长。"

"还没下命令呢！"叶挺说。

张治中说："周恩来招贤，委员长同意，还不是十拿九稳的事。"

叶挺告别了张治中，踏上了去南京的列车。

火车到了南京，叶挺手提行李走出车站。

他东张西望，不知何人来接，只见张冲小跑步奔了过来，一边紧握他的手，一边热情地问候。原来，他两人关系非同一般。北伐时期，张冲是第四军参谋处参谋，叶挺是参谋处长。

张冲高兴地说："老处长，终于又见到你了，委员长特地关照我来接你。"

"老张，十年没见，你现在当大官了吧？怎么称呼你呢？"

张冲笑道："说起来当个军委办公厅顾问军务处处长，其实就是打打杂，跑跑腿，你还是叫我老张亲切。"

他们一路上叙述别后情况。

小汽车飞也似的转眼停在中央饭店门口。

张冲把叶挺刚安顿停当，何应钦推门而入。一进门，便高声嚷道："叶军长，多年不见，你发福了！"

"闲散在家，无所事事，哪有不胖之理。不过我的心可惦念着这片国土。"

"委员长非常器重你，他听说你请缨救国的决心，非常高兴，和陈诚通完电话，就吩咐我筹建新四军。"何应钦伸出大拇指对叶挺说，"希夷，你的面子大，委员长不仅同意你出山救国,还给你个新四军番号,如果是别人就不会有新四军番号了。委员长的意思有两个四军要在抗日战场上比赛一下,是你的新四军打鬼子多,还是吴奇伟的老四军打鬼子多。"说着,递过一份文件。

叶挺接过一看。

兹奉委员长核定:(一)任命叶挺为陆军新编第四军军长;(二)升任夏楚中为第六十九军军长;(三)任陆军黄维为第六十六师师长;(四)调任第九十二师师长陈烈为第十四师师长;(五)升任刘绍光为第八十军军长。

国民政府军事委员会铨叙厅

1937年9月28日

叶挺看完,何应钦说道:"祝贺你荣任新四军军长。"

这时,门外走进一人,双手捧着一套崭新的中将军衔的呢子军装,来到叶挺面前,何应钦接过新军装,递给叶挺,意味深长地说:"从今天起,你就是蒋委员长任命的国民革命军的军长。你要竭尽全力,不辜负委员长厚爱。"

何应钦走后,张冲推门进来,对叶挺说:"刚才委员长来电话,说按照惯例,委员长对新任的军长都要亲自谈一次话,你也不例外,明天上午8点他在办公室见你。并要你谈谈对时局的看法,对改编南方红军游击队的设想。"

叶挺点头应允。

"这是新四军的关防和10月份的经费。"张冲递过关防及一大包经费。

张冲走后,叶挺一数经费是5万元,刚刚平静下来的心情,不由得又激动起来,生气地说道:"怎么就给这么一点!"

第二天上午8时,叶挺在张冲的陪同下准时来到黄埔路"官邸"。

蒋介石斜躺在双人沙发上,微闭双目,心事重重,他反复考虑委任叶挺为新四军军长是否可靠,因为叶挺曾领导过南昌起义和广州起义,此次委他以重任,会不会是放虎归山?他担心自己此决定是一桩蚀本的生意。

但蒋介石想到这事木已成舟,要尽一切努力,一定要通过控制叶挺来控制新四军。

叶挺走到门口,大声说:"报告,叶挺奉命谒见委员长!"

"快进来,快进来。"蒋介石坐正身子,连声说道,"还是过去的老样子,蛮正规的嘛!你可是北伐名将,北伐的岁月是刻骨铭心的,十年前轰轰烈烈的北伐至今令人难忘,我们攻占武汉以后,武汉工人在汉阳兵工厂铸造了一个'铁军牌匾',敲锣打鼓送给了第四军,我记得是你代表四军接受了那块匾的,你还记得那匾上与的什么内容吗?"

251

提起往事,叶挺记忆犹新,点头答道:"我记得是一首诗,"说罢背了出来,"烈士之血,主义之花,四军伟业,威镇迩遐。能守纪律,能毋怠夸,能爱百姓,能救国家。冲锋陷阵,如铁之坚,革命抱负,如铁这肩。功用若铁,人民倚焉,愿寿如天,垂亿万年。"

"不错,不错,一点也不错。"蒋介石寒暄一阵后,话锋一转,严肃地问,"你当军长,对抗战有否信心?能不能再创四军伟业?"

叶挺思索片刻,坚定地回答:"我有信心,请委员长放心,明朝嘉靖年间,十几万倭寇入侵我东南沿海,明嘉靖皇帝就靠戚继光、俞大猷、谭纶三员大将,统率几万兵力,铲除了倭寇。昏庸无能的嘉靖皇帝能做到的,难道我们做不到吗?我们有委员长领导的几百万政府军、有八路军,还有即将成立的新四军,更有四万万同胞的大力支援,日本鬼子纵然个个是铁、是钢,我们也能把他打个稀巴烂……"

叶挺话没说完,蒋介石连声赞扬:"好,好,好!想不到你抗日的士气已鼓得足足的,这我就放心了嘛。"

他站起身,踱着小步,到叶挺面前,亲切地拍拍叶挺肩头说:"你个人有何困难,说出来,我一定尽力解决。"

蒋介石停顿片刻,关切地问:"你夫人在澳门可好?你既然已归南京,她在远处不能照顾你,我看立即把其接到南京来。颐和路8号有一幢独门独院的小洋楼空着,她们就住在那里,也可随军跟着你。"

"多谢委员长关心,"叶挺再三致谢,恳切地说,"新四军刚开头,现在只有一个番号,我还是个光杆司令,筹备工作有很多事要做,眼下带上家眷岂不是背了包袱。再说,队伍一拉起来,又要东奔西跑,忙于打仗,带上家眷更不方便。"

"说的也是,"蒋介石频频点头,说道,"你想想看有什么困难之处。"

叶挺低头沉默,想到张冲送来的经费,不由得气恼起来。他尽量缓缓口气说:"委员长如此关心,我想请委员长帮助解决一个问题。"

"什么事?你尽管说。"

"我知道国民革命军军费标准分为甲、乙、丙三等。甲等师每月20万元,乙等师15万元,丙等师10万元。可是新四军的军费只给5万元,还不如丙等师,这个数目太少,我想请委员长至少增到20万元,不知妥否?"

"这个问题很简单,我跟张冲说说增加20万。只是——"蒋介石停下来,狡黠地说,"只是,我要向你提个要求!"

"委员长请讲!"

"你成了国民革命军新四军军长,愿不愿意恢复国民党党籍啊?"

叶挺一听,愣了片刻,不知如何回答,他完全知道了蒋介石如此热心的真正用意。

沉思良久,叶挺终于想出了对付办法,他抬起头来,笑笑说:"委员长,这个问题我早就考虑过。"

"怎么样?"蒋介石急着问。

"如果我恢复党籍,这个军长不就当不成了?"

"为什么?"蒋介石不解。

"我听说当时国共会谈时,你说要找一个无党无派的人当军长,你要我恢复党籍,我还算不算无党无派人士?如果共产党方面知道了,也不会同意我当这个军长了。"

这回轮到蒋介石发愣了,他一时语塞,停了半晌,忽然灵机一动,诡秘地说:"这好办,那就秘密加入吧,来个天知地知,你知我知,岂不两全其美?"

"不行,世上没有不透风的墙,要想人不知,除非己莫为。早晚让人知道了,委员长岂不是骑虎难下?"

蒋介石有苦难言,只得说:"那就算了。但是,你要经常向我报告新四军的情况。"

"那是当然,你是统帅嘛。"

这次叶挺的回答使蒋介石非常满意,先前的阴云和不快一扫而光。蒋介石窃窃自喜,又觉得叶挺是听他的话的。因此,蒋介石毫无顾忌地说:"对新四军内共产党开会的情况要及时汇报,特别要注意那些反对我的言论行为,可直接向我汇报,也可向戴笠汇报。这些不难做到吧?你答应了我,不但可解决新四军军费,我还要提拔你为战区司令官。"

蒋介石只顾讲话,却不知叶挺的脸色已变得铁青。

戴笠何许人也?那是军统特务头子,专门暗杀共产党,陷害忠良,双手沾满人民的鲜血。连汪精卫、白崇禧,何应钦也怕他三分。

叶挺气得咬牙切齿,按捺不住心头怒火,责问道:"戴笠是什么东西?要我向他汇报,那绝对办不到!这个军长我不当了,你还是另请高明吧!"边说边脱军装,向蒋介石面前一扔,拂袖而去。

此时,蒋介石被叶挺轰得晕头转向。等他回过神来,叶挺已跑得无影无踪。

叶挺怒气冲冲返回中央饭店,还未坐定,何应钦已抱着军衣、军帽尾随而来。

何应钦满脸堆笑地说:"希夷兄,委员长只是说说而已,何必发这么大火呢?"

在何应钦一顿好言相劝后,叶挺怒火渐消。何应钦告诉他,10月2日,国民政府军事委员会正式颁布新四军番号;10月6日,以蒋介石名义电告江西省政府主席熊式辉,将鄂豫皖边、湘鄂豫边、赣粤边、闽浙边、闽西等地红军游击队,均编入新四军。

"军部设在何处,三个师军官如何配备,装备、经费如何解决?"叶挺口气缓和多了。

"军部设在武汉,其它问题以后再商量。"何应钦说,"当务之急,你立即通报八路军驻宁办事处,请他们通知南方八省红军游击队,迅速集中到武汉改编。"

事已至此,叶挺只得接受何应钦的提议,立即向八路军办事处报告。

毛泽东当面考察

叶挺很快来到八路军办事处。

秦邦宪、叶剑英又惊又喜,一一和叶挺握手。

叶剑英说:"周恩来到处找你,由于不知道蒋介石的态度,我们一直未向延安报告。"

"我正为此事而来,我和周恩来分手后,通过陈诚,我很快就和蒋介石联系上了……"叶挺如此这般地把十多天的情况,向他们作了简要汇报。

秦邦宪说:"这是一件大好事,有了编制又有军长人选,南方红军游击队可以整编上前线了,但是,他蒋介石出于不可告人的目的,竟瞒着我们,单方面抢先公布军长人选,使我方陷于被动。"

叶剑英说:"现在木已成舟,要尽快向延安报告,请中央考虑配备军长以下干部人选。"

秦邦宪说:"关于通知南方八省红军游击队集中改编的事,要等中央的通知才能决定!"

电报发到延安,毛泽东焦急万分,10月1日回电说:

南方各游击区是今后南方革命运动的战略支点,国民党企图拔去这些支点,在西安事变后,还用了武力,用屠杀方法拔去他们。现在却利用抗日题目,想经过叶挺把他们拔去。方法不同,目的则一。各区游击队暂缓集中,叶挺需到延安来。在他完全同意中央的政治、军事原则后,可以去南方。

从电报的字里行间,透露出毛泽东的焦虑和对叶挺的不了解。

叶剑英接电后,立即复电毛泽东,将叶挺请缨当军长的情况汇报毛泽东,并转告说:"叶挺再三表示,如延安不赞成,他仍可辞职。"

10 月 19 日,毛泽东又复电:叶挺是否愿意恢复党籍或完全接受党的领导,而不受国民党干涉,并是否愿意来延安及八路军总部接洽一次。

　　叶挺知道毛泽东复电后,感叹道:"是周恩来邀请我的,毛泽东可能不知道来龙去脉,国共两党均对我不信任,出于需要,又在互相争夺。我夹在中间,进退不得,左右为难。现在只是开始,今后的路还很长,早知今日,何必当初? 什么抗日部队不能去,偏偏选中这个'宝座'? 我这真是骑虎难下了。"

　　叶剑英见他心情不畅,自己的鼻子也发酸,连忙安慰说:"毛泽东的心情应该理解,他对你不甚了解,担心艰苦经营 10 年的南方红军游击队被蒋介石拉去,不得不慎重从事。这全是蒋介石抢先发布命令造成的,对你完全是误解。别难过,你去延安向毛泽东当面讲清情况就行了。"

　　叶挺征得何应钦同意,风尘仆仆,11 月 4 日到达延安。

　　这天下午,毛泽东早早候在门外。

　　双方见面,毛泽东紧紧握住叶挺的手,亲切地说:"我们虽未曾见过面,不过你叶挺的大名可是如雷贯耳啊!"

　　"主席言重了。"叶挺谦虚地说。

　　毛泽东认真地说:"早在 1925 年,你从苏联回国,受党中央的委托,在肇庆以共产党为骨干,组建第四军独立团,这是我党第一支军队。'八一'南昌起义,你是前敌总指挥,领导起义军,打响了反对国民党反动派的第一枪。"

　　毛泽东一席话,令叶挺感动万分。

　　晚饭时,毛泽东加了一个辣椒炒肉丝,招待叶挺。

　　饭后,毛泽东分析国内形势,向叶挺详细介绍了中国共产党的抗日统一战线政策。随后问道:"你看过《水浒》吗?"

　　"看过!"叶挺点点头回答。

　　"你说梁山一百零八将为什么下场如此悲惨?"

　　"他们的致命错误在于被朝廷招安。"叶挺脱口而说。

　　"说得对!"毛泽东赞赏叶挺的分析力。他严肃地说,"共产党的抗日统一战线政策,是大敌当前,共同抗日,决不是把军队当资本向蒋介石要官做,那便是'招安'了。统一战线中要牢牢掌握军权,新四军划给蒋介石的三战区管,那就是由三战区发放经费、服装、弹药,军队的领导权要由共产党掌握。"说话中,毛泽东把话题转到了叶挺的党籍问题。他问:"你愿不愿恢复党籍?"

　　叶挺来延安之前,已从电报中知道毛泽东的这一要求。他沉思片刻,抬头看着毛泽东,诚恳地说:"主席,从心里讲,我离党 10 年,犹如离群的孤雁,极度苦闷,十分思念共产党,做梦都想投入党的怀抱。可是,这种时候,这样的身份,我前思后虑,认为暂时不宜恢复党籍。我作为无党派人士,可以自由地与国民党官员交往,调解国共两党间的矛盾,又可以为新四军向老蒋要经费、枪弹及编制。如果我是党员,就不一定能起到这样的作用了。"

毛泽东竖起大拇指,夸奖道:"说得好,你现在的作用比党员的作用大,你考虑得很周到,我完全同意。今后,在适当时机,你觉得方便就打个电报申请就行了。"然后,真诚地说,"共产党相信你,只是目前难为你了。"

叶挺很激动,他紧紧握住毛泽东的手,坦率地说:"只要是抗日需要,我不怕委屈。"继而,叶挺又向毛泽东汇报了蒋介石叫他恢复国民党党籍之事及向蒋罢官一事。

毛泽东拍拍他的肩膀,哈哈大笑说:"你好大的胆子,新官上任三把火,第一把火就烧到老蒋的头上,厉害,厉害!"

第二天,党中央在延安抗大举行欢迎大会。

毛泽东致欢迎辞,他说:"我们今天为什么欢迎叶挺军长呢? 因为他是大革命时代的北伐名将;因为他愿意担任我们的新四军军长;因为他赞成共产党的抗日民族统一战线,所以我们欢迎他。"

在热烈的掌声中,叶挺激动万分,噙着泪水,大声说道:"同志们欢迎我,实在不敢当。革命好比爬山,许多同志不怕山高,不怕路难,一直向前走,坚持下来了。"话说到此,他面露愧色地说,"我有一段爬到半山腰又折回来了,现在又跟上来了。"

"跟上来就是好同志嘛!"毛泽东宽厚而恳切地插话。

叶挺点点头,坚定地说:"今后,我一定遵照党的指示,坚持抗战到底!"

就在叶挺离开南京去延安之际,八路军南京办事处立即派顾玉良到江西大余池江圩,与南方红军游击队负责人项英联络,要项英立即动身到延安去。项英于11月7日抵达延安,11月8日晚上,中共中央在抗大礼堂专门召开欢迎项英大会,叶挺也应邀上了主席台。

第二天,毛泽东在窑洞设宴为叶挺、项英接风。毛泽东亲自为叶挺、项英斟满了酒,举杯说:"来,希夷、德隆(项英原名),我们干杯! '兰陵美酒郁金香,玉碗盛来琥珀光……'"

叶挺随即连唱:"但使主人能醉客,不知何处是他乡!"

三人同时举杯,一饮而尽。

项英要留在延安参加中央会议,还要同中央有关单位筹划新四军组建工作。

叶挺告别毛泽东,于11月12日到达武汉太和街26号设立的新四军筹备处,挂起了新四军军部的招牌。

为了扩大新四军影响,叶挺以新四军军长名义召开记者招待会,公开宣布新四军已经成立,并大声疾呼:"新四军急需人才,愿爱国之士踊跃报名!"

武汉青年纷纷应征,南方游击队也告别长眠地下的战友,纷纷到指定地点集中改编。

第二章

争取先机,新四军创建茅山根据地

陈毅一鸣惊人

12月23日项英从延安抵达武汉,住在八路军驻武汉办事处,同中共中央代表团的王明、周恩来等会面,向他们传达了党中央关于新四军的编组和组织领导的决定事项。12月25日叶挺、项英、张云逸召开已到武汉的新四军干部大会,布置了当前工作任务,实际上这是新四军军部机关的第一次会议,也是军部机关成立的会议。12月28日,叶挺主持召开新四军干部会,宣读了命令:项英为副军长、张云逸为参谋长、周子昆为副参谋长、袁国平为政治部主任。下设四个支队,第一支队司令员陈毅,副司令员傅秋涛,参谋长胡发坚,政治部主任刘炎;第二支队司令员张鼎丞,副司令员粟裕,参谋长罗忠毅,政治部主任王集成;第三支队司令员张云逸(兼),副司令员谭震林,参谋长赵凌波,政治部主任胡荣;第四支队司令员高敬亭,参谋长林维先,政治部主任萧望东。全军10个团、一个教导营,共计1.03万人,至此,新四军组建完毕。

1938年1月3日,周子昆从延安带领第二批干部抵达武汉。

1月6日,新四军军部由武汉迁至南昌友竹花园7号。军部的主要任务是召集南方各省的红军游击队下山整编。当时各个游击队流动不定,活动地区广阔分散,情况不明。陈毅、张云逸、邓子恢、曾山等同志分头出发,披星戴月地奔走在各个游击区,向游击队传达党中央的指示,说服他们下山改编。当游击队员们听了传达,个个欣喜若狂,艰苦的三年游击战划上了句号了,今天终于胜利了!

各地红军游击队纷纷下山,按照规定的地点集中。4月5日前后,军部及第一、二、三支队进驻岩寺,第四支队进驻舒城。

新四军的政治教育和军事训练也正紧张地进行着。

住在岩寺祠堂内的新四军主要领导人,忙完了一天繁重的军务,常常漫步在丰乐河畔,时而坐在岩寺桥头的石墩上说古论今,时而讨论着新四军如何抗日杀敌。

一天傍晚,他们照例坐在石墩上,入神地听陈毅绘声绘色地讲述孔明草船借箭的故事,突然,远处一匹快马奔驰而来,转眼到了叶挺面前,马背上一人翻身下马,举手敬礼:"报告军长,周恩来副主席急信!"说罢递上一信。

周恩来在信中明确了新四军各支队活动地区及开进时间。叶挺看完信后,把军部领导召集于司令部会议室,进行传达、讨论。

参谋长张云逸介绍苏南、皖南、皖中情况。他指着墙上的《华中敌后形势图》说:"华中战场是日军松井石根司令官率领的华中派遣军,共 9 个师团 18 万兵力,自淞沪战役后,占领上海、杭州、南京、镇江、蚌埠。目前正会同华北日军夹攻徐州。新四军行将开进的苏南、皖南、皖中地区的中小城市在日军手中,而广大乡村尚未被敌控制。国民党军节节败退,沦陷区、半沦陷区的国民党地方官吏纷纷逃命,地方政权土崩瓦解,广大民众在水深火热之中。一些进步组织和爱国民主人士挺身而出,纷纷组织群众抗日,但是缺乏正确的领导和军事上的指导。此时,我新四军开进,正是组织群众的极好时机。"

张云逸说完,大家便七嘴八舌地议论起来。

"城镇虽已沦陷,而广大农村的民众抗日情绪高涨,犹如干柴,只要我们点上一把火,抗日的烈火便会遍地燃烧,还愁赶不走鬼子?"

"日军正在屠杀同胞,华中每分钟甚至每秒钟都有同胞倒在鬼子屠刀下,形势紧迫而严峻,我们开进的时间越早越好。"

……

陈毅听到大家的议论,正中下怀,急忙掐灭手中的香烟,从口袋掏出一张早已画好的《一支队挺进苏南行动图》,用兴奋的目光扫视大家后,指着图上的各种箭头,跃跃欲试地说:"早在 2 月 15 日,毛泽东就电告我们,向苏南茅山地区发展。我们一支队坚决执行毛泽东的命令。进军苏南的行动,大致分五步:第一步,先建立茅山抗日根据地;第二步,派一部兵力东进上海郊区,扩大政治影响,让国内外都知道,新四军是抗日的队伍;第三步,大部兵力挺进苏北,使北面与山东八路军打通联系;第四步,从苏北再向河南发展,在西北面与山西八路军打通联系;第五步,同兄弟部队一起进入全面大反攻。我认为,开进时间宜早不宜迟,越早越好。"

陈毅的一整套周密战略行动计划,博得一片掌声。

张云逸笑着问:"好你个陈毅,什么时候偷偷摸摸拟的计划?也不透露一点,今天拿出来吓人。"

陈毅笑笑说:"组建新四军,不就是为抗战吗?组建完毕我就开始思考这些问题,酝酿了几套方案。"说着从口袋里又掏出几张不同的行动图。

陈毅说罢,大家拍手鼓掌。

张云逸用手把眼镜往上推推,说:"陈毅的精神可嘉,值得大家学习。"

叶挺露出微笑,说道:"陈毅之方案,使我顿开茅塞,我以为,这套方案也可作为新四军行动方案。"

陈毅的这套方案,乃是陈毅未出岩寺,已知新四军前途三分。纵观新四军走过的道路,不出陈毅所言,大有诸葛亮隆中对的先见之明。

项英沉着脸没有说话,当然,他平素就是寡言少语。1920 年,他就组织武汉纺织工人首次罢工;1921 年,中国共产党在上海成立的那年,他组织全国第一个工人俱乐部,组织过震惊中外的京汉铁路"二七"大罢工;1922 年入党后,多次选为中央委员;1931 年担任中央局书记和军委主席,曾作为中国工人运动代表,赴苏联访问。斯大林接见他时,把自己使用多年的手枪送给了他,并赞誉他是真正的工人运动领袖;在新四军内,他虽为副军长,在党内却是中央政治局委员、中央东南局书记、中央军委新四军军分会书记,是共产党在新四军中的第一把手。项英认为,党把这个重要的任务交给自己,自己必须对新四军负责。因此,他常常告诫自己,平时说话办事,必须慎之又慎,不能随便表态。

在当天的会上,他对陈毅的发言,持不同意见。他认为,新四军刚建立,人少武器差,连吃穿都无着落,如过早开到敌后,万一有个闪失,就会把南方三年打游击积累的革命血本丢光,一着不慎,满盘皆输。如今国共合作,他本打算以点验为名,请国民党三战区派人视察新四军时,借机要求多发点经费和装备。他虽不同意陈毅的方案,却也不愿挑明自己的观点。因为,他太了解陈毅了,此人乐观坚定,热情豪放,带有诗人那特有的冲动和热烈的气质,说到高兴时可手舞足蹈,随之伴有激情洋溢的哈哈大笑,全无顾忌。可是,他又是个极爱顶真的人,只要他认准的事,就会据理雄辩,毫不相让。因此,项英担心如和盘托出自己的想法,弄不好,在会上被陈毅驳个体无完肤,岂不自讨没趣?

正在他思绪联翩之时,坐在身旁的叶挺碰碰他的肩膀,低声说:"就听你的啦!"他这才如梦初醒,抬起头来,一时不知说什么是好。

陈毅却大声嚷道:"老项,你磨蹭啥子哟,时间宝贵得很呢。朱自清先生说,时间一去不复返,洗手的时候,日子从水盆里过去,吃饭的时候,日子从饭碗边过去。我们开会的时候,日子悄悄地从会议桌边过去。你就快讲吧!"

听了陈毅的话,大家低头看表,才知已是午夜 1 点。

项英无奈,只好咳嗽一声,慢慢地说:"大家说得对,部队早一天开进,可早一天消灭敌人。但是,我们面对的是强大的日本军,必须慎之又慎。同几百万上有飞机,下有坦克大炮的国民党军比,我们人少武器差,要想战胜强大的日本军并非易事。至于开进时间,今晚来不及定,明后天再研究吧!"

叶挺宣布散会,各自返回住处。只有陈毅紧跟在项英身后,他笑着说:"老项,今晚我要同你拼了!"

项英明知陈毅的犟劲又上来了,却学着四川话问:"拼啥子命嘛?"

"你不把开进时间定下来,我不回去睡觉!"

"不是说明后天再定吗?"

"明天,明天,你可知道明日复明日,明日何其多。我生待明日,万事成蹉跎。会下棋的人都非常注意争先,打仗要争取主动权,开辟根据地要争取历史先机,不能再拖了。"

"敌人太强大,我们武器低劣,去了不是肉包子打狗——有去无回吗?"

"国民党溃退丢下的枪炮,我们可以去打扫战场嘛!"

"那人呢?"

"苏南是全国人口最密集处,我们可发动群众啊!再说,打仗关键不在人多,而靠指挥正确。吴魏赤壁之战,孙权的3万精兵,击退了曹操的20万人马;秦晋淝水之战,秦军苻坚率90万人马,败在晋军谢玄的8万兵力之下。"

"那钱呢?"

"苏南为鱼米之乡,还愁没钱花?我们可建立自己的政府,筹粮筹款。"

项英听罢,不再言语。良久他才说道:"你说得有理,明天同叶、张、袁商量一下,委托你选派一支精干的先遣队去苏南侦察,尔后你再跟进如何?"

"对头,对头,你考虑得挺周密嘛!"

"比不上你喽!你是诸葛亮啊!"

"诸葛亮不敢说,只想当个常山赵子龙,衷心保国。"陈毅乐哈哈地走了。

第二天上午,军部几位领导开个短会,同意项英的建议,并报中央军委。

会后,叶挺、陈毅等人着手组建先遣支队。

项英无事,他拿着发出的电报底稿,反复琢磨,思前想后,感到这份电报不妥,他心下觉得没慎重考虑,轻易作了决定。

项英认为苏南、皖中是平原水网地区,一览无余,没有山,没有青纱帐,鬼子大"扫荡"时汽油划子到处穿行,我们藏也没法藏。稳妥的办法是在皖南或稍向闽浙赣山区延伸,建立抗战阵地。

想到此处，项英一阵焦躁不安。他不愿找叶挺谈自己的想法，因为他以前未与叶挺共过事，对叶挺不了解，叶挺注意军纪，穿着整洁威武的将军服，极少言语，自有三分威严，俩人平素就极少交谈。他想找陈毅，一是因为他是军分会副书记，又是三年游击战的生死之交，虽对陈毅的说话尖锐、泼辣有看法，有时却也甘心挨辣。

吃过饭，他便找陈毅讲了自己的想法。

陈毅哈哈大笑说："实话实说，你的方案行不通。道理简单，第一，去敌后是中共中央代表周恩来与国民党代表多次商定，双方最高领导认可的。新四军多数领导也同意。第二，闽浙赣边山区没有鬼子，是国民党后方，蒋介石能允许我们去吗？第三，那里无鬼子，我们去了不打仗，威望如何提高，如何壮大自己，不打仗不抗日，成立新四军干什么？"

陈毅的一番话，项英虽无言以对，却仍不放弃自己的观点，他解释说："现在日本人在徐州会战，拿下徐州后必定向南进攻，占领闽浙赣。那时，我们利用山区地形打游击不好吗？"

陈毅的耐心受到挑战，他忍不住说："现在拿枪杆子的要去前方杀敌，积极堵截鬼子向南进攻。像你这样老早就跑到山上等鬼子，还不如到喜马拉雅山去等，那里最保险！"

最后一句话呛得项英哑口无言。可是，他并不服气，事后，仍把自己的想法电告中央，派一部分兵力到苏南敌后，创建以茅山为中心的苏南抗日根据地。在主力行动之前，派侦察支队先行侦察。

县长给陈毅送锦旗

在新四军成立后的兵力部署这个问题上，军部首长与延安毛泽东想到了一起，真可谓英雄所见略同，毛泽东也想到新四军到茅山地区，既顾及了统一战线，又跳出了国民党军的控制，也为以后东进或北上苏北创造条件。毛泽东充分肯定军部派侦察支队先行的建议，4月24日，致电项英，指示新四军"主力开泾县、南陵一带，先派去溧水一带侦察。"

4月28日上午，一支四百余人的先遣支队成立了。他们整齐地排列在军部门口，军部首长及各支队领导都来欢送先遣队出征。

一位年轻的指挥员握拳跑步，在叶挺面前立正、敬礼。声音洪亮地说："报告军长，先遣支队整装待命，请军长讲话！"

他就是先遣支队司令员兼政委粟裕。

此次，粟裕接受先遣支队任务后，同一团政治处主任钟期光一起，日以继夜地进行筹建工作。这支队伍是从各支队抽调一个侦察连组成的，大多数是经过三年游击战争考验的老战士，士气旺盛，战斗力很强。

叶挺向粟裕回礼，两脚向前移了两步，大声讲道："战友们，你们是第一批上战场的勇士，你们要用抗日的实际行动，打开新局面！要用刺刀和热血杀出新四军的军威来！要以惊人的速度，争取历史先机，尽早开创新四军第一个根据地，我们企盼你们的佳音！"在热烈的掌声中，叶挺结束了他简练的鼓动性讲话。

陈毅接着讲话，他说："四年前，红军组织过一支方志敏率领的抗日先遣队。那个先遣队兵力百倍于今天的先遣队，但是由于当时路线不正确，也没有国共合作的条件，出征不久，在江西环玉山被国民党围攻，失败了。今天，我们的先遣支队司令，就是当年那个先遣队的参谋长粟裕。但是今天，人少，武器差，我们到苏南敌后扎根靠什么呢？靠模范的群众纪律，广泛的统一战线和多打胜仗，扩大新四军影响，同全国人民一道，把鬼子赶回老家去！"

陈毅讲完话，军首长和先遣支队指战员一一握手，先遣队士气饱满地踏上征途。

5月4日晚上，毛泽东致电项英，电文如下：

在敌后进行游击战争虽有困难，敌情方面虽较严重，但只要有广大群众，活动地区充分，注意指挥的灵活性，也会能够克服困难。这是河北及山东方面的游击战争已经证明了的。在侦察部队出去若干天之后，主力就可准备跟进，在广德、苏州、镇江、南京、芜湖五区之间广大地区，创造根据地。在茅山根据地大体建立后，还应分兵一部进入苏州、镇江、吴淞三角地区；再分一部分渡江进入江北地区。另外，要注意同叶挺搞好关系。

毛泽东这份电报，规定了新四军的行动方针，也是对项英的批评。

项英接电后，不再坚持自己的观点，立即向军部领导进行传达贯彻。只是最后一句话，怕叶挺不高兴，没有传达。

5月底，陈毅率一支队从岩寺到达南陵，踏入了苏南境内。

这时正是苏南的梅雨季节，出着太阳，下着雨，他们到达苏南的第一个县是高淳县。此时，雨水停后，晴空万里，洁净明丽。庄稼绿油油，亮晶晶。山坡上春意盎然，野花遍地。

他们从狸头桥上船，经过固城湖。

固城湖，风光秀美，特别是春夏季节，花红水碧，鱼跃鸟飞，白鸥点点，岚影沉浮,霞光掩映。

将军兼诗人的陈毅,不觉心旷神怡,诗兴大发,一首《东征初抵高淳》七言诗脱口而出:

> 波光荡漾水纹平,河汊沟渠纵复横。
>
> 扁舟容与人如画,抗战军中味太平。
>
> 堤柳低垂晚照斜,农家夜饭话桑麻。
>
> 兵船初过群疑寇,及见亲人笑语哗。
>
> 江东风物未曾谙,梦寐吴天廿载前。
>
> 此日一帆凭顾盼,重山复水是江南。
>
> 芦苇丛中任我行,星星渔火水中明。
>
> 步哨呼觉征人起,欣然夜半到高淳。

部队在高淳县城及其附近的东甘村、肇倩、姜家、南塘等地宿营后,陈毅在县城淳溪镇的吴家祠堂召开干部大会,介绍高淳的历史和民情风俗,风趣地说:"小伙子和姑娘相亲,第一印象很重要,我们和江南人民第一次见面,也要给江南人民留一个好印象。"

此时,正是夏收夏种季节。

第二天,陈毅就带着部队帮助群众收割麦子,车水栽秧。

战士们大多是农村来的,有的在家就是劳动的好把式,他们拿起农具干得挺熟练。

农民看了很惊讶,有的说:"唏,这是什么军队,个个都会做农活呢!"

新四军帮助老百姓劳动的事,一传十,十传百,很快传遍了整个县城。

消息传到县长杨鼎侯耳朵里,他似信非信,自古当兵的吃粮打仗,没见过还帮助老百姓种粮,不知道这新四军是什么军队?于是就带着地方士绅,到一支队司令部来试探。

谁知陈毅的头一句话,就把杨县长逗乐了。只见陈毅抱拳拱手,风趣地说:"劳驾县太爷来访,陈某不敢当,不敢当,你是父母官,一县之主,本军到达贵地,理应先登门拜访。"

杨县长听到陈毅的"父母官"一席话,心里乐滋滋的好不高兴。

第二天,高淳县政府在淳溪镇东平殿广场,召开万人欢迎新四军大会。大会由杨县长主持,登台的有地方士绅。

陈毅身穿灰色土布军装,左臂上佩带着"抗敌"的臂章,脚穿草鞋,打绑腿,腰扎皮带,威风凛凛,在会上作了三个小时的讲演,宣传我党国共合作统一战线,一致抗目的主张,号召各界同胞共同抗日。

新四军离开高淳时,杨县长赶做了一面锦旗,上面贴着"岳家军"三个金光闪闪的大字。杨县长握着陈毅的手,激动地说:"从古到今,没听说过有这样好的军队。"并连声说道,"中国抗日有希望。"

杨县长话没讲完,街上响起了鞭炮,一群群人敲着锣,吹着喇叭,抬着米和面,还有糕饼和粽子,送到司令部。

陈毅和司令部的同志婉言谢绝,无奈,百姓"发火"了,他们声言不收下就不是一家人,这才收下。

粟裕韦岗旗开得胜

一支队离开高淳后的第二天,在固城湖边的一个村子里宿营。

粟裕急匆匆地赶来,风尘仆仆,汗污满面。他汗都没顾得上擦,便向陈毅作了五个小时的汇报。先遣支队到苏南,分成若干小组,到南京、镇江、丹阳、金坛、溧阳等地侦察。

陈毅从粟裕的汇报中得知:江南沦陷,出现了历史上罕见的混乱。日军疯狂烧杀,大部分集镇被烧毁。松江县城被毁三分之二,丹阳县城几乎被烧光,句容县有一个 500 户人家的村子,全部被日军烧光杀光。南京大屠杀惨绝人寰,制造了数以万计的"千人冢""万人坑",被杀的无辜居民和国民党官兵达 30 多万,全市房屋三分之一化为灰烬,整个江南火焰弥漫,尸横遍野。蒋介石消极抗战,国民党在江南的部队,纷纷溃逃。在混乱之中,混世魔王纷纷出笼,百姓说江南一带有七多:土匪多、政客多、道会多、赌博多、茶馆多、妓院多,外加司令多。

"何谓司令多?"陈毅插问道。

粟裕说:"国民党部队溃退时,丢下了大批枪支弹药,有些胆子大的,捡起了枪支,自称司令,拉起了队伍。这种司令多如牛毛。"

"这些司令打不打鬼子?"

"他们大部分不打鬼子,纪律很坏,如小丹阳的朱永祥,紧跟在日军的屁股后面,在赵村一带烧杀 20 里。我们先遣支队路过小丹阳,他竟明火执仗,声称留下买路钱,各自行方便。否则,他们就要动武力呢!"

"难道就没有一个好司令啦?"

"有的。江阴西乡的梅光迪,东乡的朱松寿,常熟的任天石,还有丹阳北部的管

265

文蔚,南部的贡友三。他们的部队跟鬼子打了十几仗。"

"好嘛,江南还不是漆黑一团,也不是没有一个抗日的。我们新四军就是要团结这些(诸侯),领导他们,和他们一起打鬼子。"

粟裕汇报之后,陈毅点了一支烟,默默地来回走着,焦虑之情溢于言表,他不安地说:"我陈毅恨不得变成孙悟空,拔根毫毛,变成千军万马,吹着冲锋号,在一小时内把鬼子全扫光!可惜……"

陈毅说着,停顿了一会,继而转为兴奋的口吻说:"我们何不用孙悟空钻铁扇公主肚皮的办法,在鬼子的心脏地区,打他个措手不及,让老百姓知道,新四军和八路军一样,是专门打鬼子的队伍。"

"你的意思,在敌人心脏南京、镇江一带打一仗!"

"对头,对头!"陈毅连声说。

粟裕略思一会,打开地图,谈了自己的想法。他说日军占领徐州后,正调兵遣将,向武汉进攻。从南京至镇江的公路上,日军的车队来往频繁,每天平均有二三十辆车子。而且这一带是丘陵地带,无边无际的连绵成片的小山,便于袭击敌人。

陈毅听了频频点头,粟裕建议说:"准备在这段公路上,袭击一次日军车队。"

陈毅立即回答:"这个方案很好,就在这几天打吧。地形你比较熟悉,在什么地方打,什么时间打,由你确定。"

粟裕得令后,匆匆离开。

陈毅立即下达命令:一团由傅秋涛、江渭清率领,北渡石臼湖,经博望到小丹阳,活动于江宁、溧水、当涂地区;二团由张正坤、刘培善率领,直指茅山,活动于镇江、丹阳、句容、金坛地区;支队部随二团活动。陈毅要求各部火速到达目的地,发动群众,多打小规模胜仗,积小胜为大胜。

粟裕在固城湖"领旨"后,带着副官曹鸿胜,乘船渡过石臼湖,经过溧水,来到先遣支队驻地句容的金家边。

粟裕向支队的排以上干部传达了陈毅的指示,经过周密研究、决定在韦岗伏击可能由镇江或句容来的敌人车队。

韦岗,在镇江的西南30里处。那里山高、路窄、林密,既便于隐蔽,又便于攻击。

6月16日夜,粟裕部署,除留一部兵力在金家边,其他人员轻装来到了韦岗附近的一个小树林,进行战前动员,准备工作。

这一夜,指战员紧张地进行了通宵的准备工作,粟裕和钟期光忙得不可开交。

这个来请示:"打汽车先打哪里呀?"

那个来问:"我们不会讲日本语,向鬼子喊话怎么喊?"

粟裕说:"打鬼于我同大家一样,都是新娘子坐花轿——头一回,也没有经验,主意大家定,办法大家拿。"

于是在树林里,在小山坡上,一组组战士在议论战法,争论着……

第二天拂晓,部队进入伏击阵地。

8时20分,果然,从镇江方向开来5辆日军的汽车,为首的还是一辆轿车呢。

有的战士风趣地说:"鬼子还是蛮开通的,头一仗就送一个大官给我们作见面礼。"

当车子进入伏击区,随着粟裕高喊一声"打",顿时日军的车队陷入了我方严密的火力网中,鬼子被炸得死的死,伤的伤,有的在泥地上挣扎打滚,几乎成了泥人。

这时,粟裕手枪一举,喊着"冲啊!"战士们端着明晃晃的刺刀向敌人杀去,经半小时白刃格斗,这股敌人大部被歼。清查战果:击毙日军少佐土井、大尉梅泽武士郎及士兵二十余名,炸毁汽车四辆,缴短枪20支,步枪二十余支,军旗一面,指挥刀一把。

韦岗战斗乃是新四军挺进苏南的第一仗,她像初春的惊雷,对于沦陷半年的苏南震动极大。老百姓把韦岗战斗作了神奇的宣扬,众说纷纭,这个说新四军打死了800、8000鬼子,那个说,指挥打仗的粟司令,是双枪司令,一枪能打穿10个鬼子。还传说马上还要打南京、上海呢!

陈毅在宝捻镇听到这一喜讯,非常高兴,为了庆贺,作诗一首《韦岗初战》:

弯弓射日到江南,终夜喧呼敌胆寒。

镇江城下初遭遇,脱手斩得小楼兰。

有了管文蔚如虎添翼

几天以后的6月23日,陈毅收到项英来信,信中说:"先遣支队的确起到了先锋作用,奠定了新四军在江南发展的胜利基础,不但要在全军表扬,还要号召全军学习。"还告诉陈毅说,张鼎丞的第二支队已达苏南高淳、溧水、当涂一带,二支队划归陈毅领导。项英计划在皖南建立一个根据地,这在战略上非常重要。将来在战争形势变化时,即可依靠这一支点向皖南各县发展,以及利用机会争取向天目山脉和仙霞山脉发展。项英说:"目前除你及二支队出去在外,其余暂留皖南建立根据地,以备将来成为发展的基本力量。"

陈毅看完信,立即挥笔给项英复信。在信中,他突出提到中央"五四"指示精神,希望项英把工作重点放在东进北上。陈毅语重心长,却不知项英如何感想。

陈毅派人送信后,立即命令先遣支队人员返回原部队归建,要粟裕立即到高淳,迎接张鼎丞的二支队。

粟裕走后,陈毅就开始了茅山抗日根据地的建设工作,在干部大会上,他指着茅山形势图,先介绍了茅山地区的地理位置和敌我态势。

茅山,原称句曲山。西汉元帝时期,陕西咸阳的茅盈、茅衷、茅固三兄弟来此修仙,得道成仙后,便改名为茅山,也有称三茅山。

茅山地处江苏省西南,地跨句容、金坛、丹阳、溧阳、溧水等县境。这里除了部分丘陵山地,大部为平原水网地带。人口稠密,物产丰富,公路纵横,交通方便。茅山附近的几个县:丹阳、句容、金坛、溧水,均被日军占领,而农村却仍是空白地带,但是名目繁多的保安队、救国军、游击队多如牛毛,有七八百人的队伍,也有二三十人的队伍。

可是,别小看了这些队伍的司令,他们可是这里的土霸王。他们有人有枪,有地有粮,独霸一方。新四军到江南来抗日,必须把这些司令联络争取过来,像到某地宿营号房子那样,把他们按顺序收编起来,发委任状给他们,这样新四军的队伍就壮大了。

接着陈毅又向大家介绍如何搞好群众宣传,如何争取地方实力派、游击队的方法。他再三关照说:"同志们,我们同群众说话嘴要甜,礼多人不怪,'你好、谢谢、对不起'三句话要挂在嘴边,苏南一带见到中年男人一般喊老板,中年妇女喊老板娘。"

干部们见到陈毅变得婆婆妈妈的,都忍不住笑了。

陈毅说:"笑什么,嫌我啰嗦了是不是,同志哥,别小看了这些鸡毛蒜皮的小事哟,小中见大,老百姓就是从一言一行具体动作来观察我们的,它关系到我们事业的成败。"

参谋长胡发坚宣布了由机关干部、服务团员、连队干部和宣传战士组成的各宣传小组的名单,并规定了各小组活动的大致区域,从明天开始,各自为战,一个小组去打一个天下。还要求各组之间开展竞赛活动,看谁出去拉的队伍多。

一支队司令部安在宝埝镇大地主张皓明家,陈毅把宣传小组送走后,轻嘘了一口气,点燃一支烟,想与房东张皓明下棋,轻松轻松,换换脑子。

不料,张皓明连忙摆摆手,焦急地说:"陈司令员你还要下棋? 真沉得住气。你们一到宝埝,我们就替你们担心。"

陈毅不解,惊异地问道:"张先生担心什么?"

"国民党人多枪多,几百万军队都跑得不见一个人影,你们新四军这么一点人,能打得过鬼子吗?趁早走吧!"

陈毅笑笑说:"哦,原来是这样。来,来,来,不管走不走,我们先下一盘棋再说!"

于是,俩人对弈,陈毅故意让张皓明多吃几个子,在棋盘上显得棋子很少,然后,趁对方不注意,突然连走两三步,就将张皓明的"将"闷死了。

陈毅笑着问道:"张先生,你看棋盘上谁的兵多?"

"哦!"张皓明恍然大悟,他拍拍脑袋,乐哈哈地说,"陈司令员,你真行,下一盘棋就解决了我的顾虑。这兵不在多,而在于精。"。

不几天,派出去的宣传小组陆续回来了,政治部主任刘炎谈了去丹北联系管文蔚的情况。

管文蔚在大革命时期,一直在镇江、常州、丹阳、金坛地区做地下党工作。多次发动农民起义,后被捕与党失去联系。抗战爆发,管文蔚从监狱中释放出来,在家乡丹北地区拉起了队伍,与丹阳的日本鬼子打了几仗,名声大振,队伍越拉越大,很快便拥有一千多人。

当刘炎向管文蔚介绍了新四军情况,管文蔚回答的第一句话就是:"终于盼到这一天了,若陈司令员不嫌弃,就收编我们吧!"

陈毅听完汇报,连忙说:"你给我带一封信给他,并带上龙树林、张震东、郭猛到丹北自卫团去当骨干,把这支队伍改造为新四军。"

后来,管文蔚部队改编为新四军江南抗日义勇军挺进纵队,管文蔚任司令员、张震东任参谋长、龙树林任政治部主任。这支队伍成了丹北的抗日大旗,控制了长江北岸100多公里,成了新四军三年后挺进苏北的桥头堡。

当年随陈毅到丹北管文蔚部队视察的谢云晖回忆说:"抗战初期,新四军初到苏南,人地生疏,只有两个团的兵力,局处茅山一隅,又无政权、财权、兵源,又要周旋于10倍于我的敌、伪、顽之间,困难可以想象。有了这支三千多人枪的武装,方圆近百里的根据地,无疑是如虎添翼,对新四军在江南站稳脚跟,并向江北发展是极大的支持。而且还通过管文蔚同志的关系,团结了苏南一些上层人士。"

接着,民运科长王丰庆汇报了争取樊玉琳的过程。

樊玉琳是句容古隍村人,自幼读书,毕业于师范学校,1927年加入国民党,担任国民党句容县第三区行政区长。日军入侵句容,国民党军队溃退,他便在本乡聚集了二三十人自卫队,又联合了其他两乡,组成了三乡联防队,发展到七百多人。他虽然参加过国民党,又在旧政府中任职,但他爱国,深知国民党腐败,迫切要求在新四军领导下施展宏图。

那天,王丰庆到他家,没等王丰庆讲话,樊玉琳就伸出 4 个指头,问:"你们是这个?"

王丰庆点头称是。

樊玉琳兴奋地说:"我见过你们的粟司令员。他带先遣支队来侦察,向我调查过敌情和社会情况。粟司令员人好,讲话和气极了,村上年纪大的人都说粟司令员是菩萨心。当时我想:新四军人倒是蛮好,究竟能不能打仗,我想考验一下,就提出与粟司令员比武。粟司令员满口答应。我俩走到打麦场上,我看到大约 200 米处有一只兔子跑来,就从一个青年手上接过猎枪,'乒'的一枪,那兔子应声倒下,当时我很得意,以为这一下难住粟司令员了。谁知粟司令员左手高竖大拇指,称赞说,好枪法,好枪法。右手却从腰间掏出手枪,抬头看了一下,正好飞来一只麻雀,粟司令员一举手,'叭'的一枪,枪响鸟落。这一下把我可羞死了。"

王丰庆问道:"那你现在作何打算?"

"哎!我已参加国民党了,怕进不了新四军门槛了。"

"我们陈司令员说过,共产党实行全面抗战、全民抗战,抗战不分阶级,不分党派,只要爱国就行。"樊玉琳高兴得手舞足蹈,答应明天就把队伍带来。

陈毅听完王丰庆的汇报,笑着说:"我的同志哥呀,这个饭(樊)司令员是粟司令员比武比来的,不算你的数字,你明天再给我找一个菜司令员,或者汤司令员来哟。"

这一下把大家逗得哈哈大笑。

此时,房东张皓明领着一个 30 多岁的瘦高个子进来,介绍说:"这位是磨盘山的许维新司令员。"

"啊,许司令员,请坐!我是陈毅,这位是刘炎主任、这位是胡发坚参谋长。"陈毅一一介绍。

"我叫许维新。有 500 人的队伍,枪全是新的。韦岗战斗后,我钦佩新四军,因此我想……"

张皓明看许维新结结巴巴说不下去,就走到陈毅面前锐:"他的心思是想接受陈司令员领导。"

"欢迎,欢迎,来的越多越好!"陈毅笑着说。

段焕竞火烧新丰车站

一天,陈毅从部队返回司令部,人未坐定,二团团长张正坤打来电话,报告竹子岗战斗经过:6月25日下午,镇江地下党送来情报,说28日上午,镇江日军中队长大川谷太郎,率领50名士兵,押运8卡车军用物资到句容。张正坤接到情报,便派副团长刘培善率二营在竹子岗设伏。

竹子岗为丘陵地带,一层层山峦连绵起伏,山路崎岖,树木茂盛。

刘培善将部队分成4组,以公路为界,一边两组。

约9点光景,远处传来"嗡嗡嗡"的马达声,由远而近。

刘培善一望,果不其然,他一辆一辆地数着,一辆不少,正是8辆军用卡车。直到卡车进入伏击圈,他右手一挥,高声喊道:"打!"

霎时间,浓烟滚滚,弹片横飞。卡车全部中弹着火,汽车上横七竖八躺着不少尸体。大川谷太郎慌忙带着十几个鬼子跳下车,刚逃至公路两旁的水沟边,一阵手榴弹甩过来,鬼子无一幸免,清清的河水,霎时染成红色。

这一仗,犹如一阵旋风,打得干净利索。当增援的日军从镇江赶来,哪里还有新四军的影子。

陈毅听完报告,放下电话,激动地想:干得好,这可是新四军到江南的又一个胜仗。

陈毅正想着,二团一营营长段焕竞推门进来,报告说:"陈司令员,我一营准备与丹北管文蔚部、丹南贡有三部协同,于7月1日偷袭新丰车站。"

陈毅眉毛一扬,说道:"好啊。你快把侦察到的敌情介绍一下,我们参谋参谋。"

段焕竞拍着胸脯说:"陈司令员,你放心吧,敌情早就摸透了,保证完成任务。"

说罢,段焕竞便简要地向陈毅汇报了侦察经过。段焕竞昨天接到新丰镇地下党负责人、杂货店王老板的情报:车站住着十五师团松野联队的庆江中队,约180名鬼子。他们接到任务,于7月2日随师团开往武汉前线,这几天正杀鸡宰猪,大吃大喝。由于要开拔,鬼子警惕性下降,天天喝得酩酊大醉,有时连哨兵也不派。段焕竞认为正是偷袭的极好机会,立即派侦察班长马小新去新丰镇摸清鬼子内部情况。马小新扮成小伙计随王老板去兵房送酒,把兵房的地形暗记脑中,画了一张草图交给段焕竞。

说着,段焕竞掏出草图,陈毅和他认真研究了偷袭方案。

然后,陈毅提醒说:"自韦岗、竹子岗战斗后,鬼子吃了亏,尝到我新四军的厉害,可能会有所警惕。我们要把困难想多一点,问题想细一点。"

段焕竞点头。

晚上10点,镇江至丹阳的铁路线上,布满新四军。担负佯攻丹阳城的管文蔚部,向丹阳的4个城门同时发起攻击。

剧烈的机枪声和手榴弹的爆炸声惊醒了驻丹阳的松野联队长,他唤来伪军中队长王生寿,询问道:"打枪的,什么的队伍?"

王生寿是个贪生怕死的胆小鬼,他也听到了猛烈的枪声,知道不妙,为逃避松野的询问,早编好了一套对付之词。只见他点头哈腰,毕恭毕敬地说:"报告太君,大事不好,是新四军攻城。"

"有多少新四军?"

"哎呀,城外到处都是,密密麻麻,什么手枪团、长枪团、大炮团、爆破团,无所不有,总共有十几个团呢!"

王生寿的不实之词吓坏了松野。他立即摇电话,请镇江师团派兵救援。谁知电话早被新四军剪断了。

松野扔掉电话,气急败坏地叫道:"传令兵,命令守城门的各小队死守城门,违者死拉死拉的!"

守城各小队接令,闭着眼睛向城外开火,就这样折腾了一夜,直到天色大亮,子弹打光了,放眼城下,一个新四军的影子也没有。

就在丹阳城硝烟弥漫之时,二团一营已迅速抵达新丰车站。果不其然,日军的兵房里大门敞着,不见岗哨,从房里不时传出高一声低一声的呼噜声。

段焕竞一阵高兴,他压低嗓门喊道:"张强生!"

"到!"

"命令你带二连三班趁敌人酣睡之际摸入房内,将所有的枪支缴下来,再打他个措手不及。其余部队四面埋伏,见机行事。"

张强生接令,如离弦之箭,带着一个班悄然扑了过去。不一会,便神不知鬼不觉地背出几十枝步枪。

如此顺手,战士们正暗自庆贺,突然"叮铃铃"一阵急促的铃声,在寂静的夜空显得更加刺耳惊人。

段焕竞一惊非小,厉声问道:"怎么回事?"

"不知道!"

是啊!战士们哪里会知道,狡猾的鬼子为防止新四军袭击,在门口和过道上装上警铃。战士们在搬枪时,一个战士碰到了警铃,便发出了刺耳的铃声。

屋里的鬼子被铃声惊醒，见屋里人影晃动，一股碌翻身下来，光着身子摸枪还击。

一时间，枪声大作。

段焕竞知情不妙，大声命令："民兵配合行动。"

话音未落，事先组织好的民兵，似潮水般涌向铁路，他们挖路基、拔铆钉、撬铁轨，以阻止敌人的增援。

这时，张强生跑来："报告营长，敌人全被惊醒，屋内展开肉搏战。敌人把门堵死，火力封锁了楼梯口，部队伤亡较大，怎么办？"

段焕竞心急如焚，时间紧迫，必须迅速解决战斗。

突然，张强生大声说："营长，兵房全是木板墙，敌人已被我逼到楼顶，是火烧的时候了。"

"对！"段焕竞双眼一亮，一拍手说："用老办法。"这老办法是前几年，他在湘赣打游击时惯用的火攻法。

段焕竞派人找来煤油，又派人在不远的小学校抱来稻草，堆在兵房周围，倒上煤油，"嘶啦！"一声，稻草点着了。顿时，烟火弥漫，呼呼的大风吹着火苗，风助火势，火借风威，无数条"火龙"漫卷，爬上了墙头，爬上了窗框，爬上了屋顶，兵房在一片火海中，烧红了半边天。

"哗啦"一声巨响，房子塌了，鬼子被烧、被砸，如杀猪般嚎叫，争相逃命。突然，在火光中，十几个光着身子的鬼子端着刺刀嗷嗷怪叫着，窜出房子，战士们冲上去，一阵拼杀，鬼子全成刀下鬼。

新丰车站伏击战获大捷，这一消息，如电闪雷鸣，震撼了南京、上海、杭州之敌，激动着南来北往的旅客，他们神气地传颂着新四军夜袭新丰站的传奇故事。

陈毅三顾茅庐

三国时期有刘备"三顾草庐"的故事。无独有偶，在抗日战争时期，苏南茅山流传着陈毅"三顾茅庐"的佳话。

这天午后，丹徒县宝埝镇张皓明家热闹非凡，新四军一支队司令部正在这里讨论争取各阶层人士抗日问题。前不久，一支队从皖南到达溧阳竹箦桥，陈毅把机关、连队干部战士组成十几个宣传小组，分到各县调查了解情况，今天是各组集中汇报情况的时候。

抗战初期的茅山,是一个土匪横行霸道的世界,3 里路一个团长,5 里路一个司令,有借抗日为名杀人放火,抢劫绑票的,也有积极抗日的。各个组的成绩都很大,这个组说争取了王司令,那个组说收编了张司令……

陈毅感慨地说:"真是乱世出英雄啊,想不到茅山这弹丸之地出这么多部队,你们快算算,几天下来我们争取了多少人马了?"

这时一个干部气愤地说:"他是顽固派,又是汉奸,还和鬼子勾勾搭搭,真该枪毙他!"

"谁?"大家不约而同地问道。

"纪振纲!"

纪振纲是湖北英山人,读过几年私塾,参加过北伐军,做过皮革造船生意,20 世纪 30 年代在茅山脚下办起了茅麓茶叶公司,他以防匪为名,组织了 300 人的自卫团。他是苏南的实力派,各方面势力拉拢他,都被他拒绝了。新四军宣传小组到茅麓茶叶公司,要拜见纪振纲,也被他拒之门外。

这个干部气愤地说:"陈司令,纪振纲敬酒不吃吃罚酒,我们别跟他磨嘴皮子,干脆用武力解决他。"

陈毅说:"纪振纲是有影响的人物,不能草率处理,要把情况搞清楚才能对症下药。你刚才说他与鬼子勾勾搭搭,有证据吗?"

那个干部回答说:"据说丹阳鬼子山本大队长带着厚礼上门拜访他,拉拢他,欲将他的武装改编为伪军,封他为伪军师长,驻吕城的忠义救国军上门谈判,委任他为副司令,国民党三战区派人对他封官许愿。"

陈毅问:"结果怎么样了?"

"纪振纲笑笑而已,没表态。"

"没表态说明不同意,至于对我们态度冷淡,说明他不了解我们,只要我们向他说明情况,他会同我们合作的。"

陈毅话音一落,许多人茅塞顿开,纷纷请战。

陈毅摇摆手说,"你们别争了,这块肥肉由我包了。"

第二天,陈毅来到茅麓公司,向门卫送上名片,里面传出一连串"请"字。陈毅被请到客厅。

一个高个子,戴金丝眼镜的中年男子上前抱拳说:"鄙人姓纪,名振纲,欢迎陈司令员光临!"

陈毅说:"我叫陈毅,字仲弘,四川乐至人,爱吃辣椒,念过几年私塾,后来留洋法国,做过红军政治部主任,军区司令员,我的部队刚到茅山,如有冒犯和不敬之处,请多多包涵。"

纪振纲哈哈大笑道:"陈司令真爽快,一口气把家底全兜出来,敬佩敬佩啊!"

"我也佩服你刚正不阿,据说日本人给你高官厚禄,你不卑不亢。"

"陈司令员过奖了,鄙人志在经商,讨厌官场,不想同他们啰嗦。"

陈毅说:"如果我们请你合作抗日,你会同意吗?"

纪振纲想拒绝但又放不下面子,回答道:"这件事太突然了,让我想想,过几天回答。"

陈毅起身告辞,纪振纲说:"陈司令员等等,我送你一件礼物。"

一会儿纪振纲从里屋出来,捧着纸盒说:"陈司令,这点礼物请收下。"

茅山茶叶闻名中外,开始,陈毅以为盒子里是茶叶,打开盒子一看,原来是一顶礼帽和长袍,便好奇地问道:"纪先生,这帽子和袍子送给我何用?"

纪振纲说:"国民党精兵百万,尚且不是日本人对手,你们新四军人少枪不好,钻到茅山来,恐怕难以生根,我佩服你抗战决心,但是万一打不过日本人,你陈司令也可换上便衣……"

陈毅知道纪振纲明送礼物,暗含不信任,笑笑说:"你的心意我领了,礼物收下,不过我不穿,给我们服务团演戏用。"

陈毅告辞时,邀请纪振纲到一支队做客。

过了几天,一支队司令部迁移到金坛乾元观。

纪振纲坐着轿子来到乾元观拜访陈毅,一下轿子,陈毅说:"欢迎欢迎,夏日炎炎,山路崎岖,纪先生来得不易啊!"

纪振纲以为陈毅有所指,他看看自己和随从,说:"坐轿子派头大,在穷乡僻壤的乡村树大招风,你们新四军反对坐轿子吗?"

陈毅说:"不尽然,我们伤病员也坐担架,这要看具体情况。"

紧张气氛顿时缓和了。

南京失陷,许多败兵逃到茅山来。这儿土匪嚣张,纪振纲曾指挥自卫团,打垮茅山最大的土匪陶化阳,稳定了社会秩序,受到社会各界和老百姓的好评。

陈毅招呼纪振纲落座后,赞扬说:"纪先生,你消灭陶化阳,除掉茅山一霸,很得人心啊!"

"过奖过奖,"纪振纲矜持地说,"我也是逼上梁山,匪祸不除,茅山难安啊!"

陈毅说:"消灭陶化阳,应该。但最大的祸患是日寇,除掉这个大害,那江南人民可要永远记住你纪先生的功德了。纪先生,同我们新四军合作抗日吧。"

"好是好,但是日寇武器精良,你们新四军力量单薄啊!"

"我们新四军的作战方针是积小胜为大胜,今天消灭他一个班,明天消灭他一个连,"陈毅指着窗外的松柏打比喻说,"我们还有人民为靠山,人民犹如松涛,力量大得很!"

纪振纲似乎领会了什么,说:"积小胜为大胜好,就是蚂蚁搬山的做法。"

"对啊,我们到江南几个月,取得卫岗,夜袭新丰车站,攻打句容,伏击新塘等一系列战斗的胜利,这些战斗加起来消灭近千名鬼子了,我们坚持持久战,再打三年五年,还愁赶不走鬼子吗?"

纪振纲伸出大姆指说:"好,持久战好,经陈司令员点拨,我的顾虑全打消了,以后你们新四军有什么困难,派人通知我一下,我一定尽力相助。"

从这以后,一支队与茅麓公司常来常往,陈毅又两次到茅麓公司拜访纪振纲,晓喻大义。纪振纲信守诺言,为新四军做了不少好事:新四军缺乏经费,他立即送来5000元;新四军补充了新兵,枪支不够,他送来一批枪支弹药,还及时送来珍贵药品。后来纪振纲被选为镇江、金坛、丹阳、句容四县抗敌总会副主任,直接参与茅山抗日根据地的政权建设。

1940年春,日寇对茅山大"扫荡",突然派兵进驻茅麓公司,并且软禁了纪振钢,用刺刀威逼他担任金坛县长。

这时,一支队司令部已转移到溧阳水西村。陈毅得知此事,焦急万分,派吴参谋化装为商人到茅麓公司,与纪振纲约定,在石马桥与陈毅秘密相会。

那天午夜,细雨蒙蒙,俩人如期相会。纪振纲对陈毅说,自己身处险境,无可奈何,不知怎么办。

陈毅说:"古人言,疾风知劲草,路遥知马力。你身陷囹圄,不畏强暴,值得敬佩称颂。我们要设法营救你,你是到皖南军部去,还是跟我们打游击?"

纪振纲沉思片刻说:"叫我跟你们过军事化生活,我吃不消。但我决不当汉奸,上海有我的分公司,我还是到上海去避避吧。"

陈毅说:"我同意你的看法,但你的自卫团怎么处理? 能带到上海去吗?"

"自卫团中有许多官兵愿意参加新四军,这支队伍就交给你了。"纪振纲又和陈毅协商,如何从日本人眼皮底下把自卫团拉出来。

几天后,进驻茅麓公司的日本兵发现,他们日夜监视的纪振纲和茅麓自卫团不翼而飞。

纪振纲到达上海,仍然保持与新四军联系,不断派人送枪支弹药和药品给新四军。

第三章

叶飞东进阳澄湖

叶飞敢立军令状

1938 年 11 月 5 日,中共扩大的六届六中全会在延安召开,会议分析了国际国内形势,总结了抗战以来的经验教训,强调抗日战争相持阶段即将到来,敌后游击战争将要变成抗战的主要形式,全会确定了大力巩固华北、发展华中的战略方针,指出:"华中是我党发展武装力量的主要地域,并在战略上华中亦为联系华北、华南之枢纽,关系整个抗战前途甚大。"并认为,"华中为我最重要的生命线。"

华中地区人口众多,物产丰富,交通发达,是国民党统治的政治、经济、文化中心,是日本侵略者力图夺取的主要地区,战略位置极为重要。日军大本营指示华中派遣军要确保合肥经、芜湖、杭州一线以东占据地区的"安定",特别要迅速恢复上海、南京、杭州间地区的治安,并确保主要交通线。

于是,"发展华中"不仅是新四军的战斗任务,而且成为全党全军共同的战略任务。为此,中共中央做出了一系列重大部署:批准叶挺过长江整编江北部队,派刘少奇重新进入华中,派黄克诚率八路军主力一部南下华中,令新四军江南部队主力北渡,并陆续从延安、中共中央北方局、八路军总部抽调大批干部支援华中等。这些重要决策,对于新四军的发展壮大起了巨大作用。

1939 年 3 月 6 日,新四军军部召开军分会会议,确定了发展华中的具体方针——"向南巩固,向东作战,向北发展"。

1939 年 4 月,陈毅为了执行中共中央关于向东发展的指示,召集支队干部会。

会上陈毅说:"管文蔚北上扬中已成定局,我们现在研究一下发展东路问题!"

东路,指的是常州到溧阳公路以东的无锡、江阴、苏州、吴江、常熟、太仓、昆山、上海郊区等广大地区。这一带人口稠密,沟河密布。淞沪战役后,东路的县城均为日军占领,而广大的乡村却成了杂牌军的天下,什么忠义救国军、义勇军、游击队,名目繁多,大小司令多如牛毛。有土匪部队,也有地下党掌握的游击队。人数最多的忠义救国军,就是一支土匪汉奸部队,而嘉定的吕柄奎游击队、江阴的朱松寿自卫队、无锡的王仲良游击队、常熟的杨浩庐义勇军、任天石的民抗等,则是地下党领导的部队。

可是,目前这些部队缺乏统一的组织领导,急需要派一位能独当一面的同志,把他们统一组织起来,形成一个抗日的统一整体。派谁去呢? 他们决定派六团团长叶飞去。

叶飞何许人也? 当年只有二十四五岁的叶飞,曾担任过地下党福州市委书记、红军独立师师长兼政委、闽东军政委员会主席。在此期间,他领导闽东军民打了不少漂亮仗,建立了闽东根据地。新四军组建,他担任了三支队六团团长,在皖南屡建战功。1938 年 12 月,他的六团与一支队一团对调,这样,叶飞的六团来到了茅山。

叶飞接到电话,奉命来到司令部会议室。

陈毅拍拍他的肩头,严肃地说:"叶飞同志,经研究,要你率六团去东路。"说罢,如此这般地把任务交待一番。

叶飞一拍胸脯,大大咧咧地说:"首长放心,保证完成任务。"

"哦,你的把握这么大吗? 你说说此行的主要任务是什么?"陈毅问。

"简而言之,就是人、枪、款三字。所谓人,就是要发展壮大部队,要把六团的600 人发展为 1500 人;枪,就是武装自己,从打胜仗的缴获中装备自己;款,就是独立自主,自力更生,不靠国民党的恩惠,要立一套税收制。"

"好啊!"陈毅高兴地赞许道,"好一个叶飞,能总结会提高,把去东路的任务概括为三个字,太好了。"

叶飞被赞扬得站不住了,脸红红的,不好意思地搓着手。

粟裕接话说:"你们出发时,要改番号,决不能公开新四军的身份!"

"这是为何?"叶飞不解地问。

"因为国民党划定的新四军地盘里没有东路啊。"

"哦!"叶飞恍然大悟。

原来,三战区规定新四军的活动范围是镇江以南、金坛以西、溧武路以北。连扬中、丹阳都不准新四军涉足,更不要说广大的东路地区了。三战区还规定,新四军团以上干部的调动和一个连的调防,都必须报三战区批准。现在一个团开到东路,三战区岂能答应?

叶飞问:"突然蒸发了一个团,我们如何能瞒得住三战区呢?"

陈毅哈哈大笑说："既然想积极打鬼子,还怕想不出办法对付他们?"

粟裕说："支队决定,你们走之前,全部取下新四军符号,换上江南抗日义勇军符号,这是个民间抗日团体。另外你和几个主要干部要换姓名,你就叫叶琛。"

"叶琛。"叶飞默默地记住了这个名字。

"副团长吴琨改为吴克刚,参谋长乔信明改为汪明,政治处主任刘松春改为刘飞。"

半年以后,他们三人都恢复了原来的名字,只有刘松春没改过来,继续延用刘飞这个名字。

叶飞离开司令部会议室后,陈毅等人又研究了叶飞去东路后,一支队假借叶飞生病向三战区请病假,并报告由段焕竞代理团长,这就是说,由段重新组建一个新六团,代替老六团的番号和位置,以迷惑三战区。研究完毕,便向三战区发报,同时报请军部批准。

去东路的准备工作正在紧张地进行,陈毅焦急地等待军部的回电。

一天,突然传来噩耗,先行去东路的参谋长胡发坚被害牺牲了。陈毅怔怔地站着,半晌说不出话来,眼泪却似串珠似的往下淌,深深的悲痛更加促进了他东进的决心。

几天过去了,军部杳无音讯。

这天,他倒背着双手,在屋子里踱来踱去,显得异常烦躁。

叶飞匆匆进来,见陈毅不安的神情,把要说的话咽下去了,他知道此时陈司令焦急的心情,但也无法安慰,便静静地立在一边。

屋子里只有陈毅重重的踱步声,约过了 10 分钟,陈毅突然止住脚步,站在叶飞面前,没头没脑地问:"你敢立军令状吗?"

叶飞茫然,不知所措地望着陈毅。

陈毅知道自己问得太笼统,便解释说:"我的意思是,你团东进,你有无把握,能否保证不被强大的敌人吃掉?"

"哦,原来是这样。"叶飞嘘了口气,拍拍胸脯,自信地说,"陈司令尽管放心,我敢立军令状,我们不但不会被消灭,而且人、枪、款任务还超额完成。"

"好!"陈毅高兴了,"军部电报至今未到,我分析,这主要原因,一是怕你们在东路强大的敌人面前吃亏,二是怕得罪蒋介石,怕担当破坏统一战线的罪名。现在,只要你敢立军令状,我也就敢担责任,我们一言为定!"

陈毅握住叶飞的手说,"你们走你们的,如果说破坏统一战线,这由我负责。部队的安危,由你负责。"

"一言为定!"叶飞坚定地回答。

陈毅满意地点点头。

叶飞率老六团按时出发了,陈毅送了一程又一程,千叮咛万嘱咐。叶飞告别了支队首长,大踏步地东进,他深知此行的责任重大,觉得肩上沉甸甸的。

谁知,第二天下午,项英的电报到了,这姗姗来迟的电报,只有简短的六个字:"六团停止东进"。

小仗影响大

六团东进之时,正值麦苗青、油菜花黄的季节。他们在常州郊外越过宁沪铁路,到了武进县梅村,与中共无锡、江阴等党组织领导的梅光迪、何克希游击队会合,成立了"江南抗日义勇军",简称"江抗"。

梅光迪在大革命时期,曾参加过共产党,在蒋介石发动的"四一二"大屠杀中动摇,参加了国民党。抗战以后,他又脱离国民党,拉起了抗日队伍。上海地下党派何克希到梅部活动。梅光迪积极拥护共产党抗日主张,听说叶飞到来,非常高兴,立即率部与叶飞会合,要求叶飞领导。

叶飞提出由梅光迪任"江抗"总指挥,叶飞、吴琨、何克希任副总指挥,六团参谋长乔信明为参谋长,六团政治部主任刘飞任政治部主任。

"江抗"继续东进。在黄土塘与日军打了场遭遇仗。

黄土塘是无锡东北部一个小镇,一条大河横切,将黄土塘一分为二,河中有座双曲拱石桥,将镇两边联结。镇外是一片水稻田,刚刚插下的稻秧随风起伏。

这天半夜,万籁俱寂,圆圆的月亮将大地照得如同白昼。叶飞率"江抗"急行军到达黄土塘,未到镇口,便听到镇里传来阵阵狗叫及喧闹声。

叶飞喊:"有情况!"立即命令部队停止前进。

随即,侦察员来报告,镇河东发现鬼子。

叶飞一听,可来劲了,和其他几位领导碰头后,一个作战方案应运而生:由吴琨带一部兵力,从镇外绕到鬼子的背后;乔信明带一个连正面诱敌,将鬼子诱入镇口的低洼地方;叶飞带大部兵力,埋伏在低洼地四周,作好伏击准备。

鬼子根本不把游击队放在眼里,见半夜来了游击队,便拼命追击。就这样,乔信明顺手牵羊,把鬼子牵到了低洼地。叶飞一声喊打,鬼子如虎落平川,四周猛烈的火力压得他们无处藏身,死伤大半,少数逃出伏击圈的鬼子,人地生疏,天亮时,仍成了新四军俘虏。

叶飞审问俘虏，方知他们是日军驻江阴的佐佐木联队，奉命去太仓换防，却在黄土塘遭到新四军伏击，全部被歼。

黄土塘战斗，小仗影响大，是"江抗"东进的一个不小的收获。首战告捷，"江抗"名声大作。后来人民群众知道"江抗"原来就是新四军，个个奔走相告，东路的鬼子、伪军却从此气焰收敛，不敢随便出动，就怕碰上新四军。

吴琨夜袭浒墅关

黄土塘战斗后，叶飞率部继续东进，在江阴与强学曾游击队会合，此时的"江抗"已由六七百人发展到5000多人。

叶飞和梅光迪商量，决定将"江抗"统一改编为三路：原六团为"江抗"二路；梅光迪部为"江抗"三路；强学曾部为"江抗"四路，无一路番号。

改编后，"江抗"继续前进至望亭、梅村附近。为了扩大战果，叶飞筹划寻机歼敌，再打个胜仗。

叶飞说出自己的打算，吴琨首先举双手赞成，他跃跃欲试地说："太好了，再不打仗，我的手直发痒，心直发慌，别提多难受！"

叶飞笑着说："好罢，就让你过过瘾。"

叶飞便和梅光迪研究决定，派吴琨带一个营与强学曾的四路，攻打浒墅关车站。

浒墅关车站，此乃是苏州至无锡段的一个小车站。提起浒墅关，却有一段趣闻。相传清朝乾隆皇帝下江南，乘船行至此处，抬头见码头上浒墅关三字，便信口念道："许墅关"。皇帝金口玉言，人们便将错就错，这"水浒"的"浒"字，从此在这里便念成"许"字。

吴琨受命后，立即派周达明及女战士李贯玉化装侦察浒墅关敌情。周达明和李贯玉装扮成回乡大学生，围着车站转了几圈，把车站的敌据点情况摸得一清二楚方才返回。

6月24日傍晚，部队由周达明、李贯玉带路，从梅村出发。

暴雨过后，道路泥泞，战士们一步一滑地行走在田间小道上，偶尔传来远远的狗叫声，隐约可见远处村庄的零星灯火。

12点多钟，部队到达距浒墅关半里之遥的地方。吴琨一声令下，突击队率先冲向车站,他们利索干净地解决了敌哨兵,悄悄地摸到了兵房。敌人做梦也不会想到"江抗"会来袭击,在此之前,从来没有部队敢来打他们,因此敌人个个呼呼大睡。突击队迅速向窗口投入一捆捆手榴弹。鬼子死的死,伤的伤,剩下的欲往外冲,岂料早埋伏在此的机枪突然开火。顿时兵房火光冲天,大火烧到了兵房内的弹药库,巨大的爆炸声,震撼着浒墅关。与此同时,部分战士又炸毁了铁路桥,一列轰鸣而来的敌货车脱轨翻车,都下河喂鱼虾了。

"江抗"速战速决,1 小时解决战斗,全歼鬼子 120 人,并造成铁路停车 3 天。

"江抗"声威大震,英、美为了出日本的洋相,通过上海租界出版的《大美晚报》等,大量刊载新四军东进,已打到上海外围的消息。7 月 2 日,上海《申报》转载了《大美晚报》所报新四军全歼驻浒墅关日军的情况:

英文《大美晚报》云:今日(1 日)据可靠方面消息,京沪铁路苏州与无锡间之小站浒墅关,6 月 25 日夜 3 时,有游击队袭击,该地日本驻军悉被歼灭。游击队约 350 人,系江南抗日军,进行夜袭,逼近车站。小队日本驻军,即宿站上营中。游击队先悄然"清除"放哨日兵 5 名,然后以火油灌于驻军所宿木舍,并以手榴弹投入门内,木舍起火,尽毙其中日兵,共死 23 人。该地日本驻军原为 25 名,唯两名暂时离队,入乡参加喜宴,遂得幸免。唯据另一方面称,该次突袭中丧生之日兵,约有 50 名,因浒墅关为公路与铁路上之要镇,故驻有较强之日兵。游击队引退之前,并纵火焚烧车站,拆毁铁道一段,使京沪交通停止数日。

上海和香港的一些中外报纸,也发表了消息。

日军大为震惊,广大中国人民欢欣鼓舞。

国民党军第三战区很快发现"江抗"已经不是原来的"江抗",可能是陈毅把茅山的第一支队主力调过去了,便几次向陈毅追查,但由于没有确凿的证据,便提出请陈毅派人去东路联系。陈毅提出:派人可以,但必须带电台,人少了不行,起码得去一个营等等。国民党害怕新四军打着合法的旗号进一步"越界",连忙拒绝,六团东进的事只好不了了之。

廖政国火烧虹桥机场

浒墅关战斗之后,"江抗"继续向东,进入了常熟境内。在阳澄湖边,叶飞与常熟党组织及所领导的"民抗"部队取得了联系,在湖上的集散地东塘寺一带建立了根据地。

7月的阳澄湖,苇叶青青,稻谷飘香,是鱼虾正肥的季节,渔民的汽船、木船在湖面上往来不断。这儿港汊星罗,水网密布,颇像《水浒》里描写的梁山泊。当地同志告诉他说,这芦苇荡里的地形十分复杂,没有人带路根本进不去,就是进去了也出不来。叶飞想到陈毅司令员关于"相机建立抗日根据地"的指示,觉得阳澄湖及其周围地区就是一个建立东路抗日根据地的好地方。

叶飞带着部队来到阳澄湖,将部队分散到各村庄,平时做群众工作,遇到敌情,集中兵力打击日军。他们来到这里后,行军作战都可以坐船。一只汽船能拖十几条木船。河汊四通八达,两边都是芦苇荡,在岸上一般看不到,十分隐蔽。日军无人带路,只能在一些主干线上耀武扬威,不敢到河汊里来。新四军不但在夜间出来,白天也可以活动。有时几条汽船拖着一长列木船,浩浩荡荡,像一支机械化舰队,好不威风。如果遇上日军的"扫荡",有利时就狠狠打一下,搞他个措手不及;不利时就转向躲进芦苇荡。敌人想进进不去,想打打不着。气得直朝湖里乱放枪,新四军则在一边看热闹。日军虽然在伪军配合下,经常进行频繁残酷的"扫荡",烧杀抢掠,无恶不作,但新四军依靠广大群众和有利地形,选好机会,给予沉重的打击,使敌人的一次次"扫荡"都以损兵折将的惨败而告终。

"江抗"向上海挺进,一路上,他们似滚雪球,越滚越大。又收编了常熟的任天石部、青浦的顾复生部。他们小仗天天有,大仗不间断,袭汽车、打汽艇、炸碉堡、拔据点,打得鬼子晕头转向。

一天,吴琨和营长廖政国率特务连,在青浦观音堂打了个漂亮的伏击战,打死鬼子五十多人。

气急败坏的鬼子誓死报仇,立即从上海调来800名日军,分四路围攻吴琨的特务连。

特务连被困,敌众我寡,吴琨望着四周密密麻麻的鬼子,脑子里快速地转动着。突然,一条妙计顿生,他对廖政国如此这般一说,廖政国说:"对,敌众我寡,三十六计,走为上计。"

特务连四面被围,走,谈何容易?吴琨集中特务连,交代一番后,几个战士便向四周甩出数捆手榴弹,顿时烟雾弥漫,特务连在吴琨的带领下,乘着烟雾,杀开一条血路,迅速向东突围。吴琨和廖政国各端一挺机关枪在前面开路,东面的鬼子吓懵了,慌忙后撤,等他们清醒后又紧追不舍,一口气追了几十里,最后还是被甩掉了。撤到徐径镇时,吴部遇到上海地下党派来的两位向导。

徐径镇已是上海近郊,他们在高处远望繁华的上海夜景,华灯闪烁,高楼林立,隐约可听到美妙的乐声歌声。上海在战士们的眼里,是那样扑朔迷离,变幻莫测。

一位向导问:"首长,你们要不要去上海玩玩?"

一个小战士不等吴琨回答,抢着问:"上海是在海上吧?"

大家"哄"的一声笑开了。

"能去吗?"吴琨问。

"能,只要换上便衣,保证不会出问题!"

"能带枪吗?"吴琨又问。

"那可不行,带枪鬼子会查出来的。"

吴琨遗憾而又坚定地说:"那就不去了,枪是我们的命根子,战士离不开枪。上海会回到人民手中的,革命胜利后,我们再去上海好好玩个够。"

他们恋恋不舍地眺望着上海,转身又走了十几里,在一个有洋房,有围墙,有大片草坪的地方停下来。一位向导说,这是虹桥机场。

"啊,机场!飞机是什么样子?我们进去看看,开开洋荤。"战士们小声议论。

廖政国灵机一动,对吴琨说:"我们已到敌人心脏,敌人却毫无察觉,我们何不来个突然袭击,打几架飞机,捞个意外收获。"

此时,飞机场内鼾声四起,那些伪警察、伪办事员们如死猪般睡着。吴琨带着特务连,一枪未放,轻手轻脚摸进机场。

淡淡的月光下,战士们站在飞机旁,小声议论:"这种房子那么多玻璃窗。"

有的说:"这是飞机,日本人个子矮,造的飞机也矮。"

廖政国与吴琨商量说:"周围可能会有鬼子流动哨,我们不能久留,要迅速解决战斗。"

说罢,廖政国命令一个排炸飞机,剩下的人则随着司务长去仓库拣食品罐头,他交代说,外表花花绿绿,越小越重的罐头越好。战士们遵他的吩咐,拣回来的是什么呢?却是些油漆罐头,事后他们谈起来都捧腹大笑。

就在廖政国下命令之时,机场周围响起了机枪声,原来是周围暗堡的鬼子听见战士们说话声,开枪了。战士们冒着弹雨向机群丢了手榴弹,瞬间四架飞机起火了,冲天的火光染红了半边天,浓烟滚滚,鬼子摸不清来了多少人,不敢贸然出动,只是躲在暗堡里乱放枪。吴琨带领部队迅速撤离机场,等敌人援兵赶到,机场已是一片废墟,半个人影也没寻到。

第二天,上海租界各家报纸头条新闻均报道了虹桥机场被炸事件,报道中说:万名"江抗"夜袭虹桥机场。这一消息轰动上海,茶楼酒肆,大街小巷,公园里、电车上,传说纷纭,把"江抗"给说神了。"江抗"名气威震东路,吸引了上海的进步青年,纷纷赶来参加"江抗"。

第四章

徐海东、罗炳辉浴血江北

高敬亭首战蒋家河口

在安徽巢湖一带,你无论问谁,都难以打听到蒋家河口在哪里,原因是这个地方太偏僻,它具体的位置是在巢湖东南的一个小小的河边,而且村子很小,只有十几户人家。这里通向外面没有一条大路,只能坐船。然而,就是这么一个名不经传的小地方,在新四军的战史上,却有着辉煌的一页,蒋家河口之战,是四支队的第一战。

1934 年 11 月,红二十五军长征后,留下一部坚持原地斗争。蒋介石对留下的红军进行"清剿"。红军面临生死存亡时刻,中共鄂豫皖省委常委、皖西北道委书记高敬亭临危受命,根据省委指示,1935 年 2 月,在太湖县凉亭坳重建红二十八军。高敬亭任军政委(无军长),统一领导红二十八军工作,下辖八十二师和手枪团,共计一千余人。

这支部队在高敬亭领导下,从 1935 年 2 月到 1938 年 2 月,在鄂豫皖地区坚持 3 年艰苦卓绝的游击战争,转战湖北、河南、安徽 3 省、45 个县,牵制敌正规军 68 个团、10 万余人,粉碎了敌人的无数次疯狂"清剿"。

高敬亭特别注重发挥便衣游击队的作用,注意利用敌军内部矛盾,讲究打歼灭战。大敌压境时,善于运用从内线跳到外线,断敌补给,杀回马枪等灵活战术,接连粉碎由蒋介石的 10 万大军,进行的两次"五个月清剿",巧妙地打了不少胜仗,他常常以少胜多,整团整营地吃掉敌人,使得红旗不倒。

1937 年 7 月 7 日,爆发了震惊中外的卢沟桥事变,天天在深山老林里打游击的高敬亭,由于和外界毫无联系,不知外面的世界发生了多大的变化。直到后来从缴获的书刊中,才得知国内的形势已发生了重大变化,同时还了解了中共中央为了和平民主和抗战,决定调整政策,与国民党进行合作抗日的重大决定。他如久旱逢雨露,立即将这些重大消息告诉指战员们。

1938年1月,时任国民革命军第八路军参谋长的叶剑英,受中共中央的委托,从武汉来到黄安(今红安)县的七里坪,视察红二十八军工作,向高敬亭传达了中共中央关于抗日民族统一战线的方针政策,分析研究了皖中、皖东地区抗战形势,部署了高敬亭东进抗日,创建敌后根据地的行动方案。

1938年2月,新四军四支队在黄安县七里坪正式成立,高敬亭任司令员,林维先任参谋长,萧望东任政治部主任,下辖第七、第八、第九团和手枪团,共计三千一百余人。一个支队拥有这么多兵力,这在新四军初创时期,与新四军其他支队相比,处于遥遥领先地位。

第四支队成立后,党中央派戴季英来到七里坪,传达了党中央的重要指示,为执行抗日统一战线的方针政策,我们四支队要迅速东进抗日,开赴皖中合肥地区作战。戴季英还转达了毛泽东同志对高敬亭和红二十八军的高度评价,毛泽东说:"在鄂豫皖奋斗了三年,很不容易,有很大的功绩。"

3月8日,四支队在七里坪召开了东进抗日誓师大会。

大会之后,高敬亭率七团、手枪团,从七里坪出发,经经扶县(今新县)、商城到立煌(今金寨县)双河。3月10日,林维先参谋长率九团从七里坪出发,经经扶、商城县西余集、立煌县汤家汇、到达与双河一山之隔的张家水圩。紧接着,高敬亭又指挥七团继续东进到霍山县的流波瞳、苏口地区。

这时,戴季英由七里坪到汉口参加中共中央长江局会议,报告了四支队情况。长江局对四支队的情况表示满意,同意萧望东离队休养,戴季英接任四支队政治部主任。

3月8日,四支队八团在信阳县(今信阳市)邢集誓师东进。3月下旬,到达流波与支队部会合。

高敬亭司令员看望了八团部队,并向八团指战员讲了话。同时,他还主持召开了干部会议,由戴季英主任传达了长江局的指示,宣布经长江局批准,成立四支队军政委员会,高敬亭为主席,戴季英为副主席,委员有:林维先、吴先元、胡继亭。会议研究部署了继续东进、开赴抗日前线的问题。

会后,经长江局批准,高敬亭暂留后方养病,四支队由戴季英、林维先率领继续东进。4月初,到达庐江县金牛镇、盛家桥地区。

5月上旬,高敬亭在双河养病一个月后,率领四支队手枪团和后方机关,到达舒城县西南之西的蒋冲地区,指挥四支队对日军作战。

蒋家河口伏击战,首战告捷。

蒋家河口,位于巢县东南十余里的水网地带。日军第四师团坂井支队攻占巢县后,经常派守备队下乡抢掠。蒋家河口,是日军下乡的必经之路,这里河道纵横,芦苇丛生,便于利用堤埂隐蔽设伏。四支队九团领导对敌情、地形进行了仔细的侦察后,决心在蒋家河口伏击歼敌。

5月12日8时左右,日军巢县守备队六十余人,分乘两艘汽船,向蒋家河口驶来。汽船靠岸后,日军正欲下船登岸,只听一声喊"打!"九团二营营长黄仁庭一声令下,密集的火力射向敌船,敌军毫无准备,顿时乱作一团,仓促应战,激战20分钟,战斗胜利结束,共毙敌二十余人,伤敌14人,而九团无一伤亡。

这次伏击战,是四支队成立后的第一次开赴皖中抗日前线同日军作战,也是新四军在江北敌后打击日军的头一仗。首战告捷,军威大振,极大地鼓舞了皖中抗日军民的战斗意志。

1938年3月到1939年6月,新四军第四支队在高敬亭的领导指挥下,发扬红军百折不挠、战无不胜的顽强战斗作风,运用灵活机动的战略战术,在皖西的六安、霍山、潜山、太湖、怀宁、望江,皖中、皖东的舒城、桐城、庐江、无为、巢县、合肥、全椒、和县、含山、滁县、凤阳、定远、来安,以及江苏的江浦等24个县,深入敌后,开展抗日游击战争。14个月中,进行大小战斗九十余次,共毙伤敌二千三百余人(其中日军一千七百余人),俘敌四百余人,消灭当地反动武装和土匪三千七百余人,缴获枪支一千四百余支,军马二十余匹,击毁敌汽车一百五十余辆、汽船两艘,沉重地打击了日伪军的嚣张气焰,增强了抗日军民抗战必胜的坚定信念,开创了皖中、皖东敌后抗战的新局面,在我军战史上,写下了光辉篇章。

欢迎周恩来

这年皖南的春天来的特别早,皖南山乡,生机勃发,万木复苏。如玉似碧的青弋上,清波荡漾,章家渡呈现出一派如画秀色。这天是2月23日,章家渡一大早就人山人海,敲锣打鼓,看情形,他们好像在欢迎什么大人物的到来。果然,人群中有人喊了起来:"来了,来了,周副主席来了!"

原来是中共中央政治局委员、中央军委副主席周恩来,以国民政府军事委员会政治部副部长身份,由重庆经湖南、江西、浙江,来皖南云岭新四军军部视察。

新四军指战员对周恩来格外亲切,原因是周恩来亲自组建了中国共产党第一支队伍——国民革命军第四军独立团,新四军的中许多干部曾经在独立团战斗过,同时,周恩来为组建新四军,多次来往于延安、南京、武汉、重庆,代表中共中央与国民党谈判、交涉,就连新四军的编制从军长到团长的人选,都倾注了他的许多心血,周恩来到皖南视察,新四军指战员能不热烈欢迎吗?

当晚,项英在云岭设宴三桌,为周恩来洗尘。项英代表东南局、军分会和新四军军部,向从数千里外长途跋涉而来的周恩来表示热烈欢迎。

在宴席上,周恩来转达了党中央、中央军委和毛泽东的精神,对叶挺、项英及战斗在大江南北的新四军迅速编组集中是满意的,对新四军在敌后斗争中的困难是理解的,对新四军在华中敌后的作用是寄以厚望的。他祝愿新四军在党的六届六中全会精神指引下,在抗战进入新阶段的形势下,取得更大胜利。

此次周恩来来皖南,对外声称是来皖南视察工作,其实他来的真正目的有两个:一是传达中共六届六中全会决议,二则是协调叶挺、项英两者的关系。

1939 年 2 月 16 日,正是新春佳节,周恩来安排好重庆的各方面工作,偕同叶挺飞到桂林,又从桂林乘火车东行,在樟树转乘汽车到到皖南云岭章家渡。

周恩来在皖南多次与项英谈话,说叶挺是个好同志,党中央、毛泽东都很重视叶挺的政治风范和军事才干,希望他能搞好关系,合作抗日。还说,叶挺辞职的事在国民党中造成了不良影响,中央做了大量工作,才说服他返回新四军。周恩来要求项英按中央的要求做,主动采取行动,团结叶挺,支持他做好军事指挥工作。

项英经周恩来苦口婆心地开导,作了自我批评,表示要同叶挺和睦相处,要处处支持他工作。以后,叶、项关系有所改善。

3 月 15 日,周恩来结束了新四军的工作,在叶挺、项英的欢送下离开云岭,经太平、黄山,前往他的老家绍兴,推动那里的抗日工作。

周恩来走后,新四军军部为了贯彻向北发展方针,打开江北工作局面,开辟皖东抗日根据地,决定派叶挺去江北巡视工作。

4 月下旬,叶挺启程赴江北,随行的有军政治部副主任邓子恢、军参谋处长赖传珠和军部机关一批干部。他们渡江后,夜行晓宿,步船并用,途经无为、庐江等地,历时 10 天,于 5 月 6 日到达庐江东汤池,与先行到这里的张云逸会合。

5 月 7 日,叶挺召开干部大会,宣布正式成立新四军江北指挥部,张云逸兼任指挥和新四军江北指挥部前委书记,邓子恢任江北指挥部政治部主任,赖传珠任江北指挥部参谋长。另外,还宣布成立江北游击纵队,孙仲德任司令员。

5 月 9 日,叶挺偕同张云逸、邓子恢、赖传珠前往舒城西港冲与高敬亭见面,重申中央的东进方针,命令他率部东进合肥、定远、滁县、全椒地区,建立皖东抗日根据地。

周家岗徐海东设"口袋"

叶挺处理高敬亭问题后,对江北部队进行了整编,一是将四支队扩编为两个支队,即以第七、第九两个团为基础,增编一个第十四团,编成新四军第四支队,由徐海东任司令员;以第八团为基础,增编第十、第十五团两个团,编成新四军第五支队,罗炳辉任司令员,郭述申任政治委员,周骏鸣任副司令员,赵启民任参谋长,方毅任政治部主任。二是将跟随叶挺来到江北的第二支队第四团的一个主力营留下来,编入江北游击纵队,以增强这个纵队的实力。

各部整编就绪后,第四支队东进津浦路西,开创了以定远东南藕塘为中心的淮南路西抗日根据地;第五支队向淮南津浦路东挺进,在来安、盱眙、六合、天长、嘉山等地,开创抗日根据地;江北游击纵队一部坚持巢县、无为地区,一部进驻和县、含山地区,放手发动群众,发展地方党和地方武装,广泛开展游击战争。这以后,这三支部队接连不断地打了许多漂亮的胜仗,建立了游击根据地,实现了进军皖东的战略任务。

四支队司令员徐海东到职很晚,叶挺在江北指挥部公布命令时,他在延安没出发。

徐海东原是大别山地区的红二十五军军长,他率领红二十五军,长征到陕北,与刘子丹的红军会师,合编为红十五军团,徐海东任军团长。徐海东指挥红十五军团,击退了东北军的多次进攻,扩大了陕北根据地,为中共中央机关和中央红军进驻陕北创造了有利的条件。

徐海东与中央红军会师后,在毛泽东指挥下,打了一场直罗镇战役。这一仗,徐海东打得干脆利落,歼灭了一〇九师。直罗镇一仗,粉碎了敌人的"围剿",加速了国民党的分化。毛泽东高度评价直罗镇战役,在 11 月 30 日召开的红军干部大会上,声称:"直罗镇战役的胜利,彻底粉碎了敌人对陕北的第三次围攻,为党中央和红军在西北建立广大的根据地,推动全国抗日,举行了奠基礼。"

抗日战争爆发,徐海东担任一一五师三四四旅旅长,1937 年 9 月 25 日拂晓,一一五师在平型关与日军精锐坂垣师团交手,徐海东率领一个团,从左翼展开突击,配合兄弟部队,一举歼灭了坂垣师团一千余人,打出了八路军的军威。战后,徐海东漫步战场,脸挂微笑,对身边的参谋说:"什么'皇军'不可战胜? 放屁!"

1938 年 10 月,徐海东以中央军委委员的身份到延安,参加了中共中央召开的六届六中全会。会议结束后,毛泽东派他到马列主义学院学习。

1939年9月,中央决定刘少奇到华中,并派徐海东到四支队工作。

四支队的前身是红二十八军,是徐海东的老部队,如今徐海东到四支队任职,就等于回到了家。四支队的干部他都认识并熟悉,上任后,他很快就掌握了各方面情况。

12月17日,侦察员向他报告:日军第六师团,纠集了盘踞在南京、明光、蚌埠、巢县的日伪军三千多人,集结于滁县、沙河集、全椒等地,准备对我淮南津浦路西地区发动"扫荡",妄图摧毁我初建的路西抗日民主根据地。

情报准确,果然,日伪军开始行动了。全椒的日伪军一路一千余人,于19日夜11时出动,经东旺集于20日拂晓进到大马厂;另一路三百多人,于20日晨经石沛桥、枣岭集窜犯周家岗。滁县的日伪军七百余人,于20日晨,分两路出巢,一路经赤湖铺、关山店、珠龙桥窜入施家集;另一路经官庄窜入施家集,会合后,攻击周家岗。这次"扫荡"之敌,配有九二步兵炮和山炮十余门,运送炮弹的骡马辎重紧随其后,并有骑兵配合。敌人仗其优势装备,非常疯狂,见人就杀,见房就烧,见物就抢,实行灭绝人性的"三光"政策,广大人民群众陷入日本法西斯的铁蹄蹂躏之下。

12月20日,从西南方向巢县出动的日伪军近千人,经含山和程家市,"扫荡"国民党安徽省第五督察专员公署所在地古河镇。拥有5000兵力的国民党专员兼第十游击纵队司令的李本一,被日伪军的气势吓得丧魂落魄,在一个装备很好的机枪连掩护下,丢掉古河镇,一口气跑到和县的善厚集躲了起来。日伪军闯进古河镇后,烧杀抢掠,无恶不作,全镇一片大火,被烧毁的民房达七百多间,被杀害的群众达一百多人。

徐海东经过精心运筹后,向刘少奇、张云逸报告了作战方案。刘少奇、张云逸批准了他的作战方案,并作了"避敌锋芒,击其弱翼,精心捕捉战机,充分利用有利地形,出敌不意地在运动中给敌以歼灭性打击,以缩小'扫荡'范围,缩短'扫荡'时间,减少人民损失"的指示。

根据徐海东方案,由第七团、第九团参战。第七团、第九团奉命埋伏在周家岗一线,在通往复兴集的要道上打伏击。

21日8时,七团三营在常山岭东南王家凹、大邵家一线,占领阵地,主要任务是阻击进犯施家集之敌。七团主力在北边诱敌深入,引敌进入周家岗山地。在通往三合集的要道两侧设伏,占据有利地形,以逸待劳,杀伤来犯之敌。九团主力在南边,沿复兴集一线起伏的山峦构筑阵地,出敌不意地进行打击。

21日上午,埋伏在周家岗西南的七团与敌人开始激战,从上午战到傍晚,敌人不清楚新四军情况,不敢贸然冲锋,却也不肯撤退,在复兴集一带山地抵抗。

第二天拂晓,复兴集以南的大厂之敌北窜,企图进攻周家岗,被埋伏在此的九团拦截,只得退回到复兴集。

下午4时30分,周家岗北面之敌开始向三合集方向运动,企图与复兴集敌人会合。七团二营两个连尾随,他们边走边打,当敌先头部队到达山根曹,后续部队离开魏村时,敌人像一头听话的山羊,乖乖地进入了徐海东的伏击圈。

正在敌人大队人马沿着山路缓缓而来时,设伏在陈郢山头的七团一营放过了前卫部队,待后边的骡马辎重和伪军一露头,他们即以猛烈的火力,给敌以突然打击,10分钟后发起冲锋。已经过了伏击圈的敌人不敢回援,只好占领山头,盲目开炮。

七团战士们与日伪军展开了厮杀搏斗,在新四军强大的攻势下,敌人气短,有的被打死,有的夺路而逃,有的乖乖地举手缴械,辎重弹药丢的遍地皆是。

几路敌人同时遭到新四军的攻击,连战三昼夜,弹药消耗无数,不得不于23日撤退。徐海东在望远镜中看到敌人有逃跑迹象,立即命令部队追击。当天收复了周家岗、古河、复兴集、大厂等地。

打扫战场时,共毙伤敌人一百六十余人,还缴获了大批武器弹药和军用物资。

逃跑的群众听说鬼子打跑了,纷纷返回家园,大小村镇一片欢腾,人们奔走相告,颂扬新四军为国为民,打了大胜仗,立了大功劳。

徐海东本想再组织几次战斗,1940年1月28日,四支队营以上干部,集中在太平集小学,听徐海东总结周家岗战斗经验,部署下一个战役方案。徐海东在台上讲得正精彩时,突然感到口中有一股血腥味,随着吐出一口鲜血,人也失去了知觉,一头栽倒在地。

从此后,徐海东一病不起,抗日战争后期,整个解放战争,他都没能参加。1955年,军委授衔时,考虑到徐海东有功,毛泽东建议授予徐海东大将军衔。

徐海东病倒后,四支队工作由张云逸兼管,继续在皖东一带打击日伪军,进行根据地建设。

罗炳辉三打来安

五支队司令员罗炳辉,是个传奇式人物,电影故事片《从奴隶到将军》中所描绘的主人翁,就是以罗炳辉为原型而塑造的。

罗炳辉是云南彝良县人,出身于汉族农民家庭,自幼饱经忧患,少年投身行伍,在蔡锷将军领导的讨袁护国战争中,是英勇无畏的战士;在孙中山领导的北伐战争中,是智勇双全的虎将,曾创下"日行二百里,智救滇军"的奇迹。

1922年6月,广东军阀陈炯明叛变,占领广州后,又占据广州北面战略要地韶关。孙中山急电赣南前线的许崇智、朱培德、黄大伟等军,火速返穗平定叛乱。这三人接电后,决定先攻韶关,再取广州。此时,朱培德担心许崇智中途有变,便派罗炳辉以联络军情之名,到许部侦察。当许崇智率部进攻的第三天,反被陈炯明击溃。远在帽子山的朱培德对这一情况一无所知,正向韶关运动。陈炯明欲包抄朱培德部,朱培德部危在旦夕之时,罗炳辉星夜兼程,一昼夜行程190里,及时通知朱培德,朱便绕道撤退,脱离险境。

参加红军后,罗炳辉以能走、善打而著名。在江西苏区反"围剿"时,罗炳辉的红二十五军被周恩来誉为"战略骑兵"。被称为骑兵,其实二十五军无一匹坐骑,然而,他们的行军速度却与骑兵相媲美。

长征中,他又获得"神行军"的美称。为掩护红军主力抢渡乌江,毛泽东命令罗炳辉的红九军团暂留黔北佯动,迷惑敌人。他们便遵命留守,并到处修工事、挖战壕,摆出大兵团决战之态势,一下子吸引敌人六个师,掩护主力红军顺利渡过乌江。蒋介石大呼上当,派十个师兵力包围罗炳辉部,欲一口吞掉才解心头之恨。岂知罗炳辉在一夜之间,如插了双翅,不但飞出了包围圈,还把敌人甩得远远的,第三天,便赶上了主力。

又有一次,红军主力北上会理,担任掩护的罗部与川军隔一条金沙江,来了个平行赛跑,直奔巧家城。结果,罗部捷足先登,比敌早一天到达。他们立即焚毁两岸船只,川军在巧家城滞留三天,苦于无船渡江,眼睁睁望着红军扬长而去。毛主席说:"罗炳辉比神行太保还能神行!"

在一次美国记者斯诺采访时,彭德怀介绍说:"罗炳辉智勇双全,是神行太保,关帝式的英雄……"

斯诺笑笑插话说:"对于这位英雄,我早就如雷贯耳,国民党的报纸上说罗炳辉还是位武侠奇杰呢,说他身怀十八般武艺,刀、剑、鞭、棍等,无所不能啊。早年还是孙中山的保镖呢!"

抗战初期,罗炳辉在武汉八路军办事处工作。1938年春天,罗炳辉来到新四军一支队,1939年4月,他随叶挺北渡长江,来到江北汤池,被任命为五支队司令员,率部到淮南的津浦路东,开辟根据地。

淮南津浦路东地区战略地位极其重要,它横跨苏、皖两省,不但扼守着南北交通大动脉津浦铁路南端180公里,而且,跟日军华中派遣军司令部驻地及汪精卫伪国民政府"首都"南京隔江相峙。日、伪、顽都企图夺取并控制这个战略要地。所以,形势之复杂,斗争之激烈,战争之频繁,就势属必然了。这里,人口稠密,村镇密布,基本上是平原丘陵,只有少量小山,没有什么险要。我能至,敌亦能至。而且,日本侵略军盘踞着路东八县的七座县城和几十个据点。各地还有国民党反共顽固派武装据守,东有韩德勤,西有李品仙,虎视眈眈,不断寻衅。总之,历史给罗炳辉提供的是一个布满荆棘,险象环生的舞台。

罗炳辉刚来这里,困难重重。为了打开局面,他运用统战工作,在淮南先后建立了工、农、青、妇、儿童团等群众组织,扩大部队,使路东的局面很快打开。

罗炳辉身高马大,像一座又稳又高的铁塔。不熟悉罗炳辉的人,初次见到他,一眼望他,总以为他是一个心浮气躁的猛张飞似的人物,孰不知他却是个心细如麻,有胆有识的赵子龙似的将军。他指挥五支队三打来安,成为新四军战史上辉煌的战例。

一天,罗炳辉接到情报,说滁县、张八岭日伪军约 800 人,兵分两路,进攻来安城。

来安县城,位于津浦路南段的东侧,离滁县 30 里之遥,是苏皖边境上敌我反复争夺的要地。

罗炳辉听了报告,便问大家:"敌人攻来安,我们怎么办?"

参谋长赵启民马上说:"目前路东各县抗日游击队及各抗日组织刚建立,打这一仗既可扩大新四军影响,又可鼓舞军民士气。"

政委郭述申接着说:"这股敌人八百余人,我们必须避免硬拼,要用各个击破办法。"

"我的意见是只派侦察连袭扰,使之坐立不安,你们认为怎么样?"罗炳辉大手一挥,主意已定。

大家一致同意他的方案。

这时,侦察连长赵友谅受命赶到,罗炳辉向他交代了战斗任务,并面露神秘之色,授意说:"你们要虚张声势,把声势造得越大越好!"

赵友谅会意地点点头,转身走了。

来安县的国民党县长张北非,一听到日本人要来攻城的消息,早就携老婆及三百多常备大队,溜到了离城 30 多里的屯仓躲了起来。八百名日伪军如入无人之境,无遮无挡地进了城。日军大队长阿部郎向滁县日军发报说:"皇军已平安到达,城内一片安静。"

奔跑了一天的日伪军,天一黑,便放心大胆地呼呼大睡。

此时，阿部郎却手持雪茄，低着头，在房间里走来走去，他那灰土色的脸上，流露出困惑不解的表情，这是他对一路平安感到蹊跷。有消息说，来安新四军活动频繁，罗炳辉的五支队就在不远的半塔集，他们为何按兵不动？他就这样苦苦思索，却找不到满意的答案。

此时，已是夜深人静，周围的呼噜声此起彼伏，组成了一组强烈的催眠曲，阿部郎连打了几个哈欠，经不住强大的诱惑，眼皮搭拉在一起。他衣服未脱，倒头便睡。不一会，便传来了呼噜声。

黑夜中，一支一百多人的"鬼子"队伍，转眼间进了城。他们正是侦察连的战士们，化装入城后，队伍穿插在日伪军之间。

赵友谅见一切就绪，便命司号员吹响了冲锋号。八支军号齐鸣，响亮震耳的号声，似千军万马奔驰，如电闪雷鸣，手榴弹的爆炸声，震天动地。

日伪军们从睡梦中惊醒，他们面对强大的攻势，不敢贸然出动，只是缩在屋内，将枪架在窗户上，闭着眼睛，哪边有枪声，他们就往哪里打。直至天色放明，他们突然清醒过来：怎么打了一夜，却是自己人打自己人？新四军何时撤走的？他们只顾放枪，哪里会知道新四军已撤走了3个小时。

阿部郎整理队伍，气傻了眼，800人少了600人。他匆匆集合剩下的人马，垂头丧气地溜回了滁县。

一个侦察连巧妙地消灭了日伪军600人这一战果，乐得罗炳辉合不拢嘴，他直表扬赵友谅："干得好，干得好啊！"

一个月后，阿部郎好了疮疤忘了痛，又带着700名日伪军来犯来安城。这次，他吸取了上次失败的教训，发誓决不再上当。队伍没到来安，就把晚上的事安排好了，他吩咐黑夜人人不准睡觉，加强岗哨，等天明睡觉。

这天一早，阿部郎便带着队伍向来安进犯。一路上风平浪静。阿部郎手持望远镜，搜索了十几分钟，连个新四军的人影都没有。便率部大摇大摆地进了城。队伍已走了一半，突然从城头上丢下无数炸药包和手榴弹，顷刻之间，一批鬼子像麦子被刀割一般齐刷刷地倒下了。阿部郎慌了神，欲进不敢，欲退不能。日伪军队伍乱成了一锅粥，四处逃命，却逃不脱新四军的攻击。这一下，除阿部朗等少数日伪军逃回滁县外，绝大部分死的死，伤的伤，有的当了俘虏。

转眼间，夏收夏种季节来临，田野里一片夏熟景象。农民都忙着收割，干得早的已收割回家了，迟的也已开镰。正在此时，罗炳辉接到情报：阿部郎又将光临来安。他带了一千多日伪军，30辆汽车和50匹马，到来安抢夺夏收果实了。

在支队领导干部会上，罗炳辉说："粮食是人民的命根子，决不能让鬼子抢走一粒粮。"

"对!"周骏鸣说,"这次要打狠一点,叫鬼子从此一提来安就心惊肉跳,不敢再登门。"

郭述申神情严肃地说:"这次敌人的装备不比以往,他们火力强,有二十多门大炮、三十多挺机枪,又是汽车又是马,我们一定要布置严密,打他个措手不及。"

赵启明跃跃欲试地说:"先烧他们的汽车!"

"对!"罗炳辉赞成他的建议说,"由侦察连先摸进去,烧汽车,然后各团里应外合,八团、十团攻城。"罗炳辉向各部下达了作战任务。

深夜,侦察连和攻城部队轻装前进,悄悄抵达来安城下。侦察连的战士们迅速悄悄地从下水道摸进城里,一支烟工夫,就传来了猛烈的爆炸声,城内火光冲天。八团、十团立即攻城。

阿部郎遭到突然袭击,指挥部队撤退到几间民房内抵抗。

当时,五支队没有大炮,面对这又高又厚的围墙,一时没了主意,团干部立即布置分班讨论,火线上献计献策。

这时,八团战士熊焕同说:"用火攻!"他建议将炸药包放入硫磺,或包上破布、稻草,或浇上汽油,投入院内,燃烧加爆炸。

这个主意不错!

转眼间,四合院内烈焰腾空,砖瓦乱飞。敌人困在围墙内,无处躲藏,活活烧死很多,胆大的冲出大门,就被守门的新四军击中,立即毙命。

这一次,敌人被打得焦头烂额,不但一粒粮食没抢到,反而全部火葬来安城。

罗炳辉高兴地说:"鬼子喜欢火葬,我们成全他们,让他们来个集体免费火葬。"

新四军攻打来安,三战三捷,使日伪军心惊胆寒,从此,他们再不敢到来安骚扰了。

邓子恢保卫半塔集

刘少奇到华中,先到淮南。他在这里经过半个月的调查研究,发现这里的新四军干部根据地观念薄弱,群众没能充分发动起来,抗日民主政权也没有建立,因此部队的吃住都很困难。

在第四、第五支队干部大会上,刘少奇严肃地说:"打鬼子要有武器,还要有个家,你们来了这么长时间了,有没有建立一个家呢?没有!同志们,没有家怎么干革命？我指的这个家就是根据地，就是抗日民主政权。"

大家的脸红了。

邓子恢更是坐不住，他红着脸检讨说："胡服同志批评得对，我们该打屁股，特别是我这个政治部主任，更要挨打。"

刘少奇缓了缓口气说："屁股就不打了，但是，你们要学好马列主义才行。部队走到哪里，没有政府的协助是不行的，否则你们吃什么？穿什么？当务之急，就是要抓住历史先机，建立抗日民主政权。"

刘少奇和张云逸、邓子恢商定，第四、第五支队分区抗日。张云逸和徐海东率第四支队，在淮南津浦路西，由邓子恢、罗炳辉率第五支队，在淮南津浦路东。两支队伍要集中力量抓紧时间发动群众，创建抗日根据地。

经过短短 3 个月的努力，淮南敌后抗日局面大有改观，群众发动起来后，游击队、青抗会、妇救会、儿童团如雨后春笋，遍地皆是；第四、第五支队日子比以前好过多了，他们要粮有粮，要人有人，由原来的 5000 人迅速发展到 1 万余人。

新四军在淮南的举动，引起了蒋介石的恐慌，密令安徽省主席兼第二十一集团军总司令李品仙和江苏省主席兼苏皖战区副总司令韩德勤，调集重兵，夹击新四军，并限期在两个月内，将第四、第五支队消灭掉，或赶往江南。

李品仙和韩德勤协商后，确定分工负责，扫除本辖区内的新四军力量。李品仙主要负责对付大桥新四军江北指挥部，韩德勤负责对付半塔集的第五支队。

刹那间，大桥黑云压顶。

1940 年 2 月底，桂系第一三八师师长李本一指挥一三八师和第十游击纵队，由南向北，进攻大桥的江北指挥部，皖北行署主任颜仁毅指挥第十二游击纵队和保安第八团，由北向南进攻大桥。两路人马浩浩荡荡，直扑大桥。如此众多的兵力，李品仙还怕兵力不够，又命令桂系的第一七一师开往淮南铁路以东的张桥，伺机行动。

李品仙和韩德勤的动向，当然逃不过新四军侦察员的眼睛。刘少奇、张云逸接到情报，研究决定，一方面派出戴季英为新四军代表，到安徽长丰城与李品仙谈判，以求和平解决。另一方面作好打的准备。并且作了具体部署，先集中兵力反击大桥的桂顽，然后挥师增援半塔集。

戴季英肩负重任，与李品仙谈判。在谈判桌上，戴季英坚持说理斗争，呼吁大敌当前，团结抗战，提出以淮南铁路为界，分区抗日，我不向西，彼不向东的条件。但是，李品仙依仗自己人多枪多势力大，对新四军提出的谈判条件置之不理，闭着眼睛说瞎话，污蔑新四军打鬼子不起劲，打国军很来劲。

李品仙傲慢地说："只有新四军缴了枪,才好进行谈判,不缴枪没有什么好谈的。"

在谈判无望的情况下,刘少奇、张云逸只好指挥部队奋起还击蒋军的挑衅。他们命令罗炳辉率五支队主力,增援大桥。

罗炳辉奉命率部前往参战,他们到大桥时,战斗已进行了5个小时,四支队七团在南线阻击和反击占领我界牌集的第十游击纵队;九团担任保卫大桥的任务,随时准备打击敌第十二游击纵队;十四团乘敌后方空虚,袭占定远县城,调动颜仁毅回援。战斗打响后,十四团一举攻占定远县城,全歼县保安大队,俘顽定远县长吴子常以下三百余人。颜仁毅仓皇回援,在高塘铺遭我从定远县南下的十四团的截击,在尾追的九团协同下,将其大部歼灭。北线解决战斗后,南线的李本一部,在七团打击下,也向古河撤退,我即跟踪追击。3月7日,八团和苏皖支队赶到路西,在滁县施家集,全歼顽滁县保安团邹毓英部,在管家坝击溃顽军一个营。

3月9日,四支队和苏皖支队在王子城胜利会师。此役共歼顽军两千余人,俘顽十二游击纵队副司令兼二支队司令商业勤以下一千余人。

就在罗炳辉带着五支队主力西援四支队的第二天下午,在半塔集,突然从东门口传来"叭叭叭"连续急促的枪声。

邓子恢正在诧异,通讯员赵小平急呼呼地跑来,向邓子恢报告说:"报告邓主任,顽军从东、南、北三个方向,向半塔进攻了!"

邓子恢早就做好了迎战的准备,沉着地命令教导队队长黄一平带着部队分三路阻击,又派五支队公安处长钱进赶快摸清敌情。

邓子恢安排妥当,急步赶到东门口观察战情。

在这里指挥的一个连长向邓子恢报告说:"敌人疯狂得很,气焰十分嚣张,大声叫喊着,说我们主力西援,半塔兵力少,要我们赶快投降,不然就叫我们全军覆灭。"

不一会儿,钱进跑来,向邓子恢报告侦察结果,他说:"国民党鲁苏战区副总司令兼江苏省主席韩德勤,乘五支队主力西援之际,亲自指挥一一七师、独立六旅、常备旅,一共8个团1万多兵力,前来偷袭。"

邓子恢一听,气得两眼瞪得像铜铃,大声骂道:"他妈的,韩德勤这一手太毒辣,他是想置我军于死地而后快!"

韩德勤是想以绝对兵力击败新四军。当时,新四军五支队在半塔集的兵力,把所有机关、后勤、教导队加起来,只有两千余人。这些人包括机关人员、后勤部队、妇女、儿童、伤病员,所以,实际能战斗的人员不足1000人。韩德勤1万人大军压境,敌我兵力对比是十比一。

情况万分险恶,半塔集驻着津浦路东根据地的党政军机关,它的重要性可想而知。敌人进攻的目的,就是妄图摧毁淮南这个抗日首府,在局势危急、兵力悬殊的情况下,邓子恢立即派人向中原局书记刘少奇和军部叶挺、项英发电报,报告敌情,争取增援。

电报发出后,他又召开在半塔集的党政军领导干部会议。五支队政委郭述申、参谋长赵启民、政治部主任张劲夫、安徽路东省委书记方毅等,接到通知后都纷纷赶来了。

邓子恢刚介绍完敌情,刘少奇的复电就到了,电文如下:

蒋介石掀起的全国第一次反共高潮来临,胡宗南部袭击淳化、正宁、镇原的八路军,阎锡山部进攻晋西、晋西北、晋东南

新四军教导队爬墙训练

八路军,河北保安司令张荫梧袭击八路军总部。桂军一七六师及第十游击纵队进攻藕塘,韩德勤进攻半塔。毛泽东正部署八路军、新四军全面反击。此次路西、路东一盘棋,路西先打李品仙,得胜后转兵路东半塔,望采取坚守待援方针。

邓子恢看完电报,又将电报传达给大家,立即研究对策。

会上,根据刘少奇的坚守待援方针,决定采取三条措施,一是对已开始进攻之顽军,坚决自卫;二是对尚未进攻之顽军,进行谈判,缓和进攻速度;三是战役上坚持守备,固守要点,战术适时短促出击。

邓子恢召开会议之际,顽军已进到离教导队不远处,北面的一脉山岗已被敌人占据,特别严重的是西面敌人已占领了全镇的制高点西山,唯有南面没有一个敌人。因为那是一片开阔地,不利于进攻。教导队战士们抢占了阵地后,与敌人对峙着。半塔周围没有任何工事,大家只能依靠田埂、断墙、坟地等,隐蔽作战。

会议一结束,各级指挥员就迅速到达各阵地,指挥部队与敌人展开逐地逐段的争夺,经过第一个回合的战斗,从敌人手中夺回了西山。

这时,天色已暗了下来,敌人因摸不清半塔集的虚实,停止了进攻。半塔一下子从喧闹的枪炮声中安静下来。

这一夜,邓子恢组织部队赶挖战壕,筑工事。

半塔集的群众热情支持子弟兵,战士们需要什么,老百姓就拿来什么。一对刚结婚的小夫妻,看到部队救护伤员缺少纱布绷带,二话没说,从家中拿来结婚用的新被子,剪成了一条条布条当绷带,用以救治伤员。群众看到敌我力量悬殊之大,都很担心,部队夜间挖工事时,都自动跑来帮忙。邓子恢要求部队把战壕工事挖成品字形,能互相联系,互相掩护。

一夜工夫,整个半塔集周围就挖成了一排排犬牙交错的战壕工事,并在战壕工事前沿二三百米内,埋设了地雷。

第二天拂晓,四周一片茫茫大雾,覆盖着山野,笼罩着大地。敌我双方都看不清,战场仍然沉入一片寂静。

太阳渐渐升了上来,雾气也开始渐渐消散了。顽军的迫击炮便像泼水似地向新四军的阵地上倾泻。敌人打了一阵炮后,开始向东门进攻。当顽军冲到二三百米处,碰到了新四军的地雷,炸死炸伤一大半,剩余的吓得逃了回去。

敌人东门攻不进,下午便开始向北门进攻。这次,敌人接受了上午的教训,先炮轰新四军阵地前沿。这一招果然有效,他们把新四军阵地前沿的地雷炸掉了不少。然后大着胆子向前沿阵地冲。谁知刚冲到离前沿阵地七八十米时,就被新四军的强大火力网阻挡了。

夕阳西下,暮色降临,敌人又退兵了。

邓子恢乘黑夜,一方面组织机关人员替换部队抢修工事,让战士睡个好觉,一方面又派参谋长赵启民组织十几个"三人小组",摸到敌后,袭击扰乱疲惫敌人。

这一夜,十几个"三人小组"可发挥作用了。敌人总以为新四军人少,白天打仗的人都不够用,晚上就不会来打了,即使来了也是老鼠舔猫鼻子——找死。

正当敌人呼呼大睡时,敌营十几处突然接连响起了爆炸声,一时枪声大作。敌人以为新四军的大部队来了,折腾了一阵子,不见新四军的影子,又重新上床呼呼大睡了。

等他们刚刚要重返梦乡,埋伏在沟边、田坎的"三人小组"又开始活动了,他们偷偷摸进驻地,接连投了几十颗手榴弹,敌人又被吓得跑出来到处放枪。

这一回,韩德勤在梦中惊醒,被反复骚扰后,他的气不打一处来,怒气冲冲地挽起袖子,掯着手枪,跑出屋子,对着黑糊糊的田野骂道:"有种的就出来,不要在暗地里打黑枪,要么白天较量较量!"

但是,回答他的是两声清脆的枪声,他突然感到耳朵被什么虫子蜇了一下,用手一摸,不由大叫:"哎呀,我的妈呀!"原来,耳朵被擦破了,流了不少血,吓得他屁股一扭,钻进了屋子,再不敢出来。

这一夜,由于韩德勤部队被"三人小组"折腾了一夜,整队人都没有好好睡觉。

第三天上午,韩德勤叫副参谋长吴定彩带两个团轮番进攻。韩德勤在望远镜中,看到新四军越战越勇,越打越多,好生奇怪,怎么新四军一下子增加了几倍兵力?原来,是邓子恢叫方毅跳出敌人包围圈,到附近几个乡,组织了三千多民兵赶来增援。邓子恢叫赵启民组织好,让一个战士带上5个民兵,由战士当民兵班长,这些民兵很多是打猎的神枪手,弹无虚发,吴定彩带两个团轮番进攻,都被打得狼狈逃窜。

半塔集酣战之际,突然像孙悟空变了戏法似的,一下子来了三路人马增援,这真是久旱降雨,雪中送炭,邓子恢真真是大喜过望。这三路人马是从哪里来的呢?一路是罗炳辉的五支队,刚从大桥返回;一路是陶勇、卢胜的苏皖支队;另一路则是陈毅派来的叶飞挺进纵队。

这三路人马从三个方向,像一把铁钳,向韩德勤部夹击。

韩德勤听到远处传来排山倒海似的阵阵喊杀声时,一下子吓得懵了,急得冷汗直冒,两腿不听使唤直打颤。

他的勤务兵牵来两匹马,慌慌张张地说:"韩司令,快上马跑啊,快上马跑啊!"

韩德勤坐上马溜了,剩下的部队顿时群龙无首,能逃的逃了,逃不了的只得举手投降了。新四军奋起直追,一家伙撵出了几十里。站在高处指挥的罗炳辉,为了迷惑敌人,命一个参谋,带着十几名骑兵通讯员,还在每匹马的尾巴上捆上树枝,恰好这一天,风很大,拖起了滚滚尘土,弥漫了半个天,敌人以为新四军的几千骑兵追来了,更加拼命地奔跑,有的跑不动,干脆躺在地上装死,也有不少跳到水塘里,被活活淹死了。

半塔保卫战从3月21日至3月29日,历时9天,以少胜多,为新四军树立了以弱胜强的范例。

半塔保卫战,陈毅给予高度评价,他赞扬说:"半塔守备是固守待援的范例。在华中,先有半塔,后有郭村,有了半塔,就有了黄桥。"

半塔保卫战胜利后,刘少奇、张云逸、邓子恢领导第四、第五支队,在皖东各县建立了抗日民主政权,津浦路东的来安、嘉山、天长、盱眙、六合、高邮、仪征、宝应等县,建立了人民政府,津浦路西的定远、滁县、凤阳、全椒,也建立了人民政府,皖东抗日民主根据地建设,出现了新面貌。

罗炳辉开辟淮宝

半塔集保卫战后,刘少奇策马赶到半塔集,召开五支队干部大会。

会上,刘少奇告诉大家:"中央已确定把苏北作为战略突击方向,集中陈毅、黄克诚和罗炳辉等各方力量,向苏北发展。"

中央把苏北作为战略突击方向,是因为苏北幅员广阔,人口有两千万,南临宁沪、北控徐蚌,便于将山东、淮北、淮南、苏南等战略区联成一片,凭江据海,依托水网,建立巩固的抗日根据地。其次,苏北日伪军力量薄弱,韩部的战斗力也不很强,新四军能在苏北立足。有了苏北根据地,便可打通西进、北上通道,与华北的八路军相配合,便可应付国民党挑起的突然事变,立于不败之地。

刘少奇右手叉腰,左手用力地挥动着,坚定有力地大声说:"同志们,在发展苏北这盘棋上,中央经过慎重考虑,决定这第一着棋就是把五支队这只棋子,放在淮宝地区。此地可是整个棋盘的'金角银边'啊。"

五支队的干部们听了刘少奇的讲话,精神为之一振,纷纷表示,坚决服从中央安排。

会上,研究制定了北出三河,开辟淮宝的作战计划,决定开进淮宝的部队有五支队的八团、十团及四支队的七团。

当时,政治部主任张劲夫提出:"韩德勤在苏北兵多势众,我们只去三个团,力量是否单薄了一点? 要不要再增加两个团?"

刘少奇认真考虑后回答说:"要在淮宝立足生根,主要是建立民主政权,减租减息,依靠当地群众,群众发动起来后,我们就有无穷的力量,而不在于我们去的部队有多少。"他还举了半塔集保卫战的例子说,"当时,我们新四军只有两千多人,却击退了韩德勤的 1 万人马。靠的是什么? 是广大人民群众的信任、支持和拥护,是广大中间人士的同情。战斗中,群众运送公粮,传递情报,修筑工事,送饭送水,护理伤员。还有民兵和自卫队的参战。凡是人民群众能够做的事,他们都积极踊跃去做。这就是半塔集保卫战胜利的重要原因之一。韩德勤的失败,正由于他缺乏了这一点。"

张劲夫听他言之有理,打消了顾虑,频频点头。

刘少奇兴致勃勃地接着说:"衡量根据地工作做得好坏的标准之一,就是看是否建立了自己的政权,是否搞减租减息,是否把民兵工作抓起来了。你们去淮宝后,要把淮阴、淮安、宝应、高邮四县的民兵工作搞好。"

淮宝南临三河,要进淮宝,必须渡过三河。会议结束后,他们便进行了紧张的战前练兵,为强渡三河作充分准备。

韩德勤得到罗炳辉东进淮宝的情报后,立即召集作战会议,研究对策。

谁知,十几个人端坐在会议室里,就像事先通了气似的,一个个低头不语,会议室内寂静无声。韩德勤看看这个,又看看那个,那些与会的人一个个都有意避开他的目光。

韩德勤满脸不悦,一支烟工夫,仍然没有一人有开口的意思,他等了一会,终于还是沉不住气了,但又不便发作,便活动着面部的肌肉,竭力装出笑容,和缓地说:"新四军已向苏北开进,请诸位畅所欲言,发表高见,如何抵制新四军的东进行动。"

说完后,又是一阵沉默。

韩德勤本应知道,他的这些助手们刚经过半塔集战斗,个个都是斗败的公鸡,元气大伤,还没有恢复呢。所以,今天,要他们研究对付新四军的策略,他们实在是信心不足,不敢妄加评说。可是,他的部下们也应该知道,韩德勤的耐心也是有限度的,罗炳辉向他的地盘上开来了,他已经到了火烧眉毛的时候了,一个个哑巴似的,他岂能不怒。

只见他又等了数分钟后,猛地一拍桌子,随即抓起一只茶杯,用力地向地上一摔,无辜的茶杯作了无谓的牺牲品,顿时摔个粉碎。这才惊醒了众人沉默的脑袋,他们惊恐地抬起头,望着发怒的韩德勤。

作战处长郑辅飞唯唯诺诺地说:"韩主席,半塔集之战,我军损兵折将,士气低落。在这种情况下,恐难有什么好办法对付罗炳辉。"

韩德勤余气未消,听罢此言,又气又急,他怒气冲冲地训斥道:"照你之言,只有让罗炳辉长驱直入了,难道就没有一点办法了吗?"

"我倒有一计!"副参谋长吴定彩突然插进来说了这么一句话。

韩德勤双眼一亮,如落水之人抓到了一根救命草。他赶紧追问:"什么妙计,快快讲来。"

吴定彩咽了一口唾沫,说道:"罗炳辉部刚进淮宝,他们一不熟地形,二不熟风情。且淮宝系平原水网,擅长游击战的新四军无处躲藏和隐蔽。我们何不利用小刀会,向新四军发起进攻……"

"好,你继续讲。"韩德勤手舞足蹈,其余人一下子也来了精神。

吴定彩说:"我们把各县乡的小刀会组织起来,不断骚扰新四军,叫他们不得安宁,待新四军精疲力竭之时,我们再……"

吴定彩用双后一卡，做了个卡颈的动作，说："到那时，新四军必定大败，退出淮宝，我们又将恢复往日的独霸局面。"

"妙主意！"韩德勤起劲地说，"我们要多给小刀会物质鼓励。对他们说，杀一个新四军赏大洋 50 块，依次相加，杀了 5 个新四军还赏他一个国军排长干干，重赏之下，必有勇夫，哈哈哈，这下新四军碰到克星啦！"

韩德勤兴奋地狂叫道，"对，还要奖赏作战有功的小刀会头目，杀一个连，赏个区长，杀一个营，赏一个县长……"

小刀会，起源于清朝时期。当时，是江浙一带的民间秘密组织，上海小刀会在刘丽川领导下，举行起义，以抗击清军和外国侵略者，到了清朝末年，小刀会传到了淮宝地区。那时，由于洪泽湖、高邮湖、宝应湖、白马湖芦苇丛生，港汊纵横，土匪强盗出没无常；加之官府逼税，人民不堪其害，便纷纷组织起小刀会，用以自卫。小刀会代代相袭，参加的人数仍有增无减。他们搞的是带封建迷信色彩的活动，什么一天三拜啦，跪会堂啦，念咒语啦，吃神砂啦，他们赤膊练武，自诩"刀枪不入"。吴定彩用收买利用小刀会的办法对付新四军，这在当时韩德勤兵源不足，士气低落的情况下，对韩德勤无疑是一剂良方。

不过，韩得勤的动向已被新四军侦察到。

8 月 1 日，黎城镇内五支队举行了声势浩大的阅兵典礼，以庆祝"八一"建军节，晚上，举行了丰富多彩的文艺晚上。

韩德勤得到了情报是：新四军暂无渡河迹象。

其实，细心的人不难发觉，在文艺晚会上，台下坐的只是少数部队，多数都是附近的群众。

此时，主力部队已悄悄从芦苇荡里推出一只只民船，船头均用沙包、湿棉被、湿稻草作掩体。当他们的小船向河北岸划去时，已经渡河的小分队为配合他们的行动，四处袭击敌人，把敌人的注意力全集中在他们身上。这样，当主力部队靠近北岸，冲向敌阵时，敌人还莫名其妙。拂晓，新四军无一伤亡，顺利占领了三河北岸淮宝地区的一部分集镇和村庄。

受了韩德勤蛊惑和挑动的小刀会，轻信了"新四军共产共妻，新四军到处杀人放火"的宣传，他们被韩德勤的奖赏所刺激，不时地袭击新四军，特别是两三个新四军单独活动时，常常被他们暗杀。

面对小刀会这个带有迷信色彩和盲目性极大的组织，罗炳辉等领导进行了细致认真的分析研究，制定出一个具体措施。第一，对小刀会的主动进攻，以政治宣传为主，避免发生冲突，但对顽固不化的，要予以狠狠打击；第二，对被打死的小刀会会员,准其家属领尸,负伤者给予治疗;第三,对被俘者,不打不骂,屡抓屡放,瓦解组织,争取广大小刀会群众,惩治顽首。此外,他们还通过淮宝地区四县地下党员们,打入小刀会,晓之以理,动之以情,向他们宣传新四军是人民的子弟兵,专打日本鬼子和汉奸、顽敌,并揭露韩德勤的阴谋。

大部分小刀会组织认清了韩德勤坐山观虎斗的用心,因而陆续改变了对新四军的态度,成了新四军的外围组织,并积极协助新四军开辟淮宝地区根据地。

不到1月工夫,罗炳辉部迅速占领了淮宝地区各县,陆续建立了抗日民主政府。

中央在发展苏北这盘棋上,这第一个棋子就获得了成功。发展苏北的战略方针的胜利已初见端倪。

第五章

彭雪枫扬威豫东

彭雪枫挺进豫东

新四军在豫东有一面挽狂澜于即倒的旗,这面旗帜充满勇敢和尚武精神,这面旗帜飘扬在游击支队官兵的心头。这面旗帜就是彭雪枫。

彭雪枫,河南镇平人。1925 年参加革命,长期从事地下党工作。1930 年参加红军,任大队政委,正赶上攻打长沙。他身先士卒,一马当先,把红旗插上桔子洲头。红军长征时,他在红三军团任四师师长,攻占遵义城,直取娄山关,荣立大功。抗日战争初期,担任八路军总部参谋处处长兼驻山西办事处主任。1938 年春,奉党中央之命,率八路军办事处赴河南竹沟,担任河南省委军事部部长。在竹沟,他以举办教导队形式,培训了两千余名游击队干部。1938 年 10 月,他又根据中央军委的命令,组建了新四军游击支队,从竹沟出发,向豫东地区挺进。

豫东地区,是位于津浦路西、陇海路南、平汉路东、淮河以北的黄淮平原。

此地区,原属国民党第一战区副司令长官汤恩伯统辖范围。此时的豫东地区正是人民水深火热之际,日本鬼子还惨无人道地推行"三光"政策,烧、杀、抢掠,无所不为,土匪、恶霸、兵痞,各拉队伍,自称司令,占山为王,为非作歹。加上那厚颜无耻的国民党汤恩伯部,不但不觉愧对人民,反而肆无忌惮地向群众征收种类繁多的税款。

当时,群众流传着这样一句话:豫东有五害,水、旱、虫、鬼、汤。这鬼是指日本鬼子,那汤,无疑是指汤恩伯了。

豫东人民生活在水深火热之中,他们在呼号,在盼望,在奔走,在挣扎,他们在寻找救星。

终于,他们盼来了希望,盼来了救星。彭雪枫的游击支队奉命向豫东挺进。

这是一支年轻、精干的队伍,全支队总计两个连,把机关人员加起来还不到300人。全支队单个排队行军时,领头的喊一声,后尾的也能听得真切。再说武器装备,除5挺机枪外,全部是杂牌步枪,什么湖北条、老套筒、俄国造、小金钩、中正式、捷克式,还有不少土造的枪,而且许多枪是用麻绳当枪背带,子弹更是少得可怜,一支枪一般只有五六颗,全支队无一匹马。这支队伍在彭雪枫的率领下一路行军,一路宣传抗日,断墙残壁上,路边的大树残干上,都留下了他们用石灰水刷写的宣传标语。

此时,在豫东人民的脑海中,浮现出两支部队,一个是武器精良,拥有60万兵力的国民党汤恩伯部;一个则是武器低劣,只有300人的共产党新四军。前者在日本人的追逐下,从徐州败逃下来,溃不成军。后者在强于自己数千倍的敌人面前,将会是怎样的结果呢?他们怀疑过,但是他们又从这支部队的奋发精神中看到了希望。有人说:"海水不可斗量,新四军或许能行。"

老百姓们说的不错,彭雪枫的游击支队没有辜负人民的期望。

10月11日,他们来到西华县的杜岗,与从竹沟先行到达的萧望东大队(1938年8月从四支队到竹沟办事处)及吴芝甫、王海山、王静敏领导的豫东抗日游击队第三支队会合,整编为3个大队,番号仍是新四军游击支队,彭雪枫任司令、吴芝甫任副司令、张震为参谋长、萧望东为政治部主任、滕海清为一大队队长、张太生为第二大队队长、周时源为第三大队队长,全支队已达一千余人。

整编完毕,游击支队向东前进,进入黄泛区。黄泛区是指被黄河水淹没的地区,这里的村庄、道路、沟渠全被混浊的黄河水所浸没。他们手持木棍树枝,一边探索一边前进,一般水深齐腰,但如果不巧踏入沟渠,那就要喝上几口黄泥水。

经过五个昼夜的行军,他们终于走出了黄泛区,于10月26日到达淮阳东的窦楼镇。

部队休息一夜,次日拂晓,正欲整装出发,侦察员跑来报告,说淮阳方向来了一百多日军骑兵。

彭雪枫双眼一亮,挥着拳头说:"游击支队成立快一个月了,至今还没碰上一个鬼子,今天我们运气好,机会难得,大家准备战斗!"

张震风趣地说:"这帮日本鬼子,被蒋介石、汤恩伯宠坏了,有恃无恐,骄横无度,我们要狠狠地打,要他们尝尝新四军的厉害,要打得他们跪在地上叫四爷饶命!"

战士们听说要打鬼子,摩拳擦掌,跃跃欲试,积极地进行战斗准备。

这时,一个过路老汉听说新四军要在这里打鬼子,向彭雪枫苦苦哀求说:"彭司令员,我家八个人被鬼子打死六个人,今天报仇的时机到了,我要求参加战斗,非干掉几个鬼子不可!"

彭雪枫举着手枪说:"我们都有枪,你手中没家伙怎么打?"

老汉急忙抄起路边一根木棍说:"这不是武器吗?"

彭雪枫见鬼子快到眼前了,对老汉说:"参加打仗,首先要服从命令,你服从不服从?"

老汉说:"中,中!"

彭雪枫说:"好,你愿意服从命令听指挥,我命令你向后转,到那洼地去隐蔽,机动待命。"

老汉听说要他向后转,又不高兴了。

萧望东上前说:"大爷,你刚才还讲中、中的,怎么不服从命令呢!"

老汉无言以对,只得向后转移。

彭雪枫根据敌情和地形,指挥部队埋伏在鬼子必经之道的两侧,待敌人进入包围圈后,步枪、机枪一齐开火。不久,战斗已经结束,敌人被全歼了。

枪声一停,老百姓从四面八方蜂拥而来,争着看敌人的尸体,民心大振。

窦楼镇战斗后,游击支队继续东进。途中,他们在胡庄与伪军胡强勋两个中队打了一仗,全歼二百余人,缴获枪支二百余支,然后进入鹿邑县刘大庄休整。

抗日县长魏风楼

12月的天气,豫东大地早已冰冻三尺,部队还穿着单衣,粮食寥寥无几。

彭雪枫对张爱萍说:"我们地处鹿邑县,你去拜见一个抗日县长,向他宣传我军的抗日政策,希望得到他的协作与配合。"

张爱萍随即带上警卫员去了,去找彭雪枫所说的抗日县长。他就是鹿邑县县长魏风楼,顾名思义,人们冠他为抗日县长,是因为他积极抗日。魏风楼原是国民党的退伍军官,抗战以后,他组织起一支200人的武装,神出鬼没地袭击日本鬼子,鬼子提起他,恨得咬牙切齿;老百姓提起他,直竖大拇指。

张爱萍刚到县政府门口,早有人向里面通报,魏风楼三步并两步迎了上来。他抱着拳朗声说道:"贵客驾到,有失远迎。"

说话的工夫,宾主来到会客厅。双方坐定,茶烟侍候。

张爱萍欠着身子,笑着说:"久闻魏县长大名,我游击支队司令员彭雪枫对魏县长抗日报国之举,甚为钦佩。"

"哪里,哪里,鄙人只是凭着一颗中国人的良心,抗击外来侵略,人人有责啊!"继而,他用真挚的口吻说,"你们新四军是人民的军队,为了抗日吃尽了千辛万苦,狠狠打击了日本鬼子的气焰。你们来到我县,我正准备去拜见彭司令员。"

"好啊,我代表彭司令欢迎你,为了共同的抗日目标,希望我们能很好地合作。"

第二天一早,魏风楼便来到游击支队驻处。当他的手握住彭雪枫冰凉的手时,忽然皱起眉头,然后从上到下打量了一遍,又调转头看看周围的新四军,一股歉意涌上他的心头。

他心情沉重地说:"现正值隆冬季节,你们却只穿着薄薄的单衣。全怪我招待不周,怠慢了你们,请原谅。"

说罢,魏风楼立即吩咐随从,组织人赶制了一千多套棉衣。

3 天以后,游击支队的战士们穿着暖和和的棉衣,非常感激这位抗日县长。魏风楼还筹集了 5000 斤粮食送给新四军。更为感人的是,他把自己精心训练的 200 名武装人员交给了彭雪枫。

在收编时,他最后一次训话说:"我把你们交给新四军,让你们发挥更大的作用,希望你们做个合格的新四军战士,为我争光,为豫东人民争光!"

滕海清征服苗司令

游击支队经过短暂的休整后,正准备整装待发。不料从睢县来了八九个群众,他们向彭雪枫报告说,睢县伪军大队为讨好开封鬼子,抢夺了 300 车粮食,500 名妇女,明天就要送往开封,请新四军救救百姓,夺回粮食和妇女。

彭雪枫一听,怒从心中起,激动地说:"诸位乡亲对我如此信任,我们决不辜负乡亲们的重托,一定狠狠教训教训那些汉奸。"

乡亲们听到这虽简短,却发自肺腑的声音,提起的心放了下来,他们相信新四军一定能帮助他们。

张太生奉命率第二大队,在乡亲的带领下,直奔睢县而去。

这天,伪军大队长郑田五带着三百多伪军,押着抢来的粮食和妇女上路了。

当走到睢县西北榆洋铺地区时,走在队伍前面的伪军小队长林布民突然尖叫道:"大事不好,前面树林有埋伏。"

郑田五听到报告,猛地一惊,他举起望远镜一看,心里"咯噔"一下,直往下沉。

透过望远镜,他看到的是一片黑压压的人群。前面是身穿灰布军袋,手拉刀枪,严阵以待的军人;后面是手拿各种农具,怒目而视的老百姓。

郑田五急忙呼唤林布民,火速打探前面是什么队伍,为什么在此拦截。

不一会,林布民连滚带爬地到了他面前,报告说:"大队长,不好了,他们是新四军,扬言要夺回粮食和女人。"

郑田五把眼一瞪,双手叉腰,恶狠狠地说:"管他什么新四军、新五军。你告诉他们,这是送给皇军享用的,得罪了皇军,他们吃不了要兜着走,通知他们赶快让路。"一副十足的奴才相。

林布民则像哈巴狗儿似的,一蹦一跳地到了张太生面前,目中无人地说:"我们郑大队长有话,叫你们快快让路,得罪了我们不要紧,得罪了皇军你们可担当不起。"说着挥挥手,不耐烦地说,"识相点,快走吧!"

林布民这副神气十足的奴才相,早激怒了站在后面的百姓,没等张太生回话,后面"呼"地穿出一个满脸怒气的小伙子,他手持菜刀,口中骂道:"不要脸的走狗,见阎王去吧!""咔嚓"一声,一刀就把林布民的头割了下来。

这小伙子是谁? 他叫许桂生,22 岁,结婚三天后,老婆就被鬼子轮奸了。他老婆痛不欲生,在众乡亲的劝慰下,才放弃自杀的念头,夫妻俩抱头痛哭。许桂生咬牙切齿,恨自己七尺男儿不能保护妻子,恨鬼子灭绝人性,糟踏妇女,报仇的种子深深地埋在心中。谁知鬼子走后又来了伪军,他老婆又入狼窝,落在伪军手中。他怎能不急,怎能不气? 他胸中郁结的怒火在燃烧,发誓不砍死这些仇人决不为人。林布民为虎作伥,火上浇油,深深地激怒了他,转眼间成了他的刀下鬼。

郑田五举着望远镜观察,一见林布民倒下,知情不妙。俗话说,好汉不吃眼前亏。他掉头便溜。众伪军见头头溜了,更是惊慌而逃。

张太生一见,振臂呼喊:"同志们,冲啊!"

随着"叭"的一声枪响,郑田五从马上坠地,发出一声沉重的落地声。伪军大乱,死的死,伤的伤,投降的投降,只十几分钟,三百多伪军被全歼。300 车粮食回到农民手中,500 名虎口逃生的妇女回到家里,与亲人团聚。

张太生告别乡亲,带着二大队返回游击支队驻地——鹿邑县白马驿。

这时,滕海清的一大队正奔袭亳县芦家庙。这里驻的是伪军豫东剿共军第一支队的一个团,司令崔华山,是个十恶不赦的汉奸卖国贼。自认贼作父后,更是为非作歹。他只要听说哪个村有谁讲一句新四军好,那村的所有人便顿遭横祸,不是被他活埋,就是投河,无一人能逃生。半年不到,芦家庙一带成了断墙残壁,万户萧瑟鬼唱歌的无人村。

彭雪枫进驻亳县,亳县人民找到新四军,声泪俱下,纷纷要求讨伐崔华山。

彭雪枫听到群众的血泪控诉,噙着眼泪,命令滕海清率一大队去讨伐。

滕海清一夜急行军,拂晓时分来到苗家圩子,准备宿营。他派两个通信员到村里与盘踞此村的地主武装交涉。

通信员手持公函,来到村口正欲问话,却见寨门迅速关上,两个通信员被拒之寨门外。豫东地区农村,大多数村庄四周都是用土坯垒成一人高的围墙,一般用来预防土匪强盗的抢掠。一个村子为一个寨,有寨就有门。

两个通信员被拒之门外,抬头见寨墙上站满了手持武器的人,寨头上还架着机枪,一个个用充满敌视的眼睛瞪着他俩,他俩转身回到部队,向滕海清汇报。

滕海清低头沉思片刻,便带着他俩到了寨门口,滕海清微笑着对里面人说:"我们是新四军,在贵村借宿一天,晚上便走,请给个方便。"

里面沉默了一会儿,便有人回话说:"这里不是旅馆饭店,请到别处去吧。没有苗司令的命令不能开门。"

滕海清从门缝往里瞧,见一高高胖胖的中年男子在吩咐旁边几个人,便猜测此人一定是苗司令。便扯开嗓门说:"苗司令,请开门面谈。如果你不同意,我们决不勉强。你们这么多荷枪实弹的人,难道怕我们三个人不成?未免太胆小了吧?"

那苗司令是个死要面子的人,他一听,脸一红,面露羞色,便低声吩咐旁边一个人几句,转身走了。那手下跑来开门,说:"为防不测,只能请一个人进去!"

滕海清在几个人引路下,进了寨门。走到一小学校门前,见两边站岗的都持步枪,刺刀寒光闪闪,门口还架着两挺机枪,猜想便是司令部。他微微一笑,从容地走了进去。走到一间屋子里,只见原先在寨门的苗司令已坐在那里。

苗司令见滕海清进来,慌忙起身,双手抱拳,自报家门说:"鄙人就是苗仁清。请坐,请坐!"

滕海清还礼说:"我是新四军游击支队一大队大队长滕海清。今日登门拜访,只是想让部队在此借宿一天。我们是抗日的队伍,决不侵犯你们的利益,若有违者,宁愿受罚。"

苗仁清早已从他在门口的言行及只身进司令部的行动中,知道了新四军不同于日寇汉奸。因此,解释说:"滕大队长多多谅解,我们是被鬼子汉奸搞怕了,今天多有得罪,望新四军海涵。"

"那我部队留宿之事——"

滕海清话没说完,苗仁清一挥手,对手下人说:"还不快去通知,开寨门,欢迎新四军进村!"转身对滕海清说:"不要说住一日,就是十天半月也行,绝对委屈不了你们。"

"多谢,多谢!"

一大队迅速进村,大家匆匆吃罢早饭,便打地铺,纷纷入睡。

此时,滕海清各处检查一遍,并交代了注意事项后,又向苗仁清打了招呼,交谈了一会儿,起身告辞,当他返回房间,正欲上床时,发觉床上躺着一个女人,心中一惊。转身欲退出房间,恰好碰上迎面走来的苗仁清。

滕海清立即明白了其中原委,他佯装不知,问道:"苗司令,这是怎么回事?"

苗仁清满脸堆笑地说:"啊呀,这是我的姨太太,最近患了夜游症,经常跑错房间。这不,又到了这里,我正在找她呢!"

说罢,苗仁清推推假装入睡的女人,演戏似的两人双双走了。

滕海清解衣上床后,正迷迷糊糊将要入睡,听到一声"报告!"通信员张自成进来,同时递上一红纸包,说:"我送信回来,路过一个没人的地方,见到这个纸包,打开一看,原来是一根金条。一抬头,见一个人影一闪,在前面转弯,我便追上去问那人,那人说金条不是他丢的。"

滕海清沉思片刻,立即明白其中的奥妙,他翻身下床,径直来到苗仁清处。

当他把红纸包送给苗仁清时,刚欲开口,却见苗仁清仰面哈哈大笑,说:"哈哈,新四军的心比金子还要纯洁,我苗某人心悦诚服了!"

原来,这是苗仁清抛出的试金石。几天前,关于新四军的谣言四起,也传到了苗仁清的耳中,什么"共产共妻"啦,什么"见人就杀,见女人就抢"啦……苗仁清见新四军进村后,纪律严明,秋毫无犯,仍不放心。他原认为,哪个男人见了漂亮女人不眼馋,哪有见到财宝不想要的人,难道新四军是特殊材料制成的?便有心要试一试新四军,就导演了上述两场戏。

滕海清听他发自内心的话,灵机一动,便说:"实话实说,我们今晚要去攻打芦家庙的崔华山。"

苗仁清一听崔华山,怒火中烧,他吃过崔华山不少亏,无奈崔华山势大力强,只得忍气吞声。他听说要打崔华山,两眼圆睁,双手捋着袖子,咬牙切齿地说:"好啊,要打崔华山,我一百个赞成。我把队伍也搭上去了,我们一起干。"

在苗仁清的配合下,滕海清大队不到半个时就打下了芦家庙,活捉了崔华山,打死二百多人,生俘五百多人。

芦家庙战斗后,苗仁清进一步认清了新四军是支抗日的队伍,便找到彭雪枫,诚恳地说:"彭司令员,收下我这支队伍吧!我是独木难成林,只有和你们一起干,才能干出名堂来。"彭雪枫和其余几位领导商量后,收编了这支武装。

游击支队又一次改编,由原来的三个大队改为第一、二团,征集的豫东青年编成随营学校,还增加了独立营、特务连、侦察连、卫生队,共两千三百多人。整编后,部队以营为单位,向睢县、杞县、太康、亳县、肖县、宿县、怀远等县境内的日伪军和土匪进袭,打了六十多个胜仗。游击支队边打边收编,雪球似的越滚越大。1939 年11 月,已发展到 7 个团,七千多人。

后来,彭雪枫的游击支队正式改称为新四军第六支队,彭雪枫任司令员兼政委,辖 9 个团,共 1.2 万余人。新四军第六支队成立后,根据刘少奇关于把根据地扩大到路东去的指示,立即派张太生的第一团和百余名路东干部,向路东挺进,归张爱萍领导,加强皖东北工作,为发展路东奠定了基础。

到 1940 年,豫皖苏根据地出现了前所未有的大好形势。游击支队司令部所在地涡北新兴集,成了根据地的中心,被称为"小延安"。这里盖起了礼堂,建立了剧团、被服厂、军需厂、肥皂厂、毛巾厂、军民食堂、百货商店也先后开业,还发行了"抗币",兴修了水利,根据地得到迅速发展。

彭雪枫龙山认母

一天,彭雪枫去龙山集开会。

路上,一位白发苍苍的老太拦住彭雪枫说:"彭司令员,孩子他爹被鬼子打死了,这是我的大儿子谢继良,俺把他交给你,让他去打鬼子,替他爹报仇。"

这老太姓谢,是龙山集人,她见新四军和人民群众亲如一家,一心打鬼子,逢人就说:"新四军是岳家军。"并走家串户,动员妇女做军鞋。大儿子长大了,她拉着儿子正要去区政府报名参军,路上碰到了彭雪枫。

彭雪枫亲切地问:"大娘,当兵打仗生命没保障,你舍得让他去吗?"

"彭司令员,鬼子来了,烧杀抢掠老百姓,没有当兵打仗的新四军,老百姓怎么过安稳日子,鬼子哪天才能被杀光。"

"当新四军要吃大苦啊!"

"我儿子也是苦出身,你们能吃苦,他也能。彭司令员,你就不用担心。我儿子一定是个好兵,"

"好,那就让你大儿子到部队试试。"

谢继良入伍后,没辜负妈妈的期望,不到半年,就打了多次仗,打死了二十多个鬼子,立了两次功。不幸的是,在丁家集战斗时,他光荣牺牲了。

噩耗传来,谢老太悲痛万分。

第二天,村干部们上门慰问时,却不见谢老太,老三谢继祥说:"天一亮,妈妈就带着二哥谢继书到区政府报名参军去了。"

众人一听,感动地说:"真是位好妈妈。"

谢继书当兵,分配在司令部当通讯员,在一次送信的途中,遇上鬼子,最后壮烈牺牲了。

谢老太没有被悲痛所压倒,接着,又毅然地把老三谢继祥送去当新四军。谁知不久,老三又为抗日献出了宝贵的生命。

谢老太献出了三个儿子,这个伟大的母亲将悲痛藏在心底,却更加积极地搞好支前工作。

一天,彭雪枫来到龙山集,听到区政府介绍谢老太的事迹,心情久久不能平静,他说:"抗日战争一定能够胜利,因为我们有千千万万个谢妈妈,为了抗日她们奉献了一切,有这样伟大的母亲作后盾,我们一定能取胜的。"

彭雪枫办完了事,便赶到谢老太家,只见谢妈妈正在低着头一针一线纳鞋底,为新四军赶做军鞋。

彭雪枫鼻子一酸,他喊了一声:"好妈妈!"便"扑通"一声跪在谢老太面前。

谢老太慌忙起身,拉着他说:"彭司令员,快起来!"

彭雪枫流着泪说:"好妈妈,你为人民的事业献出了三个儿子,我们会永远记住你老人家的功德。"

谢老太说:"我儿子为国捐躯,是我的骄傲。我只要还有一口气,就要为抗日出一份力。"

"好妈妈,我有一个要求,你能答应我吗?"

"什么事,只要我能办到的就行,请彭司令快起来说。"

"你答应了我才起来。"

谢老太只好说:"你说吧,我一定答应。"

"我要做你的儿子,你就是我的妈妈。"

"不行,不行!我一个老太婆,哪能收你这个统率千军万马的司令员做儿子呢?"谢老太慌忙摇手。

"你不答应,我就不起来。"

"这可怎么办呢?"谢老太急得团团转。

这时,闻讯赶来的乡亲们围了一屋子,一会儿,区长王仁静也来了,他见此情此景,眼圈都红了,便对谢老太说:"谢妈妈,你就答应他吧!彭司令员可是一片诚心啊!"

谢老太激动地点点头,撩起衣角,直擦眼泪。

自此以后,彭雪枫如待亲妈妈一样关心谢妈妈,常去问寒问暖,逢年过节,总要留点时间和谢妈妈待在一起。

一天,彭雪枫在亳县得到了谢老太生病的消息,他抽不开身,便叫通信员带上医生前去探望,然后又抽空去了趟龙山集。他坐在谢老太床边,一口一口喂谢老太开水和药。谢老太拉住他的手说:"彭司令员,你真是我的亲儿子。"

第六章

李先念、陈少敏孤军踞中原

李先念挺进武汉外围

李先念领导的豫鄂挺进纵队活动在武汉外围的安陆、京山、应城、云梦、应山、天门、随县、汉川、潜江、孝感、罗山、黄冈等地区。

李先念是湖北黄安人。小时学木匠,后就以木匠身分作掩护,发动群众,领导了著名的黄麻起义。1931年后任中国工农红军第四方面军军政委。红军长征时,带领红四方面军先头部队,英勇作战,攻克懋功,同红一方面军胜利会师。到延安不久,毛主席派他到河南竹沟,担任中共河南省委军事部部长,指导河南人民开展抗日游击战争。1939年,根据中原局刘少奇的指示,组成了以李先念为司令、周志坚为参谋长的新四军独立游击大队,向武汉外围敌后挺进,开辟抗日根据地。

他们出发时,竹沟正下着罕见的大雪。狂风卷着大雪,呼啸翻滚着,遮天盖地而来。山川、河流、树木、房屋,全部笼罩在一层白茫茫的大雪中。就在这种天气下,李先念和周志坚率领着只有60人的队伍,踏着冰雪,沿着崎岖小路南进。

这时候的武汉已沦陷两个月,日本鬼子控制着武汉及武汉外围十几个县。原来在这里参加"武汉会战"的数十万国民党正规军,早已逃得无影无踪。日寇来了以后,到处杀人放火,肆意抢掠。土匪强盗蜂起。李先念一行人马,路上每走一段都能碰到不是张司令的队伍,就是王司令的队伍。

第三天,他们到了四望山麓龙门新店。这里群峰耸立,有一条必经隘道,两旁悬岩峭壁夹峙。隘道入口处,有一道刻着"龙门"两个大字的石门,地势十分险峻。

他们跨进石门,走不多远,进入了一个有二十多户人家的村子时,忽然两旁小土冈上冒出几十个端枪的士兵,紧接着一个佩戴少校军衔的国民党胖军官走了出来,高声喊道:"站住!"接着又问道,"哪一部分的?"

"新四军独立游击大队!"李先念大声回答。

"到哪里去?"

"到武汉敌后去打鬼子!"

"我们不管你是新四军还是旧四军,你们要从这里路过,必须留下买路钱,不然别想从这里过去!"

"我们不是做生意的,是抗日的队伍,我们没有钱!"

"没有钱把枪留下,人回去!"

参谋长周志坚是个急性子,听了胖军官的话,气得眼睛喷火,拔出手枪,指着胖军官说:"我们既不交钱,又不留枪,还要过去,你敢怎么样?"

胖军官像一只干嚎咆哮的疯狗,狂叫道:"大胆! 放肆! 我要叫你们一个个横在这里!"便掏出手枪要开枪。

说时迟那时快,周志坚左手一伸,"啪"一声,把胖军官手中的枪打落,右手一伸,又是一声"啪",胖军官的大檐帽被打飞了。

站在土冈两旁的士兵不禁连声叫道:"好枪法,好枪法!"

胖军官吓得脸色铁青,点头哈腰地说:"请贵军过路吧! 鄙人有眼不识泰山,请包涵!"

但他们刚离开村子时,村上传来了妇女的"救命啊! 救命啊!"的惨叫声,接着十几名群众赶到李先念面前,一齐跪下喊道:"好人军队,行行好! 为我们伸冤,为我们做主啊!"

经过了解,这位胖军官名叫吴少华,原是国民党广西军的营长。有一次战斗负伤,逃到这个村子"落草"。他以抗日的名义,拉起了几十人队伍,自称司令,依靠有利地形,袭击过路小部队,残害人民,欺压百姓,人称"二鬼子"。

李先念听了乡亲们的控诉,愤怒地说:"我们抗日打鬼子,是为了老百姓不受苦,眼下老百姓遭了'二鬼子'的难,岂能不救?"

他和战士们扶起了乡亲们,安慰了一番,便冲到村子里,抓到了吴少华,立即召开群众大会,进行公审后处死。

这一下惊动了老百姓,吴少华手下的士兵和村上几十名小青年,纷纷要求参军。李先念答应了他们的要求,独立游击大队一下子增加了50名新战士。

离开龙门店,走了没多远,就进了豫鄂边绵延的四望山。

四望山,地处信阳南面,紧靠桐柏山脉,海拔900米。这里是富有光荣革命传统的地方,大革命和土地革命时期,曾发生过多次农民暴动。鄂豫皖苏区的红军,在这里与国民党军多次作战,建立过鄂豫皖苏维埃政府。抗日战争一爆发,河南省委领导陈少敏曾派王海山到这里,组建了信阳挺进队。这支队伍组建半年,他们宣传抗日,组织群众打鬼子,队伍一下子发展到五百多人。

李先念的独立游击大队,来到四望山北麓的黄龙寺,与信阳挺进队会合。

第二天拂晓,独立游击大队从黄龙寺出发,又继续南进。

下午4点钟,天空布满乌云,他们来到离公路不远的地方休息。突然哨兵气喘喘地跑来报告,说前面公路上来了5辆鬼子汽车。

李先念说:"鬼子不请自到,大家看怎么办?"

"消灭他!"许多战士愤愤地说。

李先念命令周志坚带一个连的兵力,又如此这般地交待了伏击方法。

周志坚带着部队,来到公路两旁的山冈埋伏着。

不一会儿,5辆汽车满载戴钢盔的日本兵钻进了火力网。车上的鬼子有的在依呀依呀唱歌,有的在说笑话。周志坚喊了一声:"打!"顿时,机枪、步枪、手榴弹像暴雨似的倾泻到汽车上。接着周志坚又喊一声"冲啊!"战士与鬼子展开了肉搏。这一次周志坚挥舞大刀,一连砍死9个鬼子,战士们虽然是第一次与鬼子搏斗,但没有一个退却的,跟着周志坚拼命冲杀。结果5辆汽车,被炸毁了4辆,歼灭了八十多个鬼子!

第二天中午,独立游击大队来到离信阳30里路的地方休息。这里地形起伏,离公路不远,竖立的一根根电话线,随着阵阵北风发出嗡嗡的叫声。

这时周志坚听到身旁一位战士说:"在这起伏的地形上打埋伏多好啊,可惜没有鬼子来!"

说者无意,听者有心。周志坚突然产生一个想法:剪断电线,把敌人调来这儿伏击。他把这一想法报告了李先念,李先念点头应允。

周志坚选好地形,把部队埋伏起来。然后叫一个排长带几个战士,在一片开阔地带,砍断电线杆,把电话线剪断十几处。这个办法真灵。不到1小时,30多个日军骑兵,带着器材、工具赶来了。当他们跳下马,正着手修复电线时,遭到突如其来的猛烈射击,顿时像一群野猪边跑边叫,半小时后所有鬼子被消灭。

除夕这天,独立游击大队来到了余家店南面罗家庙住下。

次日拂晓,西北方向传来几声枪声。侦察员来报告,说有鬼子正在追击一部分的国民党军。

李先念说:"这帮人给中国军队丢尽了脸,我们来打,给那些逃跑的家伙看一看。"

于是,李先念就派了第一、第二两个中队,到余家店攻击。一中队向余家店街东进攻,二中队向街南口进攻。片刻,鬼子吓得逃到镇外,钻进镇东头一片丛林中固守待援。一直战斗到黄昏,鬼子怕新四军火烧丛林,拼命逃跑,新四军就拼命追击,只逃走五六个鬼子,其余都被消灭。

独立游击大队走一路打一路,一连三战三捷,震动了鄂中敌后战场。周围方圆几百里地,传颂着新四军打鬼子的事。许多群众赶来慰问,许多青年跑来要求参军,还有不少国民党地方武装主动来联系,要求收编。

过了春节,独立游击大队到了大别山。

大别山地处安徽、河南、湖北三省边界。红军时期,李先念曾在这里带着红军,与敌人作战数次。这里的许多群众都认识他。他这次一回到大别山,熟悉的群众纷纷迎上去问长问短。他们向李先念诉说红军长征后,老苏区被国民党摧残的苦难和日本鬼子在这里犯下的滔天罪行。

乡亲们说:"李司令员啊,我们早就盼望你回来了,你回来要重摆战场,把日本鬼子赶出大别山,赶出中国!"

李先念说:"我不辜负大别山乡亲们的愿望,一定多打鬼子,为乡亲们出气!"

几天后,在这里坚持斗争的原红四军熊作芳、罗厚福等组织的两支游击队,听说李先念回来了,带着部队跑了几百里路,赶来迎接李先念。

李先念见到久别的战友,喜笑颜开,他说:"当年红军闹革命发动群众,今天抗战,也要发动群众,只有得到群众支持才能立于不败之地。"

与"许大人"会合

李先念收编了这两支部队后,又继续南下。

有一天,来到小悟山下的杨家湾,他们刚住下,便有一秃头保长来报告说:"离这儿不远的南新街,有个叫许大人领导的土匪部队,胡作非为,四面树敌,为虎作伥,残害人民,望贵军为民除害。"

李先念一听"许大人"这个名字,就觉得不是一个正派人物,但又转念一想,这支部队究竟怎么样,不能光听一面之词,也不能以名字的好坏来判断一个人,需要作深入了解。便对保长说:"这件事我们需要对许大人进行调查,如果许大人像你说的那样坏,我们一定为民除害。"

这天晚上,李先念和周志坚正讨论派谁去调查这个问题时,哨兵来报告,说门外有一人自称许大人的,要求见首长。

李先念急忙说："正是说曹操曹操到，我们正议论到他，赶快叫他进来！"

李先念见进门的这位许大人，年约30，长得眉清目秀，满脸笑容，身穿红军时期红四方面军的黑色军装，胸佩三枚中央红军总部颁发的战斗英雄纪念章。

他仔细地看了一会，突然觉得此人好面熟。愣了片刻，他突然想了起来，惊叫道："嗨，什么许大人许小人，这不是许世猛嘛！"

他正是许世猛，又叫许金彪。原来是红四方面军的营教导员，和李先念、周志坚在一个部队。他们长征到延安后就分开了，李先念到抗大学习，周志坚到河南竹沟，许世猛因负伤复员回到家乡小梧山。他到家乡后，鬼子打到了武汉，国民党军节节败退。

许世猛看到家乡沦陷，心如刀绞。他联络了几名红军伤员为骨干，团结了一批青年，组织了一个"抗日防护团"，准备抗日自卫。当时他们没有枪，就扛起长矛、大刀。后来，又扩大为"抗日自卫队"。

这时，孝感沦陷，国民党军沿平汉路溃退，路上丢了不少枪。许世猛就带人去捡枪，几天工夫，就捡了8挺机枪、30支步枪、5支手枪。队伍又扩大了，就改为"湖北省抗日游击大队"，许世猛被选为大队长。

经过同日伪军多次作战，许世猛部队已发展到5个中队，拥有600条枪。他们在花园以北紧靠铁路的老苏区中和乡，建立了东西宽10华里、南北长30华里的中和乡抗日根据地。在这块根据地里，他们建立了根据地政府医院、仓库、被服厂、商店和训练场。

许世猛说到这里，双手捧着"湖北省抗日游击大队"的花名册和账本，交给李先念，一字一句地说："首长，我把这支武装和中和乡抗日根据地交给党，请党严格审查我的工作，我愿听取上级指示和批评！"

"你是我党的好同志，你干得好，你的做法符合党的政策和中原局指示，我们要学习你的做法，在武汉外围建立几十几百个类似中和乡的根据地。"李先念激动地握住许世猛的手说，突然，他想起秃头保长告状的事，便好奇地问道，"你什么时候叫许大人的呢？"。

许世猛笑笑说："我们建立了根据地，老百姓有了自己的政府，大伙讨论说，要选我当根据地主席，我死活不同意，后来又选我当大队司令，我也死活不同意。大伙没办法，怎么办呢？一个小伙子说就叫许大人吧，就这样三传四传叫开了。"

原来是这样！大家听了哈哈大笑。

第二天上午，许世猛陪同李先念、周志坚到中和乡根据地参观。

李先念站在山冈上，举着望远镜观察，出现在眼前的，是这样一幅鲜明对比的图画:田野里农民正唱着山歌,扛着犁耙,牵着耕牛,忙着下田春耕;靠山的层层梯田上,茶树碧绿,着红穿绿的山村姑娘忙着采茶。而根据地外面,日伪军的碉堡林立,枪声不绝。

李先念看了这一切,赞叹不已地说:"真叫人难以想像,在这百孔千疮,弹痕遍地的鄂中大地上,竟然有这种奇迹!"

周志坚问:"许世猛,周围日伪军那么多,那么猖狂,他们就能容忍你安安稳稳建设根据地吗?"

"是的,"许世猛说,"他们天天瞪着吃人的血红眼睛,虎视眈眈。俗话说,魔高一尺、道高一丈。我们有对付的办法,你们看。"

说着,他指向远处竖在田野上空的瞭望哨:"如果有紧急情况,这些瞭望哨会发出紧急信号。还有,我们四周都布满了地雷,村与村之间挖通了地道,鬼子来了我们就用地雷战、地道战欢迎他们。有一次,有一位秃头保长领着鬼子来'扫荡',他们从东北方向进来的,我们就在那个方向预先埋了地雷,结果鬼子被炸得抱头乱窜,死伤惨重。鬼子吃了几次亏,就不来打主意了。但是,那秃头保长恨死我们了。"

李先念想起这个秃头保长,气愤地说:"原来是这样,他想借刀杀人啊!"

双枪女司令陈少敏

这一天,李先念离开中和乡,来到安陆县赵家棚,听群众传说,东边一个村子住着一支女司令领导的部队,还说这位女司令枪法很准,在老远的地方摆上一排蜡烛,挥手一梭子,就把一排蜡烛全打灭……

这时,忽然传来《三大纪律八项注意》的嘹亮歌声。隔了一会,一个年轻英俊的指挥员,骑着一匹高头大马,带着部队向赵家棚方向走来了。

李先念走出村外,用望远镜观看,高兴得不得了:"哈哈,你们看谁来了! 原来老百姓传说的那位女司令,就是河南省委组织部长陈少敏同志啊。"

陈少敏是在李先念离开竹沟四个月后,带着一支部队边走边打,来到赵家棚的。

李先念与陈少敏会师后,于六月中旬来京山养马饭召开会议,会议期间刘少奇发来电报,电文如下:

李先念、陈少敏:

目前鄂中党的中心任务,是在最短期内,扩大与创立1500人以上的党可直接领导的新四军。只有完成这一中心任务,才能在目前及可能长久的磨擦之下,确立我党在鄂中之地位,才有可能应付各种事变。

目前新四军在鄂中尚不合法。国民党军委会已电令鄂中驻军驱逐新四军,你们除加紧扩大巩固部队并严加警戒外,要向五战区石众灵专员及其他友军等处,加紧统一战线工作,求得新四军之合法,至少是反对我们的工作减少,便于立足生根。

李先念、陈少敏、周志坚等领导传看电报后,一个个很焦急。因为这支部队刚组建时,叶挺、项英曾五次致电蒋介石,要他批准给一个正式番号。蒋介石本来对新四军恨之入骨,要设法限制新四军发展,怎么可能批准呢?他不仅不批准,还数次要五战区李宗仁,派部队"围剿"这支部队。

会议开了三个小时,你一言我一语,最后陈少敏总结:"蒋介石部队的弱点是怕鬼子,我们针对他们的弱点到敌后去,在靠近鬼子的据点边打仗边建立根据地,他们就无可奈何了。"

大家一致赞成陈少敏的意见。

第二天,所有鄂中游击队进行统一整编为新四军豫鄂独立游击支队,李先念任司令员,陈少敏兼任政治委员,下辖四个团。

整编以后,新四军兵分四路,向敌后挺进,第一团由团长张文津、政委周志坚带领,向大别山地区活动;第二团由团长王海山、政委钟伟带领,向河南罗山地区活动;第三团由团长蔡松荣,政委杨唤民带领,向湖北应城地区活动;第四团由团长李人林、政委罗通带领,向武汉近郊汉阳地区活动。

各团分开活动不久,战斗捷报像雪片似的飞向李先念的指挥所。

第四团这路人马,渡过当刀汉湖和汉水,插到了汉阳地区的高庙,部队还未进村子,就听到从村子里传来一片鸡飞狗跳的嘈杂声,这村子乱得像一锅粥。

团长李人林急忙跳下马,问从身旁走过的一位老年人:"老伯伯,你们这里发生了什么事?"

这位老人诉苦说:"武汉出了个伪九十九师,真是坏透了,个个像狼。他们驻在蔡甸,常常到各个村子奸淫烧杀,抢劫财物,逼得老百姓无法过日子。明天九十九师就要到高庙来,作孽啊,作孽啊!他们来了,我们就活不成了。请你们揍他们,帮我们出出这口气吧!"

李人林向随四团行动的陈少敏报告了这一情况,陈少敏回答说:"人民的请求,子弟兵是不容推辞的。但是这九十九师是什么部队,一定要派人侦察清楚。不然,情况不明,想捉疯狗,会被疯狗反咬一口。"

李人林派副团长黄定陆带五个侦察兵,化装成伪军到蔡甸摸情况。

黄昏时刻,黄定陆一行六人,来到了蔡甸。蔡甸是个大集镇。他们先到一家饭店休息。屁股刚坐下,不知从哪里刮来一阵香风,接着,六个妖艳女子走到他们面前。

其中一个腰身修长,穿大红旗袍的女子,咯咯咯地笑着说:"六位长官辛苦啦,长官们虎背熊腰,威风凛凛,个个是英雄,人人是好汉,让我们六位姐妹来慰劳你们吧。"

黄定陆一行惊讶得张大了嘴巴,他们从来未见过这种场面,不等他们细问,六个女子争着报名:

"逍遥楼:王明英。"

"双喜楼:万小福。"

"花香楼:张美仙。"

"得仙楼:金秀英。"

"西湖楼:杨梅英。"

"鸳鸯楼:赵美美。"

黄定陆看到这些女子的打扮,不由得浑身起了鸡皮疙瘩,心想,这个楼那个楼,不是妓院的名字吗?连忙问道:"你们这些乌七八糟的东西,想干什么?"

"侍奉长官,包管满意。"

"欢迎光临,夜夜消魂。"

……

"滚滚滚!"黄定陆连声骂道。

还是那个腰身修长的女子说:"哟,又假正经起来了,你们九十九师师长熊光,副师长牛定,参谋长杨侍,哪个晚上不到我们鸳鸯楼来。"

妓女见他们仍不理睬,只好垂头丧气地溜出了饭店。

黄定陆一行刚端起送来的肉丝面,门外进来一位戴少校军衔的伪军军官。黄定陆向大家使了个眼色,等这位少校吃完饭出了门,黄定陆一行就尾随其后。当走到行人稀少的巷子里,按照预先的分工,三名侦察员断后掩护,两名侦察员一个箭步上前,把少校五花大绑捆起来,嘴里塞上毛巾,由两名侦察员挟持到蔡甸镇外。

经过审讯,这位少校是九十九师的营长。他供认,九十九师刚组建,下面没有团的建制,只有五个营,一共1200人。这个师是熊光收容的国民党逃兵,和一些江湖卖艺人组成的,是一帮乌合之众,白天抢劫老百姓,晚上逛妓院嫖赌,没有什么战斗力。蔡甸也没有防御工事,又无戒备。

陈少敏、李人林听完侦察情况报告，决定乘夜晚袭击伪九十九师。

第二天晚上，李人林带着部队从高庙出发，急奔30里路，到达蔡甸外围，分成十几个箭头向蔡甸进攻。这时，伪军有的在睡梦中，有的宿在妓女院，一听枪响就像惊弓之鸟到处乱跑，副师长牛定被打死，师长熊光左脚中弹受伤，由勤务兵背着逃跑了。战士们一口气抓了五百多个俘虏，缴获了六百多支枪。

熊光遭到毁灭性打击，受到汉阳日军师团野田三郎的训斥，气得牙齿咬得咯咯响，感到不报复一下新四军，这口气难咽下肚。但他又没有本钱与新四军作战。在走投无路情况下，他想起早几年参加大刀会的事，就跑到大刀会头子丁文斗那里，搬来了1500名号称打不尽、杀不尽的"神兵"，会同自己的残兵败将，又占领了蔡甸，变本加厉地残害群众，寻机与新四军决战。

蔡甸的群众常常跑到新四军驻地，控诉熊光的罪行。

陈少敏对李人林说："上次没有把九十九师彻底消灭光，留了后患，这次要杀个干净。"

几天后的一个夜晚，新四军又向蔡甸发起了攻击。

蔡甸的"神兵"听到枪响，就像被捣的马蜂窝乱哄哄的，接着，千把个"神兵"举着火把，挥舞大刀，向新四军冲来。

这时，"神兵"脸上涂着猪血，画着八卦神符，有的脸上抹了锅灰，光着上身，乱舞刀棍。冲锋的样子也怪，没有队形，没有秩序，走不像走，跑不像跑，爬不像爬，乱蹦乱跳，嘴里还念着咒，怪叫着："杀不尽，打不尽，观音老母保护我神兵……"

陈少敏看到这些愚蠢的"神兵"，感到可笑又可恨。不过，她认为他们是受欺骗的，所以，先叫战士鸣枪警告，吓吓他们。但这些愚昧绝顶的"神兵"不听警告，仍然拼命杀来。在开始的混战中，牺牲了二十几个战士。

陈少敏气愤极了，按预先的部署，高声喊道："放马！"

十几匹打扮成妖魔鬼怪的马，冲向"神兵"。这些"神兵"不知什么玩艺，以为遇到了"神马"，吓得四处奔逃。接着，新四军又猛烈开火，那些"神兵"一批又一批倒下。新四军又来个冲锋，不到半小时，"神兵"彻底溃退，田野上倒下数不清的尸体。

"神兵"被打光了，熊光感到他的最后一张王牌输掉了，不敢再见鬼子，只得含恨拔刀自刎。

第二天，武汉三镇刮起了一股神话式的传闻，说什么北边开来一支新四军，是女将"陈大脚"的部队。在新四军中，干部、战士亲切地称陈少敏为陈大姐。这大姐两字在武汉地区被误叫为大脚。老百姓传闻：陈大脚武艺高强，使两把盒子枪，骑一头大红马，她的脚特别大，一脚能跨过汉水，两脚飞过长江，三脚就踏平武汉。

第七章

问鼎苏北，陈、粟决战黄桥

    1939 年 11 月，地处苏南的新四军第一、第二支队领导机关合并，成立新四军江南指挥部，陈毅、粟裕分任正、副指挥，统一领导在江南的新四军第二团、第四团、新三团、新六团、江南人民抗日义勇军（江抗）、丹阳游击纵队和江南地方武装。同时，成立苏皖区党委，统一领导苏皖、苏南、苏北三个特委。

    江南指挥部成立后，为贯彻执行党中央向北发展的方针，即决定东进的"江抗"主力西撤，与丹阳游击纵队合编为新四军挺进纵队（简称"挺纵"），辖 4 个团，由叶飞、管文蔚率领，开展扬州、泰州地区的游击战争。另以第四团主力一部，与"挺纵"一部合编，成立苏皖支队，由陶勇率领，向扬州、仪征、六合、天长地区发展。不久，该支队即与我向皖东发展的第五支队打通联系。1940 年 1 月，"挺纵"主力也渡江北上。至此，我江南新四军已造成了足跨长江两岸，随时可以发展苏北的有利态势。

管文蔚两占扬中

    陈毅打仗同下棋一样，总是走一步看三步。叶飞向东路挺进后，陈毅的视线转移到了苏北。1938 年 6 月 4 日，毛泽东指示新四军，在茅山根据地大体建立后，应分兵一部进入苏州、镇江、吴淞三角区，再分兵一部，渡江进入江北地区。如何进入苏北，派谁去？陈毅跑到了管文蔚和他的部队。

    一年前，陈毅收编了管文蔚的丹阳抗日自卫总团，并派政治部主任刘炎和军事骨干郭猛、张震东、梅嘉生、韦永义、刘文学等二十多位同志，到管文蔚部工作，用打仗的标准将这支部队改编为新四军丹阳游击纵队，管为司令员。他们按照共产党的思想、路线、方针及新四军的建军原则、规定，改造这支游击部队，使之大有起色。

    嗣后，陈毅经军部批准，又将丹阳游击纵队改编为新四军挺进纵队，下辖 4 个支队，管为司令员，张震东为参谋长兼一支队队长，郭猛为政治部主任兼一支队政委。

这支部队经过整顿和严格训练,面貌大变,组织纪律性明显提高,战斗力也提高了。陈毅、粟裕还参加了挺进纵队的阅兵式,亲自点验过。

渡江部队训练了,也有了各方面准备。从哪里渡呢?陈毅带着管文蔚及几个警卫员,沿江勘察地形。他们时而扮作商人、伙计,时而扮作农民、工人。时而走路,时而乘船。

当他们乘快船在新老洲登岸时,遇上了日军巡逻艇,敌人机关枪一阵扫射,小木船捅了几个洞。警卫员上岸一顿好打,赶跑了鬼子。随后他们来到了江阴,登上了江阴要塞。

江阴要塞是古代有名的江防炮台,到了民国时期,国民党花费了大量钱财进行修筑,可是,日军在上海一登陆,要塞司令慌了神,带着八九万人马不战而退,一口气退到武汉,又跑到重庆。被废弃的江阴要塞便孤零零地坐落在那里,无人问津。

陈毅登上要塞,极目远望,眼底的长江如一匹精疲力尽的瘦骆驼,缓缓向前,远处江北丘陵小山,如凝固的浪尖,重重叠叠,陈毅一番感慨后,写下了如下诗文:

> 江阴天堑望无涯,废垒犹存散似沙。
>
> 客过风兴敌惶急,军民游击满南华。

陈毅、管文蔚花了半个多月,勘察了南京至江阴的长江两岸,从大大小小100多个洲中,挑选出八卦洲、瓜洲、江心洲、新老洲、马鱼洲和扬中等6个较大的洲,经过反复论证,最后选中了扬中作为大部队北上苏北的跳板。

扬中地处长江之中,西面是镇江、丹徒、丹阳、武进县,东面是江都、泰兴县,面积有220多平方公里,人口10万余人。抗日战争爆发,日军因兵力不足,没有在扬中设据点。盘踞在这里的是江苏省主席韩德勤管辖下的贾长富部队。

贾长富受江苏省保安第九旅张少华领导,暗地里与镇江的日军相勾结,控制着扬中的经济、政治和军事。贾长富依赖日本人和韩德勤的权势,在扬中称霸,过的是"餐餐有美酒,夜夜有新娘"的小宫庭生活。

陈毅认为,扬中是日军统治的薄弱地区,便于新四军活动。从地理条件来讲,它虽是江中一洲,但面积很大、人口稠密、经济发达,是新四军的粮食和兵源的重要基地。扬中的确是新四军通向苏北最理想的跳板。他察看地形后,返回挺进纵队,和管文蔚一起研究攻占扬中和建立抗日民主政府事宜。

之后,陈毅到皖南军部开了半个月会议,匆匆回到溧阳水西村,向参谋人员打听管文蔚攻占扬中的情况。

吴肃参谋汇报说:"管部在扬中登陆,解放了三茅镇、沙家镇、公信桥、丰乐桥。"

陈毅问:"消灭贾长富多少部队,缴获如何?"

吴肃说:"只打死了七八个土匪,俘虏四五个人。"

"什么?"陈毅大惊。

吴肃继续说:"挺进纵队正忙于筹建人民政府,组织民众团体呢。"

没等吴肃说完,陈毅大叫道:"不好!"他把烟头一扔,焦急地说,"这个管文蔚想得太简单了,他怎么不想想,贾长富那么多部队都躲到哪儿去了? 只消灭十几个人算什么胜利? 我看要出大漏子。管文蔚中计了,贾长富搞的是空城计啊。"

吴肃恍然大悟,焦急地说:"那怎么办?"

陈毅站起来说:"你赶快骑我的马赶到扬中,叫管文蔚迅速撤出扬中,越快越好。撤慢了就要挨炮弹!"

陈毅的分析是对的,在挺进纵队准备攻打扬中时,贾长富已探到消息,来了个好汉不吃眼前亏,迅速撤出扬中,同时派人火速报告张少华、韩德勤。

就在吴肃赶到扬中,张少华、韩德勤为增援贾长富,派出4个步兵团和1个炮兵团,分别由江阴、泰兴、江都开往扬中。吴肃赶到扬中,管文蔚正在忙着成立扬中人民政府,听吴肃讲了敌情,吓出一身冷汗,匆忙将部队撤出扬中,前头部队抵达丹阳倪山,后尾部队还是挨了韩德勤部队的炮弹。

部队撤到倪山的当天晚上,陈毅也策马赶到。

管文蔚见到陈毅,面露羞愧之色说:"陈司令,你料事如神,要不是你派人及时通知,我的部队就断送在韩德勤手中了。"

陈毅安慰道:"世上没有常胜将军,知道错了就能吸取教训。"

接着,他和管文蔚一起研究制定了第二次攻打扬中计划。

一个月后,张少华、韩德勤部队撤离了扬中,管文蔚经过侦察准备,突然一夜之间攻占扬中,将贾长富人马一网打尽。占领扬中后,又乘胜过江,攻占江北的嘶马、大桥地区。就这样,从丹阳到扬中,又从扬中到大桥,架起了联系苏南、苏北的桥梁。

几天后,陈毅收到项英电报,说管部破坏国共合作,残杀贾长富。蒋委员长、顾祝同甚为恼火。军部命令陈毅将挺进纵队火速撤出扬中,把管文蔚押送三战区军法处置。

项英怎么会发这样的电报呢? 原来韩德勤得知扬中失守后,火冒三丈,有火无处发,只得上告顾祝同,顾祝同便以蒋介石名义,电令项英,妄图以高压政策,逼迫管文蔚退出扬中。

三天后,项英又来急电,查问挺进纵队是否撤出扬中,管文蔚是否已经抓起来。

陈毅知道三战区远离扬中,鞭长莫及,再大的风波,再厉害的威胁,都是力不从心的恐吓而已,但是项英的电报还是要答复的。一周以后,陈毅复电项英,声明扬中已经打下，是挺进纵队用鲜血换来的，不仅不能放弃，还要大力发展和巩固。至于如何应付三战区，陈毅建议，可以作如下答复：管部是地方部队，虽归新四军领导，但不给军饷，指挥不灵，说话不听。三战区若要调遣管部，必须供应管部粮饷。

果然，项英收到电报，无可奈何，就这样不了了之。

陈毅三进泰州

新四军攻占扬中，有了往返苏北的跳板，陈毅于 1939 年 6 月中旬，经扬中到达苏北的吴家桥。挺进纵队在吴家桥有一支部队，陈毅此行的主要任务，是听取惠浴宇关于苏北情况的汇报。

惠浴宇是苏北灌南人，在连云港上中学时，担任中共海州中学支部书记，他中学时代的许多同学在泰州国民党李明扬、李长江部就职。由于这个关系，1938 年 6 月，惠浴宇从延安派到新四军工作。陈毅派他到苏北，利用老同学的关系，建立了苏北临时特委，发展了大批党员，熟悉了苏北的政治、经济、军事等各方面的情况。

惠浴宇向陈毅汇报了三天三夜，讲得很详细，连国民党在苏北部队营以上军官的名字、籍贯、性格、特长都记得很熟。

陈毅听罢汇报，对苏北的政治势力有了明确的判断。他说，在苏北日军是老大，占领了苏北的主要城镇，是我们的敌人。江苏省主席兼保安司令韩德勤，代表着国民党在苏北的势力，省政府设在兴化，苏北各县县长归他委派。各县、各旅也归他指挥，因此，苏北的党政军由他一把抓。他是国民党的嫡系，当过五十二师师长，还当过国民党中央军事委员会办公厅主任。他手中有两支骨干力量，一个是李守维中将任军长的第八十九军，还有一个翁达中将担任旅长的独立第六旅。此外，还有 10 个保安旅。这些部队加起来号称 10 万。韩德勤可称得上苏北的老二。老三是驻泰州的国民党苏鲁皖游击总指挥李明扬、副总指挥李长江。二李拥有 9 个纵队的兵力，分布在扬州、泰州、泰兴以东，总兵力号称 3 万。二李建制上有独立性，但行政关系归韩德勤领导。新四军呢？管文蔚的挺进纵队过江的不到 1000 人，就是将来苏南新四军全部过江，也不过七千余人。七千余人在苏北，只能算老四。新四军苏北抗战，韩德勤是绝对不肯让新四军有一席之地的，那么，新四军如何在苏北立足生根？与韩一旦发生磨擦，如何击败？

陈毅从惠浴宇汇报中还得知，李明扬、李长江虽然都是国民党，和韩德勤有隶属关系，但相互之间矛盾很深。李明扬是孙中山时期的老同盟会员，辛亥革命湖口起义领导者。可是官运不佳,靠了桂系的支持,才弄到了苏鲁皖游击总指挥部的番号,还屈居韩德勤之下。这韩德勤既顽又贪,拼命捞油水,垄断了苏北的税卡,克扣二李的粮饷。还暗中在二李部队安插亲信和特务,牢牢控制二李部队,泰州的二李早上有什么举动,兴化的韩德勤中午就知道了。二李对韩恨之入骨,曾派特工暗杀未果。二李对新四军保持中立,韩德勤曾两次命令二李出兵攻打扬中管文蔚部,二李以种种借口推托,始终按兵不动。

陈毅从韩、李矛盾中,得出结论:新四军要在苏北立足生根,必须坚持统一战线,发展进步势力,争取中间势力,反对韩德勤顽固势力,于是他作出了"灭敌、联李、孤韩"发展苏北的6字方针。

为便于与二李联络,惠浴宇建议,先同二李部下二纵的司令颜秀五取得联系。颜秀五是惠浴宇的同学,在大革命时加入共产党,后因种种原因脱党,但对党的信仰仍未改变,愿意重新加入党,继续为党工作。惠浴宇能先在苏北打开局面,就是通过颜秀五关系,在颜的帮助下才有结果的。而且颜与二李关系很亲密,二李在重大决策上,都要先听听颜秀五的看法。

陈毅赞同惠浴宇的建议,当天晚上,惠浴宇将颜秀五接到陈毅住处,陈毅和他促膝谈心,俩人谈得很投机,惠浴宇在门外担任警卫。

大约半小时,陈毅把惠浴宇叫进去,说:"颜秀五过去在上海加入了共产党,后来失去组织关系,现在组织上同意他为中共党员。不过,颜在二李手下工作,组织生活特别要隐蔽,以后只能由你惠浴宇单线同他联系,其他任何人都不要知道。"

这样,颜秀五成了对二李进行工作的联系人之一。

几天后,颜秀五骑马来到挺进纵队驻地,说二李愿意与新四军交朋友,并欢迎陈毅赴泰州做客。

7月下旬,陈毅由惠浴宇陪同,由管部最精锐的一个连护卫,第一次进泰州。他们先在九里沟面粉厂颜秀五部略事休息,然后由颜秀五引路,到西山寺的苏鲁皖游击总指挥部。李长江带着十几个军官迎接,李明扬到外地没有参加接待。第一次见面,双方都是礼节性的,彼此通报姓名、一般情况,冠冕堂皇,不接触各方各派矛盾。

第二天,李明扬返回泰州,摆酒招待陈毅一行。酒后,李明扬闲聊时,说他在北伐前后怎样认识朱德、周恩来的情况。

第三天,陈毅告辞时,李明扬提出,委托新四军运送弹药一事。

韩德勤对二李的粮饷卡得很严,军火卡得更严,很少发子弹给他们。二李3万余人,别说打仗,就是平时训练打靶,消耗的子弹也是惊人的。二李被韩德勤卡得实在难熬时,靠同乡旧友帮忙,三战区王敬久军长同意接济他一大批弹药,总计 20 万发。但是王敬久要二李派人到三战区广德仓库去取。二李感到泰州距广德 1000 多里路,需五、六百个挑夫运送,这样目标太大,而且挑夫的工钱也是一大笔开支,怎么办? 二李觉得新四军能吃苦,初次见面,也算是一种试探吧。谁知李明扬一开口,陈毅没加思索就答应了。

陈毅回到水西村,把运送弹药的任务交给了陶勇、卢胜。

11 月中旬,弹药按时送到泰州码头,二李高兴极了。李明扬写信给陈毅,说新四军如何讲信用,够朋友,愿结为友军,彼此往来。

1939 年 12 月 20 日,陈毅第二次赴泰州。这次由管文蔚、惠浴宇、陈同生陪同。二李欢迎规模比前一次大。泰州街道贴出红红绿绿的欢迎大标语,李长江率领二三百个官兵在城外迎接,李明扬在司令部大门迎候。陈毅一行也没空着手来,从大批战利品中,选了 30 支三八式步枪,还有两匹又高又大的红马作为礼品。陈毅一行在李长江的迎接下,在两旁夹道欢迎的掌声中,来到西山寺。

当陈毅送上礼物,又以毛泽东、朱德名义,向李明扬致意时,李明扬对此很感动。

这次会谈内容广泛,在许多重大问题上达成了共识,最后达成三点协议:

一、二李允许新四军北上苏北,在海安、如皋一线驻防,李部在经济上支援,必要时可以用二李番号。

二、日后新四军与南下八路军打成一片,李部在防区内帮助新四军发展部队。

三、由新四军肃清张少华的保安第九旅,以切断三战区顾祝同与韩德勤的联络和交通。

陈毅返回水西村,做了两件事:第一件事,将上述内容报告军部并转报中共中央;第二件事,将叶飞的江抗部队从上海近郊调到苏北与管文蔚部合并,加强苏北新四军的领导力量和实力。

1940 年春,国民党顽固派把磨擦的重心由华北转移到华中,蒋介石要汤恩伯、李品仙进攻豫东、皖东;要顾祝同进攻皖南、苏南;要韩德勤进攻苏北新四军。

韩德勤亲自到泰州,动员二李向挺进纵队进攻。二李手中也有反共干将,要求将挺进纵队赶出苏北。

陈毅得知此情,第三次赴泰州,劝说二李不要上韩德勤的当。李明扬态度仍然十分热情,请陈毅到泰家花园赴宴,双方谈得正起劲,大门外步履杂沓,原来泰州特务多,陈毅一到,便有人将陈毅来泰州情况密报了韩德勤,韩德勤派人来干涉了。

陈毅冷静沉着,故意大声说:"韩德勤的狗腿子不用怕,韩德勤在江西剿共时还当了我的俘虏,这次他搞磨擦,下场不见得妙吧!"

李明扬怕惹事，叫李长江陪陈毅继续喝酒，自己赔着笑脸到门外，把特务们叫到另一家饭店，好烟好酒招待一番。

陈毅一行吃过饭，也为二李着想，不为难他，起身告辞，临别嘱咐李长江信守协议，以团结为重。当晚就赶路回到挺进纵队。

陈毅第三次到泰州，虽然有特务干扰，但与二李加深了团结，达到了预期的目的。

叶飞保卫郭村

20世纪60年代，全国各地影剧院争相放映故事片《东进序曲》。这部影片以激烈的战斗场面，曲折动人的故事情节，吸引着广大观众。鲜为人知的是影片描写的却是一场真实的战斗，这就是叶飞指挥的郭村战斗。

那是1939年岁末，东进上海近郊的"江抗"，西移苏北大桥地区，与管文蔚部队合编为新四军挺进纵队，管文蔚为司令员，叶飞为副司令员，负责作战指挥。

挺进纵队一成立，立即展开英勇的抗日斗争。这里距扬州仅十余里，挺进纵队时常光顾扬州城下，搅得城内日伪军惶惶不安，几次派重兵出城"扫荡"，都没有成功。

挺进纵队越战越强，不久攻占了吴家桥，成立了苏北第一个抗日民主政权——江都人民救国自治会，但是，吴家桥地区狭小，东西不过30里，南北仅20里，兵力周转有许多不便。打起仗来，南面不远就是滔滔长江，北面靠邗江，有两李重兵把守，西面是仙女庙，是日军的大据点，东面泰州是两李指挥部。因此，吴家桥不是久留之地。

管文蔚单枪匹马赴泰州，与两李协商，二李同意挺进纵队移驻郭村。

李明扬说："看在陈毅的面子上，随你们住几个月，就是住一年都不要紧。"

但是，韩德勤得知挺进纵队进驻郭村后，大为不满，亲自赴泰州逼迫两李进攻郭村。李明扬处事圆滑，怕与新四军闹翻了会断绝后路，为给以后留个余地，他借故去了兴化。

李明扬一走，李长江便唱起了红脸，他赤膊上阵，部署进行郭村兵力，令陈中桂的四纵在刁家铺、口岸及泰州一线；颜秀五的五纵在塘头、宜陵、丁沟；张星炳的保安三旅开到郭村北面，企图来个四面包抄，将挺进纵队消灭。

管文蔚、叶飞将李长江的动向，急电告诉江南陈毅。

陈毅回电,要管、叶二人宽怀忍让,坚持团结抗日的原则,千方百计不要同二李发生战事,一定要孤立韩德勤。

管、叶二人执行陈毅指示,为避免发生磨擦,说服李长江不要作反共急先锋,不作叛国反人民的勾当,并派挺进纵队副主任陈同生,以陈毅秘书长名义,携带陈毅呼吁团结抗战的电报,前往泰州深入虎穴谈判。

陈同生苦口婆心劝解,李长江不仅一句听不进,反而把陈同生软禁在招待所,加快了进攻郭村的步伐。他连下三道战斗命令,限令20个团1.3万人,在6月29日一天攻下郭村。

形势危急!打入两李做地下工作的女共产党员郑少仪,连夜去郭村报信。郭村军民得到李长江出兵消息,个个愤怒不已。战士们不用说了,郭村的青壮年都要求参战,还有不少人偷偷跑到战壕里与战士们一同作战。老人、妇女们挑着香喷喷的荞麦饼,热腾腾的红烧肉,滚烫的熟鸡蛋和开水,络绎不绝地送到战壕。

这时,在江南溧阳水西村的陈毅,接到管、叶发来的郭村告急电报,心急如焚,因为挺进纵队在郭村只有一个多团的兵力,加上教导队的其他人员,一共才一千余人。这一千余人怎么能挡得住1万多人的进攻?

陈毅半夜接到急电,把苏南的工作匆匆交代给粟裕、钟期光后,就带着随员,风风火火地朝江北郭村奔。

他乘船渡江,尽管这天晚上月白风清,水天共碧,夜景迷人,他也无心欣赏。众所周知,他喜爱吟诗作词,要是以往碰到这种夜景,必定要做一首五言诗。今晚,他急得满头大汗,为挺进纵队命运担心,再无此闲情雅兴。

船工和警卫员拼命划桨,他还嫌速度慢,不停地喊着"快,快,要赶快!"

警卫员把上衣和长裤脱了,光着上身,只穿一条短裤,小船如脱弦之箭,警卫员挥汗如雨。

陈毅夸奖说:"好嘛,好嘛,要得,你们知道我心里有事。"

一周之前,管、叶向陈毅报告:二李决心磨擦,郭村难免一战。陈毅三次复电,都是坚持避免冲突,不能避免也要拖延,以待江南主力过江再说,实在避免不了,也要退到吴家桥。那里紧靠长江,打得不顺退到扬中,与江南部队会合,日后仍有翻身之日。

陈毅令叶飞退到吴家桥,所以,陈毅登上北岸便向吴家桥跑。但是到了吴家桥,这里一片宁静。这是怎么一回事?

他来到一位地下党同志家里,不见人影。他坐下来思索,脑子里想浮现出的场景是:仗已打了好几天了,李长江部队包围郭村,来不及撤退的挺进纵队寡不敌众,弹尽粮绝,苦战无效,指战员为国捐躯了。

陈毅想:如果没有意外,叫他们向吴家桥撤,他们怎么不撤,怎么不见一个人影呢?

他越想越觉得不妙,一拍桌子站了起来,情不自禁地大叫道,"不好,不好! 叶飞这匹烈马终究没能套住,造成这么大损失?"

挺进纵队成员大都是南方三年游击战争保留下来的革命种子,郭村战斗失利将对革命带来无可挽回的损失。

这时,屋里急冲冲跑进一个人来。

陈毅擦泪一看,原来是惠浴宇,他是听到陈毅来的消息后,匆匆从郭村赶来迎接陈毅的。

陈毅急忙一步跨上前问道:"叶飞、管文蔚怎么样了? 你是从哪里冒出来的? 他们人呢? 打得只剩你一个啦?"

惠浴宇笑嘻嘻地说:"陈司令别急,打胜了!"

"谁打胜了,是李明扬、李长江打胜了吧?"

惠浴宇说:"我们打胜了,李部被打得退到塘头了。"

陈毅惊奇不已,用怀疑的口吻问:"你们千把人怎么打胜这一仗的?"

惠浴宇将战斗经过详细说了一遍。

陈毅听罢,如释重负地舒了一口气,拉着惠浴宇的手说:"走,我们到郭村去!"

陈毅到达郭村,心情依然不悦,对管、叶二人说:"你们知道吗? 我是打算来收尸的。"

管文蔚、叶飞对视地笑笑,然后将战斗情况向陈毅作了报告。

陈毅说:"战斗打胜了,我还是要给你们泼冷水,清醒一下头脑。战役战斗胜利,不等于战略上胜利。孤立韩德勤,发展苏北,是我们新四军的战略方针。我们的一切战斗应服从这个战略。二李是中间势力,是我们的团结对象。我们同二李关系搞僵了,二李就倒向韩德勤了,就会增加我们发展苏北的困难。"

有个同志站起来说:"既然要团结二李,那我们下一步再派代表去谈判,劝说李长江停战言和,同他们重归于好。

"错了!"陈毅举着拳头说,"我们下一步的方针是打,不是言和,而且要狠狠地打。李长江是支蜡烛,不点不亮,他以为新四军同他谈判是软弱无能,韩德勤几句迷魂汤一灌,他就一屁股坐到韩德勤那边去了,现在我们要用武力把他打过来!"

陈毅一声令下,挺进纵队奋起直追,一直打到泰州城下,李长江成了瓮中之鳖。

就在这时,陈毅下令任何人不得进城! 然后派人进城与李长江谈判。李长江面临兵败城危,不得不悬崖勒马,把软禁的陈同生放出来,答应从现在开始,再不与新四军为敌。圆滑的李明扬从兴化赶回泰州,向陈毅再三表示歉意,保证以后再不听韩德勤的挑拨离间了,要同新四军永远和好。

郭村战斗后,粟裕率江南主力以增援为名,渡江北上,与陈毅会合,成立了新四军苏北指挥部。陈毅、粟裕分别任正副指挥。7 月底,新四军如约退出郭村,向二李借道东进黄桥抗日。

陈毅后发制人

新四军占领黄桥后,驻兴化的国民党江苏省主席韩德勤不禁惊恐起来,他顾虑新四军在黄桥建立根据地,再逐渐向北发展,影响他的统治。他和几个参谋筹划了几天,决定趁新四军立足黄桥未稳,来个突然袭击,把新四军赶出黄桥。

8 月 21 日,韩德勤签发了作战命令,由第八十九军军长李守维担任前指总指挥,指挥 7 个团,分左右翼两路,进攻分界、黄桥,要求三天之内拿下黄桥。

战马奔驰,尘土飞扬,韩德勤的各路部队向黄桥疾进。

黄桥新四军苏北指挥部内,气氛相当紧张、热烈,在陈毅的指挥下,作战、民运、后勤各个机构运转得秩序井然。

陈毅拿着小木棒,指着地图,强调了这次战斗的重要性后说:韩德勤两路来攻黄桥,右翼是二李(李明扬、李长江)、陈泰运部队,郭村战斗后,他们同新四军有协议,要争取他们在这次战斗中保持中立,只要他们按兵不动,右翼不成问题。这样,新四军只需集中兵力,打左翼的第八十九军的一一七师、独立一旅。陈毅说:"具体战法是诱敌深入,让他们前进 10 里,进到古溪与黄桥之间,再切断他们退路,包围他们。"

陈毅一锤定音,部队闻风而动,指战员士气旺盛。而顽固派部队八十九军军长李守维这天因打麻将手气不好输了,气得没有上阵指挥,他叫参谋长张心冬替他指挥。张心冬顾虑打败仗挨骂,格外小心谨慎,9 月 6 日晚刚到营溪,听侦察兵报告说,前面发现大批新四军,便吓得驻足不前。拂晓,新四军发起反击,枪一响,张心冬就吓得向后撤,新四军便穷追猛打,一下子吃掉后尾两个团。

韩德勤气势汹汹地进攻,变得一触即溃,心里很恼火。他在失败面前,并未就此善罢甘休,经过几天几夜的盘算,终于绞尽脑汁想出一条毒计,他要封锁黄桥北面的姜堰(即泰县)。

俗话说"银曲塘,金姜堰"。姜堰是运河上的重镇、苏北粮棉产地、里下河地区的主要进出口重地。姜堰一封锁,黄桥地区的新四军生活必需品马上发生困难。韩德勤企图用封锁姜堰这一招,把新四军逼回江南。

侵占姜堰的是张少华的保安九旅。张少华原是国民党武进县公安局长,常州沦陷后,他组织自卫团,横行霸道于常州、武进一带。他为了向日军献媚,诱捕抗日游击队长向日军邀功;他还血洗江阴,焚烧民房,强奸妇女,杀人如麻。因此得到韩德勤赏识,被委任为保安九旅旅长,从江南调到江北,阻挠新四军抗日。

为了粉碎韩德勤的封锁,陈毅决定解放姜堰。为了防止韩部增援,陈毅采取了速战速决战法,命令二纵、三纵东西两面夹击,一纵埋伏在海安至姜堰的公路上机动。9月13日发起攻击,经一昼夜的激战,攻克姜堰。歼灭守军一千余人,张少华残部逃回江南。

新四军力拔姜堰,震撼了重庆的国民党顽固派,蒋介石连发三份急电,要韩德勤收复姜堰,三战区顾祝同向韩德勤大发雷霆,命令韩德勤限时收复姜堰。

韩德勤在重重压力下,暗中向日寇通报新四军动向,要求在战略、战役上配合。因此,天长、六合、扬州日军陡增,并攻陷了津浦路东的马家集、竹镇集、半塔集、汊涧等地,与韩德勤遥相呼应。反共气焰十分嚣张,大有山雨欲来风满楼之势。

陈毅一进姜堰,在军民联欢会上,发表呼吁和平,停止内战的演说。

联欢会结束,陈毅致电苏北各界人士,呼吁停止内战,一致对外,并请苏北有名望的人士韩国钧出面调停。

诡计多端的韩德勤为了争取政治上先发制人,通过韩国钧、李明扬给陈毅发电报:说新四军如有合作诚意,应先退出姜堰。

韩国钧、李明扬等中间人士当然不同意打内战,他们很想劝说陈毅顾全大局,忍痛让出姜堰,但想到姜堰是新四军用血汗打出来的,此时退出姜堰,就让韩德勤占了便宜,因此不好意思向陈毅开口。

陈毅是怎么想的?他下围棋动子前想三步、四步,甚至五步,政治上的举动他更是慎之又慎,他和粟裕研究了一个晚上后认为,必要时退一步海阔天空,退出姜堰有三点好处:一是得到中间人士的同情,如果韩德勤再攻新四军,必然导致政治上孤立;二是得到二李的信任,使他们更加保持中立,不上韩德勤的当;三是可以使我军得到集中兵力的好处。如果不撤出姜堰,势必造成战线过长,兵力分散,便于韩德勤各个击破。

各部队领导听完陈毅的计划,都说放弃姜堰是一着绝妙的好棋,坚决拥护。

第三天上午,陈毅在姜堰各界人士大会上宣布,新四军为顾全大局,忍让求全,退出姜堰。会场热烈鼓掌,陈毅最后声明说,如果韩德勤以为新四军力量不足退出姜堰,仍旧进攻新四军,新四军要采取必要的自卫! 陈毅说:"为祸为福,只好以将来的事实作证明,我不忍再言了!"陈毅的精彩发言,又一次博得一阵热烈的掌声。

朱履先最后代表中间势力发言说:"新四军胸怀大如海,你们退出姜堰,如果韩还来进攻,他就欺人太甚,万分无理,不但欺骗了你们,也欺骗了我们,省韩最后必遭苏北人民的共弃!"

9月30日,新四军挥泪退出姜堰,姜堰人民为新四军的忍让精神所感动,夹道欢送新四军。

韩德勤在舆论面前,在新四军的忍让情况下,理应聪明一点,重新考虑自己的下一步行动步骤,可是他没有这样做。他以为自己的做法是绝顶聪明,不费一枪一炮,仅靠几句花言巧语就收复了姜堰。他果真以为新四军力量不足,退出姜堰是"怯战"的表现,在给韩国钧、李明扬的电报上说,新四军退出姜堰是无路可走,是他战略上获先制之利。苏北不姓"共",新四军要有诚意,再继续后退,退出黄桥,退回江南。

韩国钧拿着电报,气得手直抖,破口大骂:"韩德勤无理,他得寸进尺,我们上当了,怎么向陈毅交代!"

其实,韩德勤所言所行,都在陈毅的预料之中。他一到黄桥,就召开团以上干部会议,分析形势,研究作战方案。不到半天,一个歼灭韩德勤部队的部署,已告完成。

粟裕以少胜多保黄桥

新四军撤出姜堰后,韩德勤一意孤行,决意将新四军消灭在黄桥。韩德勤总结以往战斗的教训,认为失败的原因是没有把主力全部用上,所以没能形成绝对优势。这次,他将调集第八十九军的全部,5个保安旅和独立六旅,一共26个团3万余人。对李明扬、李长江、陈泰运也下了死命令,要他们必须参加围攻黄桥战斗。韩德勤磨刀霍霍,大有一口吞掉黄桥之势。

大战前,韩国钧坐着轿子来到黄桥新四军苏北指挥部。陈毅听说他来了,急忙出门迎接,把他引进屋内,吩咐人端茶。

韩国钧还未落坐,就焦急万般地对陈毅说:"陈将军,不得了了,我们上当了! 韩德勤不是东西,简直是畜生,他言而无信,他是小人啊! 你们让出姜堰,他还是要打,调解无用了。陈将军,你们准备打吧,把韩德勤这个狗东西打死算了。"

陈毅说:"他韩德勤不讲信用,不以抗日大局为重,不给你韩老面子。可我陈毅讲信用,我们要以抗日大局为重。我们仍希望韩德勤能悬崖勒马,不要在反共磨擦的道路上走下去。不过,如果他要硬逼我们应战,我们只得奉陪了。"

送走韩国钧,陈毅对粟裕、钟期光说:"这一场决战已不可避免,赶快抓紧时间动员部队和民兵,准备打大仗、打恶仗!"

在作战会议上,陈毅分析认为,此次韩德勤进攻黄桥,把全部主力用上,要和新四军决一死战。新四军背后是滔滔长江,无路可退。所以,这一仗新四军只能胜,不能败!如果新四军被打败,不但苏北革命斗争形势急转直下,而且对华中和中原都将产生巨大影响,对华中战场的抗日不利。陈毅强调说:"因此,我们只能胜不能败!"

新四军只有七千多兵力,在敌众我寡的条件下,如何战胜敌人呢?陈毅提出,统一战线是战胜强大敌人的法宝。陈毅手指地图上标着的泰州方向,继续分析说,韩德勤组织的三路大军,右路军是二李、陈泰运的部队。事先,韩德勤多次向重庆密告,说李明扬暗通新四军,不服从调动。因此,老蒋致电李明扬,要他以大局为重,紧密联系,精诚合作。

陈毅说:"右路的敌人态度如何,十分重要,如果此次他们突然翻脸不认人,倒向韩德勤,这 1.2 万兵马对黄桥是个不小的威胁。但如果新四军能做好二李、陈泰运的工作,使他们继续保持中立,我们就可以集中兵力,将主要兵力放在歼灭韩德勤的嫡系八十九军上。"

为了做好右路二李和陈泰运工作,陈毅向战地服务团团长朱克靖交代了任务,令他再去泰州,争取二李和陈泰运保持中立。

粟裕根据陈毅"独立歼韩"的决心,拟定了周密的作战方案,方案以黄桥为轴心,诱敌深入,各个击破,第一刀将叶飞的一纵埋伏在高桥至黄桥的大路旁,首歼翁达的独立六旅,然后转兵协助王必成的二纵,聚歼八十九军和保安旅,二纵一部插向八字桥,断敌后路,以陶勇的三纵固守黄桥。

陈毅听罢作战方案,连连点头。他很欣赏粟裕的军事才华,指着地图说:"首歼独立旅是一奇招,这是整个战局的关键所在,叶飞部队要保证首战获胜。首战大胜后,大家就有信心、有士气、有兵力打八十九军。守黄桥的陶勇部队勇猛顽强,机动灵活,不怕牺牲,有陶勇守黄桥我就放心了。"

10 月 2 日,各部队冒雨进入阵地,严阵以待。

10 月 3 日上午 8 时,海安连下 3 天大雨后,此时已云开天晴。李守维满怀壮志,耀武扬威跨上大白马，在韩德勤一伙夹道欢送下，率领部队直奔黄桥。

不到1小时，李守维的先头部队到达营溪，在这里碰到了新四军小部队阻击，李守维命令部队开炮，顿时炮声隆隆，新四军且战且退。

李守维在望远镜中看到"战果不小"，不知是计，极其兴奋，他挥舞指挥刀命令道："明天拂晓一定要杀进黄桥，要消灭新四军，要活捉陈毅。"不一会，李守维哼着一曲苏北小调，得意洋洋地说，"消灭新四军指日可待，活捉陈毅非我莫属了。"

李守维话没讲完，作战处长向他报告，说1小时前，翁达的独六旅被新四军打光了，现在电台与他们联系不上。

李守维放下脸骂道："胡扯蛋！翁达部队武器最好，在苏北百战百胜之旅，他们怎么会吃败仗呢？你听谁瞎说的？"

作战处长将翁达被歼的经过报告李守维。这天午后2点，翁达旅浩浩荡荡出阵了。他将部队排成一路纵队，每人一顶笠帽，完全是旅行行军，好不逍遥。翁达骑着战马在卫队簇拥下，走在队伍中间，口叼着香烟，洋洋自得。叶飞在望远镜中看见蛇已出洞，立即报告陈毅，陈毅命令出击。担任断后的一团一营，迅速占领高桥；二团、三团采用"黄鼠狼吃鸡"战术，将翁旅3000多人分割成几十截，一会儿工夫，就将翁达部全部歼灭，翁达目睹部队被歼的全过程，不禁吓呆了，脸如死灰。他知道一切都完了，便拔出手枪自杀了。

八十九军猛攻黄桥，久攻不下。黄昏时便在野屋基、何家庄、胡家堡一线作短期休整，准备次日再攻黄桥。天一黑，劳累的八十九军官兵进入了梦乡。

此时，新四军并未休息，一纵消灭翁旅后，边走边打，穿过八字桥，按原计划在分界与二纵打通联系，二纵在刘家堡与黄桥的三纵打通联络。半夜时分，新四军完成了对八十九军和保安旅的包围。

6日拂晓，新四军吹起了冲锋号，梦中惊醒的李守维不知成了瓮中之鳖，仍组织部队猛攻黄桥。陶勇率三纵杀出黄桥，在小二房庄一下子吞掉了三十三师，生擒师长孙启人。一纵和二纵联手向八十九军军部进攻，乔信明的一团和廖政国的四团，在野屋基攻进了八十九军司令部，李守维和司令部参谋人员被打得七零八落，兵败如山倒，个个争相逃命。李守维无法指挥，骑在马上随人群东跑西奔，不管跑到什么地方都能听到新四军的喊杀声。

当他随人流拥到挖尺沟河边，被小河挡住了去路，发了疯的残兵败将你推我攘，向惟一的一座小木桥拥去，不慎落水的不计其数，呼救声、叫骂声不绝于耳。李守维身不由己，也被人流推上小木桥。这位身材高大的军长，不知被谁推了一下，脚一落空，"扑通"一声，掉到了河里，再也没有浮起来。韩德勤想把新四军赶到长江喝水，岂知喝水的却是他的主将。李守维一死，八十九军军中无将，顿时如一盘散沙，溃不成军。

决战结束时统计，新四军歼灭八十九军两个师，翁达独六旅和保安三旅、五旅，共计1.1万余名敌人，缴获的枪支弹药等物资，堆积如山。

为了扩大战果，陈毅发出命令，部队继续向海安追击，一定要活捉韩德勤。各纵队接到号令，三路人马犹如三条巨龙，万马奔腾，争先前进。此时韩德勤已逃向兴化。他们追到海安又向北前进，在东台白驹镇狮子桥与南下八路军黄克诚部会师。

陈毅在海安与刘少奇、黄克诚会师，他们自江西后分别已有多年。长期分离一旦相逢，满腔友情，诉不胜诉。

1940年11月7日上午10点左右，秋高气爽，风和日丽。

在海安中坝北面串场河码头上，陈毅、粟裕和新四军党政军机关干部、战士正热烈欢迎刘少奇、黄克诚等的到来。那一天，是新四军江南指挥部成立一周年纪念日。在这值得纪念的日子里，刘少奇、黄克诚、陈毅、粟裕几位领导人聚会于海安，更增添了喜庆气氛。战士们盼望已久的大会师，终于在黄桥决战胜利之后实现了。中共中央书记处致电称："此次陈毅、黄克诚两军大胜，苏北大部为我占领并连成一片，此为华中最大一块根据地，对全国有绝大意义。"

当天下午，召开了盛大的欢迎会。粟裕主持会议，陈毅致了欢迎辞。在会上，刘少奇作了《目前形势和任务》的讲演。他的热情讲话，使整个会场自始至终沉浸在胜利会师的激奋之中。

第八章

千古奇冤，叶挺、项英人民永不忘

1995年6月，笔者曾带着南京军区政治部和江苏电视台联合组成的《新四军战地采风》摄制组来到皖南云岭、茂林地区采访。1997年8月，南京军区、中央电视台、江苏电视台等单位组成的《铁的新四军》摄制组又到这里采访。两次来访，有一个共同的感觉，皖南云岭、茂林地区，山清水秀，群山连绵，一条条小溪像一条条绸带环绕山村、丘陵，旭日下闪烁着虹一般的光辉。村前村后，山坡上盛开着各种鲜花，姹紫嫣红，蜂蝶如云，飞来飞去，直碰脸，直迷眼，这是一个花的世界，不是仙境，胜似仙境。有人形容，这里是一个巨大的孔雀开屏的世界，是一个天然的旅游胜地。

然而，在1941年1月，就在这如诗如画的地方，国民党却设下了屠杀场，新四军军部及所属驻皖部队九千余人，倒在国民党如雨的子弹下，成为冤魂。这就是蒋介石制造的震惊中外的皖南事变。

陈毅苦口婆心

蒋介石紧锣密鼓，向皖南新四军举起了屠刀，中共中央和新四军作何打算呢？

中共中央对蒋介石的阴谋早有察觉，鉴于新四军主力在苏南和江北，军部孤立在皖南的危险形势，在1940年4月9日，中央就致电项英：皖南军部准备东移苏南。

那时，陈毅和粟裕的主力还在苏南茅山地区。陈毅和粟裕得知中央的这份电报，感到军部紧靠国民党三战区，处境的确十分危险。陈毅考虑到蒋介石同意合作抗日，不是出于真心，他一是出于无奈，二是有他的条件，一旦触犯了他的利益，蒋介石必然反目！如果我们丧失警惕，一定会吃他的亏。

陈毅想到这些，于4月28日发电报给毛泽东，提出：新四军江南部队皖南苏南力量相等，合则两利，否则两面孤单，而且目前主要发展方向是苏南，我们在苏南敌后充实力量后再南进天目山脉,西取黄山山脉是比较稳当的事,军部东移领导力量增强,干部加多,且可控制主力在手中以应付事变,并提高质量,故为稳当政策,请裁决指遵。

发完电报,他风风火火地赶到云岭。

项英见陈毅满头大汗,一脸通红,好奇地问:"什么事这么紧急?"

陈毅一把抓过项英递来的毛巾,边擦汗边说:"同志哥啊,延安毛泽东为军部安危焦急万般,你却稳坐钓鱼台。"说罢,脸上的神色一下子严肃起来,认真地说,"我是东南局委员、军分会副书记,对军部的祸福负有责任。今天就是来跟你谈判的,无论如何,你得听中央的话,下决心将军部迁移到苏南去。"

项英默默地听着,没有讲话。

陈毅说:"我做你的赵子龙,给你保驾还不行吗?"

项英还是没有表态。

陈毅急了,又说:"嫌我不行,我去苏北,调一个支队保驾。"

陈毅说了半天,项英这才不以为然地说:"你就是为这事匆匆忙忙赶来的?"他轻轻地吸了两口烟,若有所思地说,"这事不急,吃了饭再商量吧。"

转眼,副官将一碗热腾腾的面条和一盘辣椒炒猪肝端了上来。

陈毅端过来就吃,边吃边说:"我本来火气就大,又弄辣椒给我吃,你就不怕火上房子啊?"

项英笑眯眯地用手指点点他说:"反正新四军就数你最难缠,不是顶就是争,弄不好还要指着鼻子骂我几句,有什么法子呢!"

"哈哈哈!"陈毅被他说乐了。

项英不知在想什么,陈毅已狼吞虎咽地吃完了面条,他接过副官递上的毛巾,抹了抹嘴,大声地说:"同志哥啊,你到底想好了没有? 啥子时候搬家吗?"

陈毅步步逼紧,项英不急不忙,双目凝视远方,缓缓地说:"中央考虑军部安全,要求迁移苏南,出发点是对的。但是,中央不大了解皖南和苏南的特殊情况。我以为,迁移苏南和留皖南,各有利弊。你想想,苏南平原水网,山少,唯一的茅山仅是一个童子山,小得要命,不适合大部队活动。皖南就不同了,这里到处是丛山峻岭,向南有黄山、天目山、仙霞山,直到江西老区,前途广阔。"

项英很有感触地说:"陈毅同志啊,你知道吗? 山是我们的命根子,南方三年游击战,不正是靠了粤赣边的崇山峻岭,才保留了那么多革命的种子吗?"

陈毅说道:"当然,你是东南局书记,考虑南方各省的游击战争是你的职责。对于你的南进方针,1938 年 6 月,中央曾肯定过。去年,周恩来到皖南传达中央'向东作战,向北发展、向南巩固'的方针时,你提出南进方针作为向南巩固的具体内容时,周恩来也是点头的。但是,难道你忘了? 中央多次交代,实行不实行南进方针,必须根据国际国内形势来考虑,必须由中央根据形势来决定。现在,中央明确要你到苏南地区去,你怎么就听不进呢? 再说,南进只是你的一厢情愿啊,鬼子怎么会听你的调遣,到浙赣线去呢? 如果鬼子不去——"

"万一鬼子去呢?"项英急忙插上来说,"那时,三战区望风而逃,我们不正可大展宏图了吗?"

陈毅皱着眉头说:"老项啊,纵观目前局势,鬼子一两年内是不会去的。这种守株待兔的蠢事是干不得的,紧靠三战区是要吃大亏的。同志哥啊,你得了重感冒,闻不到蒋介石的火药味! 你迟迟不肯北移,是要后悔的。如果有那么一天,蒋介石将皖南军部作为人质,掀起第二次反共高潮,你周围又没有部队,你怎么办?"

项英觉得陈毅危言耸听,没有答话。

陈毅又说:"'人无害虎之心,虎有伤人之意。'对三战区,你不得不防啊。我党在这方面有过教训,第一次国共合作破裂,蒋介石制造了'四一二'大屠杀,全国一片腥风血雨,多少共产党员人头落地啊!"

项英有点动摇,他沉思片刻说:"你说的也许有点道理,我同军长商量一下,争取五六月份东移苏南。"

陈毅听到项英的许诺,一块石头这才落了地,他舒心地笑着拍拍项英的肩头说:"对头嘛,迟疑不决,此乃军事上的大忌,如果军心不定,到时候输得干干净净哟。"

第二天上午,项英召开了军分会会议,邀请叶挺参加。会议很快做出东移的决定,并研究了东移的具体措施。为探索东移的行军路线,项英派作战科长李志高、军法处科长杨帆,带了一行人,以"参谋旅行团"名义,侦察了从皖南到苏南的行军路线,制定了周密的东移方案,沿途还设立了兵站。

陈毅、粟裕为迎接军部东移,指定王必成、段焕竞带两个团准备到宣城接应。并且,将军部住址都选好了。他们派人将水西村打扫整理一番,单等军部东移到此。

项英于5月28、29日,两次电告中央军委,关于军部东移部署,得到中央的肯定答复。就在万事俱备之时,半路上杀出个程咬金,冷欣在苏南掀起了反共磨擦,鬼子也对茅山进行第三次"扫荡",项英担心苏南的局势会影响军部的安全,行动便犹豫迟缓了下来,好不容易定下的决心又开始动摇了,军部东移之事就这样搁了下来。6月底,又发生了郭村战斗,管文蔚、叶飞频频告急,为打开苏北抗战局面,陈毅单骑过江。7月,苏南指挥部主力北渡。至此,皖南军部的处境更加孤单,东移的良机终于错过了。

果真,陈毅的预言证实了,蒋介石选中皖南军部作为第二次反共高潮的"人质"了。

项英犹豫不决

何应钦、白崇禧发出皓电之前,新四军军部正在庆祝打胜仗。

蒋介石做梦都想消灭皖南新四军军部,日本人更想消灭皖南新四军军部。自新四军军部成立起,日军一直没停止过对军部的袭击。

1940年10月4日,新四军军部得到情报,驻安庆、繁昌、南陵的日军第十五师团、第一一六师团一部及伪军,共计万余人,再次"扫荡"皖南,兵分两路,拥入泾县直扑云岭军部。

敌军来势凶猛,情况异常紧张。叶挺、项英立即召开作战会议。会议只开了短短的十分钟,会上决定由叶挺全权指挥。叶挺针对敌人大队人马沿公路拥进,提出在敌人前进的道路上预设纵深阵地,以层层堵截,相机反击的积极防御战法,消耗、疲劳、战胜敌人。项英同意叶挺的方案,通知军部和直属队能参战的人员,都集合起来,由叶挺进行战前动员。

动员大会开始后,首先由项英讲话,他主要号召大家大敌当前,不能轻敌,希望大家在叶军长的指挥下,打一个大胜仗,为缓和国共两党两军的紧张关系,为改善我军的困难处境,作出最大的努力。

当时的新四军军部参谋,全国解放后担任南京军区副参谋长之职的金冶同志,回忆起那次战前动员会情景,仍旧历历在目,叶挺的声音还是那么的清晰,在他的耳边回响,印象特别深刻。他说:"我参加新四军经历过无数次战斗,唯独那次战斗,叶军长的动员我至今难以忘怀。"

当时,叶挺的第一句话问道:"同志们,今天开的什么会?"

"战斗动员大会!"大家齐声回答。

"我们开会做什么?"

"准备打鬼子!"

"打鬼子要流血牺牲,你们怕不怕?"

"不怕!"大家的回答声动山河,惊天地。

叶挺严肃地说:"不怕死的举起手来!"

千余只手臂如林,"刷"地竖了起来,密密麻麻。

"好!"叶挺十分满意地扫视着每一个指战员,"养兵千日,用在一时,只要不怕死,就能打胜仗!"他的手用力地一挥,大声地吼道,"同志们,马上跟我上前线!"

叶挺带着随员,驰马飞奔,来到汀潭以北戴家会、王里店以南,预选战场。20分钟后,部队也赶到了。他命令一团占领日军必经之路的山隘、桥梁、陡坡、高地,修筑工事。特别关照,要在路中间埋设地雷。他发现有的地雷埋得不合格,请军部爆破专家刘奎到现场,为大家表演埋地雷,讲授技术。

日军首先向国民党三战区五十二师防区进攻,五十二师一枪没放,拔腿就溜。大约过了两个小时,日军开始进攻新四军阵地。

叶挺举着望远镜,密切注视着敌人的行动,当他发现鬼子快进伏击圈时,鸣枪发号,随着他一声喊打!枪声大作,鬼子一批批倒下。接着,日军的八架飞机飞到了新四军阵地上空,像下蛋似的丢下了一枚枚炸弹。叶挺急忙通知大家注意隐蔽,自己却拿着照相机,对着俯冲的飞机拍照片。

金冶看到叶挺有危险,着急地拦住叶挺说:"军长,炸弹不长眼睛,你站在高处太危险!"

叶挺不以为然地说:"不要紧,我要把日军侵犯我国的罪证拍下来,让世界人民看看,日本人在中国究竟干了些什么!"

炸弹在叶挺的身前身后爆炸,叶挺如青松挺立。飞机一走,他放下照相机,指挥部队反击。鬼子向泾县城逃去,驻守县城的五十二师吓得一溜烟跑得无影无踪。

叶挺挥着大刀,大喝一声:"同志们,追!"

日军坚守城门,新四军追到城门口,叶挺挥手命令:"马上攻城!"

指战员们发起猛烈的攻势,连攻三天,鬼子顶不住了,于10月9日天一亮,从北门向东北方向逃跑。日军临走时,放火烧城,叶挺见城里火光冲天,命令部队进城灭火,抢救老百姓。大火被扑灭了,叶挺要求部队为老百姓修盖房子,为老百姓治病、挑水。泾县民众杀猪宰羊,慰劳新四军将士。

想到老百姓在战乱中生活很苦,叶挺对大家说:"老百姓被日军洗劫后,很难生活下去了,他们送来的慰问品收下,但一定要付钱,不能让老百姓吃亏。"

叶挺在讲话时,五十二师副师长来到叶挺面前,厚着脸皮提出向新四军要回泾县城。

叶挺哈哈大笑说:"我们本来就没有占领泾县的意思,马上让给你们。但是,我要向你提一个问题,鬼子来了,你们为何不打就逃,鬼子占领泾县城,你们为何不向鬼子去要?"

这位副师长被问得无地自容,满面通红,无法回答。

此役,歼敌千余,缴获敌人的枪支、弹药无数,战果辉煌。蒋介石也发来了嘉奖电。

10月12日,叶挺凯旋而归,云岭民众敲锣打鼓,夹道欢迎,摆下了酒宴招待将士们。

这天,叶挺主持了总结大会,会议开得十分热闹。快结束时,顾秘书送来了何应钦、白崇禧发来的皓电。

项英始终希望通过我军的适当让步,来感化蒋介石,让他少来找麻烦,让军部和直属队平安地驻在皖南。在战斗动员时,他还说,通过对鬼子一仗,能够缓和国共两党两军的紧张关系,为改善我军的困难处境做出最大努力。接到皓电,项英顿时傻了眼,他没有一点思想准备。看完皓电,立即交给叶挺,着急地说:"老蒋心太狠,我们抗日有功,他的部队见了鬼子就逃,反而强令我们一个月内全部开到黄河以北。明摆着,他对我们这一仗发来的嘉奖电,完全是做做样子。"

叶挺看完电报,脸上腾地一下气得通红,气愤地说:"敌寇'扫荡'之际,他来这一手,这不是煮豆燃萁,相煎太急了吗?"

蒋介石拉下脸,摆出一副杀气腾腾的样子,项英十分紧张。

9月19日,中央致电项英,通报蒋介石已密令桂系准备向新四军进攻,要叶、项率部迅即渡江,应于两星期内渡毕增援皖东。这份电报已说得十分清楚,皖南军部应于两星期内渡江。

9月22日,中共中央致电叶挺:

苏北部队即须解决韩德勤。皖南部队及军部以在动手前解决韩德勤之前移至苏南为有利。准备情形如何,几天可以开完,盼告。

10月6日,黄桥战役结束,歼灭韩德勤一个军部,共歼顽军1.1万余人。这是个不小的数字,蒋介石不会不心痛,中共中央估计蒋介石要报复,10月8日致电新四军军部:

蒋令顾、韩"扫荡"大江南北新四军,大江南北比较大的武装磨擦是可能的,最困难的是皖南的战争与军部,我们的意见军部应移动到三支队地区,如顽军来攻不易长期抵抗时,则北渡长江,如移苏南尚有可能也可移苏南。向南深入黄山山脉游击,无论在政治上、军事上是不利的。决心移皖北,则四支队应派一部到无为接应。

就在叶挺、项英收到皓电前一个星期,中共中央还致电叶、项:

关于新四军的行动方针,蒋在英美策动下,可能加入英美战争,整个南方有变为黑暗世界之可能。但因蒋是站在反日立场上,我不能在南方国民党地区进行任何游击战争。因此,军部应乘此速速过江,以皖东为根据地,绝对不要再迟延。

在皓电以后，中共中央仍屡电催促赶快北移。尤其中共中央11月9日，以朱、彭、叶、项名义复何应钦、白崇禧，中共中央决定采取让步政策，放弃皖南，新四军军部必须北移。这意味着中共中央公开答应新四军军部北移，皖南军部不能拖延了。

项英在接到皓电后，开始认真严肃处理军部北移问题。但是，在三个具体问题上，他犹豫不决，纠缠不清，一时拿不定主意。一是向顾祝同要开拔费；二是向顾祝同要一批枪支弹药；三是同顾祝同商定北移路线。

这三个问题，有的是延安提出来的，有的是叶、项根据需要提出来的。在研究解决这些问题上，叶挺跑到三战区同顾祝同交涉。为解决这些问题，叶挺在11月至12月两个月内，不辞辛苦，来回奔波于云岭和上饶之间，同顾祝同、上官云相费尽口舌，反复交涉。

就是因为在这些问题上纠缠不清，坐失了良机，误了军机大事，军部北移的宝贵时机错过了，最终导致一场悲剧的发生；这种没完没了的纠缠，却给蒋介石为调兵遣将赢得了时间，最终达到了他消灭新四军皖南军部的愿望。

新四军总部几经研究，选择了三条路线。

一条路线是直接北渡。即由云岭向北，经铜陵、繁昌地区，渡江到无为。它是沟通皖南军部与江北指挥部及第四、第五支队之间联系的交通线。以往张云逸率军部特务营赴江北，指导四支队工作，叶挺率随员赴江北，成立江北指挥部整顿四支队，都是走这条路线的。其优点是直径，路线较短，群众基础好，江南有三支队掩护，江北有孙仲德游击纵队接应。在不发生意外的情况下，两三天时间就可抵达江北。缺点是要经过50华里的敌占区，还要穿越日军布防较严的长江防线。此时桂系已派兵在沿江巡逻，不利于大部队过江。

另一条路线是东进的路线。即由云岭向东，经马头镇、杨柳铺、孙家埠、毕家桥、郎溪至江办溧阳竹簧桥、水西村江南指挥部驻地。再经丹阳、丹徒，沿江北渡泰兴或江都。它是皖南军部与苏南部队来往的路线。以往陈毅到皖南开会，军部人员到苏南，走的就是这条路。其优点是，沿途有新四军兵站，路线较短，有一定的群众基础，沿途是山区，地形便于隐蔽和作战，另外，有苏南部队的接应。不利的是要经过国民党五十二师和一〇八师防地。国民党只同意非武装人员经过，后来，经叶挺再三交涉后，军部组织部副部长汤光恢和金冶率领的部分非战斗人员近2000余人和1300担资材，就是从这里经过到苏北盐城的。

还有一条路线是绕道走。即由云岭南下茂林、三溪、旌德、宁国转广德、郎溪，到苏南溧阳水西村，再从丹阳到常州的长江北渡。这就是后来新四军皖南部队移动的路线。这条路线平时没有国民党部队驻防，又是山区，便于隐蔽，只要行动秘密迅速,还是有可能走得通的。缺点是群众工作薄弱,人烟稀少,路程远,是通向国民党重兵集结地区上饶、景德镇、南昌路线,政治上、军事上都不利,容易被国民党借口围剿。

叶挺的意见是走东进苏南的路线。他的理由是苏南有罗忠毅、廖海涛部队接应,苏南茅山有一大片根据地,军部到了那里,可以暂住一段时间,再向苏北移动。

项英担心地说:"走这条路要经过国民党五十二师防线,我看不合适。"

叶挺说:"我前些时间到五十二师师部去时,会同该师师长刘秉哲一起,去同王村见了上官云相,我留意过他们师部的情况,初步掌握了他们的兵力部署。我想,我们如果经五十二师,采取先礼后兵策略,我先同刘秉哲交涉,叫他让我们经过,如果他不同意,我们就扣压他作为人质,叫他带路,一旦我们的大队人马通过后,再将他放回。"

项英立即反对说,"这太危险,万一五十二师官兵知道师长被我扣压,肯定要火力相拼。"

叶挺沉默了片刻,抬起头,看着项英说:"既然这条不行,那就从铜陵、繁昌过江。"

项英发愁地说:"一时从哪里搞那么多条船呢?"

"这我有办法。"

叶挺说完,带着兵站站长张元寿及一部分参谋来到铜陵、繁昌,侦察行走路线,征集了两百多条船,找了12个渡口,把实施计划和行军路线写在一张很大的纸上,送给项英审查。

项英看过后,问道:"200条船一次能运多少人?"

"7500人,"叶挺说,"军部一共1万多人,只需要两个晚上,我们就可以完全突击过江了。"

项英在屋子里转了两圈,思来想去,最后又否决说:"不行,走这条路万一碰到鬼子的巡逻艇怎么办?那我们这1万多人不就全成了鬼子的战利品了吗?"

"这你可放心,"叶挺胸有成竹地说,"我已摸清了鬼子的规律,他们一般是上半夜巡一次,快天亮时再巡一次,中间有五六个小时没有鬼子巡逻。我们一次过江只需要3个小时就行了。再说,鬼子只有一两条巡逻艇,我们完全可以对付的。"

项英仍觉不妥,摇头说:"不可靠,不可靠,万一碰上鬼子的大军舰怎么办?还有,过了江万一碰上李品仙部队拦截怎么办?我要对1万多人负责,不能走这条路,还是走苏南好。"项英又觉得走苏南好了。

叶挺不解地说:"你不是不同意走苏南吗?现在怎么又改变了主意?"

项英无语,半晌才说:"你马上到顾祝同那里去一趟,告诉他说,我们遵令马上北移,请他允许我们走苏南,让他通知五十二师、一〇八师,不要阻挡我们。"

叶挺马不停蹄地奔到上饶,同顾祝同交涉。顾祝同回答他说,自己这方面没问题,可是要经重庆批准。结果,顾祝同发电报给蒋介石后,蒋回电:陈毅正发动草甸战役打韩德勤,不准走苏南过苏北的路线,只准其由江南就地北渡。

中共中央于12月24日致电叶挺、项英:

(一)你们必须准备于12月底全部开动完毕。

(二)希夷率一部分须立即出发。

(三)一有问题须于20天内处理完毕。

叶挺看完12月24日中央电报,对项英说:"我是一军之长,不能离开大家先走。既然中央三令五申地要我们在12月底前走,时间也到了,走与不走都要报告中央才是。"

项英挥挥手说:"向中央发个电报,说说我们的困难,请示怎么办。"

12月25日,项英致电中央:

部队早已整装待发,两方交通因敌顽两方面不能顺利北渡,繁、铜由我驻地到江边,须穿插封锁线,约经50里之河网敌区,如遇敌人即不能渡,毫无办法等等。情形如此,我们的行动应如何?请考虑后即速示,以免陷于进退两难境地。

12月26日,毛泽东又发了一份电报,给项英、袁国平、周子昆三人,以中央书记处的名义。让其迅速北上。

项英在12月28日召开了军委会,决定1月4日南下旌德、茂林,经苏南向苏北转移。走这条路,曾得到顾祝同的认可而蒋介石反对,蒋介石为了韩德勤的安全,曾于12月10日明令,禁止走苏南,只许由原地经铜、繁北渡路线。

叶挺最后的努力

1月4日下午6时,皖南新四军冒着细雨,告别了云岭父老兄妹,低吟着《别了,三年的皖南》这首让人催泪的歌曲,踏上了征途。他们知道,前面的道路有许多千难险阻,他们却不知道,国民党蒋介石在他们的前面布下的荆棘是他们无法越过的。

军部将九千多人编成三个纵队,分三路进发,第一纵队为左路纵队,由老一团、新一团组成,约3000人,在司令员兼政委傅秋涛、副司令员赵凌波、参谋长赵希仲、政治部主任江渭清率领下,由土塘到大康王集中,通过球岭,向榔桥行动;第二纵队为中路纵队,由老三团、新三团组成,约3000人,在司令员周桂生、政委黄火星、副司令员冯达飞、参谋长谢仲良、政治部主任钟德胜率领下,由北贡里到风村集中,经高坦向星潭行动;第三纵队为右路纵队,由五团、军特务团组成,约两千人,在司令员张正坤、政委胡荣、参谋长黄序周、政治部主任吴溪如的率领下,到茂林集中,经樵山、大麻岭,佯攻太平。军部直属机关八大处、战地服务团和教导总队,约1000多人,随第二纵队前进。

叶挺身穿呢制将军服,高大魁梧的身躯显得挺拔威武,他手提手杖,面容严肃地走在队伍的前面,后面是项英、袁国平、周子昆。警卫人员都紧跟着首长,队伍在泥泞的道路上高一脚,低一脚地前进,雨越下越大,天地间一片漆黑,本来熟悉的地形变得陌生了,滑倒者、迷路者不计其数。

好不容易到了章家渡,猛涨的河水,使早就架设的浮桥短缺了许多,不得已,只得在两头接上一截。部队拥挤着上了浮桥。只过了千把人,架设的浮桥便断了。没过浮桥的只得下河徒步,衣服、武器溅满了泥水,在如此寒冷的季节里,瞬间结成了冰。

就这样仅40里的路,他们却走了8个小时。部队到了茂林,又冷又饿,极度疲劳。军部北移第一天,就因恶劣的气候出师不利,项英决定在茂林休整一天。

茂林是个大集镇,素有"小小泾县城,大大茂林镇"之说。当年红军北上抗日先遣队领导人寻淮洲的遗骸,就葬在这里。1938年5月,陈毅率领一支队到苏南路过此处,为寻淮洲修墓立碑。茂林人民对新四军有深厚的感情。今天,新四军又来到这里,茂林镇顿时热闹起来,大街小巷人来人往,街两旁的皖南小吃发出诱人的香味:咸煮花生、油炸糍粑、糖炒板栗、五香鸡蛋……应有尽有。

新四军散发了《告别皖南同胞书》,张贴了无数张宣传抗日的红绿标语。

晚上,在茂林祠堂里举行的军民联欢会上,袁国平主任说:"乡亲们,我们忍辱负重,委曲求全,离开皖南,进军敌后,在前进的道路上,纵有千难万险,我们也誓为中华民族和中国人民的彻底解放而斗争!"

接着,茂林圣公会会长陆绍泉老人致欢送辞。最后,是战地服务团的同志们演出了节目。会场上掌声、欢呼声一浪高过一浪。

看到这一幕幕军民鱼水情,新四军的战士和指挥员的心中一阵阵酸楚。

部队虽经一天的休整,消除了疲劳。可是,这一天的时间,再一次使国民党获得了消灭新四军紧缩包围圈的时间。就在军部离开云岭的前三天,消息就传到了顾祝同、上官云相那里。他们是怎么侦察到这个消息的呢?原来,为了打探到新四军究竟什么时候动身,三战区每天都要向云岭新四军军部打电话,发电报。三天前,项英命令电台停止使用,电话也给掐断了。所以,当三战区通往云岭军部的电台、电话无人接时,他们马上意识到新四军要走了。他们立即确定仅留少数兵力监视日寇,命令所有围剿部队开赴茂林四周,进入指定位置。

6日拂晓,军部到了潘村,二纵司令员周桂生跑来,向叶挺、项英报告说:"先头部队老三团侦察连,在丕岭脚下长村,遭国民党四〇师一二〇团搜索连阻击,激战一小时,打垮敌人,俘虏士兵12人,经审讯,四〇师师部驻三溪镇,星潭有一个营兵力阻挡。"

随后,三纵司令张正坤也派人来报告:"特务团在麻岭遭四〇师一一九团一个排阻击,被迫自卫,打死5人,俘虏7人。据俘虏说,新七师占领了云岭,五十二师、一〇八师到巧峰镇沙河里,一四四师和七十九师从西南压过来了。"

项英焦急地团团转,在1月4日那天,他决定要走这条路,就是因为其他两条路会有国民党军的阻击,而这一条路估计不会有国民党军。谁知越是怕鬼,越是被鬼缠身。国民党军已布下重兵等候新四军的到来。项英怎么能不焦急?他一时无主张。

叶挺见状,对项英说:"据侦察,顾祝同已调来了7个师兵力围剿我们,我们已被包围,当务之急,一定要尽快冲出包围。"

"怎么冲?"项英问,不等叶挺回答,他挥挥手说,"还是叫大家来开个会,人多主意多。"

为寻求良策,项英召集军部首长及各纵队负责人在潘村开会。项英面色紧张而又焦虑地说:"同志们,我们已面临国民党军的包围,请大家讨论一下,下一步怎么行动。"

会上,叶挺首先说:"军部行军方案就包括了战斗方案,现在战斗刚刚开始,敌情也很明确,我认为原部署不变!"

"对!"傅秋涛首先赞同叶挺的意见,"还是执行原计划吧!"

这时周子昆、张正坤、谢仲良等也表示同意叶挺的意见。

项英见状,便说:"那就请军长下达命令!"

叶挺手杖一挥,严肃地说:"同志们,希望各部队加强团结,发扬猛打猛冲的作风,争取全部人马冲出包围。我代表军部,重申战斗部署:一纵全部出球岭,二纵四个营出丕岭,两个营出薄刀岭,三纵出高岭,五团为全军后卫,随二纵前进。今晚各部开始行动,7日拂晓占领各岭,中午会攻星潭,然后分两路再攻三溪四〇师师部!"

当晚,各部队按叶挺命令,经一夜激战,至拂晓时分实行了第一步计划,占领了各岭。二纵占领丕岭后,先头部队新三团立即向星潭挺进。星潭是个只有 10 多户人家的自然村,是丕岭的出口咽喉,此乃通向三溪的必经之道。此时,国民党四〇师一二〇团的两个营,正凭借三个地堡和各山头工事,以猛烈的火力,封锁路口。新三团攻到这里,由于地形不利,被敌火力网封锁,形成对峙局面。此时军部已达丕岭山脚下的百户坑。新三团受阻,叶挺、周子昆立即赶到前线,了解战情。

此时,项英一听新三团在星潭受阻,伤亡不少,于下午 3 时立即召开会议。叶挺、项英、周子昆、袁国平、饶漱石、李一氓及各纵司令、政委出席了会议,项英说:"同志们,星潭受阻,请二纵周桂生司令介绍战情。"

虽是寒冬季节,周桂生却满头大汗,他刚从前线赶回来,一边用军帽作扇子,一边手指地图说:"新三团上午打到距星潭三里路时,被几个山头的敌火力封锁,由于制高点全在四〇师手中,我们组织了十几个突击组,均未突出去,100 多人伤亡,看来白天无法冲出去了。"

周桂生顿了顿,将目光投向项英、叶挺,然后用坚定的语气说:"请军部首长放心,我保证不惜一切代价,在晚上攻下星潭,为军部及兄弟部队杀开一条血路!"

叶挺激动地点点头。

项英不理会周桂生的表态,却指着地图说:"说得轻巧,冲过星潭,还有很宽的徽河,再向前是三里路的平原开阔地。"他手指继续前移,继续说,"再向前是鸡公寨、毛山岗,只要敌人在此架上十几挺机枪,无论如何是冲不过去的。"说罢,他转向大家,询问道,"大家讨论一下,看现在是攻是撤?"

二纵政委黄火星说:"不能撤,后退是没有出路的,我同意周司令员的意见,不惜一切代价冲出星潭。"

项英有点不高兴,他坚持说:"不行,不行! 怎么能拿战士的生命下赌注? 四〇师是三战区最强的一个师,我们很难对付的。再说,冲过星潭,前面仍然是重重阻力。这样会付出多大的代价,你们想过吗?"

会场上又出现了以往那习惯性的沉默,大家都低头吸烟,草棚里烟雾缭绕,只听到"咝咝"的吸烟声。

袁国平打破僵局说:"既然不同意攻星潭,后退又没有退路,我建议电告中央,请中央同蒋介石打交道,要三战区让出一条路;同时,给蒋介石和顾祝同发份电报,恳请给我们让路;再给四〇师方日英发一份电报,希望他深明大义,请他让路。"

叶挺立马反对,生气地说:"4 份电报都是要人家让路,同志们想一想,恶狼好不容易逮住一只小羊,岂能松口? 我们现在发报给顾祝同、上官云相,他们不会难过,只会得意忘形,弹冠相庆。这种乞求根本是办不到的。"

众人点头，以示赞同。

袁国平无奈地说："军长的意见非常正确，我是觉得迫不得已试试看，或许有一线希望。再说，也不妨碍我们开会研究。"

"对，我同意国平的意见，双管齐下有何不好？只要有百分之一的希望，我们也要力争，或许能够成功呢，宁愿做过不要错过嘛。"项英的眉头稍稍舒展开一点。

叶挺也觉得似乎有道理，便点头同意说："那就试试吧，但是，我提醒诸位，决不能将希望寄托在敌人的仁慈上。"

项英见叶挺松口，立即对新任参谋处长张元寿说："请参谋处立即起草电文，对蒋、顾、方三人电文，措词要恳切。"

项英吩咐完毕，张元寿走了，项英继续说："请讨论一下下一步的作战方案。"

"我讲几点。"叶挺大声地说，"我提三个方案，第一，继续攻星潭，突出重围后，变内线作战为外线作战。

第二，后撤回茂林，再渡青弋江，打太平、青阳，出祁门，伺机北移。"

"第三，"叶挺继续说，"翻过百户坑山梁，向铜陵方向转移。"

项英的话音刚落，顾秘书报告说，延安来电了。

项英接过电报，是毛泽东、朱德致叶挺、项英的急电：

你们在茂林不宜久留，只要宣城、宁国一带情况明了后，即宜东进，乘顽军布置未就，突过其包围线为有利。

项英将电报递给叶挺，自语道："中央也太不了解情况，'突过其包围线'，谈何容易！"

叶挺看完电报，烦躁地站起来，在地上走了几个来回，他憎恨这无休止的会议，憎恨这不能解决问题，只会耽误时间的会议。

李一氓焦急地说："这个会开得太长了，毫无意义，请你们快下决心吧！机不可失啊！"

张正坤也急了，附和着说："是啊，星潭仍在流血，上官云相的队伍马上就要围上来了，赶快下决心吧！"

"军长、政委，快下决心吧！"大家都用哀求的目光看看叶挺，又看看项英。

叶挺看着一双双焦灼不安的眼睛，心急如焚地低下头，怒火在胸中燃烧。项英也一时拿不出好办法，只好坐在那里，一声不吭。僵局，又是僵局！屋外寒风呼呼叫。

时钟指向 7 点时，顾秘书推门而入，大声地说："报告，蒋介石、顾祝同来电！"

项英说："小顾，你把电报读给大家听吧。"

顾秘书念道:"重庆蒋委员长来电,已下令三战区解围。上饶顾祝同来电,已下令四〇师后撤让路。"

顿时,屋里爆发出一阵掌声,大家的脸上出现了多日没有的喜悦。

叶挺没有兴奋,他沉着脸说:"现在高兴还为时过早,李志高!"

"到!"

"你立即带参谋叶超去星潭了解战情,四〇师有无后撤!"

"是!"李志高转身走了,会议停了下来,大家坐在草棚里静候消息。

百户坑离星潭八里之遥,李志高二人去了两个小时后,跑步返回,给他们带来了坏消息:"四〇师不仅没撤,又在星潭增加了一个炮兵团、一个步兵团。枪炮声不绝于耳。还打死我方前去联络的两名参谋。"

"什么? 他们为什么不听命令?"项英不信。

李志高报告完毕,顾秘书匆匆而上,报告说:"一纵来电,五十二师在球岭打得凶,三处阵地失守。"

大家的心一下子又悬了起来。这时,百户坑四周响起了激烈的枪声。

叶挺再也忍不住了,他悲痛地说:"可悲啊,9000将士的生命,葬送在这无休止的会议上了!"

项英也感到会议开了这么久,什么问题也没解决不是个办法,便走近地图,指着地图说:"打仗我是外行,我认为星潭不能再攻了,部队回原路,改向西南方向突围,经高岭、出太平,到贯山,然后从铜陵、繁昌之间的获港渡口北上。五团由后卫改为前锋,直扑高岭。"

叶挺见状,心里一阵高兴,他大声地说:"有令就行,大家听副军长的命令,赶快行动。我到五团去,组织五团杀出一条血路。"

叶挺到了五团,向团长徐锦树下达命令,命五团走里潭仓抢占高岭,无论如何也要坚持三天,掩护军部经高岭出太平,经泾县突围。完成任务后,分散突围,北移或留皖南打游击。

徐锦树受命后,率领部队冒雨沿崎岖山路向高岭进攻。与守高岭的七十九师一个营进行了五次反复争夺,终于巩固了阵地。

军部向高岭进发,却因向导带错路而误走了濂岭,转了一圈,又折回了里潭仓。项英决定休息一夜,改向茂林方向突围,仍从铜陵、繁昌渡江。军部向茂林移动时,新三团由后卫变为前卫,逼进高坦时,山头的敌人正呼呼大睡,新三团迅速出击,控制了高坦。

正在此时,地下党送来报告:一四四师已占领茂林,正向高坦扑来。又有侦察员报告:上官云相已发出总攻命令,集7个师于茂林周围,9日中午全歼新四军。

上官的行径完全在叶挺的意料之中,他命令教导总队主任余立金,将教导总队及军直机关人员集中起来,叶挺作了简短动员,他说:"同志们,形势万分危险,蒋介石调动了7个师,向我们扑来,我们怎么办?"

"以牙还牙,以血还血!"队列中发出愤怒的呼声。

叶挺双眼含泪,激动地说:"同志们说得对,献身的时刻到了,我们宁愿站着死,不能跪着生。关键时刻,决不能当逃兵! 如果我叶挺后退半步,你们可随时打死我!"

"坚决打退敌人的进攻!"

"愿为革命流尽最后一滴血!"

……

群情激奋,叶挺感到无限欣慰。

动员之后,教导总队迅速增援新三团,坚守高坦阵地。打退了一四四师数十次轮番进攻,迫使一四四师退缩到茂林。

9日黄昏,叶挺见我军伤亡不断增加,决定甩开茂林之敌,带领教导总队、新三团及军直机关,向石井坑、大康王方向开进,想从丁家渡之间渡过青弋江至孤峰,从铜陵、繁昌之间北渡。事与愿违,转移途中,不断遭到敌人的袭击,混战不止,一夜只走出20里,突围一再无效,计划一变再变,他们走进了石井坑。

石井坑,这个方圆只有五六里,住着十来户人家的小山村,坐落在东流山北侧的山沟里,四周是连绵起伏的山峰。

叶挺到了石井坑,发现失散人员很多,由于两天两夜的苦战,部队没吃没喝,已极度疲劳。叶挺观察地形后,决心坚守石井坑,与顽军血战到底。

叶挺命令部队:第一,五团占领石井坑周围有利地形,构筑工事坚守,掩护部队休整;第二,各单位收容失散人员,进行整顿,恢复部队体力;第三,政治部协同后勤人员与地方联系,作好群众工作,购买粮食,让战士们吃顿饱饭。

可是,只有十来户人家的小山村,哪里来那么多粮食呢? 叶挺看看极度饥饿疲倦的战士,泪水模糊了他的视线。

百户坑会议后,部队经高岭向太平突围失败,项英的情绪很乱,一会焚烧文件,一会僵立着,像木桩似的久久凝视远方。一次次突围失败,使他产生出万念俱灰的悲观情绪,他感到大部队突围无望,8日深夜,他辗转反侧,无法入睡,便叫醒随员,离开了军部,企图从小路突围。

项英走后半小时,叶挺就接到了报告,对于项英一行擅自离开军部的行为,他

十分生气。叶挺向张元寿口授电文,向延安毛泽东报告:

今(九日)晨北进,又受包围,现集中全力与敌激战,拟今晚分批突围北进。项英、国平、子昆于今日晨率小部武装上呈而去,行方不明。我为全体安全计,决维持到底。

电报发出不久,毛泽东复电:

一切军事、政治行动均由叶军长、饶漱石二人负责,一切行动决心由叶军长下。

中央对叶挺的信任,使这位久经沙场的北伐名将欣慰之感油然而生。他怀着强烈的使命感,激动地说:"我决不辜负中央的信任,把大家尽量带走,即使我牺牲了,也在所不惜。"

突围大血战

项英一行由于道路不熟,1月8日离开军部后,在两个山头之间转了很久,也没有突出包围圈,10日上午又回到了军部。

饶漱石将中央电报给项英看,项英看后发电报给中央,作了检讨,表示听候中央处罚,坚决与部队共存亡。

这天,上官云相指挥的7个师向石井坑紧缩了包围圈,他在电话中,向7个师长传达了蒋介石的手令:活捉叶挺奖10万元,活捉项英、袁国平、周子昆奖5万元。

重赏之下必有勇夫,顽军如潮水般涌来,叶挺沉着地指挥部队坚守石井坑。坚守在军部南部铜山的二纵,一天之内打退了敌人25次冲锋。坚守在东流山的特务团和工兵连,斗争更加残酷,敌人的大炮狂轰滥炸,山头上的茅草烧着了,成了一片火海,五团和教导总队来支援他们了,这些坚守东流山的勇士们,子弹打光了,就拼刺刀,刺刀戳弯了,就用牙咬。敌人逼近了,他们就拉响手榴弹,与敌人同归于尽。重伤员们也不下火线,他们和敌人抱在一起,滚下万丈深谷。其场面之壮烈,惊天地,泣鬼神!激战至12日下午,因寡不敌众,东流山终于失守,敌人一下子像海潮似的向石井坑涌来,一股敌人占领了距军部只有200米的一座小庙,他们架起机枪疯狂扫射,军部危在旦夕!

特务团团长刘别生大步上前,对叶挺说:"军长,请允许我夺回小庙!"

叶挺刚点头,这位年仅25岁的团长,率领4名通讯员,如猛虎下山直扑小庙,仅用了十几分钟,便夺回了小庙。

12日夜晚,石井坑上空火光纷飞,天空如同白昼,敌人借助火光,向军部逼近。

我军的伤亡越来越大,血流成河,石井坑的黄土已是一片紫红。

"任光,任光!"一阵撕人心肺的呼唤传入叶挺耳中。

叶挺快步冲出指挥所,任光的爱人徐韦韧告诉他,任光中了流弹。

叶挺急忙俯下身,见任光呼吸微弱,便大声呼唤:"卫生员!"却没喊到一个人。叶挺猛地吼道,"敌人就要冲上来了,快抬走!"

几个战士急忙抬起任光,向安全地带跑去。可是,敌人已经冲上来了。

最后,任光因流血过多而牺牲了。

任光,这位与冼星海齐名的著名音乐家,抗战前在新加坡百代公司任职。抗战爆发,他毅然抛弃了优越的生活,跟随叶挺,加入了新四军。在革命队伍中,他创作了大量思想性、艺术性很强的曲子,如《渔光曲》、《迷途的羔羊》、《打回老家去》、《大刀进行曲》等歌曲。他的歌曲在中国大地上广为流传。不管是城市、农村,不管是在共产党部队,还是在国民党部队中,到处有他的无数崇拜者。为了保护他,一月前,叶挺曾决定任光夫妇离开皖南,可是任光坚决地说:"新四军抗战需要歌曲,我的音乐离不开新四军。"就这样,我们伟大的音乐家在战场上与战士们生死与共,用他的歌声激励战士们奋战。

任光牺牲之时,石井坑失守了。叶挺指挥部队边打边撤,退到了狮形山,并立即召开团以上干部紧急会议。

叶挺难过而悲愤地说:"同志们,情况危急,为保留革命的种子,现在开始突围,我命令,第二纵队分两路突围,左路由新三团二营营长巫希权、一营营长张玉辉,率领六百多人,从石井坑以西、香炉墩以南,经高坦向茂林方向突围;右路由新三团团长熊梦辉、参谋长张日清、主任阙中一率领 800 人,从石井坑西北,经风村向章家渡突围;第三纵队两个团,由军部侦察科长张云龙负责,从石井坑向汀潭方向突围;第一纵队由傅秋涛率领,在掩护军部突围后,向旌德方向突围;军部和教导队跟二纵行动。所有部队突围后的目标,向苏北转移。"

宣布完命令,叶挺庄严而悲怆地说,"同志们,突围这场恶战就要开始了。此次转移,军部损失惨重,我叶挺有罪啊!"他的声音哽咽着,继续说,"在北移途中,我们失去了多少三年游击战争留下的骨干,他们是党的精华,我对不起党,对不起大家。我希望大家想一切办法冲出重围,为革命保留种子。"

散会后,一双双手争先恐后地伸过来,此时一别,不知能否再见。叶挺激动地一一和大家握手,勉强露出一丝苦笑说:"祝同志们突围胜利!"

当晚 8 时,突围开始了,有两千多人终于经多次血战,从尸骨如山、鲜血淋淋中冲出包围,他们历尽千辛万苦,先后到达苏北盐城和江北无为地区,成为震惊中外的皖南事变的幸存者。

根据叶挺的命令,军部人员应随第二纵队突围,但是,翻过狮形山后,他们就与第二纵队失散了。叶挺决定军部兵分两路,一路由叶挺、饶漱石、袁国平率领,另一路由项英、周子昆率领。

当叶挺一行突围到大康王西坑,天亮才发现这里是个狭窄的山洼,三面环山,唯一的出口被一○八师火力控制着。一○八师发现了叶挺一行,派人来联络,要新四军派代表去谈判。

叶挺想了想,便说:"好吧,那我就去试试。"他面色严峻地握着饶漱石的手说,"此行是凶是吉,实难预料,我崇尚以身殉职的先烈,个人的生命,已置之度外。如果我回不来了,被捕,请你招呼部队继续突围,如果你能走得出去,请代我向党中央和毛主席致意,告诉他们,无论发生什么情况,我不会做出对不起共产党的事。"

说罢,他带着随员下山,一到山下,就被扣押,一直到 1946 年 3 月才出狱。

1946 年 4 月 8 日,叶挺乘坐美国空军运输机赴延安途中,在黑茶山飞机失事而遇难。

烈士的灵柩运送到延安。

4 月 15 日,中共中央举行了追悼大会。毛泽东、朱德来了,中央各部门的领导也来了,还有烈士生前好友,共两千人齐集会场。毛泽东亲笔为烈士题词"为人民而死,虽死犹荣!"

在重庆的周恩来,在悼念文章中说:你是人民队伍的创造者,北伐抗战,你为新旧四军立下了解放人民的汗马功劳。

此时,人们想起叶挺在铁窗中写过的一句话:我应该在烈火中和热血中得到永生!

叶挺永远活在人民心中!

人民怀念项英

袁国平突围途中牺牲了。项英、周子昆一行突出重围,在山中隐蔽两个月,3 月 13 日晚上,项英、周子昆下了一会儿棋,便在洞中睡下了。刚任命的副官刘厚总得知项英、周子昆身上有银元和金条,萌生了杀人窃财的念头,凌晨时刻,熟睡的项英、周子昆被副官刘厚总杀害。刘厚总摸走了项、周的银元、金条。这不是项、周二人的私人财产,是党的经费。

项英被害时,年仅 43 岁,周子昆年仅 40 岁。

全国解放后,1955 年 5 月 19 日,南京军区干部部的同志,将项英、周子昆的遗骸运到南京,安葬在南京雨花台革命烈士陵园内。

项英虽然在新四军工作期间,尤其在皖南突围中,指导失误,但他毕竟功大于过。军部机关很多同志对项英艰苦朴素、严于律己的作风十分赞赏和钦佩,他对部属平易近人、和蔼可亲,至今口碑很好。他死后,人们一直采取各种方式纪念他。

1990 年,项英家乡湖北省武昌县人民,要求为项英立铜像。中共武昌县委上报中央,很快得到批准,时任国家主席的杨尚昆,为铜像写下了"项英同志浩气长存"的题字。

1998 年 5 月 13 日,解放军总政治部、中央党史研究室在北京举行项英诞辰 100 年座谈会。迟浩田在会上发表讲话,高度赞扬项英为中国人民的解放事业所建立的功勋。

迟浩田说:"项英同志是抗日战争的名将之一。他为新四军的组建、为华中抗日民主根据地的创建与发展,付出了很大心血。抗日战争全面爆发后,他与叶挺同志先后到达延安,接受党中央赋予的组建新四军、开展华中抗日游击战争的任务。此后,项英同志担任新四军副军长、中共中央东南分局和东南局书记、中央军委新四军分会书记。1937 年年底到 1938 年年初,他与新四军军长叶挺及陈毅同志一起,将分散在南方八省十四个地区的红军和游击队组建为新四军。新四军成立后,项英同志与新四军其他领导人一起,指挥部队不断粉碎日军的'扫荡'。同时,还领导了反击国民党顽固派军队进攻的斗争。在严酷的战争环境中,项英同志十分重视新四军部队的教育训练和干部队伍建设,强调要做好政治思想工作,发扬艰苦奋斗的优良传统,大力培养干部,努力提高政治素质。"

迟浩田还说:"项英同志的一生,是革命的一生、战斗的一生。我们纪念项英同志,要学习他对共产主义理想的坚定信仰;要学习他不怕困难、百折不挠的革命精神;要学习他艰苦奋斗、密切联系群众的优秀品质。"

皖南事迹中被俘的新四军指战员大约 4300 人,其中干部六百多名,一开始被关押于浙江淳安开化,后被囚禁在江西上饶集中营(由上饶附近的七峰岩、周田村、茅家岭、李村及铅山县附近的石塘等监狱组成)。他们面对国民党顽固派的欺骗利诱、残酷刑讯、野蛮屠杀,始终坚贞不屈,保持着革命者的崇高气节。他们在狱中成立中共秘密组织,领导反感化、反诱降、反迫害斗争,积极组织越狱、暴动。1942 年 5 月 25 日,茅家岭监狱暴动成功,全狱 26 人,除 2 人负伤被抓回杀害外,其余 24 人均逃出虎口。同年 6 月 17 日,周田监狱的难友乘集中营向福建转移之机,在福建崇安赤石镇附近领导了近80人的大暴动,除当场牺牲9人外,其他大部分人员跑进了武夷山,和茅家岭暴动出来的战友会合,一起参加了游击队。此外,零星越狱、逃跑的也有上百人,他们多数先后重返新四军。

新四军政治部秘书长黄诚,组织部部长李子芳,第三纵队司令员张正坤,第二纵队副司令员冯达飞,第五团团长徐锦树、政治委员林开风等两百多人,在囚禁期间惨遭杀害。抗战胜利后,被俘的皖南新四军有两百多人陆续获释,还有四十多人被认为是"最冥顽分子"仍遭关押,继续遭受迫害。

新中国成立后,安徽省政府在泾县建造了皖南事迹烈士陵园。每年的清明节,全国各地的民众,纷纷前去,向项英、周子昆、袁国平及牺牲的指战员们致哀悼念。

第九章

重振军威,陈代军长高招迭出

陈毅就任代理军长

近几年来,许多来江苏指导工作的中央首长及各省市领导,都要到苏北的盐城去参观。盐城为何有如此的魅力?话却要从 1941 年的 1 月 25 日说起。为针锋相对反击国民党顽固派制造的皖南事变,毛泽东亲笔为中共中央革命军事委员会起草了关于重建军部的命令,陈毅在盐城宣誓就任新四军代理军长,刘少奇任政治委员。重建后的新军部,担任起领导和指挥华中军民抗战的重任,为夺取全国抗战的胜利,建立了不朽的功勋。

为永久铭记新四军的业绩,盐城人民于 1996 年兴建了新四军纪念馆。此后,到江苏来指导工作的中央首长都要去盐城参观。来此参观的国内外人士达 50 万人次,他们除了参观新四军纪念馆外,还要来到新四军军部的旧址文庙参观。

文庙建于明嘉靖年间,初建时规模宏大,气势不凡,后历经多次战火,渐近荒废。抗日战争中,新四军军部在这里办公后,文庙人气大旺,声名远扬,广受瞩目。

1940 年 10 月,黄桥决战结束后,刘少奇和陈毅及黄克诚在海安会师后,成立了华中八路军、新四军总指挥部。不久,总指挥部移到了盐城的文庙。

震惊中外的皖南事变发生时,这里成了与延安、皖南联系的重要枢纽。在那惊心动魄、非同寻常的日子里,主持华中工作的刘少奇和陈毅通宵达旦地部署工作,紧张地收集来自各方面的信息,利用电波不断地向中共中央报告国民党围攻皖南新四军军部的情况。

1941 年 1 月 13 日,这里与皖南军部电讯中断,军部下落不明,15 日又传来皖南突围失败,叶军长被捕。1 月 17 日刘少奇得知蒋介石在重庆宣布取消新四军番号的消息,果断地向中共中央建议,在盐城重建新四军军部,以重振军威,统率华中。

1 月 20 日,毛泽东以中共中央军委发言人名义就皖南事变发表了谈话,揭露国民党当局的反共阴谋,抗议其武装袭击新四军的暴行,要求国民党当局以大局为重,取消 1 月 17 日的反动命令,惩办祸首,释放叶挺,废止国民党一党专政,实行民主政治。

中共中央高瞻远瞩、总揽全局,提出在政治上取攻势,在军事上取守势,坚决击退国民党顽固派第二次反共高潮的正确方针,周恩来领导南方局在重庆同国民党顽固派展开斗争。

周恩来同志在重庆《新华日报》上,以极其悲愤的心情亲笔题词:

"千古奇冤,江南一叶。

同室操戈,相煎何急?!"

周恩来还亲自带领战斗在重庆的同志上街散发报纸,向后方人民揭露皖南事变的真相,抗议国民党顽固派蓄谋已久的分裂投降阴谋。

1941 年 1 月 20 日,中共中央军委发布命令:任命陈毅为新四军代理军长,刘少奇为政治委员,张云逸为副军长,赖传珠为参谋长,邓子恢为政治部主任。

1 月 25 日,是一个具有历史意义的日子。这天,风和日丽,阳光明媚,声势浩大的新四军军部成立大会在盐城游艺场举行。

在临时搭建的主席台上,陈毅宣誓就职,并发表了激动人心并鼓舞士气的演讲,他的开场白是:"毅以庸愚,身赴前线,值此危局惨变,按诸抗战职责,断无消极退让之理。本人就任代理军长,于盐城恢复军部,誓率 9 万之众与日寇奋斗到底,为解救中华民族而奋斗。本军一息尚存,斗志不容松懈。"这是一个振聋发聩的声音,它的声波从盐城延及华中、全国。

刘少奇在其著名的《我们在敌后干些什么?》的报告中说:"我们就是要把新民主主义政治、经济、文化各方面都彻底办好","创造新的苏北,新的盐城"。

盐阜抗日根据地建设由此如火如荼,蓬勃开展。中共华中局、华中党校、江淮银行、鲁艺分院、抗大分校、江淮日报社等相继于盐城成立,华中敌后军事、政治、文化中心由此确立。

不久,七君子之一的邹韬奋千里迢迢来到盐阜区,有感于这一方热土上的辉煌成就,他赞叹不已:"过去 10 年从事新民主运动只是隔靴搔痒,今天才从实际中看到了真正的新民主政治",并称盐阜抗日根据地是"在强敌环伺中开出的一朵奇葩"。他后来在上海病入沉疴之际,仍喃喃而语:"我如死,要死在苏北抗日根据地。"感情之深、之切、之真,由此可见。

盐阜区已形成一种极大魅力,以致于阿英、范长江、贺绿汀等的著名文人竞相而至。他们背倚滔滔串场河,以浓情蘸笔,挥就出气势恢宏的抗战作品。还有一串灿若晨星的名字:钱俊瑞、薛暮桥、孙治方、骆耕漠、黄源、艾寒松、赖少其、孟波、丘东平、许晴、许幸之、何士德、吕振羽……正是他们的融汇,盐阜区抗战文化才显得异彩纷呈,绚丽多姿,辉煌灿烂。

刘少奇和陈毅一道,率领新四军全体指战员化悲痛为力量,重整旗鼓,遵照党中央的指示,将活动于陇海路以南的八路军列入新四军建制,全军扩编为七个师,共9万余人。

一师,由苏北指挥部第一、第二、第三纵队改编而成。该部活动于江苏中部的苏中解放区。

二师,由江北指挥部第四、第五支队和当地游击队改编而成。该部活动于安徽东部与江苏一部的淮南解放区。

三师,由八路军南下部队和苏北地区的部队改编而成。该部活动于江苏北部的苏北解放区。

新四军整编后的第三师第七旅全体官兵合影

四师,由豫东发展起来的人民武装——新四军第六支队和苏北八路军陇海南进支队改编而成。该部活动于津浦路东、运河以西的淮北解放区。

五师,由鄂豫边挺进纵队改编而成。该部活动于河南南部、湖北东部及中部、安徽西部、江西西北部、湖南东北部的鄂、赣、湘、皖解放区。

六师,由苏南指挥部、新二支队、江南人民抗日义勇军改编而成。该部活动于江苏南部和安徽一部的苏南解放区。

七师,由皖南事变突围的许多部队,加上无为游击队和第三支队挺进团改编而成。该部活动于皖中解放区。

此外,还有独立旅。

不久,在浙江东部还建立了浙东游击纵队,活动于浙东解放区。

如果说新四军过去仅达到游击兵团的程度,那么,皖南事变后,却已迅速地发展壮大为正规化的大兵团了。

新四军军部在盐城各方面工作搞得红红火火,毛泽东高度评价说:"盐城是华中军民的一道长城。"

陈毅后来自豪地说,如果问新四军从皖南事变的危害中摆脱出来,有什么宝贵的经验? 那我们正面的回答:最大一点,就是在最紧急的关头,能以自己的坚持抗战的团结精神,战胜了对方分裂投降的阴谋活动,绝不因别人的反共分裂行为,动摇自己对外抗战对内团结的方针……我们临危不乱的团结精神,虽然付出了巨大的牺牲和流血的代价,但终于克服了反共投降的危险,保证了抗战大业的继续前进。

粟裕讨伐李长江

新军部成立后,陈毅代军长的工作特别繁忙,常常熬夜到天明。

2 月上旬的一天,陈毅又忙了一夜,见东方发白,他站起疲惫的身子,举起双臂伸了伸腰,活动一下麻木的躯体,然后走到院子里,在清晨的曙光下,锻炼身体。

突然,"叮铃铃"一阵铃声,电话响起来了。

陈毅返回屋内,拿起电话,就听电话中门卫说:"报告军长,粟师长求见!"

"赶快叫他进来!"

陈毅放下电话,粟裕已快步来到他面前。

陈毅问:"何事这么紧急,连夜从东台赶来,一路辛苦啦,快坐下来说说。"

粟裕紧张而又气愤地说:"李长江已经投靠了日本人,准备于 2 月 18 日在泰州召开伪第一集团军成立大会,会后将兵分两路进攻盐城。"

李长江为何突然投靠日本人?

原来,在黄桥战役中,二李按兵不动,气煞了韩德勤,他向蒋介石告了一状,将黄桥失败的原因都推到二李身上,说二李暗通新四军,又说二李故意陷害李守维等等。蒋介石闻讯后,暴跳如雷,一气之下,下令将二李调离苏北。老于世故的李明扬当然知道,蒋介石要借刀杀人,气愤之下,便带着一千余人,打着中立的旗帜,离开泰州到泰潼一带打游击。

日本人摸到李长江孤身一人的情况后,为达到"以华制华"目的,派大汉奸缪斌到泰州游说,并代表汪精卫,授予李长江为第一集团军总司令官。李长江立即表示接受。缪斌与李长江的接触,尽管十分诡秘,但世上没有不透风的墙,他俩商谈的内容马上就泄露出来,一时间泰州风言风语。2 月 15 日上午,李长江对外公开宣布投降日本人,并称 18 日召开庆祝大会,20 日向盐城进攻。

陈毅听罢粟裕的汇报,严肃地说:"李长江投敌,臭名远扬,一是影响大,二是已对我新四军构成威胁,我们不能听之任之。"

这时刘少奇进来了,得知李长江投敌,气愤地拿起一支铅笔在地图上的泰州四周划了个圆圈说:"18日李长江开大会公开投敌,20日向盐城进攻,我们一定要在19日这天捣毁他的司令部。"

陈毅问粟裕:"你们准备怎么办? 有何计划?"

粟裕指着地图说:"我们决定安排叶飞的一旅在泰州至扬州公路两侧,阻击扬州增援之敌;王必成的二旅、陶勇的三旅,沿海安至泰州公路向西横扫,直取泰州,活捉李长江,严惩李长江。如果李长江欲逃,我则三路追击。"

刘少奇点点头说:"方案甚佳,就这么办吧。"

陈毅说:"这是新军部成立后的第一仗,这是一场政治仗,只能打胜,一定要把李长江这条毒蛇打死在洞口。"说罢,转脸对刘少奇说,"这一仗事关重大,我去一师,给大伙加加油。"

刘少奇点头称好。

下午,陈毅冒着风雪来到东台二里桥一师师部。

第二天,陈毅又随一师指挥所来到曲塘附近的邓家店。政委刘炎,政治部主任钟期光组织召开营团干部大会,进行战前动员,大家得知军长亲临会议分外高兴,要他在会上讲几句,陈毅也不推辞。

这天,他登上讲台,解开衣扣,双手叉腰,高兴地说:"同志们,你们已经知道这一仗是同李长江交锋,但是今天的李长江已今非昔比了。昔日的李长江迫于压力,一度同新四军合作,不敢公开反共。可是今天,他为了荣华富贵,可耻地当了汉奸。对于汉奸,我们一定要狠狠地打! 要毫不留情地打,打他个片甲不留!"

会上,陈毅宣布粟裕为讨逆总指挥,叶飞为副总指挥,刘炎为政治委员。接着,粟裕下达了各旅的作战任务。

2月19日拂晓,三路大军向泰州猛进,按预定计划,中午攻克了姜堰,消灭伪军七百余人。傍晚,兵临泰州城下。

原来,李长江准备18日开大会庆祝,不料这天下大雨,改为19日。

这天上午,李长江在泰州举行庆祝大会,吹吹打打,好不热闹。新四军攻占姜堰,剪断了电话线,李长江成了聋子,对姜堰战事一无所知,完全蒙在鼓里。暮色降临,路灯刚亮,泰州城外突然响起了枪声,李长江如梦初醒,急得犹如陀螺在屋里打转。

次日凌晨3时,王必成二旅从城东进入泰州,陶勇的三纵从西门突入城内。一时间泰州城内杀声震天,不一会新四军来到了李长江住处西山寺,李长江见大势已去,换上长袍率少数卫队逃出泰州城。

战斗到拂晓,歼灭李长江大部,俘虏五千余人,缴获武器及军用物资无数,还争取了两个支队战场起义。

上午8时,粟裕得到情报:扬州、高邮、如皋日军同时出动,增援李长江。粟裕果断命令部队边撤边搬运战利品。

2月21日,日军的十几架飞机在泰州上空盘旋,既不轰炸,也不扫射,呜呜嗡嗡像哀号一样,大概他们未发现新四军。这时泰州城的确没有一个新四军,一旅向港口方向追击李长江,二旅打到泰州以南塘头,三旅搬运物资向海安转移。

陈毅在望远镜中看见如山似的缴获物资,乐不可支,他向刘炎交待:"这是干部战士用生命和鲜血换来的,一点也不能丢失和浪费,要好好保管,将来能派上大用场。"

这一仗,是粉碎国民党第二次反共高潮后重要的一仗,既打击了日伪,又教训了亲日派和反共投降派,陈毅向中央军委报告了战况。

远在延安的毛泽东收到捷报,分外高兴。2月24日,他致电重庆的周恩来,电文说:

李长江叛变,陈毅率新四军讨伐,20日占领泰州,俘获人枪数千。李率数百人西逃,逆部有两个支队反正,望广为宣传。

十团大战

粟裕的第一师在苏中地区开辟根据地后,至1941年年底,主力部队已发展到1.4万余人,地方武装为1万人,不脱产的为16万。

一师部队的迅猛发展,像把锋利的钢刀威胁着敌人。他们白天隐蔽,黑夜行动,声东击西,和敌人捉迷藏。敌人一出窝,数量少就一下子吃掉它;数量多,就派一个班在敌人前面走,逗引敌人在后面追,主力有计划地转移。等敌人发觉,已瞅准它的弱点,以神速的行动,集中绝对优势兵力歼灭其孤立的一路,等敌人主力赶来增援,早已无影无踪。日军南浦旅团长气急败坏,多次寻机报复都没机会。

12月初的一天,南浦得到情报,说一师司令部驻在如东县的丰利镇,便集中日伪军5000人,分别向丰利、三仓"扫荡"。12月8日,日军一个中队和伪军一个团,袭击丰利镇,粟裕命令陶勇率领第八团隐蔽在丰利镇东南双灰山地区,敌人的头刚进丰利镇,八团出其不意地前后夹击,速战速决,全歼了这股敌人,活捉日军中队长羽田。

日军不甘失败,第二次,南浦又派日军600名,伪军一个团,合围丰利镇。陶勇采取反包围的战术,派三个团沿黄海边,涉过寒冷的海水,迂回到敌人后面,歼灭日伪军800人。

南浦5次争夺丰利镇,均未成功,这真是赔了夫人又折兵。

丰利攻不动,他便集中兵力攻打东台县三仓。守三仓的是叶飞的一旅,这支部队抗战以后打鬼子最多,摸透了鬼子特点,他们守在三仓,可以说是一夫当关,万夫莫开,日军7次进攻,都损失殆尽。南浦的5000人马,经几天作战,建制混乱,伤亡很大,军心涣散,士无斗志。

粟裕见反击时机已到,便和陈丕显、刘炎、钟期光研究决定,集中第一旅、第二旅、第三旅等10个团的兵力,从南起长江,北至三仓,在纵横700里的战场全面反击,在日伪军如皋、古溪、拼茶、李堡、余西、二甲、盆河、临泽、王家营等多处据点主动发起攻击,这些据点在一夜之间被烧毁。

南浦这一夜惊魂不定,第二天见部队元气大伤,无力再战,那穷凶极恶的气焰荡然无存,垂头丧气地缩回南通。

一师十团大战,粉碎了南浦5000余人的大"扫荡",消灭日伪军1500人,缴获步枪2000支,轻重机枪200挺。

李先念计破侏儒山

远离军部,单独在鄂豫皖边区作战的五师,处在中国正面战场的前沿阵地。这里是日军和国民党军重兵集结地区。日军以武汉为中心,常驻有六个师团约5万人,国民党军也在其周围驻有第一、第五、第六、第九战区的兵力,一共有40万人,而五师的1.5万人,处在日军和国民党军的夹缝中。他们既要同日军作战,又要应付国民党军的磨擦,稍不留心,就有全师覆没的危险。但是,五师运用时而分散隐蔽,时而集中歼敌的灵活战术,使这里的战局出现了奇妙的现象,15万日军反而处在1.5万新四军的包围之中。

这年5月,五师在大、小悟山粉碎了日军5000人的大"扫荡"。

6月,周志坚的十三旅直逼武汉市郊。

11月,五师乘日军发动第三次长沙战役,武昌、汉阳兵力空虚之际,派王海山的十五旅东进，开辟汉川、汉阳、沔阳根据地。

王海山接受任务后，先派旅政治部主任张执一率领四个连队，远涉襄河，侦察敌情。一年前，张执一曾在汉阳一带策动伪军杨晋曲反正，这里的山山水水他都熟悉，此次再来，可谓轻车熟路。

张执一花了半个月时间，跑遍了汉阳敌人据点周围的村落，搜集了大量敌伪兵力部署、工事、武器装备情况。汉阳地区的日军兵力，除汉阳城外十几个小据点外，汉阳城只有一个旅级单位的警备司令部，但伪军却有一个军。这个军就是刘国钧的伪定国军，下辖伪一师、伪二师和一个教导团。伪一师汪步青三个团5000人马，盘踞在汉阳西南的侏儒山、桐山头、永安堡一带；伪二师李太平辖三个团，随军部住沔阳的沙湖、彭家桥。伪一师与伪二师勾心斗角，汪步青与军长刘国钧、伪二师师长李太平矛盾很深，三人一见面，眼睛就冒火，说不上三句话，就像公鸡似的斗起来了。

十五旅党委听了张执一的侦察情况汇报，决定利用敌伪矛盾，首先干掉汪步青的伪一师。

汪步青小时候，是个恶少惯偷，性格像火药桶，村上人说他是个当兵的料子。后来，他果然从军，参加了国民党军，混到了少校营长官阶。抗战爆发后，他溜回家乡汪家场，招兵买马，自命为中原军司令。李宗仁收编了他，任命他为上校团长。日本人到武汉，他投靠了日本人，当了伪定国军的师长。平时，他不把新四军放在眼里，认为新四军人少，武器差，不是他的对手。

这天晚上，他正在麻将桌上酣战，情报处长慌慌张张地告诉他，新四军要来攻打侏儒山。他听了哈哈大笑，说："一定是情报搞错了，不会有这回事。"说罢，继续埋头打他的麻将。恰恰就在这晚的后半夜，五师十五旅奔袭了伪一师三团，全歼了这个团。汪步青吓得连夜逃到汉阳，向日军求援。他重新招兵买马，仍旧盘踞在侏儒山。

第二次攻打侏儒山时，十五旅和天汉支队兵分两路，像一把铁钳向侏儒山夹击。十五旅的四十四团攻占了将军岭，天汉支队攻占了裴家山。战斗正顺利发展时，王海山得到情报说，汉阳鬼子警备队八百多人已出动，先头部队已到扎山，企图从侧后攻击十五旅。王海山考虑汉阳地形不利于久战，便指挥部队撤退。这时汪步青的伪一师见日本人来增援，鼓起了反击的劲头。

副旅长朱立文见有被敌包围之势，对王海山说："旅长，我留下来掩护，你赶快带部队突围出去！"

王海山同意了朱立文的建议，带着部队从鬼子与伪一师的结合部突出了包围圈,但是留下来担任掩护的朱立文及一部分战士牺牲了。

不幸的消息传到师部,李先念和参谋长刘少卿心急如焚,策马赶到十五旅,同王海山、周志刚商量对策。

他们认为,要消灭伪一师,首先要断绝周围鬼子据点的增援。而要切断鬼子增援,有两种办法,一是专门拨一部分兵力对付增援,但这种方案必然要削弱主攻力量;二是扩大敌伪矛盾,促使鬼子对伪一师增援抱消极态度。

由于当时兵力不足和对敌伪情况摸得不透,这两种方案都很难实行。事有凑巧,正在左右为难之际,旅部来了一位不速之客,自称周干,说同旅部张执一主任是同乡同学,此次出差路过这里,特来拜访老同学。旅部林参谋一面客气地接待了来人,一面派人向张执一报告。

张执一十分了解周干,俩人的确是同乡同学,不过,他俩却是两股道上跑的车,走的不是一条路。他俩的志向和政治态度恰恰相反,在小学同学时没有差别,上中学时,张执一参加了地下党,周干参加了国民党,并任总干事之职。后来,张执一参加红军,周干到上海参加了杜月笙的特务组织。抗战以后,周干摇身一变,成了汉阳日本特高课特工。

张执一估计周干来此,是黄鼠狼给鸡拜年,没安好心,不是搞情报,就是来策反的。便把周干的情况向李先念作了汇报,

李先念大笑着说:"哈哈,机会来了。"

张执一不解地问:"什么机会来了?"

"这是送来的活蒋干嘛。他来得正是火候。"

一出新编《蒋干盗书》的戏开演了。

林参谋把周干带到了张执一宿舍,张执一像老朋友似的热情接待了周干,又倒茶又递烟,还叫人打酒买菜准备招待客人。俩人你一言我一句谈得正热乎的时候,警卫员进来向张执一报告,说首长有急事要他去一趟。张执一点点头,向客人表示一下歉意,匆匆把桌上的文件卷宗放进抽屉里走了。

周干和张执一寒暄时,凭他的职业本能,眼睛早已瞄准了桌上的卷宗。张执一一离开,便以为时机已到,借故打发走室内的警卫员,蹑手蹑脚地来到桌前,从抽屉里拿出那份卷宗,翻开后,他第一眼就看见汪步青写给张执一的信。周干见了信,不禁又惊又喜,不假思索地掏出照相机,慌慌张张按快门。

躲在窗外的警卫员看得一清二楚,急忙跑到司令部,高兴得结结巴巴地对张执一说:"张主任,上钩了,张主任,上钩了!"

"小鬼,慢慢说,是特务上钩了,怎么张主任上钩呢?"

警卫员听了李先念的话,喘了口气,红着脸说:"首长说错了,不,首长,是我说错了,是那个特务上钩了。"

第二天,周干乐滋滋地返回汉阳,向日军警备司令高野报告。

高野看到汪步青的信,越看越气,信上写道:

尊敬的张执一主任:

请原谅,为了混口饭吃,不得已跟日本人走了一段路。你几次派人来劝降,出于日本人的压力,我没有明确表态。最近左思右想,感到实在对不起你。在列祖列宗面前,我是个不孝子孙。因为日本人毕竟是异族人,数中华五千年历史,异族人想征服和统治中华民族,是非常困难,而且办不到。我想定了,一旦时机成熟,将率部反正。

汪步青叩

这封信是李先念叫人模仿汪步青笔迹写的假信,当然狡猾的高野是不知道的。

他看完信,副官来报告说新四军在攻打侏儒山,要不要派兵增援。

高野连连摇手说:"不要去,不要去,这是新四军和汪步青在演戏,去了就中计了。他们要诱骗皇军去中他们的埋伏。"

李先念这一着高棋果然使高野中计,使他产生了对汪步青不可调和的隔阂和矛盾。这天早上,周干前脚走,新四军后脚就跟上了。李先念为了保证合歼伪一师,将周志坚的十三旅3个团,从100多里外的京山、钟祥一带调来增援。汪步青的伪一师得不到日本人的支持,被新四军在一夜之间干净利索地歼灭了。新四军还顺手牵羊,拔掉了胡家台鬼子据点。

五师攻下侏儒山,鬼子吓得扔掉了一些小据点,往汉阳收缩兵力,伪定国军军长刘国钧成了惊弓之鸟,连忙派人与李先念联系,表示暗中帮助新四军打鬼子。五师乘胜占领了汉阳外围,开辟了汉川、汉阳、沔阳根据地,为发展湘鄂西游击根据地建立了桥头堡。

打不死的刘奎

皖南事变后的一天,在国民党三战区顾祝同办公室内,五十二师中将参谋长陈淡如,正向顾祝同汇报"清剿"皖南新四军的战果。

陈淡如原是三战区驻皖南新四军军部的中校联络参谋,因在皖南事变中屠杀新四军有功,事变后一下子晋升为中将参谋长,担任"清剿"总指挥。他向顾祝同汇报了一天,最后,他拍着胸脯保证,皖南已经没有一个新四军了,他叫顾祝同尽管放一百个心。

陈淡如话音刚落,冷欣闯了进来,慌慌张张地对顾祝同说:"报告顾长官,刚才旌德县政府打电话来,说皖南发现新四军皖南游击队,昨天晚上庙首乡公所被游击队打掉了,枪杀了乡长和保安队,今天早上太平县政府说,谭家桥乡公所也被游击队打掉了,枪杀——"

"怎么搞的!"顾祝同倏地站起来,指着陈淡如的鼻子,严厉责问说,"你不是说皖南没有一个新四军了吗?怎么一下子到处是新四军游击队了?你说啊!"

陈淡如目瞪口呆。

皖南事变后,顾祝同为了彻底消灭皖南新四军,派陈淡如组成"清剿"司令部,从五十二师、一九二师、一四四师、新七师、一〇五师中抽调了12个团,再加上各县保安团,近5万兵力,密布在原新四军军部驻地和铜陵、南陵、繁昌等地区,残杀新四军突围出来的零星人员。他们在山地、树林、村庄中反复搜索,凡是新四军驻过的村庄,全部烧光,弄得皖南地区无数村庄成了残墙断壁,一片焦土,成千上万群众被枪杀在血泊之中,白色恐怖笼罩着皖南。国民党对皖南的每一寸土地,每道河流,每个村庄,像篦子梳头,梳了几遍。

在陈淡如看来,皖南这块土地已被他变成了一片沙漠,新四军纵有天大的本事,也很难把它变成革命的绿洲。但他忘记了人人皆知的一句古诗:野火烧不尽,春风吹又生。在皖南事变中,在这里坚持斗争的皖南中心县委书记胡明,采取各种方法,隐蔽和保留了一批武装力量。冬去春来,山花开遍皖南的时候,他组织了三支游击队,声东击西地到处袭击国民党顽固派。

在这三支游击队中,刘奎领导的皖南游击队最活跃。

刘奎,是江西吉安人。1926年,他就参加了革命,曾任红军营长、游击队大队长,抗战爆发后,在新四军军部当参谋。皖南事变时,他和杨汉林、李志高突围来到石井坑的大山沟里,军部作战科长李志高要他和另一位同志李建春留下来坚持斗争。他愉快地服从命令,同李建春一道,又收容了散失的十几个同志,在胡明帮助下组建了皖南游击队。

一天晚上,他们在树林里燃起一堆篝火,举行宣誓,刘奎讲一句,大家重复一句。誓言是:

我们是新四军播下的革命种子,是共产党领导的新四军皖南游击队,坚决同日本强盗和国民党顽固派斗争到底,战死不投降,打死不叛变,为死难烈士报仇。

铮铮誓言虽声音不高,却是那么气氛庄严肃穆,他们均感到肩上的重任。

他们第一仗,就是袭击旌德县庙首乡公所。庙首是一个大集镇,离旌德县城70里路,四面高山,附近没有国民党正规军,乡公所只有20个保安队员,所以没有什么战斗力。乡长江端是个地头蛇,又是个反共急先锋,皖南事变中,他杀害了8个新四军伤病员,民愤极大。刘奎和大家分析来分析去,感到消灭这个乡公所,有利条件很多。

晚上9点多钟,游击队向庙首奔袭。

这天晚上,多数保安队员躺在床上睡觉,乡长江端同几个保安队员在打牌,在他们脑子里,认为此地根本不会再有新四军了,警惕性很差,连门哨都没有。

游击队冲进去,端着枪叫道:"我们是新四军,你们统统举起手来!"

江端以为有人跟他开玩笑,头都不抬,生气地埋怨道:"哪个有神经病,深更半夜开什么玩笑。"

刘奎举枪击倒了江端,其余的保安队员见势不妙,乖乖地举起了手。

第二天早上,太平游击队袭击了谭家桥乡公所。

两仗一打,影响很大,老百姓传说纷纭。

有人说:"新四军没有走,他们就在我们身边。"

有的说:"反动派不会那么神气了,这回要叫他们吃子弹了。"

陈淡如可慌了手脚,他挨了顾祝同一顿训斥后回到皖南,派出十多批特工,侦察刘奎游击队下落。这些特工化装成老百姓四处打听,听到的尽是神话般的传说。有的老百姓说,游击队长刘奎,就像水浒上的黑旋风李逵一样,走起路来有股旋风,能刮倒房屋树木。他手上有把500斤重的大刀,是削铁如泥的宝刀,一刀杀两个坏蛋,刀上一点血都没有。

陈淡如派出的特工,侦察了一个多月,一点头绪都没有,只得到处贴布告,宣布谁报告刘奎的下落,赏大洋20万,谁抓到刘奎,赏大洋40万。但是,布告贴出的第二天,他路过樵山,就遭到刘奎的游击队伏击,右腿被打伤,吓得再也不敢出门了。

顾祝同看他"清剿"无能,骂他是饭桶,要撤他的职。他在顾祝同面前再三求饶,并保证三个月抓住刘奎。

三个月以后,陈淡如不仅没抓到刘奎,胆子却越来越小。他听老百姓传说,刘奎是孙悟空再世,能指挥几千几万猴子作战,而且派出去的几个特工回来说,亲眼见过刘奎训练猴子,说得有鼻子有眼,神气活现。

刘奎与猴子究竟是怎么回事呢?原来有一天,刘奎带着游击队来到一个山洞,洞里尽是玉米、蚕豆,还有各种颜色的妇女衣服,刘奎凭自己的经验,知道这是猴子的洞穴。他想到猴子通人性,与猴子搞好关系,有助于游击队活动,便关照队员们不要动猴子的东西。不一会儿,猴子回来了,刘奎叫队员放下武器,排好队,在洞口笑脸相迎。不出刘奎所言,这些猴子果真通人性,见这些人没动它们的东西,心里很高兴,伸出爪子招呼游击队进洞作客。

有一次战斗中,刘奎腰部中弹,疼得吃不下饭,睡不好觉,便叫警卫员用刺刀当手术刀,在他的腰上挖出了子弹。手术期间没有麻药,猴子见刘奎疼得满头大汗,用毛巾沾冷水帮助刘奎擦汗。刘奎伤口痊愈后,3只猴子还跟他去打仗。

又有一次,他和皖南地委书记胡明、李建春,在一个树林里开会时,突然被国民党军一个营包围了,刘奎掩护胡明、李建春突围,他自己子弹打光后,被逼到山顶上,前面是十几把雪亮的刺刀,背后是万丈深崖。刘奎立下誓言,战死不投降,至死不叛变。他面对万丈深崖,毫不犹豫地纵身跳了下去。

一块石头掉进万丈深崖,也要砸得粉碎,何况人呢? 国民党军以为刘奎死了,到处散布刘奎被打死了的消息,并急不可待地报告了顾祝同,顾祝同听后,以为刘奎真的死了,准备收兵停止清剿。

胡明、刘建春在另一个山头看到刘奎跳崖,也认为他牺牲了,为他召开了追悼会,谁知几天后,刘奎拄着拐杖返回游击队驻地。当他出现在大家的面前时,胡明惊讶地说:"你真是个打不死的铁刘奎。"

这事一传十,十传百,皖南老百姓都知道新四军中有个打不死的刘奎。

何克希鏖战浙东

浙东,紧靠沪、杭地区,面对白浪滔滔的东海。全境共十几个县,山区多,有四明山、会稽两道山脉;万山重迭,南抵天台山,西达天目山,北靠杭州湾。在余姚、镇海、慈溪三县以北有一块方圆百里的平原,称之为三北平原。

浙东是块美丽富饶的鱼米之乡,然而浙东的政治舞台同6月的江南黄梅天一样变化莫测。抗战初期,中共党组织在浙东发展迅猛,大批地下党员在乡村和城镇中发动群众,宣传抗日。但是,浙江省委书记刘英同志被国民党暗害后,浙东地下党组织遭到严重破坏,1941年夏天,日军在镇海登陆,几天之内,浙东地区被日军占领。数万国民党军一枪不放,向浙赣线逃跑。幸存的党组织意识到形势大变,从血的教训中总结经验,纷纷拿起武器,成立了各种形式的抗日自卫队。余姚县委首先建立了余上自卫大队,接着镇海、慈溪等县委也有了自己的队伍。

华中局分析了浙东形势,判断了浙东未来的政治走向,迅速作出大力发展浙东抗日武装的决定,由浦东派出4支力量,挂着国民党招牌开赴浙东。

1942年6月30日,陈毅召开秘密会议,决定派何克希、张文碧、刘亨云等十几位干部,开赴浙东加强领导。何克希一行从阜宁经南通转启东,脱下军装,换上便衣,由政治交通员周一光领着,南下浙东。

由浦东开往浙东的4支队伍,最先到达的是林达、蔡群帆的三战区淞沪游击队三支队。6月17日,他们在浙东登陆,来到一个名叫许家村的地方,这里老百姓不了解这支部队,以为是国民党的军队,部队没进村子就跑得无影无踪。林达见此情形,脸布愁云,摇摇头,但也很快领悟到老百姓的心情,便命令部队不准进民屋,并派人把躲在山上的老百姓动员回村。林达向保长进行解释,说明他们是抗日的队伍,是专门打鬼子的,要老百姓不必惊慌。傍晚,这位保长派人杀猪宰羊,办了十几桌酒席,邀请部队赴宴。林达经过了解,得知酒宴上的东西全是从老百姓那里搜刮来的,就把这个保长狠狠地训了一顿,并要保长把这些东西归还给老百姓,还严令保长今后不许对老百姓敲诈勒索。这天晚上,部队出钱向老百姓买了柴米,烧了一顿稀饭,吃的菜是萝卜干。谁知这顿稀饭,却震动了整个村子,连保长也说:"世上哪有不吃荤的猫,不抢老百姓东西的军队,我长这么大既没听过,更没见过。"

晚饭以后,村上的男女老少像看把戏似的,到部队驻地看热闹。林达、蔡群帆把老百姓招呼进屋子,问长问短拉家常。有个胆大的青年人问道:"老总啊,你们部队纪律这么好,究竟是啥部队!"

林达回答的还是那句老话:"我们是打鬼子的部队,哪里有鬼子,我们就到哪里去打!"

第二天一早,侦察员来报告,说庵东据点有30名鬼子下午要到相公殿去抢粮。林达说:"送上门的鬼子一定要打,这一打可以发动群众参军,也可以吸引地方党来联络。"

听说部队要在这里打鬼子,许家村沸腾了,部队多次动员老百姓躲在山上隐蔽起来,但是一个也不愿上山,纷纷要求参战。小学教师许先生要求带部队看地形,张家大地主的长工胡金谭、许成跃要求参战,有个12岁的孩子名叫小林子,主动要求爬到村头最高的树上瞭望敌情,及时报告敌人动向。村上的老百姓忙着烧水烧饭,等打了胜仗慰劳部队。

一切都准备好了,部队在埋伏在许家村以西的大路两侧。午后,鬼子进了伏击圈,大家屏住气,等林大队长发信号,长工胡金谭拉着林达的胳膊:"快打,快打! 别让他们溜了。"

林达低低地说:"别慌,要斩头取尾一锅端。"

鬼子进了伏击圈后,林达挥手一枪击倒队伍前面第一个鬼子,顿时,步枪、机枪一齐开火,毫无戒备的鬼子队形顿时混乱。半个小时后,歼灭鬼子二十多个,剩余的则慌慌张张地跑了。

鬼子吃了败仗,不甘心失败。6月25日,一百多个鬼子天不亮就来报复,结果又被打得一败涂地。庵东鬼子吃了两次败仗,躲在据点里一个多月没敢伸出头来。

相公殿打响了浙东抗日的第一枪,相公殿附近的青年纷纷要求参军。林达的这支队伍半个月就由一百多人扩大到三百多人。这时,谭启龙奉华中局命令,来浙东领导开辟抗日根据地。

谭启龙,又名胡志萍,江西永新人。1929年参加革命活动,历任永新县西北特区书记、湘鄂赣省军区政治部主任,参加了五次反围剿作战和南方三年游击战争。抗战爆发后,历任赣东北特委书记、苏南区党委书记、皖南特委书记。皖南事变后,华中局任命他担任闽浙皖赣四省联络站联络员。谭启龙有独挡一面的工作能力,1942年6月,华中局和军部派他到浙东主持军政工作,发展地方武装。

谭启龙到浙东不几天,何克希、张文碧、刘亨云一行也到浙东了。谭启龙、何克希到浙东,在宓家埭村又同先期到达的林达、蔡群帆、连柏生、朱人俊会师,大家无不高兴。谭启龙问林达:"浙东地方党联系上了没有?"

林达说:"联系上了,余姚县委书记张光、宁绍特委书记杨思一,三天之后就来会面了。"

谭启龙问:"你们怎么找到他们的?"

林达说:"提起这件事,还要给钱忆群记大功,是她……"

林达讲起了这件事的经过。

浙东地方党自刘英被害,大部分组织被破坏后,有的党员动摇叛变,有的逃到上海隐蔽,没被破坏的组织等待上面派人来联系。林达支队首战相公殿,震动了浙东。中央余姚县委怀疑相公殿打鬼子的部队是共产党的部队,便派人到相公殿去联系,但这支部队已离开半个月了,无从打听到行踪。这时,国民党三战区驻余姚办事处主任薛天白,招兵买马,余姚县委书记张光就派女党员钱忆群,乘薛天白招兵之际,打入国民党内部,当上了国民党的政工队员。

提起钱忆群,她可是浙东人人皆知的传奇式人物,群众称她为"浙东女杰""活着的秋瑾"。她原名叫袁冠群,是嵊县人,生于1920年,早年加入共产党,以教书为掩护从事地下斗争。1939年嵊县是个好年景,秋收以后,地方资本家勾结官府,逼租、逼债、逼捐,压低粮价,大肆购进粮食,囤积居奇,牟取暴利。1940年春天,粮价飞涨,而这年又久旱无雨,麦子收不到,秧苗插不下去,广大农民挣扎在死亡线上,处处饿死人,家家都戴孝,嵊县县长方志超却勾结奸商把囤积的粮食偷运到敌占区贩卖,以牟取暴利。嵊县地下党杨思一发动饥民同方志超斗争。6月3日这一天,县委决定由袁冠群为公开暴动领导人,率领几万饥民围攻县政府,要求开仓济民。开始,方志超派兵镇压,但袁冠群英勇顽强,带领饥民与警察搏斗一天一夜,迫使浙江省政府下令惩办方志超,使饥民得到了一部分粮食。但是,浙江省政府却派几千警察对嵊县城戒严,通缉捕捉袁冠群,到处贴布告,谁捉到袁冠群便有重赏。几千名警察搜捕了三天三夜都没抓到袁冠群,而袁冠群头天晚上,就在地下党组织的帮助下,化装成出嫁的新娘子,坐着大红轿子出了城,改名为钱忆群,转移到诸暨当了小学教师。

钱忆群打入国民党政工队时,恰逢林达支队与国民党余姚办事处的薛天白搞统战关系,暂属薛天白指挥。钱忆群经多方打听,得知在相公殿打鬼子的部队就是林达的部队,是刚刚改属薛天白管辖的国民党部队,不禁从头凉到脚,顿时感到希望化成了泡影。她把这一情况向余姚县委书记张光作了汇报,张光沉思了一会儿说:"有时金与铜一时难分清楚,这支部队是不是新四军,还要继续了解。浙东敌情复杂,共产党部队刚到新区,不可能一下子就暴露身份,可能会挂国民党牌子,干共产党事情,有机会要到这个部队详细了解一下。"

林达部队名义上归薛天白指挥后,薛为了掌握这支部队,组织了三十多个政工队员到林达部队,以工作名义进行监视,偏巧钱忆群也被派去了。政工队走之前,薛天白先训话说:"那支部队我们刚收编,老底子不清楚,据说有点红,大家要注意,去了不要染红了。"

钱忆群听到一个红字,心里一征,心中升起了希望之火,增添了几分信心。然而,她一到这个部队一看,又有点失望了。因为她一到部队,一点看不出这支队伍红在哪里。官兵们穿戴不整,有的像工人,有的像学生,更多的像农民,枪支也长短不一。这些都不像共产党的部队,但她又发现,这支部队常常开会,逢会还唱歌,行军休息时还学文化。他们政工队一到部队,部队就开始行军,行军速度非常快,他们逢山过山,遇水过河,走不尽的路。政工队的先生、小姐哪里吃得了这苦头,叹气声、骂娘声一路不绝。两天以后,政工队除钱忆群外都以种种借口离开了这里。钱忆群突然领略到,为什么政工队一去,部队就天天急行军?原来,这支部队痛恨国民党的政工队,故意用急行军把国民党政工队当脚底板的上臭烂泥赶快甩掉。钱忆群这么一想,心里有底了,她判断这支队伍十有八九是自己人。因此,她决心留在这里,弄清情况。可是,部队的官兵们很排斥她,想方设法要甩她,可是,她却越跟越紧，有几次宿营后行军，部队也不通知她就匆匆走了，但由于她的努力，始终没能甩掉她。

有天行军休息，钱忆群发现一个姓孟的班长磕坏了脚踝，便主动去给他包扎。谁知这个孟班长竟鄙视地说："钱小姐，碰破一点皮，负一点小伤是家常便饭，不值得大惊小怪的。"

听到称自己小姐，钱忆群感到浑身不自在，她知道这是在故意嘲讽自己，是把她当国民党看，但为了能从他的嘴里搞到一点情况，她忍住心中的委屈，用起了小计谋，有意说："你不想治伤，是不是想借自己有伤不想打鬼子啊？"

"什么？我不想打鬼子？"孟班长果真中了她的计，大声地说，"钱小姐，你别从门缝里看人！你去问问弟兄们，相公殿两次打鬼子，我装过熊没有？"

钱忆群一喜，连忙说："对不起，我是有眼不识泰山，小看了你，我向你道歉行不行。不过，我真不知道你们在相公殿打过鬼子。"

"这难道会有假吗？"孟班长举起手中的三八式步枪，认真而自豪地说，"我这支枪就是从鬼子手里夺过来的呢！"

钱忆群心中又是一喜，看来这支部队肯定是自己的队伍了。她激动得一夜没睡好，暗暗庆幸自己十几天的路没有白跑，十几天的辛苦总算有了收获。拂晓，部队又开始行军了。过了一会儿，下起了大雨，雨水如瀑布似的向大地倾泻着，部队走到一个村子，他们决定在此避避雨。战士们敲起了门，可没有一家开门。林大队长和蔡群帆对战士们说："不要惊动老乡了，大家找个地方避避雨吧！"

队伍迅速解散了。在闪电中，钱忆群见战士们在树底下、屋檐下，三个一堆，五个一群，肩依着肩，背靠着背，谁也没有一句怨言。她更加坚信，这支部队一定是自己的部队，不要说鬼子，就是那些国民党军队，一进村子，就是偷鸡摸狗，什么坏事都做。眼前这支部队不是新四军难道还会是其他部队吗？想到这里，她多么想上前和战士们打招呼，表明自己的身份。可是，她的警惕性提醒自己，还是要慎重，如果直言问他们，万一估计错了怎么办？她决定还是再观察观察。

雨停了，天也大亮了。老百姓们开了门，林达找来保长，不知说了些什么，保长就把部队带到一个祠堂里休息。钱忆群等部队都睡觉了，就找到蔡群帆。蔡群帆对内是政委，对外称做教官。蔡群帆在看书，见钱忆群来了，便合上书，笑着说："钱小姐，你怎么不休息呢？"

"我想提个问题。"钱忆群壮胆说。

其实，钱忆群在跟踪考察这支部队的同时，蔡群帆他们也在考察她。不过，双方只是心照不宣罢了。林达和蔡群帆感到钱忆群和其他的政工队员不一样，不论走到哪里,她同群众讲话都是宣传抗日救国道理,与战士们讲话也很亲切,有的战士讽刺挖苦她,她能忍受,于是分析她可能是自己人。因此,钱忆群一开口,蔡群帆便笑着说:"你跟着我们部队跑来跑去,好像发现了什么,我们彼此都有感觉,你已发现我们部队不是国民党军,我们也估计你不是国民党的政工队员,而且你有重要的特殊使命,对不对啊?"

钱忆群激动得差一点跳起来,她如释重负,回答说:"你说对了,蔡教官,我的确发现你们不是国民党军,而且敢肯定你们是共产党部队!"

"钱忆群同志,"蔡群帆改了称呼,"你是共产党员吗?我们正在寻找浙东的党组织。"

钱忆群被蔡群帆的一声同志喊得无比激动,她的胸脯剧烈地起伏着,兴奋得满脸泛着红光,"同志",多么亲切的称呼!她的泪水不知不觉从她的眼中涌了出来,她上前紧握着蔡群帆的手说:"同志,我总算找到你们了,我是——"她刚想讲出自己是共产党,突然想起党的纪律,在任何时候都不能暴露身份,便改口说,"我是认识余姚县委书记,可以帮助你们联络一下。"

"钱同志,我们等你的消息。"

说曹操曹操到,林达刚讲完这段事情经过,钱忆群就领着余姚县委书记张光、宁绍特委书记杨思一,还有浙东军分会的吕炳奎、顾德欢、马青等地方负责同志来了。谭启龙、张文碧、刘亨云同地方党的同志一一握手,问长问短。谭启龙对钱忆群说:"钱同志,你的功绩浙东人民是永远不会忘记的。你是中华儿女的楷模。"

7月28日,经华中局和新四军军部批准,在慈北鸣鹤场统一整编了浙东地区的主力部队,成立了"第三战区淞沪游击队三北游击司令部",何克希任司令员,连柏生任副司令员,谭启龙任政委,刘亨云任参谋长,张文碧任政治部主任,下辖第三、第四、第五支队,一个特务大队,每个支队辖三个连队,整编后一共有一千二百余人。

第三支队由林达任支队长、蔡群帆任政委;第四支队由吴建功任支队长、吕炳奎任政委、张季伦任副支队长;第五支队由连柏生兼任支队长、张席珍任参谋长;周振庭任特务大队长、朱亚民任大队长,陈静之任《新浙东报》社长。同时,还成立了浙东区党委,谭启龙任书记,何克希、杨思一、顾德欢为委员,统一领导浙东各县委和地方武装。

这里要介绍的是,为什么明明是共产党领导的新四军部队,却要挂三战区的招牌呢?原因是在组建纵队游击司令部时,有的同志主张早一点打出新四军的旗号,用新四军浙东指挥部的招牌有气魄,有号召力,能吸引更多的群众参加新四军。多数同志却认为,在何克希一行来浙东之前,陈军长一再交代,浙东情况复杂,又是蒋介石的老窝,过早暴露身份,势必引起蒋介石的注意,要派重兵来围剿。在我们力量还不很强大时,要尽量做到隐蔽,还是挂着三战区的牌子好,还便于与友军合作,于是,就使用了这个番号。

游击司令部建立后,召开了敌情分析会议,日伪顽在浙东的部署是这样的:

日军以第七十师团六十二旅团约2000人,分布在宁波、绍兴地区。另外,奉化驻日军一个大队一千余人。定海驻日军一个大队八百余人,慈溪、余姚、上虞还有日军共一个大队一千余人;新昌、嵊县驻日军一个大队;日军第二十二师三万余人,分驻金华、兰溪、武义、东阳、义乌、浦江等6个县。

伪军方面,有伪十师,辖三个团,分驻绍兴、诸暨、嵊县等地,镇北、上虞、象山等地还有伪军保安队两千多人。

国民党军方面也不少,正规军和各种杂牌部队加起来一共一万两千余人,他们分布在上虞、绍兴、象山、定海等日伪军之间。

何克希说:"浙东地区的敌伪顽我几方力量对比,就像陈军长当年初到苏北折形势一样,日本人第一,国民党军第二,新四军第三。我们要奋发努力,改变这种敌众我寡的态势。"

谭启龙指着墙上挂着的地图说:"敌人占领了浙东城镇和交通要道,我们眼前的工作是一面打仗,一面发展壮大武装力量。我们的落脚点,只有放在敌人最薄弱的四明山区和三北(慈溪、余姚、镇海三县北部)地区,而且要以四明山和会稽山为主要阵地。"

这次会议统一了认识,确定"坚持三北,开辟四明"的工作方针。

会后,兵分四路,一路由朱亚民率领二百多人的精干武装,从浙东渡海重回浦东,继续用淞沪游击队第五支队的番号,在浦东率领原余姚游击大队,以南进大队番号,挺进会稽山,在枫桥、诸暨一带开展游击战争,以后又与第二支队合编;一路由刘亨云率领第四支队到三北地区,发动群众,扩大武装,建立根据地;一路由谭启龙、何克希率领第三、第五支队,挺进四明山。

三北地区的刘亨云这一路人马,他们从鸣鹤场出发,顶风冒雨,日夜兼程地向慈北疾进。一天,他们连续爬了几座大岭,深夜来到一座山的山顶,山顶上矗立着一圈黑黢黢的高墙大屋,侦察员向刘亨云报告,说这是一个道观,是浙东地区有名的杨葛殿。刘亨云和四支队领导商量,决定在这里休息。部队一进殿,道士们不知来了什么部队,吓得在殿内东躲西藏。张季伦向他们解释道:"勿要惊慌,我们是打鬼子的部队,借宿一夜,明早就走了。"

道士们似乎明白了,连连点头。

不一会儿,战士们进入梦乡,张季伦还没有躺下,坐在殿门口吸烟,思考下一进的行动方案。突然,寂静的山林响起了枪声。张季伦听到枪声,立即命令战士们起床,侦察员来报告,说从慈城方向来了三百多名鬼子,现在已经到了半山腰了。张季伦带着部队跑出殿外,抢占了殿前殿后的各制高点。这支部队有很多刚参军的战士,他们是第一次打仗,有的胆子很小,两腿打着哆嗦,头也不敢抬。刘亨云和张季伦在阵地上巡回检查,有一个名叫吴阿林的战士,躲在大树后面,紧张得双手不听使唤,怎么也装不上子弹。刘亨云走到他跟前,说:"小鬼,你没见过日本人吗?"

吴阿林语调里带着颤抖说:"以前在家见过,他们蛮野的,杀人放火,太坏了。"

刘亨云又问:"鬼子是不是肉长的? 子弹能不能打穿?"

吴阿林听出了问话的含义,不由得笑着说:"是肉长的,也怕子弹。"

"只要他们是肉长的,我们只要沉着应战,仔细瞄准,就能叫他们脑袋开花。"

经刘亨云一开导,这个战士的心渐渐稳定下来了,对付鬼子的信心也增强了。

这时天已大亮,云雾消散,太阳的光辉照红了山上山下。鬼子向山上发射掷弹筒,重机枪也响起来了。战士们从毛竹林的空隙中,看见黄呼呼的鬼子端着枪,嘴里哇里哇拉地喊着往上冲。等鬼子快靠近山顶,突然遭到新四军的袭击,队伍立即一片混乱,走在前面的几个鬼子倒下后再也没爬起来,一名矮胖的指挥官急忙让部队麇集到山洼的死角,挤成一团,有的不管死活从丈把高的岩石往下猛跳,是死是活谁也不知道。不一会儿,枪声稀疏了,鬼子又钻出死角向上冲,刚一抬头又被火力压住了。这一仗整整打了一上午,击退了鬼子8次冲锋,共消灭二百多个鬼子。

杨葛殿战斗后,刘亨云、张季伦带着四支队继续前进,第二天上午就来到姚北乡。部队刚坐下休息,侦察员就来报告,说有一百多个鬼子从余姚城出来扫荡,在临山、周巷一带扑了空,下午要路过此地回余姚。刘亨云一听,说:"来得好,多多益善嘛。鬼子来得多,我们打的仗多,队伍才能扩大起来。我们在蜀山渡、杨葛殿打了两次胜仗,再打一仗就是三战三捷。"于是,就命令部队作准备,选择了日军必经之道的竹山岙为伏击阵地。下午3点钟,一百多鬼子进入了伏击圈,刘部只用了1个小时就消灭了这股敌人。

蜀山渡、杨葛殿、竹山岙三战三捷,三北地区的鬼子闻风丧胆,出来扫荡的次数越来越少,宁波、镇海、余姚等城镇,天还没黑就紧闭城门,防止游击队偷袭。

1943年12月23日,新四军军部命令浙东三北游击司令部改编为新四军浙东游击纵队,任命何克希为司令员,谭启龙为政治委员,刘亨云为参谋长,张文碧为政治部主任。司令部在梁弄镇召开了庆祝纵队成立大会,指战员佩戴上了司令部张新华设计的白底白边、印有腰圆形蓝框和"345A"四个字的蓝字臂章。"345A"表示三四五支队番号。指战员穿上新衣戴上臂章,精神振奋。新四军浙东游击纵队的成立,结束了长期灰色隐蔽的面目,公开树起了共产党的旗号。这时候浙东游击纵队已拥有第三、第四、第五支队和金萧支队、浦东支队、三北自卫总队、四明自卫总队,主力一共六千余人,地方武装 6000 人,建立了三北、四明、会稽、浦东等 4 个行政区和 14 个县级政权,完成了中共中央赋予的建立浙东抗战战略支点的任务。

第十章

反扫荡，英雄辈出

　　1941年，德、意、日三国建立军事同盟后，国际法西斯势力更加猖獗，第二次世界大战规模空前扩大。6月，德国发动了侵苏战争。12月，日本偷袭美国珍珠港，挑起了太平洋战争，并在短短几个月内攻占了整个东南亚，英、美、法、荷在这一地区的岛屿和殖民地，大部沦入日本之手。

　　在中国战场，日军更加强调打击中国共产党领导的八路军和新四军，并乘国民党制造皖南事变之机，调整部署，对华中根据地发动疯狂的"扫荡""清乡"和"蚕食"。蒋介石为了实现驱逐新四军于黄河以北的目的，继续命令汤恩伯、王仲廉、李品仙、顾祝同，率部向新四军豫皖、苏北、淮北、淮南、鄂豫边、苏南等敌后根据地进攻。苏北韩德勤等部，也积极准备策应。他们妄图首先"肃清"津浦路西新四军，然后向苏北深入，与苏北顽军实行东西对进，把新四军赶出华中。

　　国际国内形势的变化，一方面使中国人民的抗日斗争同世界各国人民的反法西斯斗争联成一体，对中国抗战十分有利；另一方面，敌后形势更趋严重，华中根据地处于敌顽夹击之中，根据地缩小，人员、武器补充困难，财经拮据，斗争更加艰苦。

　　中共中央根据太平洋战争爆发后的形势和日军动向，向全党指出，国际形势发展趋势，对中国抗战是有利的，但敌后抗战更加艰苦，更加困难。在这种形势下，敌后抗战的总方针仍然是"长期坚持游击战争，准备将来的反攻"，敌后军民必须咬紧牙关，渡过困难，并准备好一切条件，迎接反攻阶段的到来。

　　所以，从1941年开始，至1943年，华中敌后抗战处于敌顽夹击，坚持艰苦奋战的严重困难时期。新四军依靠根据地人民，成功地进行了无数次反"扫荡"、反"清乡"、反磨擦斗争。

罗应怀激战朱家岗(上)

1943年5月22日,黄花塘晴空万里,彩旗飘飘。军部不远处的大操场上,人山人海,近千名干部战士以连排为单位,整齐地坐在一起,各单位相互拉歌,一曲歌唱完,又唱一曲,嘹亮的歌声此起彼伏,一浪高过一浪。大约9时许,陈军长陪同一个高个子军人来到会场。他英俊的相貌吸引了大家的眼球,有人突然叫了起来:"那不是彭雪枫师长吗?"彭雪枫不久前曾来给大家作过游击战报告,所以,不少人认识他。今天这个大会,是军部请他来作反"扫荡"的战斗报告大会。

彭雪枫,1907年生于河南镇平一个贫苦农民家庭。小时候读过私塾,年轻时加入中国共产党。1927年大革命失败后,一直在天津、上海从事党的秘密工作。1930年调入红军工作,担任过红三军团五师师长,陕甘支队第二纵队司令员等职。长征途中,他所指挥的部队,屡为前锋,战绩卓著。抗日战争爆发后,任八路军参谋处长兼驻晋办事处主任,这一年他才36岁。彭雪枫高高的个子,白净的皮肤,不但相貌出众,而且是位才华横溢,文武双全的人。他指挥的四师在1942年11月15日至12月18日为时33天的反"扫荡"中,成功地运用灵活的游击战术,粉碎了敌人疯狂的"扫荡",消灭了敌人,保护了部队。这年3月,陈毅到四师指挥山子头战役,认真听取了彭雪枫反"扫荡"汇报,觉得他在反"扫荡"中的作战经验对部队有普遍的指导意义,有必要在全军中推广。于是,他向彭雪枫提出,请他写好总结报告,有机会到军部来讲一次课。彭雪枫接受了这个任务,亲自撰写了《三十三天反"扫荡"战役述略》,并将其铅印成小册子。

报告会由陈毅主持,他简略地讲了此次会议的主题后,彭雪枫在热烈的掌声中开始了他精彩的报告。

彭雪枫首先简单地回顾了四师部队由小到大,由弱变强的成长过程。

1938年夏,徐州、郑州、开封相继失守,国民党二十多万军队节节败退,丢失中原,致使日寇长驱直入,如入无人之境,整个中原大地都是日寇的天下。他们见人开枪,烧杀抢掠,广大民众处于水深火热之中。这时,彭雪枫在河南省委领导下,组成了新四军游击支队。这支队伍1938年10月东进,边打仗边扩大队伍,第二年就增加到两千多人,很快打出了一片新天地,建立了永城、夏邑、肖县、宿西、亳北五县政权。1940年2月,这支队伍发展到12个团1.8万余人,游击支队改名为新四军第六支队。皖南事变后,新四军第六支队改编为新四军第四师。皖南事变后不久,蒋介石又把矛头指向豫皖苏根据地和新四军第四师。顽军乘着皖南事变后的嚣张气焰，纠集9个师，以7倍于我的兵力，对豫皖苏边区发起疯狂进攻。四师在3个月反顽作战中，遭遇到严重挫折，被迫于5月初撤退到津浦路东洪泽一带休整。在休整期间，他们不怨天不怨地，擦干眼泪，总结教训。休整中他们扩大队伍，不到1年时间，不仅恢复了原来面貌，人数还比原来增加了，战斗力也比以前更强了。

1942年11月7日，新四军四师正在洪泽湖西岸姚庄的抗大四分校大操场上，举行庆祝苏联十月革命节大会。会场上红旗招展，歌声嘹亮。淮北地区的党、政、军首长坐在主席台上，师长彭雪枫做完纪念报告演说，主持会议的师政治委员邓子恢刚宣布文艺演出开始，侦察科长递给彭雪枫一份敌情通报。彭雪枫看完通报，迅速递给邓子恢、参谋长张震传阅。没等看完文艺节目，彭雪枫就通知团以上干部到司令部开作战会。

张震首先向大家介绍敌情，他拿着竹棒，指着墙上挂着的地图说：“济南、徐州的日军第十六师团和独立第十三混成旅，以及伪淮海省长兼保安总司令郝鹏举的伪军第十五师、第二十八师，共6500人，在第十七师团中将平林师团长和田原参谋长指挥下，分五路向淮北‘扫荡’。第一路由泗县到青阳，第二路由宿迁到曹庙，第三路由淮阴高良涧到蒋坝，第四路由盱眙到洪泽湖，第五路由五河到郑集。平原师团长坐镇睢宁指挥。这次‘扫荡’，敌人采取了海陆空并进方针，出动飞机12架，骑兵600人，坦克20辆，汽艇、汽划子20艘，汽车120辆。他们计划在11月12日占领壕城、草沟、藕庄一线，15日以后各路敌人进入攻击位置。”

彭雪枫掐灭了手中的纸烟，镇定地站起来说：“敌人此次‘扫荡’，采取的战术是长驱直入，分区‘扫荡’，反复‘扫荡’。目的是分进合击我首脑机关，企图将我四师主力聚歼在洪泽湖以西。当然，我们不会束手待毙，也不能摆开架势和敌人硬拼。虽然敌我兵力相比，他们是6500人，我们将近1万人，数量上超过敌人将近一倍。但是，从武器的质量和官兵的战术素质相比，他们又远远超过我们。这一点，我们必须有清醒的认识，不必护短，平时护短，战时要流血。再说我们弹药也比不上敌人多，敌人有飞机、坦克、汽车，进攻速度快。在敌优我劣的情况下，不能与敌人硬拼，死拼硬干恰恰是敌人所欢迎和求之不得的。”接着，他引用《百战奇略》兵书中所说，“凡敌人远来气锐，利在速战，我深沟高垒，安守勿应，以待其敝，若彼以扰我求战，亦可不动。要以静观动，等敌疲再战。”果断地决定，“我们的战术方针，采取灵活的游击战术，先让日军逞凶一阵，看其弱点再反击。在兵力部署上，主力跳到外线，迂回到敌人侧后，待敌人疲惫不堪后，集中兵力歼其一路。”

邓子恢政委接着说：“我同意彭师长的作战方案，不同敌人正面硬拼。要粉碎敌人'扫荡',还要紧急动员党政军民,进行破路挖沟和空舍清野,以走光、搬光、藏光,来对付鬼子的杀光、烧光、抢光。"

散会时,彭雪枫对骑兵团长周纯麟作了个别交代,说:"要先发挥骑兵的威力,你们从半城洪泽湖边上,渡过淮河和安河,插到正北敌人后方交通要道上,袭扰他们,要弄得他们晕头转向。"

地方干部离开师部,回去后迅速动员群众疏散,地方武装和民兵进行破路挖沟。半年前,三师的九旅与四师十旅对调,这时的四师主力部队只有九旅和十一旅,按照部署,除九旅的第二十六团留在内线坚持外,其余部队都跳到外线。

当晚,彭雪枫、邓子恢率领师部机关,神不知鬼不觉地转移到了淮河和女山湖之间的郭家村。这里是江苏的盱眙与安徽的凤阳、嘉山三个县的结合部,三面环水,南临津浦铁路,中间丘陵起伏,淮河在北边弯弯曲曲绕过,女山湖泛起碧绿的涟猗,清幽闪光。

郭家村地处淮河以南,鬼子此次"扫荡",是以淮河为界的,没有注意到仅一河之隔的这个小村庄。

彭雪枫和邓子恢带着指挥所,就在这里指挥整个淮北区的反"扫荡"。战前,彭雪枫命骑兵团的周纯麟带着电台,每隔一小时向他报告一次敌情,叫九旅旅长韦国清、十一旅旅长滕海清时刻等待他的出击命令。

11月15日开始,鬼子、伪军分五路,以四师驻地半城为中心,进行疯狂地"扫荡"。他们走一路烧一路,一个个村庄被洗劫。由于战前老百姓有了准备,敌人所过的村子,大部分群众家里东西都搬光、藏光,人也走光。敌人狼奔豕突,到处扑空。但也有一些村子,总有几个老人舍不得房子不肯走,结果都成了鬼子的刀下鬼。还有的村子的群众,缺乏经验,组织不好,再加迷路,碰上鬼子都很难幸存,往往没有一个活的。成川集的200名群众,碰到鬼子,妇女惨遭奸辱,男人被无辜枪杀,孩童被挂在尖刀上。

五路鬼子、伪军于11月27日会师泗县城,他们除杀害了五百多群众外,一个新四军也没抓到。就这样,鬼子、伪军还召开了"祝捷大会"。平林师团长和伪淮海省长郝鹏举在泗县开过庆祝会后,又赶到徐州,召开新闻发布会,宣布洪泽湖的1万名新四军被皇军一网打尽,无一漏网。

11月28日,日伪军开过庆祝会,便到了青阳镇、马公店、金锁镇、归仁集、老韩圩、新关、黑塔、赵庄、双蔡圩等地据点,准备长期驻扎。

彭雪枫、邓子恢立即分析敌情,认为鬼子伪军筑据点,分兵把守,是我们逐个歼灭据点的最好战机。机不可失!他们立即命令留在内线的二十六团,开始集中兵力拔据点;命令外线部队,一部分打击敌人后方据点,一部分配合二十六团向内线进攻。

各部队接到拔据点的命令,从 12 月 1 日起进行大规模的拔据点战斗。1 日当晚就拔掉了老山庙、田河、小蚌埠、蔡圩、王圩等敌人的五个据点。

拔据点是攻坚战,打得不好就会久攻不下,造成巨大伤亡。为了减少伤亡,韦国清的九旅将迫击炮改造成平射炮,往往一发炮弹就能击毁一个碉堡。迫击炮在拔据点战斗中发挥了很大威力,几天工夫就摧毁了十几个据点。

在拔据点中,发生了不少有趣的事。

滕海清的十一旅第四营拔掉泗县以东的屠园圩据点,这个据点碉堡外表损害不大,为了迷惑敌人,第二天早上,王营长叫战士将鬼子的膏药旗仍插在碉堡上。有的战士不知是计,问王营长碉堡顶上挂太阳旗干什么。

王营长神秘地说:"今天下午你们就知道挂太阳旗的用途了。"

距屠园圩 20 余里的双集圩鬼子据点,看见据点碉堡上仍挂着膏药旗,不知屠园圩鬼子已被歼灭,第二天下午仍派出补给汽车,向那里送枪支弹药和粮食。补给汽车开到距屠园圩不远,司机看见碉堡上那迎风飘扬的膏药旗,以为碉堡还在自己人手里,便放心地向屠园圩疾驶,谁知汽车还没靠近碉堡,就被地雷炸飞了。

日军的淮北大"扫荡",从 11 月 15 日开始,到 12 月 18 日结束,在这 33 天中,除了屠杀一些手无寸铁的农民,烧掉一些房子外,没有任何收获,其所筑的碉堡反而大部分都被拔掉了,因此不得不草草收兵。但是,平林师团长在淮北"扫荡"失败后并未罢休,又从开封调来第三十五师团,加上原来的日伪军一共 1.2 万余人,在上有飞机侦察,下有坦克开路的情况下,像决堤的洪水,向淮海、盐阜根据地滚滚涌来。

四师从 11 月 15 日至 12 月 18 日为期 33 天的反扫荡中,同日伪军作战 37 次,其中战斗最激烈的要数朱家岗战斗。

12 月 9 日黄昏,分工在内线牵制敌人的四师九旅二十六团进至朱家岗,准备 10 日晚攻击金锁镇。团长罗应怀布置了宿营地,团部率四连驻曹圩;一营、二营驻张庄;三营驻朱岗;一连驻孙岗向金锁镇方向警戒,为团前哨连。之后,罗应怀指示各营即去宿营,连以上干部留团部等待开会,即与政委谢锡玉、副团长严光带参谋人员观察朱家岗地形,以防万一。

朱家岗位于洪泽湖西北 20 余公里,是淮北根据地的腹地。其北岸是洋河、埠镇敌据点,西是归仁集、金锁镇、老韩圩、青阳敌据点。

朱家岗是一个稍高于平地的东西走向的土岗子,南北均是开阔地,岗上座落着曹圩、张庄、孙岗等几个自然村。其西 1 公里是民便河,其东是散居的村庄,居民多住草房。除曹圩四周有高约 1.5 米、厚约 1 米的土垣和一条宽约 3 米、水深约 1.5 米的水壕外，其余村子皆无有利地形可依托。为开展平原抗日游击战争，当地人民沿岗子南北构筑有宽约 2 米、深约 1 米的交通沟，通往界集、金锁镇、曹庙等处，交通沟内每距 30～40 米有一横垛，可做依托。

罗应怀等人看完地形，即回团部与等候在那里的连以上干部开会。会上，罗应怀团长作了攻击金锁镇的思想动员，布置了攻坚准备工作，总结了 7 日晚攻击青阳南小街的经验教训，还讲了注意改善战士生活的问题。会议结束，已是 10 日凌晨 1 时左右，各营连干部即回驻地休息。

这时，从团到各营、连的干部，以及全团每一个战士，都在思考着 10 日晚怎样攻击金锁镇之敌的事。

战争就是这么残酷，你寻找敌人，暗算对方，攻击对方，同时，对方也在想方设法地寻找你，计算着如何消灭你。当晚，二十六团的宿营地一片寂静，大家都进入了梦乡，岂不知，危险已悄悄朝他们袭来。原来，白天日军联队已侦察到二十六团行踪与宿营地，后半夜，他们乘新四军熟睡之际，派出一千五百余人，悄悄地兵分 3 路，突然包围了朱家岗。

清晨 5 点 40 分，突然枪声大作，团长罗应怀被枪声惊醒，他披衣下床，准备探个究竟，一连二排排长朱善堂跑了过来，报告说："报告团长，我们已被鬼子包围了！"

罗应怀一惊，忙问："敌人有多少？"

这时，作战参谋来报告，说鬼子和伪军共计 1500 人左右。

这时，很多连队干部纷纷跑来，请示如何动作。有的说，敌人刚来还弄不清我们的兵力，主张立即突围。有的说朱家岗四周是一眼看不到头的平原，现在天色大亮，一只兔子都跑不掉，往哪里突围？

此时，罗应怀心里正后悔着，他后悔自己千不该万不该，不该将部队带到这没遮没挡的朱家岗来。后悔之际，他的脑子里闪过十年前的一幕。那时，他在许世友团长手下任职，他们在陕南打过一场漂亮的守备战。当时的情景和当前差不多，红十二师三十四团遭到多于自己 6 倍的胡宗南部队包围合击，双方血战三昼夜，许世友奋力带部队从敌人结合部杀出一条血路，一部分兵力得以突围。这场战斗不仅完成了掩护主力转移任务，同时也保存了自己的实力。这场绝境逢生的经历在罗团长成长生涯中，刻下了一个优秀指挥员临危不惧的烙印。他知道面前这场战斗关系到二十六团的生死存亡，也关乎他们主力部队反攻的成败，他必须竭尽全力打这一仗！

"传我的命令！"罗团长想到这里，坚定了决心，果断地命令，"二营进至曹圩阳击敌人,三营一个连守朱家岗,另一连向北包围孙岗敌人,一营二营向北增援一连,各连坚守阵地,打到天黑,等待援兵,随机歼敌!"

罗应怀已视察过朱家岗四周的地形,估计曹圩是敌人进攻的主要方向,他跑步来到曹圩。此时,曹圩北面已挖了交通沟,交通沟西端是一片平地。日军正从这里蜂涌而入,半小时内,连续3次的冲锋均被二营击退。罗应怀现场指挥,命令二连跑步赶来增援。二连奉命前来,三、四百个敌人被打得抬不起头,但是,二连伤亡逐渐增加,本来二连在12月7日强袭青阳南小街战斗中,担任主攻连时伤亡大,最后全连只剩下六十余人,为保存二连战斗骨干力量,罗团长命令五连一排接替二连坚守交通沟西端,将二连调至西小庄二线待命。

罗应怀激战朱家岗(下)

8时,日军一个小队再次组织冲击,五连一排长王康让两名战士隐蔽在交通沟西端的横垛下,将成束的手榴弹盖全部打开,他率领其余战士稍作抵抗便后撤诱敌。蜂拥而来之敌被隐蔽在横垛下的战士炸得血肉横飞,抱头乱窜。一排乘势反击,歼敌小队大部,残敌退回孙岗。

交通沟东端距曹圩仅十几米,敌侦知曹圩是我团指挥机关所在地,便集中兵力,企图占我交通沟东端阵地。罗团长赶到交通沟东端,敌又开始沿东北交通沟进攻。五连二排长王洪儒率3个班,用大刀、手榴弹与敌展开拉锯战。10时,一颗敌弹击伤罗团长的右腿,剧烈的疼痛使他头晕目眩,鲜血浸透棉裤。当罗团长醒来时,严副团长告诉他,交通沟东端曾被突破,王康带一个班及时赶来增援,机枪手余忠献用准确的点射消灭了十几个日本兵,配合二排夺回了阵地。

一百余敌人与我一个排20余战士激战五小时,未能占我一寸阵地。敌人不甘心失败,又从南面界头集赶来一路援军。为加强交通沟东端的防御,罗团长和严副团长商量后,决定调上二连。

二连进入阵地后,孙存余连长带的一个加强班协同五连二排、一排一班打退敌3次冲锋。敌人又挑选射手,占领离交通沟80米处的屋顶,向沟内射击,使我伤亡了六七个战士。孙连长气得直咬牙,从娄芝信手中接过步枪,三发三中,消灭了三个敌射手。此时,20多个日本兵喊叫着冲上来,孙连长只剩一发子弹,他要大家打开手榴弹盖,准备好大刀。随着孙连长一声枪响,敌小队长倒在地上。一阵劈头盖脸的手榴弹在敌群中爆炸。孙连长带领战士挥舞大刀冲入敌阵,左砍右杀,全歼这股敌人。

二连战斗至午后两点,伤亡大半,连长身负重伤,副连长的肚子被打穿了,肠子从腹腔内流了出来,罗团长刚下令增援二连,一颗子弹打中了他的左大腿。警卫员把他抬到担架上,准备抬离战场。罗团长瞪着血红的眼睛大吼道:"我不走,我就在担架上指挥战斗!"

午后,敌人把重点转至东南圩门。敌人集中了十几门迫击炮,连续轰击圩门。大门终被炸毁,围墙坍塌,大部分工事被毁,守在这里的四连三排,利用残存的围墙和弹坑,用密集的火力还击敌人。发了疯的鬼子不顾伤亡,继续冲击,我战士与敌展开激烈的肉搏战。不久,东南圩门被敌突击队攻进,二营张立业营长负伤,情况十分危急。严副团长沉着果断指挥营属重机枪猛扫冲进圩门之敌,三排又夺回了圩门阵地。

打退敌对东南门圩门的第5次冲击后,团领导分析双方情况认为,我困难敌更困难,我有牺牲,敌伤亡更大。只要坚持到底,最后胜利必定属于我们!严副团长说:"我手里还有四连九班做预备队,这块钢该用到刀刃上了。"

九班战士都是十五六岁的"小鬼",多是淮北根据地贫苦农民的孩子,被大家亲切地称为"小鬼班"。严副团长把全班编成两个组,一个突击组,一个抢车组。

激烈的战斗打响了,在四连副连长尹作新指挥下,突击组先向敌人投了一阵手榴弹,把敌人打乱,接着挥舞大刀直冲敌群。"小鬼班"的突然袭击打得敌人晕头转向,狼狈逃窜。抢车组乘势夺取东南门外场上的两辆大车,把炸毁的圩门堵塞起来。敌炮弹在圩门附近继续爆炸,密集的子弹在头顶呼啸,敌人发动了又一次冲锋。只有三四十米远时,尹作新发出"齐射"命令。"小鬼"们像久经战斗的老战士们一样,弹无虚发,30多个鬼子应声倒地,其余的敌人逃回路沟。

敌人受到教训后,改变了战术,采用交叉掩护、分组跃进,逐渐接近圩门。"小鬼班"又是一阵手榴弹、机枪、步枪,枪口喷出火舌,像暴风吹散稻草垛,打得敌人满地翻滚,狼狈不堪。

下午两点多钟,敌人发起了最后冲击。密集的炮火把掩体大部轰平,阵地上硝烟弥漫,尹副连长和"小鬼班"班长周茂松牺牲了,只剩下几个小战士依托两辆大车继续抵抗。

从早晨到下午3时,150余名日军,对东南圩门进行了十多次冲锋,圩门外遗尸累累,枪支弹药遍地,却始终未能突入我阵地。

韦国清旅长中午12时得知朱家岗战斗详情后,率领骑兵团火速赶来,一路急驶4小时,赶了二百多里,赶到朱家岗时,已是下午4时,当时阵地上还在激战。韦国清带着骑兵赶到时，阵地上一片欢腾："韦旅长带着骑兵来了！""韦旅长来救我们了！"

敌人见新四军增援部队来了，纷纷向青阳镇、金锁镇撤退。二十六团见敌人败退，岂肯罢休，奋起直追，歼灭了后尾敌人。

战斗结束，打扫战场时发现，坚守孙岗东房阵地的一连二排20余名战士全部牺牲。一位牺牲战士的嘴里还咬着敌人的一只耳朵；一位牺牲的战士手中仍紧握大刀，刀口砍卷了，沾满了黑色的血；另一个牺牲战士的手里紧握着手榴弹。

烈士的鲜血结成了胜利的果实，群众看到敌人拖回各据点的死尸至少有二百多。战后，群众把未拖走的日军尸体埋在朱家岗烈士陵园四周，有的坑掩埋的日军尸体多达四十多具。

一营教导员吴承祖、二营四连副连长尹作新等73位烈士，为了民族独立和人民的解放流尽了最后一滴血，二营营长张立业、二连连长孙存余等六十多人负伤。

在朱家岗战斗中，我英雄的二十六团抗击了弹药充足、装备精良、数量上占绝对优势的日本鬼子，血战18个小时，守住了阵地，取得了胜利。在彭雪枫师长、邓子恢政委指挥下，新四军四师各部在外线对敌人展开猛烈攻击，青阳镇、归仁集、金锁镇、马公店等据点的日军仓皇撤回徐州。日军对淮北抗日根据地发动的规模空前的33天大"扫荡"以失败告终。

彭雪枫在报告的最后部分说："我们四师在33天的反'扫荡'战役中，喋血奋战，惨烈悲壮，惊天动地，以击败敌人为圆满收场。我们的胜利，不但在于粉碎了敌人聚歼我主力的计划，巩固了边区根据地外，胜利的意义还表现在我师各部队在战斗中得到实际的锻炼，战斗力加强了，战斗力提高到了一个新的阶段，干部的战术素养也提高了一步。特别是干部的战略素养提高了，他们痛切感到局部利益与全局利益之间的关系性与一致性，打破了那种各自为政、不为别人着想的本位主义。也更使军队与地方干部痛切感到'一切为着战争、一切为战争服务、打破太平苟安观念'等口号的实际意义，使人民更进一步认识'学习战争、掌握武装、领导武装'的伟大作用。"

在热烈的掌声中，彭雪枫结束了他的精彩报告。

陈毅说："彭师长的报告十分精彩，让我们再次以热烈的掌声表示感谢。"掌声再次响起，陈毅用双手朝大家示意，等会场安静后，他接着说："四师33天的反'扫荡'，朱家岗战斗是压台戏、也是重头戏。朱家岗战役中，二十六团喋血奋战，惊天地，泣鬼神！"说到这里，激动万分的陈毅举起了右手，带头高呼，"二十六团万岁！二十六团在朱家岗战斗是华中地区以少胜多的范例。"

朱家岗战斗结束了,它的影响却久久不去,彭雪枫亲自撰写了名垂千史的《纪念朱家岗战斗殉国烈士碑记》,落款日期为 1943 年 10 月 10 日。这一天,由四师九旅旅长韦国清主持了立碑仪式。淮北抗日军民大仁大义,将敌人 13 具尸体收殓埋在新建的朱家岗烈士陵园内,还建了一块日本人自己立的"日本阵亡将兵之墓"的墓碑,碑文上写道:

日军千余名和新四军作战之后,1942 年 12 月 10 日,小队长以下 13 名令人惋惜地离开了这个世界,永远告别了父母妻子而长眠于草根之下。

新四军把死者尸体给予埋葬,这表明侵华战争的残酷性及日本军部和大资本家谋私利为目的一个罪证。

落款是:淮北日本反战同盟支部

昭和十八年十月十日

在同一战场,同一次战斗中,敌我双方的阵亡者共葬一个墓地,也许在世界墓园史中绝无仅有;在这个世界上,唯有中华民族能有如此博大宽容的胸怀,允许侵略者尸体埋在自己卫国战士的身旁。

当初立碑者,也许想将这"日本阵亡将兵墓"墓碑,起到醒悟碑、警世碑的作用,想给后人留下那一代侵略者的罪恶铁证,告诫后人为此事而汗颜,而内疚。果然,立碑者的良苦用心得到了回报。60 多年后,一个偶然的机会,日本友人田中隆先生,在英特网上获悉此事后,感慨万千。他遂于 2006 年 10 月 4 日慕名专程来到朱家岗烈士陵园,先在新四军烈士墓前敬献了花圈,深深地三鞠躬,以代表其父辈们向抗日英烈和中国人民谢罪。接着,他又来到了日本阵亡将兵墓前,凝神默读碑文,感慨陈词道:"我要把中国人民特别是淮北军民博大胸怀和宽容之心,向日本广大人民广泛宣传,并以自身实际行动,为泗洪的经济发展作贡献,为促进中日两国人民的世代友好作贡献!"

1942 年至 1943 年,日军扫荡的主要目标是苏北的盐阜地区,从 1942 年秋季起,淮海、盐阜地区上空乌云密布,黑云翻滚,在鬼子的血腥"扫荡"到来之前,华中局和军部断然决定,华中局、军部及直属队迁移到地处苏皖边界的盱眙县黄花塘。这里湖泊河流多,鬼子"扫荡"行动不便,二师和四师都在附近,华中局及军部设在这里,可以在淮河两岸行动自由,如遇到复杂敌情,二师和四师可以随时"保驾"。

华中局和军部的转移,是一次重大行动,途中不仅要经过十几道封锁线,还可能冤家路窄,与"扫荡"的 1.2 万名鬼子碰面。转移途中,一根划着的火柴,一支点着的烟头,都有可能在穿过封锁线中暴露目标,发生不可想象的意外损失。因此,转移前,军部要求精简机关,丢掉坛坛罐罐,轻装前进。有的女同志或者孕妇就地安排,暂时隐蔽在可靠群众家里。

身为军长的陈毅,首先要从自己做起,决定将不满周岁的小侉寄养在停翅港张大娘家里。

当陈毅和张茜商量这件事时,张茜的泪水在眼圈里转动,心如刀绞;她虽然默默无语,内心里却在进行着激烈的斗争。由于

新四军第四师师长彭雪枫

他们平时一贯相敬如宾,陈毅非常尊重张茜,张茜更是事事十分尊敬陈毅,听从陈毅的意见。

陈毅见张茜面色犹豫,忧心忡忡,呼着张茜的原名,说:"春兰,我的心情也不好受,我是小侉的父亲,如果不是为了机关的安危,我能忍心丢下他吗?为了大家的安全,也是为了小侉的安全,我们只能这么决定了。"

张茜仍不讲话,流着泪,抱着小侉亲了又亲,就像有谁来同她争夺小侉,把脸贴在小侉脸上。

陈毅说:"南方三年游击战争期间,有位游击队长叫方海天,爱人生了孩子,因为没有奶水,孩子不分昼夜地哭,部队转移到哪里,孩子就哭到哪里,敌人就寻着哭声追到哪里。周围村庄的群众都被迫移民并村了,不肯并村的上了山,想把孩子送走也没有地方送。为了部队的安全,方海天和爱人商量,不得不铁了心肠,把孩子活活地掐死。"

说到这里,陈毅痛苦地双手叉腰仰起脸,任泪水在脸上流淌,这时的张茜早已泣不成声,他们都被方海天夫妇的精神所感动。

沉默了好一会儿,陈毅把双手放在张茜的肩上,一边抚摸着,一边语重心长地说:"春兰,为了革命胜利,为了军部的安全,要舍得牺牲一切啊!何况,我们这样做是两全其美的办法。等形势缓和以后,我们再把小侉接回去。"

"别说了。"张茜挂着泪水,说,"我不是不同意你的决定,而是一时受不了这母子离别的痛苦……"

12月28日晚上,军部出发了。这天晚上,狂风呼号,树枝剧烈地摇晃,狂风卷起的灰沙,弄得人睁不开眼睛。陈毅带着军部机关走了。

张茜走出没有多远，又回头急冲冲跑到寄养小侉的张大娘家里，迫切地想最后看一眼孩子。当她走进老乡家里，孩子已甜甜地入睡了。

张茜左看右看，弯下腰，将脸轻轻地贴到孩子红红的面颊上，轻轻地说："孩子，爸爸妈妈走了，你在这里要听话。"张茜的泪水滴到孩子的脸上。

站在旁边的张大娘说："张同志，你放心去吧！这是军长和你的骨肉，是革命的后代，我们拼着命也要养好他，保护他。"张大娘说着说着，忍不住也哭了，断断续续地说，"新四军为了打鬼子，牺牲了无数好同志。我们要养不好这孩子，怎么对得起新四军啊！"

张茜扑到张大娘怀里，说："大娘，实在难为你了……"说完，猛地回头赶队伍去了。

华中局和军部机关夜里行军，拂晓宿营，巧妙地穿过敌人一道又一道封锁线，经过淮阴、淮安，来到了盱眙的黄花塘。

小侉就是陈毅的长子陈昊苏。后来，当陈昊苏长大成人，知道他的这段经历，曾几次从北京到苏北寻找他的恩人。

八十二烈士血铸丰碑

日伪军在淮海、盐阜地区"扫荡"后，将大批鬼子撤走，留下一部分兵力在各地安下据点，三师师长黄克诚和参谋长洪学智根据敌人动向，向各旅和地方武装下达了反攻的命令。

各部队接到命令后，立即在东起黄海边、西止洪泽湖、北起新沂河、南止兴化，纵横数百里的广阔战场上，掀起了声势浩大的反击战。

彭明治、朱涤新率领七旅主力及八旅一部，与李一氓领导的淮海区党委地方武装，袭击敌伪据点涟水、岔庙、双庄、钱集，攻克高家舍、桑墩、尤集、曹家埠、曹甸，使淮海区的每个据点都挨打，取得了 10 天 10 捷的胜利，歼灭日伪军一千多人。

但是，鬼子不同于伪军，伪军一打就打怕了，像乌龟似的缩进据点里，而鬼子有武士道精神，你一打，他就像疯狗似的急得乱咬人。只要新四军在一处作战，各路鬼子就狂奔而来，以绝对优势兵力包围猛攻。新四军如撤迟一步，就会陷入这些群魔的围攻之中。

3 月 15 日，淮阴日军得悉新四军在六塘河地区反击。17 日，由六十五师团长花佐木指挥一千多人，兵分九路，以迅雷不及掩耳之势，合击六塘河北岸张圩子的新四军。

张圩子是淮海区党委和军分区领导机关的驻地。如此多凶猛的鬼子从四面八方压过来,大有一口吞灭新四军之势。两小时后,合围圈越来越小,区党委和军分区处于万分危急之中。

在通往张圩子的道路上,有一个不大的

洪泽湖上的新四军部队

村庄,叫做刘老庄。这个村子住的是七旅十九团二营四连。这时,他们只要一个急冲锋,完全可以冲出包围圈。但他们不是考虑自己的安危,而是考虑区党委的分区机关的安危。为了把其他几路敌人吸引过来,让区党委和军分区机关安全突围,他们决心以大无畏英勇气概,同敌人血战到底。

四连从连长到炊事员只有82人,同数千名敌人相比,无论在数量上,还是在武器装备上,都是不能相比的。连长白思才和指导员李云鹏都是陕西籍的红军战士,是身经百战的指挥员。他俩机动灵活,勇敢顽强,打起仗来像猛虎下山,指挥作战善于用脑子。白连长向排、班长布置任务,李指导员召开党、团员会议,进行紧急动员,党员、团员们纷纷要求担任最艰巨的阻击任务,士气十分高涨。

敌人发起了攻击,首先是骑兵开路,骑兵的马刀在阳光下闪闪发光,战马发出嘶鸣。骑兵后面紧跟着的步兵端着刺刀,一步步向四连压过来。连长白思才当即命令战士进入早已挖好的交通沟。战士们在交通沟弓着腰散开队形,见鬼子冲上来,气愤得眼睛像喷火似的。白连长的驳壳枪一响,接着全连火力一起朝敌人扫去,冲在最前面的三十几个骑兵应声倒地,失去主人的战马狂奔乱吼,后面步兵只得向后退缩。但是敌指挥官逼着他们向四连阵地冲锋,四连击退了敌人7次冲锋,战斗到中午,敌人也没能占领阵地。

这时,敌人指挥官发现对手十分强硬,用硬攻的方法不能取胜。经过一番策划,敌人开始集中12门山炮,向四连阵地轰击。一瞬间,阵地上火光冲天,硝烟滚滚。四连阵地遭到极大破坏,炸飞起来的尘土落在战士们身上,一个个成了泥人。

有的战士负了伤,鲜血把脸上的泥土冲刷下来,但他们没有后退一步。工事毁了立即修复,掩体塌了马上用背包填上,人负伤了包扎起来,任凭敌人炮弹再多,轰击再猛,阵地巍然不动。炮击整整持续了3个小时,白连长右手炸断,李指导员头部负伤,全连只剩21个人了,经过整天的战斗,他们一粒米未进,一滴水未饮,嘴唇干裂得流出血来,鼻子也被硝烟呛得出血。但21个人没有一个退缩,忍着伤痛继续战斗。

炮击后,已近黄昏,敌人又发起了冲锋。此时,四连弹药殆尽,白连长预料一场恶战即将来临,强撑起负伤的身体,镇定地命令大家把轻机枪全部砸毁,只留下步枪,上了刺刀,准备与敌人展开肉搏。

李指导员捂着被炸得流出肠子的下腹部,一字一句地说:"同志们,我们绝不能当俘房,我们现在只能与敌人拼刺刀了,同志们,拼一个够本,拼两个赚一个!我们虽然不能突出去了,但死得值得,后人不会忘记我们的。"说完,勒紧裤腰带,挥挥手,大声喊道,"同志们,跟我冲啊!"

战士们端起刺刀,迎上前去。两支队伍混在一起,进行殊死搏斗。战士们刺刀捅弯了,就用枪托砸,枪托砸碎了,就用铁锹砍,牙齿咬。

82位勇士从早战斗到晚,坚持了12个小时,终因敌我力量悬殊,寡不敌众,最后全部殉难。

日本鬼子在阵地上搬走了他们的三百多具尸体。日军师团长花佐木以为同他作战的新四军起码一个团,数数尸体,只有82位。他不相信这样的事实,在他看来,武士道精神是举世无双的,是战无不胜的。他没有想到,他们的武士道精神,在英勇顽强的新四军面前,却失去了威力。

鬼子撤走后,民兵赶来收殓烈士的遗体时,意外地发现一位姓田的战士,身上有一处枪伤,双腿炸断,鼻孔还有微弱的呼吸,急忙将他背回家中,经抢救后,他苏醒过来,才断断续续向民兵们讲述了战斗的全过程。因伤势太重,第二天,他就牺牲了。

战后第三天,淮阴人民在刘老庄南头田野上,将82位英雄举行了公葬,修建了纪念碑,墓碑上刻上了82位英雄的名字。淮海区党委书记李一氓特地写了一副挽联,刻在墓碑上:

由陕西,到苏北,敌后英名传八路。

从拂晓,达黄昏,全连英勇战刘庄。

82烈士的英勇事迹传到黄克诚耳中,已是夜深人静,他心潮起伏,激动的心情久久不能平静,为了继承烈士的遗志,他命令七旅在三天之内,重建四连,并命名为"刘老庄连"。

谢振华火烧八滩

八滩是有三百多户人家的集镇,位于滨海县城东坎镇的东北面,紧靠黄海边。这里盛产鱼虾,又是海盐集散之地,商业交通也比较发达,每年的税收甚为可观。当地人常用"金八滩,银东坎"来比喻这个地方的富庶。鬼子"扫荡"之前,三师有一个营驻扎在这里,鬼子"扫荡"之后,这个营撤出八滩。

1943年3月29日上午,洪学智得到情报,说东坎镇的鬼子大队,派出日军山本中队和200名伪军,占领了八滩。洪学智便向黄克诚建议,乘敌立足未稳,把山本中队和伪军消灭掉。

黄克诚戴着近视眼镜,在地图上用尺子量了一下八滩与其他鬼子据点的距离,沉思一会儿,说:"乘敌立足未稳攻占八滩,这个建议很好。但八滩与东坎、大有、新港等鬼子据点靠得很近,枪一响,这些据点里的鬼子肯定要来支援,势必增加阻援的难度。要不要把在佃湖的张天云团调来配合?"

洪学智说:"张天云的二十二团从佃湖调来,需要3天的路程。可是,就是在这3天的时间里,敌人就会筑起碉堡和工事。这样,就会增加了我们攻击的难度,打平地的狼要比打森林里的狼省事!"

张爱萍在一旁说:"老洪说得有道理,我们只能采取速战速决的打法,一个晚上将敌歼灭,其他据点里的鬼子赶来后,也只能收尸了。"

"干!"黄克诚站起来说,"明天晚上就敲掉它!但是要派一个战斗力较强的团来承担这个任务。"

洪学智考虑后说:"派谢振华的二十四团去怎么样?"

"好,谢振华很适合!"黄克诚、张爱萍都赞同。

谢振华,江西崇义人,1930年参加革命,带着部队打了许多漂亮的攻坚仗。抗日战争开始后,他随黄克诚南下华中,善于夜袭鬼子据点,是黄克诚信得过的"铁拳头"。这时候的谢振华,也不过26岁。

这个壮实的年轻指挥员,奉命来到师部。三师同志习惯地称呼黄克诚为"老头子",因为他革命经历长,经验丰富,年龄也大一些,就得了这个尊称。所以谢振华刚到师部门口,就兴冲冲地问哨兵:"老头子呢?"

哨兵呶呶嘴,说:"首长都在等你呢!"

谢振华连走带跑,来到司令部。

黄克诚一见,笑着说:"看你高兴的样子,知道叫你来干什么吗?"

"有仗打呗!"

"知道有仗打,说明有思想准备。"黄克诚转脸对洪学智说,"参谋长,你向他交代任务吧!"

洪学智将谢振华叫到地图边,详细地下达了作战命令及完成任务的措施,最后说:"这是个硬仗,有没有信心?"

谢振华举起拳头,提高嗓门,向首长表示说:"保证完成任务,请首长放心。"

返回团部的路上,谢振华就在心里计划好了攻击方案。

一到团部,谢振华就叫副团长陈玉才率领二营,在八滩西面阻击东坎镇来援的鬼子,自己率领三营来到离八滩半里路的孤立小草房里。这时已是晚上9点,警卫员点起蜡烛。在跳动的烛光下,谢振华与尹参谋长铺开地图,向三营干部布置任务。这时,派去侦察的战士报告说,八滩鬼子已睡觉了,只有几个哨兵来回走动。鬼子分住在三个大院里,伪军一个大队住在离鬼子不远的一个大院里。

9点半,按作战方案,通讯参谋发出了攻击信号弹。二营由西向东攻,打的是伪军。伪军真是一堆草包,仅20分钟,二营就将伪军大队两百多人全歼灭了;三营由南向北攻,打的是三个大院的鬼子,他们冲进鬼子中队部,一阵手榴弹甩过去,炸死一大片鬼子,炸坏了鬼子的报话机和电台,逼得鬼子无法求援,只得接连放出三只军用信鸽,向外报信求援。鬼子遭突如其来的袭击,找不到目标发泄,一个劲地打照明弹,把黑茫茫的田野照得如同白昼,使攻击的战士全暴露在鬼子的火力网之下,一下子倒下二十几个战士。

有几个战士火了,不顾雨点似的子弹,冲上院子的房顶,揭开瓦片,向里甩手榴弹。不料搬瓦声惊动了鬼子,鬼子就朝天放一阵机枪,几个战士中弹从屋顶上摔下来,院里的鬼子乘势冲出了院子。谢振华立即指挥部队追击,三连连长米富珍率领战士冲了上去,又打枪又拼刺刀,二十几个鬼子全归了天。下半夜1点钟,终于攻下了鬼子两个大院。

西头的大院一时还没攻下,这时通讯员来报告,说二营副营长王光汉牺牲了,一营营长毛和发也负了重伤,流血不止。

谢振华听了,心里一阵难过,这两个营干部都是红军老战士,革命的骨干,现在,任务没完成,反而牺牲了不少好同志。他抬头看看围在大院里的鬼子,虽近在眼前,但火力太猛,硬冲会遭成很大的损失。他焦红了眼睛,一时不知如何是好。

这时,站在旁边的尹参谋长说一句话提醒了他:"团长,我们用火攻吧!"

"对!用火攻,这是我向黄师长汇报的最后一着方案。"

谢振华派人把蘸着煤油的棉花球绑在马尾手榴弹上，投进大院。顿时，大院房顶冒出了熊熊大火，鬼子在火里喊着、滚着，拼命往外冲，企图杀出一条血路，但大门给机枪封住了，鬼子一露头就倒在门边，尸体把门口堵住了，里面火烧，外面机枪扫，谢振华见这一情景，像大热天吃冰西瓜，既解渴又痛快。天快亮时，鬼子的大院已烧成一片灰烬。

这时，打援的副团长陈玉才带着二营笑嘻嘻地回来了。向谢振华报告说，东坎鬼子大队长乔林接到军鸽送去的求援信，派了300名鬼子来八滩增援，途中被二营伏击，打死一百多，其余的吓得溜回东坎。

"汤团"行动

1943年，是抗日战争最艰苦、最残酷的一年。

这年春天，新四军一师师长兼苏中军区司令员粟裕，从各种渠道得知，日军的清乡重点将由苏南转移到苏中地区。而且临江濒海的南通、如皋、海门、启东四县，将作为鬼子的第一期清乡区。

日军投入清乡区的兵力，有曾经在苏南常熟清乡的小林信男的第六十一师团四个大队和伪军第三十二师、第三十四师、第三十五师，共计1.5万余人。敌人还使出最毒辣的一着，从江南运来500多万根毛竹和大量木材，在清乡区内扎起300多里长的封锁篱笆，沿篱笆每隔三五里路，筑一个碉堡，日军在封锁区内像梳篦样来回往返搜索，企图将新四军苏中四分区部队消灭在篱笆圈内。

日军头目小林信男狂妄叫嚣："此次清乡胜利，唾手可得，新四军跑不了。"

粟裕面对敌人的阴谋，精心研究对策，制定部署，采取多种形式歼灭敌人的有生力量，"汤团"行动，就是其中的一种斗争形式。

这天，粟裕到苏中四分区检查反清乡准备工作，听罢司令员陶勇、政委姬鹏飞的汇报，对他们说："我决定组织一个团的兵力，采取特殊方式打入敌人内部，完成预定任务以后，再从敌人内部打出来。"

陶勇瞪大双眼，惊奇地说："一个团？以往都是一两个人打入敌人内部，弄一个团去，人多嘴杂，树大招风，保密工作难做，容易暴露不说，也很容易引起敌人的怀疑。"

粟裕说："你说的有道理，但只要我们组织工作做得好，加上绝对的保密，这事是可以成功的。"

陶勇仍有疑虑,摇着头说:"新四军一个团'投降'敌人,会在人民群众中造成极坏的影响,恐怕会动摇军心、民心的……"

粟裕静静地听陶勇发言,一旁,经过深思熟悉的姬鹏飞说话了:"不入虎穴,焉得虎子。我同意这个主意!当然,敌人一定会利用我们这个团的'投降'大造舆论,会产生一定的副作用。但是,这个团如果真正得到了敌人的信任,那么所产生的作用就是无法估量的,利和弊比较,利远远大于弊。因此,我觉得这个主意是可行的。"

姬鹏飞一番话,说得陶勇直点头,他说:"粟司令,你就把这个任务交给我们吧,我们保证完成任务!"

粟裕严肃地说:"这事非同小可,你们先研究具体方案,慎重配备好团一级干部,报请华中局和军部的批准,然后才能行动。"

陶勇、姬鹏飞立即进行研究。最后,他们决定由原通海自卫团团长汤景延担任这次特殊行动的团长,顾复生任政委,沈仲彝任副团长。并选择800个最可靠的战士,其中共产党员80人,采取严密的单线联系。下辖三个营,陈坤任一营营长,陈涌任二营营长,周显才任三营营长。

方案上报几天后,陈毅代表华中局和军部复电:同意"汤团"行动,要慎重,要保证绝对保密。

粟裕将复电转交给陶勇、姬鹏飞,并要他们立即组织实施。"汤团"行动秘密而紧张地进行着。

团长汤景延,性格豪爽、意志坚定,对党忠心耿耿。抗战初期,他曾参加过打着抗日旗号的国民党杂牌军,任过中校炮兵营长。因此,与当时敌伪一些师团级军官同过事,有过"旧交",新四军挺进苏北,经梅嘉生启发教育后,率部起义,参加了新四军,并由四地委陈伟达介绍,参加了共产党。他了解伪军头目的嗜好、暗语、作风、派头,处于敌群中,能应付自如,不易为敌看出破绽,由他完成这一任务,担任主角,是再适合不过的人选。

政委顾复生,是个外貌文质彬彬,实则柔中有刚、坚定沉着、作风正派,工作耐心细致,有秘密工作经验,善于团结同志的干部。

沈仲彝则是个性格沉静,有计谋,擅长做管理工作的干部。

在四分区司令部的一间不大的小草房里,陶勇和姬鹏飞正在向汤景延、顾复生、沈仲彝传达"汤团"行动的计划。

听完整个行动计划,他们都思索万千,顾虑重重。

汤景延特别担心,他忧虑地说:"我过去在国民党内做过事,已经饱尝了被亲人、朋友、群众责骂的痛苦。现在又要我重演那种戏,我实在不敢想,万一以身殉职,再次被误解,这千秋功罪,谁人评说?"

沈仲彝接着说:"就拿我来说,完成这一重任,首先要克服的是情感问题,我无法改变参加革命以来长期养成的习惯、情感,和对敌人的恨,对人民的爱,打入敌人内部,要变一个相反的面目出现在群众中,十分为难。我怎么能允许自己的部队跟随鬼子、伪军去'扫荡''清乡';怎么能忍受不明真相的同志和群众的愤怒和仇恨的目光?"

顾复生也说:"长期养成的习惯是很难改的,万一稍有不慎,嘴巴里漏出个'同志'来,暴露了身份,引起敌人的怀疑,个人牺牲事小,害了全团同志,影响反'清乡'任务的完成是大事啊!"

陶勇听完他们的诉说,笑笑说:"你们的心情,我们是理解的,有这样那样的想法并不奇怪,没有想法那才是怪事呢!但是,你们要知道,目前的反'清乡'斗争是残酷的,每时每刻都有亲人们死在敌人的屠刀下。派你们去,就是为了反'清乡'斗争的胜利,为了亲人们少流血。你们是党员,应该服从组织的决定,挑起重担,胜利地完成任务。"

这时门外走来三个人,粟裕在前,陈丕显、钟期光在后。他们一进屋子,见汤景延三人心事重重地样子,互相交换了眼色,粟裕说道:"瞧你们这个样子,怎么能打好这一仗。你们这次去,任务是极其艰巨的。它比在公开的战场上与敌人拼杀要危险得多,这就要求你们要有十倍百倍的勇敢和智慧,来和敌人作斗争,相信你们一定能完成任务,凯旋而归。"

钟期光接着说:"你们这样的精神状态,怎么去做全团人的工作?怎么去和敌人周旋,恐怕一进虎笼就要喂老虎了。"

在首长的关怀和耐心开导下,他们打消了顾虑,愉快地接受了任务。

第二天,汤景延扮成商人,到南通与伪军清乡主任张北生、苏北特工站站长姜颂平联系,利用"旧交",同敌伪各方面都挂上了勾,并谈了条件。

在汤景延去南通联络之时,顾复生、沈仲彝在部队紧张地作准备。当务之急是思想上的动员,当800名战士听到他们的任务是打入敌人内部,向日伪军假投降时,个个目瞪口呆,吃惊非常,思想问题也不少。顾复生、沈仲彝根据自己的体会,将心比心,针对部队的思想情况,进行深入地动员教育,为执行这一特殊任务奠定了思想基础。

4月16日晚,天地一片漆黑,此时,在桃源、震蒙两乡交界处,突然一阵急骤的枪声划破了寂静的长空,随后枪声大作,杀声四起,火光连天。这里似乎发生了一场"激战"。在激烈的枪声和喊杀声后,张北生、姜颂平派两个团的伪军,在附近接应汤团的"投诚"。

当晚,日军师团长小林中将和张北生、姜颂平举办宴会,欢迎汤团"归顺"。小林将汤团编为"苏北清乡公署外勤卫团",汤景延任上校团长,沈仲彝为中校团副,顾复生为中校顾问,驻守海门通海镇、竹行镇、姜灶港等地。

安排妥当后,汤景延又来到苏州,找到伪江苏省长李士群,说了一番吹捧和效忠的话,李士群信以为真,委任汤为苏北清乡警察大队长,并晋升汤为少将旅长。

汤团站稳脚跟后,首先开办"协记商行",经营烟酒、木柴、煤油、布匹、棉花等。商行开业后,船来车往,各种军需物资神不知鬼不觉地运往四分区部队,为粉碎敌人的经济封锁打开了缺口。

接着,汤景延开始在张北生的军需处长汤兆龙身上做文章,他热情地请他吃饭,和他交朋友,称兄道弟。目的就是想从他那里了解张北生部的粮食、被服、弹药供给情况。汤兆龙见汤景延如此看得起自己,便也大哥长,大哥短的叫个不停。他常对汤景延说:"大哥,我俩一笔写不出两个汤,500 年前是一家嘛,有什么难处,尽管找小弟。"

一天,汤景延又请汤兆龙喝酒,几杯酒下肚,汤兆龙话也多了,汤景延便见机行事,客气地说:"大哥我初来乍到,很多规矩不十分清楚,还要请贤弟多多指教。"

汤兆龙把胸脯拍得咚咚响:"大哥放心,只要小弟能办到的,决不会说半个不字。"

汤景延装着很随便样子地说:"其实也没什么,我团投靠皇军后,张北生要我们拟个粮食、被服、弹药供给表。可我不知如何搞法,想借一份各部队的供给情况表,我好照葫芦画瓢弄一份,保证 3 天之内完璧归赵。"

"这个……"汤兆龙一听,十分为难,一时不知如何回答。

汤景延见状,笑笑说:"兆龙弟如有难处,那就算了,就当我没说,你我交谊不深,也难怪你对我不信任,来来来,我们喝酒,不谈这些,不谈公务。"

汤兆龙一愣,红着脸说:"大哥这说的是哪里话?不是小弟不相信大哥,只是……"

汤兆龙四下瞅瞅,见没什么人,便附在汤景延耳边说,"事虽简单,可那上面有皇军的编制装备情况,是绝密的,万一泄露出去,是要掉脑袋的啊!"

汤兆龙犹豫了一会儿,最后像下了很大决心似的说:"小弟相信大哥,你放心,我明日亲自送来。"

第三天,一份关于日伪军编制装备情况的表格,由汤景延转到了陶勇手中。

此后,汤兆龙成了汤公馆的常客,从和汤兆龙的接触中,汤景延得知伪军每次出征"清乡""扫荡",事先都要到军需处领干粮和弹药。汤景延便以配合兄弟部队作战为借口,要汤兆龙把每次日伪军出征的人数和方位告诉他。就这样,又使我军获得了敌人每次行动的情报,有了充分的准备,使根据地军民减少了损失,敌人每次"扫荡"都扑空。

6月底,汤景延从汤兆龙口中得知,敌人集中兵力到启东"清乡"。便通知电台,迅速地向陶勇报告了这一情况。陶勇派一个营的兵力到启东附近扰乱敌人,主力集中在如皋、南通地区,发动了80万群众,于7月1日晚,展开了大规模的破击战、袭击战,东起南坎,西至丁堰,南到天生港的200多里竹篱笆,被烧得精光,鬼子碉堡全塌了顶。清乡以来,日伪丢盔弃甲,反落个偷鸡不成蚀把米的下场,损失了1500多人。

一天晚上,汤景延一出大门,就被一个戴眼镜的鬼子军官推上了吉普车。吉普车飞奔在田野上,村庄、小桥一晃而过,汤景延的脑海里像决堤的河水在翻腾,他左思右想,觉得没有什么不慎之处。他一时弄不清楚敌人这一举动是试探还是发现了破绽,于是他暗暗告诫自己,要沉着、要冷静,到时见机行事,宁可牺牲个人,也要保证全团同志的安全。

汽车在田野上大约行驶了1小时,停在了南通狼山附近的乱石岗边,汤景延被推下汽车,见四周都是持枪的日本鬼子。

小林信男走到汤景延身边,气势汹汹地说:"你的,是这个的,今天就叫你死拉死拉的!"

汤景延见小林伸出四个手指,知道他说的是新四军,可是,他却沉着地说:"太君,你的话我不明白。"

"你的骗人的干活,搞假投降的。你把我们的情报交给新四军的,使我的'清乡'计划连连失败。今天,我收到你的电台信号,还抓到你的两个士兵,他们已供认你们是假投降。"小林的目光透出杀气,他挥挥手,对一个士兵说,"按计划执行!"

那个士兵立即向汤景延进行吆喝道:"向后转,朝前走!"

汤景延默默地朝前走,四周死一般地寂静,凉风阵阵袭来,他在自己的人生旅途就要走到尽头时,一点也不后悔。此时此刻,他觉得自己才39岁,为党做的工作太少太少,从此后没有机会了,这是他一生最大的憾事。他回忆参加革命五年来,和同志们并肩战斗的日日夜夜,今天就要离开同志们了,心里的惜别之情油然而生,他暗暗地说:"同志们,永别了。"

"开枪!"小林一声口令,一排子弹从汤景延的耳边呼啸而过,汤景延却没伤着一根毫毛。汤景延顿时明白了，这是敌人因怀疑自己，而设计的一场刑场考验伎俩。

"哈哈哈!"小林大笑着走到汤景延身边，打着哈哈说，"汤旅长受惊了，共军狡猾狡猾的，这是为了皇军的利益，迫不得已啊，请多多谅解。"说着拉着汤景延的手，走进了他的小汽车。

车上，汤景延怒气冲冲地说:"真没想到我们的一片忠心，竟受到如此待遇，太不公平了。"

"汤旅长别误会，"小林边说边拍拍汤景延的肩膀，笑嘻嘻地说，"别生气，我给你压压惊去。"

小林为此宴请了汤景延。

饭后已是半夜，同志们却没睡，见到汤团长安全归来，一个个放下了悬了半天的心。

汤景延将发生的事讲了一遍后，顾复生说:"同志们，敌人连吃败仗，开始怀疑我们了，我们要提高警惕，作好充分的准备，迎接敌人的新花招。"

次日上午，汤团连以上干部正在开会，研究对付敌人的办法，一名伪军摩托通信员送来通知:张北生、姜颂平下午两时来汤团点验。

大家议论纷纷。

汤景延说:"敌人紧锣密鼓，点验的目的是想借机查明我团的人员装备，进一步控制我们。因此，我们要作好充分的准备，不能让敌人的阴谋得逞。"

沈仲彝说:"我们把机枪一类的精武器藏起一部分，以防他们借口抽走。"

散会后，大家迅速分头去作准备。

午后两点，骄阳似火。操场上，一阵阵热浪扑面，烤得人喘不过气来。张北生、姜颂平在汤景延陪同下，对汤团进行点验，战士们精神饱满，秩序井然，张北生、姜颂平没找到什么碴子，只好悻悻而去。

汤景延刚松了一口气，谁知第二天上午，又接到调防命令，张、姜命令他们当天下午启程，率部至金沙镇、金余镇驻防。

汤景延接到命令，心急如焚。他急什么? 因为汤团从天门镇到金沙镇、金余镇必经新四军根据地，时间紧急，无法通知沿途我乡政府的地方武装，万一发生误会，自己人打起来，这如何是好? 用电台报告四分区领导也迟了，因为四分区机关已转移到外线兴化、盐城以南，即使四分区领导知道了，也来不及通知地方武装。怎么办?

汤景延、顾复生、沈仲彝三人商量决定:为了不使敌人产生怀疑，调防命令一定要执行，为了防止在行进途中和地方武装发生相撞的可能，只有把出发时间拖延到天黑以后。以什么借口拖延时间呢？他们研究后决定，向张北生报告说，中午有几十个士兵拉肚子，请求延迟到晚饭后出发，张北生不知是计，同意了这个请求。

汤团的"投敌"，敌人持怀疑态度，对他们三番五次地考验；不知内情的自己人对汤景延更是恨之入骨，时时想除掉这个"叛徒"，汤景延几次差点倒在自己同志的枪下。

与粟裕、叶飞保持单线联系的施亚夫同志，打入敌巢，任伪军三十四师中将师长。他不知汤景延也是组织派往敌营工作的，以为他是真正的叛徒，因此设计了两次暗杀计划，一次是制造交通事故，用大卡车把汤景延的小轿车撞翻了，好在汤景延当时不在车内，才幸免于难。第二次是摆下鸿门宴，邀请汤景延赴宴，暗中在汤的酒杯里下了毒，可是，当施亚夫就要递上酒杯的一刹那，他意识到这一行动要请示粟、叶首长才能实施。于是，借故将毒酒泼在地上，汤景延才又一次幸免于难。当晚，施亚夫用电台向粟、叶汇报自己的打算时，才知汤景延原来是自己的同志。

8月底，张北生、姜颂平又命令汤团自长江边调至内线，分驻在南通、海门、如东、如皋4个县的金沙、骑岸、石港、刘桥、王余、北新桥、金作、东社等两百多里的地方。明眼人一看便知他们这一着，就是想让汤团高度分散，相互间孤立无援，处在敌伪之中，便于溶化、瓦解，而团部又无法指挥，最后达到消灭汤团的目的。

汤景延等三位领导分析了敌人的目的和动机。

沈仲彝说："敌人对我们疑心未除，根据敌人一连串的行动，估计不出1个月，就要向我们动手了。"

汤景延果断地说："事不宜迟，我们不能坐以待毙。立即发电，请示上级。"

电报发出1小时后，陶勇、姬鹏飞复电：将计就计，破腹归队。

9月23日晚10时许，秘密联络员梁皓群带着陶勇、姬鹏飞密信来了。信中说："26日晚11时，摧毁敌据点，破腹而出。"

他们终于盼来了这一天！这天晚上，归心似箭的游子们心潮澎湃，驻地里的鞭炮声，欢笑声汇成一片。营长周显才穿一身笔挺的淡灰色西装，暗红色的礼帽上插一朵鲜红的绢花，身旁站着一位身材苗条的女郎，端庄大方地同来宾点头打招呼，今天是他俩"大喜"之日，团部驻地周围的敌伪头目一个不拉，都被请来了。

宴席上，汤景延和新郎、新娘频频劝酒，日伪头目们狼吞虎咽，猜拳喝令声夹杂着粗鲁的嬉笑声，此起彼伏，屋子里烟雾缭绕，酒桌上杯盘狼藉。

汤景延伸手看表，时间正8点。他轻咳两声，说时迟那时快，屋子里伏兵四起，当场擒获所有敌伪头目。与此同时，分布在两百多里路上的各连，同一行动，将附近的敌伪据点一扫而光，与接应他们的两个团里应外合，以迅雷不及掩耳之势，破腹而出,凯旋而归。

陈毅电令嘉奖汤团全体官兵,并任命汤景延为苏中军区联抗部队司令员,顾复生为政治部主任,汤团改编为联抗二团,沈仲彝为团长。

陈军长三捉韩德勤

《三国演义》中,有诸葛亮七擒孟获的佳话,而在中国革命史上,有陈毅三擒韩德勤的故事。

韩德勤是国民党中央执行委员、江苏省主席兼鲁苏战区副总司令,手下有1个军、3个师、10个常备旅、10个保安旅,号称10万大军。韩德勤拥有10万人马,应该用来打鬼子,但是他秉承蒋介石旨意,频频与我新四军磨擦,血债累累。新四军义愤填膺,在黄桥、姜堰、陈道口等战役中,多次教训了韩德勤,打得他一败涂地。1943年,韩德勤在山子头战役被活捉。

3月中旬,万余日军对淮海区"扫荡",同住此地的韩部与新四军三师,却态度迥然不同,新四军以满腔怒火,杀声阵阵,与鬼子进行殊死搏斗;而韩部则惶恐不安,一触即溃,节节败逃。

在危难之际,韩德勤想到了新四军,便派人向新四军求援。

此时,黄克诚见韩德勤有难,便以民族大义为重,不念旧恶,即派彭明治、郭成柱率七旅奋勇阻击日寇,用生命和热血救韩部于三师驻地涟水、苏家嘴地区休整。黄克诚见韩部丢盔弃甲,损兵折将,又以救人救到底之心,派人送去粮食、衣服和经费。

新四军的见义勇为,深得韩部官兵和社会各界人士称赞,韩德勤当时也感激不尽,并特意登门致谢。

那天下午,韩德勤一见黄克诚,又是敬礼,又是鞠躬作揖,眼眶里还含着热泪,说:"幸亏新四军拉我一把,不然我这万把人不就成了鬼子的刀下鬼了,我韩某今生今世也忘不了新四军的大恩大德,我……我……"说到此处,他激动得直擦泪水。

黄克诚自南下华中,与韩德勤打过数十次交道,深知韩是个翻手云覆手雨之辈。见韩德勤这般模样,淡淡一笑说:"韩主席,救你部是我军应该之举,你我同是中华民族子孙,理应共同抗日,一致对外,你说是吗?"

韩德勤连声说道:"黄师长言之有理,今后我韩某一定与贵军携手共进,共歼日寇。"

黄克诚反问:"此话当真?"

"我若反目,天诛地灭!"韩德勤发誓诅咒,还怕黄克诚不相信,又说,"我们可以签订协议为证,黄师长你看如何?"

黄克诚一为预防韩德勤出尔反尔,二是想到为了共同抗日的大局需要,同意了韩德勤的建议,双方协议如下:

一、韩部与黄部团结友好,共同抗日。日军离开车桥、曹甸,韩部返回原地。

二、日军如犯韩部,黄出兵援韩;日军如犯黄部,韩部出兵援黄。

三、黄、韩二部情同手足,永远友好,直至抗战结束,不得背信违约。

谁知墨迹未干,韩德勤就将协议抛之脑后,他一接到蒋介石命令,即以回师休整为名,命令津浦路西的王仲廉部,兼程东进,韩部由东向西,妄图两面夹击刚与日伪军连续作战3天的彭雪枫四师,

3月15日,韩部侵占里仁集、陈道口。彭雪枫对韩的动机已有察觉,遂派员交涉,婉言相劝,呼吁团结抗日。

此时的韩德勤狂妄之极,利令智昏,亲率八十九军和李仲寰的独立第三旅、王光夏的保安第三纵队,一夜之间偷渡运河,占领山子头、盛圩一线。

彭雪枫将韩部情况及时向军部报告。

陈毅接到报告,立即召开作战会议,研究对策。

张云逸愤愤地说:"韩德勤真是不识好歹,恩将仇报,我们要狠狠教训他一顿。"

赖传珠发狠说:"岂止是教训他,还要彻底收拾他。韩是我抗日阻力,当初我军挺进苏北,他多次阻扰,我们在半塔、郭村、营溪、黄桥、曹甸等地与他多次交锋,未能彻底歼灭之,留有后患。这次他又挑起事端,我方出师有名。另外,韩部长途跋涉,刚到山子头,立足未稳,部队疲惫,容易攻取。再者山子头一线我军力量雄厚,不仅二师、四师驻扎在此,而且三师七旅一两天路程就可赶到。在兵力对比上,我军为优势,此举我方必胜。"

饶漱石见大家说完了,总结性地说:"大家的意见很对,我同意全部彻底歼灭韩部。"

陈毅见大家没有异议,叫来秘书罗若遐,口述命令:

二师、三师、四师:韩顽率部占山子头、盛圩一线,图与路西王部合击我彭部,若韩、王企图实现,淮南、淮北局势严重,对我华中斗争任务受极大影响,在韩、王未合击之前,首先集中兵力全歼韩部。此战役以四师为主,二师五旅、三师六旅参战,由彭雪枫、邓子恢统一指挥。

各部接电后,主动与四师联络,听从彭、邓指挥。为给韩德勤最后一个机会,淮

海军分区派员,劝说并警告韩、王,希望他遵守协议,顾全大局,退返原防,如不受劝告或故意拖延,一切后果咎由自取。

陈、饶、张、赖
3 月 15 日

命令下达到各部队,大家立即秣马厉兵,听从彭雪枫、邓子恢调遣,开赴指定地点,只等一声令下,捉拿韩德勤。

淮海军分区司令员刘震、政委金明接令后,即派张参谋、李干事前去韩部,进行劝说。

谁知,韩德勤一听要他遵守与黄克诚签订的协议,竟颠倒黑白,大言不惭道:"你们知道协议是怎么产生的吗?告诉你,那是在黄克诚被日本人追赶,被我方救援后,向我军签订的。再说,我方签订协议的两位代表是通共的,他们擅自作主,不能代表我的意见,所以,我宣布那个协议是无效的。"

看到韩德勤这副无耻嘴脸,我方的两位代表气愤之极。他们强压怒火,责问道:"你韩主席如今占了彭雪枫的地盘,枪杀我抗日干部,委任乡长,作何解释呢?"

韩德勤狡辩说:"苏北本来就是我姓韩的天下,你们新四军硬挤进来,现在还出尔反尔,说我占了你们的地盘,真是岂有此理。"

张参谋、李干事见韩德勤顽固到底,不分黑白,深知劝说无效,便愤然返回部队。

陈毅军长接到淮海军分区的汇报,韩德勤的态度完全在他意料之中,他感到此战不可避免。为慎重起见,他又分析了形势,如今国共合作还没有破裂,要打胜这一仗还有不少棘手问题,如果全歼韩部,是否会给蒋介石发动第三次反共高潮制造借口呢?想到这些,陈军长策马飞奔四师驻地。

此刻,四师正在头集小学召开作战会议,参加会议的有彭雪枫、邓子恢、张震、吴芝圃、淮北行署主任刘瑞龙、九旅旅长韦国清、政委康志强、十一旅旅长滕海清、政委赖毅、骑兵团团长周纯麟。彭雪枫向各部下达作战命令后,大家便七嘴八舌议论开了,围绕如何打好这一仗,给韩一个下马威,进行了认真的讨论。他们提出了一些问题,这时陈毅赶到了。

大家见陈军长到来,纷纷向陈军长询问。

陈军长点点头,笑着说:"我正是为这些问题来的。三个臭皮匠赛过诸葛亮,我们一起研究研究。"

经过一番讨论,陈军长见大家说得差不多了,就对大家招招手说:"我看是不是这样……"陈军长面授机宜,说了三点。

当天黄昏,各部向进攻点开进,神不知鬼不觉地接近韩部。

这时,狂风大作,乌云密布,顷刻之间,下起了倾盆大雨。

此时,韩德勤毫无睡意,望着大雨,高兴地脱口道:"天助我也!等到明天中午,王仲廉部一到,我将以迅雷不及掩耳之势,击溃彭雪枫,把他们赶到洪泽湖喂鱼虾去!哼,什么协议,见鬼去吧!新四军当真相信我的话,我那时是迫于形势,不得不做出的姿态。"他越讲越高兴。良久,才上床渐渐进入梦乡。

这阵大雨,也麻痹了哨兵,韩部四周游动哨都躲进了房子里,有的干脆进了被窝。

3月17日深夜12时,风雨停了。两颗白色信号弹,把大地照得如同白昼,彭雪枫各部向韩部发起了攻击。担任主攻的韦国清九旅,兵分两路,一路由南向北,一路由北向南,向山子头韩总部及保安三纵猛攻;滕海清的十一旅围歼独立三旅;彭明治的七旅在姜王庙、胡圩、陈楼一线阻击八十九军。仅半小时,保安三纵和独立三旅被全歼,李仲寰被击毙。

猛烈的枪声和喊杀声,惊醒了睡梦中的韩德勤,他料到事情不妙,吓出一身冷汗,嘴唇直打哆嗦。他狠狠地捶了一下自己的脑袋,万般沮丧地说:"完了,完了!"

这时,王光夏慌慌张张进来报告说:"我们被包围了,到处是新四军!韩主席,我已吩咐各部拼命抵抗,我们快想办法逃跑吧!"

韩德勤恍恍惚惚,听到"拼命抵抗,逃跑"的话立刻清醒过来,气急败坏地说:"不能反抗,不能反抗!谁反抗就毙了谁!"

他见王光夏迷惑不解,骂道:"你这只蠢驴,想叫我送死啊?共产党优待俘虏,抵抗只有死路一条。留得青山在,不怕没柴烧。你快出去,叫新四军不要开枪,说我韩主席在此,请他们派代表来谈判。"

王光夏一听叫他出去,吓得面如土色,上下牙齿直打颤,说:"韩主席,我上有老,下有小,再说,我也亲手杀死不少新四军,他们万一……"

"快去,快去!"韩德勤生气地说,"你不去谁去?你欠下共产党许多血债,我不也是一样吧?少啰嗦,快去!"

王光夏想想这几年自己在半塔、高宝、曹甸、东沟、风谷村多次制造磨擦,杀害了不少新四军,新四军是决不会饶恕自己的,他越想越怕。可是,韩德勤用枪抵住他的脊梁骨,不去是不行的。

他只好拖着沉重的步子迈出门,一边走,一边喊:"我是王光夏,韩主席请你们……"

九旅二十六团八连指导员孙长兴带着战士们把大院围得水泄不通。见王光夏出来,满腔怒火"腾"地点着了,他红着眼,咬牙切齿地骂道:"狗娘养的,我要为烈士们讨还血债,不打死你王光夏,不解我心头之恨。"他一举枪,"叭"的一声,王光夏饮弹而毙。

孙长兴带着战士们冲进了院内,高喊:"缴枪不杀,缴枪不杀!"

韩德勤对外面的情景看得一清二楚,生怕落得和王光夏一样的下场,便混在俘房里,举着双手,走出院门。

战斗胜利结束,陈毅接到活捉韩德勤的消息后,电告延安:

毛主席:

韩德勤已于18日晨被俘。其大部被歼,韩被押,我们装着不认识,拟将混在俘房中释放。如何?请立复。

陈毅

3月18日

两小时后,毛主席、刘少奇复电:

同意释放韩德勤。

韩德勤罪孽深重,新四军为何不一枪崩了他,反而要放虎归山呢?这个问题要从战前谈起,陈军长在战前策马扬鞭赶到四师,参加了他们的作战会议。在会上,他们着重研究了对待韩德勤的问题,陈毅提出了三点是:第一,消灭韩德勤部队;第二,韩德勤要抓活的;第三,王光夏、李仲寰要死的。这三点,战前传达到每个战士,作为战场纪律。战斗结束,三点全部兑现。

韩德勤身为国民党上将,国民党省主席,杀了他,则直接影响国共关系,蒋介石很可能借机翻脸反共。现在让韩德勤留着一条命,而他的左右膀子已被杀,部队被歼,这就足以打击了他的威风,灭了他的志气,丢了他的面子。放他回去,蒋介石从此不会重用他,他也无脸再与我为敌。通过这一系列分析后,陈毅及中央才作出放掉韩德勤的决定。

陈军长接到毛主席、刘少奇复电后,随即派人释放韩德勤。不知韩德勤葫芦里卖的什么药,在释放他时,他非但不逃命,反而供认自己是韩德勤,要求面见陈军长。

负责放他的孙长兴恼火地说:"韩德勤,你不要敬酒不吃吃罚酒,放你走你不走,你是鬼迷心窍啦?凭你这德性,也想见我们军长?快滚开吧!待会我们万一改变了主意,一枪崩了你,你就连命也没有了。"

韩德勤却不理会孙长兴的辱骂,仍然一个劲地要见陈军长。

这时,正巧负责俘房工作的九旅政治部主任张震寰路过这里,上前询问。韩德勤点头哈腰地说:"张主任,你行行好,请你无论如何要禀报陈军长,必须见我一面。"

面对韩德勤突如其来的要求,陈军长好生纳闷,找来彭雪枫、邓子恢商量。

彭雪枫说:"韩德勤落到如此地步,是他自找的,我军所为,有理,有节,不怕他找什么碴子。"

邓子恢说:"这次他连老本都输光了,这一下,他可能彻底清醒了。不妨见他一面,只会有益无害。"

当晚,陈毅去会见韩德勤,谁知一谈就谈了六个小时。

韩德勤见到陈毅,即双手抱拳,连鞠三躬,道:"久仰,久仰,陈军长今日能屈身见我这败军之将一面,实感三生有幸。"

陈毅回礼道:"韩主席,你我是老熟人了,何必如此客气呢?"

韩德勤一听,脸"刷"地红到耳根,苦笑着说:"陈军长如此看得起韩某,实在是羞愧难当啊!你我是一个天上,一个地下,无法相提。"

"此话怎讲?"陈毅不解地问。

"哎——,你陈军长乃常胜将军,我韩某只是你的手下败将。我三次被你生俘,我是终身难忘啊!"韩德勤的思绪飞到从前,"一次是1931年4月4日,在安福城里,我当了你的俘虏,损失了一个师;同年的9月,在方石岭,我第二次做了你的俘虏;这次是第三次,我韩某全军覆没。古有诸葛亮七擒孟获,今有陈毅三捉我韩德勤,要给后人当笑柄了。"

韩边说边叹气:"三年前,你们刚过江,我有10万人马,你只有7000人。古人曰:'三十年河东,三十年河西。'是啊,三年不到,我们之间的兵力却倒了个儿,共产党实在是了不起啊。俗话说,'人要脸,树要皮',我今天落到这步田地,已无脸见人了。"

陈毅微微一笑,说道:"韩主席,过去的事不要耿耿于怀,永记心中嘛,应该想想今后怎么办。"说到这里,陈毅的脸色严肃而庄重,"现在,日本鬼子在我们的国土上横行,战火连天,生灵涂炭,国家正处在生死存亡的危急时刻,每一个有良心的中国人,都拿起了武器,对付日本的侵略。而你们,却不断破坏国共合作,和新四军搞磨擦,干着亲者痛仇者快的事。这次战斗,我方是迫不得已,是为了粉碎蒋介石的反共阴谋。虽然全歼了你的部队,但我们仍本着团结抗日的愿望,放你一条生路,希望你接受教训,不要再站在反共的立场上,与人民为敌到底。"

韩德勤一边听,一边点头,脸上红一阵白一阵,连声说:"陈军长说的极是,我韩某是心悦诚服了。今后我一定……"

韩德勤刚想发誓,一抬头,见陈毅笑着看着他,马上不好意思地低下头,说:"唉,都是我不好,老是出尔反尔,恩将仇报,我再发誓你们也不会相信我了,我怎么讲才能表达我内心的悔恨呢?"

陈毅见韩德勤急得满头大汗,温和地说:"韩主席,不要急嘛!有话慢慢讲,你我可以做个好朋友嘛。只要你讲话能兑现,我们会相信你的。"

韩德勤一听这话,真正是受宠若惊,他感激地说:"陈军长海涵,我韩某终身难忘,和你做朋友,我实不敢当,只求你大人不记小人过,我就心满意足了。"

陈毅打趣地说:"看来,韩主席是不愿和我交朋友了,其实共产党人同国民党人交了不少朋友,毛泽东同国民党参政员章士钊是老朋友,周恩来同张治中、冯玉祥是好朋友,我到苏北同李明扬、朱履先、韩紫石也交了朋友嘛。你韩主席看不起我是不是?"

"哪里,哪里。我韩某有你陈军长这样的朋友,实在是三生有幸啊,我哪有不愿之理呢?"

"那就一言为定。"陈毅伸出小拇指。

"一言为定。"韩德勤用小拇指勾在陈毅的小拇指上,俩人都哈哈大笑,似乎回到了童年时代。

韩德勤的情绪被陈毅感染了,心情好了起来,他谨慎地问陈毅:"老朋友,你这次放我回去,是否还要打我?"

"朋友归朋友,公事还要公办嘛,今后打不打,取决于你的态度了。"

韩德勤着急地说:"我今天把心交给你了,从今日后,我如做一件对不起新四军的事,决不是人。我的为人,你还有所不知,我一不吃烟,二不喝酒,三不讨小老婆,至今连个儿子也没有。"

陈毅风趣地插话道:"哎呀,老朋友,你为人廉洁,我真不如你哟,我抽烟又喝酒,找了个美人张茜,生了个胖儿子。"

陈毅的笑话,逗得韩德勤一阵苦笑,他说:"我虽为蒋介石嫡系,但不被重用。今后,我决不向新四军放一枪。但要我彻底反对蒋介石,我做不到,这里的原因,你是清楚的,我还要当他的省主席,端他的饭碗。"

陈毅说:"你的苦衷,我们知道,只要你不反共,尽量为抗日做些力所能及的事,或保持中立就可以了。"话锋一转,又问道,"韩主席找我,有什么事吗?"

韩笑笑说:"我只求见你一面,一是想找你谈谈心里话,向你请罪,另外想请你答应我几点要求,恳请陈军长务必答应。"

"你说吧,只要你提得合理,我会考虑的。"

韩德勤掰着手指道:"第一,片甲不留地让我回去,难以交待,能否归还我一部分人和枪支;第二,回去后无立足之地,请你指定个地区让我能混下去;第三,省政府的牌子让我挂下去,不然面子难看。"

韩一边说,一边观察陈毅的面部表情,他见陈毅认真地听,无恼怒之意,又接着放开胆子说:"我斗胆地说,我提这三点,不光是为了我自己,也是为了新四军。"

"此话怎讲?"

"我带着一部分人和枪,挂上省政府的牌子,继续当省主席,蒋介石就不能撤我的职,也就不会派别人来这里任职。据我所知,汤恩伯、李仙洲都想来争我这个肥差呢!我在这里,决不再与你为敌,这对你们新四军来说,是非常有利的。你想想,如果你们把我挤走,换个人来,情景又怎么样?"

陈毅边听边点头,答道:"韩主席说得有理,我答应你的要求。"

第二天,陈军长不但满足了韩的要求,还借 8 万元给韩,以重建部队。由于韩身体不适,还派人用担架送至宿迁陆圩子。

当夜,陈毅将与韩谈话内容报告中央。

毛泽东、刘少奇批复:

赞成释韩条件,但情况复杂,不必发展为内线,不必办自首手续。

此后,韩德勤判若两人,他信守诺言,还常常将国民党军的作战部署密告新四军。

潜伏汪伪三年,成功策划反正起义

中国抗日战争最艰苦的阶段,汪精卫叛国投敌后,国民党内叛国投敌的事件接踵而来,而且愈演愈烈,苏中伪军居华中各战略区首位,仅苏中三分区就有 1.3 万余人。

陈毅对叶飞说:"敌人驱遣伪军以攻我,伪军靠利用敌我矛盾求生存,我则靠利用敌伪矛盾以坚持。我军如能在军事上制服伪军,政治上控制伪军,就等于粉碎敌人的'清剿''扫荡'。"

叶飞根据陈毅指示,在一旅、三分区、三地委中,成立了敌工委员会,由朱克靖、陈玉生分别担任正副主任,一旅和三分区设有敌工科,展开对日伪军的策反工作。

他们采取灵活、机智的工作战术,有的利用与伪军之间的关系,与上层人员交往,晓以民族大义,陈明利害,指出前途;有时派可靠干部打入伪军内部,用秘密委任方式,秘密订立反正协定,个别发展组织;指定有社会关系的干部与伪军交朋友,进行民族气节教育,改变对新四军态度,暗中为新四军送情报,购买军工器材、药品,掩护交通线的新四军干部。

一时间,在三分区范围内,伪军的策反工作做得有声有色,成果辉煌。叶飞亲自指导伪军中将师长施亚夫开展工作,传为佳话。

施亚夫参加伪军,有一段曲折经历。施亚夫是南通唐闸人,1928年参加共产主义青年团,第二年加入中国共产党,并参加了中国工农红军第十四军,任连长。1930年初转入通海特委,从事兵运工作。1931年4月,由于叛徒出卖坐牢,当年8月出狱后回到上海,参加国民革命军第十九路军,1933年回南通担任中心县委常委、组织部长等职。1934年被捕,判刑15年,关押在南京老虎桥监狱。1937年秋,日军飞机轰炸南京,几颗炸弹落进监

叛国投敌的伪主席兼行政院长汪精卫

狱,牢房在大火中熊熊燃烧,监狱大乱。施亚夫和幸存者乘乱跑出来。1938年3月,日军在南通登陆,施亚夫拉起了队伍,成立中国工农守土团,并任团长,与党组织接上关系。1940年2月,经党组织同意,通过关系,成立南通县宪兵队和特务队,担任队长。1941年2月,另拉队伍,成立施亚夫部队,担任司令员。6月,又成立绥靖军第七师,担任中将师长。

1941年6月,以施亚夫为师长的绥靖军第七师在南通正式宣告成立。消息一经传到南京,正愁枪杆少,无法向日本人讨价还价的汪精卫闻讯后,非常高兴,立即派心腹严济南到南通收编施亚夫。

严济南奉命出发,一到南通,见到施亚夫后,寒暄几句,便迫不及待地要施亚夫将全师的花名册交给他审查。

施亚夫手下实际上只有二三百人的队伍,一下子到哪里弄到一个师的花名册呢? 他只好想方设法,应付严济南。他一面令几个副官与严济南巧妙周旋,一面带着一个副官匆匆坐船去了上海。那几个副官陪着严济南,今天逛狼山、天宁寺,明天打麻将,后天逛妓院,在南通每天玩得心花怒放,早把汪精卫交给的公务抛到了九霄云外。

三天过后,施亚夫突然出现在严济南的面前,将厚厚一本花名册交给他,笑着说:"严长官等急了吧? 我到每个旅去拿花名册,途中碰到新四军袭击,所以耽误了时间,请严长官包涵。"

"亚夫兄一路辛苦啦,你能平安回来,就是最大的福气了!"严济南心不在焉地

翻着花名册,看到最后的总数1万5千人这个数,便啧啧赞叹道,"亚夫兄治军有方,一万多人满员,装备又齐全,是绥靖军的模范啊!"

短短三天,施亚夫是从哪里弄来这么多人的花名册的呢?原来,他和副官赶到上海,买了一本电话号码簿,住在新雅饭店里,雇了两个先生,把电话簿里的人名改为伪七师官兵名,将一万多人的电话号码改为枪号码。

严济南回南京一周后,施亚夫接到严济南的急电,要他火速赶赴南京授衔。施亚夫到了南京后,在严济南陪同下,受到汪精卫和日军高级顾问晴气庆胤中佐接见,当面考核了施亚夫,由于施亚夫作好了准备,他的考核获得了满分。严济南将绥靖军总司令部委任施亚夫为伪七师中将师长的委任状、将军服、军衔等,送给了施亚夫,并在门新街口福昌饭店里宴请了施亚夫。

施亚夫回南通不久,接到南京绥靖军总司令部通知,要他参加汪精卫举办的将校集训班。集训班设在南京中华门外岔路口。集训期间,每逢节假日,汪精卫便邀请施亚夫到汪公馆做客。施亚夫博学多才,琴棋书画样样精通,善于兵法研究,称得上儒将,久而久之,取得了汪精卫的信任。

三个月的集训结束了,施亚夫回到南通伪七师。

一个漆黑的夜晚,他穿上便装,单身出城,来到与地下党接头的地方,与叶飞派来的敌工科长见面。

敌工科长传达了叶飞的指示,他握着施亚夫的手说:"叶飞首长对你的这一段工作很满意,他再三要我嘱咐你,演戏要逼真,这是特殊战场,办事要灵活。"

施亚夫轻轻舒了一口气,点点头。

叶飞规定施亚夫的任务,是提供有价值的军事情报。施亚夫时刻记住这个使命,忠实地履行职责,源源不断地向新四军提供极其重要的情报,使日伪军作战计划破产。

开始,施亚夫孤军奋战,身边无可靠助手,传递情报时也常闹出笑话。

1941年7月初一天,施亚夫在南通日军司令部参加作战会议。南浦司令官在会上透露,日军将出动十个联队加上伪军1.7万人,从东台、兴化、射阳、陈家洋等地,同时向盐城新四军军部进攻。

会议一结束,施亚夫迅速将这一情报派人连夜送到刘桥情报站。敌人的这次"扫荡"计划,虽然被粉碎了,但叶飞收到的情报,并不是施亚夫送来的。那么,施亚夫的情报怎么没有送到呢?问题的症结在哪里呢?这要从施亚夫送情报的方式说起。

由于斗争的极端复杂性,新四军敌工部与施亚夫有个约定,也就是规定了暗号。为了不暴露施亚夫的身份,并防止情报员叛变泄密,一般用火柴和香烟表示敌情。一盒不满的零星火柴,表示敌人最近出动一个小队兵力"扫荡",一盒满满的火柴,表示敌人出动一个大队"扫荡",一盒大炮台香烟,表示敌人出动一个联队兵力"扫荡"……

但是,这些暗号,只有施亚夫和敌工部的人知道,各情报站的情报员只知道传送,而不知道具体代表什么内容。以往,施亚夫送来的都是火柴,这次,施亚夫探听到有十个联队的日军"扫荡",急忙送来了 10 盒大炮台香烟。但情报员从来没接收过香烟,误以为这 10 盒香烟是慰劳新四军的,便自作主张,将这些香烟分掉了,导致了这个重大的敌情没能送到叶飞手上。

叶飞查明了情况,为了防止以后再出这样的错误,他从新四军中抽派了两个参谋给施亚夫当助手。两个参谋都是党员,有传递情报的经验,一个叫丁迁,被分配到施亚夫身边当副官;另一位叫李玉清,分配在一三五团当副团长。施亚夫有了助手,传递情报方便多了。

1942 年 11 月,侵华日军总司令畑俊六和汪精卫决定在苏中南通地区清乡,整个清乡分三步,第一步在南通、如皋、启东、海门进行;第二步扩大到三分区沿江地区;第三步在整个苏中、苏北。

施亚夫得到这一情报后,派人火速通报了叶飞。

叶飞一接到这个重要情报,立即和粟裕、管文蔚、陈丕显商量对策,决定通知各地委、军分区的负责干部们,到南坎开会,研究布置反清乡工作。一向平静的海滨小镇南坎,突然热闹起来。苏中军区和各单位主要领导挤满了会场。被陈毅谑称为"谭老板"的谭震林,代表华中局、新四军军部来会指导。粟裕、管文蔚、陈丕显、叶飞、王必成、陶勇等,都在会上对反清乡工作,作了极为重要的讲话。

南坎会议,是苏中军区的一次盛会,是指导反清乡斗争的一次重要会议。这种性质的会议,在敌情复杂的情况下,只有开会的少数人知道,其他人都一无所知。奇怪的是,南通日军最高司令长官小林信男的桌上,却放了一份关于这次会议的详细情况的密电。密电上标明新四军高级干部返回的行程路线。

小林信男如获至宝,立即召开紧急会议,布置 4 个日军大队和两个伪军师,追杀即将返回的新四军高级干部。幸好施亚夫参加了会议,听了小林的讲话,他的心突然悬了起来:不好,这么重要的机密,敌人怎么了如指掌? 一定是新四军内部有奸细! 小林的追杀计划如果得逞,新四军将损失一大批高级干部!

事后有人说,如果敌人阴谋得逞,新四军的历史将要重写。

施亚夫虽然心中焦急万状,表面上却平静如水。为了保护这批高级干部,施亚夫发誓,要想方设法阻碍敌人这个追杀计划的实现,甚至不惜牺牲自己的生命。会议休息期间,他躲在厕所里写了一张纸条,要副官火速送到情报站,并千叮咛万嘱咐,一定要将这个重要情报送到叶飞手中。同时,他决定见机行事,查出内部奸细。

会议结束时,小林信男踌躇满志地向出席会议的人敬酒:"诸位,今天我有点大喜过望,新四军高级首脑即将一网打尽,来,我们预祝'扫荡'南坎战斗胜利,干杯!"

施亚夫离开会场前,走到小林面前说:"小林将军,以敝人之见,这杯酒喝得早了一点。"

小林一愣:"什么意思? 你是不是怀疑我的指挥能力?"说罢,摆下脸,表露出心中极大的不悦。

施亚夫连忙解释说:"不,将军的指挥能力,任何时候都不容怀疑。我坚信有你指挥,消灭新四军只是个迟早问题。"

"那你想说什么?"小林的脸色好多了。

"我只是怀疑这个消息的可靠性。"施亚夫不动声色,指着地图,继续说,"新四军怎么会在南坎开会呢? 南坎地处海边,北面、东面是海,一旦被包围,是很难突围的。而且,那里是一望无边的海滩,无法隐蔽,新四军高级首脑这点军事常识都没有吗? 他们会选择那个死亡之地开会吗?"

小林愣了半响,觉得他说的有点道理,他说:"嗯,你的分析似乎有一点道理。"他很快又摇摇头,用肯定的口吻说,"可是,我们的情报来源是百分之百的可靠,是我们特高课物色培养的新四军报务员发来的密电,你的怀疑毫无根据。"

弄清了内奸藏在哪里,施亚夫的目的达到了,心里有了底,他便解释说:"我只是分析,是我的一孔之见,可能是错误的,但我的本意是希望皇军少打消耗战。"

施亚夫说得自然随意,小林看不出什么破绽,笑了笑,托托眼镜转身走了。

施亚夫回到师部,不顾旅途疲劳,立即将这一重要情报派人连夜送到刘桥情报站,及时报告了叶飞。

叶飞接到情报,不由大吃一惊,他和粟裕商量后决定,立即派骑兵通知正在返程的各单位领导,要他们改变行程路线,为防止敌人用测向器跟踪,命令所有电台暂停发报。

苏中行署主任管文蔚是从水路来开会的,现已在水路返回的路中,他坐的船已行驶在海上,无法通知他。叶飞派人赶到他登陆的海港码头。此时,海港已有日军重兵埋伏,只要管文蔚一出现,必定落入魔爪。叶飞通过海防团,派小渔船到海上寻找,等到第四天,终于找到了管文蔚的船。管文蔚得知此情,立即掉头到小洋口登陆,避免了这场灾难。

半个月后，苏中军区保卫部门几经周折，查到了那个奸细，立即秘密处决了。

小林信男在追杀新四军高级干部计谋落空后，认为施亚夫的分析是对的，对他更加信任了。但是，他联想到几次清乡作战计划破产，怀疑伪军不可靠，认为伪军内渗透了新四军。1943 年春，他撤销了伪军第五、第六、第七师，另组建了伪三十四师，进驻如皋城，施亚夫由师长降为参谋长兼一三五团团长。

施公馆安置在如皋昌家巷 3 号。施亚夫常常在下午换上便衣，策马向如西方向飞奔。在树林打几只野鸡、野兔后，佯装喝水，在塘边的草屋里蹲一会儿。这里，是他与新四军情报站同志接头的又一地点。

这天午后，云霞灿烂，施亚夫与往常一样，带着随从刚出城门，后面一辆吉普车赶到了施亚夫的马前停住，施亚夫顿时紧张起来，不知来者是恶是善。车门打来，下来一个日军军官，他向施亚夫敬了个礼，然后递上一份作战计划，要施亚夫带两个团，配合石港的山本大队，袭击掘港的陶勇三旅。

施亚夫抬手看表，离规定出发的时间还有两个小时，已经来不及通知情报站了。怎么办？在回城的路上，他终于想出了一条缓兵之计。回到师部，他整理队伍便指挥部队出发了。他命令部队绕道石港到掘港。如皋、石港、掘港是三角地形。

走在队伍前面的翻译问施亚夫："参座，我们到掘港为什么要绕路走石港？"

施亚夫说："军人以服从命令为天职，走石港到掘港是长官掌握的事，这是机密。"

翻译不吭声了，队伍继续向前走。

施亚夫故意走石港是有他的目的的，山本大队驻石港，他要在这里制造事端，拖住山本。只要部队和山本打起来，掘港的陶勇听到枪声就会离开的。果然，施亚夫的队伍到了石港，山本大队的哨兵不让通过。

翻译根据施亚夫的意思，解释说："太君，我们迷路了，军情紧迫，请让我们借道到掘港吧。"

哨兵坚决不肯放行，施亚夫坚持要走这条道。

哨兵火冒三丈，朝伪三十四师开枪，翻译中弹倒下。

施亚夫要的就是这个效果，心里一乐，他一不做二不休，命令部队就地休息，埋锅做饭，并派人拼命叫喊，要山本出来检讨认错。

山本出来了，但不肯认错，俩人便揪住衣领吵到南通。

小林气得口吐白沫，从椅子上跳起来，边走边骂："你们这些混蛋，误了战机了，放跑了陶勇，该死真该死！"

他走到施亚夫面前，瞪起眼睛，气势汹汹地说，"你们中国人真难搞，叫你到掘港,你偏偏走石港,这件事完全是你的不对!"

施亚夫争辩说:"将军阁下,我看你有点是非不分,明明是山本制造了流血事件,你为他讲话,你们日本人帮日本人,老子不干了!"他气呼呼地脱下帽子、衣服,往桌上一甩,掉头就走。

小林上前,双手一拦,口气也软了下来:"别耍孩子气,你别走,说两句就走,还算军人吗? 这件事你们两人都不对,你满意了吧?"

施亚夫的目的达到了,不再争吵了。

小林摇头叹息。

施亚夫打入伪军,使粟裕、叶飞心明眼亮,随时掌握敌人的一切动向。小林信男却两眼抹黑,作战计划屡屡落空。

但小林也开始怀疑,自袭击陶勇计划破产后,他开始整顿清理伪军的排以上军官,一旦发现嫌疑分子,便秘密处决。他发现陆舟舫暗中与新四军来往,派启东的龙本大队,以联合操练为名,一个早上,将陆部解决了,枪杀了8名军官,陆舟舫差一点丧命,深夜逃到杭州;他发现杨仲华部有新四军活动,下令撤销了杨仲华部,杀掉了嫌疑分子。1944年年初,小林的魔爪终于伸向施亚夫。

1月2日晚9时许,施亚夫查哨回家,副师长范杰夫人潘宜娟焦急地对施亚夫说:"今天下午在师长家打麻将,有人说小林已发现你早年是红军十四军营长,当过南通共党组织部长,现在还在与新四军的叶飞有联系,你要当心啊!"

施亚夫极力控制住胸中那颗猛烈跳动的心,表面上若无其事的样子,淡淡地对她说:"宜娟啊,谢谢你的关心。他们说我是共军就是共军啦? 大下同名同姓的人多着呢!"

潘宜娟走后,施亚夫立即拟了份紧急电报,连夜给叶飞。

第二天,应情报站之约,施亚夫来到如西顾家庄,见到了副师长叶飞,三行署主任朱克靖。

叶飞紧紧握住施亚夫的手说:"亚夫,你工作很出色,鉴于形势恶化,组织上决定你回部队。"

朱克靖说:"亚夫同志,粟师长、叶副师长决定你于本月11日率部起义,这样一石二鸟,既光明正大回来,又可以影响号召其他伪军起义,你有什么意见?"

施亚夫抑制住一颗因激动而狂跳的心,声音颤抖地说:"我完全服从组织决定,11日准时起义!"

叶飞交代说:"11日那天,我们派独立团接应你,现在是黎明前的战斗,你要警惕加警惕,千万不能稍有疏忽而功亏一篑啊!"

施亚夫回到城里,同往常一样,谈笑风生,暗中却紧张地筹划起义事宜。

第二天,施亚夫捉住跟踪盯梢的师部副官处长王宜山。经审问,施亚夫得知,1月6日,小林将以开会为名,将施的人马一网打尽,同时从1月3日起,全城戒严,不经师长同意,不许出城。

施亚夫派地下党员张信用秘密电台向叶飞报告这一新情况,请求将起义时间提前到5日。

4日吃过晚饭,施亚夫特别兴奋,因为明天就可以回"娘家"了,以后可以公开地痛痛快快地打鬼子了。

这时,电话铃响了,施亚夫拿起电话筒,问道:"谁呀?"

"亚夫兄,今晚我兴趣来了,到我家打几圈怎么样?"电话里传来田铁夫的声音。

施亚夫心想,这家伙耍什么名堂? 王宜山"失踪"后,他们是不是要提前行动? 是不是想以打麻将为名逮捕我? 他的头脑里冒出一连串的问号。究竟去不去呢? 去! 一定要去! 前面就是刀山火海也要去闯,否则会引起他们的怀疑。主意打定,他打着哈哈说:"好吧,我一会儿就到。"

这时候,伪三十四师已成立了党支部,下属两个党小组。施亚夫放下电话,立即将张信找来,对他说:"田铁夫今晚要我去打麻将,为了避免他怀疑我,我必须去。如果田铁夫变卦,起义部队由你和王冠军负责,你们要迅速将部队拉出城,与一三五团会合后,向根据地开进。"

说完,施亚夫跳上车,先到金库拿出一箱钞票,准备让田铁夫赢个够。

离开金库,他驱车到了田公馆。田铁夫早已和几个处长在牌桌上等候。

打到凌晨3点,个个精疲力竭,田铁夫赢了25万,施亚夫见接近起义时间了,便连打了几个哈欠,假装睡意浓浓地说:"师座,我服了,今晚我是扳不回来了,明天再继续干吧。"

"一言为定,明天继续!"田铁夫兴奋地满脸红光。

施亚夫出了田公馆,一颗悬着的心轻轻地放了放,便赶紧回到办公室,向部队下达了起义的命令。按照分工,张信、王冠军指挥部队上了卡车,为出城方便,他们将田铁夫的驾驶员押来,要他服从指挥,开着田铁夫的车子随起义部队出城。

4时半,起义部队浩浩荡荡向南门开去。

到了城门口,守城值班军官拦住车说:"田师长有令,今明出城,要有他的电话通知才行,你们统统回去!"

田铁夫的驾驶员在被枪顶着腰杆的情况下,伸出头,照吩咐骂道:"混蛋,要师座的命令? 师座就在我车子上,他现在就命令你开门,再不开门,老子毙了你!"

值班军官吓得迷迷糊糊地想:这么多车子,又有师长、参谋长的车子,怠慢了他们,倒霉的还是我。便转身对哨兵说:"开门吧!"

起义部队出城不久,后面便响起了激烈的枪声。原来,那个值班军官想想还是不放心,放那么多人出城,他们虽说师长在车子里,可是自己没见着啊!想想心里总是不踏实,于是打电话到田铁夫家询问。田铁夫听说施亚夫出了城,咆哮道:"快来人啊,施亚夫造反啦!"他费了九牛二虎之力,集中了一个营兵力,坐着卡车,向城外追去。追到陆家庄,与起义部队接上了火。

这时,天已放亮。起义部队出现了伤亡。施亚夫怕久拖下去,大批增援的鬼子到了,事情就麻烦了。现在摆脱不了田铁夫,他急得团团转。这时贴身保镖手拎手榴弹,一跃身出了掩体,冲到田铁夫的卡车前,手臂一挥,手榴弹甩上了车,随着一串火光,"轰"地一声,卡车飞上了天。这时,接应的独立团赶来了,田铁夫见势不妙,拔腿就溜。

此时,朝阳似火,霞光满天。施亚夫在敌营战斗4个春秋,今天渡过了激流险滩,踏上了回"娘家"的大路,觉得视野更开阔了,心里格外地兴奋。

叶飞在他的回忆录中写道:"1944年1月5日,按照三地委敌工分委的决定,施亚夫在加力镇率部反正,受到热情接待,召开了欢迎大会。反正部队编为苏北人民抗日自卫军通如纵队,施亚夫为司令员。"

施亚夫的反正,在伪军中引起强烈反响。24日,驻季家市伪十九师连长吴日升带领全连反正;25日,驻鞠顾庄伪十九师营长龚永嘉率全营反正;2月7日,驻石庄伪三十四师营长薛仁杰率两百余人反正。此外,芹湖、搬经、石庄、姚家埭、分界、广陵镇、毗卢寺、新镇市、生祠堂等据点,都有小股伪军投诚。在一两个月中,反正伪军总计两千余人。

第十一章

粟裕远程袭击车桥

粟裕运筹取车桥

1944 年的春节已过,苏南已是暖风阵阵,春色满院,苏北大地仍是天寒地冻。黄海之滨的东台县三仑河,还是冰封雪遮,尖叫的西北风卷着雪花,漫天飞舞,横冲直撞。天地间一片灰蒙蒙、昏沉沉的,天气相当恶劣。然而,就在这寒风透骨的季节里,抗日军民的心中却燃烧着熊熊烈火。此时,抗日战争进入局部反攻阶段,人们已看到胜利的曙光。不论是在集镇、车站,还是在茶馆、饭店,人们议论的中心是:今年消灭希特勒,明年打倒小日本。

在三仑河一间屋子里,苏中区党委正在举行党委扩大会议。到会的各分区、地委和各旅负责人,正在听区党委书记、军区司令员、一师师长粟裕作形势报告。

粟裕伸出双手,放在木炭火盆边,边取暖边说:"1943 年是世界反法西斯战争决定性胜利的一年,盟军在意大利登陆,意大利宣布投降。尤其冬季以来,苏联红军展开强大攻势,德寇已基本退到苏联境外,德国败局已定;在亚洲,小日本在太平洋战场连续失利,受到中国敌后各战场军民的沉重打击。因此,世界反法西斯战争形势出现根本转折。中国抗日战场出现新局面,华中敌后形势也发生很大变化。日寇连连惨败,兵力不足而战场过长,逼其不得不放弃若干次点,以相对优势兵力在重点地区'清乡''清剿'。我苏中三分区、四分区分别取得了反清乡、反清剿的胜利。"

说到此处,他话锋一转,严肃地说:"但是,斗争仍然相当艰苦,日军决不甘心失败,仍然妄图作最后挣扎。特别是我苏中地区,敌人的军事力量仍很强大,局势仍很严峻。敌人据点连据点,斗争复杂,战事频繁,各分区被分割的局面没有改变,我根据地不很巩固,拉锯战时有发生,军区和区党委机关连个安身之处也没有,机关的流动给整风、训练干部、发展生产、改善民众生活带来很大不便。"

他扫了大家一眼，口气严峻地说："同志们，乐观不得啊!"他顿了顿，然后坚定有力地一捶桌子说，"我们必须改变这种严重局面。"

区党委副书记陈丕显接过话茬说："粟司令员说得很对，由于拉锯战，我区党校连个固定校址也没有，今天由张庄搬李庄，明天又从李庄搬到赵庄，这样天天折腾，学员如何能安心上课?"

副师长兼副司令员叶飞说："抗日的大好形势是打出来的。我认为，要改变苏中被动局面，必须要瞅准战机，积极主动进攻。我建议，近期内我们要打一个较大规模的歼灭战，以实际行动迎接大反攻!"

"对!"粟裕的双眼炯炯放光，他赞同地说，"我们只有多打胜仗，打大胜仗，才能扭转局势，改善环境，扩大我军机动范围。"

粟裕顺手拿起桌上的竹棒，站起身，一边指着墙上的形势图，一边说："我们说干就干，大家研究一下，选择什么地点作为我们的主攻目标?我建议，这一仗要轰动敌人，使局势改观。"

大家被粟裕的情绪所感染，个个跃跃欲试，各提各的看法。最后经反复酝酿，决定攻打车桥。

车桥，是淮安县城东南20公里的一个大镇，位于淮安城、径河镇、径口镇、曹甸镇之间。明朝末年建镇时，因镇边菊花沟无桥，而以水车代桥，故得名车桥。

韩德勤于1940年2月，被日寇赶至车桥安营扎寨，筑起深沟高垒。1943年春，日伪军"扫荡"，韩部不战自溃，使几十个乡镇，数十万同胞沦于日寇铁蹄之下。从此，日寇盘踞车桥，又加筑据点，城四周的大围子，长两华里，宽一华里，高一丈五。车桥的防守之坚固，可谓固若金汤。

叶飞曾在这一带活动过，对地形颇为熟悉，他走近挂图，用竹棒指着车桥说："它位于苏中(一师)、苏北(三师)、淮南(二师)、淮北(四师)交界的战略机动位置。日伪占据车桥，分割我苏中、苏北、淮南、淮北根据地。我们拿下车桥，4块根据地将连成一片。"

说罢，他放下竹棒，回到位置上坐下，接着又说："驻守车桥的日军是华北派遣军第六十五师团山泽大队的一部，约四十人;伪军是淮海省郝鹏举一个团。车桥还是华北派遣军第六十四师团和华中派遣军第六十五师团的结合部，所以空隙较大，配合较差，是我们取得胜利的一个有利条件。"

"另外还有两个有利条件。"粟裕接着他的话说，"车桥敌人工事坚固，距新四军活动区远，敌人以为新四军不会攻打车桥，这是我们出其不意攻打车桥的一利;二是车桥北有我三师，西有我二师，我们攻打车桥，可得到兄弟师的及时支援。"说完，他低头沉思，半晌才自语道："只是车桥敌人太少，打得不过瘾。"

"哎，这还不好办嘛！"叶飞兴奋地说，"我们可以扩大战场，利用车桥的枪声，打个大仗。"

"对，对，对！"粟裕拍拍脑门，激动地说，"我们可以用车桥吸引周围的鬼子，来他个围点打援！"粟裕拍拍叶飞的肩头，满意地说，"你的主意不错，真是我的好帮手。"

会议继续进行，他们接着又研究了以芦家滩作为打援的地点。

第二天，他们继续开会，研究部署了作战任务。

粟裕说："此仗是场硬仗，车桥的敌人认为车桥固若金汤，麻痹轻敌。我们要发扬高度的进攻精神，攻克车桥，还要争取攻坚打援双胜利。为此，我们集中5个团兵力，组成3个纵队。一个纵队攻坚，两个纵队打援。"

他见大家没有异议，又说："为了打好这一仗，成立车桥战役野战司令部。我要主持召开区党委扩大会。因此，野战司令部司令员由叶飞担任，刘先胜任副司令员，夏光为参谋长、张震东为副参谋长。"

叶飞受命后，进行了具体布置：陶勇率第三旅七团主攻车桥；廖政国、曾如清率第一旅一团，第三军分区及泰州独立团，负责淮安方向打援；陈挺、李干辉率第十八旅五十二团、江都高邮独立团，负责对曹甸、宝应方向警戒；第四军分区特务团及师教导团一营为预备队。

会上还布置了侦察车桥地形，准备攻坚器材和加强攻坚训练的任务。

各部接令后，便分头进行准备工作。

却说参战部队的训练工作，搞得热火朝天。天色未亮，战士们爬城、攻碉堡、巷战、近迫作业的演习已经开始。夜晚，战士们凭借微弱的月光，进行瞄准和投弹训练。一天下来，腰酸背痛，为了夺取车桥战役的胜利，战士们全然不顾这艰难困苦。膀子肿了，用热毛巾一焐，脚脖子扭了，擦擦松节油再练。工夫不负有心人，20多天的训练，造就了一批神枪手、神炮手、投弹能手。七团战士董新远，右臂轻轻一甩，手榴弹已飞出了七八十米。

侦察车桥的工作也在紧张地进行。车桥镇的街头巷尾，出现了一些山东口音的商贩、手艺人。他们肩挑货郎担，身背弹棉花弓，有的摆摊吆喝："卖狗皮膏药喽！祖传的秘方，一贴准灵！"这些山东人在车桥镇上，日伪的碉堡周围，穿来穿去，兜售生意。车桥的地形，碉堡的分布和日伪的兵力位置尽收眼底。

叶飞为什么选一批山东侦察员去侦察车桥的地形呢？原来，叶飞了解到车桥镇上的伪军,是刚刚从山东调防来的,山东籍的伪军多。常言道:老乡见老乡,有事好商量。叶飞用山东侦察员与山东的伪军拉关系、套近乎,还有什么情报搞不到呢?

车桥战役野战司令部设在离车桥二十多里的城镇上。为确保胜利,叶飞仔细检查各方准备情况。叶飞走到哪里,总有一高一矮两个人鞍前马后地伴随他左右,这俩人是谁?那矮个子乃是淮安县委书记许亚,高个子是宝应县委书记曾涛。他两人跟随叶飞做甚?原来在三天前,他们接到一师打车桥,要求他们做好后勤支前工作的通知。他们立即研究部署,成立了后勤班子,动员群众。他们的口号是:新四军要什么,我们就给什么! 这不,他俩正是来向叶飞汇报准备工作情况的。

许亚说:"首长放心,我们动员了两万民兵,为部队挖掩体,准备了登城云梯300副,1000民工送弹药,还准备了1000条船只。"

曾涛说:"我们准备了大米、蔬菜和柴草。"

叶飞听罢,连声称赞:"了不起,了不起,短短三天,你们做了这么多工作。我代表全体指战员,谢谢父老乡亲的支持。"

许亚连忙笑着说:"不要感谢我们。乡亲们说,新四军来了,帮助我们减租减息,日子好过多了。现在新四军打鬼子,我们老百姓出点人,出点力是应该的。"

曾涛说:"是啊,首长如感谢我们,此话就见外了,打车桥是新四军的任务,也是我们的任务。敌人横行霸道,烧杀抢掠,老百姓恨透了日伪军,他们一听打车桥,那情绪不知有多高! 都纷纷保证,要人出人,要粮出粮。"

他顿了一顿,又说:"就说王家庄的朱王氏吧,她丈夫、儿子都惨死在日寇的屠刀下,一提鬼子,她恨不得亲手杀死几个才解恨。听到部队要打车桥,她岂甘落后,自己家没有米,便连夜奔到三十多里外的亲戚家,借来100斤大米,送到区政府……"

"什么,借米支前?"叶飞瞪大双眼,打断曾涛的话,感动而又吃惊地问,"这种情况有多少户?"

曾涛翻开笔记本,用钢笔点着本子上的名单,数了一遍说:"有18户,我在群众中表扬了他们这种精神,之后,有的户嫌自己送的少,又送来一些。"

"不行,不行!"叶飞连连摆手,严肃地说,"借粮支前不能提倡,战士们听了会于心不忍,咽不下饭的! 我们是来打鬼子的,不是给老百姓增加沉重负担的!"

说到这里,叶飞拍拍俩人的肩膀,说:"我可要批评你们了,你们身为百姓的父母官,要体察民情,实事求是,像朱王氏这样的孤寡老人,怎么能征她的粮呢! 再说她还是借来的,就更不应该了。"说罢,他想了想,又对他俩说,"这样吧,筹集的粮食按价付钱,对借来的粮食,要如数归还,下不为例!"

曾涛、许亚点点头："首长,这是我们的错,只注意群众支前热情,忽视了这个问题,我们一定改正。"

3月4日夜晚,月明星稀,参战部队全部抵达车桥以东的蒋营。从蒋营到车桥,有水、陆两道可行,老百姓通常走水道。因为蒋营与车桥,中间隔着方圆几十里的马家荡与绿草荡。水陆路相比,水路比陆路近约十几里,所以,百姓一般走水路。叶飞决定取水道而行也就是这个道理。

战士们披星戴月,纷纷跃上小船,月光下,千帆百舸,静悄悄箭一般向车桥疾驰。部队很快秘密到达车桥,这是敌人做梦也没想到的。

战后,日军俘虏石川芳男就说:"新四军用兵真如神,白天,我连一个新四军的影子也没见到,夜间却枪声大作,四面八方尽是新四军,犹如从天而降。"说着竖起大拇指,用钦佩的口吻说,"神兵,神兵!"

叶飞攻城打援双丰收

3月5日凌晨1时50分,三颗红色信号弹划破车桥上空,担任主攻的七团,在陶勇、彭德清的率领下,兵分两路,泅过宽一丈五、深七八尺的外壕,沟水结着薄冰,冰冷刺骨,冰块划破了战士们的皮肤,他们全然不顾。转眼间,就爬上了云梯,翻过围墙,随着手榴弹飞出,敌碉堡"轰轰轰"的爆炸声此起彼伏,碉堡不是塌顶,就是飞上了半空中。

战士们迅速跃身向前冲去,突然从东北角扫来一串火龙,几个战士倒下了。新四军冲锋受阻,急坏了团长彭德清。只听他一声吼叫:"飞将军快上!"话音未落,一个腰上别满手榴弹的战士一跃而起,背着梯子,冒着弹雨,直扑大碉堡。他就是赫赫有名的"飞将军"——三连战士陈福田。只见他架好云梯,飞身上了大碉堡顶盖,抢起十字镐,挖开一个小窟窿,8颗手榴弹随之而下,"轰隆隆",碉堡内浓烟翻滚,火光冲天,碉堡内残存的鬼子叽哇叽哇地乱叫,纷纷外逃。战士们岂能放过,一枪一个,全部击毙。

再说西北角的一连,在攻击时也遇到一个硬骨头,敌大碉堡的火舌无情地乱窜,冲锋受阻。战士蔡心田不待命令,发挥他"百步穿杨"的神技,右臂挥动三下,3颗手榴弹从敌人的枪眼里飞了进去,顿时,机枪哑了。战士们高呼着冲进碉堡,全歼了敌人。

告捷的信号弹此起彼伏,拂晓时刻,陶勇已发射出42颗告捷信号弹。

叶飞仰望天空,高兴地说:"打得好,42颗信号弹,说明敌人的42座碉堡已上了西天!"

战斗持续到下午2时,车桥只剩下日军两个小围子。叶飞稳操胜券,疲惫的脸上露出了微笑,他轻轻地吐了一口气。

这时,七团政治处主任蒋新生匆匆轻步来到他身边,脸上呈现出无限的痛苦与悲伤。他沉痛地报告说:"叶司令,松野觉不幸身亡!"

"什么,什么?"叶飞一惊非小,急着问,"你是不是搞错了?"

蒋新生摇摇头,回答说:"没有错,的确是松野觉牺牲了。"

话说间,两个民兵抬着一副担架走来,叶飞急步上前,掀开被子,松野觉苍白的面孔出现在叶飞眼前。叶飞一阵头晕目眩,眼泪夺眶而出,他紧握松野觉冰冷的手,心中默默地说:"好兄弟,中国人民不会忘记你!"他脱下军帽,默送松野觉的遗体远去。

松野觉是日本人,他出生于日本广岛县宇品,战前是机械厂工人。后入伍,为丸山旅团上等兵,在苏中丰利战斗中,被我新四军生俘。

当了俘虏的松野觉,满脑子的日本军国主义的反动宣传。所以对新四军持敌对态度,用不吃不喝、自杀等行为进行反抗。然而,一件小事却使顽石般的松野觉开了窍,真正了解了新四军,并要求参加新四军,开始了革命的生涯。

那是他被俘后不久。一天,叶飞、陶勇登门看望松野觉,当有人介绍这两位身着布衣、笑容可掬的来人是副师长和旅长时,他几乎不相信自己的耳朵。中午,叶飞、陶勇又邀请他共进午餐,叶飞频频为他夹菜,嘱咐他要多吃一点。松野觉真是受宠若惊,他一反常态,立起身,向叶飞、陶勇深深地鞠了三个躬,态度恳切地说:"长官,新四军官兵平等,就凭这点,我要参加新四军!"

在日本军队内,官大一级压死人,当官的虐待士兵是家常便饭。松野觉当兵三年,哪见过师长、旅长的面,更不要说同桌吃饭了。新四军精诚所至,俘虏兵金石为开;松野觉终于找到了真理,走上了为正义而战的岗位。

从此,松野觉好学上进,积极肯干,严格要求自己,不久便加入苏中反战联盟支部。每次战斗,他都活跃在最前方,他散发自己编写的文章,对碉堡内的日军喊话,揭露日本军国主义的反动本质,号召日军摆脱"武士道"精神,放下武器,宣传新四军的俘虏政策。经过他的努力,苏中新四军部队中的日本同志日益增多,形成了一支重要的对敌斗争力量。

车桥战役前夕,松野觉正身患疾病,敌工部长陈超环劝其不要参战,松野觉坚决不从。叶飞得知后,下死命令要他养病,松野觉无奈只得答应。谁知,部队出发的晚上,他又出现在队伍中,陈超环半路上把他从队伍中"揪"出来,他缠着陈部长苦苦恳求说:"为了拯救我的同胞,我无论如何也要上前线,陈部长,你就答应我吧!"

陈部长被他炽热的战斗精神所感动,望着他那消瘦的脸,无可奈何地同意了他的要求。

松野觉高兴地来到前线,面对碉堡中的同胞、他一遍又一遍地喊话,宣传政策,指明出路。然而垂死挣扎的敌人回报的却是密集的子弹,我方人员遭受伤亡。松野觉虽爱同胞,热切希望把他们从死亡线上拯救出来。可是,他岂能容忍那些杀害新四军的反动分子,他见到一个个战士倒下了,怒从心中起,他愤怒地从战友手中夺过一支枪,忘记了个人的安危,立起身,"啪啪啪",三枪击倒两个鬼子,正当他兴奋地推上第四颗子弹时,敌人的子弹击中了他的头部。

国际主义战士,中国人民的好朋友——松野觉倒下了,他的手中还紧紧握着那杆枪,为了中国人民的解放事业,他献出了热血之躯。

叶飞听完了松野觉牺牲的经过,大声疾呼:"为松野觉报仇!"

部队以排山倒海之势,向负隅顽抗的敌军小土围冲去。

正当叶飞沉浸在悲痛之中时,又有三人匆匆走来,他们是三师参谋长洪学智、七旅旅长彭明治、政委郭成柱。此时三师干部来此做甚?原来,三师师长黄克诚闻讯一师发动车桥战役,考虑到车桥枪声一响,四周敌据点必定支援。为确保兄弟部队的胜利,他便派参谋长洪学智率七旅,在车桥北面的沐阳至淮阴公路上,枕戈待旦,监视淮阴、沐阳敌之动静。

3月5日,车桥战役打响之时,洪学智率七旅,一夜之间攻克朱圩子,拔掉王集据点,牵制了敌人,确保一师北面安全。次日,他们又风尘仆仆,身披硝烟,快马加鞭赶到叶飞的指挥部,询问要不要兵力支援。

叶飞被兄弟师的精神所打动,他紧紧握住洪学智的手说:"谢谢你们的支援,请放心,打车桥、打增援,我们还有两个团的机动兵力没用呢!"

洪学智听罢,放下心来。此时,传来一阵阵枪声和手榴弹的爆炸声。洪学智听到这支"战地交响乐",兴冲冲地对叶飞说:"我们三人想去前沿阵地观战,你不反对吧?"

"不行,不行!"叶飞直摆手说:"那里不安全!"

"前线指挥官同志,我们远道而来,难道参观一下都不行吗?你也太小气了吧!"洪学智打趣地说,"枪声一响,我的心直痒,你不让我过过瘾可不行。再说,什么安全不安全,兴许前线最安全呢!"

叶飞拗不过他，只得叫陶勇陪同他们到了车桥镇。

战斗在激烈地进行，战地上硝烟滚滚，他们正走着，忽听陶勇一声"不好!"话音未落，他一个箭步跃到洪学智前方，飞起一脚，只见一个正"嗤嗤"冒烟的手榴弹被他一踢，飞出了数十米，"轰"地一声炸开了。陶勇伸伸舌头，抹去头上的冷汗说："好险啊!"

却说洪学智仔细地观察外壕、城墙、碉堡群后，感叹地说："敌防御体系如此坚固，这块骨头不好啃啊!"

说者无心，听者有意，陪同在一旁的陶勇"刷"地羞红了脸。他想起自己以往打仗，历来是速战速决，快刀斩乱麻，一般战斗个把小时就解决了。可是这一仗已打了十几小时，车桥仍在敌人手中，心里本来就不是滋味，再听洪学智这么一说，更感到难为情。

陶勇把洪学智一行带到较安全处，匆匆找来团长彭德清，如此这般交代一番。彭德清点头应道："旅长放心!"然后转身就跑。转眼间，嘹亮的冲锋号响彻上空，只见战士们端起刺刀，潮水般地冲向敌阵。

车桥战斗打响之后，芦家滩打援战斗也随即开始了。芦家滩地处车桥以西12华里，南岸有涧河，宽二十余米，水流湍急，河岸陡峭；北面是一片草荡，宽约一里，长约二里，芦苇密而高，淤泥遍布；中间自然形成狭窄的口袋形地域。芦家滩是淮安至车桥的必经之路。

3月5日拂晓，担任打援任务的一旅一团和第三军分区特务营和泰州独立团一营，已由一旅参谋长兼一团团长廖政国率领，埋伏在此，单等敌援军到来。

廖政国，人称独臂将军。1930年参加红军，经历二万五千里长征，抗战初，任"江抗"二路支队长，血战黄土塘，挺进上海近郊，夜袭浒墅关，火烧虹桥机场；黄桥战斗中，他失去了右臂，成了"独臂将军"。他临危不惧、沉着应战，常常化险为夷。每次战斗结束，他总是首先探望伤员，通过访问伤情，分析自己指挥的优、劣之处。由于他每战必胜，获得粟裕、叶飞的高度信任，因此独臂将军的后面又加上了放心将军的美称。

廖政国率部来到芦家滩，便与政委曾如清研究打援方案。20分钟后，他们观察完地形，作战方案便呼之而出。他们分析敌人只能沿公路来援，便指挥战士在韩庄以东的公路上挖了四道工事，在坟包、公路侧坡、土埂拐处安置好地雷。

直等到下午3时，才见远处黄乎乎一片，隐约听到了汽车发动机的隆隆声。原来，由于电话线被民兵剪断，车桥战役的消息，山泽大佐刚刚得知。他立即将淮阴、淮安、泗阳、涟水等地的鬼子伪军，结集于淮安，乘车赶往车桥。

第一批七辆卡车,在离芦家滩不远处,山泽大佐在望远镜中窥见公路两侧的工事,便令部队下车隐蔽,日伪军一听有新四军,纷纷寻找有利地形,他们趴在坟包斜坡上,以为是安全之处,谁知却踩响了新四军埋设的地雷,"轰轰轰",一阵爆炸,日伪军的残肢断臂随坟头土飞上半空,敌人伤亡大半,山泽大佐大呼上当。

第二批鬼子到了,他狡诈地挤着小眼,指挥部队下车向韩庄工事冲锋,当他们冲到工事前,连个新四军的影子也没有。只好爬上车继续向前。不远处,山泽在望远镜中又看到一道工事,他瞅了半天瞅不出什么名堂,便小心翼翼地摸索到工事前,和前面一样,仍没见到新四军。

山泽大佐心里嘀咕一阵,胆子大了,率领卡车火速前进,向车桥飞驰,当他看到第三道工事时,不再理睬,仍命令部队前进,谁知卡车队刚接近工事,只听"轰"的一声,车轮飞上了天,卡车上的鬼子死的死伤的伤,后面卡车上的鬼子刚想撤退,两侧的机枪开了火。

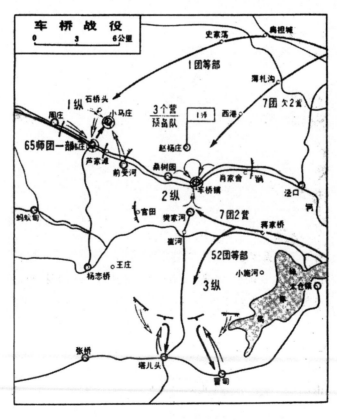

车桥战役形势图

山泽大佐这才知上了新四军"空城计"的当,可是悔之晚矣!来援的敌人一批批被歼,直至拂晓,山泽大佐腹部受伤,头发都烧焦了,当他被俘时躺在担架上又气又急,疼痛难忍,一阵声嘶力竭的狂叫后便断了气。

车桥战役歼灭日军四百多名、俘虏二十多名,歼灭伪军四百多名。第二天,叶飞、刘先胜率指挥所进驻凤谷村,粟裕也骑马赶到了。粟裕一下马,机要员就呈上一份电报,粟裕拆开一看,不由得双眉飞舞,原来是陈军长从延安发来的贺电。下午,热烈而隆重的祝捷大会在凤谷村召开,军民群情激奋,喜气洋洋。

几天后,新华社从延安发布消息:"苏北新四军大捷,收复车桥攻入涟水。"高度赞扬粟裕以雄厚兵力打了一个大歼灭战。

八路军总部公布:"车桥战役,在抗战史上,是1944年以前我军在一次战役中俘日军最多的一次。"

日本东京大本营却垂头丧气地承认:车桥战役,标志着新四军反攻的开始,日军从此向下坡滑行。

第十二章

粟裕南下天目山

粟裕请缨南下

华中局和军部迁移到黄花塘后，与各师和抗日根据地距离近了，各师和根据地首长来黄花塘汇报、请示工作方便了，来军部卫生部治病、办事也方便了。其中一师师长粟裕和苏北行政委员会主任管文蔚，是最受华中局和军部机关欢迎的。他俩每次到黄花塘，华中局和军部都要举行不同形式的欢迎会。有时，饶漱石或张云逸、赖传珠等领导还举行小型宴会，为他们接风。他俩受到如此款待，是因为他俩对华中局和军部作出了很大贡献。

管文蔚担任行政委员会主任期间，善于抓生产、抓财政，"二五减租"与"分半减息"工作做得好，收的税和粮食多，因此一师部队的官兵们吃饭不受限量，冬天发棉衣棉被，春秋两季还发单衣，每月都有零用钱。许多干部在回忆这段日子时都说，一师部队当时的生活比解放初期还要好。苏北行政委员会除供足部队吃穿用外，还抽出大量物资上交华中局和军部。管文蔚每次到黄花塘，总要带上二十多个随员，胸前的口袋里总是鼓鼓的，那装的不是子弹，而是亮灿灿的金条。因此，苏北行政委员会同七师上交的物资，数量相同，有时还多于七师。一次开会时，黄克诚用羡慕的口气对管文蔚说："你们所处苏中的如皋、南通、东台、海门、江都等14个县，哪个县不富得冒油？那里地主多，资本家多，当然收的税就多，上交的粮食就多，你可是我们华中根据地的头号牌子，典型的红色土豪劣绅哟。"

从此，管文蔚就有了"头号土豪劣绅"的绰号。

粟裕受欢迎，那是因为他打的胜仗多，缴获的战利品多，自然上交军部的就多。解放初期，苏中老百姓过新年时，家家大门上都贴着"粟司令打仗仗仗胜，毛主席当家家家旺"这样的对联。

1944 年 11 月 12 日,粟裕应华中局及军部的邀请,来到黄花塘汇报前一阶段的反"清乡"反"扫荡"工作,与他同行的还有一师一旅旅长叶飞。他们此行,一是汇报,二是接受任务南下天目山。

1944 年秋季,苏军经过一年多的战略反攻,已将德军赶出国境,欧洲各国的入侵德军也被歼灭。苏军履行《开罗宣言》,将要出兵东北。盟军在解决日本国的同时,准备在中国东南沿海登陆,协助中国军队打击日军。日军获悉美军要在中国沿海登陆的消息后,正调兵遣将,加强连云港、上海、宁波、温州、厦门、虎门、广州等地的守备。依据敌进我进的原则,中共中央决定,新四军向东南沿海发展,迎接盟军在浙江登陆。其实,早在 1942 年,粟裕就向军部建议向浙江发展,陈毅当时觉得情况不明,先做好准备,然后再视情况再定。1944 年 8 月,华中局和军部也研究过南进问题,9 月 10 月又复议过此事,初步研究确定,由叶飞率部南下。粟裕得知后认为这一带是日伪的心脏地区,驻有重兵,而且国民党顽固派在这一带布置有装备精良的主力部队,如曾参与皖南事变的五十二师和六十二师。他们与日伪虽有矛盾,但对付共产党、新四军却是非常一致的,粟裕也知道美国看到抗日战争胜利在即,于是对华政策更明显转为扶蒋反共。我军要南进到这一带地区,既有敌我顽之间错综复杂、尖锐微妙的三角斗争,又蒙上中日美国际斗争背景色彩。粟裕对于发展东南,怀有特殊的革命责任感,他决心临危请命南进。

1934 年 7 月,红七军团组成北上先遣队,进行了 3 年游击战争,粟裕奉命执行向闽浙皖赣挺进命令,在浙江创造了苏维埃根据地,在浙闽边保住了战略支点。1938 年新四军刚组建,粟裕率抗日先遣支队挺进苏南,后在溧阳成立了新四军江南指挥部,担任副指挥,协助陈毅指挥新四军一、二支队,在苏浙皖边地区打了一连串的胜仗。粟裕熟悉那一带的地形,对那里的山山水水,一草一木都有着极其浓厚的感情。而且,自六师在苏南反清乡中失利,1941 年 11 月划归粟裕的一师领导,在苏南的地方武装第五、六军分区也划归一师领导,现今在苏浙皖战斗的十六旅,就是粟裕手下的一师王必成二旅,是南下与十六旅合编而成的新十六旅。十六旅的力量已扩展到浙江长兴、郎溪、广德地区,各分区已连成一片。此次南下开辟了新区,其实也是老区。新区指的是新情况、新特点、新任务,迎接盟军登陆;说是老区,其实就是十六旅战斗的地区,不同之处就是再向南延伸。

华中局、军部认为,粟裕陈述的理由十分充分,他对苏浙皖边的地理、社情较为熟悉,现在十六旅是他的部下,在干部关系上较好处理,由他率部南下,比用别人更合适。因此,10 月 23 日,华中局、军部将粟的意见电告毛泽东、刘少奇和陈毅。24 日中央军委回电,同意粟裕率两个团南下发展苏浙。11 月 2 日,毛泽东、刘少奇致电华中局、军部：

美军可能在杭州湾登陆，而我们在那一带工作还很薄弱。为了配合美军登陆及准备夺取杭州、上海、苏州、南京等大城市，除粟裕带两团南进外，请你们考虑下列步骤：设立苏浙军区，以粟裕为司令员，谭震林为政委，统一指挥苏南及全浙，将来必要时设立中央分局领导之。

11月12日，粟裕、叶飞来到黄花塘，华中局、军部领导与他俩研究了具体行动方案，20日，华中局将方案上报中共中央：由粟裕先率3个团（七团、特一团、特四团）共七千余人及党政干部三百余人南进，配合十六旅、浙东游击纵队，进占吴兴、长兴、安吉、武康之敌后地区，作为控制天目山全部之前进阵地。中共中央回电，同意发展东南部署。

粟裕、叶飞在黄花塘的几天时间，华中局、军部领导尽地主之谊，热情招待了他俩，还为他俩举办了文艺演出。

粟裕告别军部时，张云逸握着他的手说："眼下是黎明前的黑暗，我们很快会熬过最艰难的一年。华中局、军部对你此次南下有信心。我记得新军部刚建时，毛泽东对一师期望很大，那时他就要求一师要在苏中精心经营，把苏中建成向北向南发展的策源地、根据地，好像汉高祖的关中战略任务。毛泽东的眼力真不错，3年之后的苏中很富裕，而且是兵强马壮，成了名副其实的关中了。现今一师已储备了人力、物力、财力，是华中战略区的首位，一师是最富的一师，最强大的一师。估计你们南下不出一年，就会打开新局面。"

粟裕感动地说："过奖了，谢谢张副军长的关心，我们还有很多不尽人意的地方。"

天目山战役开门红

粟裕返回一师，召开了一师和苏中军区党委会议，传达了南下任务。会后立即着手南下准备工作，将苏中积蓄的力量发挥起来。主力南下之后，苏中还要巩固发展，此时迫切需要人和枪。所以，他们首先要进行扩军运动，迅速将一部分地方武装上升为主力，以保证粟裕率一师主力南下后苏中能有足够的兵力。中共苏中区党委抽调了一大批地方干部，筹集了大量军需物资，支援向南发展。军工部用了不到1个月的时间，赶造出多门小钢炮和大量炮弹。粟裕非常高兴，专门派人给后勤战线的军工们拍照褒奖。南下部队每连装备3门52毫米小炮，营成立了装备73毫米迫击炮和重机枪的机炮连,团成立了装备 82 毫米迫击炮的炮兵连。这些装备在后来的天目山战役和部队北移中发挥了很大作用。

部队进入新区,运输供应是个突出问题。粟裕派得力干部先行南下,迅速建立起了从上海经无锡至长兴的比较安全可靠的运输线。从 1944 年年底到抗日战争胜利的半年多时间里,这条交通运输线为苏浙军区运送了大量物资,护送了近百名军工技术人员、汽车司机和其他同志抵达苏浙军区。

南下开辟新区,技术侦察队伍建设至关重要。粟裕未雨绸缪,早有准备。他亲自选调干部,提前送他们到新四军军部学习,关心他们的成长进步,为他们解决生活困难。有的干部原来在部队做技术侦察工作,后来转到其它工作岗位上去了。粟裕马上把他调了回来,担任原来的工作。

渡长江是所有准备工作的重中之重。4 年前,粟裕和陈毅一起开辟苏北,曾率江南指挥部及部队渡江北上,但那时毕竟人数较少。这一次他要率部队、地方干部及机关人员近万人,在同一时间内偷渡长江南下,之后还要跨铁路、渡运河、过公路,穿越几道封锁线。如此大动作,必须精心准备,缜密部署。粟裕多次召开座谈会,征询各级干部和沿江居民、船工、渔夫的意见,实地勘察水速、潮夕起落等水流规律,查阅水文地段。从南京到江阴间,每数公里设一个观测站,24 小时不间断观测,侦察江面和两岸敌人的活动,包括日伪舰艇船只往返航速、巡航方向、路线、次数和岸上敌军活动状况,切实掌握了敌人活动规律。粟裕决定分东西两路渡江,两路走不同路线,不同的方法过江过路。东路由刘先胜、陶勇等率特一团、特四团和机关后勤,从江都大桥地区嘶马、大桥间渡江,经丹(阳)北、句(容)北南下;他本人率领的西路第七团和干部队从淮南出发,在仪征、东沟(六合城东南)间渡江。为防意外,粟裕还在岸边预留了担任警戒和掩护的足够兵力。与此同时,江南部队和干部、群众为江北部队渡江、过路、越运河也作了大量细致的准备工作。

这一年冬天,苏北特别寒冷,临近渡江日子又下了一场大雪,更是平添几分寒气。入夜之后朔风凛冽,天寒地冻。12 月 26 日,粟裕率领的西路部队进至离江边约 15 公里的小营宿营,准备 27 日渡江。27 日晚,粟裕身穿一件黑色短皮夹克,头戴棉军帽,也没有放下风耳,站在江边注视着烟波浩渺的长江,不时从口袋里掏出怀表看时间。透过冷月清光,可见粟裕的神情是那样从容、沉稳,这时他刚满 37 岁。

粟裕指挥侦察分队先行过江。他们悄悄登上南岸的龙潭码头,先把十几个厂警之类的便衣武装稳住,接着大部队从沙窝子乘木船分批顺利过江到达南岸。有两艘日商轮船也被东路部队巧妙地调用参加运输。龙潭西靠伪首都南京,东邻伪江苏省会镇江,均有重兵驻守,两地之间的龙潭、下蜀、高资等铁路车站都是日伪据点。铁路与江岸平行,中间地带很狭窄,地形不利,但也正因为如此,敌人想不到新四军敢于从他们的眼皮底下通过。由于人多船少,来不及运送第二次天就将亮了,后续一个营只好于次日晚仍然利用龙潭码头渡江。

这里用"平时多流汗,战时少流血"来形容最恰当不过了。粟裕率领近万人,一枪没放,在日伪军的鼻子底下轻松渡过了波涛滚滚的长江天险,应该是一大奇迹了。1941年,一师成立时,粟裕就以他的战略眼光,亲自通过苏中区党委,派遣大批地下党打入长江两岸的城镇码头,又派韦永义、陈光、彭炎、王云龙,分别组建了长江工委和铁道工委。这两个党组织近千名党员,分布在上海至南京的长江、铁路两边的城镇,连镇江的金山寺,南京市的栖霞寺都有新四军的卧底。平时,这些地下尖兵冒着生命危险,凭着机智勇敢,护送过一批又一批干部,经铁路、长江向苏北转移或向苏南转移。谭震林数次从苏南到军部开会,汇报工作,都是由他们护送的。几天前,粟裕派人向长江工委、铁道工委打了招呼,说师部有重大行动,要长江两岸和铁路两旁的党组织及"卧底"党员密切关注敌人动向,在12月27日、28日晚不让日伪军出门。部队过江一登上南岸,粟裕抬头见到的就是前来接应的丹北、茅山地委和江(都)、镇(江)工委书记和副书记及王必成派来的联络参谋等。他们一一向粟裕敬礼,亲热地向粟裕问好。粟裕感动地说:"感谢你们工作做得好,做得细致,让我们顺利地过江。"茅山地委书记笑着说:"这几天,我们派人到日伪据点,把小队长以上的军官都以种种名义请到城里喝酒,有的据点哨兵,实际上是我们派人穿着敌人的服装冒充的。"

12月31日,粟裕率部到达溧阳的陶庄。这里就是粟裕和陈毅在1938年在苏南建立的茅山抗日根据地。再次踏上这块土地,粟裕顿生旧地重游之感。他曾到陶庄来过几次,陶庄的老百姓熟悉他,他也熟悉这里的男女老少,有的还能叫出他们的名字。

部队在此休整3天,高高兴兴迎来了1945年的元旦。军民聚在一起,联欢聚餐,同台演戏唱歌。1月4日,粟裕告别了乡亲们,向南挺进,6日抵达浙江长兴的仰峰岕,与王必成的十六旅会合。1月15日,从东面渡江的陶勇、刘先胜也率部与粟裕会合。

1月11日,粟裕电告军部,为使敌人不明新四军南下部队实力及番号,建议对外称纵队,王必成的十六旅改为第一纵队,何克希的浙东纵队改为第二纵队,陶勇部改为第三纵队。13日,中央军委电令,成立苏浙军区,统一指挥江南、浙东部队,由粟裕为军区司令员,谭震林(未到职)为政治委员,刘先胜为参谋长,王必成为一纵司令员,江渭清为政治委员,何克希为二纵司令员,谭启龙为政治委员,陶勇为三纵司令员,阮英平为政治委员。

天目山属山区地形,而苏中部队官兵几乎都是在苏北大平原长大的,有的从小就没见过大山,很不习惯走山路,更不习惯山地作战。粟裕为使部队迅速适应山地作战,集中时间组织团以上干部集训,学习有关山地作战的文章,并亲自传授怎样爬山,怎样在山地挖工事,怎样向山区工事进攻等等。

粟裕还针对新建的苏浙军区部队来自各部队,有的是地方武装刚升级的,有的从苏北来的,有的在苏南长大的,他给大家上了一堂团结课,号召新老部队之间、地方武装与主力之间,军队与地方之间、当地同志与外来同志之间都要互相尊重,虚心学习,组织部队以连为单位选派代表互访互学,交流作战经验,增进革命友谊,提高日后协同作战的自觉性。同时,还加强了形势、任务和政策、纪律教育,要求提高革命责任感,正确执行党的各项政策,严格遵守群众纪律和发扬艰苦奋斗精神。

1月21日,粟裕向《苏南报》记者发表关于目前时局的谈话,指出:法西斯已临末日,我们的任务是加强团结,组织广大民众及人民武装,扩大解放区,争取战略反攻的胜利。

2月5日,天空疏云,山野残雪。苏浙军区在浙江长兴县槐花磡温塘村大操场上,召开盛大的成立大会。主席台正面青松翠柏装点,一条红色横幅上写着"打倒日本帝国主义,抗战必胜!"的标语,几十名司号员组成的军乐队排列两边。上万名抗日健儿组成的队伍威武雄壮,排在最前列的是从日寇手中缴得的九二式大炮、各种型号的迫击炮和轻重机枪,队伍更显得英姿勃勃。

粟裕和刘先胜等军区领导在军乐声中步下主席台,绕场一周检阅队伍。苏南行署主任吴仲超代表江南一千多万人民向粟裕赠送锦旗并致词,庆祝苏浙军区正式成立,欢迎粟裕就任军区司令员,领导江南人民准备反攻。粟裕在热烈的掌声中走到台前,向到会的党政军民致意,并简述了抗日大好形势,强调指出:"今天军区成立大会的意义,不仅在于检阅我们自己的力量,而且是向苏浙人民宣誓,我们将竭尽一切力量,完成准备反攻,驱逐敌寇,争取抗战胜利的重大任务。"

苏浙军区正式成立后,粟裕认为,部队在苏北与日伪作战一般是打游击战,兵力也用一个团或一个营去攻打日伪的一个据点。而此次南下苏浙,与顽军作战,就不是打据点攻碉堡那样小打小敲了,这是大部队对大部队作战,是在运动中捕捉战机歼敌。为统一干部作战思想,他专门对团以上干部讲了运动战的特点,反复强调说:"运动战特点是大兵团作战,关键在各部队要坚决服从指挥,决不可各自为阵。"他还告诫干部,"我不愿做挥泪斩马谡的诸葛亮,你们也不要当不听命令、自以为是的马谡。大家切记,高度、统一、一切行动听指挥,是运动战获胜的根本!"

粟裕牢牢记住在黄花塘华中局、军部首长下达的,只能他一个人掌握的极其绝密的战略任务,向苏浙皖敌后进军,依据天目山打通浙东、浦东联系,协同浙东何克希部队向浙江沿海发展,并相机向福建沿海挺进。一旦战略反攻,苏浙军区要进军上海、南京、杭州等大城市,配合盟军登陆。要实现这一宏伟的战略,眼下第一步是坚定不移向浙西挺进。打开浙西才能使苏南根据地工作向浙西发展,与浙东抗日根据地连成一片,三地紧相连就能达到包围上海、南京、杭州。知彼知己,百战不殆。为了挺进浙西,粟裕向浙西派出多路侦察分队,几天后,他们返回向粟裕报告,浙西大小城镇为日伪军占领,兵力薄弱,已走下坡路,主动寻找目标作战的情况不多,而天目山地区主要是顾祝同的第三战区部队,初步估计,大约有七八个师,加上忠义救国军和保安部队,总计约在 12 万左右。

说起来,粟裕虽有 3 个纵队,实际上只有两个纵队能参战,而这两个纵队也只有两个旅的兵力。因为何克希的二纵远在四明山,在浙东绍兴、上虞、余姚一带,与苏浙军区距离约七八天路程。打起仗来,一时半会是赶不过来的。为此,粟裕不得不反复盘算,怎样将这些兵力充分发挥出来,狠狠地打击顽军,力争一仗消灭顽军一至两个团,积小胜为大胜?粟裕苦思苦想了多日。

1 月 17 日,粟裕向军部上报了两个作战方案:一是全力向孝丰地区出动,尔后在反击中控制天目山,再向浦东和浙东发展;二是先以一部进入天目山支脉莫干山地区,尔后深入杭嘉湖,打通与浦东、海北(指杭州湾北的乍浦、平湖、嘉兴、海宁、海盐地区)的联系,再向浙东发展。

粟裕在电报中对两个方案的利弊进行了详尽分析。第一个方案的优点是可以迅速打开局面,完成控制天目山的任务,但以目前力量而论,不是很有把握,如后续部队不能迅速南来,还可能陷于僵局,而且我军主动进入顽区作战,在政治上、军事上都对我不利。第二个方案虽然发展较慢,但较为稳妥有把握,且可以进一步摸清情况和创造实施第一个方案的有利条件。粟裕同时还估计,如我以第一纵队进入莫干山地区,顽方可能以主力向北挺进,逼我于吴兴、长兴以南水网地区北水(太湖)作战,另以主力一路截断我第一纵队向西北转移之路;更大可能是仅以小部牵制我第一纵队,而以强大主力袭击我后方,寻歼我指挥中心。双方的争夺重点将在天目山主脉。如果这样,我便可就势实施第一方案,也并非对我不利。

1 月 20 日,新四军军部复电同意执行第二方案。

2月10日,各部按粟裕命令,向浙西进军,第一纵队冒着大雪,越过宣城至长兴公路,在梅溪附近涉过齐腰深的西营溪水,向莫干山疾进,沿途打击日伪军,3天之内打了7仗,收复德清、武康两县,控制了莫干山地区。第三纵队则越过宣城至长兴公路向西南地区发展,占领了泗安、广德、景和里、茅园里、上堡里、尚书圩、观音桥一带。这两个纵队攻势凌厉,向天目山地区疾进。驻守天目山的第三战区苏浙皖挺进军总司令陶广得知上述情况,认为新四军"企图进入莫干山建立根据地后,可能进入杭嘉湖与海北地区,准备协同盟军登陆作战,以争夺国际信誉。即令二十八军主力六十二师"迅速将顽匪歼灭,毋使坐大",并令忠义救国军、浙保二团、挺进第一纵队等部协力堵歼新四军。他们的目的是先歼灭在广德南面的三纵七支队,切断我一纵退路后进而围歼一纵,便宜从孝丰及其西北向我七支队突然发起猛攻。顽军满以为以五比一的优势,可以轻易吃掉我三纵七支队,因为顽第六十二师是国民党中央军主力部队和三战区的骨干力量,装备整齐、弹药充足,加上配合作战的忠义救国军是经过特别训练的特务武装,全副轻装备,武器精良,善于游击与山地战,以作战灵活机动,会投机取巧著称,被名为"孙悟空军"。顽第六十二师师长受命时狂言:"消灭新四军,两天解决,绰绰有余。"

然而事与愿违,他们疯狂进攻受到七支队的顽强抵抗,而且三纵机动待命的其他部队(第八、第九支队),立即从两侧压向顽军。粟裕还急令一纵迅速越过莫干山,切断顽军退路。顽军在景和里、南丁岭一带与我三纵激战,自2月16日中午打到傍晚,已渐渐不支,节节后退。这时又得悉我一纵已回师西进,正在切断他们后路,当即全线败逃,溃不成军。17日我军乘胜追击,顽军残部向天目山和宁国窜去。这次战役共歼顽敌一千七百余名,缴获迫击炮3门,重机枪12挺,轻机枪三十余挺,步枪六百多支。

任凭几路来,我只打一路

粟裕每每打仗获胜之后,都要总结经验,找出不足之处,扬长避短。天目山战役首战虽取得开门红,但他并不满足,他关起门来,在地图上左看右看,脑子里回顾战斗的经过,他认为,本来应该多歼灭一些顽军的。三纵出击时,一纵缺乏山地作战经验,不太善于在山区行军,一时没能赶到对敌形成合围,致使第六十二师未能被我全歼。为此,他要求一纵总结经验教训,抓住战斗间隙练练山地作战。

这期间,有的干部问粟裕,我们正追得国民党顽军屁滚尿流,你为何要叫我们突然停止追击？难道你不想多歼灭一些顽军吗？粟裕面带微笑,轻声慢语地解释说,我们初来乍到,对顽军战斗力不摸底,对他们的装备也不清楚。还有,这里地形不同苏北平原,我们能不能适应,都要靠初战来解决这些问题。俗话说,投石问路,从此次作战情况看出,顽军虽然人数多、装备好,而我们只要看准他们的薄弱点,从最薄弱处下手,还是可以战胜他们的。因此,第一次战斗口子不宜张得太大,心别太贪。况且,万丈高楼平地起,大楼是靠一块砖一块砖垒起来的,打仗也是一样,我们要从小仗、初仗中获得经验。所以,此时不宜追得太远。

这是粟裕的一个想法,另外他还有更深层次的想法,就是他考虑到天目山地形复杂,有的关口只要放一个机枪班就可以顶住几千甚至万余人的冲锋,顽军一旦在纵深有强劲配备,如果追击过远,我们肯定要吃大亏。

听了粟裕的解释,大家才豁然开朗。然后,粟裕到各支队巡视,他发现缴获的战利品中有一大批美制汤普森冲锋枪和卡宾枪。这是一种轻巧,但杀伤力大的武器,别说基层干部战士没见过,就连粟裕也是第一次见到。他拿了一支汤普森冲锋枪,摆弄了好一会儿,心生感慨,觉得这次南下收获不小,不仅打了胜仗,还用敌人的新式装备武装了部队。想到此时,他问一个俘虏:"如果放你回去,下次你来不来?"

那个俘虏连连说:"你们新四军这么厉害,下次我是不敢来了!"

粟裕笑了起来,然后又说:"我们是欢迎你来哟,因为你们来一次,就给我们送一批新式武器啊!所以,我希望你下一次来,再送一支汤普森冲锋枪给我们好不好啊?"

那个俘虏弄不明白粟裕的话,茫然地望着他。果然,粟裕放了一批俘虏,还让一名俘虏给国民党第三战区司令官顾祝同带去一封信。信中写道:"卑职率师南下抗日,正缺武器弹药,承蒙你慷慨解囊,无私奉送俘虏1700名,迫击炮3门,重机枪12挺,轻机枪30挺,汤普森冲锋枪14挺及步枪700支,解我燃眉之急,真乃是雪中送炭,我等万分感激。武器乃多多益善,你如愿再次相送,我仍来者不拒。谢谢!"

顾祝同收到这张收条,真是别有一翻滋味在心头。

2月24日,中共中央就新四军向南发展的战略方针,致电华中局,指出:在日军打通浙赣路以前,苏南、浙东、皖南的新四军部队应巩固现有地区,深入农村工作,整训和扩大部队,随时准备反击国民党顽固派可能的进攻,准备将来大举向南跃进。28日又致电华中局:粟部占莫干山后,暂不宜深入突进,以巩固现地,诱顽来攻为宜。

华中局及时将中共中央的电报转给了粟裕,英雄所见略同,粟裕与中共中央的想法不谋而合。

顾祝同低估了新四军的战斗力,战败后,收到粟裕的这封信,气得他差一点昏死过去。对于粟裕的戏弄,他岂能轻易服输?他想到孝丰乃浙西战略要地,决不能让新四军控制这个天目山的"门户"!因此,他急令陶广,设法派重兵南下围歼新四军,千方百计夺回孝丰,要一口气把新四军赶出天目山。顾祝同还十分重视政治影响,他再三叮嘱陶广:"对此次剿匪行动严守秘密,勿使盟军发觉,以重国际听闻。"

吃了败仗的前线总指挥陶广,大有将功补过之愿望,接到顾祝同命令,立即出动二十八军和第五十二师、第一九二师共12个团兵力,分四路出击,浩浩荡荡向苏浙军区进攻。

粟裕对陶广的第二次进攻早有准备。他综合各方情况,分析认为,陶广此次进攻,重点在孝丰以西,其打冲锋左路第五十二师和第一九二师各一个团,都是顽固派中央军。五十二师拥有美式汤普森冲锋枪、机枪,且训练有素,反动教育深入军心,是四路进攻敌中最强一路。此师在皖南事变中充当刽子手,此次充当急先锋;左路忠义救国军是出了名的"猴子军",好打滑头仗,枪一响就溜,很容易将其歼灭。粟裕分析,从整个兵力而言,顽军兵力多于新四军两倍,且敌虽来势汹汹,但他们建制不一,指挥不统一,内部矛盾重重。我方利用敌人的弱点,打好这一仗。聪明多思的粟裕决定采用任凭几路来,我只打一路的方针。粟裕在解放战争的苏中战役、宿北战役、鲁南战役、孟良崮战役中,就是运用"只打一路"这一战术而获胜。

粟裕与刘先胜商量后,决定采用少数部队造声势,钳制其它几路,选择左路为重点,集中主力歼灭第五十二师的一五六团和忠义救国军。方案一定,粟裕命令第三支队一部及独立第二团在孝丰周围担任正面守备,命令第八支队布防于孝丰西北一带阻击,第一、第三纵队主力分别控制孝丰及其西北地区,待机由孝丰西南和西北向西实施迂回包围,南北对进,合击进至孝丰西侧的顽军。

陶广严令各部抱定"有我无敌的决心",务必达成夺取孝丰、围歼新四军的目的。发起进攻的时间原定3月1日,但因顽军内部重重矛盾,时间推迟到3日。首先是"忠义救国军"向孝丰西北之牛山、八卦山进攻,其它各路亦步步进逼。4日至6日,战斗十分激烈,许多阵地反复争夺。6日晚,苏浙军区各守备部队先后发起反击。

7日,战役发展到了转折关头。粟裕抓住战机,果断命令第一、第三纵队主力全线出击。西路"忠义救国军"见势不妙,置翼侧中央军第五十二师一五六团于不顾,脚底揩油，早早溜之大吉，将一五六团完全暴露。苏浙军区第三纵队决定切断顽第一五六团退路。双方在报福坛附近的黄泥岗遭遇，展开激战，反复争夺有利地形。第三纵队最终把一五六团消灭，顽军团长被击毙，副团长被俘。接着，我方又在孝丰西南，歼灭第一九二师一部。

顽军进攻的重点一路部队，完全按粟裕的设想被歼灭，其它各路哪敢做飞蛾扑火之事，赶紧回缩逃遁。陶广的四路分进合击计划成了泡影，顽军最终兵败如山倒。粟裕连续下达几道追击令，各纵队奋起直追。早先，粟裕从老乡那里打听到东西天目山有个地方叫羊角岭，地形险要，两侧悬崖峭壁，中间有条河穿过，此道大有"一夫当关，万夫莫开"之势。在第一次作战时，第六十二师就是从这里溜掉的。粟裕打电话给一纵二支队队长吴咏湘，要他指挥二支队，一夜间占领羊角岭。此时顽军正在这里喘息，二支队赶到，顽军吓得拔腿就跑。二支队歼敌一部，剩余的逃之夭夭。

羊角岭有座小庙，美军一个为盟军登陆打前站的气象小组驻扎在此。战斗打响后，气象小组估计新四军会来，没有一个人撤走。吴咏湘带着指挥组来到小庙，拜见他们。卫生队长会讲几句英语，便担任翻译。双方谈得很融洽，最后互赠礼品，美方送给吴咏湘一支卡宾枪和一些急救包之类物品，吴咏湘回赠他们一支手枪。此事后来在国民党第三战区引起不小的震动。顾祝同曾再三叮嘱"剿匪部队行动严守秘密，勿使盟军发觉"。然而，这个秘密最终还是让盟军知道了，更糟的是战役结果事与愿违，顽军以大败结束了战斗，这杯苦酒顾祝同只能往肚子里咽了。

3月11日，华中局致电苏浙军区："你们在两次反顽大战中，再度创造以少胜众的新记录，捷报传来至以为慰。特再传令嘉勉，以昭有功。"

3月12日至26日，粟裕指挥苏浙军区部队又接连打了几个胜仗，完全占领天目山并解放了临安，第二次反击战胜利结束。苏浙军区部队再歼顽第一五六团团长朱丰以下1700余人，缴获许多枪炮弹药。浙西纵横100余公里的广大地区，包括长兴、广（德）南、孝丰、安吉、武康、德清、吴兴、余杭、临安、于潜、富阳等11个县的大部或一部，均为苏浙军区控制。

南下战役圆满划句号

书到用时方恨少，兵到用时也恨少。第二次战役结束后，粟裕将部队派到各乡城镇，做深入发动群众，巩固现有地区，发展敌后新区工作。这一战部队兵员略有损失，还要抓紧时间补充兵员，加强对新兵的训练。粟裕白天忙于巩固新区工作，晚上领着司令部参谋总结战斗经验，大家你一句我一句，粟裕则边听边想，前两次歼敌人数不多，事先羊角岭也没派部队占领，仗虽打胜了，但粟裕仍觉得不甚满意。问题出在哪里？粟裕思来想去，觉得主要是兵力有限。他发言时说："浙东纵队在四明山，我手上也只有两个纵队，作战时，一根扁担挑两头，手里没有备用部队，如果有3个纵队，我就可以拿一个纵队堵截，两个纵队突击。这个仗才能打好、打胜，才能成建制歼灭敌人。我的体会是部队要四四制，或者五五制，否则不敷机动。因此，我要积极向华中局、军部建议，第二批南下部队早日动身，越快越好！"

刘先胜听了粟裕的肺腑之言，也有同感，他说："我在望远镜中看到，枪一响，顽军便吓得后退，而且敌人不像黄桥战役那样密集靠拢便于我围歼，因为他们被打怕了，所以，他们团与团，营与营之间距离拉得太大，他们距离大了，我们要围歼就必须将网撒得更大，这样需要的兵力就要更多，而且还要派出堵击敌人后路的部队。因此，兵力成了大问题。我建议原计划的第二批部队应该赶快南下，我们立即向军部催一下，军部不松手，我们把官司打到延安。"

有个参谋情绪有些激动，他说："我们南下是中央的战略行动，不给兵马，简直是荒谬，他们不松手，我们就发电报向毛主席报告，不来再发电报！"

粟裕也激动地站了起来，坚定地说："叶飞南下我是要定了！而且，原来计划是要叶飞打头阵的，现在军部却迟迟不放，真是急人啊！"

第一次战役结束时，粟裕就致电军部，要叶飞南下，他令机要参谋发电报时交待说，态度要坚决。

中共中央最初计划在粟裕率部南下后，再派第二梯队甚至有可能派第三梯队南下，新四军军部也南移皖南，陈毅由陕北回来主持，组成"江南大营"，大举发展东南。第二梯队原计划为两路：一路由谭震林率二师五旅南下皖南，向皖浙赣老苏区发展；另一路由叶飞率一师一个主力旅南下天目山，渡富春江，与浙东游击纵队会合，进入闽浙赣老苏区。但是，由于日军收缩兵力，停止向正面战场进攻，还先后撤出南宁、柳州、福州以及新昌、兰溪等地，形势的转变，导致中共中央决定暂缓执行大举南下计划。

但是，粟裕根据具体情况，坚持后续部队宜尽快南下，至少叶飞部尽快南下。第一次反顽战役结束，他即建议华中局："希谭（震林）部及张宜友（新四军第一师第五十二团团长）等能早南来"。2月26日，他收到新四军军部根据中共中央指示发来的电报：谭震林、叶飞两部暂缓出动。粟裕即于28日起草报华中局电，建议叶部"仍如期南来"，以利苏浙地区的巩固和发展。

3月2日，新四军军部复电，叶、谭两部暂不南下。粟裕又发电"坚主叶仍提早出动"。他在上报军部的电文中提出："自职等南渡后，敌、伪多方注意，长江沿线多设碉堡，职部留江北之弹药，数度偷渡未成。谭、叶固可随时出动，但长江阻隔，决非铁路、公路、河道可比。俟敌增加据点，恐长年累月亦难通过。故职等再三建议，请令叶部南来。至此后，可留宜长路北及溧武路以南之广大地区，分别集结整训。"

3月4日，新四军军部将粟"坚主叶仍提早出动"的电文转呈中共中央。

3月11日，中共中央致电华中局："叶部可即令其南渡，谭部仍留现地待机。粟、叶两部以加强苏、浙、皖交界根据地工作为主要任务。"

经周密准备，4月7日，叶飞、金明（第十旅兼淮海军分区政委）等率由一团、特二团和江高独立团组成的教导旅并地方干部二百余人渡江南下。谭震林政委不能到职，粟裕提议留在苏中的钟期光南下协助主持政治工作。经中共中央和华中局批准，钟期光行使主任职权。粟裕在孝丰东南吴家道与大家会合。老战友相见，十分欣喜。教导旅番号改为苏浙军区第四纵队。一团、特二团、江高独立团分别改称第十支队、第十一支队、第十二支队。

第二次反顽结束之后，粟裕认为敌人沮丧，兵力不足，需要时间进行整顿补充，便利用这极短暂的宝贵时机，大力加强新区建设，在临安建立了浙西区党委和行署，还建立了天目山南北两个地委、专署及杭嘉湖工委及8个县的抗日民主政权，委派了各县县委书记、县长；在军事上进行整顿训练，加强刺杀、射击、投弹、土工作业训练等。

此时正逢灾年，浙西粮食紧张，粟裕号召部队自力更生，抓紧战斗间隙种粮种菜，渡过春荒。

蒋介石估计抗战胜利在即，一心想独吞抗战果实，在5月14日召开的国民党第六次全会上，反复强调：今天的中心工作只有一个，就是消灭共产党及其八路军、新四军。

会议结束，为了彻底消灭浙西新四军，蒋介石撤去了陶广职务，命令第三战区副司令上官云相为总指挥，以第二十五集团军总司令李觉为前敌总指挥，增调3个主力师（七十九师、独立三十三旅、一四六师）充实第一线。而且，李觉还从江西调来突击部队一队来参加战斗。

突击部队，又称突击军，也称为"国际纵队"。一个突击队，相当于一个师，全部美式装备，由英国教官直接训练，战斗力强于五十二师，是国民党顽固派最强的部队。

另外，顾祝同还派谢企石专程会见大汉奸周佛海，表示"咸望南京与重庆配合共同剿共"。于是，日伪军向我反复"扫荡"，而与顽军相对驻防的日伪部队却主动后撤50公里,使顽军无后顾之忧。

于是,我浙西新四军完全置于日、伪顽的共同包围之下,仅仅顽军主力就数倍于我,形势极其严重。

面对严峻的形势,粟裕仍和平常一样,处理完公务拿起农具到菜地劳动,同老农讨论怎样才能收得多。他说话做事仍是那样从容,不紧不慢,特别喜欢看地图,从他的身上,看不出任何的异样。只是他看地图时更专注了。他会时而仰起头,看一看窗外的蓝天,时而伸出手掌反复丈量着几乎覆盖了整个墙壁的军用地图,他左看右看,静静沉思,良久不语。地图上展示我军所处之地,正是南宋军、太平军鏖战失败的古战场,也是紧靠当年红十军团遭受袭击和方志敏同志蒙难的皖浙赣边区,还毗邻项英、叶挺遭暗算的我新四军军部皖南地区。

历史的教训,不时在耳边回响:"一着不慎,满盘皆输啊!"他反复思考,认真寻找与比较着每一个适于同顽军作战之地,慢慢地,他的目光盯在了新登。

为了打乱顽军的进攻布置,控制富春江两岸,确保浙西与浙东的联系,粟裕决定乘顽军立足未稳,争取主动,予以反击。5月29日,我第一、第七、第十支队,兵分三路朝新登方向运动,部队连续突破顽军第七十九师在大岭、永昌、松溪、方家井一带的防线,于6月1日抵新登城下,立即发起新登战役。

新登之战,真是一场少见的硬仗!自顽军第七十九师从龙游调防新登以来,他们强抓民工,砍光了周围林木,筑起一个接一个的碉堡。古老的城墙之外,布满了地雷。护城河中投放了大量鹿寨和铁蒺藜。我一支队英勇冲杀,浴血奋战,于2日上午攻克新登城。继而会同兄弟部队,打退了全部美式装备,由英国教官直接训练的突击总队一队7000人的增援,打退了七十九师的8次反扑,将顽军精心构筑的三百多座碉堡摧毁殆尽,取得攻坚与歼灭顽军二千二百多人的重大胜利。这一仗,我军也付出了不小的代价,牺牲二百多人,负伤六百多人。特别是一支队支队长刘别生,在战斗中不幸中弹牺牲,指战员们极为悲愤,决心乘胜追击,为牺牲的同志们报仇!

捷报频传之际,指战员们强烈要求紧追败逃之敌时,粟裕冷静地思考后,分析认为,此次顽军兵力雄厚,又有广大后方支撑,他们的粮食都是卡车一辆接一辆地运到前线。我方部队在新区,又是灾区,兵员和供给无法与之相比。如继续打下去,兵员和粮食必然告急。所以,他决定不宜在新登久留,一定要向后撤,撤到有利于我方的地形决战。决心下定,粟裕果断下令所有部队后撤。要让我军的后撤,误导敌人以为是败退。6月4日,在前线的叶飞接到命令,指挥部队有秩序地离开刚占领的新登。可是,这个命令在部队引起了不小的争论,将士们想不明白,打了胜仗为何还要后撤？经过叶飞反复做工作后，将士们才勉强后撤。粟裕还要求他们在撤退时，做几件事，一是让大家佯装成败兵的模样，二是公开第一支队长刘别生在新登牺牲的消息，让战士们抬着刘别生的遗体后撤，边撤退边向路边撒黄纸钱，三是散布新四军已3天没粮吃了，饿得走不动路，个个怨气冲天。

对于粟裕精心策划的这些现象，顽军开始担心是骗局。李觉再三告诫部队，不要上当受骗。我们如果追击，说不定新四军会在丛林深谷里突然出击。因此，一定要走一步看三步，小心又小心，谨慎再谨慎。

新四军"败退"新登，又"败退"临安，最后全部撤出了天目山。粟裕见敌人仍不上钩，又生一计，他让部队释放俘虏，并对俘虏们说，新四军现在自己吃粮都困难了，哪有粮食给俘虏吃？又让有的部队故意对俘虏放松看管，白天哨兵抱枪大睡，或牢骚满腹，晚上不放哨。被放和偷跑回去的俘虏向他们的上司报告听到和见到的情况，说新四军现在士气低迷，官兵们怨声载道，是战斗力最弱的时候。情况反馈到李觉那里，李觉糊涂了，分析来分析去，觉得自己可能估计出错了，渐渐松懈警惕。后来，他以为新四军到了穷途末路之时，再不进攻，失去了良机会后悔莫及。他终于沉不住气了，便将自己的想法上报顾祝同。顾祝同听到此消息，不由大发雷霆，指责李觉胆小怕事，如失去良机，拿他是问。

李觉遭到一顿训斥，又气又恼。6月9日，他调整部署，以主力组成左右两个"进剿"兵团，分别由临安、宁国两地向孝丰分进合击。企图一举攻取孝丰，求歼新四军主力；并续调突击总队第二队和第一四六师前来参战。两天之后，李觉调整部署，右"进剿"兵团由七十九师、突击一队、突击二队（欠两个营）组成，以突击总队副司令胡琪三为指挥官；左"进剿"兵团为五十二师、一四六师、独立三十三旅、挺进第二纵队和"绥靖"第一纵队、第二纵队，以江南苏皖边区"绥靖"指挥部指挥官刘秉哲为指挥官；中路担任扼守东西天目山各隘口，并策应左右各兵团作战，由第二十八军军长陶柳指挥，下辖第一九二师和第六十二师的一个团，"忠义救国军"第一、第二、第三纵队各3个团和新编第一团；场口及新登附近由挺进第三纵队和浙保第四纵队担任守备。总兵力共15个师7.5万人。李觉限令各部于15日完成各项准备，18日前占领各出击要点，19日开始全面进攻。

命令下达后，被打怕的李觉又犹豫起来，再次怀疑此次新四军撤退的真正原因和动机，生怕上当受骗。为谨慎起见，他又下达了补充命令，令各部静观3天，如果能确信新四军是败退，就于21日开始发起进攻。

第五十二师副师长韩德考是韩德勤的胞弟，在黄桥战役中败在了粟裕的手中，一直龟缩不前，不敢轻举妄动。听说新四军败退的消息，他那颗报仇之心又活跃了起来,已经按捺不住求功之心,他要抢头功,报血仇。他扬言:要像皖南事变伏击新四军军部那样,"再打一个茂林"!这是李觉没有想到的。还有更让他和顽五十二师未想到的是,三十三旅比五十二师更心切,行动更早。李觉的补充命令还没下达,三十三旅的先头部队已于6月18日,还没到达孝丰,为抢头功就谎报已经占领孝丰城。

五十二师见头功被别人抢去了,实在不甘心,忙派一个侦察排长去孝丰与三十三旅联系,结果在城郊被我潜伏的侦察部队活捉,连人带信送到了粟裕面前。

粟裕从俘虏口中得悉,顽军五十二师不再步步为营,而是急功近利,冒险突击,孤军深入了,拉开了与其他部队的距离。这个消息令粟裕为之一振,决不能放过这个久等不来的良机!6月19日,他果断地命令一、二、三、七、九、十等6个支队,回过头来,向顽军五十二师发起攻击。

根据敌情变化,迅速做出重大决策,这需要指挥员有过人的胆识!粟裕的决定,确确实实让苏浙军区机关的同志们为他捏了一把汗。因为党中央和华中局已经批准撤退,现在突然变为进攻,打得好还罢,要是打不好,粟裕是要承担一切后果的。更何况粮弹俱缺,经不起拖延苦战,非速战速决不可。然而,粟裕决心驾驭敌情变化,当机立断,抓住战机,趋利避害,歼灭顽敌,至于个人得失,他早就抛之脑后。

战斗打响后,顽军还以为是我少数部队进行夜间骚扰,及至枪声四起时,退路已被切断,陷入了重重包围,这才感到大事不妙,然而为时已晚,我军指战员高呼着"歼灭五十二师,为皖南事变死难烈士报仇!"的口号,勇猛冲击,其势锐不可挡。国民党第三战区的精锐主力在一夜之间便溃不成军,基本被歼。

粟裕这一回马枪,打得坚决、果断、迅速、有力,以至于敌左翼兵团被歼后,李觉还蒙在鼓里。他以为我军在新登战役中已经断粮缺弹,再和五十二师作战,更是精疲力竭,毫无还手之力了。因此,他觉得这是个千载难逢的决战良机,故再三督促命令各部"放胆行动,努力奋进,希望各级指挥官抱最大决心,尽最大努力,以竟全功"。他急电右翼兵团,务必迅速挺进,协同左翼作战。李觉下达此命令时,不但五十二师不复存在,就连第三十三旅也在被歼了一个多营后,慌忙逃进了天目山。

消灭了两股顽军,粟裕见部队伤亡不大,士气旺盛,又下令挥师向东,不到一天时间,就把孝丰城的七十九师和突击总队围得水泄不通,粟裕下令炮击孝丰城,炮轰1小时左右,数万勇士向被包围的敌人发起冲击,战士们左右砍杀。七十九师和突击总队总计1.3万人,新四军兵力不足两万,在连续的作战中,他们已三四天没有吃过一顿饱饭,没有睡过一个安稳觉。战至24日凌晨,歼顽军7000余人,残部狼狈逃窜,击毙突击总队一队少将副司令胡旭盱及七十九师上校参谋长罗先觉等21名将校军官,缴获各种大炮 17 门,轻重机枪 130 多挺,长短枪 1000 多支。这就是天目山下浙西 3 次反顽战役的第三战役。喜讯传来,党中央、毛泽东非常高兴,称赞这是驾驭变化,速决全歼的典型战例。毛泽东表扬天目山战役指挥果断,仗打得不错,如再多歼一些顽军就更好了。

天目山战役胜利的意义还在于锻炼了部队,改善了装备,提前实现了由分散游击战向大兵团运动战的战略转变,为以后组成华中野战军,完成更艰巨、更光荣的战略战役任务,打下了坚实的基础。

第十三章

反攻序幕

洪学智拔除阜宁毒瘤

1945 年是中国军队和中国人民收获最大最多的一年。

这年春节，华中局和军部领导凭着丰富的作战经验，综合各师和根据地的情况后，了解到驻城镇的日军主力抽走不少，剩余的也不主动下乡"扫荡"了，冬天未到，便集体在碉堡四周晒起了太阳。日军每况愈下，思想混乱，尤其伪军中，开小差者日益增多。月晕而风，础润而雨。各种迹象表明，日伪军开始走下坡路，离灭亡的日子不远了。为此，春节一过，华中局和军部便向各师下达了攻势作战命令。要求各部接到命令后，迅速对四周的日伪军进行调查，制订攻击作战方案，广泛开展政治攻势，不适时机地向日伪军发起攻击。

1943 年开始，各师经过整风和训练，积蓄了力量，存够了底气。接到命令后，开始紧张有序地进行着春季攻势的准备，都想力争 1945 年来个开门红。

四师兼淮北军区在接到命令后的第 5 天，就分别向海（州）郑（州）公路沿线的日伪军据点发起了猛烈的攻击，相继攻克了泗县城、关帝庙、三官庙、卓圩子、邱集、涡阳北新兴集等 30 多个据点。

第二师动作更大，他们发起了淮河两岸战斗，先摧毁天长至扬州沿线的大小据点，拔除金沟、衡阳滩、植家湾日伪军碉堡，迫使蒋坝日伪军北撤淮阴。此次进行大小战斗 24 次，击毙日军少佐左田等 24 人，俘日军 5 人，伪军 540 人。

第三师除攻克一些据点外，还对阜宁县城伪军进行大扫除。

1945 年 4 月 15 日，参谋长洪学智参加盐阜区参议会刚结束，骑马赶回南窑师部。他的身体刚一离开马背，师长黄克诚就上前握住了他的手，洪学智急切地问："师长，你最近有什么新计划？"

俩人边走边说,黄克诚习惯性地推了推架在鼻梁上的眼镜说:"去年我们攻克高沟、杨口、陈家港后,使淮海、盐阜两军分区连成一片,现在苏北就剩下盐城、阜宁了。我们在陈家港战斗中缴获了几门炮,部队人数也增加了不少,我认为现在我们有足够的力量去攻打阜宁了。"

洪学智兴奋地说:"你说的不错,这次盐阜参议会上,代表们对解放阜宁的呼声很高啊!"

黄克诚点点头说:"这说明我和大家想到一起了嘛!"

到了办公室,俩人就研究起攻打阜宁的作战方案。阜宁城南接盐城,北连灌云,西临两淮,东濒黄海,通榆公路贯穿其中,是盐阜地区重镇,由汪伪第二方面军孙良诚部王清翰的第五军第四十一师及伪屯垦警备第一部队驻守。第五军号称"老中央",辖第四十一师和暂编三十三师(师长孙建言),共7个团五千二百余人,加上地方军警四百余人,共计五千六百余人。

伪第五军王清翰部增防阜宁后,筑有护城河、外壕、铁丝网和巷战掩体工事。在城内、外设大、小据点21个。据点筑有围墙、水圩和炮楼,设有地下室和秘密枪眼。它们互相支援,策应封锁,构成阜宁城南北45公里、东西15公里的狭长坚固的设防地带。王清翰部南与盐城伪第四军赵云祥部相呼,西与两淮的潘干臣部和吴漱泉部相应,北与响水口的徐继泰部相邻。

王清翰曾吹嘘说:"阜宁城是固若金汤,万无一失。"

黄克诚以稳重著称,决策事情都要有充分的根据。他在小屋里来回踱着步子,最后停在小方桌边说:"取阜宁应该很有把握嘛!"

洪学智说:"阜宁城的敌人虽然设防比较坚固,而且具有一定的战斗力,但敌人的弱点是兵力分散,有利于我各个击破。阜宁伪军已失去日军支撑,且在交接防备之际,王清翰与孙建言矛盾重重,影响协同。城内粮草缺乏,士气低落,难以久守。前几天晚上,一个光屁股的伪军跑过来说,为了制止他们逃跑,晚上睡觉不许他们穿裤子,士兵恨透了他们。"

黄克诚笑了起来说:"是啊,这样的部队会有战斗力吗?依据周围敌情,两淮、盐城敌人在两三天内驰援的可能性不大。如果我军集中优势兵力,配合火药炮,先扫清外围据点,然后攻城,夺取战役胜利是有希望的。"

洪学智点点头,表示赞同。黄克诚又在屋子里踱了一个来回,抬头问:"我们打了敌人,他们会不会来报复呢?"

洪学智很有信心地说:"你是老虎,谁都会怕你,你是绵羊,谁都会欺负你。德日法西斯的末日将临,已是秋后的蚂蚱——蹦跶不了几天了,对于敌人的报复,我打算……"

洪学智年轻时曾学过铁匠活,所以,黄克诚忍不住笑了起来,说:"你真是个铁匠,火红锤子硬。那好吧,快把吴法宪叫来,我们再好好研究研究。"

几天后,第三师师部决定以第八、第十旅各一部,以及盐阜独立团和3个县独立团,共11个团的兵力,攻打阜宁,由洪学智担任前线总指挥。

1945年4月24日黄昏,部队从南窑、板湖、单家港等地急行军到达阜宁城边缘,第八旅在路西包围头灶、七灶、掌庄3个据点,第十旅在路东包围大、小顾庄。

第八旅和第十旅都是很能打仗的英雄部队,分配战斗任务时,第八旅旅长张天云和第十旅旅长刘震还都感到任务少了,很不过瘾呢。明亮的圆月高悬在夜空。在阵阵的狗叫声中,第八旅特务营分三路将头灶包围,敌人还以为是民兵骚扰,悠闲地在圩子里唱小调。

"叫你们唱!"只听"轰隆"一声,新四军特务营的迫击炮炮弹在6米多高的炮楼半腰开花了。部队以迅雷不及掩耳之势,发起冲锋,突破围墙防线,不到10分钟就全歼伪暂编三十三师的一个中队,残敌成了阜宁战役的第一批俘虏。

首战告捷,掐断了城北各据点敌人退缩城内的通道,极大地震撼了其它据点的敌人。

25日15时,3发红色信号弹腾空而起,攻城战斗开始了。第八旅、十旅主力和盐阜独立团先后从北门冲进了阜宁城,其势排山倒海,不到半小时就攻进了城内。与敌展开激战,逐个炮楼、逐屋地展开争夺战,整个阜宁城淹没在焰火烟雾及枪林弹雨和新四军战士们的冲杀声中。

二十二团的前哨部队一接近,敌人就投手榴弹阻击。投弹组冲到村边,同敌人对掷手榴弹,手榴弹炸起的烟雾使人看不清对面,架梯组的勇士们把梯子架上围墙,第一个勇士猛冲上去,掏出手榴弹,正要投却被敌人一刺刀刺中了眼睛,跌下梯子。紧接着,第二个、第三个……战士终于上去了。战士董标登上圩墙,一眼发现一个伪军正准备架起机枪向新四军冲击部队射击,他连忙甩去一个手榴弹,炸倒敌人的射手,夺取机枪向圩内猛地一阵扫射,掩护战友们冲入敌阵。

敌人顿时乱了阵脚。二十二团乘势突入圩内,冲入敌营房,并向左右展开,越墙走壁,穿屋打洞,与敌展开巷战。

盐阜独立团用手榴弹开路,掏墙洞前进,首先抢占了屋顶制高点,架起机枪,以火力压制敌人,掩护后续部队冲入街道。

经过两小时的激战,敌人的阵地和据点逐一被摧毁,龙王庙和南北大街以及大片城区已被新四军占领,敌人伤亡惨重,大部被歼。

18 时,第四支队在烟火掩护下,一举攻占了城东据点三官殿;22 时,该支队向三官殿东侧的水龙局守敌发起猛烈进攻。

在第四支队攻击水龙局据点的同时,二十二团正在进攻伪第五军主力一二八团驻守的大浦桥围寨。

26 日凌晨 3 时,伪第五军军长王清翰及暂编第三十三师师长孙建言见大势已去,在水龙局据点及射阳河以南两个营援兵的掩护下,乘茫茫大雾,先后率残部千余人偷渡南逃。

王清翰和孙建言一逃,敌只剩下了大浦桥据点。洪学智让二十二团向敌人营长喊话:"你打死我一个,我打死你十个。你派一个信得过的人出来看看,你们城里的部队消灭的消灭了,投降的投降了,逃跑的逃跑了,你还打什么呢?"

敌营长果然派一个连长出去一看,不由傻了眼,他们已身陷重围。他报告了营长后,营长看援军无望,于 26 日 10 时缴械投降。

在阜宁攻城战发起时,于厂桥以南的盐阜公路两侧,埋伏着特务团一、三营。他们的任务是阻击向阜宁城增援之敌截击从阜宁城突围逃跑之敌。

战役的发展结果正如新四军所预料的那样,26 日零时 10 分,从阜宁天主教堂、耶稣教堂逃跑之敌,如同惊弓之鸟,越过射阳河沿阜宁公路南逃。当行至一营设伏地带时,新四军放过敌先头部队,隐蔽观察,选择敌人的要害打。凌晨 1 时许,敌人后续部队来到后,新四军猛烈出击,正好打中伪第五军的八大处。敌措手不及,被截成数段,双方展开肉搏战,敌渐不支抱头鼠窜。当敌先头部队进入三营伏击圈时,三营迅速出击,冲入敌阵。敌人逃到三营阵地时,又遭痛击,新四军阜宁、射阳独立团各一部也参加了战斗。

当时,天降大雾,几步之外分不清敌我。新四军的截击部队是师特务团,逃跑的敌人是伪第五军特务团。双方接触,敌人问:"哪一部分?"新四军战士回答:"特务团。"敌人分不清敌我,有的凑近一看,这个特务团穿的是灰色军服,吓得连忙下跪,举手交械投降。新四军节节围堵,多面截击,激战 3 小时,毙敌一百五十余人,俘敌近千人。伪第五军军长王清翰身负重伤,带着孙建言等几十人逃至盐城。

整个阜宁战役从 1945 年 4 月 24 日 22 时发起,到 26 日 10 时结束,历时 36 个小时,全歼伪第五军军部和两个师部、7 个团,生俘伪暂编三十三师副师长邓立东以下官兵及伪地方军、政、警人员等近 3000 人。除解放阜宁城外,新四军攻克大小据点 21 个,摧毁碉堡 143 个,解放村镇五百八十多个,受难同胞 10 万余人,收复土地 1000 平方公里。

阜宁是新四军在苏北战场从日伪手里解放的第一个城市,阜宁战役是新四军第一次攻城战斗大捷,也是全华中地区对日军进行战略反攻的一个大胜利。

刘飞左右开弓横扫"马团"

阜宁战役后的第4天,华中局和军部接到第一师十八旅旅长刘飞发来的关于三垛河口伏击战的捷报。

这天,刘飞接到侦察科长成建军的报告,说宝应县城伪军第五集团军马佑铭独立团不日将调往兴化的周庄驻防。刘飞为了弄清马佑铭独立团的兵力情况,派侦察员赶往宝应侦察。几天后,侦察员返回报告了侦察情况。刘飞边听汇报边看地图,他根据马团调防路线,寻找最佳伏击阵地。宝应到兴化周庄两百多里,经反复比较,他认为有两处较为理想,一是高邮以东的二沟与三垛之间,二是三垛与河口之间。到底选择哪个地段好呢,他一时拿不定主意。思考良久,他对政委陈时夫说:"我们兵分两路,你在家作战前动员和准备,我去实地侦察后,再最后决定地点。"

陈时夫笑起来,他说:"这么小的地方,我们转悠了几年,有几条沟、几条路、几个村庄,闭着眼睛也能知道得一清二楚。你用得着再跑去看一遍吗?"

刘飞坚持说:"还是去看一看比较放心,要选择一个最佳地点,就要反复认真比较,纸上谈兵总不如实地考察好。孙子兵法说,知己知彼,百战不殆;知天知地,胜乃不殆啊。再说,现在时间允许,我还是去一趟吧。"

陈时夫点头答应。刘飞、成建军带上警卫员小徐,化装成磨剪刀的手艺人,挑着担子上了路。他们走在澄子河边的公路上,一路吆喝着:"磨剪子来戗菜刀!"一边仔细观察地形。他们发现,三垛至二沟15里路之间,村庄稀少,不利于我方隐蔽;而三垛至河口30里路之间,村庄多,河沟也多,且位于兴化、高邮的中心,各距40里,不利敌人增援。他们还发现一个地图上无法了解的情况:当时因连降几天暴雨,河水猛涨,水面几乎接近地面。这样,只要我方兵力埋伏在公路与河两侧,不论敌人在公路上行走或乘汽艇在河上行驶,我两侧部队都可一目了然,敌人完全暴露在我方的射程内。刘飞等人赶回旅部,将这一情况向团以上干部们作了介绍,下达作战命令:江都独立团由团长林辉才率领,埋伏在澄子河以南、河口镇以西,协同五十二团消灭河道与公路上的敌人,阻击可能从兴化与河口西援之敌,牢牢守住"袋底",防止马团东逃;特务营在河北三垛以东阻击可能从高邮东援之敌,把住"袋口",不让马团西逃;五十二团由团长张宜友率领,在公路北边的袁舍到徐庄一线隐蔽,一旦战斗打响,即在友邻部队配合下,全线杀出,把敌人消灭在公路上。特务团守在河南,严防敌南窜。一个严严实实的"口袋阵"形成了。刘飞说:"这一仗,我方天时、地利、人和全占了。我们要打好这一仗,迎接大反攻!"

4月28日拂晓,部队进入阵地。中午,刘飞接到"蚂蚁出洞!"的急电,这电报是高邮独立团团长张波带着电台,潜伏在高邮发出的。刘飞立即通知各部作好战斗准备。午后1时传来"卜卜卜"的马达声。敌人的3艘汽艇,拖着二十多条木船开来了。距离越来越近,连敌人的说话声也渐渐地清晰起来,忽听其中一人说:"怪事,你们看,这些房子的墙怎么打了那么多的洞?"

另一个哈哈大笑说:"这些人是吃火柴的,火气大,开洞透风凉快嘛!"

船队刚过,公路上又出现了日伪军队伍,马佑铭形同骷髅的身子骑在一棕红色高头大马上,神情悠闲地哼着小调,日本保镖前呼后拥,好不威风!不久,日军的先头尖兵到了野徐庄,正欲继续前进,却被公路上的一个约5米宽的缺口阻挡,没有船只是无法通过的。他们正准备找条船作浮桥,说话间,后面的部队也陆续到了,前面一阻,后面的队伍就乱了套。马佑铭弄不清原因,正欲派人上前打听,突然听到"乒!乒!乒!"3声枪响,3颗红色的信号弹直冲云天。接着,轻、重机枪、手榴弹、迫击炮齐声响起,发出巨大的怒吼声。直轰得他晕头转向,公路上的日伪军无处躲藏,纷纷毙命,河里的汽艇遭到猛烈袭击,渐渐下沉。敌人挤成一团,无法有效还击。此时,刘飞又指挥部队分段拦截敌人,各个击破。伪军纷纷举枪缴械,马佑铭像泄了气的皮球,跪在地上直磕头。凶残的日本兵个个脱去上衣,露出毛茸茸的胸膛,睁着血红的眼睛,叽里哇啦地吼叫着,端着刺刀向战士们杀来,搏杀持续了十几分钟,双方伤亡较大。鬼子只剩三十多人了,他们被迫退守新庄。江都独立团、五十二团把新庄围得水泄不通,直至黄昏,鬼子被打得只剩下6个人时,刘飞赶到,忽见一个鬼子曾似相识,但一时也不知道在何时何地见过,正在纳闷,那人颈后的一块刀疤和缺了一只左耳的特征提醒了他,他脱口用日语大呼:"山本幸雄!山本幸雄!"

那人闻呼,一转身注视着对方,瞬间,他的脸红了,低下了头。对于他,这是个痛苦而耻辱的回忆:那是在6年前,新四军东进,他所在苏州附近的浒墅关据点,一夜之间被刘飞拔掉了,他沦为俘虏后逃跑。车桥战役,他又被俘后逃跑。

刘飞见他默不吱声,以为他记不起这两次遭遇,便提醒他说:"车桥战役,你被我方俘虏,是我和粟裕、叶飞陪你吃的晚饭。"

山本的脸更红了,却仍不吱声。刘飞笑着说:"世界真小啊,我们又见面了。

看来我俩有缘。就凭这缘分,我让你再逃一次,只要你逃得远远的,我们不再见面就行。"说罢,挥手示意。战士们立即让出一条道。然而,目光呆滞的山本并没挪步,约数秒钟,只听一声惨叫,他抽出战刀已插入了自己的小腹,晃了几下便栽倒在地。

此战歼敌一千八百余人,其中毙日军中队长以下 240 人,俘日军 7 人,俘伪军团长以下 950 人,缴获大小炮 16 门,长短枪一千二百余支,电台 3 部,子弹五万余发。

第十四章

对日最后一战

军部下令总反攻

这年5月,对世界人民来说,是个值得纪念的红色5月。第二次世界大战最大的祸首希特勒已经垮台,欧洲战争结束,盟军作战中心迅速转移到亚洲。

接着,中美英3国政府于7月26日联合发表针对日本的《波茨坦公告》,要求日本政府无条件投降。8月6日、9日,美国向日本的广岛、长崎投下了原子弹,使这两个城市死伤人数达23万。

8月9日,苏联百万红军越过中苏边境,向中国东北挺进,一举歼灭日本关东军。

8月10日,中共中央发出向敌伪广泛进攻的命令。迅速扩大解放区,壮大我军的指示。同日,朱德总司令签发了延安总部第一号命令:令八路军、新四军向附近城镇及交通要道之日军送出通牒,限期缴械投降,对拒绝投降之日军,给予坚决消灭。

同时,中共中央下达新四军夺取大城市与交通要道的任务:日本无条件投降,不可避免,实现在即,我军在华中立即实行下列部署:

一、由二师担任夺取蚌埠至浦口之线,四师担负夺取徐州,三师主力即日开动集中津浦线,与二、四师共同担任夺取该线并巩固其占领。

二、由七师担任夺取芜湖,一、六两师及苏南、苏中担任夺取南京、上海之线,浙东担任夺取沪杭甬之线。

三、以上两项行动,均采取重点主义、集中主力去占领大城市和要点,津浦线至少集中10万到15万人,沪宁线至少7万人。

四、五师集中全力进占信阳、武汉之线。

......

七、以战胜者的姿态,用军、师首长名义,就近令各敌伪军投降,违者即坚决解除其武装。

......

短短两天,朱德总司令就向各解放区抗日武装连续发出 7 道命令,部署全面反攻。

新四军军部立即下令新四军全军投入总反攻,并向华中各地日伪军送去通牒,令其"停止一切抵抗,并在原驻地听候处置;将一切武器、交通工具、军用器材及所有物资,于 24 小时内全部交与就近之本军,不得有任何损坏;对中国人民及盟国俘虏不得有任何损害行为;即派代表到就近本军部队接洽。如违反上列任何一项,即视为敌对行为,本军则予以坚决消灭。

由于国民党军拥有飞机、大炮和军舰,交通工具比八路军、新四军先进,同时,蒋介石代表国民政府要求日军向驻地国民党军投降。出现如此新情况,中共中央冷静观察形势,国民党军在美军航空队帮助下,坐飞机、乘火车,几天工夫就迅速占领了北平、上海和南京。中央军委实事求是地修改了原来部署,提出了新的具体意见,要求新四军在江南方面立即有计划地分路发动进攻,占领宜兴、长兴、溧阳、溧水、高淳等地;江北方面要占领长江以北,陇海路以南所有城市,二、三、四师要控制津浦线,七师要尽力打通与苏南部队的联系,造成整块农村的连接。

日本宣布无条件投降的当日,朱德总司令致电冈村宁次,敦促他投降。其实,在 1945 年 6 月,冈村宁次就预计到日本即将垮台,他忧虑重重,为他的百万大军及他以后的前途寻找出路。他曾秘密派便衣到黄花塘,向华中局和军部暗示,日军总司令部愿意和新四军高级代表商谈有关事宜,具体内容当时没做说明。华中局和军部正研究此事时,冈村宁次又派刚从监狱释放出来的我方情报人员纪纲到黄花塘联系有关事宜。

纪纲是我方在南京从事情报工作的,他不幸被日军特务发觉后被捕,并判无期徒刑。他此时从狱中被"请出来",其用意是要通过他来和新四军高层牵线搭桥。

纪纲在狱中和出狱后,政治立场始终不变。此次日方交给他任务,他只身来到黄花塘,饶漱石指派敌军工作部长扬帆与他见面交谈。纪纲向扬帆汇报说:"日军中国派遣军总司令部已派人,从各个渠道向共产党新四军方面伸出政治触角,都被我方一一顶了回去。但日寇仍不死心,认为通过我这条线可以如愿以遂,找到新四军上层关系。"

扬帆说:"日本侵略者一贯狂妄自大,目空一切,如今为何这样主动地要与我军拉关系？"

纪纲答复说："法西斯德国已经无条件投降，强大的苏联红军随时可能东调，围歼日寇关东军。在亚洲战场上，美军正节节进攻，还派飞机轰炸了日本本土。八路军、新四军开展了大反攻，日寇已面临穷途末路。还有一件事对日寇震动极大，前不久美军的 B-29 轰炸机在轰炸日本本土后，返航途中飞机缺油，跳伞的 6 名美军飞行员落到了江苏建阳（今建湖）县的日伪军据点。我军和民兵通过激烈战斗，从敌伪中抢回了 5 名美军飞行员。这使日寇认识到，华中敌后抗日根据地广大人民和新四军的力量不可低估。为此，他们竭力想和我方拉关系，以延缓他们彻底覆灭的命运。"

在当时错综复杂的国际国内形势下，我方能和日军侵华总部进行秘密接触吗？华中局和军部为此向中央专门发电报请示。中央来电，批准可以和日本人秘密接触，目的是为了弄清对方的真正意图，并交代了应掌握和日本人谈判具体问题的原则。

几天后，纪纲陪同日军中国派遣军总司令部派出的 3 个代表，身穿便衣，悄悄地进入了我抗日根据地。按照事先的约定，在江苏六合县竹镇附近的一个村庄里，华中局派出的首席代表彭康（宣传部长，曾留学日本）、梁国斌（新四军保卫部长）和扬帆，接见了这 3 人。

日军代表中，为首的叫立花，据说是日本天皇的干儿子，其时职务为中国派遣军总司令部参谋处二科"对共"工作组组长。不言而喻，是个地地道道的日本特务。另两个代表，一个叫原，一个叫梅泽。3 个日本人一见到新四军代表，立刻肃然站立，毕恭毕敬，丝毫没有了昔日那种骄横跋扈，不可一世的武士道精神。他们对我方大加恭维，说了新四军许多好话，接着郑重其事地说明，他们是奉上峰之命，前来和新四军谈判，实现"局部和平"的问题。由于整个时局没有明朗化，我方在谈判中不能做出什么承诺，而日军代表却认为新四军是嫌他们来的人级别太低，才不愿谈条件。于是，他们提出要新四军派高级代表到南京协商谈判，于是，华中局和军部决定派扬帆为全权代表，到南京与日方会谈。

3 天后，扬帆单独到戒备森严的南京，日方由参谋处二科主任乔岛接待。乔岛为表示诚意，摆了一桌丰盛的酒宴，为扬帆接风洗尘。宴毕，乔岛陪同扬帆到玄武湖、莫愁湖公园游览。两天后，乔岛陪同扬帆到了南京中山北路的萨家湾一幢大楼内，与今井武夫副总参谋长正式会谈。今井武夫为显示与新四军会谈的诚意，在开场白中说了一通华而不实的欢迎词，尔后说："新四军纪律严明，装备虽不如重庆，但士气高昂，皇军大大的佩服，冈村总司令官希望能和新四军达成局部和平协议。

为表皇军和谈诚意,主动让出 8 个县给新四军。皇军希望与贵军合作,对付美、英盟军和蒋介石的重庆军。"

这最后一句道出了冈村宁次与新四军会谈的真正目的。想借新四军力量,来与美、英军队和蒋介石抗衡。这是大是大非问题,扬帆怎能会轻易表态?

后来,日本宣布无条件投降之后,美国政府致电麦克阿瑟和尼米兹,要求在中国的美军接受中国战区大量日军的投降外,要迅速帮助蒋介石把中央政府的军队送往各战略区。而且,美国下令中国战区的日军只能向蒋介石政府投降,不得向中国共产党及其武装投降。这时,冈村宁次也突然变了脸,下令各地日军把军事装备交给重庆方面政府。

一时间,日伪顽同流合污,狼狈为奸,加剧了八路军、新四军反攻作战的艰巨性和复杂性。

按照中共中央提出的"针锋相对,寸土必争"的战斗口号,新四军各师按照中央军委及华中局、军部的命令和下达的任务,就地向四周拒不投降的日伪军展开了全面反攻,新四军旌旗所向,捷报频传。

在淮南军区,长期艰苦的革命战争年代和忘我的工作,损坏了罗炳辉的健康。他患有胃病和高血压,长期大量便血,有几次竟生命垂危。日寇投降的消息传来,罗炳辉振奋不已。发动全线反攻的电报发至第二师司令部时,他正躺在病榻上养病。但是,他毅然带病上阵,指挥部队在淮南路东地区和津浦路南段发起总攻,四旅包围滁县,地方武装向就近的敌占城镇进击。谭震林政委在路西指挥五旅和三师第七旅,一起进击蚌埠及其外围据点,是日解放定远县城。16 日,第二师解放盱眙、来安两县城。17 日,第二师第四旅攻击滁县,同时收复嘉山、三界;第六旅收复朱巷、下塘集车站。20 日,罗炳辉亲临前线,指挥解放六合县城,同日解放天长。新四军南京支队于 8 月底渡江南下,攻克龙潭、栖霞等地,兵临南京城下。在短短的十多天里,第二师及淮南军区武装作战两百多次,歼灭敢于顽抗的日伪军九千多人,迅速收复了广大地区。解放区人口达 330 多万,面积 2 万多平方公里。

长期在武汉外围艰苦持久作战的新四军第五师,根据中共中央关于"集中主力进占信阳、武汉之线"的要求,以及"应乘机扩大地区,夺取小城市,发动群众准备应付内战"的指示,迅速展开反攻。8 月 11 日,李先念下达紧急命令,要求第五师及各军分区(旅)立即行动起来,占领被日伪军盘踞的大小城市、交通要道,限令伪军反正、投降,并按指定地区集结待命,否则将予以歼灭。日本政府宣布无条件投降后,李先念立即指挥第五师各部队,开展受降工作。在十余天中,他们共受降日伪军数千人,歼灭拒降敌军三千五百余人,缴获大批枪支、弹药和军用物资,攻克大、小城镇12座。

第七师决定以优势兵力由内线向外线广泛出击,扫清皖江根据地四周的日伪据点,使巢无与沿江、皖南、和含地区连成一片,解放巢县、无为县城,然后夺取芜湖。自8月10日起,第七师开始向境内日伪军据点发动进攻。至9月2日止,他们解放了无为县城,攻克了望城岗等10个据点,歼灭日伪军3000人,收复了巢湖以南、长江以北全部地区和皖南东部的广大地区,打通了与苏浙军区的联系。

华中局、军部为了使上海、南京方面的伪军及时起义,协助新四军攻占上海、南京,特派军部侦察科长冯少白(又名洪隆)到上海与周佛海商谈。冯少白生性敏感,十分机灵。因姑父邵式军是个腰缠万贯的大财主,时任上海税务署长,1942年以后,陈毅、刘少奇曾数次派冯少白去上海,为新四军筹集粮款和武器弹药,以解新四军燃眉之急。由于邵式军与周佛海、陈公博关系甚密,此次冯少白正是利用这一关系找到了周佛海。

周佛海早年参加中共,曾是中共一大代表,后叛党投敌,担任国民党中央宣传部长,抗战爆发后,他极力鼓吹"战必败,和必安"的投降主义,组织低调俱乐部。1940年任汪精卫政府财政部长,后任上海市长。

这天上午,冯少白在邵式军的引进下,来到周佛海公馆。周佛海西装革履步入客厅,冯少白有礼貌地起身站立,周佛海热情地伸出右手,一边与他握手,一边热情地说道:"欢迎,欢迎! 冯先生请坐。"

双方落座,周佛海笑吟吟地说:"冯先生,你我原来本是一家人啦!"接着竟不知羞耻地说,"其实,我还是你们共产党的元老之一呢,只因某些问题上产生分歧,才与共产党分道扬镳了。抗战初期,我与汪先生提倡走第三道路,主张和平建国,和平、和平,不就是不打仗嘛。可是,老百姓却说我是汉奸,这真是的冤枉啊!"他的表情和动作表现出受到天大的委屈一般,苦着脸,摇着头,双手作了一个无奈的动作。

冯少白不想和他理论他的卖国理论,平和地说:"周市长,过去的事自有公断,今日不提这个。我今天来的目的是希望你认清形势,与我党合作。现在日本已投降,你作何打算?"

"这个问题我已想好,《三国演义》说得好啊,分久必合,合久必分。我主张和共产党合作,回到娘家去。"

"那么,你有何具体打算呢?"

"这个——你们要我怎么办,我就怎么办。"

冯少白见他态度坚决,坦诚地说:"我们新四军准备解放上海,请你里应外合,立即组织伪军起义。"

"什么时间!"周佛海显得有些突然地问。

"你先着手准备,做好工作后听候通知。"

周佛海思索片刻,对冯少白说:"只要你言而有信,我周某豁出去了。"

冯少白没想到会谈如此顺利,不由喜上眉梢,笑着握着周佛海的手说:"一言为定!"告别了周佛海,他乘坐一辆出租汽车,来到上海地下党秘密办公楼河南路盐业大楼。此时,上海地下党负责人刘长胜、刘晓已从黄花塘赶到了上海,与来自湖北的新四军五师的张执一一道,组织上海武装起义,让他们高兴的是,周恩来也要来上海组织武装起义。而且,苏浙军区部队也抵达上海的郊区。冯少白见到他们,向他们报告了会谈的结果,大家听了信以为真,都异常兴奋。这时,门外传来报童的声音:"号外,号外,特大号外,新任市长蒋伯诚到任,重庆接收大员汤恩伯已到上海,有两万人马已抵达虹桥机场!"

第二天,冯少白来到周公馆打探消息。周佛海承认号外消息确有其事,汤恩伯已向周佛海送来了任命书,任命他为国民党军事委员会上海行动总指挥,负责维持上海治安,阻止新四军进上海。上海20万伪军一夜之间全部改编为国军。周佛海还说,上海地下党刘长胜、刘晓、张执一已被列入军统黑名单,准备立即逮捕。说罢,他一改昨日的热情和承诺,苦着脸,要求冯少白以后少来这里,最好是迅速离开上海。

冯少白被周佛海泼了一头凉水,匆匆返回盐业大楼,将此情况报告刘长胜等领导。为避免重大牺牲,他们立即停止了上海起义工作,一切归于平静。

冯少白马不停蹄,坐上火车抵达南京,同样以邵式军的关系,找到了南京伪军总司令任援道,希望他能率部起义,配合新四军二师、三师,攻占南京。任援道说,重庆接收大员何应钦上午已到南京,也带来了近一个师的兵力接收南京。何应钦曾在日本留学,与冈村宁次是同学及密友。俩人见面时,一边交谈一边喝着洋酒,他们已达成共识,日军所有装备包括营房,统统交给何应钦。何应钦任命任援道为国民党南京先遣军总司令,负责阻止新四军进南京。

冯少白听后,不由感叹日伪顽同流合污,势力太大,新四军无法与之抗争。南京解放也成了泡影。

黄克诚智取两淮

蒋介石将大部分部队摆在重庆附近,而在抗战8年中,他将第三战区的20万兵马,一直放在江西、安徽和江苏的南边。他为何让20万兵马当一颗闲子,搁置8年,他是有精密打算的。如今8年抗战结束了,他立即起用了这颗闲子,命令他们坐上火车,迅速抢占沪宁线上的大、中城市,抗战的果实除了上海、南京、杭州宝地之外,还有一大批伪军。这部分人不可小看,日本投降后,日军将被解除武装,遣送回家,一百多万伪军也应就地解散,但蒋介石为准备内战,对伪军采取了收编收买、封官加爵等手段,轻而易举地就让伪军易帜改号,改换了门庭,为其反共、反人民的内战充当炮灰。中国共产党出于维护人民利益,争取国内和平,也要力争伪军参加到革命队伍中来。除了那些死心塌地、顽固不化的要给予坚决消灭外,都采取政治争取方法解决伪军。因此,这一百多万人就成了国共两党争取的重点,在一定程度上,在决定国共内战胜利的天平上,他们成了"砝码"。

在江苏境内的伪军,除了上海、南京外,大部分集中在江北的淮阴、淮安、盐城、兴化等地。因此,争取江北伪军的任务自然就落在苏北军区、苏中军区和淮北军区的肩上。事实上,江北的日伪军势力在城内,而整个农村都是被新四军所控制。整个态势是农村新四军包围城内的日伪军。日军一走,歼灭伪军势在必行。

两淮战役是三师的扛鼎之作,也是整个新四军的扛鼎之作。

在苏北军区,新四军第三师师长兼政治委员黄克诚接到反攻命令,立即集结主力,准备向苏北境内敌伪发起广泛反攻。当时,长期盘踞在苏北地区的伪军主要有潘干臣、吴漱泉等部,日本宣布投降后,他们受国民党反动派加委,摇身一变,分别被改编为国民党第六军第二十八师和淮安独立旅,连同伪保安团、常备旅等地方反动武装,据守淮阴、淮安两县城,同新四军顽抗。针对这种情况,第三师集结主力部队,计划歼灭潘干臣、吴漱泉两支伪军,攻取淮阴、淮安县城,逐个扫清苏北境内残敌,解放全苏北。

正在这时,中共中央发来电报:桂顽第二十一集团军副总司令张淦准备亲率4个师的兵力,东进与新四军争夺蚌埠、浦口一线,何柱国部也可能同时进犯。华中局和新四军军部命令第三师主力部队,向淮南津浦路方向出动,与第二师部队会合,准备阻击桂系东犯。

第三师将原定的计划暂时搁置,并对部队作如下部署:黄克诚率第七旅、第八旅分别进至淮南津浦路两侧的定远、盱眙、洞溪等地区,与第二师的部队会合;而将第十旅留于临近两淮的高良涧、蒋坝地区,以便既能西进作战,也可回师东返,相机歼灭两淮之敌。黄克诚在前进途中,考虑到肃清苏北敌伪作战的需要,又派师参谋长洪学智返回苏北,相机组织、领导攻取两淮作战。

然而,国民党军队忙于夺取大城市和交通要道,一时还没有力量向抗日根据地进攻。江北几个县城既无机场,又无大公路,国民党军一时到达不了这里。第三师和第二师部队集结在津浦路两侧,等候半个多月,仍未见国民党军队东犯的动静。新四军主力部队旷日持久地集结于津浦路两侧,成守株待兔,却延误了肃清根据地内残敌的有利时机。为此,黄克诚和第二师政治委员谭震林联名,向华中局及新四军军部建议并报中共中央,将第二、第三师主力调回津浦路东,夺取铁路一段,牵制国民党军队;主力一部回师,肃清苏北、苏中各城市伪军,创造连成一片的大块根据地,为日后长期作战准备战场。

刘少奇从延安电示华中局:顽军进占大城市与交通要道,我欲阻止顽军前进已很困难或不可能,而桂顽进占城市与要道后,暂时亦不会向我根据地深入进攻。因此,我欲求歼灭顽军一路,暂时无机会,以此配合谈判更不可能。在此情况下,请你们考虑黄、谭意见,将第三师部队抽调(或再加第二师之一部)向东扫清苏北敌伪据点,造成将来作战的有利条件,似乎是必要的,否则主力部队将陷于无事可做的地位。以前黄克诚主张第三师部队首先肃清苏北敌伪后再西调的意见,似乎也是对的。

第三师主力部队立即回师苏北,发起两淮战役,进行扫清苏北敌伪的作战。

淮阴、淮安相距不远。淮阴又名清江浦,历史上也称过韩信城,它是一座历史名城。著名的西汉名将韩信担任过淮阴侯。周恩来总理在孩童时期,曾在淮安外祖父家中读书生活。这里有周恩来童年时的美好回忆,至今那里仍保存着他读书的旧址。淮阴历来是苏北政治、经济、文化中心,南北水陆交通枢纽。抗战爆发后,国民党江苏省政府一度由镇江迁移至此。

1939 年 2 月,日寇侵占后,淮阴即成为日军屯兵要地。从此,淮阴据点便形成分割苏北、苏中、淮南、淮北各抗日根据地联系的一大障碍。6 年多来,当地民众受尽苦难,早就渴望拔掉这个楔在根据地内的大钉子。

淮阴城墙高 8 米,北临运盐河,南濒京杭运河,水深城固。经日寇多年经营,城墙四周和城门上筑有大量工事和炮楼,城内主要街道路口,修了地堡、暗道。护城河宽 10 米、深两米,河堤外设有铁丝网和鹿砦。

日军撤走后,由伪军第二十八师七千余人驻守该城,另有常备旅和淮阴保安团两千余人。伪军头子潘干臣原系国民党鲁苏战区副总司令兼江苏省政府主席韩德勤属下第八十九军独立团团长，在1940年黄桥战役中，该团被我全歼，潘干臣只身逃脱，当上了伪军第二十八师师长。后来又改换门庭，重新加入国民党军队，收拢于城区，还拼凑了地方反动武装，在城外构筑卫星据点，形成纵横10余里的城垣防御体系。

伪军一向帮着日本鬼子欺压老百姓，当地民众痛骂这伙民族败类是"黑狗队"。

黄克诚决心采取集中优势兵力分割包围、各个歼灭的战法，首先命令距两淮最近的第十旅会同苏北地方武装攻取淮阴，然后再以第七、第八旅在地方武装的配合下，夺取淮安。

为不失战机，黄克诚于淮南津浦路前线东返时，即致电师参谋长洪学智和十旅旅长刘震，命令部队提前行动，先取淮阴。

第十旅及淮海军分区新二团和师直特务团受领任务后，于8月26日晨，由高良涧、蒋坝一线出发，沿着洪泽湖大堤北向淮阴急进。

黎明的曙光，映照在战士们的面颊上，指战员们个个精神抖擞像小老虎一样，都恨不得插上翅膀，飞进淮阴城，一拳将守敌砸个粉碎。

苏北地方武装射阳独立团和淮阴、涟水警卫团，从东、北两面配合，向淮阴逼进；淮安、涟水独立团担负对淮安的警戒和围困。

当地人民群众听到新四军攻打两淮的消息后，立即沸腾起来，踊跃支援前线，在"淮阴反攻行动委员会"的组织领导下，5万余名群众组成担架队、运输队、工程队，高兴着"一切为问题前线的胜利"和"一切为着主力部队打进淮阴城"的彩旗，浩浩荡荡从四面八方涌向淮阴。妇女们拎来了一篮篮鸡蛋、花生；大伯大叔们推来了一车车蔬菜、猪肉；各村的民工队扛来了锹、镐、木料，他们日夜不停地为支援前线而穿梭不息，淮阴城外，到处呈现出一片紧张繁忙的备战景象。

第十旅旅长刘震和副旅长钟伟认为，取淮阴是一场难度较大的攻坚战。为避免不必要的伤亡，要求各团派侦察员将当面之敌的敌情、地形摸清楚。几天后，侦察员返回后，向各团首长报告了侦察到的情况。刘震在召开的作战会上，反复研究敌情，认为东门外花街房屋较多，便于我军隐蔽接敌；南门和西门外地势开阔、低洼，城内守敌兵力较强；北门紧靠运盐河，易守难攻；城东南角和西北角各有一些建筑物可以利用。

刘震认真思考大家的意见，集中了群众的智慧，最后定下决心：用6个团的兵团对守敌实施多路出击，以城东北角和东门为主攻方向，第二十八团一、二营为第一梯队，两营并肩突击，该团三营和第三十团为第二、第三梯队；南门为助攻方向，由师属特务团负责,第二十九团一部尾随特务团跟进;第二十九团主力由城东南角攻击;射阳独立团和军分区新二团由城西门和西北角负责佯攻。

任务明确后,各部昼夜不停地投入攻城最后准备。并结合各自任务,选择相似地形,进行反复演练。

位于城东门及东北角阵地上,担任主攻任务的二十八团广大指战员忙得热火朝天,刘震和钟伟亲临前沿阵地检查,在一间平房的隐蔽处,看到三连几个战士正在聚精会神地从下往上数着城墙上的砖头层数,然后又量起一块砖的厚度,再把城砖之间的嵌缝加进去,很快出城墙的高度。一问方知,原来他们是在计算登城云梯的长度。根据这个高度,每个连队都捆绑了十余架8米多长的登城云梯。

刘震、钟伟还从另一幢楼房的窗口,看到前沿阵地上许多战士正忙着用麻袋装土,垒起了十多座高于城墙的机枪火力发射台。此情此景,使他俩十分激动,他俩十分清楚,这些垒起的火力点,居高临下,对于压制敌人火力、排斥突击部队登城,将会起着巨大的作用!刘旅长脱口而出:"群众是真正的英雄,群众的智慧无穷啊!"

在东门主攻突破口的正面,二十八团二连由16名干部、战士和六十余名民工组成的工程保障突击队,隐蔽苦战了两昼夜,掏挖了一条55米长的地道,直通城墙底部;一枚千磅的航空炸弹通过地道,悄悄地运到东北角城下,安放在敌人炮楼下面。一名正在调试电发火装置的战士,笑着对前来察看的首长说:"这家伙一旦开了花,可叫潘干臣有好果子吃啦!"

此时,在南门外师特务团的指挥所里,团长郑贵卿正在召开班以上干部大会,研究确定突击队、红旗手、爆破手的战斗编组。讨论非常热烈,一个苏北灌云籍的年轻战士斩钉截铁地说:"请团首长放心,我们保证完成突击任务,一定把红旗插上淮阴城头!"

为了给潘干臣一个弃暗投明的机会,第十旅以黄克诚名义向潘干臣发出最后通牒,敦促他放下武器,向人民投降。然而,潘干臣顽固不化,还残忍地杀害了送信的张老汉,更激起攻城部队的无比义愤,向潘干臣讨还血债的时候到了。

围城部队箭在弦上。守敌害怕新四军近战夜战,每当黄昏和黎明,更是严加戒备,不少地段还安装了照明灯,而在白天则放松戒备。

用兵之妙在于出奇制胜。刘震当机立断,决定9月6日下午2时,出敌不意发起总攻,夺取淮阴城。

9月6日拂晓,细雨霏霏,攻城部队实施破坏性射击,二十八团集中全团炮兵以一阵猛烈的炮击,迅速将两座炮楼摧毁,为突击部队扫除了一大障碍。守敌以为新四军开始攻城了,亦集中炮火向城外新四军阵地狂轰滥炸。

整个上午,双方的炮火时紧时松。守敌慌张后定下神来,发现新四军并未攻城,便慢慢地有所放松。这正是我攻击的极好时机。

在旅指挥所里,刘震从望远镜里看到,担任突击任务的指战员个个跃跃欲试,只等总攻信号升空。这时,刘震低头看表,离下午两点还差5分,总攻马上就要开始,指挥所里的空气顿时紧张起来。突然,指挥所的电话铃急促地响了起来,刘震赶快抓起话筒,原来是师特务团郑团长从南门阵地打来的,声音激动:"旅长吗,我是郑贵卿,有重要情况向你报告,刚才我团运送爆破器材的车辆,在前进途中被敌炮火击中,目标已经暴露,请求提前行动!"

"行!"刘震毫不犹豫地说。

这时,南门守敌疯狂喊叫着,猛烈地扫射,步机枪、手榴弹夹杂着石头、砖瓦,一齐从城墙上倾泻下来。

师特务团广大官兵在制高点火力掩护下,以大无畏的牺牲精神,抬着云梯,直向城墙根猛扑。突击队第一批冲上去的同志倒下了,第二批奋勇冲上去,虽遭到很大伤亡,仍前仆后继,奋勇登城,战斗打得异常激烈。

下午2时,总攻击开始了。二十八团集中炮火急袭。随着"轰隆"一声巨响,通过地道对城墙实施爆破成功了! 东北角城墙被炸开了,刹那间,硝烟滚滚,地动山摇,爆炸声震撼全城。

城东北角,第二十八团仅用了5分钟就突入城内,第三十团紧跟在后,冲入城内。此时,第二十九团也从城东南角涌入城内,师特务团的七连五班长徐佳标第一个登上南门城墙上,负了重伤。他看到敌人的机枪疯狂地向自己的部队扫射,挡住突击队前进,便猛地扑上去,用自己的身体堵住敌机枪枪眼,为突击队登城开辟了道路,特务团迅速向城内纵深疾进。

后来,为了纪念和发扬徐佳标的革命英雄主义精神,第三师党委和地方党委决定将淮阴城南门命名为"佳标门",徐佳标生前所在的班被命名为"佳标班"。

西门攻城部队是三十团和射阳独立团。射阳独立团的尖刀连二营五连连长牺牲后,二排排长李云龙立即代理指挥,指挥部队迅速扫清突破口残敌,冲入敌教导营营部,活捉了营长"赵老虎";同时,又捉住一个号兵,命令他交出敌号谱。李云龙这位曾经当过号兵的棒小伙,夺过敌军号,昂头挺胸吹起了敌人的集合号,把零散的"老虎营"集合起来。就这样,号称"老虎营"的敌教导营所有官兵,全部当了俘虏。

负责攻打北门的淮阴警卫团,在主攻方向突破以后,由10名共产党员组成突击队,凭借已被敌人烧毁的北门运河大桥桥桩和桥墩,巧妙地躲过敌人的机枪扫射,冲向北门城楼。第一架云梯被敌人炸断了,他们又架起第二架云梯,冒着敌人的火力勇猛地登上了城楼,消灭了城楼上的守敌,又配合主力部队对城西敌人进行围歼。

二十八团四连连长张昌义带领战士向纵深奋勇杀敌,发展迅速,很快接近敌师指挥部。敌哨兵见势不妙,慌忙朝天开枪,然后拔腿就往回跑。里面冲出的百十个伪军,急忙在门口架起两挺机枪,准备向冲击部队射击。四连二班班长眼疾手快,猛地投出两颗手榴弹,把敌人的机枪手炸死。一排排长趁势带领突击组从大门突入。张昌义和一名战士冲进了一间房子里,只见一个肥头大耳的家伙正对着电话发脾气。随行的向导当即认出他就是潘干臣。张昌义怒火中烧,举起枪厉声喝道:"潘干臣,举起手来!"

潘干臣一惊,摔掉电话机,正要掏枪抵抗,张昌义手扣扳机,一颗子弹结束了他的狗命,这个双手沾满了苏北人民鲜血的汉奸,终于落得应有的下场。

在同一时刻,敌师指挥部的另一间房里,二十八团四连副连长刘子林一把抓住敌师参谋长刘绍坤,喝令他:"打电话,命令各团投降!"

刘绍坤颤抖地拿起话筒:"喂,师长命……命令,停止抵抗……"

15时30分,各处残敌眼见抵抗无望,就都乖乖地放下武器,举手投降。少数顽敌企图从西北方向突围,也被射阳独立团、三十团截歼。

胜利的红旗在淮阴城楼上,各高大建筑物上迎风招展。这场战斗,共俘虏敌军官兵八千余人。

当淮阴战斗正在进行时,解放区各县地方武装立即将淮安守敌严密包围。淮阴战斗胜利后,第十旅主力即于9月13日抵淮安城下,紧缩了对淮安的包围。接着,第七、第八旅也从淮南东返,先后进至淮安城下,接替了第十旅。第七旅旅长彭明治统一指挥第七旅和第八旅以及射阳、淮安、阜宁、盐城等独立团,攻歼淮安之敌。

22日8时,对淮安守敌的总攻开始。在猛烈的炮火袭击和掩护下,第八旅二十二团通过地道,隐蔽地进至城根,以预先运去的重磅炸弹在城西南角炸开大缺口,敌炮楼被炸得灰飞烟灭,新四军部队立即涌入。各攻击部队的突击分队也在制高火力掩护下,迅速排除各种障碍,发起冲击。第七旅十九团、二十团从城东南和城南突破敌城墙一线防御,并向敌纵深冲击。快速歼灭了敌人。第八旅二十四团,射阳、淮安、阜宁、盐城等独立团也从各个方向突破敌城防。经短时间激战,敌人依托高大城墙精心设置的防线,全部被新四军摧毁。各攻击部队迅即向敌纵深穿插,对敌实施分割包围。战至10时,城内守敌大部被歼,残敌也被切割成孤立的几块。

新四军在继续攻击的同时,展开阵前喊话,瓦解敌人,并发动居民群众搜捕化装隐藏的散敌,迫使残敌大部投降。12时,伪旅长吴漱泉带领残部两百余人,依托工事继续顽抗,但禁不住第三师各路部队猛烈冲击,经30分钟激战,全部被歼,吴漱泉被击毙。15时,号称"铁打的淮安"即告解放。

管文蔚、张藩兴化痛歼刘湘图

两淮战役期间,苏中军区攻克黄桥、姜堰后,正准备攻占兴化。

兴化是苏中根据地的一个"大钉子",城墙坚固,防御工事星罗棋布,城外四周均系水网地带。那里驻有刘湘图的伪第二十二师及伪兴化县保安团等共六千余人。此时,国民党已授予该军以陆军第二路军第二军第六师番号。刘湘图命令其部下"与日军互助互赖,达成守土安民之任务""固守防地,加紧戒备,防匪侵扰",反共气焰十分嚣张。

苏中军区决定集中七八个团的兵力围攻兴化。苏中军区首长管文蔚、吉洛、张藩等都到了兴化前线,由张藩担任攻城指挥。

28日下午,新四军进逼兴化县城。城外全是河道,由于新四军有熟悉地形的向导,部队避开了敌人城外据点,偷渡至城下民房内,立即发起攻击,扫除了城外的敌火力点,很快完成了这一阶段的作战任务。

29日,新四军开始攻城。但兴化留有完整的城墙,韩德勤在此苦心经营了多年,修筑了不少永久性防御工事。刘湘图盘踞兴化后,在此基础上又搞了四五年。城墙上每隔数十米就设有钢筋水泥的碉堡。此外,还有许多隐蔽的地堡、子母堡,均相当坚固。新四军用云梯多次发起攻击,想爬上城去用手榴弹和拼刺刀解决问题,但经过一天两夜的攻击,皆未能成功。苏中军区领导决定将城墙打开缺口,摧毁敌人的守城碉堡,然后用火力掩护,组织突击队从缺口冲进去,用手榴弹将敌人打下去,然后大部队立即跟进,进行巷战。

30日,新四军继续攻城。守城伪军用手榴弹和浇满汽油的布焚烧民房,阻止新四军进城。新四军云梯不够,便登着水车爬城。伪军用马刀等砍攀上城墙的新四军战士,并以机枪火力、钢叉筒子、刺刀、石灰等阻击新四军攻城部队。新四军前仆后继,皆不奏效。

31日,乌云密布,狂风呼啸,天空就像要塌下来似地。兴化城的战火涂抹着半个天空。新四军的山炮轰塌城墙,敌人非常心慌,纷纷逃窜。城西守敌团长企图组织反击,但残余部队大部逃散。刘湘图立即从东、南两门抽调主力前来堵住西门缺口,新四军的东门攻城部队乘机立即发动攻击,大部队如潮水般进入市区,向敌中心地区进攻,伪军全面崩溃。

这场战役中,新四军经过3天4夜的激战,终于解放了兴化城,毙伤敌伪军七百余人,俘日军4名及伪师长刘湘图以下伪军官兵五千余名。兴化被攻克,东台伪军当天就弃城逃往盐城方向,新四军又收复了东台,并攻克刘庄、丁溪、草堰、白驹、七灶等十余处据点。

第十五章

尾　声

自 9 月 8 日起,苏中军区第三分区司令员兼新一旅旅长陈玉生率领部队,激战 3 昼夜,攻克泰兴,共俘伪第十九师师长蔡鑫以下官兵四千余人,创造了以一个旅歼敌一个师的范例。

21 日,收复海安。

21 日,攻克如皋,消灭伪独立第十九旅全部,俘副旅长李瑞生以下官兵四千余人。

11 月 16 日,苏中军区又解放了盐城。

新四军经过一系列战斗,使苏中、苏北、江南、淮北完全连成了一片。粟裕、叶飞率部北撤后,有了较大的根据地。这为以后高邮、邵伯之战及苏中七战七捷,创造了有利条件。

第三师攻占两淮后,于 9 月 28 日启程北上东北。10 月 12 日路经山东临沂,从延安到山东的陈毅接见了连以上干部并讲了话。

华中局和军部于 9 月 9 日由盱眙移住淮阴。10 月 25 日,华中局和军部由淮阴北移山东临沂。陈毅任新四军军长兼山东军区司令员,在华中的一部分新四军于 10 月 26 日成立了华中军区,由张鼎丞为华中军区司令员。11 月 10 日成立华中野战军,粟裕为华中野战军司令员。

1947 年 1 月 21 日,山东野战军和华中野战军在鲁南地区合并组成华东野战军,并成立中共华东野战军前线委员会,陈毅任司令员兼政治委员和前委书记,粟裕任副司令员,谭震林任副政治委员,陈士榘任参谋长,唐亮任政治部主任,下辖第一、第二、第三、第四、第六、第七、第八、第九、第十、第十一、第十二纵队和一个特种兵纵队,共 27 万余人。新四军兼山东军区和华中军区同时合并组成华东军区,陈毅任司令员,饶漱石任政治委员,张云逸任副司令员,黎玉任副政治委员,陈士榘任参谋长,舒同任政治部主任,下辖胶东、渤海、鲁南、鲁中、苏北、苏中等 6 个军区。至此,新四军番号撤销。

铁的新四军胜利完成了坚持和华中敌后抗战的神圣使命,以崭新的面貌出现在新的战场。在八年抗战中,新四军军部在中共中央、中央军委的正确领导下,率领新四军健儿浴血奋战大江南北,创造了辉煌的战绩。

据不完全统计,新四军在抗战八年期间,总计作战 2.46 万余次,毙伤日伪军 29.37万余名,俘虏日伪军 12.42 万余名,争取日伪军投诚、反正 5.4 万余名,缴获各种火炮 558 门、机枪 4295 挺、长短枪 22 万多支,收复县城 52 座,攻克据点 1381 个,光复国土 25 万多平方公里,解放人口三千四百多万,建立起了苏中、苏北、淮南、淮北、鄂豫边、苏南、皖江、浙东等 8 块抗日民主根据地。到抗战胜利时,新四军也由最初的 1 万多人,发展成为拥有主力部队 20 多万、地方部队近 10 万、民兵自卫队 100 万的强大武装力量。

关于资料说明：

　　《敌后雄师——八路军、新四军将领征战纪实》一书中的有关中共中央文件、领袖的评论言论和引文来自于以下文献和资料：

　　《中国军事百科全书》军事科学出版社,1997 年 7 月

　　《中国人民解放军战史》1～3 卷军事科学出版社,1987 年 5 月

　　《新四军战史》解放军出版社,2000 年 6 月

　　《新四军抗日战争史资料选编》战史编辑室,1960 年

　　由于文中所引的资料出处比较集中,尤其是《新四军抗日战争史资料选编》属第一手电文及战役战斗要报,因此书中具体书名、页码就不一一细列,敬请谅解。